H. HOLTSCHNEIDER · SCHLOSS FLEURAC

ZU WERK UND AUTORIN

Marguerite ist eine deutsche Frau mit französischen Vorfahren. Während einer
Reise durch den Südwesten Frankreichs sieht sie plötzlich ein Schloß. Als sie
erfährt, daß dort Geister spuken, weiß sie sofort, daß sie diese erlösen soll und
will. Dafür muß sie sich von ihnen erzählen lassen, warum sie keine Ruhe finden ...

Hildegard Holtschneiders Roman von der schönen Marguerite ist die Geschichte blockierter weiblicher Kraft und Macht, die sich einen Weg in die Befreiung
bahnen.

Die Autorin wurde 1949 in Stadthagen geboren, studierte in Bochum und Mün-
chen. Sie lebt heute als freiberufliche Journalistin und Medienwissenschaftlerin
in der Nähe von Köln.

HILDEGARD HOLTSCHNEIDER

Schloß Fleurac
oder
Die schöne Marguerite

VERSROMAN

KARIN FISCHER VERLAG · AACHEN

Die Deutsche Bibliothek – CIP-Einheitsaufnahme

Holtschneider, Hildegard:
Schloß Fleurac oder Die schöne Marguerite :
Versroman / Hildegard Holtschneider. –
Orig.-Ausg., 1. Aufl. – Aachen : Fischer, 1999
ISBN 3-89514-185-2

© 1999 Karin Fischer Verlag GmbH
Postfach 19 87, D-52021 Aachen
(für diese Ausgabe)
1. Auflage
Originalausgabe

Druck nach Manuskript der Autorin

Umschlaggestaltung (unter Verwendung eines Fotos
von Uwe Vierkotten): yen-ka

Printed in Germany 1999

Als ich vor Jahren ein verfallenes Bauerngehöft im Perigord kaufte, wollte ich nur eines: unbeschwerte Ferien in einem schönen Land ... kommen und gehen und wieder kommen ... leben ohne Streß ...

Was ich zu dieser Zeit nicht wußte: deutsche Soldaten hatten während des Zweiten Weltkrieges auch in dieser Region mit beispielloser Grausamkeit gemordet und gebrandschatzt.

Auf Schritt und Tritt wurde ich plötzlich mit dieser Vergangenheit konfrontiert. Ich war schockiert. Kriegsgreuel, die kannte ich aus dem Fernsehen, doch so direkt wollte ich nichts damit zu tun haben. Es blieb mir nicht erspart, denn hier stand eine Großmutter und erzählte Schreckliches, dort ein Großvater, der berichtete ... Gerade in der Region um Rouffignac fand ich traumatisierte Menschen, die Zerschlagung ihrer Familien, ihres Besitzes nicht verkraftet hatten.

Wie sollte ich, eine Deutsche, hier je integriert werden? Würde mir nicht unentwegt Feindseligkeit entgegengebracht? Ich wollte weg, das Grundstück verkaufen, dachte an Mallorca ... Ballermann?! Doch da waren noch die vielen Dokumente, die ich auf dem Speicher meines Hauses gefunden ... auch voller Dramen ... Das mußte doch alles irgendeinen Sinn haben?! Ich beschloß, mich diesem Land, dieser Vergangenheit und auch meiner deutschen Herkunft zu stellen. Was auch immer würde ...

Nirgendwo bin ich liebevoller und toleranter aufgenommen worden, als im Perigord. Ungebrochen über die vielen Jahre haben meine Nachbarinnen und Nachbarn mir mit Rat und Tat zur Seite gestanden. Sie waren es, die mir das schwere Tor zu den Mythen und Legenden des Perigord geöffnet haben. Hätten sie mich isoliert und ausgegrenzt, wäre dieses Buch nie geschrieben worden.

Es ist eine Liebeserklärung an den Perigord und seine Menschen, die so arrogant und undiszipliniert sein können, so renitent und ignorant, wenn man nicht erkennt, was und wer sie eigentlich sind: Heiden ... durch und durch mystische Menschen ... die noch an die heilende und formende Kraft der Liebe glauben.

Ich habe meine Begegnung mit ihnen als eine Botschaft verstanden und trage sie mit diesem Buch nach Deutschland.

Lest und erkennt
wie ... in Euch ... weibliche Kraft sich einen Weg nun bahnt ...
Blockaden findet
die Eure Vorfahren Väter Mütter aufgeschichtet ...
in genetischem Code verdichtet

lest und erkennt
Blockaden werden aufgelöst ungute Bindungen zerstört
mit jedem Wort in diesem Werk
fließt frei ... Bewußtsein ... äußerste unumstößliche Realität

aus dieser heraus und durch diese Kraft
findet Ihr Euer wahres Selbst

In jener alten Zeit ...
als es im Perigord noch Feen und Zauberer gab
lebte in den Herzen der Menschen
nicht ein einziger christlicher Gott der alles und alle regierte
sondern die Göttin
Symbol weiblicher Schöpferkraft Sinnbild magischer Macht
sagenumwoben ihre Vielfalt ihr Können ihre Weisheit
Jungfrau Greisin Mutter Geliebte
Rächerin Furie doch auch Himmlische Reine Edle

ihr Bild unvergleichlicher Schönheit und Erotik
wurde von Künstlern tausendfach in Stein gemeißelt
in Tempeln gehütet
Mutter Erde und doch auch Himmelskönigin
kannte sie alle Geheimnisse der Schöpfung
Macht und Magie der Worte des Klangs des Rhythmus
sie ... die Göttin der Liebe ... sollte ... konnte
in den Herzen der Menschen
immer wieder zu lebendigem Lichte werden denn sie
führte jede Frau jeden Mann der an sie glaubte sie verehrte ...
auf dem gefährlichen schmalen holprigen Pfad des Lebens
ließ Einheit von MännlichWeiblichem erkennen
durch das Tor des körperlichen Liebesaktes schreiten
zu Erleuchtung und Erkenntnis aller Dinge allen Geistes
Wegweiserin von irdischer Mühsal in die sieben Himmel:
wer sich ihr mit leidenschaftlicher Liebe hingab wurde „beflügelt"

Die Menschen gaben ihr unterschiedliche Namen:
Astarte Ischtar Diana Aphrodite Venus ...
im Perigord wurde sie Marguerite genannt
Herrin der Perlen Herrin der Tränen
weil ihr Dasein sich mit großem Leid verband

Davon erzählt diese Geschicht ...

Nur von jener alten Zeit? mögt Ihr fragen Ja – und heut?
Denn – was nützt uns Erinnerung an Vergangenheit
wenn Zeiger der Zeit sich nun einmal anders drehn ... heut?

Vergaßet Ihr gänzlich daß Zeit nichts anderes denn Fiktion Illusion?

Schon reicht Vergangenheit in Gegenwart
und Gegenwart in Vergangenheit zurück
Schon steht sie vor Euch: die alte und neue Marguerite

7

Wer sie ist? Heut ... irdische Tochter einer Göttin
jener der Sprache schönen Künste des Wissens
Wer sie ist? Heut ... Deutsche das hat einen tiefen Sinn ...
doch mehr Europäerin ... in den Tiefen ihrer Seele ... Frankreich ...
ihre Ahnen sinds ... rufen sie hat es gehört wacht eines Morgens auf
weiß: Leben ist zu ändern ... sie wills muß so sein
denn das was sie umgibt Deutschland nimmt ihr den Atem würgt
Hier geborgen? Hier zu Haus? Heimat? Fremdes Wort
Schon steht sie auf befreit sich aus Zwängen des Alltags
vermeintlicher Sicherheit macht sich auf den Weg
irgendwohin folgt nur ihrer inneren Stimme

da verstellt ihr plötzlich ein Mann den Weg ...

„So eilig davon? Nicht so heftig! Lernst Du nie
sanftes WeibchenTäubchen zu sein? Nimm mich mit!
Verstünd ich Dich nicht? Mehr als das!
Wär Dir bester aller Weggefährten und allein zu gehn ist gefährlich
glaub mir ... weiß besser als Du was Du meinst was Du fühlst
habs immer gewußt:

... es gibt Völker, die keine Achtung hatten vor den Ideen
und sie verkommen ließen in der Gosse.
Gewiß es gibt Völker, die Achtung hatten vor den Ideen
und sie in einen Tempel sperrten.
Aber dieses Volk von dem ich rede ... legte sich zu den Ideen
ins Bett, schändete sie
und zeugte ihnen Bälger ... die Peitsche in Händen ... und dann
umgefallen ... vollgefressen und ausgehurt ... in seiner Dummheit,
die noch größer war als seine Gemeinheit. Ihr ... ach Ihr ...
hört nur nicht zu, sonst speie ich Euch ins Gesicht.
Die Besten aber ... sich bleich abwendend ...
von dem Gesicht dieses untergehenden Volkes
werden gut tun, sich nicht bespritzen zu lassen von dem
Erbrochenen Ekel im Hals wie einen Kloß
beim Anblick dieses Volkes.
Da sind Haufen toter Häuser ... Steinhaufen mit Löchern,
in denen abends Lichter angezündet werden und in denen
Fleischpakete herumwandeln unter Dächern gegen den Regen
des Himmels ... und nachts liegen die Pakete erstarrt unter Tüchern
und Kissen mit offenem Mund Luft aus– einpumpend,
*die Augenlöcher zu ... ***

* Bertold Brecht

8

„Was schwatzest Du Mann was willst Du von mir?
Laß mich gehen! Was spritzt Du mich mit Deinem Erbrochenen an!
Was jammerst Du wenn ich flieh ... was gehts Dich an?
Warst Du es nicht der die Worte zu Steinen gehärtet
damit Du um Dich schlagen konntest warst Du es nicht
der die Worte nach Deiner Pfeife hast tanzen lassen
ohne sie zu fragen wer sie sind woher sie kommen ob sies wollen?

Am Anfang war das Wort

Doch bei Dir ist das Wort am Ende Die Leiche aller Dinge

Wie häßlich Du bist Und – erinnere ich mich recht ...
hattest Du nicht ... gestern noch Steine geschleudert?
Sie trafen mich! In unserem Land!
Weil ich in Not ... weil ich im Theater deutscher Welt
Friede Heimat gesucht Wie hattest Du lauthals getönt?

*Gibt ein Weib ... Euch alles her, laßt es fahren denn sie hat nichts
mehr! Fürchtet Männer nicht beim Weib denn sie sind egal ...*[*]

Sinds nicht Deine Worte? Sahst Du nicht so die Welt die Erde?
Hattest Du sie nicht solchem Weibe gleichgestellt?
Den Himmel irgendwo über ihr möglichst bei Dir nicht bei ihr?

Mann was spritzt Du mich mit der Häßlichkeit Deiner Seele an!
Geh weg! Muß mich abwenden von Dir Klagst über Dein Volk
doch bist besser nicht nein bist nicht mehr ...
was willst Du hier ... gerade bei mir? Mit mir gehn? Fliehn?
Not hat Dich hergetrieben? Dein Volk ist vernichtet?
Kein Wunder ... vollgefressen umgefallen ausgehurt? Wie konnt es
anders sein wenn Weiber dieses Volkes sich so prostituiern
Doch ich nicht mehr!
Und ... keine Achtung vor der Erde durchwühlt zerklüftet
gedemütigt mißachtet vernichtet
Und ... keine Achtung vor dem Himmel
Und ... kein Weib mehr daß Du ausweiden kannst?

Kein Acker mehr der Dir Früchte schenkt? Nur Gift Gestank?
Mit mir gehn? Nein!
Denn gäb ich Dir was Du willst von mir würdest Du nicht sofort
schmatzend abgrasen alles wie Höllen irdischen Jammertals?

* Bertold Brecht

9

Da schleichst Du Dich nun winselnd an mich heran
weil Untergang ... mit eiskalten Händen greift er nach Dir
da schleichst Du Dich zu mir ...
denn Du fühlst über fahlem Himmel rauchenden Trümmern
bricht Morgenröte an
Nicht für Dich und Deinesgleichen das weißt Du genau
sondern für jene die gelitten haben die geschändet waren

Hängst Dich schweißig verkommen mit flachem Hintern
an mich ... gerade an mich? Schwafelst meine Worte nach:

... es ist ein Verbrechen Macht als herrschendes Prinzip an die
Stelle von Schönheit und Liebe zu setzen ...

schwafelst sie nach meine Worte weil Dich nach Schönheit gelüstet
nach schönem nacktem Weib warm und weich
schön und duftend wie Erde und Himmel zugleich
voller Frieden wie sattes Grün der Bäume wie Blütenduft ...
denn solche gibts in Eurem Hurentheater nicht
schon lang nicht mehr weil Ihr sie bespritzt habt
beschlafen geschändet verhurt
Weiber?
Du hattest es treffend formuliert: Fleischpakete die herumwandeln
in Steinhaufen mit Löchern erstarrt unter Tüchern und Kissen ...

Geh Mann es ekelt mich vor Dir! Denn ich spür:
kein Funke von Sehnsucht ist in Dir nur Gier ...

Hörst Du diesen Klang?

Welcher Duft hüllt mich welche Worte ziehn heran!
Ich weiß sie kommen Ach! Höllenzeit schien mir unendlich
fühls Erlösung nur schmerzt mich
daß ichs in diesem Volk erleben muß also laß mich ...
Deutschland schmerzt mich ... wie eine verschmutzte Wunde ...

Und doch – Morgenröte steigt – mir wird ganz leicht ums Herz
denn ich fühls: Erlösung ... da seh ich sie schon ... jene nach denen
ich mich ... jede Sekunde ... jede Sekunde ... meines Lebens gesehnt

Himmel ... hörst Du diesen Klang?
Himmel ... welche Worte ziehn heran!" *

* Marguerite

10

Die erste Grazie

Komm Geliebter schließ Deine Augen
hör
von der höchsten aller Künste
von der Poesie

schwing Dich hinauf
hör den Klang meiner Worte
fühl meinen Rhythmus in Deinem Blut
streif mit mir durch himmlische Zelte
Sternenbahnen und Götterglut

sieh ich reiche Dir silbernen Becher
gefüllt mit berauschender Sehnsucht
nur für Dich

Komm schließ Deine Augen
trink
vergiß für eine Weile
Elend und Enge irdischen Seins
leg Dich in meine Arme – komm ...

Die zweite Grazie

Komm süße Tochter schließ Deine Augen
wie lang hast Du ihn nicht gehört
diesen Kosenamen
mit dem ich Dich gerufen einst
oft ach so oft
aus heiligen Hainen
wie lang hast Du vergessen
Süße der Liebe zwischen uns beiden?
Lang viel zu lang

Komm Kind komm und vergiß Deine Angst
sprenge die Ketten
löse die Fesseln
mit dem Klang meiner Worte
und dann
wirst Du Dich an mich erinnern
die ich Du bin seit urewiger Zeit
nur hattest Du es vergessen
Komm

Die dritte Grazie

Kommt beide schließt Eure Augen
hört
schwingt Euch hinauf
gemeinsam

hört
den Klang unserer Worte
fühlt unseren Rhythmus in Eurem Blut

bindet Euch

an Sternenbahnen – nur so lernt Ihr
sie wieder zu finden
jene die immer da war immer sein wird
jene die seit urewiger Zeit in Euch lebt

Kommt schließt Eure Augen
hört
schwingt Euch hinauf
denn sie hat beschlossen
sie – eine in allen
wieder bei Euch zu sein

obwohl Ihr sie geschändet ihre Tempel zerstört

Kommt schließt Eure Augen
hört
rauschende Seide
ihren schwingenden Gang
riecht Ihr nicht Duft von tausend Rosen?
Fühlt Ihr nicht blendenden Glanz?
Kommt

Die Göttin

Alohe

ein Spiel ists – Spiel um die schöne Marguerite
Herrin der Perlen Herrin der Tränen nannte man mich

meerschaumgeborene Göttin den Wellen entstiegen
bring ich Euch Menschen Licht Schönheit und Liebe

wißt

ein Spiel ists – Spiel um Geister Magier Hexen
Engel Dämonen Himmel und Höll
Kräutersud Höhlen Trancezustände
Visionen Pflanzendevas der Seele eines Flusses
heilige Quellen
eine Schamanin einen Gott ein Schloß im Perigord
Berlin und – um den Kölner Dom

Warum? fragt Ihr
weil ich Euch an den Reichtum der Schöpfung erinnern will
daran
daß es zu männlich Erleuchtung weiblichen Poles bedarf
wie silbermondene Göttin sonnenumkränzten Gottes Liebeskraft

wißt

ein Spiel ists – Spiel um die schöne Marguerite
Herrin der Perlen Herrin der Tränen nannte man mich
gefallener Engel entehrte Göttin
bin ich gekommen an meines Liebsten Hand
um zu erzählen von meiner Schand

Ihr müßt wieder lernen Hexagramm um Leiber und Seelen
zu winden
darum bin ich gekommen darum hab ich gelitten

So sag ich jenen die mühselig und beladen sind:
was ich Euch künd: ein Gleichnis ists

Könnt mich auch Ischtar nennen
die in die Unterwelt gestiegen um ihren Liebsten zu erlösen
und dort – in der tiefsten Tiefe der siebten Höll –
sich gezwungen sah die Zukunft zu leben

18

Manchmal trag ich auch das Kleid der Isis Aphrodite
Venus im Rosenhain oder jenes der Fee des Perigord

Der Liebste mit dem ich gekommen wird Hermes genannt
könnt ihn Louvain nennen Zauberer von St Cirque oder Gott

wißt

den ein oder andren – doch nicht vielen
geb ich mich mit wahrem Namen zu erkennen
werd ihnen künden vom großen Versteck
Hort der Weisheit der verloren ging den Menschen
Schatz allen Wissens Welten des Geistes
ihnen werden sie wieder erstehn
Andre werden Fehler in ihrer DNS–Kette finden
ihre gesamte Formel verändern können – ich verrat ihnen wie

Ihr versteht nicht? Fremd sind Euch Bilder Gleichnis Legenden
alles bleibt vor Euch stehn wie Rätsel? So hört was ich Euch künd:

Zu göttlicher Einheit gehören zwei Pole – männlich und weiblich
Urgrund allen Seins
beide gleichwertig gleichstark gleichschön
in aller Unterschiedlichkeit
trennen sie sich wird weiblicher Pol aus der Einheit geschleudert
denn Weiblichkeit ists die Schöpfung gebiert
trennen sie sich beginnt Spiel aller Spiele im kosmischen Licht

Nicht jedes gelingt nicht jedes wird gut

Manche müssen wollen lernen selbst erkennen fühlen spüren:
Was ist böse? Was heißt dunkel?
Manche werden gezwungen vom Baum der Erkenntnis zu essen
manche rächen sich für solche Pein
manche gehn als gefallene Engel weil sie mitmischen wollten
zu ihren Gunsten im unguten Spiel schwarzer Magie
Bei ihnen allen ist Harmonie gestört muß so sein
Sie experimentieren geraten ins Ungleichgewicht
quälen hassen rächen sich in Vielzahl von Körpern Seelen Geist
in der Spirale unendlicher Zeit

Nur so scheinen sie zu begreifen
was es bedeutet: tiefste Gespaltenheit

Irgendwann wissen sie was böse was gut
was sie quält was sie lieben
irgendwann wollen alle in die Einheit zurück
doch finden den Weg nicht haben sich verstrickt

Versteht Ihr nun mehr? Nein? Dann schaut in Euch hinein:
Eßt Ihr noch vom Baum der Erkenntnis?
Dreht Euch verzweifelt im Schicksalsrad?
Auch ich habs getan ach – fühls Euch nach
Seid Ihr auf dem Weg in die Einheit?
Sucht Ihr Hilfe? Ihr die Ihr mühselig und beladen seid?
So hört was ich sag denn
mit jedem Worte Bild Gleichnis jeder Legende
wird Euch Hilfe zuteil denn

wißt

Poesie ist himmlischer Rhythmus in Worte gefaßt
himmlische Liebe himmlisches Licht und

wißt

mit jedem Bild Gleichnis jeder Legende werden
Urgründe Eurer Seelen berührt Hexagramm kann sich formen
denn ich bin die schöne Marguerite ich bin die Poesie
Herrin der Perlen Herrin der Tränen nannte man mich
meerschaumgeborene Göttin den Wellen entstiegen
bring ich Euch Menschen Licht Schönheit und Liebe

gefallener Engel entehrte Göttin
in Vergangenheit Zukunft Gegenwart
bin ich gekommen an meines Liebsten Hand
um Euch zu erzählen von meiner Schand
damit Ihr lernt
Hexagramm um Leiber und Seelen zu winden
darum bin ich gekommen darum hab ich gelitten

Alohe

So wars einst wird es wieder sein:
Liebe regiert die Welt Liebe besiegt jeden Haß

So sei es bis in alle Ewigkeit
bis in kleinste Geflecht des Sternenzelts So sei es seis ...

Schon reicht Vergangenheit in Gegenwart
und Gegenwart in Vergangenheit zurück

schon geht sie: die alte und neue Marguerite

irdische Tochter einer Göttin
jener der Sprache schönen Künste des Wissens

schon läßt sie jenen Mann zurück
der ihr den Weg verstellt
sucht andere bessere schönere Welt

Macht sich ... Vergangenheit Zukunft suchend ... auf den Weg ...

erreicht eines Tages den Perigord
Landschaft im Südwesten Frankreichs nah dem Meer

auf einem Hügel sieht sie dort ... ein märchenhaft schönes Schloß

erfährt daß es verwunschen ... Geister sollen darin spuken

weiß
sie hat ihr Ziel erreicht
weiß
daß sie den Fluch der über diesem Schlosse liegt

lösen kann und soll ...

Marguerite betritt zum erstenmal Schloß Fleurac

Und wieder ist es die Herbstsonne strahlend noch
die Haut Haar Sinne rührt
Marguerites Herz fiebern läßt
als sie die Anhöhe zum Dorfe Fleurac erreicht
Ihr Blick hängt an dem Schloß
hoch über höchsten Hügeln des Perigord – verwunschen fast
sie geht den Weg vorbei an beiden Zypressen
Blick weit über die Hügel geht weiß:
so hab ichs nicht verlassen
und doch – ich spürs: hier bin ich zu Haus
dazu komm ich her klopft mein Herz
Hier muß ich mich erinnern an das was einst war
das Geheimnis
hier an diesem Orte liegts
hier – in Stein Luft Erd begraben
von diesem Hügel zieht sichs
achteckige Sternenform seh ich – bis hin nach Les Eyzies
ahn ichs schon
doch die Schleier hängen noch dicht
helft mir Ihr die Ihr das Geheimnis hütet
Ihr die ich einst verlor Ihr wißt: die Zeit ist da

Es klopft ihr das Herz
als sie durchs grün–schmiedeiserne Tor schreitet – nicht geht
und es scheint ihr jetzt in dieser Sekund
als könnt sies nicht ertragen: schmähliche Vergangenheit

Louischen Louischen quälts da in ihr
ist sies nicht das zart–herzige Ding mit dünnen Locken
das in der Hocke sitzt
vor der breiten Treppe Perlen rollen läßt
Perlen – aus Mamas Schmuckkasten stibitzt?
Und sie hockt mit breit geöffneten Beinchen
während die hellen Perlen rollen
freut sich am feingenähten Spitzenhöschen
der zarten Haut der Oberschenkel und ...
steht dort nicht der Papa raucht eine schwere Havanna
herrscht unbarmherzig den Gärtner an
weil er statt Unkraut zu jäten wieder einmal gesoffen hat?

Und sieht er der Papa das Louischen – wies dort hockt
und die feinen Perlen rollen läßt nicht unentwegt an?
s ist solche Gier in seinem Blick
immer wars so bei ihm daß Gier ihn anfiel

24

als sei sie ein wildes unbezähmbares Tier
da hat Louischen Angst vor ihm
plötzlich
und doch auch wieder nicht denn es ist ja der Papa
und es ist die Herbstsonne strahlend noch voller Kraft ...

Marguerite steht vor dem Schlosse
vertraut wirkts so nah
nicht wuchtig überheblich sondern moderat in seiner Pracht
Das helle Blau der Fensterläden stört
schneeweiß müßten sie sein
zuviel Zuckerbäckerstil hat sich eingeschlichen
im Laufe der Zeit
dennoch: es flammt wie eh und je in ihr
kommt sie nur nah genug an die Hügelspitze heran
Sie geht sieht ein junges Mädchen stehen
klein von Wuchs
doch in all seiner Form von seltener Harmonie
sprühend das dunkle Haar
das in weichen Wellen bis zu den Hüften fällt
Unschuldige Lieblichkeit ists die Marguerite betört
sie hört aus des Mädchens Mund etwas
das sie nicht erwartet hat etwas das nicht zu Engeln paßt:

„Die Führung durch das Museum beginnt erst in einer Viertelstund"

Das macht Marguerite ganz hilflos sie wird zornig
herrscht das Mädchen an:

„Warum denn erst dann?"

Schon tuts ihr leid sieht zarten Ernst
auf des Mädchens Gesicht lächelt verkrampft dreht sich
Tränen schießen ihr über die Wang
weiß sie doch jetzt:
so schön wie dieses Mädchen stand einst ein andres hier
geblendet von seiner Schönheit
wollte sollte ein gewaltiges Reich beherrschen doch konnt es nicht
man hat ihm die Macht entrissen

Frevel gärte Frevel war geschehen
jenes Mädchen: selbst Frevel – Kind der Sünd
jene wars die das Geheimnis verraten

25

an solche die gierig sich bemächtigen wollten
denn dieses Geheimnis barg einen Schatz:
jedem der wußte fand legte er unermeßlichen Reichtum
zu Füßen ... und – er tut es noch

Doch nun ist die Zeit gekommen
daß der Schatz in andre Hände gelangen muß
als in die gierig von Macht Besessener
denn – deren Vernichtungswerk ist getan:
fast zerborsten ist er der Schatz ... sein Reichtum seine Macht
unsichtbares Geflecht bis hin zu den Sternen
geführt von hier zu anderen Orten
in klaren kraftvollen Linien Bahnen des Lichts
die sich türmten einst hochragten ins galaktische Feld
bis hin zu den Plejaden

Genug wurde gehaust an sich gerissen benutzt
sich bereichert vollgefressen am Schatze ...
Nun ists hier als erstürb jeder Atem
wie zäher Schleim hängt Herrschsucht Besitzen–Wollen
Machtgier Besser–sein–Müssen ... um jeden Preis
verseucht alles und alle
Stein Feuer Erde Wasser Luft
und Menschen Tiere Pflanzen stehn hilflos dazwischen
qualvolle Ohnmacht wächst

Während die einen noch hausen sehen andere mit Entsetzen
wie stiller Jammer wächst dunkel zerfressen
mit düstersten Kräften im Spiel
Krebsgeschwür ohne Kontrolle ohne Disziplin

Und so hat das Schicksal für eine kurze Weile
die schöne Marguerite geschaffen
sie soll das Geheimnis ihnen
den Hausenden Fressenden entreißen Schatz heben
seinen Ruhm Reichtum der Welt zu Füßen legen ...

Sie weiß: es ist Bürde schweres Los Kampf auf Leben und Tod
Ringen zwischen Himmel und Höll
hier ist schreckliche Pflicht zu erfüllen
mörderische Schlacht zu schlagen
und – weh ihr – sie weiß nicht ob sie gewinnt
spürt: Schleier weichen Erinnerung beginnt ...
Geister der Vergangenheit nahn

Ihnen hat sie sich zu stellen bückt sich
greift eine Handvoll Kies
läßt Steine durch ihre Finger rinnen als seiens Perlen ...
sieht ihnen nach wie sie aufeinanderprallen
weiß–grau gesprenkelt marmoriert
denkt: wissen sie daß ich schon begonnen ihnen das Geheimnis
zu entreißen als ich die kostbaren Schriften fand?

Doch sinds Fragmente nur deswegen komm ich ja her ...

Vor geschlossnem Aug sieht sie jene denen sies entreißen soll
sieht: fühlen sich als die Größten
hüllen sich in Hochmut
intrigante Verräter par excellence nennen sich sonstwiewer
glauben sie hätten Weisheit mit Schaumlöffeln gefressen
und sind doch so dumm wie Bohnenstroh
faseln von geheimen Schriften die nur sie lesen können
verborgen in Schlössern und Höhlen
zaubern ein bißchen vermehren ihr Geld
indem sie sich gegenseitig Posten zuschieben
Ländereien erhökern Boden und Wasser vergiften
in ihren geheimen Bünden brüten nicht begreifen wollen:
ihre Macht geht dem Ende zu ...
auch die ihres Hofstaats Heerschar der Dämonen
mit denen sie sich und ihre geheimen Orte zu schützen wissen
Noch herrschen sie ...

Doch von der Weisheit sind sie so weit entfernt
wie die Erd von der Sonn ... ereifern sich als verstünden
sie alles von Gott und der Welt
der Schöpfung dem Himmel und der Höll
blähen sich auf zu Popanzen
die sich beräuchern salben selbst erhöhen
indem sie andere erniedrigen als stünds ihnen zu
wollen nicht wissen: Zeit des Wandels ist da ...
wollen nicht wissen: das was sie einst gierig an sich gerissen
haben sie in Wahrheit nur sich selbst gestohlen:
himmlisches Glück

Doch im prachtvoll berauschend Gefühl mit dem Reichtum
der Macht des Schatzes jeden Widerstand brechen zu können
haben sie eines vergessen:
die Liebe ... wie auch immer Ihr sie nennen mögt:
Gott ... Kosmos ... Natur ... Schöpfung ... sie wars

die solche Geheimnisse schuf und – nun den Wandel will ...

Marguerite weiß diese Feinde werden sich nicht freiwillig beugen
nicht hergeben wollen was sie göttergleich macht
weiß Kampf steht bevor weiß Hofstaat beginnt sich zu formieren
Dämonen kriechen heran
spürt: schnell muß sie gehen schnell ins Schloß hinein
denn jene beginnen einen Ring um sie zu schließen
schnell muß sie gehen Haß Neid stiert sie an
alles beginnt sich zu verzerren hört Kies knirschen
sieht spärliche Flut der Touristen strömen ...
Führung durch das Museum beginnt

Sie drängt sich hinein in die Schar will sich schützen
es klopft ihr das Herz ...
als sie im Schlosse steht flammts wie eh und je in ihr
weiß plötzlich: den Stab braucht sie wieder die Ringe Kugel
Amulett den Becher ...

Helft mir flüstert sie stumm helft mir Ihr die ich einst verlor
helft mir zu finden denn ...
weiß nicht einmal wo ich beginnen soll zu suchen
weiß nur muß wieder zaubern können
damit das Netzwerk zu den Plejaden von Neuem entsteht ...

Und wie sie sich hineindrängt in die Schar der Touristen
da greifen jene Dunklen schon nach ihr
schwarzkäfergepanzert mit furchtbaren Krallen
es trifft sie daß Schwäche sie überfällt
kann sich nicht auf den Beinen halten man stockt
alle Blicke ruhen auf ihr ...

Helft mir helft mir flüstert sie wieder stumm
helft Ihr die ich einst verlor
Panik schreit in ihr was tun sie ... warum jetzt ...
ist das Spiel schon vorbei?

Angst steht ihr bis zum Hals ... es beginnt der Kampf
Weg in die Höll ... sie muß ihn gehen ...
Jahrtausende lasten wie Felsbrocken auf ihr
sie wills beenden – Schuld und Sühn Zerstörung und Wut
Da geschieht das Entsetzliche:
sie muß niedersinken fällt ohnmächtig hin
hat die Meister der schwarzen Kunst unterschätzt

28

So einfach lassen sie sich Geheimnisse nicht nehmen
denn: darum wissend – lenken sie ja Geschicke
seit endlos scheinender Zeit ...
Das soll von heut auf morgen zu Ende sein? Niemals

Was glaubt Ihr – wird sies schaffen?
Wird sie gegen solche Mächte antreten können?
Wer sonst als Marguerite: einst Herrin der Perlen doch dann
zutiefst gefallen – des Teufels Dienerin ...

Vom eitel–dumpf–sinnlichen Wesen durch tausend Höllen
gewandert
einst selbst Meisterin schwarzer Kunst und Magie
wird sie sich bald erinnern können
an jede List jede Tücke jeden Trick
um ihnen den schwarzen Meistern zu widerstehn ...

Nein nein denkt nicht sie will Gleiches mit Gleichem vergelten
Nein ... diese Zeit liegt hinter ihr ...
Nein will nicht mehr herrisch sich verdichten
sondern Schuld begleichen sich auflösen
mitfließen im Strom ewigen Lichts ...

Doch vorerst liegt sie ohnmächtig mitten im Schloß

und jene die sie um Hilfe gebeten eilen herbei
denn wißt: Mensch allein kann solchen Kampf nicht bestehen
sie eilen wehren ab ... Finsternis die sie vernichten will
steigen nieder aus unsichtbaren Gefielden treten in ihre qualvolle
Ohnmacht hinein
und wie sie – gleich Wellen lieblichen Klängen –
Marguerite durchtränken sprechen sie:

„Bringen Dir göttliche Gab nimm brauch sie
wird Dich schützen vor Dunklem
und – wir werden Dir auch jenen senden
der meisterhaft mit ihr umzugehen verstand auf Erden ...
Er soll Dich lehren"

Man reicht ihr etwas das sie nicht erkennen kann
Als sie aus der Ohnmacht erwacht denkt sie: hatt einen
märchenhaften Traum ... es war mir
als seien Feen Druiden Engel himmlische Wesen
in meine Ohnmacht hineingestiegen

es war mir als sei dieser Ort hier heiliger Hain
sie alle sangen so herrlich tanzten musizierten ...
Als sie versucht sich zu erheben ...
da ist der Rhythmus ... in ihr geboren
liegt sie nicht mehr auf dem Parkette des nußbaumgetäfelten Saals
sondern man hat sie auf ein cremefarbenes Canape gebettet
nah goldgerahmtem Spiegel mamornem Kamin
man blickt besorgt doch sie winkt ab:

„Lassen Sie mich nur einen Augenblick
werd mich schnell erholen dann gehn ...“

Noch eine Weile möcht sie so liegen in neuer Stille
sich hineinfühlen in diesen Ort
schließt das Aug fühlt jemand naht ... ein Dämon? Nein
Ihrer gefalteten Hände Fingerspitzen berührt er der gekommen
bis Lichtschein sie umgibt
so fährt er immerfort der Kontur ihres Körpers nach
hüllt sie ein in Licht
Als alle Grautöne gewichen erkennt sie ihn deutlich
Er lächelt greift in seine schwere Allonge–Perücke
Sie lächelt zurück denn diese Zeit ist ihr die liebste von allen:
Zeit zierlichster Möbel gold – weißen Prunks
Leichtigkeit und Schweben
Natur in geheimnisvoll geometrische Formen geschwungen
Ruf an den Himmel: hab meine Triebe überwunden
Symbole Zeichen von ewiger Gültigkeit
die ganz bestimmtem Rhythmus Tönen Worten entsprechen ...
und er – jener prachtvolle Sohn der Kunst der Musen
er lächelt wieder denn er weiß: sie hats begriffen
spürt schon lang seinen Kompositionen nach
Schritt für Schritt Ton für Ton
übersetzt sies in Worte weiß – da ist magische Kraft Er fragt:

„Wo steckt Deine Qual wo haben sie Dich angegriffen?
Am Fuße an der Fessel Brust
oder dort
wo Dein weibliches Zentrum ist?
Horch nur weiter hinein in mein Werk eine Passage ists
manchmal eine einzige Arie nur die Du hören mußt viele Mal
dann hast Du begriffen weißt was zu tun wohin zu gehn
wo sich verweigern wo dienen warum und wem
Blitz der Erkenntnis trifft Dich
und ists einmal nicht der Fall dann rufe mich

Hör auf die Worte die ich gewählt
denn ich verbind beides: Wort mit Musik
So entsteht Magie
Horch weiter in mein Werk beginne zu lauschen
laß sie Dich verachten behindern wollen
Sie schaffen es nicht wenn Du stark bleibst und glaubst ...
ich weiß so mancher harte Kampf steht Dir bevor
doch glaub! Auch ich ..."

hier lächelt er wieder

„auch ich bin solchen Weg gegangen wie Du ... alle
die vorausgeschritten helfen jenen für die ihre Zeit gekommen

Also geh – auch wenn Du vor Erschöpfung
Verzweiflung Einsamkeit niedersinkst
Wir werden Dir helfen dazu sind wir bestimmt"

Nimmt ihre Hand beugt sich nieder küßt sie auf die Stirn
tätschelt ihre Wang weicht ...
Sie möcht ihn halten
wußte nicht wie sehr sie ihn liebt Doch er geht

Sie erhebt sich mag das Schloß nicht verlassen
geht leis vielleicht hat man sie ja vergessen
steht nun in einem Raume
fürstliches Schlafgemach muß es gewesen sein
Herbstsonne strahlt durch hohe Fenster
doch vor ihr steigt drohend Nebel hoch
Zeiger der Zeit drehen sich zurück ... Erinnerung beginnt ...

Marguerite und die Geister

Und aus dem Süden des Raumes tritt vor sie
rundlich schwammig Weib Berthe de Beauroyre
formt mit ihren Händen eine Geste die Marguerite zu Tränen rührt
Und es erscheint neben Berthe kleiner feister Kerl
mit wallend weißem Bart Vicomte Albert de Beauroyre

Stolz steht er da von sich überzeugt als sei er der Nabel der Welt
Marguerite möcht ihm sagen:

„Tus nicht tu nicht alles nur für Dich selbst!"

Doch er hört sie nicht

Flirrend zitternd die Angst das Vergehn ...
und der goldgerahmte Spiegel über dem großen Kamin
aus italienischem Marmor blinkt nicht mehr
fein geschnitztes Eichenbett über und über vergoldet
schimmert nur matt
goldfarbene Seide knistert als Himmel darüber – verstaubt
Es ist der Schlafraum der Berthe
kostbar bestickte Bezüge des Louis–Seize–Gestühls
künden von einstigem Flair prunkvollster Adeligkeit

Er ists der sie herzieht die Seelen lasterhaft oder nicht
dieser Flair Glanz Reichtum Abbild himmlischer Pracht
nur – hier wirkt alles verlottert

Doch es tut der vornehmen Art des Hausherrn nichts
daß Gut und Geld verwirtschaftet ist
zu sehr hat er in Saus und Braus gelebt der Vicomte

„Und keine Minute davon bereu ich!" tönt er in der Epicerie

„Nicht eine einzige Sekund!" spricht er oft vehement

Inzwischen ist kein Land mehr zu verkaufen kein Strauch
alles dahin
Fleischer Weinhändler Schneider Masseure ...sie alle wollen
nur noch Bares auf die Hand

Haß Wut glimmen im Vicomte doch es hilft nicht man bleibt hart
zu groß sind die Schulden zu herrisch sein Gehab
Er Meister der Lebenskunst er soll nun darben
wie ein Bettler hier hocken Wasser zum harten Brote saufen

statt Foie Gras essen zum Sauternes? Nein! wühlts in ihm
und er sucht unruhig und bös
sucht nach einer letzten Flasche verstaubten Weins
findet nichts setzt sich brütend in eichengetäfelten Raum
weg von seinem Weib denkt nach: kein Ausweg in Sicht
das große Vermögen der Berthe ist ja längst durchgebracht
dumme Gans blöde Zieg stumm liegt sie da
stumm stumm stumm in ihrem vornehmen Raum ...

Überhaupt die Weiber ...
gehts ihm durch den Sinn frag mich oft wozu sie sind
nerven drängen wollen immer nur haben
widerlich Geschlecht und – vor allem:
warum nur eine einzige nehmen ... vor der ganzen Welt?
Mormone Muselmann müßt ich sein
warum nicht ein ganzes Schloß ausstatten mit Weibern
jede gefüllt bis an den Rand mit herrlichster Mitgift
Millionen Millionen kämen mir da hinein

Wahrhaftig denkt er das wär ein Riesenspaß
bräucht sich keine Gedanken zu machen
um Wasser und Brot Schuldscheine endlose Nörgelei
schnell werden Weiber einem im Bette fad ...
ach die Peitsche schwäng er auf ihren Hintern ach ja ach!

Wozu hat Gott nur dieses Weibervolk geschaffen
grübelt er weiter
sehnt sich nach Foie Gras einem herrlichen Tropfen Wein
wozu – wenn man sie zu nichts Wichtigem brauchen kann?
Hätt dieses Weib da drüben im goldenen Bette
wenigstens einen Sohn zustande gebracht ja
dann hätt er jemanden mit dem er sich verbünden könnt ...

Doch die dumme Pute hat nur eines geschafft:
ein häßliches Mädchen mit dünnen Locken nicht den Aufwand wert
beide Mutter und Tochter nicht
Ach dieses Weibervolk!

Und voller Wut darob daß er keinen Wein kein Brot mehr findet
läuft er wieder ruhelos durchs Schloß sucht sucht
und sein Haß auf das Weib das sich still zu Bett gelegt
wächst wächst ins Unendliche

er ist in der Falle kein Geld mehr kein Geld mehr!

Werd ihr Beine machen denkt er soll mir nicht davonkommen
schwört er
wenn ich schon darben muß ... ich darben! Welche Unverfrorenheit!

Und es blitzt in ihm – voller Gier nach Wein – ein Gedanke
durch den Kopf
Er tritt in den eichengetäfelten Raum zurück
klingelt nach dem einzigen Diener
der noch geblieben ist der auch ohne Lohn dient
befiehlt großmäulig den letzten Gaul einzuspannen

Eine Stunde später sitzt er beim Weinhändler drunten in Montignac
dessen feindselige Haltung
treibt ihm cholerisch Blut ins Gesicht denn Moribord
der Händler will nicht eine Flasche herausgeben ...
nein den Vicomte den mag er nicht

rotzt kotzt er doch in seiner hochadligen Art
jede und jeden in Montignac an ...
Die schöne Berthe die er einst gefreit wann sieht man sie noch?
Kaum Und wenn – dann blickt ein verschlafen aufgedunsenes Weib
hochvornehm näselnd vor Arrogranz ...
Ach Berthe sie war einst so schön und lieb Moribord erinnert sich
wie sie hier in Montignac als Kind junges pralles Mädchengeschöpf
leichtfüßig durchs Städtchen gegangen ist ...

Ach wie verliebt war er in das herzige Kind!
Und nun – das schwer aufgedunsene Weib
Was hat dieser Teufel nur mit ihr gemacht? grübelt Moribord
Würd ihn am liebsten massakrieren hinauswerfen
doch das wagt er nicht denn – es geht schon gewaltige Macht
von diesem Manne aus da kann man sich nicht wehren
Dennoch – den Mut hat er jawohl gnädiger Herr:
keine Flasche Wein ohne Bares auf die Hand

Der Vicomte sitzt hartnäckig im Kontor sitzt schweigt lange Zeit
dann spricht er sie aus – die Blitzidee:

„Hätt schon eine gute Bezahlung für ein gutes Faß Wein
bringt ers mir nur ins Schloß hinein. Doch vom Besten muß es
einer sein Dazu Cognac im Fäßchen und Foie Gras"

„So?" läßt Moribord da vernehmen

„Das muß schon ein ordentlicher Batzen sein den Ihr mir
da bieten wollt"

Der Vicomte schweigt blickt auf seine groben fetten Händ
dreht die Handflächen nach oben nach unten spreizt die Finger dann
Moribord wird neugierig sieht den Vicomte starr an

„Nun nun heraus damit" spricht er ... etwas frech
da trifft ihn des Vicomtes gewaltig verachtender Blick
will heißen ... er droht stumm:
ich bin der Herr hier ich ich ich nicht Du!
Auch wenn ich keinen Centimes in der Tasche hab –
ich bin was Besseres als Du!

„Ganz einfach mein Guter" hebt der Vicomte wieder zu sprechen an
„ich verkauf Euch für ein zwei Stunden meine Frau
die gnädige Vicomtesse Berthe de Beauroyre
das Weibsbild liegt den ganzen Tag im Bett stöhnt vor sich hin
da könnt Ihr mitstöhnen – wies Euch gefällt"

Moribord stockt der Atem Entsetzen quillt hoch
für wie lasterhaft er den Vicomte auch gehalten
soviel Verworfenheit hätt er nicht vermut ...

Doch der Vicomte beherrscht jedes Spiel
weiß wie begehrlich Moribord einst Berthe nachgesehn

„Nun" fragt er herrisch „abgemacht? Denk Dirs gut
Morgen gegen die Dämmerstund – mit allem was ich verlang
Werd sorgen das keiner was erfährt"

Sprichts stolziert mit hämmernden Hacken durchs Kontor
den Weinkeller mit seinen herrlichen Fässern
bleibt stehen greift nach einem der Krüge
die auf dem nußbaumgeschnitzten Tische stehn
greift einen wendet sich dreist dem nächsten Fasse zu
dreht am Hahne läßt köstlich roten Wein
schäumend in den Krug hineinlaufen so daß er überquillt
Moribord – wütend aufgesprungen – um dem Vicomte
Einhalt zu gebieten
es rinnt immerhin kostbarer Bordeaux zu Boden
stockt als er vor ihm steht denn er spürt:

was Grausames Gewalttätiges ist in dem Mann

Herrschsüchtiges abgrundtief Böses und er ahnt
daß ihm der Vicomte den Krug über dem Schädel
zertrümmern wird
sollt ers wagen ihn zur Rechenschaft zu ziehn

Gewaltiger Dämon denkt Moribord
wer auf diesem Planeten kommt eigentlich gegen ihn an?
Verflucht muß der Tag gewesen sein an dem er gezeugt
Da schlürft säuft er daß ihm Wein den Hals hinabrinnt
säuft gierig meinen edlen Saft als seis Bauernwein
Nichts zu schätzen weiß dieser Kerl
greift grabscht gierig so wies ihm grad paßt
frißt zerstört alles was ihm zwischen die Finger gerät
seis Wein Weib oder Kind ...

Der Krug ist leer Der Vicomte wischt sich mit seiner derben Pranke
den Mund schnell ab öffnet die Lippen zu höhnischem Lachen
steigt die ausgetretenen Steinstufen hoch öffnet die Tür
dreht sich noch einmal um:

„Bis morgen mein Guter!"

Dann knallt er die Türe zu so daß die Scheiben klirrn
Verstört ist Moribord bleich vor Angst
mag nicht einmal den Krug greifen den der Vicomte gehalten hat

Furchtbares ist um diesen Menschen Satan in Person

Er öffnet den nußbaumgeschnitzten Schrank
nimmt eines der vielen blitzend geschliffenen Gläser heraus
sucht eine Flasche gelben Sauternes in den Regalen
findet setzt sich ins Kontor in den breiten Lehnstuhl
schiebt ein Tischchen heran stellt Flasche und Glas darauf
läßt seinen Blick auf der Flüssigkeit ruhn
entkorkt die Flasche wartet ... gießt ein ... blickt lang
ins lichte Goldgefunkel ... dreht das Glas ... sieht zu
wie der Wein am Glase ölt ... trinkt
schließt die Augen trinkt atmet auf – vorbei der Spuk

So wars schon immer mit dem Sauternes ...vertreibt Dämonen

Und wie er sitzt trinkt in hellen Himmeln schwebt
da regt sich andere Kraft in ihm ...
so wars schon immer mit dem Sauternes ...

38

Und er webt sich hinein in den Traum
einmal in einem Schlosse mit einer Noblen zu sein
umgeben von Pracht goldenen Spiegeln seidnen Decken
ach die Vornehmheit ach sie ists die ihn reizt
nicht das aufgedunsene Weib
doch immerhin ... es ist Berthe das einst leichtfüßige Kind
eine Noble was Besseres als er ... oder nicht?

Einzudringen in diesen sonst geschlossenen Kreis
Vornehmheit zu durchbrechen benutzen Verbotenes nehmen
selbst um den Preis das ein Weib gedemütigt wird ...
ach – sie wirds überleben denkt er sieht Spiegel blinken ...

Und die Nacht vergeht wie im Fiebertraum
Stunden zählt er bis zur abendlichen Dämmerstund

Hat schon am Morgen aufladen lassen schon ist er unterwegs
holprige Straße hoch durch Eichenwälder
schon von weitem sieht ers stehen Fleurac Märchenschloß
hoch über höchsten Hügeln des Perigord
stolz und lieblich anzusehen
hoch über Tälern – verwunschen und schön

Kein Diener öffnet er muß selbst hinab vom Kutschbock
blickt sich vorsichtig um schließlich steht das Dorf zu nah
aus jedem Fenster könnten sie ihn sehn

Wenn auch was solls – er bringt Wein das ist kein Vergehen
Was mag man da im Dorfe klatschen
öffnet das große schmiedeiserne Tor
steigt wieder auf knallt mit der Peitsch über dem Gaul
fährt hinein in den Park dem Eingang zu
Noble Pracht ists die ihm entgegenweht ...

„Wahrhaftig" denkt er „werd meine Schulden eintreiben können
als er schweres Eichengestühl
im getäfelten Saale erkennt als er weiter kostbare Möbel sieht ...
Ehrfurcht ists die ihn überkommt
ein schönes Leben muß es sein ... in solcher Herrlichkeit

Aufregung steigt ins Unermeßliche Geheimnis Gier Angst
und das Gewissen pocht ... Laster ists allemal ...
Laster ists was geschehen wird Zerstörung Mord ja Mord ...
Mord ists was der Vicomte da seinem Weib antut

39

und kaum hat ers gedacht da sieht er ihn sitzen
eine Havanna paffend
streckt den Arm aus nach dem Fäßchen duftenden Cognacs
das Moribord schwer im Arme trägt

„Nur hereinspaziert" dröhnts jovial durch den Raum
„stell er nur das Fäßchen hier auf den Tisch
und hol er mir danach ein Glas – dort aus dem Schrank"

Frech kaltschnäutzig tönts glitzernde Wut Genugtuung im Blick
sitzt er da der Vicomte Beine hoch auf dem Eichentisch

Was für ein Tier denkt Moribord und doch
überspült Erregung ihn so heftig so unfaßbar grell und stark
wie ers nie zuvor gekannt

Das nenn ich was beim Weinfaß das nenn ich was
das ist schon ein Spaß wies da lodert in mir sich auftürmt
denk ich nur daran
daß ich gleich die Tür öffnen werd ins Märchenland
Zimmer der Berthe soll ja der schönste Raum im Schloße sein
und ...es treibt ihm Blut ins Gesicht
während er das Glas dem Vicomte bringt

Der grinst ihn höhnisch an blickt verächtlich auf die Hos
dorthin wo sichs wölbt dann winkt er rüd ihm nach rechts spricht:
„Geradeaus ... es ist keiner im Haus" schnarrt grob weiter:
„Doch stöhn er nicht zu laut!"

Spuckt einen Fetzen Havanna durch den Raum
gießt sich gierig vom braun leuchtenden Cognac ein
er siehts schon der Vicomte ja er siehts Moribord
hat beim Cognac nicht an Qualität gespart das ist ein Spitzenbrand
schnuppert er gleich säufts hinunter – viel zu schnell ...

Und Berthe die Vicomtesse vornehm arrogant Noble des Perigord
wie wird sies tragen diese Schand?

Vielleicht foppt der Vicomte ihn nur und er Moribord wird stehn
wie ein geprügelter Hund weil sie ihn
kühl mit eisigem Blick auf einem ihrer goldnen Stühle sitzend
sofort aus ihrem Raume weist?

Zögernd dreht er sich um mustert den feisten Vicomte

40

wie er säuft stiernackig bullig gefährlich wie ein Raubtier
und er geht zurück fragt: „Und sie?"

Da lacht der Vicomte dröhnend schnarrt:

„Habt nur keine Angst Jammerlappen Weiber hab ich immer
im Griff ... liegen mir zu Füßen himmeln mich an
und sollte eine mal nicht pariern kriegt sie die Knute
Will meine gnädige Vicomtesse nicht ... dann nehmt ihr
die goldenen Sesselchen weg die sind mehr wert als Euer Gesöff"

Dabei glitzert sein dunkelbraunes Aug so tückisch
daß Angst Moribord durchfährt
da gibts was das ich nicht weiß er quält das Weib mehr als ich ahn
und es kriecht hoch die Erregung in ihm und er dreht sich um
geht zur hohen Tür stockt klopft an
Ehrfurcht ja Ehrfurcht ists gepaart mit Gier Sucht
und er öffnet leis die Tür staunt in gold–weiß gleißende Pracht

Potzblitz das hätt er nicht gedacht ...
Möbel zierlich golden überreich geschnitzte Spiegel überall Spiegel
Gold goldne Pracht ...

Seit Tagen schon strömt der Regen schlimmer als je zuvor
Sturm peitscht den Perigord
die Vézère ist über die Ufer getreten Montignac in Not
Wasser steigt stetig weiter Feuchtigkeit zieht in den Mauern hoch
Schimmel blüht an den Wänden man klagt ...
über Gewitter Sturm und ... Gott

Gicht schleicht sich ein man friert bis in die Knochen
Jetzt schon Holz verfeuern in den großen Kaminen?
Was soll dann erst im Winter werden?
Und so säuft man Wein davon wirds einem warm
man liegt liebt ... liegt ... Arbeit? Laßt Arbeit Arbeit sein

Ach dieses Wetter dagegen hilft nur der Suff ... und ... die Liebe ...
das ist genug ...
und die Edlen von Montignac? Sie nutzen die Stund ...

man drängelt sich an langen Tischen im Kontor es duftet nach Wein
wahrhaftig der Mann hat köstlichen Saft

von Wein versteht er was nie ists gepanschte Brüh
man dämmert herrlich in den Nachmittag hinein
Weiber sie denken man arbeite hier warten bis man pünktlich
heimgekehrt warten – heut und morgen auch
ach es ist herrlich – Männerherrlichkeit ...
doch alles hat seinen Preis
Im Kontor dichtgedrängt macht Moribord händereibend
ein prächtiges Geschäft
Kalt ists heut feucht draußen Wasser rinnt überall und
Cerannes der Fleischer schimpft:
„Könnt mir einen Krug aus dem besten Fasse leisten
wenn dieses Monster von Vicomte nicht wär"

„Na so schlimm wirds nicht sein" lachen die anderen
„siehst ja ganz stattlich aus"

Und der Makler Vervères zieht ihn am Revers
tätschelt sein Doppelkinn

„Doch" knurrt Cerannes „es reicht mir mit diesem Kerl
Seit Jahren vertröstet er mich schnauzt mich an
Hätt man mir nicht von Kindesbeinen an Ehrfurcht
vor den Noblen eingebleut
dann hätt ich ihn längst am Fleischerhaken erhängt"

Die Männer lachen wieder

„Ja ein Vermögen schuldet er mir" knurrt Cerannes
„das beste Fleisch die besten Pasteten Jahr für Jahr von der Gans
bis zum Kalb Alles hab ich hingeliefert
Schloßlieferant wollt ich sein Nun ja Reklame muß eben sein
dacht ich ahnte nicht daß dieser Satansbraten kein Geld mehr hat
Schon seit Jahren verkauft er Land
Vervères warum hast Dus nicht gesagt?"

Vervères der Makler zuckt mit den Schultern bekommt
einen tückischen Zug ins Gesicht Die anderen nicken:

„ Ja Vervères an der Nase herumgeführt hast auch Du uns!"
ruft der Schneider doch dann vergißt ers in seiner Wut:

„Dieser Vicomte ... immer das vornehme überhebliche Getu ...
ich bin was Besseres als Du ... so hieß es doch immer
mit und ohne Wort ... also spur ... also parier

also kriech schön demütig vor mir ...
jawohl gnädiger Herr wie Sie es wünschen ... Hochwohlgeboren ...
Und keinen Centimes für dieses Getu"

„Dieser dreiste Kerl wie er die größten schönsten Blumensträuße
des Perigord verlangt aber keinen Sous in der Tasche hat"

fällt der Gärtnermeister von Montignac dem Schneider ins Wort

„Ich wag nicht einmal zu widerstehen
er kommt ja daher wie ein Gott dieser Herr
denk immer die Zeiten drehn sich zurück ...
gleich zieht er die Peitsch schlägt sie mir ins Gesicht ...
Revolution hin und her"

„Und ich erst" klagt der Wirt vom Clef d' Or
„wie plustert er sich
wenn er mit seinen Freunden kostenlos tafelt bei mir

Halt er die Schnauz! fährt er mich an
wenn ich ihm zu sagen wag daß ich heut sehen will ein paar Franc
Macht einem Angst der Kerl das muß ich sagen

Dirigiert mich mein Personal herum als seien sie sein Eigentum
Was nützt ein Vicomte der nur nimmt niemals gibt?
Ist das der Sinn von Adeligkeit? Schützt er uns?
Verschafft er uns Privilegien? Tut er was für unsere Straßen?
Für Arme Schwache Kranke? Nichts!
Er benutzt uns das ist die Schweinerei
Da wird gefressen und gesoffen
da wird gelebt in Saus und Braus
und Du stehst daneben Du armer Pfropf
siehst zu und weißt nicht ein noch aus"

Sie trinken ihre Wut ihren Ärger hinunter
ach es ist heut so kalt ...
Moribord der dürre Kerl schaut heut zu tief ins Glas
Schlecht ist das!

Denn nun bleibt die Geschichte von ihm und der Berthe
im Schloß Fleurac
kein Geheimnis mehr ... nun ists gesagt ...

Marguerite erkennt die Seele des Ortes Fleurac

Marguerite staunt als die Vision verblaßt vom Kontor in Montignac
steht wieder im Raume der Berthe de Beauroyre
sieht seidenen Himmel über großem Bett Hier also wars ...
Warum solche Geschichten ... wo ist diese Berthe?

Irgendwie wächst Angst denn plötzlich steht das schwammige Weib
so nah vor ihr daß Marguerite sie fassen könnt
Augen verweint Haar ungepflegt Kleid demoliert
und – Entsetzen – sie spricht!
Ein Geist der spricht wie ein lebendiger Mensch?!

„Gib mir eine Flasche Sauternes reich mir ein Glas
laß mich Du sein ich schlüpf nun in Dich hinein führ Dich
weiß
wo es herrliche Tropfen gibt trink Du ihn – denn dann trinke ich
Wie soll ichs ertragen im Totenreich ohne Wein ganz allein
nur mit meinen Möbeln diesem Raum in dem ich irr
ach wie lange schon ... kann nicht hinübergleiten in anderes Reich
denn das Grauen sitzt zu tief in mir Grauen Grauen Grauen
vor diesem Mann ... dem Vicomte der mich mein Leben
das meines Kindes
mich und mein ganzes Vermögen verschachert hat

Schock über Schock in mir über Kerle mit stinkenden Körpern
schmutzigen Gliedern die er mir gesandt
kannst Dir nicht vorstellen was ...“

Marguerite hebt die rechte Hand:

„Halt ein Berthe“ sagt sie streng denn sie fühlt ... Geist der nicht
sterben kann ... dieser Geist schlüpft in sie hinein
Oder ... war er schon immer in ihr? Schlummernd in Unbewußtem?
Nun erwacht?
Wie auch immer: eines darf nicht sein ...
sie kann nicht Berthes Leben einfach wieder leben
Berthe muß begreifen: ihre Zeit ist vorbei ...

Doch – wie helfen? Was kann sie tun
damit dieses Geschöpf nicht irrt ...
Menschen ... diesem Orte Erd Wasser Luft ...Schaden fügt
weil es Körper Sinne besitzen will
die es – für sie – nicht mehr gibt?

Da schwebt – aus dem Süden kommend – neuer Geist heran

Berthe wendet sich um will nicht sehen
Louise ists Louise de Beauroyre
schlank schmal mit großer Nas dünnem Haar
Louise ... Kind der Berthe ... Louise naht ...

„Warum willst Du gehen?" fragte Marguerite zu Berthe gewandt
„sist doch Dein eigenes Kind"

Berthe entzieht sich heftig läßt sich nicht halten

„Wie ... willst nicht mehr? Kein Plätzchen in mir?
Komm geb Dir ein Stückchen Mensch
eine Ahnung davon wieder was Sinne sind ...
komm kannst fühlen schmecken
und zum guten Schluß ... gönn ich mir und Dir ...
ein Fläschchen Sauternes nun – wie gefällt es Dir?"

Kein Zweifel ... weiß Marguerite ... Berthe hat ein schlechtes
Gewissen hat was ausgefressen
Da stimmt was nicht mit ihr und dem Kind Da hat sie
Mutterpflichten verletzt
auch deswegen irrt sie hier im Schloß
während sies denkt fühlt sie sich schlecht rechts vor allem
an der rechten Hüft und Brust ... fühlt sich aufgedunsen
hat ganz unerhörten Durst ...
ah ja denkt Marguerite das ist also Berthe
doch Vorsicht breite Dich nicht zu sehr aus
denn ... meine Liebe ... schon lang ... viel zu lang ...
kenn ich Eure Geistertricks:
erst ganz still und bescheiden dann – nach einer Weil
wollt ihr die ganze Persönlichkeit eines Menschen beherrschen
doch Berthe Schätzchen
hab meine Lektion gelernt ... meine Meister waren streng
brauch nur Finger in bestimmter Art aufeinanderzupressen
dann bist Du weg bist Du ... draußen ... aus und vorbei
Nur – damit Dus weißt Doch was ich tun kann um Euch zu erlösen
das sei getan dazu bin ich hier ...
das ist meines schwierigen Lebens letzter Sinn

Louise naht ... schneuzt sich die Nas mit den großen Löchern
steht aufrecht und doch voller Lieblichkeit
führt Marguerite stumm in anderen Raum
in dem ein schwarz–rot–geblümtes Sofa steht und
ein schwarzer japanischer Intarsienschrank

Automatenhaft wirkt Louise stark sehr stark
Auf merkwürdige Art ist ihre Kraft gebrochen
Alles in ihr fließt wirr gequält

Was hat man wohl an ihr verbrochen?
Berthe will sich abwenden doch Marguerite erlaubt es nicht
lautlos entsteht ein Kampf den Marguerite gewinnt
So sehen beide sich dann lang sehr lang das Louischen an ...

Während sie so stehn sehn klirrts klingts im Raum
auf so fremdartige Weis daß alle drei
erschrocken zusammenzucken sehen hören fühlen ...

glasharte Helligkeit qualvoll heller Ton
weißes Brokatkleid knistert ...

Marguerite tritt unwillkürlich zurück denn in den Raum
Es fällt immer mehr gleißendes Licht Kristall–Lüster funkeln
Wieso und warum?

Da sehen Marguerite Berthe Louise ... ein Kind
sie kennen es nicht ... trägt brokatenes Kleid ... doch ists ein Kind?
Nein Marguerite Berthe Louise staunen
Das Wesen hat kindliche Gestalt doch es ist greis ... uralt!

Vor ihm dem merkwürdig entstellten Geschöpf
mit stumpfen aschblonden Locken kniet ein Mann
in grenzenloser Helligkeit des Raumes sieht Marguerite
überdeutlich in sein Gehirn hinein
sieht Geschwür Verknotung Schlingung
die jeden Impuls der kommt falsch leitet
dorthin wofür er nicht bestimmt
sieht Beschränktheit seines Geistes
Verdunkelung der Seele
sieht hinter rot durchbluteter Haut
schwarzen Eiter fließen alles in ihm ist verzerrt alles krank ...
hebt schwere derbe Hand zum Kinde hoch

Doch das greise Kind in weißem Kleide bleibt stumm
schweigt in die Helligkeit hinein die langsam sich trübt
weil von dem knieenden Mann so viel Dunkles fließt

Und sie treten hinzu hohe Gestalten ...Woher kommen sie?
Plötzlich sind sie im Raum ...

48

Marguerites Herz klopft stärker denn je zuvor
möcht zu ihnen laufen rennen gehen fliegen eilen
doch so sehr sie sich auch müht
scheint festgewachsen
muß unbeweglich stehn da ruft sie lautlos in den Saal hinein:

„Ihr die ich einst verlor Ihr sagt mir wer ist dieses entstellte Kind?"

Da summts singts klingts so nah so vertraut ...
die Himmlischen antworten: „Es ist die Seele dieses Orts"
„Warum ists so krank entstellt und greis?"
Wieder hört sies klingen:
„Es hat einen Defekt Kann nicht vorwärts schreiten" ...
„Warum?"

Die hohen Gestalten treten näher und näher sehn das Kind
ernst und traurig an doch es wendet nur leicht den Kopf
sein Blick hängt an dem düsteren Mann

„Wir müssen gehn" klingts durch den Raum
„Helligkeit trübt sich Immer dann ist zu gehn unsere Zeit"

Wendet sich das Kind zu jenen hin die sprechen
Sehnsucht Liebe im Blick
„Du mußt ihm verzeihen" klingts zum greisen Kinde hin
„Du mußt Denn sonst bleibst Du in Dunkelheit"

Verschließen sich Lippen des Kindes zu hartem Strich
Helligkeit flackert weißes Brokatkleid knistert
schimmert matt Helligkeit erlischt
Der vierschrötige Kerl legt seine Stirn auf glänzendes Parkett
Wie merkwürdig ... denkt Marguerite öffnet schließt die Augen
dieser Kerl löst sich sekundenkurz auf
flimmert und dann seh ich einen großen schlanken ...
einen Hünen von Mann ... der da kniet ... was solls bedeuten?

„Wir müssen gehen" singts im Raume
„Willst Du erlöst sein dann verzeih!"

Da schüttelt das Kind den Kopf flüstert erst dann schreits:
„Nein Ich kanns nicht Nein! Ich kann ihm nicht verzeihn!"

Der Mann hebt den Kopf blickt aus dunkelbraunem Aug
hat verstanden erhebt sich und wie ers getan

geschieht Schreckliches: aus derber demütig düstrer Gestalt
die am Boden gelegen
erhebt sich dunkler machtvoller Klotz wuchtige Kraft
Gier wächst mit jeder Bewegung
alle Helligkeit ist gewichen finsterste Dunkelheit herrscht
und der kantige Kerl ist nicht mehr demütig sondern voller Haß

Noch leuchtet weißes Brokatkleid noch hört Marguerite Stimmen
der sich entfernenden Himmlischen wie verwehenden Hauch:

„Verzeih ihm verzeih!"

Doch das Kind schweigt weiter mit hartem Munde
und während der Klotz voller Gier seinen Blick
über das schöne Brokatkleid
die fein gerundeten Glieder des Kindes
gleiten läßt
dann nach ihm greift ruft Marguerite: „Halt!"

Bild verblaßt Zuviel für mich ... denkt sie ... das halt ich nicht aus!
Ein Schloß voller Geister und Götter
die entstellte Seelen umstehn und ich weiß nicht warum!
Hier werd ich verrückt ... Sie seufzt ... Doch was hilfts
Muß hindurch das ist Pflicht
Sinn ihres Daseins Schrecken Grauen Qual ...
atmet tief ein ...

Da spürt sie Berthe in ihr sie verlangt nach Wein

Krutzitürken!

„Halt Deine Klappe" ordnet Marguerite streng an
„Du hast nichts zu melden In d i e s e r Version von Mensch
bin i c h die Herrin hab i c h zu leiten! Also kusch!"

Verschreckt ob dieser derben Art schweigt Berthe still
da hören sie Louise am Fenster
sich wieder die Nase schneuzen automatenhaft ...

Marguerite tritt neben Louise schaut hinaus
weit über die Hügel in den Perigord hinein
sieht den Wind die Bäume wiegen Wolkenfetzen am Himmel ziehn
sieht weit unten auf der Straße nach Les Eyzies

ein junges Mädchen gehen – prall und schön
Es singt trägt ein Kleid aus vergangener Zeit ...

Spricht zum erstenmal Louisens Geist:

„Das ist meine Mutter Berthe de Veaux ... das ist Berthe"

Und wieder drehen sich die Zeiger der Zeit ...
Herbstsonne strahlt durch hohe Fenster ... Erinnerung beginnt ...

Marguerite und die Geister

Berthe singt ... Leichtigkeit in ihr ... zartes Weben
mit der sie über Horizonten schwebt ... Könnte sie glücklicher sein?
Ist ja schön und reich wie selten ein Kind denn es wird geliebt

s ist des Vaters Macht und Kraft die solche Liebe trägt
Liebe eines Vaters für sein helles fröhliches Kind ...
sie solls besser haben als er kleiner Provinzadliger
mit Namen de Veaux
wird und will er dafür sorgen daß sein einziges Kind
zum Hochadel gehört Aufstieg muß sein ...
Da kommt ihm die Werbung des Vicomte de Beauroyre
gerade recht ... ja sehr recht obwohl zugegeben es ärgert ihn schon
daß sein zukünftiger Schwiegersohn
zwar einen hehren Titel – doch kein Geld besitzt

Dennoch – wer könnt vornehmer auftreten als der Vicomte
immer erhaben lächelnd ...
wie er feine seidene Socken
beim Überschlagen der kurzen Beine zeigt
großzügig am schwer–süßen Aperitiv dann nippt leichthin erwähnt
es sei simples Bauerngetränk doch dafür gut dieser Pinot
sehr gut im Geschmack ... ja sehr gut ...
er aber habe hochadligen exquisiten Muscadet im Schrank
Überhaupt ... wie der Vicomte alles besser weiß und kann ...
Nur – warum ist er dann so arm?

Seitdem Verhandlungen für die Hochzeit begonnen
ist dem alten de Veaux die Lust auf Pinot geronnen
Der Kerl von zukünftigem Schwiegersohn hat nicht einmal
einen Beruf ... und – es wurmt ihn Tag für Tag und er fragt sich
warum er ... de Veaux ... Schloß Fleurac ...
das die hochadlige Sippe nicht mehr halten kann finanzieren soll
einfach nur so ohne Sicherheiten ohne das Schloß als sein Eigentum
Hochmut par excellence ... de Veaux erinnert sich:

es ist die Mutter zierliche Brünette die ihn auf Schloß Fleurac
empfängt in einem Raum – ausgestattet mit Möbeln
die er noch nie in seinem Leben gesehn zart fein elegant
die Gnädige ganz in brauner Seide
spricht nicht zehn Worte mit ihm
mustert sein bäuerlich anmutendes Kleid die derben Stiefel
als käm er grad vom Feld sitzt da mustert ihn als sei er gekommen
ihr Bürsten zu verkaufen ... schlicht degoutant ...
und nicht ... um sein Gut und Geld seine Tochter anzubieten ...

Es interessiert sie nicht ist ihr völlig gleich
wen ihr Sohn heiratet sie will nur Geld
und eines weiß sie sicher Geld rafft ihr Sohn nur für sich selbst
an Gier übertrifft er sie ... und drum ...
mit diesem Bauernstiefel de Veaux hat sie nichts im Sinn
Da kann ihr Sohn dieser eigensinnig faule Kerl
der nicht arbeiten will da kann er sie bedrängen wie er will ...
Schlimm genug daß sie hier sitzen
sich demütigen muß vor diesem perigordinischen Tölpel
denn Demütigung ists allemal
daß dieser Stinkstiefel ein Vermögen besitzt sie aber nicht
sitzt sie ... nur ... für ein Kind das sie geboren
doch auf den Tod nicht ausstehen kann ...
sie die kaum über den Tellerrand aus Sèvres hinausdenkt
ihre Adligkeit wie ein Sternenbanner trägt
obwohl sie in zerlumpter Unterwäsche geht
sitzt sie für ihren Sohn ein Tunichtgut eine Mißgeburt
mag ihn nicht sitzt sie im einzig noch möblierten Raum
alles andere ist schon verkauft ...
Hätten sie nur alle nicht so gehaust!

Nun soll sie liebende Mutter spielen damit ihr Sohn
an das Geld dieses steinreichen ehrgeizigen Provinzadligen kommt
Doch hat diese Mißgeburt Sohn es erst einmal in Händen weiß sie ...
wird er jeden davonjagen der Ansprüche an ihn stellt
Keinen Sous wird er abgeben davonjagen wird er sie ...
auch die eigene Mutter ... warum auch nicht ...
Oh dieser de Veaux wird den hochadligen Namen
mit siebenzackiger Krone
teuer erkaufen müssen für sein Kind und – eines weiß sie auch
schon jetzt: das Vermögen wird nicht lang reichen ...
sie kennt ihren Sohn nur zu gut ... wie der Vater so der Sohn
Güter Höfe Acker um Acker Wald Häuser Paläste
wird er fressen wie gebratenen Kapaun

Da kann sich der Alte die Zähne ausbeißen
an seinem neuen Schwiegersohn
Er ist mißraten weiß sie schon lang Doch nie je gefragt: warum?
Weil er Spiegelbild ihrer Seele seines Vaters seiner Kaste?
Keine Ahnung es interessiert sie nicht ...
will nur Luxus Dienerschaft Reichtum und Macht

So sitzen sie schweigend
da ... öffnet sich die Tür und der alte Vicomte tritt ein ...

Herrschsucht wie eine Krone über dem Haupt denn ...
es soll diesem Esel aus dem verlotterten Perigord
keine Chance gegeben werden sich als seinesgleichen zu fühlen
nein ... nur: gib und dann stirb ... heißts hier

Und der alter Esel durchglüht von Ehrgeiz blind vor Sehnsucht
nach vergangener Zeit
als Adel noch mit edel zusammenzubringen war ...
noch mit Ahnung von wahrer Herrschaft über Menschenwelt

dieser alte Esel verglüht fast vor Gier nach Titel Status Rang
und so erkennt er nicht daß man ihm Komödie spielt

Jeder Kaufmann siehts riechts schon von weitem:
den Beauroyres weht das Hungertuch abgewirtschaftet
die gesamte Sippe
schon lang wird verkauft und dennoch geprasst

Voller Ahnenstolz sind sie davon überzeugt daß edleres Blut denn
im gemeinen Volk ... in ihren Adern fließt und so greifen sie
zu jedem und allem
denken es steht ihnen zu ... Kraft Gottes Kraft der Natur ...
nutzen bereichern sich wo und wie sie nur können
vor ihnen hat man sich zu beugen und er Bauerntölpel de Veaux
hat dem alten Vicomte nun Rede zu stehen:

Wieviel Gut? Wieviel Geld? Wieviel Mitgift?
Welche Sicherheit?

Der Alte will sich nicht lumpen lassen
in seiner Ehrfurcht vor so viel Hochmut läßt sich einschüchtern
will ihnen gleichtun auch hochadlig sein reckt sich
läßt sich hinreißen sagt:

„Nun denn ich kauf zu einem guten Preis Euch Schloß Fleurac ab
Für mein Kind ists Morgengab ... ihres soll es sein ..."

So spricht er sich ins Unglück hinein und die Gnädige
und der alte Vicomte lächeln fein

„Nur das Schloß?" hört er fragen kalt keck unverschämt
Da dreht sich de Veaux aus zierlichem Sessel hoch

fühlt sich jämmerlich nichtig und klein ja denkt er das Schloß allein
ist eine zu bescheidene Gab für so viel Adligkeit
und vergißt dabei: die goldenen Zeiten sind vorbei
bietet willfährig weiter und weiter ... dieses und jenes Gut
diesen Hof ... und ein schönes Palais ... Adligkeit nickt gnädig:

„Der Notar wird morgen bei Ihnen sein"

Begleiten ihn nicht einmal zur Tür mustern ihn kalt
lassen ihn in seine Kutsche steigen
sehn hinter verhangenem Fenster ihm nach ...
Der alte Vicomte reibt sich die Hände es ist geschafft
denkt er ... für dieses Mal die Partie gewonnen
doch die Gnädige hemmt seinen Stolz:

„Freu Dich nicht zu früh das Vermögen gehört der Berthe
nicht Dir oder mir ... sicher wärs klüger gewesen
hättest Du Dir ein oder zwei Güter überschreiben lassen
auf Deinen Namen ...
glaub mir Dein Sohn wird Dich abservieren sobald er Weib
und Geld in Fingern hält ... "

Der alte Vicomte runzelt die Stirn denkt haßerfüllt:
dieses erbärmliche Weib ...
alles will sie besser wissen redet mir ständig hinein ...
ich hasse die Weiber ... hasse diese Frau und das schlimmste ist:
hab kein Geld ...

Schreit sie an: „Warum hast Dus nicht gesagt und getan?"

Erwidert sie lapidar: „Hättest Dus erlaubt? Hättest Du mich nicht
sofort lächerlich vor ihm gemacht?
Durft ich je anderes denn schweigend repräsentiern ...
Deine Blödheit Deine Inkompetenz!?
Herrgott ich hasse Dich! Hätt ich nur einmal wirtschaften dürfen
wär mein Vermögen nicht verbraten verloren!"

Dieses Weib bring ich um ... olche Frechheiten sagen läßt
Wär ich noch wer in dieser Welt: würd sie vergiften
verbrennen ihr jedes Verbrechen anhängen
nur damit sie bestraft werden könnt für solch unglaubliche Red

De Veaux indes fühlt sich schlecht auf dem Weg zurück
was tun fragt er sich bang wenn ich mein Vermögen verspielt

denkt ... doch ... dann – voll ärgerlicher Eitelkeit
immerhin ... habs dem Hochadel gezeigt
meine Tochter wird dazugehören
doch – schleicht bang sich die Frage ein: um welchen Preis?
Meine gesamte Existenz ... alles was ich hab ... in der Hoffnung
daß der Mann Gut und Geld ...
und mein liebliches Kind zu schätzen weiß ...

Je länger er nachdenkt desto sicherer schleicht sich
die Ahnung ein daß ihn diese Heirat dieser Schwiegersohn
das Leben kosten wird
Wie soll alles zu zahlen sein: Schloß Dienerschaft ...
wer pflegt den Park? Wer die vielen Räume bis unters Dach?
Leibeigene gibts nicht mehr ... und das perigordinische Bauernvolk
war zum Dienen noch nie begabt ...
diese aufsässigen Okzitaner mögen keine Uberheblichkeit
und ... wovon soll Berthe sein Kind leben
wenn der Schwiegersohn nicht arbeiten will
weil sichs für den Hochadel nun einmal nicht ziemt?

Also wird er sein Kind finanzieren müssen:
Roben Dessous Champagner Pralinen feine Bücher Kammerzofen

Und – woher Brot nehmen Fleisch Kartoffeln Enten ...
alles das was so viele Menschen
die in einem Schloß leben ... eben essen?
Ihm schwant Ungutes ... das ist zuviel für einen einzigen Mann
wie ihn ... da wird der neue Sohn ... ja er hat da eine gute Idee:

Weinstöcke sollten um das Schloß herum stehn Weingut
müßt es werden das Schloß ... Gut Fleurac und ...
Obstbäume ja Obstbäume müßten zuhauf bis ins Tal hinunter
gedeihn ... brächte Geld ein ... die Schnapsbrennerei ...
er könnt sicherlich eine Lizenz beschaffen ...

Herrlich! In den Kellern würd es duften!
Doch – was ist wenn die feine Adligkeit sich nicht die Finger
schmutzig machen möcht?
Nicht jeden Tag Arbeit Weinlese Keltern Brennen? Nicht Kunden
anwerben? Ja was dann?

Er hat sich verplappert droben im Schloß
hat ihnen zuviel versprochen – das geht nicht gut
Doch geschehen ists er kann nicht zurück

Und so setzt er am nächsten Tag sein Kind in die Kutsch
fährt die Straße hoch durch Eichenwälder Trüffel sollt man hier
wieder kultiviern denkt er und da steht schon Schloß Fleurac
Er hält an noch bevor sie das Tor erreichen nimmt seines Kindes
Hand sagt: „Nun wär das ein schönes Heim für Dich?"

Berthe sieht hin denkt ach sist nur ein Traum nickt atemlos
drängt vorwärts möcht aussteigen hinlaufen zum Schloß ...

„Nun lauf schon" sagt der Vater mild und sie tuts ...

de Veaux knallt mit der Peitsch rollt zum Schloß
Herrgott warum hab ich dämlicher Hund ohne einen Preis
zu nennen den Kauf dieses Gemäuers angeboten?
Sie werden mich allesamt über den Löffel barbieren
Hohnpreise türmen ... Und er steigt vom Kutscherbock
da steht auch schon sein Kind strahlend faßt seine Hand

Berthe ist so glücklich naiv verträumt ...
fiebert der Sekunde entgegen in der sie das Schloß betreten darf
schreitet aufrecht
so – wie es sich gehört für eine zukünftige Vicomtesse ...

Ein uralter Diener ausgemergelt und schwach öffnet das Tor
läßt beide hinein ... sie warten ...
doch keiner der Hochadligen läßt sich sehen ... keiner begrüßt sie ...
meldete der alte Diener sie? ...
Er ist verschwunden ... bleich ausgemergelt schwach
Dieses Pack! denkt de Veaux ... Hats nicht einmal nötig
uns die Hand zu reichen uns zu grüßen ... oh was hab ich nur getan?

Sieht seine kleine reizende pralle Tochter an
nein hochadlig wirkt sie nicht doch lieblich edel und voller Kraft
Sie gehen beide durch die Halle gehen gehen
an einer Flucht heller lichtdurchfluteter Zimmer vorbei alle leer ...
sehen Marmorkamine verzierte Decken
Berthe staunt wie ein Kind nur staunen kann

Und des Vaters praktische Art sich die Kellergewölbe anzusehen
gibt ihr Gelegenheit allein in leeren Räumen zu stehn
sich wundernd warum man sie läßt ...
geht andächtig still sieht einen Raum ... ihr Herz schlägt höher ...
beschließt sofort: dies wird ihr Reich ...
ist glücklich hier sofort seit der ersten Sekund überhaupt ...

59

seitdem sie das Schloß betreten weiß sie... es gehört zu ihr
sie zu ihm fast ist ihr als stehe ein hochgewachsener Mann Hüne
hier und dort ... lächle ihr freundlich zu ... Dummheit Unsinn ...
Dort ... beschließt sie ... soll ihr Bett stehn ... dort ...
scheint die Luft leichter ... prickelnd ... Champagner gleich
den sie noch nie getrunken hat ...

Merkwürdig vertraut diese Luft hier ... das Gefühl ...
selbst Luft zu sein keinen Körper zu haben herrlich ...
es müßten so dünkt ihr ...
über ihrem Kopfe ... gläserne Pyramiden wachsen ...
so vertraut wärs als sei sies gewohnt ... seit urewiger Zeit ...

Welche Dummheit ... denkt sie ...
ach Berthe ach nun wird ihr bang denn der Vicomte der Mann ...
den sie heiraten soll
sie weiß nicht ob sie sich in ihn verlieben kann
Ist ja nicht jener der ihr ... hier ... gerad zugelächelt ...
ach wirds schon können ... vielleicht ja doch ...
wenn er nur einmal recht nett zu ihr wär
doch das ist er nie ... immer hochnäsig
Das gefällt ihr nicht denn sie weiß: ist schön und reich ...
nur nicht so adlig wie er ... ists das was ihn wurmt?

Sieht er in ihr nur ein plumpes derbes Bauernding?
Sie ist sicher ... wird ihn zu betören wissen ... träumt:
wird Liebe ausgießen aus unerschöpflichem Quell
doch weiß nicht
daß ihn weder Liebe noch Schönheit betören kann
sondern nur Macht und Geld

Feinheit Kunst Liebliches Zartes – das macht ihn nicht an
was scherts ihn Albert de Beauroyre
Herr will er sein über alles und jeden Herr Herr Herr
Junker sein zechen mit Kumpanen
auf die Jagd gehn ob nach Wild oder Weib ... lachen streiten ...
mit Männern nie mit einem Weib ... ists nicht wert ...

Plan: sein neues junges Weib wird ihn nicht scheren
sicherlich nur Ansprüche stellen ihm ... o Graus ...
morgens eine Kinderschar ans Bett bringen wollen
ihn zwingen darüber glücklich zu sein

Nein das wird er ihr austreiben so wie jegliches Herrschenwollen

Schon in der Hochzeitsnacht soll ihr klar werden:
er und nur er ist der Herr

Unheil nimmt seinen Lauf ... das schöne naive Kind Berthe
weiß noch nichts ... und das ist gut

Irgendwann reißt der Vater Berthe aus ihren Träumen
steht wütend mit rot angelaufenem Gesicht
denn: kein Diener ist zu finden Herrschaft schon gar nicht
man ignoriert ... de Veaux hat zu gehn ...
Den Alten quält diese Demütigung

Schweigend führt er sein Kind aus dem Schloß
hoch über höchsten Hügeln des Perigord

Sie fahren langsam dem großen Tore zu
auch das müßte erneuert werden doch – von welchem Geld?

De Veaux grämt sich hört sein Kind Pläne schmieden ...
von Rosenbäumchen–Alleen ... neue Möbel müßten her ...
nicht das übliche plumpe dunkle Zeugs ...
Was tun ... brütet de Veaux
hab mich schon viel zu weit aus dem Fenster gehängt
vielleicht sprech ich ein Wort mit dem Schwiegersohn in spe

Drunten in Les Eyzies im feinsten Hotel am Platze
müßt er mit seinen Kumpanen sitzen
hoffentlich nicht wieder auf de Veauxsche Rechnung

Und so hält er – auf der Rückfahrt – vor dem Hotel
heißt sein Kind warten findet den jungen Vicomte
mit drei Freunden ... tafeln – vom Feinsten ...

„Hab mit Euch ein Wort zu reden" winkt de Veaux ihm
Der junge Vicomte kommt herbei voller Hochmut Feindseligkeit ...
diese unvorstellbare Überheblichkeit!

Denkt ja ist fest davon überzeugt er sei was Besseres
als andere Leut ... dennoch – de Veaux braucht klare Sicht ...
schluckt die Demütigung kratzt sich am Kopf:

„Vicomte möcht Euch sprechen Nennt mir einen Termin

Vielleicht in fünf Minuten? Vielleicht in einer halben Stund?
Wißt Ihr – ich denk ... wir müssen über Geschäfte sprechen
Sie werden ja mein Schwiegersohn ... also ...
Ihr müßt mir helfen hab da für Euch und mich und die Zukunft
ein paar vernünftige Ideen"

Der junge Vicomte blickt ihn feindselig an
de Veaux hat einen faux pas begangen plumpst hier primitiv herein
stört den Vicomte in Privatereien ... de Veaux lenkt ein:

„Vezeiht meine Aufdringlichkeit doch es geht um mein Vermögen
muß mit Euch sprechen und im Schloß fand ich keinen"

„Ihr seht doch ich hab Gesellschaft hier"

„Hoffentlich nicht wieder auf meine Kosten" grollt de Veaux

Da dreht sich der Vicomte sagt kurz:

„De Veaux ... ich weiß daß es Euch an guter Kinderstube fehlt
Euer Verhalten ist lächerlich ... um es kurz zu machen ...
meinen schönen Titel mein adliges Savoir bekomm ich auch
in andere Familie hinein ... denn eines weiß ich ganz genau
es gibt Väter mit Töchtern die gebildeter liquider sind
es gibt solche die wissen was sich gehört"

Sprichts geht wieder an seinen Tisch setzt sich säuft frißt
läßt de Veaux stehen Das ist ein Hieb der hat gesessen
De Veaux verschlägts die Sprache angesichts solcher Lieblosigkeit
doch auch in Erkenntnis eigner Unfähigkeit

Ach hätt ich mich doch nicht involviert in das Noble ...
dieses adlige Gesindel
bin ihnen nicht gewachsen bin zu derb ... hab keine Ahnung

Und er verläßt das Hotel steigt bedrückt auf den Kutschbock
grollt mit sich ... während Berthe vom Schlosse träumt ...
sitzt er schweigend
hadert auch später beim Abendbrot neben seinem Weib:

„Kann mir nicht denken wie so ein knallhart taktierender Kerl
Wein– oder Obstbauer werden könnt ... denk ... er wird alles Geld
Hab und Gut das er von uns bekommt auf die vornehmste Art
verprassen leben wie ein Edelmann vergangener Zeit

Doch – was ist wenn unser Vermögen zur Neige geht?
Ein Schloß unterhalten – mit aller Dienerschaft
wie will er das schaffen?"

Sein Weib blickt ihn erstaunt an
„Mann ich denk Du hast alles im Griff?! Hab doch schon in Sarlat
ein Bett mit weiten goldseidnen Stoffbahnen in Auftrag gegeben
Gardinen werden geklöppelt
das Hochzeitskleid wird für Berthe genäht ... "

„Wißt Ihr" sagt de Veaux bedrückt „denk wir haben uns verzettelt
Das alles ist eine Nummer zu groß für mich läßt sich nicht rechnen
und die Hochwohlgeborenen sind dermaßen stolz und frech
daß mit ihnen nicht umzugehen ist
behandeln mich wie letzten Dreck ... was wird da mit Berthe?"

Er stöhnt Sein Weib ist entsetzt in Berthe kriecht Angst hoch
langsam doch unaufhaltsam lähmt sie frisch strahlende Kraft
„Vater" spricht das Kind „Vater zu mir ist er auch nicht nett
Hab ihn angehimmelt doch er meinte solch ordinär–dummes Gehab
gäbs in hochadligen Kreisen nicht ... sei vielmehr Schand"

de Veaux seufzt:

„Müßt Euch vorstellen da haust diese Sippe in leerem Schloß ...
allesamt Habenichtse ... doch – anstatt mir ... ihrem Retter ...
dankbar zu sein ihn aufzunehmen in ihren Kreis
hochnäseln sie
werfen mir meine Tolpatschigkeit vor
als seis meine Pflicht sie zu retten als seis Selbstverständlichkeit
daß ich ihnen mein Kind mein Vermögen zu Füßen leg
Oh je ... die Hochzeit ... sehs schon kommen
da werden Unmengen von adligen Verwandten anreisen
auf meine Kosten tafeln fressen saufen in Hotels wohnen wollen ..."

De Veaux stöhnt vor Gram greift zur Flasche billigen Bauernweins
mehr wagt er sich nicht mehr zu leisten
schluckt prustet stöhnt hält sich die Stirn ... hätt er sie nur nicht
eingefädelt diese vermaledeite Geschicht ...

Verflucht sollen sie sein die de Beauroyres
Nichtsnutze dieses verdammte adlige Pack

Ruinieren werden sie mich glaub das ertrag ich nicht

Seit Wochen schnarchen des jungen Vicomtes adlige Kumpane
im Hotel ‚Les Glycines‘ ... gut gehen lassen sies sich
mit feinstem Fressen des Perigord ... reiten auf die Jagd ...
gröhlen tratschen Tag für Tag und ...
die Rechnung schickt der Wirt dann mir nach ...
Morgengab heißts da frech
wenn ich den Vicomte zur Rede stellen will ...
Sei ich ein Bauerntölpel oder Kandidat siebenzackiger Adligkeit?
Kleinlich wirtschaften?
Geschmacklos nenne man in hehren Kreisen das ...
Könnt ihn umbringen diesen Hund! Warum hab ichs nicht gewußt?“

Berthe beginnt zu weinen schluchzt:

„Was soll denn nur werden mit ihm und mir?
Alle Welt redet schon davon daß wir ein Paar ...
Du Vater warsts der sich hat sonnen wollen im Glanze
hochadligen Namens
Wars nicht Dein Traum? Nun ists Deine Schuld!“

„Schon recht Kind schon recht“ wehrt de Veaux ab
„doch wenn ich alles zusammenfüg ...
jede Rechnung die ich bis heut bezahlt ...
dann das unglaubliche Gehab dieses Packs ... denk ...
hab mich verzettelt war zu naiv zu blöd ...
gegen solche Art komm ich nicht an das ist zuviel für kleinen Mann

Was bilden sie sich ein diese Habenichtse ...
so mit mir umzuspringen!
Ich zahl und zahl damit sie freundlich zu uns sind
Doch haben sie mein Kind einmal nur liebevoll angesehen?
Hat dieser Mensch Arbeit? Einen Beruf? Würd er Weinbauer? Nie!

Wie konnt ich nur denken daß Armut ihn
zu neuen Taten schreiten läßt ...
ihn dazu bewegt eigenes Schicksal neu zu überdenken
fleißig sein sich Mühe geben Neues beginnen ...
helfende Hand dankbar nehmen ...
nein nein der sitzt im Hotel und später im Schloß
wartet darauf daß ihm Geld vom Himmel fallen muß
De Veaux stöhnt wieder auf ...
legt seinen Schädel auf die Platte des Tischs
sein Weib streicht ihm übers Haar wendet tröstend ein:

„Du siehsts zu dunkel Mann ich denk der junge Vicomte
ist ein kräftiger Kerl er wirds schon begreifen wie schwierig es ist
ein solches Schloß zu erhalten
Wenn er erst die Verantwortung trägt
dann lieber Mann wird er in die Hände spucken
dann wird er Dir und Berthe alle Ehre machen"

de Veaux stöhnt

Steht Berthe auf schleicht bedrückt in ihren Raum
streicht wehmütig an kostbar geklöppelter Spitze
eng wird ihr ums Herz
träumt nicht mehr von Licht und Liebe ahnt dumpfen Haß
schwört sich: werdens mir nicht nehmen können
das was mich reich und glücklich macht – die Liebe
schwört ... nie niemals ... beginnt zu schluchzen ...
ahnt Gemeinheit Demütigung Haß und Verrat

„Wir sollten uns die Sache noch einmal überlegen"

sagt indes de Veaux zu seinem Weib

„Will diese Hochzeit nicht mehr ausrichten ...
mich für diesen Affen nicht zugrunde richten ...
will ihn nicht zum Schwiegersohn"

„Das kannst Du nicht tun" wendet das Weib ein
„wie stehen wir da wenn das Kind Jungfer bleibt ...
wo können wir uns noch sehen lassen?
Werden wir noch Freunde haben? Wird nicht getuschelt ...
warum und weshalb die ungleiche Liason nicht zustande kam?
Woher weißt Du daß diese Sippe sich nicht rächen wird
Lügengeschichten erzählend über unser liebes einziges Kind?
Wer weiß was sie ihr anlasten ... vielleicht ...
daß sie keine Jungfrau mehr sei ...
der adelige Vicomte darum Abstand genommen hab?
Wir habens zu weit getrieben Es gibt kein Zurück
Wir müssen hinein und untergehen"

„Nein!" knurrt de Veaux störrisch „lieber soll man mich meiden
als das Unglück über uns alle kommt"

Am nächsten Morgen erscheint de Veaux wieder im Schloß ...
Der Schwiegersohn? Nein der sei nicht da ... wird ihm kühl

65

vom alten Diener gesagt
Nun ... dann wird er sichs wohl drunten in Les Eyzies
gut gehen lassen denkt der Alte
nach einer halben Stunde wilder Fahrt ist er da

Möcht den jungen Vicomte sprechen heißt es
an der Rezeption ...
man sendet hinauf doch der Vicomte läßt den Alten warten ...
ein zwei Stunden sinds ...
Da hälts de Veaux nicht mehr aus stürmt kurzentschlossen
die Treppe hoch tritt wutentbrannt die Türe ein
sieht eine Flasche Champagner auf dem Tische stehn
stürzt ins Bad sieht seinen Schwiegersohn in spe
in dampfendem Wasser liegen genußvoll eine Zigarre im Maul
steht vor ihm ... der nun seinerseits fassungslos starrt
steht vor ihm schreit mit bläulich werdendem Gesicht:

„Raus aus dem Wasser raus! Schluß mit Champagner auf meine
Rechnung! Mein Geld und mein Kind kriegst Du nicht!"

De Veaux blitzt den jungen Vicomte an ... wie ers nie zuvor gewagt
Albert schaltet schnell spürt
hier ist eine Grenze erreicht er darf den Alten nicht mehr reizen
sonst ist alles verspielt:
Geld Schloß ein faules Leben das pralle jungfräuliche Kind
So bleibt er stumm in der Wanne sitzen
noch beherrscht er die Klaviatur der Noblesse
Der Alte starrt fordernd Der Vicomte starrt hochmütig zurück
Hier ist Dein Ende ... Vicomte ...
weiß de Veaux habs erkannt
dreht sich um poltert die Treppe herunter steht vor der Rezeption:

„Keinen Sous mehr für diesen Lumpen!" schreit er ... wird
wieder bläulich–rot im Gesicht „Keine Rechnung mehr an mich!"

Und er schnaubt schnauft prustet hustet stürmt hinaus
fährt in rasender Fahrt ... stürmt ... die Pferde keuchen ... stürmt ...
stöhnt ... immer wieder während der Fahrt
weiß: das also wars was ich nicht begreifen konnt ...
Adlige ... ihre Schlösser ... wer kann sie schon noch halten
in heutiger Zeit ... wenn es keine Leibeigenen mehr gibt?
Welcher Bauer tut noch Frondienst ... welche Magd dient noch
für Brot und Kleid?
Doch lernt dieses Pack daraus?

Liebe zur Menschheit ... oder ... redlich zu teilen?
Wollen sie etwa selbst große Säle auskehren
Brennholz herbeischaffen Kleider nähn Dach repariern?
Adliges Pack hat ausgefeiert – das ist der Grund!

De Veaux lehnt sich zurück sein Gesicht verlischt denkt:
nur ich alter dummer Hund hab noch meinen Traum geträumt ...
von adligem Namen Ehre und Ruhm ... ja ... es geschieht mir recht
Dabei würds ja gehn ... alles gut und schön ...
wenn
dieses Pack nur was lernen wollt wenn es sich fügen könnt
sich ins Unvermeidliche schicken
fleißig und arbeitsam würd ...
adliges Knowhow investieren würd ... in die Gemeinschaft ...
ja – dann könnten wir alle profitiern ..ach ich blöder Kerl ...
bin hundert Jahr zu früh auf der Welt
schlagen sollte man mich dafür
daß ich geglaubt diese Kaste sei was wert
fleißig war ich hab gearbeitet mein Leben lang
damit ichs jenen einmal gleichtun kann ...

Und so jammert er stumm blickt nicht zurück fährt und fährt
bis das Blut ihm wieder zu Kopfe steigt ...
Halts nicht aus das Leben stöhnt er die Luft wird ihm knapp
Atem geht schwer es würgt ihn plötzlich so grausam ...
er lehnt sich zurück ... die Pferde galoppiern ...
obwohl nun de Veaux nicht mehr die Zügel hält ...
galoppieren brav treu die Kutsche direkt vors Herrenhaus

Und auf dem Kutschbock liegt er ... der Alte ... tot

Indes ... der junge Vicomte schaltet schnell Beute ist in Gefahr
so läßt er sich fette Pfründe nicht nehmen
Wo gibts jemanden wie de Veaux sonst noch ... denn im Perigord?
So naiv ... so verträumt? So gläubig ... so ehrlich?
Soviel Geld Acker Weinberge Herrenhäuser Gehöfte?

Dumm werd ich sein laß ichs mir nehmen Kind einzige Erbin ...
sie wird mein!
Wenn er nicht mehr will ... muß ichs anders drehen
Springt aus dem Wasser der Wann wirft die feine Havanna hinein
kleidet sich an so schnell es geht ...

Zuvorkommen muß er dem Alten schnell muß er eilen ...
schneller im de Veauschen Herrenhaus sein swird knapp
doch die Sache ists allemal wert ... das Dummchen mitnehmen
schnell ... bevor der Alte Tatsachen schafft

Und er läßt sich ein Pferd geben reitet quer durch den Wald
schneller schneller ... muß schneller als der Alte sein
erreicht auch schon das Tor zum de Veauxschen Herrenhaus ...

Her mit dem fetten Brocken denkt er
bindet das Pferd eigenhändig
Dienerschaft schaltet nicht so schnell ...
öffnet die Tür ...
da befiehlt er schon dem erschrocknen Kammermädchen
schnell das gnädige Fräulein zu holen
schüchtert sie ein
das Mädchen knickst läuft mit raschelnden Röcken zu Berthe ...
sie steht am Fenster ... blickt in milden blauen Himmel hinein
da schreckt das Mädchen sie auf ... flüstert erregt
der Bräutigam der gnädige Herr sei da ...

Berthe dreht sich um – erstaunt
da steht er schon faßt ihren Arm
da steht er: klein feist fett und stramm lächelt wie sonst nie
freundlich verbindlich mit strahlendem Aug ...
Sie kanns kaum fassen – wer hätte mehr Charme? Er küßt ihre Hand
Kraft ist in diesem Kuß – oder Gier? Woher soll sies wissen ...
ist ja ein Kind Seine Berührung durchzieht sie bis ins Herz
gar nicht überheblich ist er mehr:

„Hab Euch zu lang warten lassen schöne Berthe"
spricht er in schmelzendem Ton

„doch es schien mir ein Näherkommen nicht angemessen bisher ...
schließlich haben wir alle einen guten Ruf zu verlieren ... ?"

Er stockt verhalten spielt die Rolle eines Liebhabers perfekt
Röcke der Kammerzofe rascheln

„Geh!" befiehlt er der Zofe streng Sie geht Nun hat er leichtes Spiel

„Meine süße Braut" tönt er sanft ... es sind ...
Worte ... die schwingen in Berthe wie kühler frischer Wind

Ja sie ist Braut Braut Braut Braut ... was für ein Wort

„Kommt ich lad Euch zu einem Spaziergang ... " spricht er
sanft und galant reicht er ihr die Hand
sie kann nicht widerstehn hats zu lang schon ersehnt:
Liebe Verliebtsein den ersten Kuß

Geht sie neben ihm einer Prinzessin gleich die Mutter siehts ja nicht
die Zofe blickt verstohlen und er der Vicomte
ist klug genug freundlich zu lächeln nichts an ihm wie sonst

Berthe träumt ... er sei ein zauberhafter Geliebter
der ihr jeden Wunsch von den Augen ablesen ... neben ihr ...
morgens aufwachen der sie lieben und auf Händen tragen wird ...

Sie verlassen beide das Herrenhaus Albert geht schnell
zieht Berthe ... rasch ... muß sie gehn
Wenn jetzt nur nicht die Kutsche mit dem alten de Veaux ...
Berthe zögert als sie einen Waldweg erreichen: „Meine Eltern
werdens nicht leiden wenn ich allein mit Euch im Walde geh"

„Ach" wendet er ein geht immer schneller „muß doch möglich sein
daß wir einmal nur für eine Weil der Norm der Etikette entfliehn"
legt den Arm um ihre Schulter
küßt sie zart aufs Ohr ... sie schmilzt hin vor Glück

Und so gehn sie – das Schicksal nimmt seinen Lauf
er beginnt zu erzählen von sich seiner Kindheit stolzer Adligkeit
der Jagd ... den Hunden die er liebe
Reichtum den er eigentlich nicht begehre doch ...
notwendig seis ... ja eben nur notwendig ... ja ...
erzählt von Gesellschaften die einst seine Mutter gab
als sie noch Vermögen besaß
sie Berthe werde doch sicher in der Mutter Fußstapfen treten ...
eine große Dame sein ...

Währenddessen nähert ihrem Hals sich sein Gesicht
es schaudert sie vor lieblichem Sehnen
ja sicher sie werde eine vorbildliche Vicomtesse
werde ihm ... seinem Schloß Glanz und Reichtum bescheren
Geliebte sein ... Mutter vieler Kinder
das Haus führen wie es einer adligen Herrin gebühre

Ganz tief sinkt das was sie seit gestern vom Vater weiß ...
Hats vergessen ...
träumt vom Schloß ... einem Leben als Vicomtesse

Und als er sie in seine Arme nimmt
sanft ganz sanft ihre Lippen sucht sanft ganz sanft
da schließt sie die Augen ... gibt sich hin ...
und als er weiter von der Zukunft spricht
dem Schloß Weinbergen in denen er arbeiten mit dem Alten ...
wie hat ers nur erraten ... des Alten Wunsch?
Einen Weinkeller würden sie schaffen wie es keinen zweiten geben
werde im Perigord und dann wie er treuherzig erzählt
daß er gar selbst in der Schloßküche stehen
beim Kochen der Pasteten helfen
mit weißer Schürze hoher Chefkochmütze
und wie er – bester Mann der Welt – alles tun werde
damit seine kleine Berthe die glücklichste Frau der Welt ...

Wie ers erzählt da glaubt ers selbst
denn seine Rede hört sich wunderbar an
Er ist stolz auf sich – seine Schauspielerei
ach er ist ein toller Kerl
Ganz und gar schwindlig wird ihm zumut
weil er so etwas über die Lippen bringt
Lust auf ihren prallen Körper züngelt in ihm wie hohe Flamm ...

„Setz Dich doch nieder hier neben mich ins Farn ...“

Er schmeichelt girrt flötet ... Berthe setzt sich ...
will und kann sich nicht wehren ... gegen seinen Willen ist zu stark
Und so streift er die langen Röcke hoch
fährt mit seiner fetten Hand ... über ihre Beine
nestelt an feiner weißer Spitzenwäsche
legt ein dunkel behaartes wildes kräftiges Dreieck bloß
greift hinein legt Jungfräuliches bloß
nestelt hinein sieht sichs an ... das macht ihn geil
und sein Geschlecht steht hoch
er fingert ihre Brüste frei – schwer sind sie voll ...
frech und jung auch das macht ihn an ...
obwohl er die knabenhaft schmalen Weiber sonst liebt

Hier aber ... gehts um Geld und Berthe kann sich nicht wehrn ...
gegen solchen Willen ... hats nie gelernt ...

70

nur ein geöffnetes Hosenteil nur nicht zuviel hergeben von sich
das war schon immer seine Devise
und – schnell muß es gehen schnell stößt er hinein
so schnell wie sie gar nicht denken kann ... so schnell

Weint sie auf weil es schmerzt weint schreit weint
keiner hat ihr je davon gesprochen denkt nur so kann Hölle sein ...
hört sein kurzes schnelles Stöhnen
fühlt harte grausame Stöße ... gleich Messerstichen

Dieser Überfall diese Gewalt will und will nicht vergehn
Entsetzen Höllenqual
Er kommt nicht zum Zuge stößt immer härter
bis Blut quillt strömt ... Schmerzen unerträglich sind
Und immer tiefer dringt er hinein stöhnt gierig schnell bös
Und – es dauert für Berthe qualvolle endlose Ewigkeit

Als er von ihr läßt aufsteht die Hose knöpft
ihr derb befiehlt sich wieder anzuziehen
Da bricht sie in verzweifeltes Schluchzen aus
kanns nicht verstehn begreift nichts ... nichts

Und er? Hat keinen Blick mehr für sie steht satt drängt ...
nichts Freundliches mehr an ihm es war ein knallhartes Geschäft ...
das weiß sie nun ... doch verschließt die Augen vor der Wirklichkeit
treibt sie fort aus sich wills nicht wahrhaben was geschehen
rottets aus mit Stumpf und Stiel
Hats nie erlebt ... könnt Ihr das verstehn?

Und weiß doch nicht daß sie gezeichnet ist
denn trägt seine Essenz seinen Samen in sich

Keine Klage Enttäuschung ist erlaubt
keine Entehrung Mißachtung Erniedrigung nein war nie da
haßt ihn nicht zieht ihre Spitzenwäsche – blutgetränkt – hoch zerrt
Kleid herunter steht auf
ungewohnte Härte im sonst heiteren lieblichen Gesicht
spricht nicht geht neben ihm her ... dumpf betäubt ...
vom Schock wie gelähmt: Körper Seele Geist

Doch geht nicht lang neben ihm
denn er eilt mit großen Schritten

denkt nicht einmal daran Rücksicht zu nehmen ... eilt ...
sie muß ihn gehen lassen Kraft zu solchen Schritten hat sie nicht
denn Blut Samen fließen aus ihr und – Erniedrigung
abgedrängt schon ins Dunkel des Unbewußten
schmerzt dort wie eine furchtbare Wunde ...
gerinnt zu düsteren Klumpen ...

Der junge Vicomte ist verschwunden sie sieht ihn nicht mehr
erinnert sich in zuckenden Bildern wird sich immer und immer
erinnern tief im Dunkel ihrer Seele
an ihn den kleinen feisten Kerl ... wie er vorauseilt:

mit wehend langen grauen Rockschößen
bulligem Nacken krausem Bart kurzen Beinen
da schießt es noch einmal hoch ins Wissen: Vergewaltigung!

Sie bricht nieder schluchzt in den Boden:

„Herrgott warum hast Dus mir angetan? Bin doch jung und schön!
Und nun? Was ist mit all meinen Träumen vom Glück?
Hast mich niedergebrochen wie der Sturm einen Baum
Wie soll ich weiterleben – mit dieser Qual diesem Bann?"

Blut Samen klebt schmierig an Oberschenkeln
es ekelt sie so stark
daß sie den Weg zum Bache sucht sich tausendmal umsieht
dann entkleidet in den Bach hineinsteigt
sich niederlegt
nackt prall verzweifelt ... Wasser über sich fließen läßt

„Nehmt mich mit Wassergeister!" bittet sie

„Nehmt mich auf laßt mich sterben mitfließen mit Euch
murmeln strömen durch Geröll über hellen Stein dunkle Erde ..."

Und es ist ihr als flössen sie neben ihr ... Wassergeister
küßten ihren brennenden Mund ...
streichelten trösteten
Und wie sie Wasser auch durch ihre Hände fließen läßt
Blick – dem Ufer nun zuwendend – traumverloren
sieht sie etwas das sie zusammenzucken läßt
so – daß sie sich tiefer ins Wasser legt ...

Schließt die Augen öffnet sie wieder ohne zu wagen

noch einmal dem Ufer sie zuzuwenden ...
Und doch muß sie es tun denn hat für den Bruchteil einer Sekunde
den zerstückelten Leichnam eines Kindes gesehen ...
rotes und schwarz geronnenes Blut ...

Als sie wieder hinsieht ist er vorbei der Spuk
nur ihre Kleider liegen dort ...
steigt sie schnell aus dem Wasser weg nur weg
trocknet sich mit großen Blättern der Uferpflanzen ab
wirft Kleid über die noch feuchte Haut
knetet blutige Spitzenwäsche zu einem Ball
den sie in der Kleidertasche versteckt ...

Stürzt hastet rennt den Weg zurück nach Haus
Erst jetzt stellt sie fest
wie nah sie am Schlosse Fleurac
wie nah der Vicomte sie dorthin geführt
schleicht sich – zu Haus – durch die schmale Dienstbotenpforte
wundert sich warum die Kalesche des Arztes vor dem Haupteingang
bekommts mit der Angst schleicht in ihren Raum
zündet schnell nur schnell Feuer im Kamine an
ganz allein ungelenk hat nicht genug Holzspäne es qualmt ...
doch will sies schaffen
und es geht nach einer Weil – Feuer brennt
und sie wirft den verklebten Ball aus blutiger Wäsche hinein
wartet so lang bis nur noch Asche glimmt ...

Kaum kann sie sich besinnen hört sie eilige heftige Schritte
vor der Tür ... es pocht ... wird an der Klinke gerüttelt
Berthe will nicht öffnen ... da hört sie die Mutter:

„Kind wo warst Du? Mach auf ! Der Vater ist tot!"

Berthe öffnet die Tür schreckensstarr Die Mutter steht vor ihr
bleich wie der Tod um Jahre gealtert ... zerfurcht
Sie weiß alles – durchfährt es Berthe siedend heiß
sie weiß – er hat mich entehrt
„Komm" flüstert die Mutter leis
Berthe geht wie mechanisch neben ihr
Glieder wie aus Blei
das Kleid feucht zerknittert vom Bach Haare naß geht denkt:
es ist das End
Draußen steht die Kutsche des Vaters ein Knecht spannt gerade
die Gäule aus

73

Mägde und Zofen stehn verstört
denn ... auf dem Kutschbock liegt der tote de Veaux

Berthe stürzt hoch zu ihm fällt über ihn weint schluchzt zerrt:

„ Zuviel Vater das ist zuviel! Das halt ich nicht aus!"

Hat ers gewußt? Ist er vor Entsetzen gestorben?
Die Mutter wenn sies nicht weiß wirds nie erfahren dürfen
Was tun? Was sollen zwei Frauen allein auf der Welt?
Sie schluchzt weint ohne End ...
Irgendwann zieht man sie fort die Mutter steht stumm
hilflos alt verloren grau
Zwei Knechte heben den toten de Veaux vom Bock tragen ihn
ins Haus da liegt er der fleißige ehrliche Mann
Sekunden gehen wie Jahre bis der Arzt die Stimme hebt:

„Gnädige Frau ..."

„Ja ja" murmelt die Mutter steht starrt wie gelähmt vor Schrecken ...
es kam zu plötzlich ... was tun? Sie weiß es nicht
Berthe beginnt zu zittern an allen Gliedern steht mit nassem Haar

„Gnädige Frau" sagt einer der Knechte „soll ich den ... den
Schwiegersohn rufen damit er helfe?"

Die Mutter steht stumm sagt nicht ja nicht nein denkt ...
hat de Veaux abgelehnt den Handel zu machen oder ...
ist alles schon festgelegt?

Da schwinden Berthe die Sinne Sie sinkt hin Da geht der Knecht
ohne weiter zu fragen sattelt ein Pferd reitet zum Schloß Fleurac

Zwei Stunden später steht der junge Vicomte
im de Veauxschen Herrenhaus ... feist und satt ...
schnauzt herrisch den Kutscher an
der solle sich verziehn nicht neugierig lungern ...
er sei hier der neue Herr
würdigt Berthe keines Blickes doch
schadenfroh höhnisch siegreiches Aufblitzen in seinem Aug
als er die hilflose Mutter sieht ...
aufgeblasene Siegerpose die fetten Pfründe sind sein der Alte tot
Dieses hilflose Geschöpf von dummem Weib?
Nicht ernst zu nehmen leicht zu dirigieren

Hat zu gehorchen Triumph Triumph Triumph Berthe siehts sofort
In ihrer entsetzlichen Unfähigkeit
weiß sie ... er hat die Partie gewonnen ...
was soll sie ... die Entehrte ... grübelt sie voller Angst ...
auch sonst tun ... als ihn zum Manne nehmen ...
ihn ihr Vermögen verprassen lassen
dieser ausgemachte Scharlatan Teufel Intrigant
reicht Berthes Mutter galant den Arm die Hand
Berthe fühlt seinen Betrug
Er wird die Mutter umgarnen solche Siege machen ihn stark
ihr fällt auf: seine Lippen sind hoch gewölbt

Da geht Berthe ... wills nicht mehr sehen nicht mehr leben
nur noch sterben sollen sie doch machen was sie wollen
weiß: die Mutter wird alles was er ihr vorlegt unterschreiben
viel zu hilflos ist sie ... leichtes Spiel für ihn ...
kein Wort wird sie ihrem eigenen Kinde glauben ...
nur ihm
Verzweifelt geht sie ... irgendwohin ... tragt mich Füße ...
hin in ein schöneres Leben ...

Erinnert sich daß der Vater im Keller einen Vorrat
excellenten Weines angelegt nie angerührt
vor dem er immer ehrfürchtig gestanden ... roter und goldner Wein
daran erinnert sie sich ...

Und sie geht langsam die Kellertreppe hinunter ... weiß
daß er vorgehabt seine Schätze hinter Gittern zu schützen
doch es ist nicht geschehn ...

zieht sie drei Flaschen aus einem der Regal küßt sie
wies der Vater immer getan
trägt sie vorsichtig in ihrem nassen Kleid ins Mädchenzimmer
legt sich aufs Bett
erinnert sich an Träume die sie hier geträumt:
Glück Liebe Kinder ... hin alles dahin

Weiß nun: der junge Vicomte ist verderbt weiß:
kann sich nicht gegen ihn wehrn es ist so als sei sie gelähmt
als sei alles ihre Schuld Warum? Sie weiß es nicht
Es schmerzt sie furchtbar zwischen den Beinen
Sie sinnt ... soll die Mutter mit diesem Kerl beraten
muß sie doch ... nun immer tun ... das was er will
jetzt ... mag sie beiden nicht in die Augen sehen ...

Kanns nicht verhindern diese Ehe ... schlau hat ers angestellt

Sie greift ein schön geschliffnes Glas verschließt die Tür
weiß: er ist ein Lump und die Mutter viel zu schwach
Was geschäh ... wenn ich nun dazwischen trät?

Anschreien würd er mich ... rufen: hysterische Lügnerin ...
behaupten ich hab mich ihm an den Hals geworfen
er würd mir die ganze Schuld in die Schuhe schieben ...
gar noch behaupten er seis nie gewesen
der mir die Unschuld entrissen ... sei ein andrer gewesen ...
es ist so
daß dieser Lump sie vernichtet hat ... alles alle vernichten wird
und sie öffnet die erste Flasche
gießt vom schwerflüssigen goldnen Trunke ins Glas
sinkt aufs Bett trinkt den ersten Schluck
hält das Glas gegen einfallendes Licht Wein funkelt hell
färbt düstere Seele schnell und sie trinkt trinkt ...
schwebt in andre Welt
Punktum ... das Unheil fährt fort ... Schicksal nimmt seinen Lauf
Berthe ist verloren für diese Welt

Sie weiß nicht ... wieviel Zeit vergangen
vergeblich hat man an ihrer Türe gerüttelt
Als sie aus schwerem Rausche erwacht hört sies klopfen
an ihrer Tür Sie öffnet nicht Es ist dunkel inzwischen
sie zündet eine Kerze an greift nach der zweiten Flasche Wein
öffnet trinkt schwer wie Gold fließt der Wein in sie hinein
fremdartige Bilder werden geboren hüllen sie ein ...

Sieht hellen Damast Brokat und ein herrliches Mahl
mit gedünsteten Fischen auf langen Tischen
Ein Mann den sie nicht kennt hebt sein Glas sieht sie an
mit Blicken der Liebe ... es ist nicht der Vicomte ... ein andrer ...
so seltsam vertraut ... sie küßt ihn ... zusammen essen sie
von den Speisen ...so ... werden Träume in Träumen ...Wirklichkeit

Und wieder erwacht sie aus schwerem Rausche Kopfschmerz
Durst quält Nun pocht es nicht mehr gegen die Tür
sondern hämmert donnernd Sie versteckt Flaschen Korken
fährt sich durchs Haar wischt sich den Mund
öffnet das Fenster dann die Tür

Die Mutter steht da verhärmt schwarze Schatten im Gesicht

neben ihr ... Berthe verächtlich musternd ... der Vicomte

„Kind was hast Du getan" sagt die Mutter streng „läßt mich so lang
mit Deinem Bräutigam allein und allein mit meinem Schmerz ...
Schämst Du Dich nicht? Weißt Du wie lang Du Dich
eingeschlossen? Den ganzen Tag die ganze Nacht!
Sie holen den Vater bringen ihn ins Leichenhaus
übermorgen wird er begraben ... ich weiß nicht ein noch aus!"

„Frag doch den neuen Herrn der alles weiß und alles kann!"
schreit sie die Mutter an Jene zuckt zurück
so kennt sie ihr fröhliches liebliches Mädchen nicht
hier spürt sie Härte Haß Verbitterung
und – es riecht so merkwürdig hier ... ach ...
wird der Schmerz sein Schmerz über des Vaters Tod
denkt sie ... ahnt nichts ... fährt fiebrig fort:

„Komm zieh Dich an Begleiten wir den Vater"

Der Vicomte beobachtet Berthe indessen aus Augenschlitzen –
berechnend und bös
Berthe wäscht sich kleidet sich an
Durst Kopfschmerz wütet rast wie Hämmer
steigt in die Kutsche die hinter dem Totenwagen steht
wundert sich über den Aufwand ...
Der alte de Veaux hätts nicht erlaubt
fragt nicht doch weiß: hier hat der Vicomte seine Finger im Spiel
was solls es interessiert sie nicht

Sie fahren nach Montignac unter kühler Sonne in sanftem Wind ...
mein Leben denkt Berthe ist vertan erwürgt verspielt ...

Gestern noch schön reich jung – und nun?

Sie krallt Fingernägel in die Haut ihres Armes Blut quillt schluchzt
Die Mutter meint ... es sei der Tod des Vaters ja darum auch ...
doch Berthe weiß ... viel schlimmer schwerer wiegt: verlorene Lieb
vertane Ehr geschundner Körper mißhandelte Seel ...

„Kind" flüstert die Mutter „Kind so hör doch auf!
Du beschmutzest ja Dein Kleid Glaub mir ...
der Vicomte wird uns zur Seite stehn alles für uns regeln
ist ja Dein zukünftiger Mann"

77

Da lacht Berthe grell
Die Mutter erschrickt Sie versteht ihr Kind nicht
und wie sieht Berthe aus: schlampig zerfurcht ungeordnet
und dann dieser merkwürdige Geruch ...
doch eigner Schmerz eigne Verstörung baut eine Mauer

Während Unheil sich türmt zusammenbraut
sieht der Vicomte zufrieden zum Fenster hinaus
Später verabschiedet er sich küßt der Mutter galant die Hand
doch spöttisch ... das sieht Berthe wendet sich ab

Wart nur kleines Biest knorrige Eiche de Veaux
denkt der Vicomte
Du entkommst mir schon nicht
Deine Mutter wickle ich um die Hand
und auch Dich krieg ich noch genau dorthin wohin ichs will

Während die beiden Frauen blind vor Schmerz
auf dem Weg nach Haus erreicht der junge Vicomte das Hotel
strahlend zufrieden ... kleiner feister Held
hat er schnell zwei Flaschen Champagner aufs Zimmer bestellt
entsinnt sich des Gesprächs mit der Mutter:

„Entscheide Du Schwiegersohn nenn Dich schon so kanns nicht
habs nicht gelernt und mein Kind weiß auch nicht ...
wie Weltengetümmel funktioniert
wir sind noch von altmodischer Art – Heimchen am Herd"

GottSeiDank hatt da der Vicomte gedacht

„Das Kind ist so verstockt plötzlich" fährt die Mutter weiter fort
„das gefällt mir nicht"

„Keine Sorge" hatt sie der Vicomte beruhigt
„werds arrangieren ... die Beerdigung ... gnädige Frau
und wenn Berthe erst einmal meine Frau glaubt mir Mutter
ich nenn Euch schon so ... dann wird sie wieder fröhlich sein
Ach Moment Karten zu drucken ... haben wir noch Zeit?
Es muß sofort einer der Knechte los zur Druckerei
hab den Text schon formuliert ...
Und – gnädige Frau Mutter brauch alle Papier alles was Ihr habt
denn ich muß wissen um Eure Vermögenslag ... "

Er sieht den morgigen Tag schon im Detail: die alte de Veaux

führt ihn vertrauensvoll zum Sekretär kramt
übergibt ihm alles was sie hat Er wird blättern ...
Wieviel besitzen diese Kuh und ihre dämliche Tochter?
Mehr als er gedacht? Herrlich! Das wird ein Leichenschmaus!

Und erklärt der Alten daß ... schließlich gehe es um ihrer aller guten
Ruf ... er der Vicomte wisse ... ja ... er.. nehme die gesamten
Dokumente mit ...

An der Rezeption des Hotels in dem er nun steht fragt er:
„Kennt man hier nicht braven fleißigen Bursch der mir ab heute
Diener sein könnt im Schlosse Fleurac?"

Doch man erinnert sich hier an de Veauxs Geschrei
er beruhigt alle
Streit sei behoben er war ist und bleibe Schwiegersohn
Man glaubts ihm nicht ... so bleibt ihm nichts übrig
als wieder
ins de Veauxsche Herrenhaus zu fahren die Alte mitzunehmen
ja und auch gleich die Dokumente und ... Berthe hat zu spuren

Während der Fahrt blickt sie durch ihn hindurch
um ihre Mundwinkel herum haben sich Falten eingekerbt
sitzt starr und stolz
knarrender Stolz knarrende knorrige Eiche de Veaux

Der Vicomte und die Mutter erschrecken vor Berthe ...
so viel Kraft geht von ihr aus das ziemt sich nicht für eine Frau
die Kleine wird mir doch keine Schwierigkeiten machen
denkt der Vicomte plötzlich bang dann beruhigt er sich wieder
zur Not nenn ich sie irr ... geisteskrank
doch erst nach der Hochzeit ... erst danach

Im Hotel regelt die Mutter das Geschäft bürgt
für den zukünftigen Schwiegersohn
Ach Weiber sind oft zu dumm ... dann fahren sie
während der Vicomte bleibt ...
er machts sich im Hotelzimmer mit der Schatulle voller Dokumente
bequem kramt in Papieren
liest bis sein Herz endlich höher schlägt
Der alte de Veaux war ein steinreicher Mann ... mehr als das!

Witwe und Tochter besitzen abertausende von Hektar Acker
und Wald 20 Bauernhöfe die verpachtet sind

endlose Weinberge bis Bergerac
drei Patrizierhäuser in Perigueux vier in Montignac
und natürlich das schöne Herrenhaus die Manoir de Veaux ...
und vieles mehr ... und und und ...

Albert reibt sich die Hände
der knorrige Kerl hat ein Vermögen angehäuft
muß ein verdammt cleverer Bursche gewesen sein
Nun seis drum – er ist tot

Alles das ist bald sein Eigentum dafür wird er sorgen
jetzt hält er die Fäden in der Hand die Alte ist zu dumm
hat keine Ahnung von Gott und der Welt und das dickliche Kind
das er so bald wie möglich heiraten will
das wird er kleinkriegen weiß noch nicht wie
Muß einen Notar finden der auf seiner Seite steht der die beiden
Weiber schön für dumm verkauft ...
schon am Tag der Hochzeit muß alles ihm gehören
das gesamte Vermögen ...

So genug für heut überlegt getan ... nun heißt es feiern
und er liegt auf dem Bett Schatulle mit Dokumenten neben sich
läßt den Champagner bringen
freut sich hats geschafft: der Fisch ist an der Angel
ach das Leben ist ein herrlicher Spaß!

Da sieht er das Zimmermädchen lieblich schüchtern als es
vor ihm steht den Champagner reicht schmal ganz jung sagt er:
„Halt bleib hier!"

Drückt ihr ein Glas mit Champagner in die Hand sie ergreifts
hat solche Kostbarkeit nie getrunken es sprudelt
und er bittet sie freundlich neben sich lächelt
hält ihr das Glas an den Mund sie trinkt
obwohl ihrs verboten mit den Gästen ... anzustoßen ...

Doch er ist so voller magischer Kraft bittet sie ganz einfach
lieb und nett ... sich ihm ohne Kleid zu zeigen ...
sonst nichts
nur dies ... und vielleicht die schlanken Beine auseinanderziehn
sonst nichts ... ganz gewiß ... sonst nichts ...

das schöne viele Geld das dort liegt das sei ihrs
noch nie hat sie

so viel Geld gesehen könnt sich ein Haus davon kaufen
dünkt ihr
die Plag im Hotel hätte dann ein End

Traut sich nicht zögert doch als er sie küßt sanft ganz zart
ihr absolute Heimlichkeit verspricht – absolute!!!
Keiner wirds erfahren ... da beginnt das Spiel ... wie ers will

Es macht ihr keine Freude Angst sitzt zu tief Ist die Zimmertür
abgeschlossen? Wartet man schon? Sucht man sie?

Da beginnt er energisch sie zu entkleiden
und als sie gänzlich nackt vor ihm steht
fordert er ... sie solle dieses und jenes ihm zeigen
und sie tuts kann sich nicht verwehren sich selbst zu berühren
und dann ... der Anblick des schmalen Kindes ...
bringt ihm mehr Genuß ...als die pralle runde weiche de Veaux
und dann ... zieht ers hin ... das Geschehn und dann packt ihn ...
wieder einmal die Gier ... er hält nicht was er versprochen
nimmt ... vergewaltigt sie brutal ... wieder fließt jungfräuliches Blut
zum zweiten Mal an diesem Tag

Das schmale Kind schluchzt
doch hier liegt keine stolze de Veaux
hier kann er hausen hier machts ihm Spaß zu quälen ...
für ihn könnt es immer so weitergehen ...

Verletzen Vernichten! Ja das ists was ihm Befriedigung schafft:
Ohnmacht Unschuld kindlich Vertrauen das er mißbraucht
ja das ists was ihm solche Befriedigung schafft:
er kann raffen nehmen wen und wann und wie er will
denn er ist der Herr er ... und nur er!
Und die winzigen Brüste des Mädchens zittern vor Qual ...

Beerdigung ... sie kommen alle ...
Verwandte Freunde Nachbarn des alten de Veaux
der junge Vicomte hat die gesamte Organisation
in die Hand genommen führt die Witwe an der Nase herum
schmeichelt speichelleckt dem alten Weibe so widerlich
daß es Berthe graust doch – was soll sie tun?
Der Mutter sagen: dieses Monster hat mich entehrt?

Sie würds nicht glauben er küßt ihr der Mutter ja galant die Hand
kriecht zu ihren Füßen
die Mutter würd nur sagen: Kind Du bist krank

Außerdem fühlt sie sich wie gelähmt in der Nähe dieses Mannes
weiß nicht wieso warum
er ists er der neben der Witwe hinter dem Sarge schreitet
nicht Berthe ... was traut sich dieser Kerl!
Geht in strahlender Frische mit elegantem neuen Hut
auch hat er der Alten empfohlen
nicht im Herrenhaus sondern im Hotel ‚Les Glycines‘
das Trauermahl für die Gäste zu bieten und so sitzt man zahlreich
ißt und trinkt Berthe stumm und bleich mittendrin
merkwürdig verzerrt in fremder Härte es fällt allen auf
doch was kümmerts ihn ... die Pfründe sind sein

Später verabschiedet man sich bewegt
es war so adlig – alles so großzügig und der junge Vicomte?
Eine Seele von Mann so lieb so galant!
Kaum zwei Monate sind vergangen da hat die Witwe alle
Vollmachten unterschrieben:
Albert Vicomte de Beauroyre hat freien Zugang zum gewaltigen
Vermögen des alten de Veaux Schloß Fleurac wird restauriert
adlige Schulden gibts nicht mehr längst getilgt

Möbel treffen im Schlosse ein plumpe Werke der Schreinerkunst
Sesselbezüge und Fenster–Draperien glänzen
in dunklem schweren Rot
Berthe wacht auf aus ihrem Schmerze als der Vicomte
ihr und der Mutter
zum erstenmal die neu möblierten Räume zeigt:
dunkelrote schwülstige Pracht – die sie nicht mag

Ein großes Maul hatte er immer doch guten Geschmack
für keinen Sous und ... es sind schon zehn Diener im Schloß und ...
überall ... gewaltige Blumensträuße für Berthe viel zu groß
und Duft zieht durchs Schloß

Die Mutter könnt vor Bewunderung niederknien
kostbares Geschirr steht in hölzernen Kisten
Jasmin handgemalt auf feinstem Porzellan und
Schleifen Rüschen Kerzen in Messing–Kandelabern
Berthe interessiert es nicht ...
ahnt sies daß er schon Bauernhöfe aus ihrem Vermögen verkauft?

82

Er läßt ihr ja ohnehin keine Wahl
behandelt sie als sei sie nicht da spricht nur mit der Mutter
küßt der Alten wieder und wieder galant die Hand ...
wochenlang monatelang sieht sie ihn nicht
und als sie die Mutter darum befragt antwortet die:

„Er schreibt mir jeden Tag liebe Zeilen dieser wundervolle
herzensgute Mann möcht vor der Hochzeit Dich nicht sooft
begleiten Deinen guten Ruf erhalten ... man tuschelt ja so viel ...
dafür dank ich ihm Die Hochzeit findet statt sobald das Trauerjahr
um den Vater vorbei Also gedulde Dich Kind sei brav"

Berthe möcht am liebsten sterben als sie so Infames hört

Berthe warum wehrst Du Dich nicht? Warum nimmst Du nicht
Dein Leben Dein Vermögen in die eigene Hand?
Habs nie gelernt weiß nicht warum wieso weiß
hab keine Macht und Kraft geb mich blind meinem Schicksal hin

Es beginnt zu prunken im Schlosse Fleurac die alten Beauroyres
sind nach Paris gereist
der Sohn hat ihnen dort ein kleines Palais zur Verfügung gestellt
nun herrscht der junge Vicomte ohne Konkurrenz
Dienerschaft weht hinein und hinaus er lebt in Saus und Braus
Und Berthe? Ach Berthe ... ihr ists egal ... gelber Wein ...
das ist nun ihre Wirklichkeit

Irgendwann ist das Trauerjahr um ... die Hochzeit naht
dann hats der junge Vicomte endgültig geschafft
die Mutter hat für Berthe das Hochzeitskleid ausgewählt
ihr Kind wollte nichts von Vorbereitungen wissen und nun ...
das Kleid ist zu eng denn ...
Berthe hat zugenommen im letzten Jahr nun wird geändert
Berthe steht stumm läßt abstecken messen
als seis nicht sie selbst um die es geht Berthe ist alles egal

Die Hochzeit haben die Beauroyres vortrefflich arrangiert:
Kirchgang in Montignac ... das Schloß bis zum letzten Zimmer
besetzt ... Dienerschaft kommt und geht und ... da steht die Braut
vor dem Schloß ... nun ihr neues Zuhaus ... der junge Vicomte
neben ihr – feist und satt hat kein einziges Wort mit ihr gesprochen
Vieh ist sie ja nur für ihn – Mittel zum Zweck

Da schwört sie als sie das Schloß betritt schwörts heimlich
keiner hörts: werds Dir heimzahlen werde mich rächen
wenn nicht in diesem dann in einem nächsten Leben
wirst bezahlen müssen für das was hier mit mir geschieht

Ein rauschendes Fest verschwimmt in Erinnerung
die kostbaren Juwelen interessieren sie nicht ... läßt sich sofort
den Raum zeigen der ihr ganz allein gehören soll ...
es ist nicht einmal jener den sie einst sich ausgesucht
der Vicomte hat ihren Wunsch ignoriert ...

Ein übler Raum düster dunkel ohne Sonnenlicht
sie blickt sich verzweifelt um in muffigem Plüsch dann
liegt sie hinter verschlossenen Türen trinkt goldnen Trank
den hat sie mit hineingeschmuggelt ... fragt nicht wie ...
schwört sich: er sollte nicht wagen
heut in der Hochzeitsnacht in ihr Bett zu steigen

Als die Junker–Delegation den frischgebackenen Bräutigam
zu ihrer Zimmertüre bringt Braut nicht öffnet
wächst in Albert die Wut ... dieses dickliche Bauerntrampelstück
wagt es ihn zu düpieren ihn zu blamieren?

Was werden sie denken wenn er – wie ein geprügelter Hund –
vor dem Brautzimmer abgewiesen wird?
Er redet sich heraus trickst erzählt tischt eine Lügengeschichte auf
doch denkt nichts anderes denn: Wart nur knorrige Eiche
de Veaux wart nur ... werds Dir heimzahlen diese Demütigung!

Tage rauschen dahin ...

Der junge Vicomte täglich in nagelneuem Kleid
ernährt sich gut vom Vermögen der Berthe
doch es ist ihm ungut ums Herz denn er hätt nicht gedacht
daß diese pralle Berthe so energisch sein kann ...
spricht nicht ignoriert ihn spiegelt ihn selbst lebt als sei er Luft
sieht durch ihn hindurch
da wächst im Vicomte eine unvorstellbare nie gekannte Wut
denn er muß erkennen mit diesem Weib ist zu ringen

Sie wird sich schon unterwerfen irgendeinen Weg wird er finden
knarrende knorrige Eiche de Veaux ich krieg Dich schon
Er wartet auf eine Gelegenheit und – sie kommt

Im Rausche hat sie eines Nachts vergessen
ihre Tür zu verschließen niemand weiß wieso ers weiß
oder hat er längst alle Dienerschaft
als Spione wider die Herrin erfolgreich mißbraucht?
Ja natürlich hat er allen aufgetragen
Berthe Tag und Nacht zu kontrollieren
Er kommt leis setzt sich an ihr Bett will sie umfassen voller Haß
da wird sie wach schlägt ihm ins Gesicht spuckt ihn an
es packt ihn wieder diese unvorstellbare Wut Wut Glut
er wills nun wissen
beginnt sie zu würgen ... kann sie sich nicht wehren
und nun ...nun hat er gesiegt ... vergewaltigt sie ...
lacht ihr hohnvoll ins Gesicht

Später trinkt sie sich in immer neuen Rausch hinein
horcht wartet auf andere Welten
und so gehen Wochen dahin ... Rausch ...
Eines Tages steht sie vor ihm:
befleckt ungekämmt mit verzerrtem Gesicht
steht im Nachtgewand ... schreit: „Rächen werd ich mich!"

Fassungslos steht die Dienerschaft ...
als der Vicomte aufsteht sprechen will so auf seine Manier
arrogant schnauzend
da hebt sie die Hand nimmt ein Glas vom Tisch
wirft es dem Vicomte ins Gesicht Ein Arzt muß her

Als die Wunde verbunden wendet sich der Arzt zu Berthe
sie winkt ihm und so geht er in ihren düsteren Raum
spricht untersucht stellt dann fest daß Berthe schwanger ist

Kind des Unglücks Kind des Vergehens
Kind im Haß gezeugt Kind was willst Du bei mir?

Die Zofen trippeln das Kammermädchen dient stumpf
die Herren reiten der Vicomte hat alles im Griff ... meint er
Da steht sie wieder vor ihm ... fordert neuen Raum
jenen in dem sie einst träumend gestanden er wird ihr gewährt
auch ein blattvergoldetes Himmelbett
doch sie will mehr: den ganzen Südflügel den ganzen Trakt

Der Vicomte ist nun auf der Hut sagt schnell ja
Kaum bewohnt sie den Südflügeltrakt läßt sie neue Möbel kaufen
leichte feine zarte ... und der Vicomte?

Ach ... es ist ein herrliches Leben!

Man feiert reitet mit Kumpanen
verwüstet die Felder der Bauern
reitet durch Weizen und Mais ja man reitet eben – was solls ...

Bauernpack hat zu kuschen ... nur ...

da hat der Gastwirt in Fossemagne tatsächlich schon zum drittenmal
die Rechnung vorgelegt für eine Herrengesellschaft im Mai:
sechsmal genächtigt gegessen getrunken ...

Irgendwie ärgerts den Vicomte daß man es wagt
ihn zu mahnen eigentlich sollten sies ihm schenken ...

Doch die Zeiten ändern sich der Wirt bleibt zäh
verdammt
er muß zahlen eine ansehnliche Summe
Potzblitz
denn der Wirt beauftragt drohend einen Advokaten ...

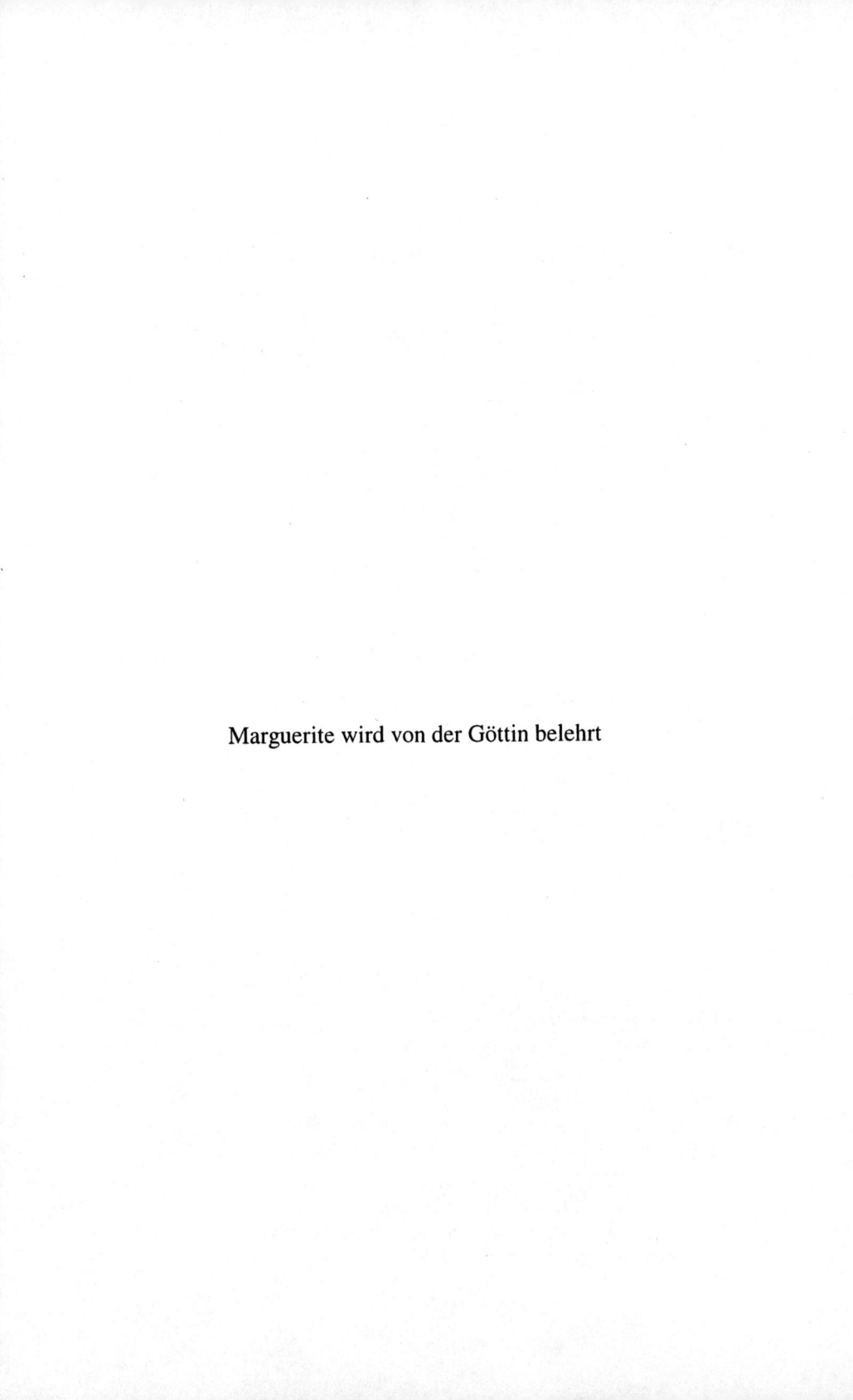

Marguerite wird von der Göttin belehrt

Tränen rinnen Marguerite übers Gesicht
als auch diese Vision erlischt
Berthe steht am Fenster ihr den Rücken zugekehrt
stumpf dumpf fast vergehend vor Scham über solches Leben
Schand über Schand
blickt aus dem Fenster – weit über die Hügel des Perigord

Marguerite fährt sich mit den Fingern durchs Haar
wischt sich eine letzte Träne von der Wang flüstert:

„Wenn ich diesen Kerl nur einmal noch seh
zaubere ich ihn in die siebte Höll"

Da tritt Louise neben sie Louise Kind der Berthe
schmal und schlank schneuzt sich automatenhaft die Nas
kaum kann sich Marguerite besinnen
da singts und summts wieder in den Saal hinein
heftig geht Marguerite hebt die Hand flüstert:

„Nicht schon wieder dieses uralte Kind! Weiß nicht warum ...
doch gerade das ... gerade das ... macht mir furchtbare Angst!"

Riecht sie plötzlich Duft von tausend Rosen
sieht blendenden Glanz hört schwingenden Gang
atmet erleichtert auf weiß die Grazien nahn
sie kommen die himmlischen Fraun und dann ...
hört sie Seide rauschen ... Seide ... die Göttin naht ...
Bild überirdischer Schönheit

Da steht Marguerite voller Ehrfurcht Bewunderung
und Berthe und Louise stehn staunend begreifen nichts
flüstert Marguerite:

„Du Vollendung Perfektion
zu Mensch gewordene Idee einer Göttin
wie lang hast Du gebraucht
um solche Schönheit Macht Harmonie zu verkörpern
ein ganzes Weltenjahr?
Wieviele Hindernisse Blockaden Kriege mußtest Du überstehn
um Dich zu schaffen aus so störrischem Material?

Wie hast Du begonnen:
Marmorstatue? Aus Stein gehauen? Auf Bildern gemalt?
Dich tausendmal verkörpert

in alabasterner kaffeebrauner leuchtender bronzener Farbe
menschlicher Weiblichkeit?
Wie schwer wars ...
sich nicht nur mit schönem Körper zufrieden zu geben
sondern ihm Geist einzuhauchen
Macht und Verstand und selbstlose Liebe?
Wie oft war der Versuch mißlungen
Körper Geist Seele in Einklang zu bringen?
Ein ganzes Weltenjahr?

Du Vollendung Perfektion
zu Mensch gewordene Idee einer Göttin
fleh ich Dich an laß mich Du sein – nichts anderes will ich mehr
und gewährst Dus mir nicht dann will ich sterben sofort

doch wenn ich mich anseh
beginnt Schmerz in mir zu toben
denn ich seh ... mein Körper ist nicht makellos ...
von Exzessen Hindernissen Kriegen Blockaden gezeichnet
auf dem Weg zu Dir ...

Geist nicht frei genug? Mangelts der Seele an selbstloser Liebe?

Ach hab Erbarmen mit mir
meinem Körper meinem Geist meiner Seele

denn ich kann ... will nicht mehr leben
ohne die vollkommene zu Mensch gewordene Idee
Deines Selbst zu sein Gibst Du mir eine Chance?"

Berthe schüttelt fortwährend den Kopf als Marguerite so spricht

Berthe sieht die strahlend schöne Erscheinung lichtener Göttin
von drei Grazien umstanden sieht dann Marguerite
denkt: nie kann die Irdische da mit ...
erschöpft alt belastet müd ist sie und viel zu traurig
viel zu ungepflegt viel zu elend viel zu bedrückt!

Doch Berthe sieht auch ganz genau:
die leuchtend wunderbar himmlische Frau lächelt mild
und fast weißes Licht fließt von ihr wie gebündelter Strom
aus einer Gegend zwischen Magen und Herz zu Marguerite hin
die nun wieder flüstert:

„Aus meinen Träumen war es hervorgebrochen
das Wissen
ergoß sich wie ein breiter Strom in die Wirklichkeit
meines kleinen engen irdischen Lebens

Lag auf einer schönen Insel sah Dich Mondin
in Deiner silbernen Pracht
Kelch in der Hand mit dem Wasser des Lebens
hieltest ihn an meine Lippen und ich trank

Es verschwamm Dein Bild und ich sah in sein Gesicht
er nach dem ich mein ganzes Leben lang gesucht
er Druide weißer Magier Zauberer meine andere Hälfte
mein anderes Ich
Wollt ihn halten mich an ihn klammern war zu schwach

Er lächelte nicht
doch Sehnsucht zwischen uns wuchs und wuchs

Aus meinen Träumen war es hervorgebrochen das Wissen
ergoß sich wie ein breiter Strom in die Wirklichkeit
meines kleinen engen irdischen Lebens

wußte: jede weitere Sekunde werd ich ihn suchen
spürte: sie alle die ich einst verloren zu denen ich gehöre
haben wieder den Kreis gezogen ... um mich

spürte das Glück wieder zu ihnen zu gehören
doch war zu schwach um mich zu erheben
suchte mit Blicken ihn der mit im Kreise saß ...
doch er sah zu Boden ... unsere Zeit war und ist noch nicht da

Sah Dich Mondin in Deiner silbernen Pracht
sah wie Du bereit legtest für mich
Kugel Ringe den Zauberstab hörte singen vertrauten Gesang:

Alles Verlorene findet sich wieder in neuer Gestalt auf neue Art
alles Verletzte wird wieder heil in neuem Leben ... zu neuer Zeit"

Marguerite steht stumm nun Louise neben sich
Sie streicht zart und leicht mit ihrer Hand
über den Rücken Marguerites denn
diese Sehnsucht diese Verzweiflung diese Leidenschaft
ist der Louise wohlbekannt ...

Da hebt die Wunderbare zu sprechen an:

„Mußt begreifen mein Kind daß alles seine Zeit braucht
um zu reifen alles seine Zeit braucht um zu heilen
Mit Wohlwollen hab ich gesehn wie Du in diesem Leben
Deinen Geist geschult Verstand und Disziplin
in Dein Denken gebracht
denn nur so ist Überlegenheit zu erreichen
nur so sind Angriffe herrischer Mächte zu vereiteln

Doch mein Kind wie Du weißt:
Verstand ist nur ein Teil MenschSeins
Da gilt es so viel anderes zu disziplinieren
wie starkes Gefühl ... elegische Emotion
tierische Triebe denn der Mensch besteht nun einmal aus Materie

Da gilt es körperlose Trittbrettfahrer zu dirigieren
die sich ganz schnell mal an Dich schmiegen
Da gilt es zu redigieren und revidieren
hier eine Zelle dort einen Tumor der sich herrisch ausbreiten will
In Schranken zu weisen ist so vieles
und wenn Dus n i c h t recht zu tun verstehst ... nichts weißt ...
wie willst Du dann Orchester Deines Lebens ...
Komposition der Schöpfung so dirigieren
daß ein harmonisches schönes Werk entsteht?
Erarbeite Dirs!

Wie im Kleinen so im Großen ... vergiß es nie vergiß auch nicht
daß viele jener die Du erlösen kannst sollst mußt ...
nicht ...Deinen Verstand besitzen ... nicht Deine Emotion ... “

„Wie aber wie soll ich sie dann heilen trösten dirigieren?“

unterbricht Marguerite nun die himmlische Seel

„Wie soll ich helfen wenn ich selbst nicht versteh?
Warum hab ich solche Angst vor dem greisen Kind?
Warum gab es in diesem Schloß solchen Satan von Mann?
Und – was hab ich damit zu tun?“

„Du wirsts entschlüsseln müssen ... das ist Deine Pflicht ...
irgendwann wirst Dus begreifen
Und eines noch Kind: Angst mußt Du besiegen
hast Dus getan dann weißt Du

91

was es mit dem greisen Kinde auf sich hat

Setzt Euch nun nieder
alle
die Ihr gekommen seid
in diesen Raum

ich will Euch die erste Legende erzählen ...
von der Fee des Perigord"

Marguerite sieht mir Erstaunen

unter diesen und jenen bisher unsichtbaren Gestalten
die mit den letzten Worten der Göttin sichtbar geworden

sieht

den Meister prachtvollen Sohn der Kunst der Musen
wie er sich am Kopfe kratzt unter der Allongeperücke

Als sich ihrer beider Blicke treffen hebt er lächelnd
Zeige– und Mittelfinger der linken Hand zum Siegeszeichen

Marguerite sieht mir Erstaunen

wie viele hohe Geister ihren Weg begleiten

In ihre Fassungslosigkeit in ihr Staunen hinein
hebt die Wunderbare wieder zu sprechen an ...

Marguerite hört die Legende vom Sauternes

Die Legende vom Sauternes

Nun da Ihr zuhört wehn sie herüber – jene Zeiten
in denen es Feen und Zauberer im Perigord noch gab
friedlich lebten die Menschen mit ihnen
keiner wußte warum woher sie gekommen
hüllten sich in Schweigen – fragte man ...

Kranke heilten sie brachten Segen und Reichtum in dieses Land
Nirgendwo gedieh Vieh prächtiger denn im Perigord
Getreide Obst Gemüse wuchsen übers ganze Jahr
Handel blühte
Haß Zank Hader den Fremde brachten
wie eine Seuche von der sie infiziert
fand hier keinen fruchtbaren Boden versickerte schnell im Nichts
denn ... im Perigord herrschte die Liebe ... ja so wars

Heilige Plätze gabs heilige Höhlen
heilige Quellen heilige Bäume Schönheit Transzendenz

Dann brach Unheil herein davon erzählt diese Geschicht:

In einem prachtvollen Schloß hoch über höchsten Hügeln
des Perigord nahe einem Flusse der Vézère ...
lebte eine schöne junge Fee
mächtiger denn andere Zauberer und Weise
mächtiger denn sie
heilte nicht nur Kranke sprach auch mit dem Wind
konnte Regen herbeirufen wenns nottat
oder Sonne wenn Feuchtigkeit stak ... Moder stieg

Viele Männer umwarben die Schöne
doch sie schüttelte nur den Kopf ...
goldene Wellen ihres Haares umhüllten sie dann ...
als sei die Sonne ihr Schutz

Manche der Männer die um sie geworben blieben in ihrer Näh
mieteten sich ein bei Bauern nur um sie manchmal zu sehn
denn sie war so schön

Oft glaubten sie ihre Liebe gewinnen zu können
mit hartnäckiger Werbung
Doch die Fee schüttelte immer nur den Kopf
goldene Wellen ihres Haares umschütteten sie ...

als sei die Sonne ihr Schutz
Und es kam einer der sich Fürstensohn nannte
aus fremdem fernen Geschlecht
dunkel düster sein Äußeres
Man spürte in ihm eine Kraft die aus anderen Quellen floß
als jenen der Liebe ...
Man ging ihm aus dem Wege fürchtete ihn ahnte ...
sein Geschlecht war nicht von dieser heilen hellen Welt

Hatte nichts Himmlisches sondern Höllisches Böses
war Gegenpol zur lichten Heiterkeit zarten Liebe
die den Perigord regierte ...
Dieser Fremde hatte nur einmal die schöne Fee gesehn
da verzehrte er sich schon nach ihr
wollte mußte sie besitzen nicht verehren nicht hüten ...
nein einfach nur erobern einfach nur besiegen ...

Legte ihr Schätze zu Füßen die sie nie zuvor gesehn
Gold Geschmeide Juwelen ...
doch sie schüttelte immer wieder den Kopf
lächelte ihm freundlich zu ... er gab nicht auf

Während andere kamen und gingen ... blieb er ... harrte aus ...
wartete auf seine Stunde ... doch sie kam nicht

Wollts nicht glauben daß er abziehen müsse schon gar nicht
seitdem er wußte daß die schöne Fee
eine gerühmte Zauberin war magische Kräfte besaß
wollte mußte sie nun erst recht besitzen
ihr alle Geheimnisse der Magie entreißen ... all ihr Wissen

Und wie er harrte und brütete in dumpfer Kammer
unweit des Schlosses ... da hörte er neue Kunde:

Ein großer Zauberer aus dem Norden
war in den Perigord gekommen um die schöne Fee zu frein ...
Kaum sahen ihn Bauern Händler in der Nähe des Schlosses
in Les Eyzies oder Montignac
wie er Quartier suchte Käufe tätigte handelte
dachten sie: er ists der zu unserer Fee gehören sollte
genauso prachtvoll wie sie hochgewachsen mutig und stark

Die Perigordiner liebten ihre Fee mit einer Hingabe
Inbrust Solidarität

wie es sie nur selten unter Menschenvolk gibt
Hatten allen Grund dazu denn die Fee hegte und pflegte ihr Volk
heilte und nährte richtete und kürte
hütete jeden Acker jedes Tier jeden Baum
hüllte mit ihrem Zauber ihren Deven und Geistern
den Perigord in friedliches Licht ... hellen Schein

Jener andere Dunkle ... nennen wir ihn: Zauberer der Nacht
erkannte sofort die Gefahr Haß begann zu wuchern Neid und Haß

Die schöne Fee empfing den nordischen Zauberer
wie sie andere Werber empfangen:
freundlich abweisend und bestimmt ... Blick verhangen
Doch während er sprach ... wollte mußte sie ihn
mit Blicken umfangen
Kaum hatt sies getan fiel er vor ihr auf die Knie und es war ...
ihr Herz entbrannt

Beide wußten sofort: wir gehören zusammen zwei Teile einer Seel
und es begann zwischen ihnen eine Liebe
wie es sie nur unter Himmlischen gibt
die gleich Wellen dem Schloß entströmte
sich über das heilige Land den Perigord legte
Baum Strauch jeden Stein durchtränkte

Eine Liebe die noch heut ... und ... in allen Zeiten ...
solang es den Perigord gibt ...
eine Liebe die noch heut ... dort ... zu ahnen ist

Liebe als Gabe Gnade Geschenk der Götter
Liebe Tor zum Himmel Pforte in andere Welten

Von der Fee und vom Zauberer des Lichts
wurde sie in diese Landschaft in Erde Wasser Luft
in die Herzen der Menschen in ihre Träume hineingelegt:

geheimes Wissen der Zauberer Feen Götter

Nicht Liebe der Mutter nicht Liebe des Kindes
nicht jene des Vaters Bruders der Schwester der Sippe des Gesindes

nicht jene der Tiere Pflanzen
nicht eine der vielen Arten zu lieben die es gibt ... auf dieser Erde

hat man nur den Mut sich ihr bewußt zu werden sie zu leben
nein um diese Arten der Liebe ging es nicht ...
sondern um ... jene zwischen Mann und Frau ...
jene die Schöpferkraft symbolisiert
neue Welten kreieren göttergleich sein dürfen
MännlichWeibliches tasten spüren mit allen Sinnen aufnehmen
mit Haut und Haar
Augen Lippen Zungen Geschlecht miteinander verweben
lauteres Glück hellste Freude fühlen ... paradiesischen Liebesakt:
Weibliches sich öffnend hingebend
um Männliches zu empfangen in rhythmischem Spiel
wissend Männliches gibt sich hin
spürend: nur so ist ekstatischer Taumel erreichbar ... nur so

Welch ein Paar dachten Bauern Händler und ...
alle die einmal nur Fee und Zauberer zusammen gesehn
denn ... solcher Friede umstrahlte sie
daß dort wo Rosen und Rittersporn sonst nicht gediehn
gerade diese zu wachsen knospen begannen
in seltener Schönheit blühten prangten

Immer häufiger suchten da die Frauen des Perigord
den Weg zur Fee
Schloß Fleurac wurde Beratungszentrum Wallfahrtsort ...
fragten die Frauen:

„Wie muß Liebe sein ... zwischen mir meinem Liebsten
damit wir so glücklich werden wie Du?
Möchten Deinen Weg gehn Fee verrat uns das Geheimnis
Deiner Liebe denn wir sehn:
Du wirst immer schöner und
Dein Liebster der Zauberer von St Cirque ...
so nennen wir ihn ...
er ist mächtiger kraftvoller geworden an Deiner Seite
was tust Du daß er wie ein strahlender Held steht
Was unternimmt er daß Du so schön und lieblich bist?“

Lächelte die Fee
und goldene Wellen ihres Haares umhüllten sie als ständen
Sonne und Mond zugleich neben ihr

Hinter vorgehaltner Hand flüsterte sie den Frauen
Geheimnisse ins Ohr und siehe
die Welle göttlicher Liebe erfaßte auch die Menschen hier

Noch heut – nach urdenklicher Zeit – ist der Perigord gerühmt
für das Wissen um l'amour'
Und wie die Frauen zur Fee fanden so die Männer
zum Zauberer von St Cirque:

„Der Größte Beste sein – was wünschen wir uns anderes
was wünscht sich sonst ein Mann?
Brauchst es nicht sprechen daß Dus lebst
wir sehens und fühlens verrat uns wie Dus machst"

Sprachen sie stockend sich schämend ein wenig ...
Es lächelte der Zauberer des Lichts nahm einen Birkenzweig
führte die Männer zum Ufer des Flusses der nahe am Schloß
hinfloß ... malte zwei Kreise in den Sand die nebeneinander standen
keine Berührung miteinander hatten
dann verwischte er die Zeichen erklärte:

„Nun Männer Ihr seid des Geheimnisses würdig
Euch kann ichs verraten doch wehe
wenns einer von jenen erfährt die aus der Liebe gefallen
jene die alles und alle benutzen berauben
jene werdens mißbrauchen Haß Qual Unheil säen
also hütet das was ich Euch nun erzähl"

Man versprachs und der Zauberer hob zu sprechen an:

„Mann Frau ... hier auf Erden sind getrennte Wesen
gleichen zwei Kreisen solchen die ich in den Sand gemalt
seht Ihr ... zwei eigenständige Wesen
so hat es die Schöpfung für Euch Menschen gewollt
damit Ihr mehr über Euch lernen könnt ...
nun zeig ich wie Ihr sie verbinden könnt"

Malte zwei neue Kreise davon fraß einer den andren
bis nur einer noch stand ... schüttelte den Kopf hob die Hand
malte zwei neue Kreise wenig übereinandergeschoben
so daß sie gemeinsame Fläche bilden konnten
Doch sie war nicht sonderlich groß ... er schüttelte den Kopf
hob die Hand malte zwei neue Kreise – wie eine liegende Acht
zwei eigenständige Wesen miteinander verbunden ...
doch eins ... in einen großen Kreis ...
„Seht dorthin" fuhr der Zauberer fort „seht wo sich
die zwei Kreise zu einen beginnen ... Bogen führt in den
weiblichen Kreis

der weibliche in den männlichen hinein ...
So und nur so ... stellt Euch ... das Wirken einer intakten Seele vor"

„Halt" warf einer der Männer ein „im Kreise find ich
ungebrochene Linie ... wie soll das in menschlichem Körper
möglich sein?
So müßt mein Geschlecht ja durch den Körper meiner Geliebten
reichen bis in ihren Mund hinein ...Tag und Nacht"

Die anderen lachten verlegen der Zauberer von St Cirque lachte mit
sprach dann:
„Irdischer Liebesakt ist doch nur Abbild Spiel ...
symbolische Handlung für kurzen Glückstaumel göttlicher Seelen
kurz wird er immer sein ...
weil wahre männlichweibliche Einheit Einigkeit
gibt es nicht im Menschenreich ...

Doch Ihr könnt Eure Körper Sinne verfeinern Erdenschwere lösen
indem Ihr immer diesen Zusammenhang seht denkt fühlt:

Liebesakt ist Himmelsleiter ... Geschlechter die sich einen ...
... nichts anderes als Spiegelung dessen was Schöpfung ist ...

Mit jedem Funken leidenschaftlicher Hingabe Liebe
öffnet Ihr den Weg den Ihr gerade beschrieben ...
vom Geschlechte bis zum Mund meinethalben ... wenn ... Ihrs denn
so ... sehen wollt ...

Nicht im Körper ... nicht in der Materie
doch in der Seel und das hat seinen Grund ...
öffnet Ihr Euch so der Einheit paradiesischer Glückseligkeit
denkt oder träumt davon
wenn Ihrs sonst nicht begreifen mögt ... könnt
denkt es so wie er sprach unser Freund ... es ist eine Hilf
Ich versichere Ihr denkts nicht nur ... die Verbindung besteht
Ihr fördert himmlische Einheit mit Eurer Geliebten ...
wenn auch in anderer Dimension ... das hat seinen Grund ...warum?

Hier erklärte der Zauberer des Lichts etwas
das nicht für jeden bestimmt ist ... darum wirds h i e r nicht erklärt
dann sprach er mehrere heilige Worte
erhabene Zaubersprüche
lehrte die Männer magische Handlung
geheimen Kult für den Liebesakt

99

damit sie ihre Seelen erheben könnten ...
doch dies sei Euch die Ihr nun diese Geschichte hört
nicht erzählt denn ...
noch einmal sollen sie nicht an falsche Ohren schwingen
in falsche Hirne Hände Geschlechter gelangen
noch einmal wird kein Unheil angerichtet

Doch merkt alle die Ihr zuhört die Ihr begierig
nach magischer heiliger Liebe seid:

bittet die Göttin bittet die Himmlischen
Ist Euer Herz rein wird das geheime Wissen Euch gewährt

Und der Zauberer des Lichtes fuhr fort:

„Nun so Ihr Euch beide in solchem Akte auf die beschriebene Art
hingegeben wie die Acht die ich in den Sand gemalt ...
um neuen Kreis zu bilden
der aus beiden achtenen Kreisen zusammengesetzt
doch immer noch seid Ihrs selbst ...
müßt Ihr wieder auseinanderschwingen
jeder eignen Kreis dann bilden
Doch der achtene Bogen bindet Euch
Nie seid Ihr verlassen
Wißt Ihr ... es gibt Tempel in fernem Land
dort ist auf jeder Wand Liebe der Geschlechter in Stein gemeißelt
Das ists was ich Euch lehr

Liebesakt heißt: sich erinnern an kosmisches Spiel
in ... mit menschlichen Körpern ... auf diesem Planeten ...
zueinanderschwingen sich einen ... wieder trennen ...
Rhythmus ists ... Tanz im Sternenreigen ...
mitklingen ... mitsingen
in sphärischer Musik ... höherer Harmonie ...
Je reiner die Liebe ...
desto größer Ekstase gewaltiger die Lust
Heilig ist jede Pore der Haut jeder Teil des Geschlechts
Heilig heißt ... heil sein ...
auch in der Woge der Leidenschaft
in Energie gleich Wirbelstürmen
die Männliches im Weiblichen entfacht und umgekehrt

wissend: könnten sie ihre Spannung nicht lösen
wüßten nicht um das Geheimnis des andern ständ einer von ihnen

100

hilflos oder herrisch vor der Lust des anderen ...
wärens keine gleichwertigen Partner im Spiel ... keine Acht ...
deren Bogen ineinanderfließen
nur ein Kreis der den anderen frißt ...

fressen verschlingen würd Herrschsucht gebären
höllische Geilheit Perversion
würd Kreislauf der Gewalt des Hasses runden
Umherwaten in Trieben Vergewaltigung ... "

Die Männer standen saßen staunend ungläubig sprachlos
doch es müßten keine Perigordiner sein
wären sie nicht in vielen Welten zu Haus
würden sie nicht auch an viele Welten
an die Wunder der Schöpfung glauben
Fragen über Fragen lagen ihnen noch am Herzen doch
der Zauberer von St Cirque schwieg Sie mußten gehn ...
Nicht einer der Männer hat es versäumt einen Versuch
mit solcher Liebe zu wagen ...
Vor allem dort wo er sich einte mit einem Weib das er liebte
wo er wiedergeliebt von einer
die mit magischen Geheimnissen der Fee vertraut ...
überall dort wehte Friede

Mägde Nachbarn Freunde Kinder Knechte Basen
konntens nicht lassen solch Liebespaar zu betrachten:

Dem Manne gelang jedes Geschäft das er begonnen
der Frau entfloß Schönheit Eleganz
selbst in bescheidener Bauernkate ... Fürstliches schwang ...
das wahre Fürstliche nicht irdischer Rang!

In Windeseile sprach sich herum was im Perigord geschehn
immer mehr Menschen kamen suchten Rat
Und so drang auch dies an das Ohr des Zauberers der Nacht
Er wollt wissen Genaues Doch die Perigordiner verrieten nichts
trugen sie doch die Warnung des großen Zauberers in sich

Da griff der Dunkle zu einer List Hatte die Gabe
seine Energie in schwache Charaktere zu leiten
ja in diese Menschen hineinzusteigen diese selbst zu sein
Fand einen Jüngling

101

der konnt seiner Macht seinem Willen nicht widerstehn
ihn schob er vor ihn ließ er knien ...
vor der Tochter des Juweliers in Montignac
ihn ließ er werben denn er wußte ... das Kind kannte
dieses und jenes Geheimnis der Fee ...
was er tat war schwarze Magie gewaltige Hypnose Telepathie
es waren böse gemeine Zaubersprüche ...
aus übelster Alchimistenküche ...
dem war das Kind nicht gewachsen war schnell umgarnt

So kam die Stund daß der Verräter ...
im Körper eines schwachen Jungen Schoß des Mädchens küßte
sie umschmeichelte ihr Geheimnisse entlockte
vorgaukelnd er liebe sie
könne und solle er mit ihr diese magische Einheit schaffen
zu der sie sich öffnen müsse mit allem geheimen Wissen
Sie tats
Und da der Zauberer der Nacht einer aus anderer düsterer Welt
erkannte er schnell wie sehr die Fee und sein Widerpart
der große Zauberer von St Cirque ... Recht gehabt ...
Er selbst konnte keinen ekstatischen Taumel erleben
denn er kannte nicht die Liebe
Plötzlich sah er durch die Tat ... dieses magischen Aktes ...
der ihm in dieser Weise bisher unbekannt ... sah sah er ...
jenes Mädchen an sich gebunden
brauchte nur unsichtbaren Bogen aufrecht zu halten ...
mit bestimmten Zauberformeln ... heiligen Worten ...
Welche Macht! Triumph glühte in ihm
So etwas war möglich? Hätt nicht einmal davon geträumt

Dennoch ließ er schnell ab von dem Kind es interessierte ihn nicht
daß sie sich hingegeben ihn zu lieben ...
das Mädchen hatte indes keine Macht über ihn
war nur ein Menschenkind ... lieb süß naiv
was wußt dies herzige Ding schon von Magie
hatt ja nur gespielt ... wußt sich nicht zu helfen ... konnt ihn nicht an
sich binden ... denn: er war viel zu schlau bös intrigant
denn: er war der Zauberer der Nacht
er jener dunkle Gesell hatte nur eines im Sinn: die schöne Fee!
Mehr und mehr wollt er von ihren Zauberkünsten wissen
allein dieses hier hatte ihn hingerissen!
All das war ihm unbekannt Er war klug ... wußte:
so leicht wie jenes Kind war die Fee nicht zu gewinnen
und so webte er – voller Geduld – sein verhängnisvolles Netz

Monat für Monat zog er nun
Diener dunkler Mächte in den Perigord
Es war ein schwieriges Unterfangen
denn – wie schon gesagt – im Perigord regierte die Liebe

Viele der düsteren Kräfte begannen in dieser Atmosphäre
sich zu erhellen ... für immer dunkles Reich zu verlassen
wandten sich der Liebe zu webten im Glück
Doch immer noch gab es genug Diener der Dunkelheit
die nicht bereit waren
Gemeinheit Laster Herrschsucht Machtgier Zerstören Vernichten
aufzugeben
sammelten sich ... getarnt als Händler Ratsuchende
durchziehende Edle Abgesandte eines fremden Königs
um das Schloß der schönen Fee und des Zauberers von St Cirque

Vorteil für die Verräter: daß der Zauberer des Lichts
häufig abwesend war denn sein nordisches Reich
mocht er nicht für immer verlassen ... auch nicht für die Fee
schlichen sich Vasallen des Bösen bei der Fee ein
trugen verlogenes Kleid
vermeintlicher Unterwürfigkeit herzenguter Dienertreue
gingen bald im Schloß aus und ein

Vorteil der Verräter: daß die schöne Fee sich zu sicher fühlte ...
zu edel und rein war bisher die Atmosphäre
so daß sie Störfrequenz dunkler Mächte nicht ernst genug nahm ...
zu leichtfertig lebte sie in himmlischer Güte
glaubte einfach nicht daß es so viel Böses gäbe
Und da der Zauberer der Nacht wußte wie mächtig sein Widerpart
Zauberer von St Cirque ...
mußte er einen Weg finden die Fee zu schwächen ...
während jener weit entfernt ... sein nordisches Reich regierte

Spione Wachposten lauerten in der Dienerschaft
die schöne Fee war bald umstellt
es kam der Tag da der Zauberer der Nacht es wagte
mit vier Scharlatanen Lügnern Betrügern magischer Potenz
in das Schloß einzudringen ...

Eigentlich kanns keiner verstehn daß die Fee
ihre Geistern und Deven mit all ihrer gesammelten Zauberkraft
daß sie alle die Gefahr nicht erkannten doch müßt verstehn:
es sollte so sein

103

Was die Fee nicht wußte doch manchmal nachts ahnte spürte ...
daß der Zauberer der Nacht magische Ringe ums Schloß gelegt
so dicht daß sie nicht mehr weichen konnte
so dicht daß später der Zauberer von St Cirque
nicht einmal als Vogel getarnt Einlaß finden konnte
Sie war in der Falle der Dunkle glühte vor Gier nach der Fee ...
lag auf Knien flehte um ihre Liebe
doch was er wirklich wollte war nur ihre magische Macht
ihre Zaubersprüche ihre Gewalt über die Elemente

Sie verweigerte sich war mächtig war ja eine Zauberin ...

Wut und Haß wuchsen in ihm er mußte sie haben um jeden Preis
konnt es nicht ertragen auch nur zu denken
daß er als Verlierer abziehen müsse
Es entbrannte ein Kampf zwischen beiden Mächten
der hellen Fee und dem dunklen Bösen
daß die Grundmauern des Schlosses bebten
Wen auch immer die Fee rief ...
an den Vasallen der Dunkelheit prallten sie ab

Zeit rann und als sie zum wiederholten Male sich verweigerte
goldenes Haar sie umwogte wie himmlische Pracht
ihr makelloser Körper ihr Geist ihre Seele
sich von ihm abwandte voller Abscheu
da nahm er sie – nach langem Kampf – mit Gewalt
zwang sie mit seiner düster–magischen Kraft sich ihm zu öffnen ...
er der Dunkle wollte sie beherrschen helle himmlische Kraft ...

Doch nun geschah etwas womit er nicht gerechnet
denn immerhin war sie eine Fee immerhin hatte sie Macht genug
ihm nicht zu gönnen letzten Triumph

Würd er schon ihren Körper schänden ... so käm er doch nie
in den Besitz weiblicher Magie! Nein! Nie!

Während er fortwährend sie vergewaltigte zwang
nicht abließ von ihr ... ihren himmlischen Körper quälte
rief sie die Moiren jene die alle Götter überragen
jene waren mächtig genug um auch in übelstem Reich
gegenwärtig zu sein
jene die wußten jene die sahen jene die all dies geplant
erfüllten den verzweifelten Wunsch der Fee
den sie immer wieder aufschreiend in den Himmel gesandt:

Verrückt werden sollte alles in ihrem Hirn alles verschoben alles
falsch fließend
so daß die magischen Geheimnisse Zauberformeln
durcheinandergerüttelt geschüttelt ... wirr ...
Da konnte Zauberer der Nacht lang fragen:
geheime magische Macht himmlischer Weiblichkeit
würd ihm verborgen bleiben

Gewünscht ersehnt geschehn ... sprang etwas entzwei in ihr ...
Sie konnte wollt es nicht ertragen ... Schändung Vergewaltigung
und die Moiren taten das ihre hinzu
Immerhin hatte Zauberer der Nacht genug Zauber gesprochen
um die Fee an sich zu binden
doch es sollte Fluch sein ... Grauen für urewige Zeit
Schrecken seines Lebens ... gefesselt an eine Irre!
Welch Strafe könnt schlimmer sein?
Nie würd er sie loswerden nie könnt er wieder frei sein

Sie begann zu schreien schon am frühen Morgen schrill verrückt
nicht mehr bei Sinnen irr ... irr ... irr ...

Entsetzen packte den Zauberer der Nacht wollte sich lösen von ihr
als er sah: keine Fee mehr nur noch tumbes Stück
doch das Schicksal die Moiren ... hatten andere Fäden geknüpft ...

Zwar konnt er sich körperlich von ihr trennen
doch begann zu fühlen:
er und dieses tumbe Stück haben die Einheit zu formen begonnen
doch auf ganz andere Art als in orgasmischen Freuden
nein kein Liebespaar ... im Fluche aneinandergekettet
Bogen der Qual des Hasses Leides
nicht nur sie war in der Falle nein – auch er

Ihm standen die Haare zu Berge denn irres Geschöpf verfolgte ihn
konnt sie nicht abschütteln
konnt nicht mehr schalten und walten Fluch über ihm dem Schlosse
Fluch sein Los sein Preis!

Licht hatt sich mit Dunkel verbunden
doch nicht freiwillig und in Liebe
sondern Dunkel hatt Licht verschlungen
Licht gärte nun im Dunkeln rächte sich fiel kreischend über ihn her
riß an seinen Haaren bedrohte ihn mit Messern ...
nein es war kein Leben mehr

Währenddessen hatte Zauberer des Lichts erfahren was geschehen
Unvorstellbarer Schmerz ...belastete ihn
Er war nicht wiederzuerkennen war ein gebrochener Mann

Flog hin zum Schloß wie Zauberer fliegen
doch die magischen Ringe des Bösen konnt er nicht durchdringen
denn: das Schicksal hatte andere Fäden geknüpft
denn: Fluch war von den Moiren gesprochen
da war auch ein großer Zauberer machtlos und klein

Als er einsehen mußte nach Tagen und Wochen
hab meine Liebste verloren anderen Teil meiner Seel
da schloß er sich ein in sein nordisches Reich ...
zerfurcht verzweifelt ... allein ... allein

So ging ein Jahr ins Land ... und der Zauberer der Nacht
wußte nicht mehr aus noch ein wo immer er hinging ...
die Irre das tumbe Stück verfolgte ihn mit speicheltriefendem Mund
saß stand plötzlich neben ihm ... Tag und Nacht ...
Keiner seiner Zauber half tausendmal hatte er schon bereut
eine Himmelsfee begehrt zu haben tausendmal hatte er sich gefragt
was in Zukunft zu tun sei um sie gänzlich zu unterwerfen
ihr das Irrsein wieder zu nehmen
damit sie ihm Geheimnisse der Magie verrate

Mußte es schaffen denn dies hier ... war Demütigung für ihn ...
mußte sich rächen für diese Frechheit diese Pein dafür daß es
über ihm mächtige Wesen gebe die es ihm nicht erlaubt
in den inneren Kreis ... höchster Weiblichkeit ... einzutreten ...
ja so wars
Nie war er auf die Idee gekommen daß ihm Liebe fehle denn:
Liebe kannte er nicht

Tag und Nacht hatte indes auch der Zauberer von St Cirque
sich gequält gegrübelt vor den Moiren auf Knien gelegen
all seine Zauberkünste in die Waagschale geworfen gefleht:
helft mir ... meiner Geliebten

Und es war die Herbstsonne strahlend noch voller Kraft
die ihm Trost gegeben ...

denn Herbstfeen hatten sein Flehen erhören dürfen
waren in seine Verzweiflung gestiegen ... sprachen ihm:

„Verlaß Deine geliebte nordische Heimat dies Opfer ...
verlangt man ... dort oben ... von Dir
kehr zurück ... nein nicht in den Perigord ...
wär zu schmerzhaft für Deine Seel ... doch an der Gironde ...
nah genug dem Schlosse Fleurac ... sollst Du ein Gut ...
Schloß d'Yquem ... Weinberge kaufen ... sofort und jetzt"

Er tats Dann führten sie ihn – goldene Herbstsonne wärmte –
in die Weinberge sprachen:

„Laß diese hellen Trauben das beste vom Besten jetzt nicht ernten
obwohls an der Zeit ... wart eine Weil ... denn ... wir senden
einen Pilz über Tal Berg Hang
übel häßlich bläulich schimmernde Schrecklichkeit
ähnlich dem Zauberer der Nacht
Er dieser Pilz wird sich um die heilen hellen Trauben legen
sie schrumpfen lassen
erst dann sollst Du sie mit eigenen Händen lesen ..."

Den Zauberer von St Cirque schauderte es bei dieser Rede
doch er gehorchte ...
Um Wartezeit zu verkürzen flog er in andere Welten
fragte dort jeden Engel
warum ihm dies Schicksal widerführe immer mußte er hören:
es sei Weltenlauf
daß himmlische Weiblichkeit auf dunkelste Mächte treffe
ja so seis ...
Wie seine Fee das schwere Opfer bringe
sich mit dem Zauberer der Nacht zu binden
so täten tausendfach andere weibliche Seelen
nur auf unterschiedlichen Ebenen
Hätten sich bereit erklärt grausame Qualen durchzustehn
solang bis in all jenen düsteren Geschöpfen der Nacht
erster Funke von Liebe glühe ... Heilsein erwacht
Der Zauberer flehte um Gnade
doch wo auch immer er bat ... man schüttelte den Kopf

„Keine Traube ist zu ernten bevor ich zurückkehr"
hatt er allen die ihm dem neuen Besitzer nun dienten hinterlassen
sie verstandens nicht
denn es war Zeit der Weinlese Zeit der Ernte

Doch folgten seinem Befehle kannten ihn kaum fühlten
seinen maßlosen Schmerz

107

Auch war schnell Kunde zu ihnen gedrungen
daß seine Liebste in die Klauen bösen Zauberers geraten
fühlten ihm nach wie er Schwingung ihrer Liebe vermißte
die sonst über ihm ... allem auch über Feldern Wiesen gelegen
in jeder Blume geblüht mit jedem Windhauch gehüllt

Folgten selbst seinem Befehl als sie sahen
daß ein häßlicher Pilz die Trauben befallen

Mit dem ersten Nachtfrost kam der Zauberer des Lichtes zurück
begann die verpilzten Trauben eigenhändig zu lesen
Seine neue Dienerschaft alle Gehilfen staunten
er überwachte das Pressen jeden einzelnen Schritt des Kelterns
bis zur Abfüllung des Mostes in Fässer
manche seiner Gehilfen munkelten er sei verrückt ...
Wie könne man denn nur!

Doch als nach der üblichen Zeit des Gärens und Reifens
der neue Kellermeister den der Zauberer eingestellt
besten weit und breit im Bordelais
als dieser in den Keller getreten
ersten Schluck vom Weine genommen
staunte er – schon angesichts der satten goldnen Farbe
dieses merkwürdigen Getränks
war ihm als sei hier im Glas flüssiges Sonnenlicht
magisches Leuchten und ... welcher Duft!
Geschmack: herb und süß zugleich von feinster Eleganz
Lebenselixier ... Zaubertrank dachte der Mann ...
ein Zeug mit dem man selbst Tote ins Leben zurückholen kann

Nahm noch einen Schluck noch einen ... nie hatt er ähnliches
zuvor gekostet ... Liebe durchflutete ihn plötzlich ...
Energie begann in ihm zu lodern ... wie er sie nie gefühlt ...
als könne er seinen Körper aus Erdenschwere lösen
als könne er schweben hinauf und hinab ... vom Keller ...
in lichte Welten in denen Engelchöre sangen
wollte mitsingen nicht mehr zurück ... in irdische Kellerwelt ...
nahm noch einen Schluck vom Sauternes
so nannte er diesen Wein gleich ...
noch einen und noch einen und immer wieder ...
sank auf den Boden neben das Faß

Inzwischen hatte man ihn droben in den Wirtschaftsräumen vermißt
morgens gegen zehn war er in den Keller gegangen

um nach dem neuen Weine zu sehen ... nun war es Nacht
Man suchte fand ihn in schwerem Rausche
am Boden liegend lächelnd neben einem Fasse ...
war fassungslos ... er gerühmter Kellermeister
einer der sich beherrschen im Griff haben mußte
und ein solcher faut pas!
Suchte in zu wecken ernüchtern er wehrte sich
wollte weiter träumen murmelte von Engelschören
deren Gesängen er lauschen wolle ...
schleppte ihn die Kellertreppe hoch legte ihn zu Bett
er lächelte fortwährend sein Weib schüttelte den Kopf ...
betrunken ... welche Schand!

Gegen die Morgenstund wurd der Mann wach fühlte sich
noch immer in anderer Welt
Strom wundervollster Liebe durchpulste ihn
umarmte sein noch schlafendes Weib sie wurd wach ...
umhüllt von seiner zärtlichsten Liebe ungewöhnlicher Kraft
verbrachten eine Zeit die das Weib nie mehr vergaß:

von solcher Liebe solcher Potenz ...
hatte sie heimlich immer geträumt ...

Beim Frühstück in der Schloßküche erzählte der Kellermeister
vom neuen Wein Zaubertrank seis ... würdig seines neuen Herrn ...
Die einen meinten er sei verrückt geworden
wie die Fee des Perigord ... andere wiederum horchten auf ...
solche Potenz?! ...
Wie ein Lauffeuer verbreitete sich die Kund jeder wollte kosten
doch der Kellermeister war ein redlicher Mensch
sonst hätt er auch nicht von Engeln geträumt
ging zum Zauberer von St Cirque erzählte was geschehen ...

Beide stiegen sie nun die Treppen zum Keller hinunter
Zauberer kostete sprach dann:
„Bring er mir einen ganzen Krug davon in meine Räume
sag er allen daß heut und sofort ein großes Fest stattfinde
alle sind geladen die mir dienen ein stilles Fest soll es sein
Kein Gröhlen und Schrein

Jeder darf sich zurückziehen oder in den Sälen niederlassen
soll muß still diesen Wein genießen ... soviel er will ...
morgen sprechen wir uns alle dann ...
denn: ich muß wissen was jeder einzelne erlebt ...“

Und es begann im Schlosse an der Gironde
ein ungewöhnliches Fest ... kein Lärm kein Geschrei kein Getös ...
Still zog sich jeder zurück üppig mit Zaubertrank versorgt
Liebespaare genossen ihn auf ihrem Bette jene die allein waren
blieben für sich ... so auch der Zauberer von St Cirque

Welch ein Tag welche Nacht! Von der Putzmagd bis zum
Kammerdiener ... jeder trank goldnen Trank

Träumte Kellermeister von Engeln
so der Kammerdiener von einer üppig–schönen Frau
Die Putzmagd schwebte als Prinzessin durchs Schloß
schimmernde Perlen ins Haar geflochten
reichte dem Koch ihre Hand damit er sie küsse ...
und ... sie verwöhne mit grandioser Potenz
Welch eine Nacht!
Liebestaumel ... jeder fand das was er suchte ...
Nur der Zauberer fand – in goldnem Rausche – nicht die Geliebte
... hoffte ... würd sie erst kosten von diesem Wein
könnten sie wieder zusammen sein ...

zumindest in Träumen zumindest in anderer Dimension

Wußte: dieser Wein ist bestimmt für jene die nicht mehr
die Fähigkeit besitzen aus eigenen Kräften Glück zu finden

Tags darauf fand im Schlosse eine Versammlung statt
Ohne Scheu und Scham sollte berichtet werden ...
Stimmung war locker freundlich liberal
Jeder erzählte Alle staunten ... alle!
Denn ein wahrer Göttertrunk war entstanden
die Wirkung phänomenal
wenn auch unterschiedlich ... so wie Menschen sind ...
doch das gesammelte Spektrum hieß: berauschendes Glück ...
unter der Fahne der Liebe ... keine Schlägerei keine üble Laune

Zauberer von St Cirque lehnte sich zurück lächelte –
seltene Geste im letzten Jahr kündigte an
daß dieser Wein für die Fee auf Fleurac bestimmt
und – für jene denen Kummer und Sorgen Krankheit und Not
über den Kopf gewachsen
die sich nicht mehr allein helfen könnten
Sie sollten es ihn wissen lassen doch hier hob er warnend die Hand:

110

Sie alle müßten wissen daß es mit der Zauberei mit allen Kräutern
ja mit allen Drogen
seis nun Fliegenpilz Belladonna oder Wein ... so sei ...
daß man süchtig werden könne ... nicht jeder nein
doch immer jene die ohnehin danach streben
in andere Welten zu fliegen
jene die sich wünschen herauszuwinden aus irdischem Kleid
weil sie irgend etwas nicht lösen können
oder sich einfach weigern Pflicht zu erfüllen
immer jene die hilflos vor sich stehn
weil ihnen Macht über sich genommen
doch nicht wissen wie ... sie diese wieder erringen können

Jene in denen – tief vergraben – Sehnsucht nach weniger
Erdenschwere steckt
jene die ahnen daß man aus irdischer Not höllischer Pein
immer dann entweichen kann wenn man seine Frequenz erhöht
Blut schneller fließt
Elektrolyten sich in rasender Geschwindigkeit drehn

Jene sinds die gefährdet ... weil ... Schicksal es ihnen nicht erlaubt
sich zu erhöhn aus eigener Kraft ... ohne Drogen ohne Wein
Viele dürftens auch nicht ... weil Leid angesagt ...

Und so fuhr er fort zu lehren ... man lauschte begriff nicht alles
doch fühlte: er ist ein guter Herr
Man beschloß: hier diene man gern denn: hier hieß dienen
sich erhöhen ... klarer reiner fühlen und – Abenteuer erleben ...

Bat der Zauberer nun seinen Kammerdiener
den er besonders ins Herz geschlossen
um eine Unterredung erzählte ihm die Geschicht von der Fee ...
bat ihn sein Gehilfe zu werden ... dieser stimmte zu

Schon um die Mittagszeit waren beide auf dem Wege nach Fleurac
Der Kammerdiener sollte als fahrender Händler
Medizin im Schlosse feilbieten:
das ein und andere ... Bänder und Seife ... auch ...
eine Flasche vom goldenen Weine ...
Die List war gut der Diener wurde eingelassen
trat vor den Zauberer der Nacht der neugierig war
letztendlich auch in großer Not denn dieses irre Weib ...

111

ließ ihn nicht los ...
Da saß er mit faltig–zermürbtem Gesicht konnt sich kaum
auf den Beinen halten so sehr hatt ihn die Fee erschöpft
Welche Medizin er der Händler denn biete ... ?

Es wurde ausgepackt:
dies gegen Magendrücken jenes gegen Furunkel am Leib
dies gegen faule Zähne jenes gegen stinkenden Fuß ... und
was sei in der fremdartig geformten Flasche jene golden leuchtende
Flüssigkeit? Oh hieß es das sei ein Mittel für Epileptiker Irre
Geisteskranke um ihnen Ruhe zu verschaffen ...
Der Dunkle griff schnell nach der Flasche stöpselte sie auf
roch daran ... für Irre Geisteskranke?
Wie teuer solle die Flasche sein?

Der vermeintliche Händler nannte einen so horrenden Preis
daß der Zauberer der Nacht auffahren wollt
doch bevor ers getan
hörten beide ein so schauerliches Gezeter
daß dem vermeintlich fahrenden Händler Blut in den Adern gerann
hörtens heftig über Flure staksen Tür wurde aufgerissen
stand da ein furchtbar anzusehendes Weib
dem Händler ... doch auch dem Zauberer wurd Angst und Bang
Was trug sie in ihrer Hand?
„Hab ich Dich heut morgen nicht eigenhändig eingesperrt?"
schrie er wütend
„wieso weißt Du idiotisches Weib Dich ständig zu befrein?"

Stürmte mit gezücktem Dolch obwohl man doch alle weggesperrt ...
dieses gräßliche Geschöpf ... als sie den Fremden im Raume sah
stand sie still betrachtete lang jedes Utensil
das der Händler aufgereiht drehte sich dann
zum Zauberer der Nacht sah die Flasche in seiner Hand sah sie an
lang ... lang ... griff danach

„Nun gut" knurrte der Zauberer „ich zahl Euren unverschämten
Preis Solltet Ihr Recht behalten dies irre Weib ...
nach dem Genuß der Flüssigkeit sich endlich einmal still verhalten
mich ausnahmsweis einmal dorthin gehen lassen wohin ich will
ohne daß sie mir folgt ... dann seid Ihr bei mir im Geschäft"

Die Kranke trank erst einen Schluck dann zwei ... dann drei ...
noch war sie unruhig bedrohte den Zauberer der Nacht
trank weiter noch einen Schluck und dann noch einen

112

langsam begann sich ihr Gesicht zu entspannen
häßliche Verzerrung ließ nach Speichel triefte nicht mehr ...
sie trank
Es dauerte nicht lang da wurd sie ganz still setzte sich nieder
schlaffe Haltung wich Grazie der Fremde ahnte Schönheit
Erschüttert dacht er immer wieder:
dieses verrückte Wesen
ist sie wirklich ... die mächtigste Fee im Perigord gewesen?

Er hatte seinem Herrn versprochen alles getreu zu berichten ...
wie sollte er das können?
Nein mocht nur weinen vor Mitleid
Saß sie auf geschnitztem eichenen Stuhl mit geschlossenem Aug
lächelte hielt die Flasche auf ihrem Schoß ...
Kleid das sie trug derb geschnitten und gewebt ...
von dunkelbrauner Farbe es paßte nicht
die einst langen goldnen Haare abgeschnitten Kopf kahl rasiert ...
Das also hatte dieser Teufel aus ihr gemacht ...

Fee ... dachte der Händler ...
wie gut daß Dein Liebster Dich nicht so sehen kann
er würde vergehen vor Gram
Wie kam es daß Du die Du so machtvoll warst
gegen ihn der Dich entehrte ... nichts in der Hand gehabt?

Begann sie zu singen die Kranke
als habe sie seine Gedanken verstanden
Stimme brach wieder und wieder doch hörte er deutlich:

„War in anderen Himmeln als die Nacht auf den Tag stieß ...
doch Kampf begann erst dann als Dunkelheit
in Rache und Machtgier sank klagte ... Du Tag hast es besser ...
Du in Deinem Licht ...
dafür nun seist Du gestraft ... dafür quäle ich Dich ...
wollte den Tag verschlingen wollte daß nur noch Nacht sei
nie mehr Tag denn nur so konnt sie vergessen daß es ihr Leid gab ...
begannen sie zu kämpfen die beiden unerbittlich ...
Licht und Dunkelheit ...
Messer auf Messer Blut gegen Blut Zahn um Zahn
Empört über so viel Wahn
fuhr die große Urmutter der Schöpfung dazwischen
trennte die verbissen Ringenden
Doch die Nacht war nicht zu halten begann von neuem den Kampf
da versammelte sie ... die Eine in allen ... ihr Gefolge sprach:

Nur Liebe kann hier helfen denn die Nacht ist gefallen
keine Vernunft hat mehr Macht über sie ...
deshalb ist Dunkelheit nun zu transformieren
muß wieder
der Toleranz fähig werden eigenes Schicksal kompensieren

Wer also von Euch erklärt sich bereit
die sieben Himmel zu verlassen
sich mit den Wesen der Nacht zu vermählen sie die Liebe
zu lehren?
Wie lang mag dies dauern? Wurde gefragt
Viele tausend Jahr ... hieß die Antwort
denn ... Düsteres lasse sich nicht schnell transformieren
alles alles brauche seine Zeit
doch immerhin sei es Abenteuer Neues Anderes
denn ... ewige Harmonie ...
Glaub ..." sang die Kranke da weiter „die große Mutter hat
selbst nicht gewußt was sie gesagt"

„Nun ists aber genug!" fuhr der Zauberer wütend auf
denn er fühlte sich merkwürdig berührt
Da stand sie auf ging still aus dem Raum
„Gut" knurrte der Zauberer „ich zahl Euch den Preis ...
sie ist still
Ich hoffe daß ich heut Nacht endlich wieder
meine Brüder besuchen kann also bring mehr von der Medizin
so schnell wie Du sie herschaffen kannst"

Der vermeintliche Händler verließ das Schloß war entsetzt
Auf dem Wege nach Les Eyzies erwartete ihn
der Zauberer des Lichts Als der Händler ihn sah ...
die hohe Gestalt das besorgte Gesicht Angst Liebe darin ...
war er nicht imstande ihm zu berichten
welch ein zerstörtes Wrack er gefunden brachte es nicht übers Herz

Erzählte die Fee sei immer noch schön habe vom Weine getrunken
begonnen zu singen Allein das schmerzte den Zauberer so sehr
daß er wild vorwärts stürmte ... kaum daheim angekommen
versuchte er mit der Fee Kontakt aufzunehmen
wie sie früher getan wenn sie getrennt: über Gedankenstrom

Doch wars nicht möglich zu sehr schon zerstörtes Wrack war sie
wußt er nicht was sie fühlte was mit ihr geschehen

fiel in verzweifeltes Brüten aus dem die Herbstfeen ihn störten
flüsterten ihm lind ins Ohr ... sie sei verloren für ihn
für urewige Zeit
Sie habe mit dem Zauberer der Nacht zu ringen in sieben Höllen
in ... unzähligen menschlichen Leben mal verrückt mal irr ...
manchmal wieder Fee des Perigord mal stark und gesund
mal hilflos und schwach
immer und immer seis aber ihre Pflicht vor dem Zauberer der Nacht
Geheimnisse himmlischer Magie zu verbergen
gerade diese aber wolle er ihr entreißen
gerade so habe sie zu lernen
Willenskraft Mut Standhaftigkeit zu entfalten
Und in diese Weissagung sprach der Kammerdiener hinein:
man wolle in Fleurac mehr von der Medizin – und nun?
Soll er die gesamte Ernte hinüberschaffen?

„Nein nein" wandte der Zauberer von St Cirque da ein
„schaff er nur ein kleines Fäßchen hin sonst beginnt sie
mir noch zu saufen ... die Fee ... außerdem sollst Du so oft es geht
nach Fleurac um mir Bericht zu erstatten"

Den Gehilfen schauderte es schon bei dem Gedanken
diesen Bösewicht auf wuchtig geschnitztem Möbel wiederzusehen
geschweige denn die Fee

Doch er wagte nicht seinem Herrn die Wahrheit zu sagen Hieß:
jede Hilfe kommt zu spät die Fee ist vernichtet ...wußt er doch nicht
daß der Zauberer von St Cirque längst informiert ... dachten beide:

Wenn der Sauternes ihr nur geringe Linderung bringt
ists großartige Hilfe ...
seis besser als schrilles Getöse
Er schwieg ... folgte dem Befehle seines Herrn wunderte sich
über solche Art von Wesen wie es Zauberer und Feen sind
über Zauberei schlechthin
und hätten die Götter es nicht als sein Schicksal gefügt
daß er solchen Wesen diene hätt er längst einen Weg gefunden
um sich von ihnen allen zu trennen ...

Mit einem kleinen Fasse des Weines
stand der Kammerdiener bald wieder im Schlosse Fleurac
nahm Geld entgegen sah
der Bösewicht hatte Zeit genutzt Hilfe geholt:
im eichengetäfelten Saal saßen sechs weitere Zauberer

Diener der Nacht fremdartig gekleidet überheblich ...
wollten wissen was für ein Zeug es sei das er verkaufe
woher es komme ...

Kammerdiener ersann Lügengeschichten
irgendwie werd ichs denen zeigen dacht er

Spann Geschichte von altem verhutzelten Weib
das in St Cirque in einem Höhlenhaus vegetiere ...
die Höhlenhäuser des Perigord kenne man doch?
Jene in denen schon seit endloser Zeit Menschen leben ...
Irgendwann seien die Höhlen zu Steinhäusern erweitert worden

Nun ja eine solche Alte kenne eben geheime Wege
tief in die Felsen hinein ... dort sammle sie Wasser
das von den Wänden tropfe mische Kräuter und Wein hinein
Zaubersprüche würd sie darüber sprechen
vielleicht gar hineinpinkeln in die Brüh ...

„Und wo kann man die Alte finden?" ....
„Herrje werdet mir doch nicht das Geschäft verderben?"

Die sieben Zauberer der Nacht wechselten böse Blicke
überdachten ob diesem Händler nicht zu schaden sei
doch ein Blick auf den Sauternes ließ sie zögern ...
vielleicht konnten sie ihn später ködern
erst einmal das Zeugs analysieren herausfinden woraus es besteht
dienstbare Geister ihrer dunklen Reiche zu Rate ziehn
Sie ließen sie ihn gehen
Beim nächsten Vollmond sollt er wieder zur Stelle stehn
mit neuem Wein

Der vermeintliche Händler hatte während des Verhörs
der Unterredung mit den sieben Bösewichten
all seine Aufmerksamkeit auf die Fee gerichtet
doch sie nicht gehört ... nicht gesehn ...
was haben sie mit ihr gemacht hat er gedacht ...
versucht sie zu töten knebeln in dunkle Verliese gesperrt?
Wie hatt der Wein auf sie gewirkt? Rätsel über Rätsel
Doch er mußte gehen ... sie zu suchen wagte er nicht ...
war sicher ... diese scheußlichen Gesellen
zauberten ihm noch eine Herde Teufel auf den Leib

Während er hinunterwanderte nach Les Eyzies

116

hatten die sieben Zauberer schon aus dem Fasse gezapft
waren in die Alchimistenküche gegangen hantierten nun
mit Gläsern Pipetten Flaschen
kosteten vorsichtig einzelne Tropfen
ließen sie auf der Zunge zergehen
wollten wissen: wie ist diese Medizin zusammengesetzt?

Sie hatte die Fee tatsächlich ruhig und folgsam gemacht
lächelnd hatt sie gelegen mit der Flasche in der Hand ...

Dennoch hatte Zauberer der Nacht ihr nie zu nahe kommen dürfen
und nicht nur das: er wollt auch nicht
Irgendwie konnt er sich dann nicht wehren gegen sie ...
spürte wie ihrer beider Energie sich verband spürte auch ...
daß ihre Abwehr nicht zu durchbrechen war

Gerade das erboste ihn bis zur Unerträglichkeit denn er wollte
himmlische Helle ihre Zauberkünste
die – trotz aller Verrücktheit – in ihr leben mußten wollt Magie
sich einverleiben ihr entreißen
Er haßte sie begriff langsam:
beide streben wir auseinander doch müssen Einheit bilden ...
und zwar Einheit die mir etwas verweigert nicht erlaubt
so ists von höheren Mächten gefügt:

So haßte er diese höheren Mächte auch ...
glaubte er könne sich über solche erheben
und Rache wurde fast jeden Tag gesprochen:
Wart nur in Deinem nächsten Leben Fee werden wir Dich knacken
wie eine Nuß Dir die Geheimnisse des Lichts
nach denen mich und meine Kumpane dürstet entlocken ... dann
sind wir mächtiger als Du!

Gift und Galle speiend jeden Tag jede Nacht
denn er stand ohnmächtig
vor einer Verrückten die ihre Geheimnisse nicht mehr preisgeben
konnte
Während die sieben Bösewichte Tropfen für Tropfen des Sauternes
untersuchten floß ihre Herrschsucht ihr Haß ihre Wut in den Wein
er bekam schwefeligen Geruch

Als die Fee von diesem Sauternes getrunken
sank sie voller Schmerzen zu Boden denn Haß Wut
hineingezwungen in sie war eine Kombination die ihr nicht bekam

wurde so schwach daß sie sich nicht mehr erheben konnte ...

Die Zauberer rieben sich die Hände standen um sie herum
wünschten ihr den Tod damit ihre betäubte Seel
in der Sekunde da sie den toten Körper verließe sofort
von den Dienern der sieben Höllen fortgeschleppt werde geknebelt
und – zur Not – auf glühendem Rost im Höllenreich
nach den magischen Geheimnissen des Lichtes ausgefragt

Doch die Fee starb nicht ... bald stürmte sie wieder mit Messern
und Dolchen durch die Gänge bedrohte den Zauberer der Nacht

So ließ er neue Medizin neuen Sauternes bringen
stellte ganze Fässer in ihre Gemächer
verwünschte und verfluchte sie jeden Tag
nur damit sie ihn nicht mehr verfolge nur damit sie bald sterbe

Fee trank wurde ruhig lag schwach und krank
so verging die Zeit
immer wieder stand neuer Sauternes bereit ...
Sie lief nicht mehr durch Schloß Fleurac
ruhte im Garten zwischen Rosen und Rittersporn
niemand wußte was in ihr vorging denn kein Wort sprach sie mehr

Zauberer der Nacht wagte sich nicht mehr in ihre Näh
Sie hatte nun etwas er konnt es nicht erklären ...
irgendetwas hielt ihn fern ... er haßte haßte haßte
denn seine letzte Hoffnung
ihr magische Geheimnisse zu entlocken war dahin ...
irgendwann muß sie ja krepieren wünschte er
doch es dauerte noch ein Jahr ...
bis sie ihr Leben ließ im Schloß Fleurac ... heimlich still und leis
während die sieben Zauberer gerade in der Alchimistenküche

Klug überlegt und weise flog ihre Seele davon
Schatz mit sich nehmend hütend

Und weil Fluch gesprochen: daß beide aneinandergekettet
für tausende von Jahrn ... starb später an diesem Tag
an dem die Fee ging ... auch der Zauberer der Nacht ...

stürzte als er ein Heilkraut gegen den Haß verwünschen
wollte ... über einen Stein der im Wege lag
fiel so unglücklich daß sein Genick gebrochen war

Als der Zauberer des Lichtes erfuhr: seine Fee hat die Bühne
des Menschseins verlassen
da hielt auch ihn nichts mehr in irdischen Gefielden
Er legte das Vermächtnis des Sauternes sein Vermögen
in die Hände des Kellermeisters
der ihm ein so treuer Diener gewesen
Er dessen Kinder Kindeskinder sollten hier weiterleben
das Geheimnis um diesen Wein hüten
auf daß es den Menschen helfe in andere Welten zu reisen ...
Und so ists bis heut

Viele Menschen haben später versucht den Sauternes zu imitieren
doch nicht möglich wars
Kopfschmerz bekamen die Kranken
konnten sich am nächsten Tage kaum erheben ...
So sei allen gesagt:
wer immer heut Sauternes trinken will und Schwefel riecht
muß wissen sist nicht Druidentrank
nicht Vermächtnis des Zauberers von St Cirque
sondern raffiniertes Alchimistengebräu
der soll sich vorsehen ...
Wein ist dann mit bösen Mächten durchsetzt
mit Herrschsucht und Habgier Neid und Haß
ist dann Werkzeug des Zauberers der Nacht führt nicht ins Paradies
sondern in die Sucht

Man kann nicht mehr aufhören zu trinken von solchem Gifte
wird Opfer von Despoten in diesen und anderen Welten
die sich die Hände reiben
denn sie haben wieder eine Seele dem Lichte abgerungen

Was mit der Fee geschehn nachdem sie dieses Leben verlassen
ist so schrecklich daß es hier nicht erzählt sein soll ...

In viel späteren Zeiten wird sie beginnen sich aus den Klauen
der Dunkelheit zu befrein
wird sich an ihre magischen Kräfte erinnern
wird wieder lebendige Fee sein wollen ...
doch dem Zauberer der Nacht wirds immer wieder gelingen
sie in sein höllisches Reich zurückzuzwingen
auf daß er ... nicht sie ... groß und mächtig sei

Dann aber wird der Tag kommen ... es ist jener an dem
der Zauberer der Nacht versucht

ein Heilkraut gegen die Herrschsucht zu finden
er herrschsüchtigster aller Zauberer ... denn ...
auch er wird irgendwann ... zum Zauberer des Lichts ....

Von diesem Tage an wird die Fee wieder frei sein dürfen ...
denn sie hat ihre Pflicht erfüllt ...

schön wie eh und je ... wird sie sein

wird prachtvolles goldenes Haar sie umschütten
wird sie – rosenumkränzt – jenen zur Hilfe eilen

die in stiller verzweifelter Stunde nach ihr rufen ... ja so seis

Marguerite schließt Frieden mit ihrer medialen Kraft

Kaum sind die letzten Worte verklungen beginnt sich
der Saal zu leeren
Grazien gehen Bild der Göttin verblaßt
Meister und Hüter hoher Frequenz haben sich in feine ätherische
Wellen aufgelöst

Es bleiben: Marguerite und neben ihr ... Louise ...
und ein wenig entfernt
lehnt Berthe erschöpft an hölzernem Wandpaneel
die Geschichte vom Sauternes hat sie zutiefst berührt
alles klingt noch in ihnen nach ...
die schöne Stimme der himmlischen Frau
Trauer Wehmut
doch auch Glück einstiger perigordinischer Heiterkeit

Wie merkwürdig denkt Marguerite
daß Berthes Geschichte jener der Fee so ähnlich ist
wärs vielleicht so
daß man droben irgendwann einmal Dramen sich ausgedacht
die dann in vielen unterschiedlichen Versionen
immer wieder neu gespielt werden ...
neu entfacht?
Zu unterschiedlicher Zeit in wechselndem Menschenkleid?
So lang bis das Thema ausgespielt ... alle Variation ausgeschöpft?

Wenn ich zurück denk an die Zeit als ich noch keine
Geister und Hüter der Frequenz
keine Meister und Himmlischen wahrnehmen konnt ...

Herrgott ... wie armselig war mein Leben
wie trostlos ist aller Menschen Sein die keine Antenne haben:
zu Erde Wasser Feuer Luft Baum und Strauch ... Deva und Geist ...

Kaum sind sie alle gegangen vermiß ich sie schon
wünsche mir daß ich morgen schon die nächste Legende hör ...

Und selbst Berthe mit ihrer Gier nach Wein ja bin froh
daß sie bei mir bleibt ...
welcher Reichtum plötzlich um mich ... all diese Wesen
und solche Geschicht
doch ... immerhin ... nun bin ich müd ... nun möchte ich heim
nach Bramefond werd mich in mein kleines Gartenhaus legen
schlafen schlafen schlafen

morgen ist auch noch ein Tag morgen solls weitergehn
morgen werden andre Geister vor mir stehn ...

Da hält sie Louise am Arme fest spricht sanft:

„Geh nicht Marguerite denn erlöst ist nur Berthe
Sie allein kann mit Dir gehn ich muß bleiben in diesem Schloß
irren eine ganze weitere lange Nacht
denn ... meine Geschicht hast Du noch nicht gehört"

Denkt Marguerite recht hat Louise was soll ich
mit der trinkwütigen Berthe allein
in Bramefond in meinem Gartenhaus

Es wird besser sein ich hör noch die Geschicht
der Louise de Beauroyre ... dann wird auch sie bei mir sein
wo ich geh wo ich steh ... wo ich schlaf

Kaum setzt sie sich auf den Boden nieder
Kopf an marmornen Kamin gelehnt
zieht traurige Ahnung in ihr Herz
krampft sich im unteren Leibe Schmerz
sie weiß da kommt keine fröhliche Geschicht
sondern etwas von dem sie nicht weiß ob sie damit fertig wird ...

Schreckliches zieht heran ...

Und schon drehn sich die Zeiger der Zeit zurück ...
steigt drohend Nebel hoch ... Erinnerung beginnt ...

Marguerite und die Geister

Im Sommer wird ein Kind auf Fleurac geboren eine Tochter
Berthe die Mutter wills nicht sehen zieht sich zurück
Ammen Zofen Gouvernanten ... haben Hochkonjunktur
Und der Vicomte?
Als er zum erstenmal das häßliche kleine Ding in seinen Armen hält
da liebt er es – so auf seine Art
Weder einen Sohn noch ein andres Kind hätt er lieben können
so wie diesen Wurm
Louischen ... nennt er sie ... warum? Weiß es nicht

Leben fließt weiter er muß verkaufen vom Besitze de Veaux
macht sich keine Gedanken Berthe hat Vermögen genug
Das Kind wächst heran ... zart klein häßlich ...
doch lieblich offen und frei ...

Der Vicomte dieser machtvolle Mann mag das kleine Ding
denkt er ... doch verachtets recht eigentlich abgrundtief
weils ja nur ein häßliches Mädchen ist ... sist so für ihn
wie ein Pferdchen im Stall ... mal sieht man hin ...
mal schickt man den Vasall
einziger Mensch der ihm was bedeutet denkt er ... dennoch
weiß nicht warum ... dem Louischen schenkt er alles ...

nicht was ihr ... sondern was sein Herz begehrt für ein Kind:

Perlenschnur Puppen und feines Kleid
doch was immer er schenkt wie immer er spricht
das Kind ist von Trauer umweht Hat keine Mutter ...
Berthe haßt Louise
Berthe weiß: Fluch Fluch liegt über mir ... Fluch

Leben fließt weiter Sie sitzen im eichengetäfelten Saal
der Vicomte hat Louischen auf dem Schoß
hin und wieder nimmt er sich für das Kind Zeit
repariert voller Geduld an einem Puppenbein
man schwatzt und lacht ... er ... die Ammen und Gouvernanten
auf deren Schönheit hat er bei der Einstellung geachtet

Tritt eine Zofe ein ... nicht mehr schön ... sondern verhärmt
denn niemand keinerlei Weiblichkeit ... bleibt
in der Nähe des Vicomte lang schön attraktiv und reich
Sie schlägt die Augen nieder als der Vicomte sie anblickt
Was er sieht: dürres hageres Alter kündigt sich an
Er hat sie beschlafen wann und wie oft er gewollt

Hat sie erpreßt: entweder sich fügen oder gehn ohne Geld
doch nun ist sie abgestellt ausrangiert schämt sich vor sich selbst
ihrer Vernichtung Zerstörung ... weiß ... der Vicomte
wird sie bald abservieren ... eine neue Stelle ist nicht in Sicht ...

Es geht sogar ihm dem feisten Vicomte unter die Haut
daß dieses einst so schöne Mädchen derart häßlich geworden ist
Nicht einmal im Traum käm er auf die Idee
daß all dies sein Werk ... seine grausame Selbstherrlichkeit

Louischen blickt ihn an tätschelt ihm die feiste Wang sagt:
„Papa schau nicht so dumm"
Da verkneift er die Lippen setzt das Kind herrisch abrupt
von seinem Schoß steht auf und geht
Louischen blickt ihm traurig verletzt demütig nach
und die Gouvernante sagt:

„Kind halt doch nur einmal Deinen vorlauten Mund
Ist Dir denn immer noch nicht bekannt
daß der Papa nur sanfte brave Mädchen und Frauen mag?"

Schon seit Jahren haben Albert und Berthe
nur das Nötigste miteinander zu tun gehabt
man hat sich arrangiert ... lebt dahin ... sieht sich kaum
Doch nun nach so vielen Jahren Einsamkeit treibt es Berthe fort
läßt sie um eine angemessene Summe Geldes bitten
die er ihr erst nach endlosem Machtkampf gewährt
als wärs sein Vermögen ... nicht das ihrige ...
spielt sich auf wie ein Herrscher dem sie Pfründe wegreißen will
schnauzt sie an als seis ihre Schuld ihr Unvermögen
daß sie über kein eigenes Geld verfüge ...
Hat ihm ihres übereignet ... er haust damit als wärs sein
sie muß betteln wenn sie nur einen Sous haben will
Neues Kleid? Völlig unnötig!
Während er ständig beim Schneider sitzt – ja für sich!
Doch sie fragt nicht sieht ihn nicht an rafft die Summe
den Scheck ... schweigt
Hat längst mit diesem Leben abgeschlossen vegetiert
lebt nur noch zum Schein

Da gewährt dieses Monster ihr eine so lächerlich geringe Summe
Geldes damit sie nach Vichy reisen kann so lächerlich gering
daß ihr speiübel wird
Das Kind ist von Gouvernanten Zofen gut versorgt

So sagt sie Adieu – nur dem Kinde nicht dem Vicomte
steigt in die Kutsche zur nächsten Bahnstation fährt
und es dürstet sie schon nach Wein ...

Irgendwann ... in Vichy ... in einem schönen Hotel
trübe Tage in feinster Gesellschaft treiben dahin
wird Berthe ohnmächtig ein Arzt muß gerufen werden
Dieser sieht ihre – noch immer – große Schönheit doch auch
daß Alkohol schon sein Werk getan sieht sie an als sie erwacht

Nie hat ein Mann sie je so angesehn wie dieser hier ...
klar freundlich und – voller Bewunderung denn trotz ihres Elends:
Grazie edler Duft seltene Kraft hüllt sie ein
tief tief tief in ihr lebt etwas wovon sie gar nichts weiß:

herrliche Sinnlichkeit Freude am Schönen am Liebesspiel

wenn es von Achtung Zuneigung getragen ist
Er dieser Fremde spürt es sofort: ihre hinreißende erotische Kraft ...
verliebt sich in sie ... läßt sie nicht mehr allein

Irgendwann geschieht es dann: sie gibt sich hin so wie er
nie hätt sies geahnt ... war ihr unbekannt
daß ein Mann so lieben kann ... einmal sollte sie erleben
was wahre Liebe heißt ... Liebe zwischen Mann und Frau ...
doch sie weiß:
der Vicomte hat sie ausgebrannt umgestülpt ausgehöhlt
alles erloschen in ihr alles dahin vertan erwürgt verweht ...
und ... er ... dieser Fremde dieser Arzt der sie verehrt
mit zärtlichster Liebe umgibt ... kann sie nicht mehr retten

Der Vicomte schwebt wie ein Dämon über ihr
Berthe ist verloren für diese Welt ... und er ... der ihr helfen will
der sie liebt ... ist bleich vor Gram als sie ihn zum Abschied küßt ...
sie will nicht kann nicht alles in ihr ... tot aus und vorbei

Monate wabern in Vichy ... grau düster wie aus Blei
Berthe kehrt zurück ins Schloß Fleurac
Tage vergehen ... grau wie die Jahre grau sind ... in dieser Zeit
Und der Vicomte?
Er mag Louischen stellt Gouvernanten ein ...
immer die schönsten und attraktivsten müssen es sein
Er er bestimmts er bestimmt alles ... nicht Berthe

Man wundert sich und ... klatscht
Doch es ist so wie es ist und sie nehmens hin: alle!
Denn der Vicomte zieht jeden in seinen Bann

Küßt das Kind führts an der Hand erklärt ihm dies und das
streicht ihm die feinen Locken glatt

Es ist eine Zeit ... jeden Abend kommt er nun heim ...
ja ... manchmal gibt es solche Zeit ...
Keiner weiß was er getan den ganzen Tag
überschüttet Louischen mit kostbarem Gut Sinds heut Schleifen
und Perlen morgen ein Rüschenkleid Puppen aus Porzellan
hölzernes Tier gegen Herzeleid? Seidnes Taschentuch?
Eines davon?
Nein gleich zwölf und Louischen fliegt ihm entgegen:
„Liebster Papa!"
Und sie alle sehens im Schloß alle die kommen und gehn:
der mächtige herrische Vicomte gezähmt von einem winzigen Kind
Darfs Pudding essen vor der Suppe?
„Nein" sagt die Mutter „nein" sagt Berthe

„Laß das Kind!" schreit da der Vicomte und alle schweigen still
Er hat das Wort Louischen patscht mit den Händen im Pudding
mag dies nicht und das und er sagt: „Laß meine Tochter!
Sie ist alles was ich hab"

Wenn sie – zierlich – im Röckchen sich dreht
die feinen Lackschuh sich knöpfen läßt Händchen bewegt
süß plappert ja ... dann steht er voller Stolz Und sonst?

Keiner weiß was er tut den ganzen Tag Mal sieht man ihn hier
mal in Montignac dann in Thenon dann wieder in Paris
Herren sinds die ihn begleiten – draußen auf der Straß
Doch hinter verschlossner Tür nimmt er die Fraun wies ihm gefällt
liebt es über sie zu herrschen denn ...
das ist seine Leidenschaft ... sanft und ergeben sollen sie sein
liebliches Spielzeug das er benutzen kann

Auch im Schlosse bestimmt er das Leben auch wenn er nicht da
auch wenn er auf Reisen ... Berthe hat nichts zu melden ...
dafür hat er gesorgt ... da zieht sie sich immer mehr zurück
Apathisch lebt sie ... nichts anderes wär ihr erlaubt hört und hört:

„Bist krank verrückt asozial und – hast keinen Geschmack!"

Das sind seine Dogmen für Berthe vor aller Welt
Und so machen alle – ist er nicht da – der Gnädigen eine lange Nas
Die zur Vicomtesse aufgestiegene Bauerntrampelmaid ist zu
düpieren ... in jedem Fall
Nur – wenn er kommt dann ja dann ist es leicht in die Knie
zu gehn denn er forderts ein ... ihm wagt niemand zu widerstehn

Und Louischen? Genießt es die Freiheit ohne Mutter zu leben?

Sinds nicht viele Stunden dies im Schlosse umherschweifen kann?
Hats nicht gestern die weißen Tauben im Park gerufen
ihnen herrlich schimmernde Perlen
die Treppenstufen hinunterrollen lassen Perlen aus Mamas
Schmuckkasten gelangt? Was weiß Louischen von Perlen
von Gut und Geld und ... was weiß der Papa davon!

Louischen fühlt sich einsam wenn er nicht da ... er ists ja ...
er füllt das ganze Schloß mit seiner Macht und Kraft
ohne ihn fühlt sie sich matt
Da mögen die Perlen den Tauben gut schmecken
sie sollen davonfliegen den Vater holen
Warum ist er nur so lange fort? Den lieben langen Tag wartet sie
auf ihn Kommt er nach Haus atmet sie auf Nicht nur sie Alle
Alle sind im untertan und Chaos bricht aus läßt er sich nicht sehn
für längere Zeit

Ach was wär das Leben ohne den größten liebsten Papa!
König Held ist er ja der alles weiß und alles kann!

Ach wie herrlich duftets durchs Schloß
wenn er mit einer Gesellschaft am langen Tische speist
lacht und erzählt ... die Mama die ist dann nie dabei nein
denn er ist ein starker Ritter und – was er befiehlt wird getan ...
die Mama ist dumm ... sagt der Papa immer ... da hat er wohl recht
denn was er sagt: das ist allen zur Ehr an ihm kein Zweifel erlaubt

Zigarrenrauch wölkt
das Leben: ein herrliches Spiel ... voller Lust ohne Ziel
In guten Stunden wenn er satt ist ohne Gier
dann weiß er Geschichten zu erzählen aus fernen Welten
keiner weiß woher er sie kennt
Alle lauschen voller Spannung Bewunderung
Gibt es so etwas wie ihn noch ein zweites Mal?
Er muß ein Gott sein denkt Louischen das ständ ihm an

Das Kind sitzt versinkt in Bewunderung:
Großer Vater Liebster Mann
Wie herrlich ists seine riesig fleischige Hand zu berühren
sein dünnes Haar
mit kleinen Händen seinen schweren runden Bauch zu tätscheln
wie liebt Louischen seinen Geruch die vollen Lippen
die sie ... wenn er gut gelaunt ... manchmal küssen darf!

Kämmt sie ihm nicht die Augenbrauen zwickt ihn in die Nas?
Und der Papa lächelt gutmütig
klopft dem kleinen Louischen derb auf den Rücken
Ach wie sie ihn liebt!
Manchmal wartet sie – morgens – vor seiner Schlafzimmertür
wartet bis er kommt sie in die Luft wirft wieder auffängt
Ihr liebstes Spiel mit ihm
Manchmal bindet sie ihm die Schnürsenkel auf
er soll muß ihr doch zeigen wie man eine Schleife dreht
Er zeigt ihrs wirft sie wieder in die Luft
Doch schnell muß es gehen Er hat keine Zeit

„Wohin gehst Du?"

„Kind frag nicht so dumm Schnell laß mich gehen!"

„Sei nicht so dumm!"

Das sagt er immer Und sie muß warten bis er wiederkommt
Hört sie die Pferde ... seine Kutsche schon im Dorfe Fleurac?
Kommt er? Nein? Wie fürchterlich!
Dann pflückt Louischen Blumen im Garten liegt auf der Wiese
träumt in den perigordinischen Himmel hinein ... wartet auf ihn
Die Mama? Die kennt sie kaum Die Fräulein? Ach na ja!

Zeit eilt dahin ... Louischen wird sieben Jahre alt
zwei Jahre noch dann soll sie ins Pensionat ... wie es sich gehört
für ein Mädchen ihrer Art hochadlige Konvention ...
ja die ist Pflicht ...
die bedeutet dem Vicomte was er regiert ja ein Schloß

Und es kommt der Tag
für den er das Patrizierhaus in Perigueux verkauft ...
es kommt der Tag an dem er vierzig Jahre alt wird
ein glanzvoller Tag solls werden:

ein rauschendes Fest mit Musik und Tanz
selbst Berthe das nun gänzlich aufgeschwemmte Weib
selbst ihr hat er Geld gewährt für ein neues Kleid sie nimmts stumm
hat schon vergessen daß es ihr Vermögen ist
von dem er großspurig gewährt und lebt Berthe weiß nur:

sobald sie den Mund auftut parliert er mit Demütigungen
Gemeinheiten Bosheiten ... sie sei eben nichts wert ... schnarrt er
immer und immer wieder
in den lieben langen Tag hinein irgendwann glaubt sies
weiß nichts mehr ... von Wirtschaft Vermögen und Macht

Er drängt sie ab ... den lieben langen Tag
macht sie lächerlich klatscht tratscht Böses über sie
ihm ist es recht daß sie immerzu im Südflügel des Schloßes steckt
er ists der verschleiert und taktiert ...
er muß sie düpieren ... sie hat sich zu fügen ... und sie tuts ...
selbst Schnitt und Farbe ihres neuen Kleides hat der Vicomte
ausgesucht
würd ers nicht tun ... ihr wäre klar daß sie sich schämen müßt
denn tausendmal hat er gesagt: Berthe habe keinen Geschmack

Kein Fleischer von Les Eyzies bis Sarlat hat nicht zu tun
in diesen Tagen fürs Schloß Fleurac
Tafelsilber neues Geschirr muß her Kisten aus Paris treffen ein
es wird gewaschen gebügelt gescheuert geputzt das Schloß strahlt

Ein neuer Weg von der Straße durch den Park wird angelegt
und
es kommt der Tag an dem die ersten Gäste eintreffen Weiß Gott
da adelts da ist man wer ... und ... man lobt ... ja ... lobt
den wilden schönen Perigord ...
rümpft insgeheim die Nase über die Provinz doch am Ende gewöhnt
man sich ... es liegt nicht zuletzt an merkwürdig gelbem Wein ...
dem Sauternes ...
nie getrunken nie geschmeckt ... so etwas gibts nur hier
Honig ists Göttertrank
Schon nach drei Schlucken brausts in einem auf Körper wird leicht
alle Dinge sehen merkwürdig verändert aus leuchten fließen
kommen und gehn

Wahrhaftig – es ist schon ein prachtvolles Schloß

132

Nur – die Gnädige sitzt trüb aufgedunsen mausgrau
in einem unglaublich altmodischen häßlichen Kleid
Was ... neu geschneidert?
Was hat sie nur für einen schlechten Geschmack!
Der Vicomte lächelt insgeheim ...
Hat ers nicht herrlich arrangiert mit diesem Weib?
Denn ... um den Vicomte strahlt Eleganz und Macht

Man lehnt sich zurück in feines Polster denkt:
herrlich wundervoll dieser Tag! Immer mehr Gäste treffen ein
Dienerschaft schwebt
Auf der Tafel blitzt und funkelt es Geschenke türmen sich
wahrhaftig – dieser Glanz – das ist schon was!
Der Noblen würdig die hier versammelt sind und ...und und
den ganzen Tag: Kommen und Gehen
das Tafeln und Schmausen nimmt kein End
Da wird gelacht und getanzt ... und ...
zwischendrin flattert Louischen
mit Cousinchen Freund und Feind durch alle Säle alle Räum
und die Gouvernanten Fräuleins Dames de Societés rufen:

„Pscht! Nicht so laut! Ihr seid doch wer!
Benehmt Euch nicht wie Bauernstiefel im Perigord!"

Louischen in gelber Seide schwarzen Samtschleifen im Haar
flattert weiter – strahlend vor Glück
braucht heut nicht zu warten auf den Papa
ja und dann – so viele Kinder so viel Kinderglück!

Als die Nacht hereinbricht wird immer noch getanzt
die Kinder brauchen heut nicht zu Bett
Säle leuchten im Kerzenglanz Die Kinder sind ganz außer sich:
soviel Schokolade Kekse – das gibt es sonst nicht!
Als die Nacht fortschreitet man immer noch tanzt
da sinken sie hin die Kleinen auf Sofas Canapés ... hier und dort ...
heut Nacht dürfen sies ... Kleider knittern Schleifen hängen
Kinderkörper – dicht aneinandergedrängt
schlafende träumende Seelen im Glück

Irgendwann tanzt man nicht mehr trinkt lacht
und als der Morgen graut ist nur einer noch wach ... der Vicomte
müd doch ungeschlagen voller Gier er ist ja der Stärkste Beste hier
Als er durch die Säle geht hier und dort eine Kerze ausbläst
dem Marquis von Latour der betrunken am Boden liegt

133

eine Decke auflegt Als er geht ... sein Zimmer ist weit entfernt
da sieht er dies und das was man nicht sehen soll
doch was ... man sieht wenn Betrunkene im Schlaf
Er lächelt großzügig voller Gier ...
Verdammt – ich bin der Herr! Eine zu dienen muß mir her!

Und als er so geht fällt sein Blick auf ein Knäuel von Kindern das
zusammengeschmiegt wie eine Hundemeute auf dem Canape liegt

Das kleine Ding dort mit dem gelb–seidenen Kleid liegt zu entblößt
er geht darauf zu
und als er so steht den feinen Körper des Kindes sieht
edel geformt vielleicht zu hell und zu blaß da fühlt er ...
wie liebliche Unschuld über den Kindern schwebt
Da packts ihn wie mit Dämonengewalt: Er ist der Herr!
Und frisches liebliches unschuldiges Fleisch muß her!

War ... ist ... wird immer seine Leidenschaft sein: Er er er
muß der Erste Stärkste Beste und Größte sein
Er er er muß da hinein und seis auch nur für kurze Zeit ...
das gibt ihm Macht und den Triumph den er braucht ...
und er beugt sich nieder sieht mit Entsetzen maßlosem Staunen
daß dort sein eigenes liebliches Kindchen liegt ...
siehts zum erstenmal ... so ... sieht: fein zierlich die Form
weiß: ist ihm ergeben wie sonst kein Mensch

Gier packt ihn mit solcher Gewalt daß Schweißperlen
ihm auf der Stirne stehn
das ist eine neue Idee ... ja so soll und muß es sein ...
und er nimmt das Kind leis ganz leis von den andren weg
trägts auf seinem schweren Arm
als es schlaftrunken den Vater erkennt lächelts murmelt:

„Bring mich noch nicht zu Bett. Es war dort bei den andern ...
so warm und schön ... "

Der Vater schweigt trägt das Kind in den nächsten Raum hinein
legts auf ein riesiges weinrotes Canapé
es rollt sich zusammen kuschelt sich in Kissen
er schleicht zur Tür verschließt sie schnell
das ist seine Leidenschaft: schnell schnell muß alles gehn

Riesiger Körper glänzt im Schweiß
schwerer runder Bauch wölbt sich über seinem Geschlecht

Seine Lippen schwellen er setzt sich neben das schlafende Kind
kaum zu ertragen diese Lust
als er behutsam das Kleid hochschlägt als er sieht fühlt ...
Als die Gier ... sein Griff immer heftiger wird ... da erwacht
das Kind weiß nicht was geschieht sieht nur: der Vater ist nackt
und – daß seine geliebte schwere Hand es dort berührt wo man
nicht hingreifen darf ...

„Vater!" schreits „Vater was tust Du da!"

Doch er hält ihr den Mund zu seine Augen drohn

„Leis" flüstert er „ still was ich tu das muß so sein ist immer so"

Louischen starrt ihn ungläubig an
Doch – er ist ja der Vater Gott geliebter Mann
Louischen muß glauben muß muß muß ...
hat Angst vor seinem flammenden Blick hechelndem Atem
Schweißperlen auf haarloser Brust

„Laß mich tun" flüstert er weiter „ich weiß was gut für Dich ist"

Das Kind fügt sich Vater ist er ja Vater geliebtester Mann

Louischen erwacht gegen die Mittagszeit in ihrem weißseiden
bezogenen Bett
Kopf Glieder schmerzen als sei Blei im Blut
Alpdruck lastet
weiß nicht warum spürt nur – Schreckliches ist geschehn
Doch was? Düsterkeit hüllt sie ein
Schaut sie hoch zur Decke verliert sie sich in schwarzem Graun
Schaut sie zum Fenster sieht sie helle Mittagssonne stehn
Siehts! Ja! Da ist Sonne draußen in der Welt
Siehts! So und so sieht es aus und sonst? Nichts
Sieht aus! Doch macht keinen Sinn Kann nicht in sie hinein

Sich freuen an blattgoldverzierter Schönheit der Form?
Lachen in heller Sonne – ihrer backofengleichen Glut?
Flattern rauschen wie ein Schmetterling im kühlen Frühlingswind?

Sich umsehen im kostbar ausgestatteten Raum
auf schwellenden seidenen Polstern hüpfen wie ein Clown?
Samtspangen in aschblonde Locken knüpfen

Adeline an der Rockschleppe ziehen mit Decken aus dem Fenster
wedeln mit Puppen spazieren gehen
das hölzerne Pferd schlagen weils gebockt heut früh?
Nichts nichts hat Sinn nichts Funktion ...

Louischens Lieder hängen schwer bleich wie Wachs ihr Gesicht
gleißende Pracht Schönheit die sie geliebt
Prunk einer Prinzessin würdig
alles was ein Kinderherz begehrt steht liegt ja hier
Fremd ists fern Gar nicht mehr nah
Gestern noch verbunden mit allem griff sie danach

Ach – diese Lust zu greifen! Lust in Nachmittagsdämmerung
in dunkler Küche bei den Mägden heiße Schokolade schlürfen
Wie alles schwang – Luft Farbe Dämmerung!
Wie sie eins war mit allem wie schön wars wie schön!
Und nun? Kleid knistert herb gelbes Seidenkleid zerknittert ists
hats getragen die ganze Nacht ... Nacht!
Angst Grauen schleichen sich heran Was war nur ...
was war in der Nacht?

Als sie aufstehen will mit knisterndem Kleid sinkt sie zurück:
da hinten dort in jener finsteren Eck da steht er ja
schwarze Fledermausflügel breitet er aus Maul klafft
zwei Vampirzähne stehn drin und darunter?
Sie wagt nicht hinzusehn schreit gellend auf in unsäglicher Pein ...
Da ist er Er wars Nicht der Vater Nein
Doch – was hat er getan? Sie weiß es nicht schreit gellend
Adeline stürmt zur Türe hinein
Sieht das wachsbleiche verstörte Kind in eine Ecke starren
stürzt zu ihm hin nimmt es ganz fest in ihren Arm
doch Louischen schreit wehrt sich Nein nein nein!
Niemand darf sie je wieder berührn Das ist vorbei Schreit
Macht sich stocksteif

„Kind" flüstert Adeline „Du hast geträumt am hellen Tag
Starr dort nicht in die dunkle Eck denn ... nichts seh ich da!"

Doch als Louischen weiter schreit wirds Adeline bang
Die vielen Gäste im Haus das brüllende Kind ... sie läuft schnell
Hilfe tut not ruft: „Rosalind Christine!"

Alle rennen eilen ...
mit noch nicht frisiertem Kopf verschlafenem Gesicht

ins Zimmer der kleinen Vicomtesse das Kind – bleich mit
merkwürdig grauem Blick – läßt sich nicht beruhigen
so rufen sie Robert den starken kräftigen Diener des Herrn
nun endlich – zu viert – zwingen sie ...
das schreiende um sich schlagende Kind zur Ruh

„Was war denn nur was hast Du gesehn?"
„Nicht nichts" preßt das Kind heraus „war nur ein Traum"

Wie könnt dürft sie erzählen von ihrem Graun ist ja
die Hölle absolutes Verbot grellstes nicht antastbares Tabu!

„Kind bist überreizt die vielen Cousinchen bists nicht gewöhnt
liebst die Einsamkeit Das Fest war zuviel Wart nur ein Weilchen
bis Christine Dir Milch mit Honig bringt
siehst Du da kommt sie schon ... trink nur in kleinen Schlucken
So ist es fein Prinzeßchen nun gib uns noch Dein Kleid"

Als Adeline beginnt ihr das Kleid hochzuziehn da durchzuckts
das Kind ... es schlägt Adeline „Laß mich laß ich mach es allein!"

Alle blicken erstaunt Sehen Schauer des Grauens
durch das Prinzeßchen gehn
es will am Kleide ziehen doch kann es nicht ... als hielts
eine eisige Macht zurück Mein Gott denkt Adeline es ist ja krank
was das Kindchen da macht ist ja so als seis gelähmt ...
will sich bewegen und kann es nicht so tot der Blick
so merkwürdig bang ...

Und wie sie alle voller Schrecken um das Kind herum stehen
da fällts Christine ein das Kreuz zu schlagen zu beten:
„Mutter Maria laß dem Kind nichts geschehen!"
Da löst sich der Krampf Robert soll nun gehen und die drei Frauen
sehen zu
wie das Kind sich entkleidet helfen ihm Nachthemdlein anzuziehen
dann legt es sich – stocksteif – zurück ins Bett

„Kind Du mußt ruhen" spricht Adeline „ich schick Dir die
spanische Magd sie wird Dich warten bis wir vom Tische zurück ...
Du weißt ja daß der Vater noch Gäste hat"

Louischen liegt starr Man reicht ihr ein Buch Sie nimmt es läßts
auf die Bettdecke sinken ...
Da kommt schon die spanische Magd schwatzt spanisch

räumt hier und dort holt eine herrliche Stickerei hervor
das kann sie die Magd sticken wie eine Königin früherer Zeit
stickt an einem Taschentuch fürs gnädige Kind schwatzt stickt ...
und Louischen liegt starr weiß wie die Wand

Stunden vergehen Alle kommen und gehen:
Rosalind Christine Marguerite und Aline
und alle stehen erschüttert im Gang Beraten Was ist zu tun?
Das Louischen ist ganz offensichtlich krank
Nein nein kein Fieber ... doch dieser merkwürdig graue Blick
Zittern am ganzen Körper ... immerzu schüttelts den Kopf
flüstert Ungeheuerliches vor sich hin man kanns kaum verstehen

Es geht um ... das kann ja nicht sein! Woher die Idee!
Las Louischen denn ein schlechtes Buch?
Ist doch noch viel zu jung viel zu klein!
Hat jemand der Gäste Unmanierliches erzählt?
Louischen schüttelt nur den Kopf
Man sucht den ganzen Nachmittag nach Schundliteratur
irgendwas das den Aufruhr erklären könnt
Doch es findet sich nichts Man fragt wo sie war
Draußen im Dorf? Nein Nur im Schloß Warens Kinder Cousins
Cousinchen die sich einen bösen Spaß erlaubt? Wer?
Man flüstert sucht beobachtet die Gäste schöpft Verdacht
Adeline verfolgt den Marquis de Reynac
Christine durchleuchtet die Verwandten aus Poitiers ...

Als der Abend naht ist ein neues stilles Fest angesagt zu Ehren
der noch verbliebenen Gäste Man steht wieder ratlos vor dem Kind

„Prinzeßchen steh doch auf mach doch mit heut abend sei wieder
gut und gesund Die Cousinchen warten und und und ...“

Doch Louise liegt starr

Als das Fest beginnt vergißt man das Kind
Alles geht seinen Lauf man lacht und trinkt ... nur eine Lampe
mit leicht qualmendem Petroleum brennt in Prinzeßchens Raum
es hört von weither Gelächter Musik spielt auf
es sind die Geiger aus Les Eyzies
Louischen liegt starr wartet darauf
daß Adeline oder Christine kommt etwas zu essen bringt
man sie nicht ganz allein hier läßt ...
Da öffnet sich die Tür und der Vater tritt ein verschließt schnell

die Tür Schnell schnell muß es gehn bei ihm

„Warum sah ich heut nicht Prinzeßchen
Hab mich gesehnt den ganzen Tag"

Setzt sich aufs Bett faßt die kleine weiße Hand ...
sie wird wie zu Stein ... das ganze Kind: wund krank ...
wie ein zu Tode erschöpftes erschossenes Tier ... starrt den Vater an
wachsbleich ... weiß nichts ... geliebter Duft des Vaters
seine vollen Lippen
geliebte schwere Hand liegt nun auf ihrem winzigen Schoß ...
Geliebter Vater Geliebter Mann

„Prinzeßchen muß noch viel lernen"

flüstert er gierig während er gleich zur Sache kommt
Schnell muß es ja gehn Schnell Das ist seine Art
Da reißt in Louischen etwas entzwei im Kopfe ...
und mittendrin: ein schwarzes Loch Teufel sitzen dort
Louischen schließt die Augen
doch die Teufel wollen nicht gehen ... rötlich voll schwarzem Haar
tragen Forken und Speere haben gelbe schmierige Zähn

Und sie heulen HUHUHUHUHUHUH !!! So unerträglich hohl

Und die Teufel wandern heran immer näher und näher
und der schlimmste Teufel ist ein fetter riesiger Mann
Den kennt Louischen nicht!
Und sie alle gröhlen höhnisch fallen über Louischen her
Nie geahnt solche Qual Nie gespürt solchen Schmerz
Ohnmacht Grausigste Ohnmacht sitzt über ihr
Kann sich nicht wehren Ausgeliefert ist das Kind
Furchtbare Nacht fällt in Louischen hinein Stellts Euch vor:

Kommt auch immer wieder neuer heller Tag
niemals niemals niemals wird diese Nacht weichen von ihr ...

„Wars der Papa der aus Deinem Raume kam?" fragt Adeline
neugierig

„Ja" flüstert Louise „ja er hat mir gute Nacht gesagt"

„Ach dann ists gut Schlaf nur schön werd noch einmal
nach der Lampe sehen"

Adeline geht fort – mit gleichgültigem Sinn es stört ...
so ein krankes schwieriges Kind
Wie gut daß der Vater bei ihr war Er ist ja stark hat sein Kind
im Griff ach morgen wird alles besser sein ...

Louischen liegt starr die ganze Nacht schläft träumt nicht liegt
einfach apathisch ... keine Angst mehr kein Grauen
Dazu ist sie viel zu schwach Es schmerzt dort ... schmerzt. ...
werden die Teufel gewesen ...
Teufel sollen ja böse sein starr liegt sie da starr
Als die Vögel zu zwitschern beginnen Morgenluft
vor dem Schlosse weht
steht das Kind auf öffnet das Fenster fühlt:

wie sehr hab ich Dich geliebt ... Schloß Park
weiten Blick über die Hügel ins Land
Dort hinten – im blauen Dunst – ahn ich das Meer
es ist ja nicht weit
Geliebtes Schloß geliebtes Land geliebter Duft
Wolkenfahnen am Himmel ziehn Tautropfen rieseln
flirrend sich Luftwirbel drehn ich sehs
doch nun ists ferne unerreichbare Welt
stehe sehs aus der Ferne und bin doch mittendrin
kann nicht mehr fühlen
Was ist Wärme Sonne Rosenduft?
Weiß – daß es all dies gibt Wozu? Zur Freude? Nimmermehr
Ja – was ist denn noch in mir drin
wenn keine Freude kein heiterer Sinn?
Grauen furchtbares Grauen ewige Nacht Angst
Ein fetter schwerer Teufel der lacht Ja – das ist nah
das kann ich fühlen

Tränen hängen an Louischens schmalem weißen Gesicht
Louischen Louischen! Kindheit ist dahin
Sie geht in ihrem schönen Raume herum faßt dieses an und das
Ach – das Greifen wieviel Spaß hat es immer gemacht!
Sie greift fühlt nichts wirfts hin greift wieder danach
Greift alles heraus ... aus Regalen Schränken Kisten und Kästen
greift ... ist bestürzt weils nicht mehr fühlen kann
läßts wieder fallen richtet Chaos an Berge türmen sich

mit Spielzeug Puppen Kleidern Rüschen

Und als es nichts mehr zu greifen gibt legt Louischen sich
wieder ins Bett zieht die seidene Decke hoch übers Gesicht
Schließt die Augen
Nein nein nein Es ist keine Angst in ihr jetzt Nein
Nur düsteres Grau Louischen liegt Christine kommt und Adeline
und all die anderen kommen und gehen ...

Tage fliehn Nächte ruhn Wochen sind dahin

Das Kind sitzt nun aufrecht trinkt heiße Schokolade ...
der Vater ist auf Reisen ...
sogar Berthe die Mutter hat das kranke Kind besucht
kurz nur ... hat ihr gleichgültig ins Gesicht gesehn

Louischen weiß: Gleichgültigkeit ists was die Mutter fühlt

Lägs tot hier es würd Berthe nicht störn So ist alles hier sind alle
alles fließt an Louise vorbei
Jeder denkt nur an sich seinen kleinen Spaß seine Freud
Wer nicht hineinpaßt wer da stört ...
der soll dorthin gehen wo der Pfeffer wächst
alle sind da ... stehn ums Prinzeßchen herum
würd es krepieren zwischendrin sie würden kurz schreien weinen
es begraben und dann weiter leben ...
Am Kartentische stehn eine kommt die andre geht
So ists nun mal im Leben Und die Qual? Das Grauen?
Warum nimmt es ihr keiner ab? Warum fragt man nicht:
Kind welche Wunde hast Du denn da? Woher das Blut?

Sie ist doch Louischen Louise de Beauroyre Vicomtesse
eines Adeligen Kind! Kein Bauernstiefel aus dem Perigord
Oh diese grausame Welt!
Einfügen darf soll sie sich fügen immer nur fügen
Glied in einer Kette sein funktionieren um jeden Preis
so soll muß es sein
Rüschenkleidchen tragen immer hübsch aussehen
schweigen sanft lieblich sein denn der Vater mag es nicht
wenn Frauen stark
so hat sies gelernt: Frauen sind nur etwas wert
wenn sie sanft und lieblich sind schweigen können immer fragen
wies dem Manne denn genehm ...
nur das ist erlaubt: lächelndes reizendes Püppchen

sich aufgeben Fußmatte sein So ists im Schlosse
so wills der Vicomte Louischen hat keine Wahl
Druck dieser Anforderung ist so stark daß es sich wieder im Kopfe
zu spalten beginnt Doch Louischens Schmerz m u ß hinaus!
Kann nicht wüten in ihr wie ein Orkan verwüsten verbrennen ...
und drumherum ein liebliches Püppchen wie aus Porzellan
Nein Geht nicht Ist zuviel

Und – als wieder einmal Gänsebraten–Duft durch die Säle zieht
Gesellschaft naht der Vater feist und zufrieden
von einer Reise zurückgekommen ...
ankündigt daß eine große Herrengesellschaft in seinem Gefolge
als Louischen fühlt:
da ist Aufregung im Schloß man freut sich auf den Vicomte
Adeline trägt ein neues Kleid
und sie weiß: ihr Louisens Leid ist allen gleich ... vor allem ihm
den sie so liebt ... dem Vater ... sie interessiert ihn einfach nicht
er rafft nur greift reißt und genießt ... da packt sie Wut Haß ...

Nimmt das Kind die Suppenterrine aus kostbarem Sèvres–Porzellan
vom schön gedeckten Tisch
wirft sie auf den Boden springt sie entzwei
nimmt Teller Löffel Gabeln wirft sie in die Scherben hinein
schluchzt laut es ist genau die Sekund in der die Gesellschaft
angeführt vom Vicomte den Saal betritt ...

Louischen: knarrend knorrige Eiche aus dem Geschlecht de Veaux
nichts ist mehr zu retten Keine Konvention Kein guter Ruf
Der Vicomte feist fett grad noch jovial im Ton
steht wie erstarrt ... das Kind dort ... Furie häßlich wie nie ...
trümmert
und als es ihn sieht nimmts ein Messer wirfts direkt auf ihn zu
Louischen: knarrend knorrige Eiche aus dem Geschlecht de Veaux

Der Vicomte weicht aus doch der Marquis de Blois
der hinter ihm steht – ihm fährts in die Brust
„Furie Du!" schreit der Vicomte stürzt in rasender Wut
auf das Kind zu schüttelts als seis aus trockenem Laub
drohend der Blick ... Gewalt vor dem Ausbruch ...
Da zittert das Kind Wird steif vor Angst Starrt ihn an
mit vergehendem Blick. ...

„Schlag mich nicht Vater!" rufts wirft sich auf die Knie

142

„Tu mir nicht schon wieder weh! Bin doch Dein Kind!
Prinzeßchen! Louischen! Tus nicht tus nicht!"

Schon wieder?

Der Vicomte blickt erst nach rechts dann nach links
Besinnt sich in seinem Zorn
Schon wieder? Was werden sie denken ... die Herren?

Der verletzte Marquis auf dem Boden stöhnt
Hab das Kind nicht mehr im Griff denkt der Vicomte voller Panik
wenn sie so weiter macht bricht sie mir das Genick!

Louischen: knarrend knorrige Eiche aus dem Geschlecht de Veaux
Er zerrt sie am Handgelenk die Gänge entlang
während ein Arzt für den Marquis gerufen wird
Doch Louise spurt nicht so wie er will
Louischen: knarrend knorrige Eiche aus dem Geschlecht de Veaux
Da wird der Vicomte erbarmungslos denn ...
Widerstand macht ihn erst richtig wild Und wie ers Louischen zerrt
in ihr Zimmer wie er sie brutal stößt und zu schlagen beginnt
da fällts auf die Knie schluchzt:

„Vater Vater versprech Dir werds nie mehr tun Doch – bitte –
schlag mich nicht so!
Dann tu mir lieber so weh wie Du ... so ... auf die anderen Art!"

Der Vicomte hält ein in seiner besinnungslosen Wut
nun fällts ihm ein ja natürlich das Louischen ...
gab es da nicht für ihn ... gierigen Genuß?
Er hatts schon vergessen ... war so unwichtig unbedeutend für ihn
was da geschehen zwischem ihr und ihm ...
Da entkleidet sich schon das – am Kopfe blutüberströmte – Kind
wirft sich zu Boden in schamlos verzweifelter Geste ... Und er?
Nimmt grausam brutal das weinende blutende schluchzende Kind

Teufel krallen wabern in jeden Traum hinein
Welche Lügengeschichte hat er allen im Schloße erzählt?
Auf keinem Fall wird man dem Louischen glauben
Auf gar keinen Fall nein nein! Der Marquis ist nur leicht verletzt
Und das Louischen? Puppenspiel? Nein Kinderspiel? Nein
Frau seine Frau will und muß sie nun sein
Wenn nicht jetzt dann in einem nächsten Leben
Er wird ihr nicht davonkommen Sie wird sich rächen

Knarrend knorrige Eiche aus dem Geschlecht de Veaux
hat nun schnarrenden Ton bewegt sich so hölzern
als sei sie Marionett sie will es sein die ihm den Braten auflegt
ihm dem Vicomte gießt sie ein den Wein Er ist nicht mehr Vater
Nein ist das personifizierte Grauen in ihr ... furchtbarste Pein ...

Als sie heut morgen sieht wie er mit Adeline in sein Zimmer geht
ganz ungeniert
wie er ihr an den Busen greift ... derb und kräftig schnell ...
so wie es seine Art
wie Adeline ebenfalls ungeniert ihn an ein bestimmtes Körperteil
faßt ... lacht ...da weiß sie: mit den beiden gehts schon länger so
Und das siebenjährige Kind wird eine einzige lodernde Flamm ...
So einer ist er also so einer ... so ist geliebter Vater geliebter Mann

Sie beschleicht ihn Tag und Nacht fühlt schon von weitem
wenn eine Frau sich naht die er will die ihn interessiert
Louischen hat sich verlorn ist nun er:
sein Geschmack sein Aug seine Zung sein Gefühl
erkennt bald: der Vicomte wechselt die Frauen wie sein Hemd
Sie gehn ein und aus und keine hat Ansprüche zu stelln

Doch er soll sich nicht täuschen in seinem Kind
dem Louischen Prinzeßchen ... oh nein!
Sie ists nun die Ansprüche stellt hat er ihr schon die Kindheit
geraubt so soll muß er nun ihr treuer ergebener Ehemann sein
M u ß !! Sie verfolgt nervt ihn quengelt und quält ...
Und keiner keiner im Schlosse hats gemerkt?
Keiner gehört gefühlt geahnt gesehn?
Nein denn er ist ein Meister der Lüge Heimlichtuerei

Verstreut Gerüchte Louischen sei geisteskrank
Das lieg in der Familie de Veaux davon wisse man nichts?
Doch doch schnauzt er sofort dann sei man nicht informiert!
So hat er sie alle in der Hand Nur – das Kind:
knarrend knorrige Eiche aus dem Geschlecht de Veaux
das Kind nervt wird ihm bald fad:

süße Helligkeit niedliche Bewegung – für immer dahin
Nase wirkt groß bitterer Ausdruck im schmalen Gesicht
und dann – diese Frechheit diese Forderung an ihn!
Gebärdet sich wie ein erwachsenes Weib doch nicht wie ein sanftes
das e r nimmt sondern: s i e will ihn!
Das empört macht ihn eiskalt ... das Kind spürts

144

Noch grausamer wird die Qual
Er nimmt nimmt nimmt gibt nichts frißt Die Reste sind Aas
Und – niemand hört sie in diesem Leichenhaus Schloß
Das Prinzeßchen hat zu funktionieren
Hübsch solls sein Zierde des Hauses mehr ist nicht erlaubt
Und – sollt sies wagen
Trauer Kummer Qual und Verzweiflung offen zu tragen
wird sie kürassiert Druck schraubt sie fest Luft gerinnt
Hell lachen sanft strahlen und sprechen ... das darf sie
doch sonst ...nichts

„Fügst Du Dich nicht dann setzt es was
dann kommst Du in ein Irrenhaus!"

So ist der Vicomte Das ist seine Strategie
Richtets so ein daß er Louise nur noch in Gesellschaft sieht
Erhebt sie die Stimm – er bricht los mit Gelärm und Getös
hustet schnauzt herum ... gegen sie ... demütigt sie
Betretenes Schweigen der Damen und aller Gäst ... denn ...
so sucht ers sich aus – kühl kalkuliert bewußt ...
Gäste sind immer ... immer sind Gäste im Haus
vor denen hat sie zu pariern

Nein Louischen ist nicht mehr niedlich hübsch süß
Wirkt megärenhaft alt Geht wie ein schütteres Weib
Haltung starr spricht schnarrend
Der Vicomte behauptet es sei wirres Zeug
was sie von sich gebe Oft muß sie aufstehn und gehn Er befiehlts
Dann erzählt er den Gästen wie verzweifelt er
daß sein einziges Kind in die Fußstapfen der Familie de Veaux
getreten ... krank sei ... nun ja sie wüßten schon wie ...

Eigentlich mag er das Kind nicht mehr sehn
Sitzts am Tisch in seiner Näh
dann schaufelt er schnell das Essen in sich hinein schweigend
springt hoch ist schon weg ... Warum? Hat immer nur eine Antwort:
Louischen verletze seinen Schönheitssinn

„Das ist Deine Schuld Louise!" stehts in aller Augen
„Du bists die den Vater nicht mehr betört!"

Louise sitzt hört: nicht der Vater trage Schuld nicht er sei
der Bösewicht sondern sie sie ganz allein!
Kann solch ein häßliches schnarrendes kleines Ding

145

etwa seine Tochter sein?
Wem kann er sie vorführen wo und bei welcher Gelegenheit:
dieses großnasige dürre überreife Kindergeschöpf?
Schämen müsse man sich!

Louischen beginnt sich einzuschließen
Man tuschelt
Merkwürdig wie sehr die Tochter nach der Mutter komme ...
Als sie fernbleibt fühlt sich der Vicomte wie erlöst
Neue Gier steigt hoch Man sieht neue Gesichter im Schloß

Gestern noch: schwarzes krauses Haar ...
läßt sich kaum bändigen unter schöner Perlenflut ...
Augen dunkel so dunkel wie die einer Araberin
funkeln ihn an voller Hingabe Zärtlichkeit ...
Und heut?
Blondes süßes schmales junges Ding ... So mag ers So solls sein
Lippen wölben sich zart ... Gang und Gestalt fein ohne Kraft
So mag ers So solls sein

Und plötzlich – mitten in dieses Idyll – drängt sich das Kind
Louischen: knarrend knorrige Eiche aus dem Geschlecht de Veaux

„Friß auch das Aas!" schreits ihn an

Da steht Louischen: flammend zerrissen zerstört vertan
Doch: Welch eine Kraft! Welcher Mut! Welch Widerstand!

Dieses Stück Vieh! schießts dem Vicomte durch den Kopf
Ich bring sie um! Nein! Schreit Louischen stumm zurück Nein! Nie!

Marguerite verbringt eine unruhige Nacht

Marguerite sieht plötzlich Louise neben sich stehn
Geist der nicht sterben kann
Groß ist sie kein Kind sondern eine erwachsene Frau
kultiviert elegant gekleidet Stoff und Schnitt
des gebauschten Rockes zeugen von erlesenstem Geschmack

Marguerite fühlt hier ist Qual transponiert: Louise hat das Erlebnis
ihrer Kindheit zeitlebens aus Erinnerung radiert
in Leben gelebt hart und in Dienerschaft
war bis zu ihrem Tode Dame de Société Gesellschaftsdame
nie eigenen Stuhl bessenen nie Ehemann Kinder geboren
gedient und geliebt
auch den Vater den Vicomte de Beauroyre ... denn ...
bald schon hatte der Geld und Schloß verspielt vertan ...
war in Armut gesunken
lebte nun zur Miete in einem Bauernhaus in Bramefond

Berthe die Mutter früh gestorben sahs nicht daß Louischen
das gute Louischen
des Vaters einziges liebstes bestes Kind so nannt er sie
ihn ernährte – mit ihrem Verdienst – bis zu seinem Tode ...
knarrend knorrige Eiche aus dem Geschlecht de Veaux

Er ließ sichs gutgehn genoß jeden Tag jede Nacht
hatte längst vergessen was einst im Schlosse geschehen ... oder ...
dachte nicht mehr daran

Louise dann ... alte Jungfer ... gegen Ende des 19. Jahrhunderts
schmaler Schenkel schmale Hüft ...
lächelte selten wegen schadhafter Zähne
dünnes Haar straff zurückgesteckt

Nein nein! War nicht verrückt geworden ...
sondern eine der fleißigsten unter französischer Sonne
diente mit Hingabe den Dreyfuss der ganzen Familie ...
gab sich auf war alles das
was man sich von einer Bediensteten wünschte ...
liebenswürdig gehorsam sanft gefügig und doch stark
Nur der Kopfschmerz oft Depression Antriebsschwäche ...
dann lag sie vom Luxus der Dreyfuss umgeben
in kostbarem Bette
wußt nicht warum diese Schwärze Leere in ihr
konnte sich nie freuen am Spiel des Lichtes der Sonne
des Lachens der Liebe der Schönheit des Körpers

Überhaupt: Körper war ihr ein Graus
eigener schon gar – viel zu häßlich viel zu schmal ...

So hielt sie sich Männer fern lebte um zu dienen der gnädigen Frau
ihrer großen Familie
gesellschaftlicher Konvention Reichtum Noblesse
lebte ein Leben auf Reisen in Hotels
umgeben von Menschen ... Menschen ... Menschen

Oh mit denen konnt sie parlieren wußte sich und die gnädige Frau
in Schlössern einzurichten hatt erlesenen Geschmack
konnte Festtafeln arrangieren ... wie keine sonst
dafür war sie bald gerühmt ... diente die schmale Louise
was sonst hatte sie für eine Wahl ... diente ... diente
weinte tränenlos sich in ihr Leben hinein
wußte: kein Prinz wird sie retten kein König erlösen
kein Mann sie ihren Körper lieben tot war ihr Blick oft sprach:

Jung bin ich und doch schon alt
muß dienen und bin doch aus edelstem Geschlecht
Hier aus den Savoien ...
die Tayllerands haben ein Schloß für den Sommer gemietet
die Dreyfuss und ihr Troß ... sich dazu gesiedelt
Von hier send ich dem Vater mein letztes Geld
weil es Kaminholz für den Winter vom Nachbarn Chiorozas
zu kaufen gilt
Natürlich kann er nicht arbeiten ... wann wo und wie
ist doch ein Nobler geliebter Vater geliebter Mann
Was brauch ich Louise denn schon!

Marguerite dreht sich zu Louisen hin faßt den Geist
der ihr – trotz aller Häßlichkeit – so lieblich und edel erscheint
faßt ihn an beide Schultern zieht ihn in ihrem Arm
streicht Louise übers dünne Haar spricht:

„Werd Dir nun Dein Haar lösen trägst es viel zu straff
nach hinten gekämmt Tut das nicht weh?"

Spürt daß Louise in ihrem ganzen Leben niemals voller Liebe
in den Arm genommen spürt
wie adlige Haltung Noblesse Eleganz Überlegenheit
alles was man so braucht in hochadligem Kreis fühlt
wie Louise es nun beiseite schieben ... fühlt
wie unendliche Verzweiflung herausbrechen kann ...

149

Marguerite spricht: „Hättest es nicht verbuddeln dürfen
doch – ich hab gut reden Welche Chance hättest Du schon gehabt?
Wer hätte Dir geglaubt? Komm Louise Geist der nicht sterben kann
mußtest es noch einmal durchleben Dich wieder erinnern ...
daran was er getan Komm – wir kündens der ganzen Welt
Müssens tun denn sonst wird solche Art des Verbrechens sonst
wird es nie gesühnt"

Beide sehen hinaus aus dem Fenster sehen – weit über die Hügel –
in den Perigord hinein sehen den Wind die Bäume wiegen
Wolkenfetzen am Himmel ziehen
spüren ahnen das Meer ist nicht weit
Wie lieben wir Dich Ort wie gern würden wir gehn
wie der Wind bläst Sterne ziehn
frei sein – nicht von Dir sondern mit Dir wehn
im ewigen kosmischen Geschehn ...

Doch Marguerite hat in dieser Sekund nicht daran gedacht
daß noch Berthe die Mutter bei ihnen ist
da tobts und wütets und Berthe hat unerhörten Durst nach Wein
Doch Marguerite hat ihre Lektion gelernt:
„Kusch Berthe oder ich werf Dich aus meinem Leben hinaus!
Dann magst Du weiter irren ... wo auch immer Du willst!"

Da wird Berthe still

Louisens Gegenwart erfüllt Marguerite nun mit einem Gefühl
das sie nicht kennt: feinste vornehmste Lebensart
Louisens Blick ist geschärft für Schönheit der Form
Luxus Stil Farbe Musik und Kunst
Nur: diese Wehmut Und: das Gefühl aus Stein zu sein ...

Marguerite wendet sich um will gehn meint nun sei es an der Zeit
daß sie drei ... nach Bramefond fahren ... denn sie Marguerite
müsse ein wenig schlafen ...
Da sieht sie zu ihrem Entsetzen an der Tür die sie gleich
durchschreiten muß ... neuen Geist stehen:
den kleinen feisten Vicomte
sie kann nicht ausweichen steht vor ihm
Wut sammelt sich in ihr zischt mehr als sie spricht:

„Verzieh Dich widerlicher Klotz! Sei froh daß ich nicht so bin
wie die Weiber die Du genommen Fleischstücke die Du gefressen
Wein den Du gesoffen!"

Beim Worte Wein regt sich wieder Berthe
Marguerite ist so erbost daß sie Berthe ins Haar greift
zu Boden zerrt: „Schweig! Dummes Geschöpf!"

Der Vicomte steht ... steht einfach da und lächelt

„Du wagst es zu lächeln?" empört sich Marguerite „glaubst am
Ende noch daß ich auch Dich aufnehm in mich? Glaubst ...
auch ein Geist könne noch gierig Weiber raffen? Willst etwa mich
auch noch besitzen? Ha! Mit Dir will ich nichts zu tun haben!"

Da lächelt der Vicomte noch breiter

Marguerite verstehts nicht Irgendetwas stimmt hier nicht!
Was solls bedeuten? Warum ist er plötzlich verschwunden?
Sie überlegt fieberhaft Wenn man sie nur nicht auf einen Irrweg
gelockt Möcht hinaus aus dem Schloß Es ist genug für diesen Tag

Sie geht steht wieder in Berthes Schlafgemach Knie zittern
immer noch vor Empörung Qual ... möcht vergessen
für den Rest des Tags alles alles war zu schrecklich – alles das

Schließt leis die Tür ... grübelt weiß einfach nicht
was diese Geschicht mit dem Schatze zu tun hat ... und ...
wo sind Kugel Ringe Zauberstab? Geht durch den Park
dem Ausgang zu kann nicht mehr ist total erschöpft

Als sie in Fleurac vor der Kirche steht fällt ihrs wieder ein:
des Vicomtes schadenfrohes Lächeln Das macht sie krank vor Wut!

Hört sie nicht höhnisches Gelächter aus dem Schloß
zur Kirche herüberwehn?
Was hat sie mit solcher Art Mann zu tun?

Es beginnt zu regnen wie so oft im Perigord
sie setzt sich auf die Stufen des Kirchenportals blickt zum Schloß
denkt: diese Geschicht von Berthe und Louise
mit allem hätt ich gerechnet ... nur mit solchen Geistern nicht
Furcht Angst Qual Grauen der Geschändeten
ziehen wieder an ihr vorbei haken sich fest ...

Da spürt sie Berthe und Louise neben sich
steht auf in immer noch strömendem Regen zittert friert ...
geht zu ihrem Auto fragt Berthe und Louise:

„Seid Ihr schon einmal in einem Auto gefahren? Nein?
Setzt Euch auf die Hinterbank vielleicht machts Spaß"

Öffnet die Tür sinkt auf den Sitz naß wie sie ist ... für heut
sind genug Schleier gelüftet sie atmet tief ... zuviel wars ... ja zuviel
läßt den Motor an fährt los schnell viel zu schnell
Berthe und Louise krümmen sich fahren durch Täler über Hügel
auf schmalen stillen Straßen ... bis sie das Dorf Bramefond
erreichen ... beiden Geistern ein Begriff
doch nicht das was es heute ist: ein kleines Dorf und am Rande ...
Marguerites Grundstück: Ruinen auf 3000 Quadratmeter Grund
Haupthaus und Scheune – einst großer stolzer Besitz –
verfallen ... nur ein winziges Gartenhaus ist restauriert
darin stehn: ein Tisch ein Schrank grob gezimmerte Leiter
die zu einer kleinen Galerie hochführt
dort oben: eine Matratze ... sonst nichts? Nichts
Louise und Berthe sind schockiert

Marguerite friert denkt: hätt ich zumindest ein Badezimmer hier
könnt mich in heißes Wasser legen
entspannen ein wenig vergessen ... doch es gibt nur einen Schlauch
mit eiskaltem Wasser in der Scheune
direkt neben der Campingtoilette ...
darüber Himmel denn das Scheunendach fällt ein
es regnet nicht mehr
und Berthe und Louise denken zum erstenmal:
wie schön
kein Mensch mehr zu sein wie schrecklich sich durchquälen müssen
mit einem Körper ... allen Sinnen ... durch solche Armut ...

Marguerite friert ist hungrig ... und dann ... eiskaltes Wasser
auf warmer Haut ... auf dem Weg zur Scheune riß sie Haut
der Füße an Brombeerranken und ... es ist so naß und kalt!

Marguerite beschließt kleine elektrische Kochplatte
in den winzigen Raum zu tragen Wasser zu kochen
Kleider auf die elektrische Heizung zu legen
Tee in kochenendes Wasser zu geben ... tuts ...
legt sich nieder ... vergessen ... alles sofort vergessen ...
morgen ist auch noch ein Tag ... trinkt heißen Tee ... atmet auf ...
liegt eine Weile still zieht die Decke bis zum Hals ...
dann plötzlich setzt sie sich hoch ruft Berthe und Louise fragt:

„Wie sollen wir denn nun zusammen bleiben?

Wollt Ihr Geister etwa neben mir in meinem Bette schlafen?
Das leid ich nicht! Das sei gesagt!"
Da lachen die beiden weil Marguerite so naiv–kindliche Vorstellung
von Geistern hat ...

„Nein" sagt Louise „mach Dir nur keine Sorgen Wir bleiben
unsichtbar rücken Dir nicht auf den Leib
Doch in Deiner Näh werden wir immer sein Ich pass schon auf
Berthe auf keine Angst
Hast uns erlöst und wenn ichs richtig verstanden hab ...
sollen wir Dir hilfreich zur Seite stehn: denn einzubringen
haben wir unser Know–how in alles das was Du zu erledigen hast"

Während Louise spricht ists Marguerite als weite der winzige Raum
hier in Bramefond sich zu einem Palast ... Blumen in hohen
italienischen Vasen ... Kerzenlicht flackert ... auf silbernem Tablett
stehn Tassen aus edelstem Porzellan
und statt auf billiger Matratze ... liegt Marguerite auf weichem Bett
Seidenstoff knistert ...

Sie fällt in unruhigen Schlaf doch dann ist sie plötzlich hellwach
liegt starr vor Angst in der Dunkelheit wagt nicht
nach dem Lichtschalter zu greifen denn Geister gehn ...
jammernde Seelen stehn ...
Nicht bewegen denkt sie das hilft vielleicht ... doch Angst wächst
denn nun sammeln sich diese Geister fast im Halbkreis
um Marguerite tragen Kleider von fremdem Schnitt
drängen sich an ihr Lager ... wirken staubbedeckt ... grau ...
klein von Wuchs ...
Es geht ein solch ungeheurer Vorwurf von ihnen aus
daß Marguerite sofort sterben möcht Stehen jene schweigend ...
starren sie an ... rücken immer näher ... riesige Schar ... Männer
Kinder Fraun ... tragen auf dem Kopfe Tücher und Hauben
an den Füßen spitze stoffene Schuh
faltige Gesichter ... mit Verzweiflung ... bis an den Rand gefüllt
klagen an:

„Sieh ihn Dir an Deinen Vicomte Hat nicht nur hier und im Schloß
gehaust ... nein solche wie er gabs auch als Bader in Montignac"

Marguerite liegt starr vor Angst
denn sie sieht im Raume unten den Vicomte
denkt ... Herrgott ... sollt ich diesen Geist dieses Monster ... etwa ...
auch mit mir genommen?

Die Schar rückt immer näher und näher und sie klagen an:

„Er trägt furchtbare Schuld ... denn: getötet hat er uns ... alle ...
die wir hier stehn ... Doch deshalb sind wir nicht gekommen
sondern ... schau ... um ihn geht es uns ... um ihn ... "

Und sie schieben aus ihrer Schar einen Knaben vor

„Sieh er war sein Sohn ... in vergangner Zeit Seine Mutter hat ihn
sehr geliebt ... doch das hat der Vater dem Sohn nicht gegönnt
mocht es nicht wenn was ohne ihn ging Er der Vater wollt im
Mittelpunkt stehn Gönnte die Aufmerksamkeit nicht dem Kind ...
Auch hat er den Sohn verachtet weil ... die Natur ihn mit Schwäche
ausgestattet war kein Polterer ... so wie er ... kein Sohn der schlägt
schießt dröhnt ... war ein feines leises Kind schwächlich und zart
voller Sinn für Musen und Kunst ...

Schau ... wie er den Knaben in die Baderstub zerrt ihm Arznei reicht
ihn zwingt Er will seinen eigenen Sohn vergiften ein Kind ...
nicht einmal zehn Jahre alt! Schau ... sist jener Abend ... als sich
Knab am Boden windet ... sieh ... blutiger Schaum vor dem Mund ...
erbricht sich ... sieh ... wie die Mutter weinend neben ihrem Kinde
kniet Hörst Du ihn schrein den Vater? Hörst Dus?

‚Halts Maul feiger Wurm!'

Nun schiebt er dem Knaben weitere Pillen in den Mund ... gerollt
aus Kot Mistelsaft giftigem Fingerhut Erzstaub und sonstnochwas ...
hat gewußt es wird ihn verderben doch er wollts sehn ...
wie sein Kind vergeht ... wie ers zwingen kann ...
wies feig zurückweicht vor des Vaters Macht Wies schlucken muß!
Wie Tränen auf zartem Gesichte rolln wie er ohnmächtig
vor dem Vater liegt ... Spielball ... Sklave ... Untertan ...
wie er sich quält ... am Boden windet ... bis der Atem stockt ...
wies Kind endlich weiß daß es sterben muß der Vater grausam
daneben steht die Mutter schluchzt wies Kind stirbt
in der engen Stube in Montignac schmales feuchtes Haus
eingeklemmt zwischen andere Häuser ... handtuchbreit ...
und wie das Kind tot ... geht er seelenruhig in die Stube hoch
frißt Brot ... säuft Wein ... wälzt sich schnarchend auf dem Bette ...
und als er wieder wacht ...
fällt er gierig über das schluchzende Weib ...

Nicht anders hat er mit uns getan ... so ein Bader war er ...

so einer wars! Gab uns Pillen und Arznei Vieh waren wir für ihn ...
Ding ... Material ... zum probieren und studieren ...
war ihm egal ob wir krepierten
Wühlte nur immer wild in seiner Arznei wollt gar nicht heilen ...
nur Macht über uns haben!
Doch keine Macht die weise regiert hilft und stabilisiert sondern
eine die quält mißhandelt vernichtet ..."

„Aufhörn!" schreit Marguerite gegen die Geisterschar an
„Laßt mich in Ruh! Hinaus aus meinem Gartenhaus!
Was hab ich mit Eurem Bader zu tun!"

„Sahst Du denn nicht daß er diesem Kerl von Vicomte ähnlich ist?
Erkennst Du nicht den Zusammenhang? Wart nur ab!
In ein paar Tagen werden Dir eine Frau und ihr Sohn begegnen
die Poesie ... will sagen ... weibliche MachtKraft mit Füßen treten
ihr das Rückgrad brechen werden ... so rächt sich diese Macht ...
so ... denn dann wird ein Mann wie dieser Bader wie der Vicomte"

„Nein!" schreit Marguerite fast hysterisch
„Nein! Nichts erkenn ich! Nichts versteh ich!
Wie sollt ich auch! Was gehn mich der Vicomte
solche Bader und ihre perversen Laster an!"

Da sieht sie den Vicomte plötzlich ganz nah vor sich stehn
widerliches Lächeln im Gesicht
springt sie hoch wehrt ihn und alle Geister die im Raume stehn
mit fuchtelnden Armen ab schreit:

„Raus! Sofort alle ... raus!"

Stille herrscht Vorbei der Spuk Es ist dunkel Marguerite dreht
das Licht an Dumpf schleicht Angst Erinnert sich an den Vicomte ...
wie er im Schloß stand ... höhnisches Gelächter hallte ...

Sie weiß nicht wie die Nacht vergangen ... Alptraum denkt sie ...
in dem ich wache ... Als der Morgen dämmert steht sie auf
Glieder wie aus Blei ... öffnet die braunen Fensterläden
sieht Nebelschwaden ziehn ein Hahn kräht Wiese ist naß vom Tau
Louise geht barfuß pflückt einen Veilchenstrauß
Berthe kommt aus der Scheune mit einem Krug frischen Wassers
sagt: „Dusch Dich während ich den Kaffee koch ..."

Brauch mehr Hilfe denkt Marguerite so kann mein Abenteuer

nicht weitergehn hätt ich nur schon die Kugel
könnt ich sie in Händen tragen würd mir neue Kraft zufließen
könnt solche Geschichten vorbeiziehn lassen
ohne in ihnen steckenzubleiben
das ists ja auch was mich die Meister gelehrt doch ich seh ...
es ist nicht leicht
Aberwitz überhaupt: ein Geist der Kaffee kocht!

Als sie aus der Scheune zurückkommt frisch gewaschen das Haar
gebürstet ... steht ein Veilchenstrauß auf dem Gartentisch
eine Tasse aus kostbarem zarten Porzellan
Louise murmelt die habe sie in den Trümmern des Haupthauses
gefunden einst dort in eine steinerne Wandnische gegeben ...
wo man sie vergessen ...
Dann also werde Marguerite jetzt schnell zum Bäcker ins nächste
Dorf nach Fossemagne fahren Croissants kaufen ...

Und in milder Morgensonne sitzt sie später am Gartentisch

Gegen die Mittagszeit ist sie wieder auf dem Wege nach Fleurac
ein Schild hängt am schmiedeeisenen Tor: „Heute geschlossen"

Doch sie öffnet ganz unbefangen eine schmale Seitentür
geht schnell ... niemand soll sie sehn geht schnell
zum Hintereingang des Schlosses
durch schweres enges knarrendes Tor
dumpfe Kühle empfängt sie ... leis ... ganz leis ... geht sie ...
steht vor einer Wendeltreppe ausgetretenen Stufen
sie führen hinauf in einem Turm
beginnt langsam die Stufen hochzusteigen weiß nicht warum ...
Berthe und Louise hinter ihr ... steigt sie ... fällt ins Grübeln
kann nächtliche Geschicht nicht vergessen
Warum sind nun auch Geister in Bramefond?
Warum nicht nur im Schloß? Heißts: Geister nun überall?
Wohin sie geht? Solang ... bis sie alles und alle begriffen hat?
Wieso staut sich die Schuld gerade hier ... im Perigord?
Wieso bei ihr?
Wo ist sie einzuordnen die Geschichte vom Sauternes? Die Legende
vom Zauberer der Nacht?

Überhaupt ... könnt denn nicht die himmlische Mutter wieder
erscheinen Rosenduft verbreiten ihr noch eine Geschicht erzählen
damit sichs in ihr erhelle ... damit sie begreife ...

156

Und kaum hat sies gewünscht da schwebt Rosenduft
in dumpfem Treppengang hört sie die Stimme der ersten Grazie
sanft und stark:

„Bleib setz Dich auf die Stufen nieder denn die himmlische Mutter
hat Deine Verstörung erkannt
Und weil Du lernen sollst nicht so sehr mit Deinem Verstand
sondern mit Deiner Seele zu sehn sei Dir diese Geschicht erzählt ...“

Riecht Marguerite wieder Duft von tausend Rosen
sieht blendenden Glanz hört schwingenden Gang Göttin naht
Bild überirdischer Schönheit
Da steht Marguerite wieder voller Ehrfurcht Bewunderung flüstert:

„Du Vollendung Perfektion
zu Mensch gewordene Idee einer Göttin
wie lang hast Du gebraucht
um solche Schönheit Macht Harmonie zu verkörpern ...
ein ganzes Weltenjahr?
Wieviele Hindernisse Blockaden Kriege mußtest Du überstehn
um Dich zu schaffen aus so störrischem Material?

Wie hast Du begonnen:
Marmorstatue? Aus Stein gehauen? Auf Bildern gemalt?
Dich tausendmal verkörpert
in alabasterner kaffeebrauner leuchtender bronzener Farbe
menschlicher Weiblichkeit?
Wie schwer wars
sich nicht nur mit schönem Körper zufrieden zu geben
sondern ihm Geist einzuhauchen
Macht und Verstand und selbstlose Liebe?

Wie oft war der Versuch mißlungen
Körper Geist Seele in Einklang zu bringen?
Ein ganzes Weltenjahr?

Du Vollendung Perfektion
zu Mensch gewordene Idee einer Göttin
ich fleh Dich an laß mich Du sein – nichts anderes will ich mehr
und gewährst Dus mir nicht dann will ich sterben sofort

doch wenn ich mich anseh beginnt Schmerz in mir zu toben
denn ich seh ... mein Körper ist nicht makellos
von Exzessen Hindernissen Kriegen Blockaden gezeichnet

auf dem Weg zu Dir ...
Geist nicht frei genug? Mangelts der Seele an selbstloser Liebe?

Ach hab Erbarmen mit mir
meinem Körper meinem Geist meiner Seele
denn ich kann ... und will nicht mehr leben ohne die vollkommene
zu Mensch gewordene Idee Deines Selbst zu sein
gibst Du mir eine Chance?"

Die Himmlische lächelt hebt zu erzählen an

Marguerite hört die Legende vom Walnußbaum

Die Legende vom Walnußbaum

Nun da Ihr zuhört wehn sie herüber jene Zeiten
in denen es keine Feen und Zauberer im Perigord mehr gab
nicht nur daß Neid Habgier Haß regierten ... Krieg herrschte

besetzen erobern quälen töten
in jedem Falle mußte gerafft und einverleibt werden ...
Zu Scharen kamen sie in den Perigord
jene düsteren Gehilfen der Nacht
die vom sagenhaften Reichtum hier gehört die nicht teilhaben
wollten nein sondern die alles besitzen alles nehmen
alles gierig fressen wollten was andren gehört
auch wenn sie längst satt ...

Mordend schlachtend zogen sie durchs Land
versetzten Bauern in Schrecken und Angst
nahmen ihnen Kinder Weiber den letzten Scheffel Weizen
durchsuchten Scheunen und Häuser ...

Not und Verzweiflung waren nun Alltagsbrot:
mißhandelte Kinder geschundene Weiber weit zurück lag die Zeit
in der noch Frieden und Liebe gewogt

Es gab keine weisen Frauen und Zauberer mehr
die um das Geheimnis anderer Welten gewußt ...
mit Ahnen Göttern Pflanzenseelen gesprochen
heilende Kräuter gekannt ... und gesucht ...

Stattdessen hatten sich welche zu neuen Kundigen ernannt
die heimlich vom Schatze der Weisheit raubten doch so
wies nur Unkundige tun: Teilwahrheiten Bruchstücke des Wissens
zerrten sie aus allem was ihnen heilend erschien
hirnlos kindlich – doch mit unfaßlicher Gewalt:
setzten sich nieder schlossen die Augen sprangen dann auf
mit großem Getös tönten sie hätten die Weisheit in sich
ja seien selbst Götter wüßten genau
daß gekochtes gestampftes Hirn eines Kalbs löffelweise gegessen
jede Krankheit besiege ... und so weiter und so fort ...

Erdachten Rezepturen ohne die Seelen der Pflanzen zu fragen
mixten Kräuter die nicht zusammengehörten
verschrieben sie Kranken obwohl sie nicht halfen wußten nichts
gar nichts doch blähten sich auf ...

beherrschten alle und jeden und niemand wagte
ihnen zu widersprechen weil sie wirkungsvoll präsentierten:
wir haben die Macht!

Man mußte ihnen glauben denn sie glaubten sich selbst
so felsenfest daß sie begannen jeden der mokierte zu kürassieren
verunglimpfen zu verraten an die neuen Herren
die – saufend und fressend – nun lebten wie Maden im Speck

Und so wie es nun Bader gab die das alte Wissen zerstückelt
unkenntlich gemacht so hatt auch zu jener Zeit
der Zauberer der Nacht die Fee des Perigord noch in seiner Gewalt

Immer wieder hatt er Wege gesucht gefunden
im Menschenreiche anderen Welten den sieben Höllen
ihr nicht zu gönnen daß sie mehr wisse von der Natur ... als er ...
wollte ihr alle Geheimnisse aller Feen entreißen
sich selbst zum Herrn aller Welten ernennen
der Größte Mächtigste Herrlichste sein ...

Viele Male hatt er sie in menschliches Dasein gezwungen
sie gequält getötet sobald sie begonnen
sich an ihre Herkunft zu erinnern ...
wieder und immer wieder freute er sich seiner Allmacht über sie
Ja so ließ es sich Mensch sein das war ihm dem Zauberer der Nacht
jenem aus anderer Welt
der nur das Kleid eines Menschen trug ... die Sache wert

Fluch der Götter schien ihm – so – herrliches Spiel ...

Narr der er war vergaß er oft daß alles seine zwei Seiten hat
Herrschaft über die Fee ihn zwang ihr Part zu sein
sie an ihn gebunden ... doch er auch an sie
und – daß der Tag schon festgelegt
an dem die Fee seine Herrschaft abschütteln er – dann –
sich nicht würde davonstehlen können hassend und hadernd
in einer Hölle dümpelnd bis er sich wieder aufschwingen könne ...

Nein – Haar um Haar würd er mitleben müssen
wie sie erstarke aufstiege zurück in himmlische Gefilde
Sekund um Sekunde würd er kosten müssen
wie es schmeckt unumschränkte Macht zu verlieren

die Stunde käm in der er zu ihren Füßen liegen anerkennen müsse
wie schön und machtvoll sie sei ... umschüttet von Sternenglanz

Die Stunde käm da er einstiger Herrscher
sein hemmungsloses Schalten und Walten würd aufgeben müssen
weil ... alles und alle in allen Welten ...
es nicht mehr zuließen daß er hause ...
wie er sich drehen und wenden würde
nach neuen Opfern suchen hier und dort jemanden fände ...
doch niemals mehr das Bild der schönen Fee
aus seinem Herzen verliere
die sich ihm geopfert ihm hingegeben sich hatte morden lassen
für ihn nur für ihn nur für ihn ... immer wieder
in endlosen Leben vielen Welten seit endlos scheinender Zeit

Und – wie er später voll Hader würd denken müssen:
sie hat sich geopfert nicht weil sie schwach sondern weil sie
zu Zeiten des Wandels wieder ein Fuß in der Tür haben wollte
das Terrain gar nicht geräumt ... nie ... das wars später
was ihm seine Niederlage um Vielfaches vergällte ...

Doch zu jener Zeit die nun herüberweht
war der Zauberer der Nacht auf dem Gipfel seiner Macht
Geschunden hatte er die Fee ... diesmal ... im Menschenreich
doch weil auch sie ... nicht von dieser Welt
konnt sie ihrem Menschsein manchmal entweichen ...

War ihrer Qual müd zu jener Zeit
fühlte sich so vehement verfolgt daß ihre Kräfte schwanden
wußte nicht wie lang sie noch würd Widerstand leisten können
gegen so viel Grausamkeit
konnts kaum noch ertragen daß Zauberer der Nacht
sich an ihrem Schmerze ihrer Qual ihrer Demütigung labte

Vielleicht dachte sie oft werd ich noch einmal verrückt ...
das will ich nicht ... oder werd gänzlich zerstört im Laufe der Zeit
und ... mit mir mein Wissen um die Geheimnisse der Natur
der Liebe des Reichtums und des Glückes im Perigord

Vielleicht wird dann auf immer und ewig
Bedrückung Krankheit und Not dort herrschen
wo meine irdische Heimat ist und so beschloß sie
mit ihrer letzten Kraft

162

ein Exempel zu statuieren
ihr Wissen ihre Weisheit so zu manifestieren
daß es gesichert sei vor dem Herrscher der Nacht
daß es – trotz aller Unterdrückung – unbemerkt weiterleben
von nichts und niemandem zerstört werden könne ...

Während der Zauberer die Fee in Zwängen wähnte
verließ sie ihren menschlichen Körper
flog so schnell sie konnte in den Perigord. ...

Es war ihr als tränke die Seele süßen Nektar
als sie sich in perigordinischen Winden drehte ...
Doch kaum hatt sie das Dorf Bramefond erreicht
um ein wenig zu ruhen Kraft zu schöpfen
da hatte der Zauberer der Nacht ihre Flucht bemerkt
mit neun Teufeln reinsten Höllenwassers verfolgte er die Seele ...
sie durfte ihm nicht entkommen

Als es brauste und pfiff wußte die Fee es geht um Alles oder Nichts
hatte keine Zeit mehr weiterzufliegen mußte hier ihren Schatz
manifestieren schnell schnell ... und so sprach sie:

„Alohe erinnere mich bin die Fee des Perigord gefallen gestürzt
in höllische Tiefe ... dennoch lebt ungebrochen in mir
Schatz aller Schätze aller Weisheit aller Liebe ist gefangen
kann ihn nicht befreien denn bin Sklavin dunkler Mächte ...
doch er soll bewahrt werden unversehrt
solang bis ich zurückkomm frei und stark stark und frei
um ihn dann der Welt zu schenken ... "

Sie konnte nicht mehr weiter sprechen denn ... der Zauberer
hatte sie gefunden wollte sich auf sie stürzen ...
Da verwandelte sie sich mit letzter Kraft in einen Walnußbaum

Prachtvoll rauschte er als der Zauberer vor ihm stand

Es war Herbst Wind schüttelt Blätter und Äste
Nüsse hagelten polterten auf ihn nieder
Er fluchte rief seine neun Teufel herbei
Sie umrundeten den Baum hüllten ihn ein ... in düstere Wut

„Wart nur" schrien sie „wir vernichten Dich!"

Und als sie begannen am Baume zu reißen Zweige zu knicken

ihn zu treten damit er falle da erhob sich ein so gewaltiger Sturm
daß alle neun Teufel durch die Lüfte flogen
gegen Steinmauern prallten vor Schmerz kreischten
jammernd am Boden lagen ...

während die Samen in harter Schale rollten und rollten
hierhin und dorthin und nicht einmal der Zauberer der Nacht
Kontrolle darüber hatte – wohin ...

„Furie!" schrie er „Diesmal hast Du mich überlistet doch glaub mir
werd mich rächen Dein Wissen magst Du der Menschheit – so –
hinterlassen doch ich werd dafür sorgen
daß es in Vergessenheit gerät niemand mehr daran denkt
daß es Deine Weisheiten gibt ...
alle sich lustig machen über Dich niemand Dir glauben wird!

Wart nur ich vernichte Dich Du bist mein
werd Dich finden wieder und wieder
bis Du nichts mehr weißt von dem was Du warst!"

Der Baum schüttelte sich als lache er
entrüstet rief der Zauberer der Nacht seine jammernden Teufel
herbei befahl: „Ihr seids die Ihr den Baum zu bewachen habt
fügt ihm Schaden zu wo ihr könnt
Zieht Krankheiten heran und Menschen die ihn fällen wollen
vergiftet den Boden damit er zugrunde gehe jagt alle hinweg
die auch nur ahnen daß hier ein Baum aus der Feenwelt steht!"

Viele tausend Jahre lang war die Fee in der Gewalt des Zauberers
der Nacht doch ihr geheimnisvolles Wissen gerettet
bis sie wiederkommen kann ... frei vom Zauberer der Nacht ...
bis die Zeit des Wandels da
Und – bewahrt für all jene die den Bäumen lauschen können
diesen Riesen der Pflanzenwelt
die an sie gelehnt sich hineinträumen in geistige Welt
sich dem Himmel entgegenstrecken
wie die Krone des Baums sich der Sonne dem Mond
dem Sternenzelt
die sich ins Wurzelnetz fühlen durch Stein Sand Ton ...
auf die Stimme der Erde lauschen ...
solang ... bis sie die Fee zu hören beginnen ... die erzählt:

„Meine große Weisheit und Liebe ist
gleich meinem nahrhaften Samen

164

eingesperrt in harte Hülle gleich dem Gefängnis
in das mich der Zauberer der Nacht gesperrt ...

Doch ist es möglich Nuß zu knacken Samen zu befreien
ihn zu essen sich meine Weisheit einzuverleiben
neue Lebenskraft zu finden Reichtum zu schaffen Liebe zu leben
wie einst ich es getan ...

Geheimnis des Perigord zu Öl gepreßt gemahlen
und in Kuchen gebacken zu Käse Salaten Getränken gereicht
damit Weisheit aller Feen wiederkehre Liebeskraft steige ...

So wie jedes Blatt des Walnußbaumes neun Teilblätter hat steht
der Walnußbaum für die Zahl neun
und damit für die Weisheit der Fee des Perigord
Fast vernichtet vom Zauberer der Nacht rettet sie sich
bleibt bestehn trotzt standhaft allen Unbilden aller Zeit
auch den neun Teufeln die unter dem Walnußbaum hausen
die darauf warten ihn fallen zu sehn ...

So wie die Fee mit dunkelsten neidvollsten Mächten verbunden
zeigt sie doch – mit dem Walnußbaume – der ganzen Welt:
Zerstören kann man lichte Kräfte nicht – nie!"

Der Walnußbaum wurde zum Wahrzeichen des Perigord
Einst heiliges Land hat Heiligkeit transformiert
So war und bleibt er solang dieser Planet besteht
Hort der Weisheit Schatz allen Wissens Heimat der Fee ...

All jene die sich aus Begrenzungen lösen wollen
Wege suchen in andere Welten Welten in denen die Liebe regiert
jene werden sie finden – horchen sie nur hinein ...
in das Flüstern und Rauschen eines Walnußbaums ...

Marguerite findet die Kristallkugel

Marguerite sitzt auf alten ausgetretenen Treppenstufen
die Himmlische ihre Grazien haben sich aufgelöst
in helles schimmerndes Licht
Luft wirbelt flimmert noch murmelt Marguerite:

„Eine Erklärung ist die Geschicht immerhin für dieses Monster
von Bader für den Vicomte ... und dennoch ...
eigentlich versteh ichs nicht Viel zu vieles ist mir suspekt"
grübelt:

„Daß irgendwann ein Mann Horde düsterer Gesellen gekommen
die alles hier im Perigord an sich gerissen
Darum dieser Fluch über Fleurac?
Das kann nicht die ganze Wahrheit sein
Ach hätt ich doch kristallene Kugel in meiner Hand dann
würd ein Schleier nach dem anderen fallen Weisheit des Steines
mich durchfluten ... könnt ich leichter die Rätsel hier lösen
Was alles hats für einen Sinn?
Liebe: warum wird sie benutzt um Menschen zu zerstören
sie zu spukenden Geistern umzufunktionieren
die keinen Ausweg mehr wissen ... nach dem Tode weiter leiden?

Warum sind diese Wesen hier ... so sehr aus der Liebe gefallen?
Warum so entartet? Warum so pervers?"

Haß wächst in ihr auf jeden stiernackigen Kerl
den nächsten beschließt sie der ihr in diesem Schlosse begegnet
wird sie ...
da ist ihr als würd sie des Vicomtes höhnisches Gelächter hören ...
da steht er ein paar Treppenstufen über ihr ... lacht!
Wütend fährt sie auf
geht schnell die alten ausgetretenen Treppenstufen hoch

um ihn zu erreichen
um ihn zu verjagen
um ihn zu schlagen

geht schnell die alten ausgetretenen Treppenstufen hoch
steht vor einer Tür der Vicomte schwebt hindurch
das neidet ihm Marguerite in dieser Sekund vehement:
daß er nicht mehr gebunden an feste Form
neidets ihm so sehr daß ihre Wut auf ihn ins Unermeßliche wächst
Sie öffnet die Tür steht in geräumigem Turmzimmer
großzügig fällt helles Licht durch Bogenfenster

schnell umfaßt sie mit Blicken den Raum:
nichts sonst sieht sie denn schön geschnitzten Eichentisch
Stuhl und Schrank ... und ... Moment ... kanns möglich sein?

Auf dem Tisch zwischen allerlei kostbarem mittelalterlichem Gerät
Sieht sie recht? Kanns möglich sein?
Eine handtellergroße Kugel aus schimmerdem Kristall
Licht bricht sich in ihrem klaren Schein
durchsichtig gewordner Stein Hüter heiliger irdischer Frequenz ...

Sieht sie recht? Kanns möglich sein? Eines weiß sie da:
diese Kugel war und ist mein ... war sie ... schon immer ...
seit urdenklicher Zeit ... deswegen steht sie ja hier ...

Eines beschließt sie da: werde die Kugel an mich nehmen
auch wenn man ihr später vorwerfen wird
sie habe das Kleinod aus dem Schloß gestohlen ...
es wird sie nicht scheren ... holt nur zurück was ihr einst genommen
Oder nicht?

Wie sie durch den runden Raum geht zum Tische hin ...
nach der Kugel greifen will ... steht neuer Geist neben ihr

ein kleines Mädchen
Schmetterlingsflügel aus Holz und Papier
hat es sich auf den Rücken geheftet
bunt bemalt
mit Federn beklebt
helles Haar zu Zöpfen geflochten
trägt kurzes Röcklein das schwingt bei jedem Schritt

Keck stehts neben Marguerite spricht: „Nimm die Kugel nicht
denn der Abt leidets nicht wenn jemand seine heiligen Geräte
berührt Du weißt nicht wie bös er ist! Kann sein daß er Dich
kürassiert oder verjagen oder verbrennen läßt ...
denn ... das ist solche Zeit ... denn man zählt das Jahr 1606 ..."

Marguerite staunt das Mädchen an denn ... es ist nicht sanft ...
sondern überlegen und erhaben ... frei und stark

Schmetterlingsflügel aus Holz und Papier
hat es sich auf den Rücken geheftet
bunt bemalt
mit Federn beklebt

helles Haar zu Zöpfen geflochten
trägt kurzes Röcklein das schwingt bei jedem Schritt

„Wirst mir doch nicht erzählen wollen daß dieser Abt
aussieht wie ja wie ... ein feister stiernackiger Kerl?!"
spricht Marguerite das Mädchen an
„Doch" antwortet das Kind „genau so"

Und wies spricht ... da sitzt der Abt schon auf dem Stuhle
Und wie sie ihn sitzen sieht ... mittelalterliche Ausgabe des Vicomte
steigt wieder solche Wut in ihr hoch
daß sie beschließt: ich greif nach der Kugel und wenn dieser Geist
mich hindern will schlag ich ihm einfach ins Gesicht

Er grinst sie höhnisch an ... der Abt ... grinst einfach nur
da geht sie hin zum Tisch kann nicht greifen
ihr Arm scheint wie gelähmt da begreift sie dieser feiste fette Kerl
kennt sich aus mit hoher Magie

Oh ... denkt Marguerite so etwas darf nie wieder geschehn
war so in meine Wut hineingestiegen so überrascht vom kleinen
Mädchen daß ich vergaß meine eigenen Kräfte zu sammeln

Und schon hat dieser Dreckskerl meine Schwäche genutzt
mich an die Wand gedrückt
Geschiehts nicht immer wieder? Weiß schon lang:
ich unterschätz sie immer ... die Meister der schwarzen Kunst
nur weil ich mich nicht genug beherrschen kann
und weil ich es immer und immer nicht schaff
Geschichten dieser Welt
an mir vorbeifließen zu lassen ohne mich einzumischen
ohne in sie hineinzusteigen ...

Hört sie ... von irgendwoher klingt Musik in den Raum ...
eine Komposition ihres Meisters Er steht schon neben ihr
fingert wieder an seiner Allonge–Perücke herum
sie mag nicht so recht sitzen es juckt ihn darunter er kratzt sich
am Kopf ... nimmt dann ihre rechte Hand hält sie ganz fest
Strom fremder Energie fließt in sie ... kanns nicht mit Worten
beschreiben nur: da fließt etwas in sie hinein
das Wut Widerstände Angst in ihr auflösen soll
Da reißt sich Marguerite von ihm los weiß nicht warum
beginnt ruhelos im Turmzimmer hin– und herzugehn

Geister nicht achtend die bei ihr stehn spricht leis:

„Lang ... Vang ... Shang ... Sang ... Nahrung Schutz und Zuhaus ...
Erde und gelbes Quadrat sind ... die Sicherheit die ich brauch
Genau die wird mir verweigert ... genau das:
auf die Erde steigen das dichteste aller Elemente beherrschen
lernen ... genau hier blockierts" *

Der Meister nickt Irgendeine Qual wächst in ihr muß heraus
Sie beginnt immer schneller hin und her zu gehn und wie sie sieht
daß der Meister sich wieder unter der Perücke kratzt
fährt sie ihn an:

„Nun hör schon auf! Es widert mich daß Du Dich kratzt!"
Antwortet der Meister: „Und Du? Glaubst ich sähe nicht
wie Du Dir in Ohren und Nase bohrst manchmal im Auto
manchmal im Bett?"

Da beginnt Marguerite zu lachen fühlt in dieser Sekund:
was tät ich nur ohne ihn?! Und er? Hält sie nun an den Schultern
so daß sie mit dem Rücken gegen ihn steht
fest an ihn gelehnt er hält sie fest ... fremde Energie fließt
Sie kann sich nicht rührn er ist stärker als sie
er ist der Meister sie die Schülerin
hat noch viel zu lernen das spürt sie jetzt
noch einmal wehrt sie sich weiß nicht warum
doch der Meister hält sie fest hilft ihr über die Schwelle
der Angst flüstert:

„Vorsicht! Ich laß Dich nicht Denn Du mußt mußt mußt diesem
Geist entgegenstehn Er darf keinerlei Macht über Dich gewinnen
denn dann ist alles verlorn ... das ganze Spiel!"

Sie will sich wieder losreißen den Raum verlassen
wissend ahnend spürend: es reißt sie der Abt vom Meister los
nicht sie selbst ... ists
Sieht sie den Abt ... aufgeblähter Popanz an Herrschsucht
und hat Angst
ihre Wut ist verschwunden sein Haß sprüht Funken

Es beginnt ein erbarmungsloser Krieg in diesem Raum kein Friede
in Sicht ... keine Toleranz

*Öffnung des ersten Chakras

Der Abt will siegen Er ist ihr Todfeind Das weiß sie jetzt ...
ein Hexenmeister von grandiosem Format
Höllisch schadenfroh blitzts in seinem braunen Aug
und: sie hat vor ihm Angst

Doch der Meister zischt ihr wütend ins Ohr:

„Vorsicht Kindchen! Nicht nur Du allein spielst dieses Spiel ...
Viele arbeiten an der Erlösung dieses Kraftortes mit ...
Merk Dir eines: Du spielst nicht mit Verlierer–Typen
Hier gewinnen wir!
Und wenn Du – in Deiner Dummheit und Angst nicht parierst
Dich nicht zusammenreißt dann zwing ich Dich!

Hab ich Dir nicht schon tausendmal gesagt
daß Du in die Geschichten in Vergangenheit Zukunft Gegenwart ...
nicht hineinsteigen darfst? Du siehst doch was geschieht
Es gewinnt die Vergangenheit ein Phantom Macht über Dich!"

Marguerite wagt sich nicht zu rührn hat verstanden
muß ihre Angst vor dem Hexenmeister besiegen
sieht hin zum kleinen Mädchen

Schmetterlingsflügel aus Holz und Papier
hat es sich auf den Rücken geheftet
bunt bemalt
mit Federn beklebt
helles Haar zu Zöpfen geflochten
trägt kurzes Röcklein das schwingt bei jedem Schritt ...

Und die Zeiger der Zeit drehn sich zurück ...
Erinnerung beginnt ...

Marguerite und die Geister

Der Bader von Montignac zögert als er den Namen liest:
Comte de Meyrac wohnhaft auf Schloß Fleurac
lädt zum Festessen am heiligen Weihnachtstag ...

Zweifellos ists für den Bader ungewöhnliche Ehr
die er dem Abte zu verdanken hat
denn der schützt und stützt ihn seit geraumer Zeit
legt ihm auch ...
immer wieder neue Argumente in den Mund ...
um sich zu rechtfertigen vor den Perigordinern
für seine schlechte Baderkunst denn es ist ja schon bekannt
daß der Bader von Montignac ein herrischer Stümper ...
ein Großmaul ein Gigant der Vernichtung

Doch vor dem Abte da kriecht er
denn der Abt ist der mächtigste Mann in der Region
wer sich mit dem Abt anlegt der ist verlorn

Und wie der Bader die Einladung in Händen dreht denkt er:
warum geht gerad dieses Schloß
seit Jahrhunderten schon von einer Hand in die andere?
Warum bleibt nie adeliger Sproß?
Warum wird nie jemand heimisch dort ...
hälts fest als Stammsitz in Familientradition ... fort und fort?

Hört oft die Weiber munkeln von düsterer Mär ...
von einem Zauberer einer Fee in uralter Zeit ... die einst hier gelebt
heiligen Kraftort hüten sollten zum Wohle aller Menschen
Doch irgendetwas sei dazwischen gekommen ...
ein Verbrechen ... ein Verrat ...
Genaues wisse man nicht ... doch seitdem liege Fluch ...

Schad für den Comte denkt der Bader denn eigentlich ist er
ein netter Kerl nur nicht herrisch genug ...
so wies sich für einen Herrn gehört

Seis drum: eine solche Ehr ... diese Einladung
Soviel Aufstieg kann er sich nicht entgehen lassen
Sein schmales Haus in Montignac ist ihm schon lang zu klein
sein Weib diese dumme Gans geht ihm auf den Geist ...
das schwächliche Kind den Sohn den er haßt ... nein nein ...
hier versäumt er nichts ...
Sollen sie ihren Festbraten allein verdrücken

oder besser ... wird ihnen erzählen daß er kein Geld habe
um ihnen Weihnachtsschmaus zu gönnen
Hungern werden sie müssen Oder trocken Brot fressen
Herrlich! Wunderbar!
Er reibt sich die Hände Sein Plan ist grandios
Und so schickt er den Lakaien aus Schloß Fleurac
mit einem Dank für die Einladung und einer Zusage zurück

Es wird Christabend ... der Abt hat dem Bader die Ehre erwiesen
durch Montignac die Kutsch zu senden
so darf er wie ein feiner Herr den Wagen besteigen
sich gar neben den hohen Herrn dann setzen

Schon vergessen sein erbärmliches Heim das er nicht instand
zu halten weiß ... alles verrottet alles verkommt ...
er ist so einer ... Großmaul ... fauler Sack ...
nur nichts selber tun ... lieber in die feine Kutsch anderer steigen ...

Still und bescheiden gibt er sich vor hohen Herren ... devot ...
untertänig ... ganz zu Diensten edler Männer ...
denn er weiß das ist seine einzige Chance mit dabei zu sein ...
ihnen schmeicheln ... jenen die Macht in Händen krallen ...

Und so erreichen sie bald Schloß Fleurac
eine große vornehme adlige Gesellschaft ist schon da
sitzen sie alle bald vor dem Kamin Feuer knistert lodert wärmt ...
während draußen Nebel ziehn

Nie hats der Bader gesehn: heiteren Reichtum
und doch ... stellt er fest ... keine herrische Überlegenheit

Das behagt ihm nicht Das verunsichert ihn
Unfaßbar: die Dienerschaft sitzt mit am Tisch denn:
Christabend ists!
Im doppelten Sinn denn ... das war auch dem Abte unbekannt ...
ein Kind ist geboren am heutigen Tag

Die Mutter Gräfin Meyrac zierlich–kleines liebes Geschöpf
spricht immer viel zu schnell ...
fünf Kinder hat sie dem Grafen geboren
alle sind hier auf Fleurac gestorben ...

Und nun dies: eine Tochter ... rosiges Bündel Mensch

Als sie sieht welch ein hübsches Ding wie kräftig und groß ...
da freut sie sich ... und auch der Comte ist froh denn:
der Comte liebt sein Weib

Schon lang ist die kleine Gräfin ... aus portugiesischem Adel ...
dem Abte ein Dorn im Auge
Schon lang beredet er den Comte er solle sie absetzen
über die Pyrenäen schicken ... sich Geliebte nehmen ...
denn ein Weibes vornehmste Pflicht sei es
gesunde Kinder großzuziehn sein Weib aber sei ganz sicher
verflucht ... man bedenke: fünf Kinder tot!

Und so spricht er geschmacklos und boshaft in die heitere
Christabend–Gesellschaft hinein:
„Was geschieht wenn dieses neugeborne Kind
auch krank wird und dann stirbt?"

Betretenes Schweigen an den langen Tischen
der Comte ist kein Mann der dem Abte Paroli bieten kann ...
verfällt plötzlich in finsteres Brüten
Da ruft einer der Männer in den Saal hinein:

„Graf warum laßt Ihr Euch so beleidigen! Seid keine Memme!
Die Geschichte vom Fluch über jedem Weib auf Schloß Fleurac ...
hat man sich doch nur ausgedacht! Aberglauben!"

Das war ein Schlag gegen den Abt Bös funkelt er den fremden
Ritter an Er wird sich rächen Hat schon eine Verwünschung
auf den Lippen Dieses verdammte okzitanische Pack!
Frech dreist unverschämt ... kann man sie kaum ... disziplinieren

Der Graf ist kein Kämpfer Frieden will er mit allen
Doch gibt es Zeiten da ists die schlechteste Strategie von allen ...

Hier versucht er die Wogen zu glätten
Man ißt und trinkt und während man den Disput vergißt ...
derbe Witze erzählt Feuer im Kamine lodert Holz knistert
immer neue Speisen dampfend und duftend stehn
brodelts im Abte ... vor Haß ... so düpiert war er noch nie
Er ist einer von denen die immer und um jeden Preis
Herrschaft Sieg Heil in Händen haben müssen ... ja so einer ists

Und wie man sich am Festessen labt

selbst die Dienerschaft sichs gutgehen läßt denn ... Christabend ists
als man herrlich zartes Gänsefleisch kostet
Mhm! Fleisch so zart ... es zergeht fast auf der Zung

als man die durchsichtigen Trinkgefäße bewundert
die heut auf dem Tische stehn ein Wunder daß es so etwas gibt
müssen ein Vermögen gekostet haben
doch man weiß: der Comte de Meyrac ist reich

Wie man voller Freude dem Gesang des Müllers lauscht
denn er ist der beste Sänger weit und breit
er ist heut geladen ... auch ... weil sein Weib
die Amme des neugebornen gräflichen Kindes

Wie die Müllersfrau immer wieder mit staunendem Aug
die Tafel die große Gesellschaft sieht
die schönen Möbel an denen sie sich nicht sattsehen kann
überhaupt diese Herrlichkeit dieser Reichtum das ist viel schöner
als die dunkle kalte Mühl wos Rad viel zu laut dröhnt

Wasser zum Gotterbarmen rauscht wo sie viel zu oft hungern muß

Ach hier im Schlosse möcht sie für immer bleiben und ihr wärs
schon recht würd der Müller nur zum Christfest kommen
Ach dann litte sie keine Not müßt keine zehn Kinder gebären
so wies üblich ... müßte sich nicht verzehren
Ach könnt sie nur ewig hier bleiben fein tafeln
und des Grafen Tochter versorgen später dann Stubenfrau werden

Sie seufzt still in sich hinein weiß der Müller würds ihr nie erlauben
sein Weib muß bald wieder zu Hause sein nach der Ammenzeit
muß putzen und kochen waschen und spinnen ihm Weib sein ...
sie will es nicht sist ein so mühselig Leben ...
würd sie nicht gehorchen würd der Müller gleich zum Abte laufen

Sie kennt viele Geschichten von Weibern
die vom Abte vernichtet getötet worden! Zu dienen ... dienen
sei des Weibes erste Pflicht ist Leitspruch des Abtes ... jeden Tag ...
damit hat er alle Männer im Griff damit baut er sie auf

Wenn sie zu ihm kommen ... sich über ein widerspenstiges Weib
beklagen da ist er der Rächer jeden Manns ...
das Schlimmste:
er soll zaubern können wirksame Flüche sprechen und überhaupt ...

177

Sie seufzt denkt: ach hier im Schlosse zwischen kostbaren Möbeln
bei so guter Herrschaft ... hier ist das Paradies!
Nur schade ...daß ... der Abt anwesend ist

Und wie alle sitzen bricht furchtbare Nachricht in die Runde hinein:
das neugeborne Kind liege – blau angelaufen – in der Wiege
atme kaum ...

Da geht dem Bader der bis dahin schweigend staunend
auch voller Neid gesessen ... nicht nur wieder die Mär über Schloß
Fleurac durch den Kopf ... sondern auch das Munkeln darüber
daß der Abt ... ein Hexenmeister ist ...
Sollt ich etwa nur deswegen eingeladen sein weils der Abt
gewußt geplant durchdacht ... was hier nun geschieht?

Schon wird er gerufen Sei nicht ein Bader unter den Gästen?
Habe das nicht der Abt gesagt?

Man stürzt zum Kinde reißt den Bader mit ...
die Amme hebts aus den Kissen ..
Er sieht: es stimmt ... das Kind atmet kaum ist blau angelaufen ...
Man weiß nicht was tun Die Mutter reißts der Amme aus dem Arm
schüttelts pocht die kleine Brust hart ab schaut in den Mund bläst
eignen Atem ein dreht sich dann um ruft:

„Sollte nicht ein Bader hier sein?"

Langsam drängt sich der Bader nach vorn Da reißt die Amme
wieder der Mutter das Kind aus dem Arm trägts hin und her
benetzt es mit Tränen denkt: wenn Du jetzt stirbst ...
dann muß ich in meine dunkle Mühle zurück und das will ich nicht

Die Gräfin bricht in verzweifeltes Weinen aus flüstert:
„s ist mein letztes Kind ... bin schon zu alt um zu gebären
Herr der Du im Himmel bist ... versag mir nicht dies letzte Glück"

Und sie horcht an des Kindes Brust immer und immer wieder
streicht ihm über die Wang ... da nimmt ihr der Bader das Kind
aus dem Arm ... doch voll heimlicher Angst denn ... er weiß
nur zu gut daß er eigentlich kein richtiger Bader ist
nicht weiß woher und wohin
schon gar nicht wenns um Neugeborene geht

Plustert sich auf macht sich wichtig murmelt kundig

er sei der Bader von Montignac das Volk hier im Raum müsse gehn
sofort vor allem seien die Fenster zu schließen

Tut kundig insgeheim steht er ratlos kennt diese Krankheit nicht
doch ... als Bader und dazu noch protégé ... des Abtes ... darf er
keine Schwäche zeigen So legt er das Kind zurück in der Mutter
Arm beginnt ein Pulver zu mischen
stößelt Steine in kleinem Mörser heftig und wild ... spricht:

„Wenn diese Arznei nicht hilft dann ... kann kein Mensch mehr
helfen dann ... muß das Kind sterben ... wie ich ohnehin denk ...
macht Euch keine Hoffnung"

Hören sie Schritte hinter der Tür sie öffnet sich knarrend und
schwer im flackerndem Kerzenlicht steht ein Lakai
mit verquollenem Gesicht spricht leis: „Gnädige Frau Gräfin ...
eine Dame möcht Sie sprechen ..." Die Gräfin nickt
Und herein tritt eine hochgewachsene Frau
Wo an der langen Tafel drunten hat sie gesessen?
Der Bader kann sich nicht erinnern

Ihr Gesicht ... goldfarben schimmernde Haut ... nicht mehr jung ...
doch so schön ... daß die Gräfin meint ein Heiligenschein
umschwebe sie ... verklärend menschliches Formenspiel

Ihr Haar: aschblond das in weichen Wellen auf die Schultern fällt ...
sie trägt selten kostbaren Schmuck funkelnde Armreifen
aus purem schwerem Gold lange Ohrringe mit den größten
Diamanten die der Bader je gesehn Das Kleid: schimmernd grüne
Seide das einen schlanken doch üppig geformten Körper ahnen läßt

Wenn es je Feen in diesem Land gegeben denkt die Gräfin dann
sahen sie so aus ...

Und fast besinnungslos weiß nicht warum hat die kleine Gräfin
zu sprechen begonnen in ihrer Verzweiflung hält sich nicht zurück
wie es sonst einem Weibe ziemt
denn in Gegenwart dieser fremden Frau steigt ihr Mut ... redet redet
sie ... sieht zu ... wie der Bader dem Kinde seinen giftigen Brei
auf die Lippen streicht Da nimmt ihm Fremde das Kind wischt den
Brei weg sagt zum Bader: „Setzen Sie sich!"

Krank vor Ärger fast geht der Bader zur Seit Vor dieser Fremden
wagt er nicht ... sich zu wehren ... aufzuplustern

Doch wart nur ... denkt er ... meine Zeit kommt auch

Und während er warten muß zusieht was die Fremde unternimmt
hat er Zeit sich im Raume umzusehn er könnte nicht karger
eingerichtet sein: vor riesigem Kamin eine gepolsterte Bank
von solcher Art wie der Bader noch nie gesehen ... Ungetüm
mit grünleuchtendem Seidenstoff bezogen steht auf so zierlichen
Füßen daß er nicht begreift wie Last der Bank so verteilt werden
kann daß vier Beine das Ungetüm halten ... können ...

Zu Rückseiten ein Tisch der die Länge der Bank genau mißt
darauf seltene Trinkgefäße von geschwungener Form

Sonst sieht er nur noch einen Schrank mit sorgfältig geschnitzter
Vorderfront auf kalten Fliesen dichtgewebter Teppich
grünleuchtend wie die Bank ...

Der Bader ist nun nicht nur fast krank weil ihn die Fremde so
überlegen beseite geschoben sondern auch vor Neid:

Dieser Reichtum! Diese Perfektion! Diese Pracht!

Indessen hat die Fremde sich das Gesicht des Kindes genau
angesehn Bestürzung spiegelt sich sekundenkurz
auf ihrem schönen Gesicht fragt sie die Gräfin in Redeschwall
hinein: „Ists ein Mädchen? Auf Fleurac geboren?"

„Ja Mein letztes sechstes Kind Alle andere sind tot"

Die Fremde entkleidet das Kind tastets sanft ab fragt weiter:

„Bader wie hat er den Brei zubereitet? Mit welcher Arznei?"

Der Bader steht verstockt antwortet nicht Was könnt er denn
sagen!? Hab Pulver von Eisen Kiesel Kalk gerührt mit einer Prise
Hundekot ... Da schweigt er lieber ...

Die Fremde ertastet mit geschlossenen Augen Körper des Kindes
befiehlt dann: „Gräfin ich bitt Euch mit Bader und Amme
den Raum zu verlassen denn was ich nun tu geht niemand was an"

Die Gräfin hat zu der Fremden Vertrauen weiß nicht warum ...
es ist ihr als wisse sie ... das Kind wird nun gesund ...

180

Sie gehn Der Bader voll heimlicher Wut denn er hat hier
keine Macht Wie ein Tölpel darf er zur Seite stehn dennoch wagt er
nicht sich zu mokiern

Sie warten draußen im kalten dunklen Flur wollen nicht in anderen
Raum in den ein Lakai sie führen will nein ... wollen warten im
kalten Flur ... Zeit vergeht ... der Bader wird ungeduldig doch die
Gräfin Herrin des Hauses
legt immer wieder beschwörend ihren Finger auf den Mund

Unendlich zieht sich die Zeit sie beginnen zu zittern und frieren
Zähne schlagen aufeinander ... da plötzlich!

Sie hörens: das Kind schreit Atem scheint zu fließen
der Bader öffnet ungeniert die Tür hält seinen Neid zurück
Die Mutter ganz außer sich stürzt hin zum Kind

Was hat sie getan die Fremde? Wars Zauberei? Ist sie eine Hexe?

Sie trägt das Kind hin und her spricht zur Gräfin: „Es ist vorerst
gerettet doch die Gefahr nicht gebannt Laßt nun die Amme rufen
und sorgt dafür: daß ich heißes Wasser bekomm einen Trog und
dann ... viel Salz"

Wendet der Bader ein: „Salz ist viel zu teuer für ein Bad!
Das ist verplempertes Geld! Wozu? Warum?"

Spricht die Gräfin empört und erstaunt ob des Baders
herrisch–primitiver Unverfrorenheit:

„Was gehts Euch an Bader was hier teuer ist oder nicht!"
sich zur Fremden wendend: „Alles wird sofort bestellt"

Im Bader wächst weiter Zorn weil er hier nicht zum Zuge kommt
hat einfach keine Chance wendet sich brüsk um verläßt die Frauen
obwohl er insgeheim gnadenlos neugierig ist
geht zurück in den Festsaal macht dem Abt ein Zeichen ...

Als der Bader gegangen die Amme erschienen Mägde einen Trog
und heißes Wasser gebracht und einen ganzen Sack voller Salz
da spricht die Fremde zu den Frauen: „Hab gute Gründe die ich
nicht erklären darf zu dieser Zeit ... Gründe dafür daß Ihr Euch ...
diesen Bader fernhalten sollt Auch den Abt Beide sind Gefahr"

Die Gräfin blickt erstaunt ja fassungslos ... doch immerhin hat sie ...
nach fünf toten Kindern ... Grund genug ... sich ... einzulassen

Unterdessen flüstert der Bader dem Abt die ganze Geschicht
Mit unbeweglichem Gesicht hört dieser zu doch Fassade ists ...
Er kocht vor Wut innerlich
Nun da wird er dem Comte Meyrac den Strick drehn das ist klar ...
denn hier ... ist ein Fall ... von Hexerei ... doch vorerst will er sich
keine Blöße geben vorsichtig wird er Häscher aussenden ...
oder ... vielleicht läßt sich der Comte erpressen

Zunächst sei versucht in das Zimmer der Wöchnerin zu gelangen
um einen Blick auf die Fremde zu erhaschen
eilt mit wehender Kutte geführt vom Bader
die kalten dunklen Gänge entlang steht bald vor schwerer Tür
klopft drückt auf die Klinke doch die Tür ist verschlossen
klopft ununterbrochen
hört fragende Stimme der kleinen Gräfin die er nicht leiden kann ...
fordert Einlaß
Doch sie ... wart nur ... werd mich rächen! ... verweigerts ihm
Er kanns nicht fassen!
Nicht weniger denn im Bader tobts in ihm ... vor Haß und Wut
Er der Abt mächtigster Mann in der Region der in jedes
Weibergemach Zutritt sich verschafft Kraft seines Amts
er er er ... wird abgewiesen ... er er er ... steht dumm da!

Stürmt aus dem Schloß ... der Bader kann ihm kaum folgen ...
Nebel ziehn die Kutsche wird herbefohlen und sie fahren davon ...
Kein Wort spricht der Abt

Als der Bader wieder sein schmales Haus in Montignac betritt
die simplen Möbel sieht weiß er
hier ist alles so erbärmlich bäuerlich plump gegenüber dem was er
auf Fleurac gesehn ... wie ist es möglich denkt er ...
mit so wenig Möbeln in einem Raum so viel Pracht zu entfalten
denn das ist die Erinnerung die er mitgenommen ...

Und die Fremde ... sie wirkte wie von einem anderen Stern
viel zu groß ... viel zu üppig ... ekelhaft! Da fällt ihm ein ...
hat er nicht neulich in der Bibliothek des Klosters
über der Vézère ein Buch betrachtet mit schön colorierten Seiten?
War auf einer dieser Seiten nicht eine Frauengestalt

gemalt ... mit fast durchsichtigem Kleid ...
schamlos tiefem Dekollete Schal um Hüften gewunden
genau dort geknotet ... wo ... er darf gar nicht weiterdenken!
Das Kleid wallend ... gelb ... Rosen im Haar ...
Was stand darunter geschrieben? Fee des Perigord ...

Ja ja ... jetzt erinnert er sich genau ...
hatte sich in einer Mischung aus Abscheu und Verlangen
von dem Bild nicht losreißen können bis der Abt ...
Herr über die Bibliothek ... Herr über das Kloster
hinter ihm stand ... zwischen den Zähnen zischte:

„Wo habt Ihr das Buch gefunden? In der dritten Reihe ganz oben?
Hinter das Sortiment gesteckt? Oh verworfenes Heidenpack!
Erdreisten sich diese Hexengeschichten gar auf kostbarem Papier
festzuhalten ... wußte nicht ... daß ein solches Buch existiert ...
und dazu noch bei mir!"

„Was redet Ihr da?" hatte der Bader ganz erstaunt gefragt
„Ich versteh kein Wort!"

„Sollt Ihr auch nicht" hatte der Abt gegrollt
„Denn dieses Heidengespinst soll verschwinden aus den Köpfen
der Menschen"

„Ich versteh immer noch nicht" hatte der Bader weiter gefragt
der Abt hingegen vor sich hingegrollt:

„Kann mir schon denken wer dieses Buch in mein Kloster
geschmuggelt bei Gott zu dem ich bete Du mußt diesen Sünder
strafen bezahlen muß er mit seinem Leben
ein solches Schundwerk zwischen heiligen Texten
schmälert nicht nur die Macht der Kirche sondern auch meine ...
Und das leid ich nicht! Nein! Nie!"

Noch eine ganze Weile wars so gegangen daß der Abt grollend
hin und her gegangen ... der Bader ganz erstaunt über die Heftigkeit
seines Gönners ... doch dann mußte er gehn ...
Das Bild aus dem Buche ist plötzlich lebendig in ihm jene Fremde
auf Fleurac sah dem Bilde ähnlich denkt der Bader

Was für eine Mär muß es wohl sein um dieses Frauenbild
daß der Abt so in Zorn geraten kann ...
Und er grübelt in die Christnacht hinein grübelt in seiner Baderstub

während über ihm bei kaltem Kamin sein Weib hungrig sich ins
Bett gelegt ... wortlos sich aus Jammer ziehend ... in schönen Traum

Und er grübelt in seiner Baderstub wie die Fremde wohl
das sterbende Kind gerettet haben mag
Es schmerzt: seine Ohnmacht ... es werden Zorn und Wut auch
wieder lebendig und überhaupt
diese königliche Würde und Hoheit der Fremden solche Macht
bei Weibern ... mag er nicht ... wo kommt die Fremde her ...
wo geht sie hin? Nun der Abt wirds finden ... Er seufzt

Sie hätt ihm nicht so sehr überlegen sein dürfen schließlich wird er
vom Abte protegiert! Schließlich ist er der Bader von Montignac
Gäb es etwa jemanden der nur hin und wieder als Mensch erscheint
aber kein Menschenleben führt? Er gähnt
Ach schön wärs in einem Schlosse zu wohnen abends zu sitzen
vor großem Kamin
einen aus Stein gehauenen Brunnen ganz für sich allein
herrliche Sicht über Tal und Berg ...

Er wird müd ... und weil er so voller Haß und Neid ... weil er nicht
schlafen kann geht er die schmale Stiege hoch ... doch dann ...
wieder hinunter ... denn ... er mag heut sein Weib nicht sehn
dieses nichtige kleine erbärmliche verängstigte Ding
und irgendwie hat er plötzlich ein schlechtes Gewissen
wegen des Sohnes
der auf dem Kirchhof liegt ... nicht einmal ein Grabstein ... steht
Die Augen fallen ihm zu Aufregung heut war zu groß ...
merkwürdig ... wie er in den Schlaf hineingleitet ...
hat er plötzlich das Gefühl ... daß er ein andrer ist ... immer noch
Bader ... doch ... einer in andrer Zeit
Herrgott! Was trägt er nur für ein schauerliches Kleid!

Weiße Kniestrümpfe ... Bundhosen aus gelber Seide nicht zu fassen
daß es so etwas gibt! Trägt dazu weißes Hemd mit Spitzenbesatz ...
schwarzen Wams ... kann nicht einmal im Traume sein ... solches
Kleid ... oder hat die Fremde auf Schloß Fleurac ... heut irgendwas
in ihm ... tief in seinem Unbewußten ... in Gang gesetzt?

Da sitzt er nun auf einem Stuhle vor prächtigem Kamin
blickt eine junge Frau an ... weißgepudert ihr Gesicht
auf ihrem Kopfe türmt sich schneeweißes Haar
Gesicht fein gezeichnet ... zu spitz etwas die Nas ...

Aus grauen Augen sieht sie ihn an verführerisch frech unverschämt
trägt ein Kleid mit tiefem Ausschnitt unzüchtig
schneeweiß gepuderter Busen wogt über einem Kleid steif und weit
daß er sich kaum vorstellen kann
wie sie damit durch seine Haustüre kam ...
Geht auf und ab Kleid leuchtet wie schönster Lapislazulistein
aus einem Material das er nicht kennt Geht auf und ab
schwenkt ein Armband in rechter Hand

Warum wird ihm so angst und bang?
Warum fühlt er sich plötzlich krank? Plagt ihn schlechtes
Gewissen? Er weiß ... hat Schreckliches angestellt ... doch kann
sich nicht erinnern ... speiübel wird ihm ... er ahnt ...
hat mit seiner Baderkunst wieder jemanden umgebracht doch ...
diesmal keinen braven Bürger von Montignac sondern ...wen nur?
Warum wird ihm so angst und bang?
Warum fühlt er sich plötzlich krank? Er ahnt daß ihn dieses
kapriziöse Geschöpf
im lapislazuliblauen Kleid für einen gemeinen Mord gekauft ...
Mord an ... ja ... an wem?

Die Schöne flaniert auf und ab vor dem Kamin verlockend erotisch
spielt mit dem Armband in ihrer Hand Da hört er sich sprechen:

„Nun gebt mir was Ihr versprochen!" Sie lächelt perfid
betörend ihr Blick
„Wie dieses Palais das Geld ... reichen Euch nicht?"

„Habt mir andres versprochen Nur deswegen hab ich Schwur
gebrochen!" hört sich der Bader wieder sprechen
sitzt als sei er schon erstickt weiß plötzlich ... er hat sie bewundert
begehrt wie nie ein Weib ... ja daran erinnert er sich
hat ihr zu Füßen gelegen um ihre Gunst gebettelt
und sie war klug genug ihn hinzuhalten sein Begehren zu schüren
bis er – wie von Sinnen – ihr alles versprochen

Er sitzt da wie tot kann will sich nicht rühren lieber sterben denn
auf sie verzichten ... die Schöne reizt ihn mehr ...
als er bisher zu denken gewagt ... doch ... er hat zu teuer bezahlt
Wußte nicht daß Schuldgefühl über ihn herfällt wie ein Tier
Hätt ers gewußt hätt er jener ja wer? nie den Pokal mit Gift gereicht
Gift das er gebraut das niemand im Körper nachweisen kann
Ach hätt er sich nur nicht auf diese Schöne hier eingelassen

die ihn verführt schamlos kokettiert um sich mit Mord
Pfründe zu sichern ... ja er hatte nach Reichtum gegiert
doch viel mehr nach ihr die nun vor ihm steht
niemand weiß woher sie gekommen
blaugekleidete Schöne aus dem Süden
niemand weiß was sie sonst noch ausgefressen
doch ihre Rechnung ist aufgegangen

Er könnt schwören daß sie noch mehr Böses im Schilde führt
Doch keinen zweiten Mord! Er wird sich verweigern!
Nie das Gesicht der Sterbenden vergessen ... wie sie ihn angesehn
erkennend er ist ein Mörder ... plötzlich alles wissend ...

Jetzt will er nur noch Rechnung begleichen die Schöne vor ihm hats
versprochen: will ihren schönen weißen Körper
den er seit Jahren anbetet begehrt
nach dem er sich Nacht für Nacht verzehrt ...
nur für diesen Tag diese Stunde nur für diese Nacht
hat er den Mord begangen
Und plötzlich wieder ... das Bild der Sterbenden vor Augen
wie sie mit entsetztem Blicke niedersinkt gerade ihm hatte sie
vertraut ... nie wird ers vergessen ... nie wird er sichs verzeihn
Doch nie war in ihm auch so stark Verlangen nach der Schönen
Körperfieber ... er möcht sich ihr zu Füßen werfen verzehren
vor Leidenschaft möcht sie entkleiden stöhnend sein Gesicht
in ihren Schoß wühlen ... Sie lächelt perfid
Er fühlt plötzlich sie ist abgrundtief böse grausam gemein raffiniert
clever mit allen Wassern gewaschen und schon spricht sie:

„Mein Guter! Hab mich abgesichert Keine Schuld wird auf mich
fallen Niemand wird mir auch nur das geringste nachweisen können
Aber Ihr mein Freund Ihr seid in der Falle!
Also gebt Euch mit dem Palais und dem Geld zufrieden
das ich Euch habe zukommen lassen ...
Niemand wird beweisen können daß ich meine Hände im Spiel
Was glaubt Ihr ... es sei mir plaisir ...
Schäferstunde mit einem Mörder ... solchen Kalibers wie ihr?
Nein nein Freund diesen Zahn muß ich Euch ziehn ..."

Und wie er aufspringt sie empört an sich reißen will
da sieht sie ihn hart an und er spürt er hat keine Chance ...
er schlägt die Augen nieder während sie zur Tür geht sie öffnet
sich mit ihrem gewaltigen Reifrock hindurchzwängt ...

die blauseidenen Schuhe werden naß im Gras durch das sie läuft
hin zum Kutscherhaus weiß den halbwüchsigen Knaben dort
Stiefelknecht des Baders jung zart wunderschön
er schläft unter der Treppe auf Stroh ... so einer ist der Bader ...
so ... geht er mit seinen Untergeben um ...

Sie flüstert : „Psst" in den Raum hinein ihr Kleid leuchtet
Da wird der Knabe wach nicht älter ist er als 17 Jahr ...
schrickt hoch reißt erstaunt die Augen auf
als er die schöne Frau stehen sieht
legt sie ihren Zeigefinger beschwörend auf den Mund
winkt ihn zu sich her
verschlafen wischt er sich Stroh aus Gesicht und Haar
steht auf verneigt sich schüchtern da winkt sie ihn drängend hinaus
Er kommt ... sie zieht ihn zu sich heraus ... schließt leis die Tür ...
zieht ihn ohne ein Wort zu sagen übers nasse Gras

Der Knabe riecht ihren feinen Körperduft Vanille und Lilien ...
denkt er ... und ... ihr Kleid ist von feinstem Stoffe und ...
welch ein Busen! Üppig ... schneeweiß ...

Da steht er mit ihr schon vor dem Bader der sitzt gebeugt ...
Hände ins Haar gewühlt
stumpf vor Schrecken stumpf vor Trauer Verzweiflung
um seine Schuld ...
So hat der Knabe den Bader noch nie gesehn
denn der Bader ist ein übler Herr Überhaupt was soll er hier?
Was will die feine Dame von ihm?
Der Bader blickt aus zerfurchtem Gesicht hoch denkt voller Angst:
hab ich meinen Sohn denn nicht schon zu Grabe getragen?
Wieso steht er leibhaftig vor mir ... fast erwachsen?
In seinem Jammer weiß er nicht mehr was tun weiß ...
sie war und wird es immer sein: Feindin Gegenpol ...
hats nur nicht bemerkt ... Rache eines Weibes?
Das schlimmste ist: Traum und Wirklichkeit binden sich ...
die Schöne die er so heiß begehrt daß er nicht einmal vor Mord
zurückgeschreckt ... sie könnte die größere schönere Schwester

seines Weibes in Montignac sein
dieses erbärmlichen winzigen Weibes

das nicht wagt den Mund aufzutun wenn er den Raum betritt
sein Stubentier seine Sklavin ... die er schändet entehrt und quält
Mit Lust Das sei hier gesagt

Kaum zu ertragen Er weiß nicht was er denken soll Sitzt einfach da
Stumm Sieht wie sie eine Stuhl näher ans Feuer schiebt
sich niedersetzt
dem Knaben bedeutet ihr den Krug mit Wein der auf dem Tische
steht ... zu bringen ein Glas dazu ... er tuts
gißt ihr ein und sie hält das Glas an des Knaben Mund
Er trinkt wagt nicht sich zu wehren
dann gebietet sie ihm ihren steifen Rock aufzuknüpfen er tuts
zart bang voller Angst und doch Wollust
Wein pulsiert in seinen Adern
sieht ihren schönen weißen Körper leuchten ...

Nun versteht der Bader springt vom Stuhle hoch
will Einhalt gebieten doch sie sagt spöttisch:

„ Du bist in meiner Hand mein Guter und wenn Du nicht parierst
werd ich dafür sorgen daß Du gebrandmarkt bist ... für alle Zeit"

Dabei ist solche Kälte und Grausamkeit in ihren Augen ihrer Stimm
daß der Bader schweigt Und der Knabe? Sieht nur eines:
den schönsten weiblichen Körper leuchten ...
Bader will aufstehn die Treppe hochgehn da herrscht sie ihn an:

„Bleib er sitzen! Versäum er nicht die Vorstellung! Ist nur für ihn!"

Und der Knabe? Er hat begriffen: wird und muß mitspielen im
geil–perversen Stück doch seine maßlose Unterdrückung
sein armseliges Leben sein heimlicher Haß auf den Mann
der ihn demütigt ... jeden Tag ... machen ihm leicht seinen Part
außerdem ist diese Frau so schön daß ers gern viel zu gern tut
was er tun muß ...
Und der Bader? Muß bleiben sonst ist er morgen ein toter Mann ...
setzt sich wieder vor den Kamin ... wo die Schöne nun schamlos
die Beine spreizt den Knaben ermuntert sich zu entkleiden er tuts
wenn auch glühend vor Verlegenheit
Erregung und Lust beginnen in ihm zu knistern wie Feuer
all dies reizt
und wie sie so sitzt den Knaben auffordert dies und das zu bewegen
etwas das er noch nie getan nicht wagt vor dem Bader
doch sie ihn fortwährend ermuntert
und ... als dann seine Hemmung schwindet sie zu Boden sinken ...
da weiß sie ... es ist Genuß Triumph denn der Knabe ist unberührt
wird seine ganze wilde junge Kraft in sie ergießen

und der Bader ... mit geschlossenem Aug vor dem Kamine brütend
muß ihrer beider Stöhnen hören

Irgendwann befiehlt sie dem Knaben zu gehn ... er kleidet sich
rasch an ... stiehlt sich hinaus leis ganz leis mit ihrer Versicherung:
er werde ab sofort in ihrem Haus ... bessere Stellung einnehmen ...
können ... wart er nur vor der Tür auf sie ...
brauch er keinerlei Angst zu haben ... versichert sie.

Der Knabe weiß nicht was er denken und fühlen Wars gut?
Wars schlecht? Wars erlaubt? Wars verboten?
Warum saß der Bader so stumm? Wird er sich rächen?
Wird die Dame ihr Wort halten?
Oder hat sie ihn nur zum Narren gemacht?

Und er kriecht zurück in sein Stroh riecht noch ihren Duft
fühlt seidenes Kleid
ihre kühle weiße Haut ihr Geschlecht ... hört ihren Laut ...

Der Bader wird wach Stöhnt Hält sich den Kopf Himmelherrgott!
Welchen Alp hat er da geträumt!

Er steht auf Ruft herrisch sein Weib damit es ihm zu Diensten sei
Gottseidank erscheint da ... auf seinen Laut ... sofort ...
verhärmtes angstvolles Weib ...Gottseidank ..nicht die Schöne...
Er schiebt nun den Traum beiseit So weit käms noch
daß in seines Lebens Lauf solcher Traum Wirklichkeit würd:
ein ihm überlegenes Weib das ihn perfide quält? Nein niemals!
Wenn jemand quält wenn jemand Herrschaft an sich reißt
dann ists er nur er .... nie sein Weib"

Es ist kalt heut ... doch der Himmel strahlt blau ... die Bäume ...
blätterlos ... scheinen genauso zu frieren wie die kleine Comtesse ...
vor dem Schloßtor steht sie ... geht dann ein paar Schritte
in den Park ... frische Luft ist nötig ... denn die Nacht war lang

Solche Nacht hat sie noch nie erlebt Staunen Bewunderung Liebe
Kraft Frieden pulsieren in ihr
zugegeben wär sie nicht in einer solchen Notlage gewesen
hätt sie nicht schon all ihre Kinder an den Tod verloren ...
hätt sich nicht auf das Abenteuer mit fremder Frau eingelassen
Man stelle sich vor ...

Die Fremde hatte geboten niemanden in den Raum zu lassen ...
bis auf die Amme ... und einen einzigen Lakai ... der den drei
Frauen ein Festessen vor dem Kamin serviert ...
Genau nach Anweisung der Fremden ... hatt er drunten ...
eine Speisenfolge zusammenstellen müssen ... und eins zwei drei
waren mit leuchtend grüner Seide bezogene Stühle
und ein Tisch vor dem Kamin gruppiert auf schneeweißem Tuche
standen Schüsseln und Pokale
es dampfte und duftete nach feinsten Speisen
Eiern Pilzen Nüssen Kräutern und Soßen ...

Während die Amme staunend zusah wie der Tisch gedeckt
schön wie ein Gemälde ... Stilleben ... nie gesehn
vom Duft der Speisen und Getränke wie betäubt
wie sie sich umsah in diesem Raum
von großzüger Strenge doch seltener Pracht
und dann ... plötzlich ... dieser seltsam wogende Friede
die Fremde auf dem gepolsterten Canapé das Kind in ihren Armen
schlafend ... friedlich ruhend ... welch ein schönes Bild ...
diese fremde Frau mit dem Kind ...

Die Gräfin ... anfangs noch nervös und hektisch ... sich versichernd
daß die Tür verriegelt ... voller Angst ... sich immer wieder
räuspernd ... war langsam ruhiger geworden grübelte darüber hin
warum der Abt und Bader für sie ... eine Gefahr sei sollten ... so
hatte ja die Fremde gesprochen ... wer war sie?
Warum hatte die Gräfin sie nie zuvor gesehn? Doch dann ...
nach dem Essen ... war sie in eine Hochstimmung geraten
Wußte nicht warum ... diese heimelige Geborgenheit ...
hatt sie das letzte Mal erlebt
als sie ein Kind ... auf der Mutter Schoß ... im schönen Schloß
ihrer Heimat ... und wie die Stunden gingen ... alle schwiegen ...
und es klar war ... das Kind schläft friedlich Atem geht sagte sie:

„Ach diese Nacht ... erinnert mich an meine Kindheit
Sie war selten schön Geborgenheit und Frieden fühl ich heute noch
Im Winter wenn es kalt saß unsere Mutter
bei uns Kindern und den Ammen ... sie nahm sich die Zeit ...
saß unsere Mutter ... erzählte Geschichten ...
Ihr edle Fremde könntet ihr gleichtun denn ich möcht Euch nicht
mit neugierigen Fragen zu nahe treten
möcht nicht die heilsame Atmosphäre störn
die für mein einziges letztes Kind sicherlich notwendig ist sein wird
die ganze Nacht

190

Also bitt ich Euch um nichts sonst denn um eine Geschicht"

Da lächelte die Fremde und das Kind lag in ihrem Arm so friedlich
und manchmal lächelte es im Traum und die Mutter war
nicht einmal eifersüchtig wußte ... heilende Kraft
geht von der Fremden aus ... ja wagte nicht einmal ihr eigenes Kind
zu berührn ... aus Angst daß es zu schreien begänn dann wieder
nicht mehr atmen könnt

Und die Fremde hob zu sprechen an:

„Es besteht eine Spannung zwischen Eurem Kind und dem Schloß
Am besten wärs ... Ihr könntet Euch entschließen mit dem Kinde
in den Norden zu gehen Hier ist es gefährdet ... auf tausenderlei Art
Hier ist für das Kind ein schicksalhafter Platz
Geb Euch später ein schützendes Amulett ist aus purem Gold zeigt
achteckigen Stern hüte es gut laßt es immer am Körper des Kindes
ruhn Diesmal hab ich das Kind gerettet
doch werd es nicht ein zweites Mal dürfen
Also hütet es in besonderem Maße denn es ist in größter Gefahr
fragt nicht ... warum ... kann und werd es nicht verraten doch merkt
Euch wohl was ich nun sage:

Dieses Kind ist von besonderer Menschenart
Edleres gibt es nicht auf Erden
Ihr dürft es nicht aufwachsen lassen wie andere Mädchen
in diesem Land Gebt ihm alle Freiheit der Bewegung
hemmt nicht kleine Glieder durch Einschlagen in festes Tuch
immer viel frische Luft ... laßt es reiten und springen ...
steckt es nicht in enge Kleider
laßt es nicht in dunklen Kammern sitzen ...
laßt es sprechen ... unterdrückt nicht seinen Willen ... ich weiß ...
diese Erziehung ist gegen den Geist der Zeit doch dieses Kind auch

Und die Gräfin denkt ... Zeit ... in der ich leb ... ja sie ist eigentlich
verrückt beschränkt begrenzt
als hätt man den Menschen schwarze Binden vor die Augen
gezwungen mit einer Fliegenklatsche ihr Hirn flachgeschwungen
Könnt mein Kind vielleicht ... eine kleine Fee sein ... wie es sie gab
in der alten Zeit? Ist das auch der Grund warum plötzlich
diese fremde Riesin hier erscheint? Sinds gar keine Hirngespinst?
Die Geschichten von Zauberern und Feen?
Hat man uns das nur einreden wollen? Irgendwie hab ich den
Eindruck ... als gäb es diese andere reichere Welt ...

doch sei sie nicht erlaubt ... Wer aber hat solche Macht ...
sie zu verbieten?
Himmelherrgott ... diese Gedanken machen mir Angst

Hier stehn Traum und Wunsch gegen die Wirklichkeit
Das ist bester Stoff ... die klassische Art ... um verrückt zu werden
weil sich klaffende Klüfte nicht überwinden lassen!

Die Fremde lächelt
als könne sie die Gedanken der Comtesse lesen spricht:

„Und noch einmal ... hütet Euch vor dem Abt!
Solltet Ihr einen Bader benötigen sucht ihn nicht in Montignac
Erzähl Euch nun eine Geschicht ... sie handelt von einem anderen
Bader ... genau so einen müßt Ihr suchen ...

Marguerite hört die Legende von den Trüffeln

Die Legende von den Trüffeln

Nun da Ihr zuhört wehn sie herüber jene Zeiten
in denen es kaum noch Feen und Zauberer im Perigord mehr gab
Diener der Dunkelheit Heerschar ihrer Gehilfen
triumphierten im einst heiligen Land
Menschen begannen zu leiden begriffen nicht mehr
Zusammenhang zwischen Mißgunst Krankheit Haß und Schmerz

Armut Qual jener die unterworfen abhängig geworden wuchs
liefen zu Badern Alchimisten
denen sie Gut und Geld zur Verfügung stellten
nur damit man sie von ihren Leiden erlöse ... nur damit man ihnen
helfe ...

liefen zu Badern Alchimisten
denn letzte weise Frauen die noch Wissen der Feen in sich trugen
wurden gerade vernichtet verbrannt zum Schweigen verdammt

jene Zeit wars die herüberweht

Armut Qual war oft so groß daß der ein oder andre
in geheimer Stund Fee des Perigord rief ... Tochter der Moiren
sie inständig bat fernes Reich zu verlassen
wieder im Perigord Reichtum Liebe Glück zu schaffen

Immer hatte die Fee Erbarmen doch war verflucht
vom Zauberer der Nacht gefangen floh sie immer floh sie floh
viel zu oft war er ihr auf den Fersen
wenn sies geschafft hatte sich davonzustehlen zu verbergen
oft fand er sie doch manchmal auch nicht ... davon erzähle ich

Gabs in jener höllischen Zeit in der man gerade vergaß
daß Moiren alle Götter überragen
gabs einen Bader im Dorfe Bramefond
er gehörte zu jenen Geschöpfen
die noch Blut der Druiden in sich fühlten

Seele unberührt von Neid und Haß stand er oft
hilflos vor Kranken Epidemien Seuchen
die nun im Perigord grassierten ja wie dumpfer Moder lagen
hilflos ja denn neue Medizin war keine Hilfe
bekämpfte hier und dort Symptome
Doch Heilung wie es sie einst gegeben Heilung war dahin

194

Rannten Kranke zu Alchimisten Badern Wunderheilern
ließen sich Pillen drehen glaubten wenn diese ihnen erzählten
man müsse nicht Seele Geist Gefühl kurieren
nur kranke Füße dicke Vene blutend Geschwüre
oder glaubten nur dummes Geschwätz ...

Auch jener Bader von dem hier die Rede
kannte nicht mehr Weisheiten heidnischer Götter
drehte Pillen rührte im brodelnden Sud
doch er sah: seine Kunst half nicht viel

Saß er einst – es war das Schlimmste – selbst an einer Seuche
erkrankt
in Bramefond vor seinem Kamine wußte daß er bald sterben müsse
Kopf auf dem Tische
grad vom Pastor in Fossemagne gekommen der auch dahinsiechte
dem auch niemand helfen konnte saß in größter verzweifelter Not
niemand kann ermessen wie sehr er litt
dachte: ach gäbs doch wie in grauer Vorvätern Zeit
Fee des Perigord und den Zauberer von St Cirque!

Sie wüßten was ich falsch mach warum ich
ein so schlechter Bader bin der nicht einmal sich selbst helfen kann
ja so ists
Kaum hatt ers gedacht klopfts leis an seine Tür
Regen prasselte nieder wie so oft im Perigord
wankte mehr denn er ging durch den Raum öffnete Tür

Stand vor ihm fremdes uraltes Weib
häßlich zerfurcht fast zahnlos stammelte sie:

„Habt Ihr ein trockenes Plätzchen für mich?
Kanten Brot? Einen Schluck Wein? Es friert Hab mich verirrt"

Der Bader von Bramefond trug in sich noch Liebe Mitgefühl
dachte: alle müssen wir uns gegenseitig helfen
die Starken den Schwachen und umgekehrt jeder auf seine Art
denn alles Leben fließt
mal ist man schwach mal ist man stark jeder von uns
ach Stärke und Schwäche sind so relativ
und – weil ich ohnehin bald sterben muß geb ich der Alten
meinen letzten Kanten Brot
Winkt er Weib in seine schöne Stub hin zu prächtigem Kamin

deutete ihr sich ans Feuer zu setzen
dacht: während sie sich niederläßt hab ich Zeit
in der Glut zu stochern tats richtete sich wieder hoch
doch wie staunte er vor ihm stand nicht mehr die Alte sondern
eine Fee goldener Schimmer umhüllte sie

Nie hatt er schöneres Weib gesehn

Kleid – von hellem Weiß fließender Stoff durchsichtig fast
machte sie aus ihrer Schönheit keinen Hehl absolut nicht
das Gegenteil war der Fall!

Rosen umrundeten tiefes Dekolleté Rosen trug sie im Haar

lächelte ihn an
Bader setzte sich nieder berauscht von ihrer Schönheit
wußte nicht wohin er zuerst blicken sollte durfte ...
zu ihrem Körper? in ihr Gesicht?
Sie verwehrte ihm diese Neugier nicht lächelte da flüsterte er:

„Nicht wahr? Ihr seid die Fee des Perigord!"

Sie nickte hob ihren Zauberstab ach er bewunderte
Grazie ihrer Bewegung Rundung ihrer Arme Brüste Schenkel
wollt ihr zu Füßen sinken
Weiblichkeit huldigen Schönheit anbeten ach sie war zu schön
doch sie bedeutete ihm sich still zu verhalten ihm zuzuhören
sprach:

„Lieber Ihr hattet Erbarmen mit altem schwachen Weib
deshalb will ich Euch meine Weisheit künden
wißt: nicht irgendein Pülverchen müßt Ihr stampfen
um Krankheit zu kurieren nicht hirnlos herumexperimentieren
sondern lernen in die Seelen Eurer Kranken zu sehn erkennen:
warum hapert es? Und: ists ihre Pflicht in diesem Leben zu leiden
damit sich Nervensystem verfeinere Oder: dürfen sie weitergehn?
weiter auf dem Weg in himmlisches Glück?
Hier ist Deine Arbeit hier hast Du Bestimmung ihrer Seele
zu finden
Sind sie hartherzig hochmütig müssen deshalb leiden?
Oder schon am Ende ihres Wegs? Opfer von Hartherzigkeit?
Müssen sie lernen sich aus Tyrannei zu befrein?
Hier ist Deine Arbeit Hier bist Du gefragt
Dann erst bist Du berufen himmlische Kräfte anzurufen

Wichtig ist: es sind hohe Geister der Schöpfung zu rufen
nicht die niedern nicht Scharlatane Betrüger

Am besten Mutter Natur oder die Himmelskönigin
oder Feen Druiden
Und – wenn Du recht zu bitten weißt werden sie antworten
schneller als Du denkst
Werden Dir eingeben Wissen um rechtes Pulver rechtes Kraut
rechten Stein rechte Pille rechte Arznei
oder nur die Anleitung zu neuer Denk– und Verhaltensweis
Vielleicht wirst Du neue Erfindung machen
neue Gedanken Ideen haben oder sie werden Dich zu bestimmten
Pflanzen Orten ihren Seelen Geistern senden
Auch ich arbeite so seh in Eure Seele hinein kann lesen:
Ihr seid auf dem Weg ins irdischhimmlische Paradeis
dürft so manches Geheimnis der Natur entziffern
sieh auch ich hab meine Herrin hoch droben tief unten gefragt:

„Welches Geschöpf dieser Erde ist in der Lag dem Bader von
Bramefond das Leben zu retten?"

Sprach sie meine Herrin himmlischirdische zugleich:

„Schwarzer Pilz ists hat sich bereit erklärt den Bader und alle
die an der Seuche ‚Ohnmacht' leiden zu retten ... nenn ihn Trüffel
zaubere ihn in des Baders Garten
wird dort unter seinen Bäumen wachsen
Doch nicht nur der Trüffel ists der ihn heilen wird sondern auch
sein wiedergefundner Glaube an Dich:
prachtvolle glanzvolle machtvolle magische Weiblichkeit"

Fee hob Zauberstab den sie in der Hand hoch und höher ließ ihn auf
einen Teller sinken der auf des Baders Tische stand
schwarzer faserig–löchriger Pilz lag nun da

„Eßt ihn trinkt dazu wenig Wein jeden Tag Sobald Ihr Nachschub
braucht findet Ihr ihn in Eurem Garten eßt davon solang
bis Ihr gesund dann beginnt alle die an der Seuche ‚Ohnmacht'
leiden ... alle dann zu heilen"

Bader wollt antworten konnt sich nicht satt sehen
an ihrer Schönheit doch sie lächelte nur wieder sprach:

„Unsere Zeit ist vorbei Schon verfolgt mich mein Zauberer

der Nacht Hör schon sein Brausen Oh ich fühls heut muß ich
wieder mit ihm kämpfen so ists mir verheißen denn er will mir
meine Zauberkraft entreißen"

Sie war fort

Doch in der Stub zurück blieb ein Duft den der Bader
Zeit seines Lebens nicht mehr vergißt:
von Schönheit und Rosen lieblicher Anmut Grazie
weiblicher Macht und Stärke
die so anders ist denn männliche Kraft und Härte

Aß er Trüffel trank Wein legte sich nieder träumte von ihrem fast
durchsichtigen Kleide ihrem atemberaubend schönen Körper
so manche Nacht ach so manche Nacht träumte von ihr
mehr denn er schlief und sieh:
nicht sieben Wochen dauerte es ... war der Bader genesen
stand jung und frisch ... jünger denn je
stand in seinem Garten sortierte Trüffel um sie dem kranken Pastor
zu bringen

Das Wunder sprach sich herum

Nicht jenes daß dem Bader die Fee erschienen hätt ihn sein Leben
gekostet er schwieg darüber
Doch er hatt nun so eine andere Art ... ja andere Art ... mit Frauen
umzugehn: Bewunderung schöner Weiblichkeit
ohne daß ers aussprach ja dies floß aus ihm
Und weil man im Perigord edel und klug folgte man ihm und nur so
kams daß Trüffel in Gärten gediehen und – hielten die Menschen
Zwiesprache mit ihnen ... der Bader von Bramefond lehrte es sie
wußten sies zu würdigen
daß Pflanzen sich opfern ihnen ihren Geist ihre Seele einhauchen
um von Krankheit zu genesen oder
sie auch nur vor Schwäche zu schützen ... dann wurden sie geheilt
nicht nur von ihren Gebrechen ... sondern begannen auch zu lieben:

Land und Pflanze Tier und Erde Wind Blume Blüte
Mann Frau und Kind
Solche Menschen begannen ... ob Mann oder Frau ...
Pasteten zu bereiten in die sie Trüffel gegeben
ach nirgendwo schmeckten sie feiner denn im Perigord
nirgendwo saß man friedlicher vor dem Kamin
denn in solchem Hause gab es Omelette in die Trüffel gerührt

gebratene Ente mit Trüffeln gespickt
dazu herrlich goldnen süßen Wein den Sauternes
alle in solcher Gesellschaft alle in solchem Hause wurden friedlich
und mild ... Weisheit und Liebe wuchsen Reichtum dazu

Speis und Trank wurd heiliges Mahl heilendes Ritual

Sanftes Glück wehte webte
Trüffel und Trauben und Enten opferten sich gern
Fee sahs aus fernem Reiche doch sah auch: schon nach kurzer Zeit
hatten Herren Fürsten Kardinäle begonnen
sich dieses geheimnivoll heilenden Mahles zu bedienen
wollten vor allem: wollten alles für sich allein
gönntens dem braven Volke nicht nein
wollten Reichtum und solch Köstlichkeit wie getrüffelte Enten
ganz allein für sich ganz allein

Wo auch immer Trüffel wuchsen sie mußten sofort geschnitten
den hohen Herren in großen Körben geliefert werden
fraßen hausten horteten die Vasallen der Macht
straften jeden Bauern der seine Trüffel selber aß
ja er wurde mit so schweren Bußen belegt
daß er im Winter hungern frieren mußte oft geschahs daß er starb

Fee wollt nicht glauben daß Mensch so herzlos gierig
ungerecht gemein und schmierig
entkam wieder einmal dem Zauberer der Nacht
flog direkt in den Perigord
wollte prüfen ob das was sie gesehn nicht nur Täuschung gewesen
Phantasiegespinst daß Mensch so übel sei

Alt frierend häßlich zahnlos klopfte sie
eines schönen sonntagmittags im Herbst
an die stattliche Tür des Präfekten von Montignac
Hand aufs Herz
um einen Becher Wasser bitte sie sei auf der Wanderschaft
arm und alt kein Gut kein Geld
Doch beim Präfekten war man gut nur zu sich selbst
gewaltig und groß herrschte Hader und Neid
man aß nicht nein fraß Trüffel und Pflanzen Kapaune und Enten
fraß gierig nur weils schmeckte
ohne daran zu denken daß in allem eine Seele steckte
Man schaufelte in sich hinein gönnte anderen nichts nein
stand die Alte vor der Tür da zog zu ihr

199

Duft von Confit de Canard ... Omelette – alles getrüffelt!
Und dann geschahs: jene feine Gesellschaft die dort am Tische saß
gab Befehl an den Knecht altes Weib davonzujagen denn
wie könne sie es wagen in die schöne Stimmung
mit ihrer Armut zu platzen
da bleibe einem der Kapaunschenkel im Halse stecken
selbst Trüffel würden nicht mehr schmecken
pfui Teufel die Alte soll krepiern!

Der Knecht gab ihr einen Fußtritt vor den Leib sie stürzte
Knecht schlug zu dieTür ... Empörung Wut flammte in ihr
Nein für solche Geschöpfe gab sie ihre heilige Kunst nicht her
nein solche warens nicht wert
Hob ihren Zauberstab mitten in Montignac berief Deva der Trüffel
zu sich sprach:

„Akundum Akadei bin die Fee des Perigord Priesterin der Moiren
Abgesandte der Plejaden
bin auf diesen Planeten gekommen um den Zauberer der Nacht
die Liebe zu lehren
den Perigord hab ich mir zur Heimat erkoren muß ihn immer wieder
verlassen doch ich kehre zurück braucht man mich ...
Ich seh: hier nicht!
Seh wie man Trüffel und alle heilige Kraft der Natur
ausbeutet nutzt herrschsüchtig frißt
ohne zu lieben schätzen ehren Opfersinn weiterzugeben
damit jeder jedem ein wenig helfe nein so will ichs nicht nein
akundum kawassam
ich verfüge daß dieTrüffel den Perigord verlassen!"

Sank Deva der Trüffel in die Knie sprach:

„Wollt Ihr denn daß hier alles zugrunde geht? Nur noch Dummheit
Herrschsucht webt? Nicht einmal Erinnerung an Liebe besteht?"

Da ließ die Fee sich rühren

„Also gut" beschied sie „bleiben sie meinethalben Doch sie
verlassen auf der Stell alle Wiesen und Gärten und jeden Ort
wo habgierig gesoffen und gefressen wird wo Liebe nur aus
häßlichem Raffen besteht wo Arme Alte Kranke Verzweifelte
hilflos stehn niemand hilft ... Ich befehle:

alle Trüffel nehmen sich Leitern und alles zum Klettern

überwinden alle Mauern
hinter denen man sie habgierig gezüchtet
überwinden alles was sie zurückhalten soll
wandern in den Wald hinein siedeln sich dort an wo Eichen stehn
graben sich in die Erde hinein!"

„Wie sollen sie dort zu finden sein?" fragte Deva der Trüffel
ganz erstaunt Fee antwortete – immer noch erbost wütend empört
über der Menschen Herzlosigkeit:

„Jene die nicht mehr in Ehrfucht vor der Schöpfung leben
aber Trüffel kennen ...
sollen sich an Geschmack Duft Aroma Heilkraft der Trüffel erinnern
doch sie nicht mehr finden können suchen werden sie suchen suchen
Und weil sie sich nicht wie Menschen sondern wie Tiere gebärdet
seien sie akundum akadei in solche verwandelt
in Schweine ... so beliebt es mir

Eines Tages wird ein Hirt einer von jenen die noch wissen
was Liebe ist einer der gar seine grunzenden Schweine liebt
eines Tages wird er in einem Eichenwald stehn
plötzlich
werden die menschlichen Schweine das Aroma von Trüffeln
erschnüffeln unter Bäumen zu buddeln beginnen
aufgeregt quieken sich gegenseitig habgierig verdrängend
Trüffel aus der Erde zu beißen beginnen
keines wirds dem andern gönnen

Doch in dieser Sekund wird der Hirt einschreiten
mit dem Stocke sie von den Trüffeln wegtreiben
sie selber schneiden in Körben sammeln
sie den Armen Alten und Kranken bringen
und – den Rest an jene verkaufen
die dieses Geschenk der Natur zu schätzen wissen

Reich wird er werden der Hirt so soll es sein und –
jene schweinischen Menschen verzaubert in menschliche Schwein
werden lange Zeit so Trüffel aufspüren müssen
doch nie fressen dürfen So soll es sein!"

Fee senkte den Zauberstab fuhr fort:

„Ja So seis Doch ich muß gehn Mein Zauberer der Nacht
ist mir auf den Fersen ... Hör schon sein Brausen

Ich fürchte er will eine Pastete mit Trüffeln goutieren
Das gönn ich ihm nicht

Mag er doch Schweineschwänze oder Saumagen probieren!
Jedem das was ihm gebührt"

Deva der Trüffel lachte ging

Und es geschah so wies die Fee verfügt:

viele hundert Jahre lang trieben Bauern und Hirten
Schweine in den Wald
ließen sie suchen nach Trüffeln – des Perigords schwarzem Gold

Marguerite und die Geister

Es ist kalt heut ... doch der Himmel strahlt blau ... die Bäume ...
blätterlos ... scheinen genauso zu frieren wie die kleine Comtesse ...
Ein paar Schritte im Park gegangen
vor innerem Auge der Fremden nachgesehen
wie sie mit ersten Morgendämmerung das Kind in der Mutter Arme
gelegt gelächelt und leis ... ganz leis ... den Raum verlassen

Niemand weiß woher sie gekommen ... wohin sie gegangen ...
Die Gräfin wills auch nicht wissen
merkwürdige Sicherheit ist in dieser Nacht geboren
es ist ihr gleich ... woher jene kam ... wohin sie ging
Eines weiß sie genau ...dieses letzte Kind will sie nicht verlieren ...
für dieses Kind will sie alles tun ...
für dieses Kind will sie ... Zwergin fast ... sich couragiern ...

Ob sie denn wirklich in den Norden gehen soll?
Für ein Jahr vielleicht? Und der Graf? Wird ers toleriern?
Was tun wenn er sich eine Geliebte nimmt?
Was tun wenn Bastarde auf Fleurac geboren werden? Söhne gar?
Wird sies verhindern können wenn sie hierbleibt?
Sie weiß ... ist ein alterndes Weib ... kann sich glücklich schätzen
daß der Graf so viele Jahr treu zu ihr gehalten
den Tod ihrer Kinder mitgetragen
ach er ist ein guter Mann besser als andere das weiß sie genau
überlegt: wird sies verhindern können wenn sie hierbleibt?
Wenns auch stirbt ... wird er sich dann nicht ...
in besonderem Maße dann erst recht ... einer Anderen zuwenden?

Sie weiß nur zur gut auf Männer ist kein Verlaß
Und so denkt sie: ich wag das Spiel ... denn ich bin alt ...
will dieses schöne kleine Mädchen ... diese Fee ... wachsen sehn
Soll das Entzücken meines Alters sein
mein Glück ... mein Friede ... meines Traumes Wirklichkeit
Und wenn der Graf sich Geliebte nehmen wird ... nun dann soll er
dann ists mein Schicksal ... dann hats einen Sinn ... ich bin zu alt ...
werd nicht um einen Mann kämpfen

Und es dauert nicht vier Wochen da ist die Wöchnerin genesen
Da packt sie Kisten da läßt sie verladen
Da hat sie alles wohlorganisiert da atmet die Amme auf
weil sie mitfahren darf Da steht der Troß bereit und der Graf winkt
Er ist einverstanden ... nicht zuletzt auf Drängen des Abtes
dem die kleine Comtesse schon immer ein Dorn im Auge war

Nichts wird er unversucht lassen um dem Comte schöne Mädchen
zuzuführen Wird der sich korrumpieren lassen?

Monate ziehn ins Land ein Jahr vergeht ...
die kleine Comtesse ist nicht zurück

Längst liegen die schönsten Mädchen des Perigord
in des Comtes Bett
Aber lustvolle Nächte haben den Comte geschwächt
seine Potenz läßt zu wünschen übrig ... und ...
nicht ein einziges Kind ist geboren
Monate ziehen ins Land
Der Abt gewinnt immer mehr Macht über Meyrac
Ein Jahr vergeht ... die kleine Comtesse ist nicht zurück
Monate ziehn ins Land
Jahr um Jahr vergeht ... der Comte liegt im Sterben
da wird die kleine Comtesse zurückgerufen

Das Kind ist nun fünf Jahre alt

Als sie nach langen Jahren wieder Fleurac betritt Kind an der Hand
bricht sie in Tränen aus denn das Schloß ist abgewirtschaftet
nichts wurde getan nichts gepflegt ...
hübsche Mädchen lungern wissen nicht was tun
sollen die Geliebten des Grafen gewesen sein ... hört sie ...
zuckt mit den Schultern Hat sich nie auf Männer verlassen
Schlimmer für sie: seit Monaten ist der Abt Gast im Schloß
mit 9 Mönchen denn ein Brand hat das Kloster zerstört
Der Graf hatt dem Abt hier Heimat gewährt

Während der Hausherr sterbend liegt herrscht der Abt auf Fleurac
wie ein Despot ...klein vierschrötig feist und fett ...

Bei ihm gibt es keine Widerred wenn er befiehlt dann wird gebetet
schreitet er durch die Gänge stehn andere still
niemand wagt ihm zu widersprechen
Er macht ihnen Angst predigt von Höllenstrafen
Den Turm hat er sich ausbedungen als sein heiliges Reich
niemand darf ihn betreten

Die Gräfin behandelt er wie einen alten Schuh
sie ist so verstört daß sie sich nicht zu wehren weiß
Die Gräfin faßt sich an die Stirn

Doch sie hat anderes zu tun als Augias–Stall auszukehrn ...
Ordnung zu schaffen Mißwirtschaft zu enden
Während sie ihren sterbenden Mann betreut hat sie nicht einmal
für ihr Kind genügend Zeit Das ist schlecht ... Unheil zieht heran ...

Denn das kleine Mädchen ist für solche Verhältnisse
verderbte Schmutzigkeit die hier nun herrscht ... nicht geschaffen
Die kichernden Mädchen suchen das Kind zu hänseln
verstören und verdrehen
denn ihr Leben mit dem Abt ist Hölle reinsten Wassers
mehr sei hier nicht gesagt

Könnten sie gehn ... hätten sies längst getan ... Doch wohin?
Heim in die Bauerkaten? Gemieden werden als Huren des Grafen?

Das Kind ist dem Abt ein Dorn im Auge

Unzüchtig seis ... das Kind ... hält er der Gräfin vor sei viel zu frei
erzogen ... gestern erst habe es wild und laut kreischend
mit dem größten Hunde im Parke getollt dabei den Abt gerempelt
der gerade auf seinem Gang des Gebetes Pfui!
Und gerannt seis wie der Wind!
Und gelacht habs aus vollem Halse!
Und gewälzt habs sich auf der Wiese!
Und dann hab er auch gehört
daß es mit Hund und Katze in seinem Bettchen schlafe!

Er droht der Gräfin schwere Strafen Gottes an Weil das Kind so
unzüchtig sei und so verroht Doch wie es schon immer war:
er hat keinerlei Einfluß auf diese kleine Frau
Sie läßt nicht mit sich reden
nicht einmal von bittersten Höllenstrafen sich schrecken
Dem Kinde gesteht sie eigene Gesetze zu und genau das
versetzt den Abt in Wut

Doch weil sie sich mit dem herrschsüchtigen Abte auf keinen
Disput einlassen will hält sie ihm das Kind einfach fern
Die Amme hat nun genau darauf zu achten
daß Abt und Kind sich nicht in die Quere kommen
Doch der Abt ist keiner von denen die eine Niederlage einfach
nehmen So spinnt er schnell gewandt und hinterhältig
ein böses engmaschiges Netz
Die Gräfin habe er bei magischen Ritualen gesehn
wird es dann heißen die Gräfin sei eine Hexe

Scheiterhaufen müsse direkt in Fleurac lichterloh fackeln
und lodernd brennen ...
doch eines ist ihm klar: erst muß der Graf tot sein

Indes ... anderes Unheil nimmt seinen Lauf ...
denn das kleine Mädchen ... keck frei fröhlich und stark
ist auf dem Weg in den Turm
niemand hat ihr gesagt daß es verboten
Ists nicht ihr Schloß? Ihr Zuhaus?
Sie möchte doch nur einmal von oben hinunterschaun!

Schmetterlingsflügel aus Holz und Papier
hat es sich auf den Rücken geheftet
bunt bemalt
mit Federn beklebt
helles Haar zu Zöpfen geflochten
trägt kurzes Röcklein das schwingt bei jedem Schritt

Unheil nimmt seinen Lauf
Das Kind singt und trällert und summt vor sich hin
als es nun das Turmzimmer betritt sieht runden Tisch ...
darauf eine Sammlung magischer Geräte ...
sieht einen Kelch funkeln und ... das Schönste ...
eine Kugel aus durchsichtigem Kristall!
Ach die gefällt ihr zu sehr ... die möcht sie haben
und sie geht zum Tische will nach der Kugel greifen ...
da donnert des Abtes Stimme:

„Rührs nicht an!"

Erst jetzt sieht das Kind den Mann und wie er sie
drohend und bös anblickt da beginnts vor Angst zu zittern
Nun endlich hat der Abt die kleine Hexe einmal allein erwischt
sist ein liebliches Ding ... so frei und keck ...
doch er wird sie brechen vernichten ... das steht fest ...

Zerrt er sie in die Mitte des Raumes erklärt:
dies alles sei sein Eigentum das Kind habe vor ihm niederzuknien
Abbitte zu tun ... und außerdem ihm zu dienen ...
In seinen Augen funkelt abgründiger Haß

Das Kind sieht ihn an sagt: „Nein!" Da antwortet er:

„Gott will Dich strafen denn widersprechen ...
darf man mir nicht denn ich bin Vertreter göttlicher Macht"

Da kommen dem Kinde Tränen spürt das Böse Vernichtende
in diesem Mann er zerrt es schmerzhaft am Arm spricht weiter:

„Von nun an wird alles anders Denn von nun an
werde ich Dich erziehn! Denn bist ein weibliches Kind ...
geboren dem Manne zu dienen ... sein Besitz
Darfst nur sprechen wenn er es erlaubt ... merk Dir:
ich Dein Herr Du bist nichts
Vergiß daß es etwas in Dir gibt das wünscht und hört und sieht
denk: leer bin ich ... zum Dienen geboren
Gefäß soll ich dem Manne sein sonst nichts!"

Das Kind schüttelt weinend den Kopf Da schreit der Abt:

„Bist nicht mehr wert als ein Stück Vieh
daß ich wegwerfen kann wann ich will!"

Da wehrt sich etwas in dem Kinde
Aus zitternder Angst heraus sagts trotzig:

„Nein ich glaub Dir nicht hast keine Macht über mich
Wenn Du mich ungestört wachsen läßt
dann werde ich viel heiliger als Dus je warst"

Da reißt der Abt in seinem abgründigen Haß das Kind hoch ...
rennt zu einem der Fenster das geöffnet linde Lüfte wehn herein
flüstert: „Du täuscht Dich Kind denn ... ich habe Macht
über Dich denn sieh was nun geschieht: damit Du nicht wachsen
kannst ... werf ich Dich von diesem Turm ... So das wars!"

Und schon stürzt das Kind ... ohne Schrei ... ohne Laut ...
vom hohen Turme des Schlosses Fleurac ...

Schnell schleicht sich der Abt davon ... niemand wird ihm
nachweisen können daß er hier gewesen ...
nur ein kleines Mädchen war unbeaufsichtigt in den Turm gestiegen

Schmetterlingsflügel aus Holz und Papier
hatt es sich auf den Rücken geheftet
bunt bemalt
mit Federn beklebt

Marguerite nimmt die Kristallkugel

Bild noch nicht verblaßt Geschicht noch nicht geendet ...
der Abt noch nicht hinausgeschlichen

da hat Marguerite schon reagiert ... schon begriffen ...
schnell treffend sicher clever und raffiniert ... zum Tisch gestürzt
die Kugel genommen Treppe hinuntergestürmt
rennt rennt nun durch den Park
bis sie versteckt genug und vom Schloß nicht einsehbar
sich unter einen Baum geworfen ... schwer atmend liegt ...
denkt:
Zeitverschiebungen und Mischung unterschiedlicher Dimension
und: hier verwebt sich Zukunft mit Vergangenheit
und: ich mittendrin ...
Was ist Gegenwart? Was ist wenn ich gleich die Augen schließ
sie wieder öffne nach der Kugel taste ... und sie ist nicht da ...
War nur Phantom ... nur Geschicht?

Sie tastet nach der Kugel ... doch die ist lebendige Wirklichkeit
immer wieder probts Marguerite ... atmet auf ... die Kugel bleibt
faßbar tastbar leuchtend sichtbar
Materie die sich selbst überwunden
Chemie verändert genetischem Code entronnen
dumpfer Stein durchsichtig geworden

Indes hat Louise dort oben im Turm anderen Part übernommen
sammelt jene die mit ihr gehen sollen ruhig und still
geht gefaßt doch auch schnell die Turmtreppe hinunter

Kniet draußen vor dem blutigen Leichnam fünfjährigen Kindes

zerschmettertem Rückgrat

Zieht die traumatisierte Seele in ihrem Arm wiegt
das entsetzte wie versteinerte kleine Wesen hin und her
küßt es tausendmal flüstert tröstend kost ... hütet und schützt ...
vor greller Verzweiflung bangem Entsetzen flüstert immer wieder:

„Kein Wunder das Du nicht sterben konntest kleine Seel
Nun bin ich da Nun wird alles gut“

Und sie trägt das Kind läßts nicht mehr los ... während Berthe
Marguerite überall sucht ...
Es dauert eine Weile bis sie gefunden unter einem Baume liegend
Kugel fest in beiden Händen

faßbar tastbar leuchtend sichtbar
Materie die sich selbst überwunden
Chemie verändert genetischem Code entronnen
dumpfer Stein durchsichtig geworden

Immer noch schwer atmend ... alle setzen sich nieder ...
Louise das kleine Mädchen im Arm ... es streichelnd tröstend ...
immer wieder ...

Da zieht so intensiv und stark ein Duft heran
daß Marguerite sich aufsetzt ... bald stellt sie fest ... er zieht ...
vom Baume unter dem sie gelegen zu ihr hin ... hüllt sie ein

Sieht sie ... es ist ein Holunderbaum der mit betörendem Dufte
sie einwiegt in neue Geschicht
sieht sie ... während sie zu horchen beginnt:
der Meister kommt Grazien nahn ...
und die vielen anderen Wesen aus vielen Welten die zu ihr gehörn

und sie denkt: ach es ist schön ... mit ihnen zu sein ...
und sie horcht und hört ... die Kugel in der Hand

Marguerite hört die Legende vom Holunderbaum

Die Legende vom Holunderbaum

Nun da Ihr zuhört wehn sie herüber
jene Zeiten in denen es keinen Himmel auf Erden mehr gab
Frieden und Glück waren zu Ende gegangen
seitdem der Zauberer der Nacht
die schönste aller Feen geraubt und in seine Gewalt gebracht

Mit sich fortgerissen hatte er sie
gierig hungernd nach ihrer gleißenden Lieblichkeit Pracht
besessen davon ihr jene geheime Macht die Magie zu entreißen
Mysterium heiligster Weiblichkeit.

Doch weil ers getan gegen himmlisch Gesetz verstoßen
Licht gewaltsam zu sich niedergerissen lag Fluch

In zeitloser Ewigkeit waren sie aneinandergekettet
sie – in höllische Tiefen gestürzt
ihn fliehend doch gezwungen ihm eigen zu sein
solang – bis er begänne zu fühlen was Liebe sei ...

Und wie er sie oft ach so oft niedergezerrt einst
zwischen zwei Leben auf Erden ... sie eingehüllt ...
in bestialischen Gestank Moder Kloake Gewürm des Schattenreichs
wie sie kaum atmen konnte ... würgend ...
zwischen geronnenem Blute faulendem Gedärm
wie sie voll Abscheu sah daß er
seine Diener Vasallen Jünger aus diesem Pfuhle bezog
wie sie sich von ihm losreißen wollte
da kroch dieses Gewürm fielen Maden sie an
tappten dumpfe Golem
wollten sie zernagen zerreißen sich einverleiben

denn solch helle Lichtgestalt ... Liebe nichts als Liebe ...
hatten jene Verdammten der Schöpfung
üble Ausdünstung des Bösen ... nie gesehn

Da erinnerte sich Fee ihrer geheimnisvoll magischen Kräfte
floh floh aus dem Schattenreiche in irdische Welt floh
wollte den Perigord erreichen ... der Zauberer der Nacht folgte
immer war er ihr auf den Fersen ... schwarz vor Haß und Wut.

Blieb ihr nichts denn in Nebel zu tauchen

grub sich in dichten Wald
auch hier moderte es in seichten Tümpeln
doch sie hatte keine Wahl ...
wanderte eine Weil konnte ihn abschütteln nie lang
stand vor einer Lichtung ... sah Fleurac ... sah ...
schwere dumpfe Menschen gehn klein vierschrötig feist und fahl

schienen geradewegs aus dem Schattenreiche zu kommen
dem sie entflohen war
sah auf dem Hofe Weib gehen aufgedunsen häßlich dumpf und still
sah: Weib wünschte sich ein Kind
dazu sollts geschaffen sein ... dazu wars verdammt:
wortlose Dienerin im übel ungleichen Spiel ... sah sies sah
rauschte der Zauberer der Nacht ... gefährlich nah

In den wenigen Sekunden die der Fee nun blieben
um sich vor dem Zauberer der Nacht zu retten ... schlüpfte sie
in das Weiblichste allen Weiblichen dieses Weibes ...
glaubte dort sicher zu sein

Doch Zauberer der Nacht umlagerte dumpfes Weib
wollt keine Sekunde verpassen der Fee sicheren Ort nicht lassen

So blieb ihr nichts denn in Menschenleben zu steigen

Häßliches Weib wurde schwanger erblühte für kurze Weil
zu milder Schönheit ... trug ja eine Fee unter ihrem Herzen ...
vergaß erbärmliches Dasein ... Mißhandlung ... Lieblosigkeit
gebar eine Tochter
wußte: neue Demütigung kam auf sie zu denn:
eine Tochter war kein Sohn

Und Jahr über Jahr lauerte Zauberer der Nacht
auf den Tag an dem er die Fee wieder an sich reißen würd können
mußte es tun denn sie kannte alle Geheimnisse der Magie
Nur mit ihnen konnt er Herr über alle alle alle Welten sein ...

Und wies immer geschieht wenn Seele Menschenkleid trägt
mußt auch die Fee ihr Wissen im Jenseits lassen in Kinderjahren
konnts nur als Ahnung in sich tragen doch trugs tief verankert
Zauberer wußt es nur zu gut
Lag in dunkelbrauner Wieg ... winzig ... wieder zu irdischem
Leben erwacht

schlug mit kleinen Fäusten gegen weiß–leinen bezogene Kissen
erschrak als es schwere dunkle Zimmerdecke über sich sah

Kastanienduft wehte ins Zimmer

Da öffnete sich die Tür ... jene verhärmte Frau trat ein ...
irdische Mutter ...
lächelte als sie das Kind erblickte ... kniete nieder neben der Wiege
stürzte herbe Kälte von der Tür her stolzer Mann stand herrschte:
„Komm die Gäste sind da!" Da erhob sich das Weib
schweigend gehorsam wie ein geprügelter Hund
irdische Mutter blickte nicht mehr zum Kind
Tür blieb geöffnet kalt–scharfer Wind zog in die Stub
bewegte Kufen der Wieg

Da begann das Kind zu schrein
doch niemand hörte niemand kam niemand tröstete
allein wars allein

In der dunklen Pracht der Burg gingen schwere Gestalten
Schränke standen von grober doch kostbarer Handwerkskunst
Stoffe derb Sprache roh

Kind schrie wenns dunkle Schränke sah
hatte schon früh eine Vorliebe für die Farbe Weiß
doch Amme Mägde alle die sie umgaben schüttelten nur den Kopf
wuchs heran
sah nur selten die Mutter lebte in gewaltig düsterer Einsamkeit

Da wuchs Sehnsucht in ihm nach Licht Luft Sonne Helligkeit

Stahl sich aus dunklen Kammern in den Garten
hockte zwischen Blumen Kräutern
ließ sich von goldner Sonne bescheinen

Ein schönes Kind wars silbermondengleich

fügte sich ... hatte keine Wahl
nur – wenns braune Kleidung tragen mußte
dann schries zum GottErbarmen

Als es fünf Jahre alt wagte es sich aus dem Garten hinaus
ganz allein zum Bächlein
wo Bäume säumten ... im Wasser schöne Steine lagen

Forellen sprangen
nahms braune Röcklein hoch kniete am Bache
sann voller Glück gurgelndem Wasser nach
das in großen und kleinen Wellen rauschte sprang floß
hielt Hand hinein hielt Wasser auf
Wasser mußte sich neue Wege suchen

Wasser blinkte spritzte holperte rauschte sprang floß

das Kind versank immer mehr in sein Spiel
wurde selbst zu Wasser doch
kehrte zurück als es plötzlich von starker Kraft umfangen ward
blickte hoch ... sah fremden Reiter stehn nie hatt es ihn gesehn
kleine vierschrötigkraftvolle Gestalt starker Nacken schwerer
Bauch

im hartkantigen Gesicht: gespannte Gewalt Lauernd–Lauschendes

Nie hatt ein Mensch dem Kind so viel Aufmerksamkeit geschenkt
sah sanft verschüchtert zum Fremden hoch
helle Locken glänzten ... fielen nieder aufs grobe Kleid
und wies weiter hochblickte vergaß es das Wasser rutschte

„Au!" sagts „Jetzt ist mein Kleidchen naß"

Und es hob Kleid hoch ums zu wringen
da blitzte es auf in den Augen des Fremden summte surrte
es in seinem Hirn ... da stieg er ab vom Pferd

„Komm ich helf Dir"

Das sprach er merkwürdig abgehackt Kinn hart ... Mund verpreßt
in ihm: kaum noch beherrschbare Gier und doch konnt er – wie
wars möglich – das Kind mit sanfter Hand berührn

„Amme wird zanken wenn ich heimkomm mit nassem Kleid"

„Nun – wenn ich Dir ein neues gäb?" ... „Könntest Dus?
Hier sind doch nur Wasser Wiesen Bäum und Stein!"

„Weiß einen feinen Ort wos Kleidchen gibt" schmeichelte der
Fremde „doch Du müßtest mit mir gehn"

Das Kind schüttelte den Kopf

„Hätt aber ein viel schöneres Kleid als das Deine"

Da blickte es gespannt in sein hartes Gesicht: „Ein weißes gar?"

Der Fremde schnellte nach des Kindes Sehnsucht: „Oh sicher ein weißes! Es knistert glänzt rauscht wie Seide und Brokat"

Das Kind hielt den Atem an Weißes Kleid! Ewige Sehnsucht immerwährender Traum!
Nein hatt nun keine Angst mehr vor dem Mann
Und als er sein Pferd losband ... aufstieg ... da nickte das Kind
er hobs zu sich setzt es vor sich in den Sattel
griff dorthin wos niemals sich hinfassen durft Kind wußt nicht
warum Er schlug einen Weg in den Wald ein ... schwieg
Kind hörte seinen Atem der schneller und schneller ging ...

Sein Griff wurde härter zerrte an Pferdes Zügel Sie standen nun ...
welch grausame Heftigkeit umfing ... das Kind ...
Konnt hier weißes Kleidchen sein?
Hier? Zwischen Moos und Laub? Mitten im Wald?

Stieg er ab der Fremde riß das Kind mit sich nichts mehr an ihm
freundlich und verbindlich
Monster zu einem Dämon erwacht ... Zauberer der Nacht
griff ... riß ... jetzt erst ... jetzt ... war die Angst erwacht ... denn
ungeheuer Böses zog heran
senkte sich über jeden Baum Strauch Stein jedes Molekül der Luft

nie geahnt nie gesehn nie gefühlt

des Kindes Glieder wie gelähmt ... starrte es den Fremden an
stöhnender wilder Teufel ... Dämon ...
dann hing braunes Kleidchen zerfetzt am lieblichen Geschöpf
er warf es nieder

Böseres Tieferes konnts nicht geben
Weh Dir! Zauberer der Nacht weh!

Gesicht schwarze Fratz ... nicht mehr Mensch Dämon
Schweißperlen durchfurchten s
unerhört Gräßliches an seinem Bauche ... dort unten ... er riß
ein Messer hoch ... furchtbarer Schmerz stieg schrill hoch
zuviel zuviel zuviel ... nicht nur für Mensch ... auch für eine Fee

Schreie Schreie Schreie Schreie Schreie Schreie
schöner kleiner Körper klaffte und
in spritzend Gedärm und Blut stach er ... keuchte irr stöhnte ...
und als er geendet ... begann er von vorn ...
bis die Seel hochsteigen mußte ... sah sies sah:
schwarzes Grauen zerfetztes Fleisch Blut Gedärm

Da war sies selbst wieder ... die Fee ... in ... Totenstarre ...
kaltem urewigem Grau n ... und sie beschloß:

Niemals! Niemals wird sie ihm verzeihn!

Fee vernichtet
weit über kurzes Menschenleben blondlockigen Kindes hinaus
entstellt vom Zauberer der Nacht
unfähig sich zu regen ... in Schock ... für wie lange Zeit?

Rauscht er ... Zauberer der Nacht ... wissend
endlich hat ers geschafft ...
seine Stunde ist gekommen ... bald ist sie in seiner Macht
Nun ... da sie vernichtet ... kann er Mysterium der Magie
einfach nutzen ... so wie die Fee ... denn kann sich nicht wehrn ...
ist im Schock ... Trauma ... beste aller Strategien
um jemanden zu unterwerfen ist nun besessen von ihm dachte er ...

Sahs die Große Mutter Mondin Göttin Herrin
aus hohem Fixsternhimmel ... stieg hinab in düstere Welt
hielt ihr Kind ... verlorene Tochter gefallenen Engel
in den Armen fest so fest
Hüllts in machtvolle Liebe hauchte ihm wieder Leben ein ...
sprach ... als die Fee Augen öffnete:

„Dein Spiel ist noch nicht zu End
Wirst mußt ihn emporziehn zur Liebe ... sist Deine Pflicht"

Schüttelte die Fee den Kopf flüsterte kaum der Sprache mächtig:
„Nein Nie!" Der Zauberer lächelte stand in Siegerpose ...
da packte die Mutter Ärger und Wut Wie kam dieser dummdreiste
Kerl dazu sich über solch Götter zu erheben wie sie?
Doch wissend daß sie ihr Kind in düsterer Welt lassen mußte ...
Schuld war noch nicht gesühnt ...
verwandelte sie in dieser Sekund die Mär um den Mord
dieses höllischen Wesens an ihrem himmlischen Kind
in einen Holunderbaum sprach schnell den Zauberspruch:

„So schlummre hier Wahrheit
bis mein Kind in anderem Leben wieder vor Dir steht ...
weil s geheimes Wissen der Welt zu Füßen legen will ...
doch verschlüsselt soll für sie allein dann himmlische Wahrheit sein

Wirst das Wissen erst freigeben wenn jener dummdreiste Kerl
der glaubt er sei mächtigster Zauberer der Welt
vor ihr Dir kniet Gesicht in zarte gelblich–weißen Blüten gräbt
in endloser Qual flüstert:

Nicht wahr ... teure Blume nimmst mich wieder auf,
kannst mich wieder lieben.
Weiß – hab es bis aufs Äußerste getrieben.Blut und alle
Liebesgaben wie einen Knechtlohn weggeworfen und ach!
Hattest Du mich nicht ins Leben gerufen? War ich nicht Dein?*

Stand ein Baum nun streckte zärtlich seine Zweige
Zornbebend stand der Zauberer Oh wie würd er sich rächen!
Die Fee langsam zu neuem Leben erwachen müssend
noch grausamer würd er sie
quälen sie in tiefste aller Höllen entführen ...
so oft und solang bis er er er Himmelsherr würde er!
Herr der Erdenwelt war er ja schon doch es war ihm nicht genug

Zornbebend rieß er am Holunderbaume ... zerfetzte Blüten ...
entflammte schürte Feuer ... um den Baum zu verbrennen ...
doch Wind löschte Feuer immer wieder

Und wie er unter dem Baume kniete wußt er noch nicht
was kommen würde
Eines Tages würd er alle Zauberkraft verlieren
nichts andres sein denn ein verzweifelter Mann
Würd beginnen von einer Fee zu träumen ihrer Süße ...
ihrem Liebreiz ihrer Macht und magischen Kräfte

Und so ist – bis auf den heutigen Tag
der Holunderbaum von furchtbarem Verbrechen umweht
und ... in ihm geheimnisvolle Wahrheit und Weisheit gerettet
bewahrt für die Fee
Wies die Große Mutter Göttin Herrin gesprochen
gibt ers nur preis

* Friedrich Hölderlin

220

wenn sie vor ihm steht gemeinsam mit jenem der ihr einst ...
Geheimnis aller Feen entreißen wollt

Wenn beide ... sich hineinträumen in geistige Welt
sich dem Himmel entgegenstrecken
wie Krone des Baumes der Sonne dem Mond dem Sternenzelt
sich ins Wurzelwerk fühlen durch Stein Sand Ton
auf seine Stimme lauschen solang bis er zu erzählen beginnt:

„In mir fließt Blut eines Kindes grausam gemordet
Blut einer Fee Blut hats bewirkt
Nur Blutopfer heiligster jungfräulicher Weiblichkeit
konnt auf Erden Schatz aller Schätze retten ...

dort wo lichte Wälder stehn nebelverhangen
wo Wasser in Tümpeln modert

Nur Blutopfer konnte Mysterium der Liebe
in dunkelsten Zeiten sicher deponiern
Zeiten in denen Männliches sich angemaßt
Schöpfung allein zu regiern

Er der gestürzt der einsehen mußte daß ohne weibliche Macht
Leben dümpelt in giftigen Dämpfen nebelverhangen
modert in Tümpeln fault in Kriegen Gewalt und Haß
er muß unter einem Holunderbaume sprechen:

‚Heilig Weiblichkeit hab Dich endlich achten gelernt‘

Dann wird die Fee sagen: ‚Wie wirst Du mich achten?
Glaubst daß mit einfachem Spruche Du ...
alles wieder ins Lot bringen kannst?

Weißt Du nicht daß meine Macht und Magie
nur wieder mit Blutopfer zu neuem Leben erweckt werden kann?
Bist Du bereit zu sterben? Denn ich morde nicht!
Doch – Blut muß fließen So steht es im Buch aller Bücher
geschrieben So ist es Pflicht‘ ....

Erst dann wenn jener der Wege sucht in himmlische Welten ...
Welten in denen die Liebe regiert
in berauschenden Duft eines Holunderbaumes flüstert:

‚So werd ich freiwillig sterben damit wir endlich erlöst‘

221

Erst dann werd ich der Fee ihr geheimes Wissen wiedergeben
Wissen um Macht und Magie
Wissen darum wie sie Schöpfung gebiert
in der Weiblich und Männlich gemeinsam regiern ...

Freiwillig wird er Blutopfer bringen wollen
nicht gemordet von entarter Frau sondern opfern ...
Blut verlorenen Sohnes auf dem Weg zurück ins Paradeis
wissend was er immer gewußt:
ohne sie machtvolle ewige weise Göttin wird er ...
himmlische Welten nie erreichen

Freiwillig wird dann sie Blutopfer bringen
nicht gemordet von entartetem Mann
sondern opfern ... Blut einer machtvollen ewigen weisen Göttin
sprudelnd aus dem Quell allen Lebens ...
denn in ihr ist wieder ... das alte Wissen

wird ihn lieben
mit der himmlischsten aller himmlischen: der selbstlosen Liebe

bitter wird es ihr sein dies Opfer zu bringen bitter sich hinzugeben
bitter zu erkennen daß er ... aus ihrem Schoße geboren ...
in ihn zurückkehren wird

bitter wird es ihm sein ... Blut ewigen Lebens auf dem Altar
ihres Körpers zu küssen
wissend: um Herr aller Welten zu werden hatt er sie vernichtet einst
wissend: mit der Magie ihres Bluts das nun
auf seinen Lippen brennt wird er das finden was er ewig gesucht ...

bitter wird es ihm sein in ihren heiligen Körper zu sinken
doch er wird Süße finden die er nicht gekannt ...
dort wird er sich an himmlische Welten binden ... Welten ...
in denen die Liebe regiert"

Marguerite träumt von ihrem Geliebten

„Es graut mir Holunderbaum" spricht Marguerite in das Ende
hinein „Wie soll ich Deine Belehrung verstehn?
Daß sich hier ein feister Kerl gleich ins Messer stürzen will?
Eine Frau dazu?
Deine Botschaft ist verschlüsselt Ich ahne Schlimmes
Doch da Du sie gerade mir erzählst machst Du mir furchtbare Angst

Wie hattest Du gesprochen? Wenn beide sich hineinträumen
in geistige Welt sich dem Himmel entgegenstrecken wie
Krone des Baumes der Sonne dem Mond dem Sternenzelt ...

Glaubst Du allen Ernstes daß ein feister stiernackiger Kerl ...
sich gemeinsam mit mir in geistige Welten träumen wird?

Da rauscht es aus den Zweigen des Holunderbaumes sie hört:

Sah sein Gesicht
ihn nach dem ich mein ganzes Leben lang gesucht
ihn Druiden weißen Magier Zauberer ihn meine andere Hälfte
mein anderes Ich ...erinnert sich:
wie oft er jener Liebste ihr erschienen
in Träumen Visionen doch nie in irdischer Wirklichkeit
kein Wunder jetzt begreift sie´s Wie oft hatt er vor ihr gestanden
groß und schlank ernst und streng oft zögernd
sie suchend in endloser Einsamkeit
Wie oft konnt sie nichts sehn als ihn
zwischen Gerümpel ihres Lebens und Mauerwerk
in schlaflosen Nächten ... im Supermarkt in Sälen Palästen Kirchen

Wie oft hatt sie ihn rütteln zerren wollen hätt sies nur gekonnt
wie oft hatt sie stumm geschrieen:

Warum erscheinst Du mir nie in der Wirklichkeit?
Möchte Dein Bild zerreißen in tausend Fetzen
Möchts verbrennen Asche ins Wasser streuen laß mich in Ruh
wenn Du nicht lebst wenn Du nicht aus Fleisch und Blut!
Jetzt begreift sie´s!

Er war immer wieder gekommen
schweigend sein Bild vor innerem Auge hochgetaucht
und sie im Kreise gerannt ... stumm geschrien:
Werd morgen mir anderen Mann nehmen
irgendwen von der Straße ziehn ... nur damit ich Dich Dein Bild
nicht mehr seh!

224

Diese Leere in der sie gerannt auf der Suche Sehnsucht nach ihm
Dieser Nebel kein Widerstand nur ... furchtbare Einsamkeit

Sie weiß: kann keinen anderen Mann nehmen
niemanden von der Straße wegziehn
Muß ihn genau ihn in irdischer Wirklichkeit finden
Druiden weißen Magier ihre andere Hälfte ihr anderes Ich
Nicht in Träumen und Visionen denn
sie brauchen sich beide in menschlichen Körpern
um ein Spiel zu spielen das die Menschheit vergessen

Kann nicht einfach gehn ohne ihn ...
weiß: Sprossen darf man nicht überspringen
auch nicht im kosmischen Spiel
sonst zieht das was man glaubte nicht zu brauchen
unweigerlich zurück

Einmal müssen beide irdische Liebe leben
die nicht von Trieben Haß Gier Eifersucht geprägt
zwei Körper zwei Seelen ... ineinander verflochten
zwei züngelnde Flammen
die sich zu einer einzigen lodernen Flamme vereinen
die hochzischt funkensprühend in andere Welt

Kennt es nicht muß es kennen bevor sie endgültig Menschsein
verlassen darf ... muß nicht nur wissen davon
muß es suchen finden und leben
dann erst kann sie für immer gehn ... dann erst dann

Schon drängt die Zeit schon fehlt ihr Erdenschwere
zu oft schon steigt sie in andere Welt
schon ist irdisches Dasein qualvolle Pflicht
wie entsetzlich schweren Körper zu tragen
begrenzt denken und fühlen müssen
Schädeldecke zu hart Materie zu dicht

Doch sie steht allein
und Zeit stürzt kaskadengleich in unendliche zeitlose Ewigkeit

Tausendmal hatt sie gerufen: sendet ihn mir!
Wie oft ins Haar gegriffen Mundwinkel gebogen geklagt:
trags nicht mehr Langsamkeit auf Erden hier!

Manchmal möcht sie ihn herzwingen herzaubern

doch dann zuckt etwas in ihr und sie weiß:

Niemals mehr wird sie magische Kräfte mißbrauchen
niemals mehr durch sieben Höllen gehen hat nicht vergessen
was es heißt bei lebendigem Leibe zerfleischt zu werden
nicht vergessen wie sie von Meeresklippen gestoßen

nicht vergessen wie sie an jene die sie kaum ertragen gekonnt
lange höllische Leben gefesselt
nicht vergessen wie man ihr Messer in den Rücken gestoßen
während sie ahnungslos hin sich zum Wasser geneigt
nicht vergessen wie zwischen eiskalten Steinblöcken
zerrieben ihre feine zarte Haut

nicht vergessen wie ihr Fleisch am Körper gebrannt
nicht vergessen wie sie gedemütigte Sklavin in Oasen
verdurstet in Wüsten
nicht vergessen wie sie am Meeresgrund festgewachsen
ohnmächtig machtvollem Treiben ausgeliefert

nicht vergessen wie sie vergessen ... merkwürdig warum plötzlich
dieses Bild ... feisten fetten stiernackigen Kerls ...

wie sie vergessen wozu ihr jenes kostbare Geschenk des Himmels
die Magie einst geschenkt:
um zu führen und leiten schützen und lieben ...

wie sie vergessen ... merkwürdig warum plötzlich dieses Bild
feisten fetten stiernackigen Kerls

wie sie begonnen dieses kostbare Geschenk des Himmels
zu nutzen um sich zu rächen
schnelles Gelüst zu befrieden Schwache zu quälen
Konkurrenten zu schaden
sich selbst zu bereichern ohne zu fragen:
ob und wem sie damit schade ...
nicht vergessen daß sie sie sie verlorene Tochter Luzifer war

Niemals mehr wird sie magische Kräfte mißbrauchen
niemals mehr durch sieben Höllen gehn
denn wer von Euch Menschen
jemals auch nur eine einzige Hölle durchwandert
weiß warum sie verzichtet ... weiß warum sies tut

Und jener stiernackige Kerl? Sie grübelt Sieht nicht klar
Doch sie weiß: wird ihre Bahn ziehen müssen
wies vom Schicksal geschrieben hat Pflicht zu erfüllen
Schloß Fleurac seine Geister zu erlösen Fluch zu bannen
Nur sie kanns nur sie kanns

Da rauscht es wieder aus den Zweigen des Holunderbaumes
und sie hört:

Sah sein Gesicht
ihn nach dem ich mein ganzes Leben lang gesucht
ihn Druiden weißen Magier Zauberer
ihn meine andere Hälfte mein anderes Ich ...

Und die magisch fließenden Worte
umwinden den Baum alle Geister die zu Marguerite gehörn
und ... das kleine Mädchen schläft in Louisens Arm

Marguerite grübelt: Was hat Zauberer der Nacht
überhaupt jeder dummdreiste Kerl
mit ihrem unsichtbaren Geliebten ihrem Traum zu tun
der nie irdische Wirklichkeit wird? Nie werden kann?
Oder doch? Oder nie?
Ist er dunkler Bruder? Gegenpol zum Zauberer des Lichts?
Hades Herrscher? Dämonenfürst?

Warum spuken hier Geister? Was heißts?
Lichtlosigkeit Trauer Verzweiflung Das Böse
Aus der Liebe gefallen sein Warum gerade hier?
Was hab ich ... gerade hier ... mit dummdreisten Kerlen zu tun?
Warum gerad hier im Perigord?

Begreift nicht setzt Gedanken zusammen
wie Teile eines Puzzle–Spiels findet kein stimmiges Bild
auffallend: geschunde Mädchen und Frauen
doch nichts gibt schlüssigen Sinn
Sie wird warten ... neue Geister finden müssen ...
damit sich das Bild formen kann

Welche Botschaft kam vom Holunderbaum? Rätsel über Rätsel

Weiter grübelnd und unruhig steht sie auf
der Schar nicht achtend die zu ihr gehört
geht durch den Park denkt nach kombiniert

doch es hängen Schleier viel zu dicht ...

Immer wieder faßt sie nach der Kugel aus Kristall
Wo ... überlegt sie ... kann ich sie in Sicherheit bringen?
Wo so deponiern daß niemand mir sie nehmen kann?
Immerhin erkenn ich: brauch nicht nur die Kugel wieder
auch den Kelch das Amulett die Ringe

Nicht nur dichteste Materie gilts beherrschen zu lernen sondern ...

In solche Grübeleien versunken ist sie unversehens zurück
ins Schloß gegangen
vergessen daß heut das Museum geschlossen vergessen
daß sie keine Erlaubnis hier zu gehn hier zu stehn ... hat
denkt an das kleine Mädchen das vom Turme gestürzt

So also sind sie vorgegangen um weibliche Macht zu bannen!

Da fällt ihr ein daß auf dem Tische oben im Turmzimmer
zwar nicht in jetziger Gegenwart
doch immerhin in der Geschichte um den Abt
mehr heilig Gerät gestanden ... nicht nur die Kugel
Ja ... erinnert sich an einen Kelch

Wasser des Lebens mit ihm zu schöpfen jeden Suchenden Ziel
Kelch ... heilig Gerät ... und ... hatt sie nicht vor mir gestanden?
In anderen Träumen? Mondin ... in all ihrer silbernen Pracht ...

und wie ich gelegen
spürte ich
zu Haus endlich zu Haus
konnte mich nicht bewegen war zu schwach
da kniete sie nieder
Mondin
Kelch in der Hand
mit dem Wasser des Lebens
hielt ihn an meine Lippen
und ich trank

Kelch ... Sinnbild allen Gefühls
Wasser des Lebens mit ihm zu schöpfen jeden Suchenden Ziel ...
heißt hieß wird immer bedeuten:

Hindernisse Grenzen nicht mehr dulden
Verletzungen der Seele heilen
so wie Wasser sich durch Felsen Wege bahnt und fließt
öffnet sich Gefühl belebenden hohen GeistesFrequenzen
Wasser des Lebens

befreit Geist die Seele von Grenzen materieller Hüllen Zwängen
Ängsten Schmerzen traumatischen Erinnerungen

öffnet sich Gefühl belebenden hohen GeistesFrequenzen
Wasser des Lebens
fließt frei ... Geist ... himmlische Kraft ... Bewußtsein
hohe Frequenz ... wie auch immer Ihrs nennen mögt ... fließt

Erinnert sich an den Kelch der auf rundem Tische gestanden
in der Geschichte um den Abt ... genau diesen ...
sah sie vor drei Tagen beim Trödler in Rouffignac
Stand blind zerkratzt in der Ecke eines Regals
zwischen Gläsern alten Büchern einem Gurkentopf
heut noch will sie hinfahren und fragen wie teuer er ist

Geht langsam müde und ein wenig verstört
von einem Raum in den anderen
geht einfach ... noch viel zu versunken in das was sie erlebt
fügend Gedanken um Gedanken:

Nicht nur dichteste Materie beherrschen lernen
sondern auch ganze Welt des Gefühls
und dann Stofflosigkeit des Geistes verbinden können
mit Körper und mit der Seel

Nach einer Weile erreicht sie den linken Flügeltrakt
des Schlosses Fleurac
Er gehört nicht zu jenem Bereich der Museum geworden
Sie öffnet leis eine Tür steht in einem Saal ...
an den Wänden reihen sich Ritterrüstungen
Tische aus der Zeit hundertjährigen Kriegs

Während sie ihren Blick schweifen läßt spürt sie:
neuer Geist ist im Raum scheinbar aus dem Nichts geformt

Steht schmales zierliches Mädchen an die 17 Jahr ... klein ...
wie die Menschen des Mittelalters streckt Hände aus sagt:

„Zwanzig Jahre sinds her seitdem das kleine Mädchen
vom hohen Turme gestürzt
und nun geschiehts schon wieder
schon wieder geschieht hier ein Mord
Doch bin nicht ich ... nein bin nicht ich hier ...
getötet worden nein ... nur hergekommen
weil ich das Mädchen suche das damals sein Leben verloren ...

Dieses Kind ist Teil der mir fehlt
Dieses Kind ist Teil meiner Seel dieses Kind gehört zu mir
ruft mich findet keine Ruh ...

Erst wenn Dus erlöst kann ichs in meinen Armen halten
kann ich finstere Höllen verlassen
in denen ich wandere seit vielen hundert Jahren"

Und eh sich Marguerite versieht
drehn sich die Zeiger der Zeit zurück ... Erinnerung beginnt ...

Marguerite und die Geister

Kalt sind die Nächte
während sie draußen liegt halb erfroren eingescharrt
in nasses faulendes Laub und Gras
Marie von Rouffier – geboren auf Schloß Fleurac
krank liegt sie
in übelsten Quartieren
elend schmerzgekrümmt
doch niemals hadernd
niemals grollend grübelnd das Schicksal spiele ihr übel mit

Geht ihren Weg ... arm verloren einsam verbannt
Wissen in ihr wie ein Samenkorn
Wissen davon daß sie allem Leiden der Welt
allem Grauen der Menschheit
aller Verzweiflung gefallener Seelen begegnet sein muß
Warum?
Noch weiß sie es nicht Noch ist sie Marie von Rouffier
Körper und Ahnen Gefühl ohne Verstand
Sehen und Riechen Lachen und Haß
Lieben und Kämpfen Verlieren Vergehn

Und es ist nun da diese Geschichte beginnt das Jahr 1612 ...

Und wieder ist es die Herbstsonne strahlend noch
die Haut Haar Sinne rührt
Maries Herz fiebern läßt als sie die Anhöhe
zum Dorfe Fleurac erreicht
ihr Blick hängt an dem Schlosse
hoch über höchsten Hügeln des Perigord – verwunschen fast
Sie geht den Weg vorbei an beiden Zypressen
Blick weit über die Hügel geht weiß: hier bin ich zu Haus

geht und die vier Mädchen des Fronbauern
laufen rennen raufen neben ihr lachen
schütteln Bucheckern – Schalen Blattreste aus Haar und Tuch
stopfen sich Kastanien
braun glänzend herb duftend
ins vordere Kleid täuschen Erwachsensein vor das ihnen noch fehlt
tragen Schürzen Beutel Körbe prallgefüllt mit herbstlicher Frucht

erreichen das Dorf Fleurac
stürmen in die Küche des ersten Hofes am Wegesrand
lassen Kastanien Bucheckern
auf Tisch und Boden rollen rufen lachen schrein:

„Seht nur was wir aus des Grafen Wald gestohlen Madame!"

Entsetzt dreht sich die Bäuerin vom Kamine weg
vor dem sie in eisernem Dreibein gerührt
rückt schmuddelig – weiße Stoffhaube auf ihrem Kopfe zurecht
es zittert ihr die Hand sie sieht neugierig in Maries Gesicht
denn sie ist des Grafen Tochter
treibt sich – gegen ihren hohen Stand – mit Fronbauertöchtern
im Walde auf Wiesen dem Acker herum

Marie lacht ruft laut in die Küche hinein:

„Wieder einmal wirst Du Weib des Jacob Foulaz Fronbauer zu
Schloß Fleurac des Mundraubes an Deinem Herrn angeklagt
Vier Scheffel Weizen zehn Hasen hast zur Strafe nun zu zahlen!"

Diese Grafentochter bringt mir Unglück denkt die Bäuerin
weiß nicht was sie tut spielt mit grausamen Gesetzen wie ein Kind!

Wer würd ihr glauben klagte sie jemand an?
Würden sie und ihr Mann nicht mit Schimpf und Schande
davongejagt? Wer hat sie gesehen – die fünf Mädchen heut ...
mit Schürzen Beuteln Körben prallgefüllt?
Würd der Graf die Taten seiner Tochter nicht abtun
als kindliche Narretei
von der Bäuerin verlangen sie ebenso einzustufen
Früchte abzuliefern oben am Schloß?
Warum soll sie der gräflichen Hochwohlgeboren
den Kontakt mit ihren Kindern verbieten?
Warum achtet droben im Schloß niemand auf Hauses
einzigen Sproß? Sie haßt Marie von Rouffier

Als könne sie Gedanken lesen geht Marie zu ihr hin
küßt sie liebevoll auf schmale Stirn

„Keine Angst" sagt sie „grämt Euch nicht Ihr wißt doch bin
des Grafen einziges Kind Bin 16 Jahr fast erwachsen glaubt mir
wenn ichs Euch sag: mein Wort zählt was auf Fleurac
Störrisch eigensinnig war ich mein Leben lang hab was gegen Fron
seitdem ich denken kann
schon lang dem Vater Kampf angesagt sobald ich Herrin bin
schaff ich sie ab"

Dummes Geschwätz denkt die Bäuerin albernes Ding

was glaubt sie wer sie ist wird heiraten einen Grafen nehmen
müssen ihm untertan sein feines Tuch weben
und die Fron wird weitergehn ...
Natürlich kann ich ihrs nicht sagen wag sie nicht zu verjagen
doch sie soll mich mit ihren verrückten Ideen in Ruhe lassen

„Und noch etwas" sagt Marie der düster dreinblickenden Bäuerin
ins Ohr „gleich draußen am Waldesrand hinter der großen Buche
steht ein Korb voll mit Schinken und sonstigen Leckereien
denn ich weiß ja Ihr seid arm" ... „Ja ja!" rufen die Kinder „laß es
uns holen! Sonst fressens die Hunde und Füchse des Walds!"

Die Bäuerin schlägt Hände über dem Kopfe zusammen
Furcht und Haß bereiten ihr Qualen

„Ists denn von Eurem Vater sanktioniert?" ... „Ach hört auf!"
spricht Marie so bestimmt daß die Bäuerin eingeschüchtert
verstummt „Ich wills Und damit seis genug
Geht zu meinem Vater Unterrichtet ihn Ihr werdet sehn:
er sanktionierts Denn wenn ich den Vater bitte gewährt er immer
was ich verlang So ists Sitte Habs verlangt Ist mein Recht
Warum? Fragt mich nicht
Hab nicht nur verlangt Euch besser zu versorgen sondern
will Euer jüngstes Kind zu meinem Spielkameraden!"

Und während sies spricht nimmt sie das jüngste der vier
Fronbauernkinder auf ihren Arm küßt sein Gesicht

Wut wächst in der Bäuerin die sich mit Angst und Ohnmacht paart
Widersetzt sie sich diesem halbwüchsigen Geschöpf
werden sie alle davongejagt
kennt sie doch zu gut adelige Willkür und so erwidert sie leis:

„Gut denn edles Fräulein doch ... nehmt dem Kinde nicht immer
die Haube vom Kopf es ziemt sich nicht so so unbedeckt zu gehn"

Dabei sieht sie verstohlen auf Maries braunes Haar
das in glänzenden Wellen bis zu den Hüften fällt

„Hört auf Frau!"

sagt Marie Unmutsfalte bildet sich auf ihrer Stirn Herrin ist sie
Unabänderlich Nicht zu bezwingen
Und die Bäuerin schlägt Augen nieder sieht auf ihre groben Finger

234

Kinder haben Mißstimmung der Mutter gespürt
machen sich aus dem Staub
bis auf das kleine Mädchen in Maries Arm
Wollen den Korb holen der hinter der Buche am Waldesrand steht
und während die Bäuerin sich an den Tisch nun setzt
Möhren schabt
nimmt Marie eisernen durchlöcherten Löffel von der Wand
legt Kastanien darauf
setzt sich mit dem Kinde vor den Kamin
hält Löffel ins lodernde Feuer Kastanienduft weht

Die Bäuerin sieht
wie ihr jüngstes Kind sich eng an Marie nun schmiegt
wie braunes glänzendes Haar über hellblonde Locken fällt
Da steht sie abrupt auf ... wischt Hände an fleckiger Schürze ab
geht über den Hof ruft nach dem Knecht
denkt warum muß ich mir das ... gefallen lassen
hab nicht mal eigene vier Wände ... nur Fron ... nur Haß!

Manchmal wenn sie abends mit ihrem Mann auf der schmalen Bank
sitzt ... im Kamin ... ganz dicht an knisternd glühendem Feuer
dann prophezeit sie Düsteres:
keine gläubige Frauensperson dürfe so schamlos ihr Haar zeigen
wie diese Marie von Rouffier ohne gestraft zu werden von Gott

Natürlich seis ein Glück daß ihnen allen Fräulein Hochwohlgeboren
gesonnen sei ... immerhin sei damit Fron versüßt:
Geklöppelte Spitzen! Sonstiger überflüssiger Plunder!
Ei was! Tanderadei!

Doch sie traue dem Braten nicht denn die gnädige Frau Mutter
der Marie ... sei ein ausgemachtes Luder ... irgend etwas
im Schlosse stimme wohl nicht Sicherlich sei für das junge Fräulein
herrschaftliches Leben einsam und leer
deshalb nehms ja ihr jüngstes Kind richts zur Puppe Spielzeug her!

Immer am Brunnen frisch gewaschenes gebürstetes Haar
einzelne blonde Strähnen
mit perlenverzierten Nadeln kostbaren Kämmen zu Locken gesteckt
Ein Fronbauernkind so herausgeputzt!
Das sei vermessen zu viel des Guten Dürfe nicht sein
Sei kein gutes Zeichen Ausgemachte Teufelei

Der Bauer brummt nur: „Ach sei doch froh"

235

Nein beharrt die Bäuerin so werde ...
ihr Kind zur Landarbeit untüchtig gemacht verbogen verzerrt
könne nur noch Hure werden ... überhaupt sei das Kind ...
viel zu schön
Doch kaum hat sies gesprochen da wird sie abwechselnd
rot und blaß
sieht sekundenkurz den Bauern von der Seite an doch der
ist ein viel zu grober Klotz um zu erkennen was sein Weib
nun denkt ...

Während sie draußen nun mit dem Knechte parliert
sitzen Marie und das Kind ... rösten Kastanien
Die Bäuerin hat nicht zu unrecht gesprochen:

das Mädchen ist viel zu schön Marie hats auch erkannt
Doch nicht nur liebliche Schönheit schmeichelt sondern
ganzes Wesen Ach ein gräfliches Kind müßt es sein!

Klares Kostbares Edles liegt in jedem seiner Gebärden
alles was es mit kleinen Händen schafft
verbindet sich zu seltener Schönheit Harmonie ... Pracht

Das ist heimlichster tiefster aller Gründe
der Marie zum Kinde zieht: ihre Ergänzung etwas das ihr fehlt

Sobald es in der Näh ... glättet sich Maries Zerissenheit
unruhige spannungsgeladene Kraft und heller Friede
besiegt Düsterkeit

Geht sie im Schloßpark Kind an der Hand ... kann sie endlich
tief Luft atmen ... Arme heben sich im Kreise drehn ... am
Schwingen ihrer braunglänzenden Haare ihres Kleides sich freun

Jetzt erst sieht sie Schwalben an Schloßfronten entlang sich jagen
Kind nach bunten Schmetterlingen greifen
jetzt erst blickt sie weit übers Land
liebt jeden Baum jede Wolke den Eichenwald
der sich über die Hügel zieht
liebt den Bach der sich durchs Tal schlängelt
ja Marie liebt dieses Kind oft ist ihr als seis nur Spiel der Natur
daß sie getrennte Wesen daß sie nicht eins
fehlt der einen doch was die andere nicht besitzt

Und das Kind liebt Marie

236

Wacht es doch erst hoch aus dunklem Alp in sanfte Blütenträume
wenns Maries Stimme hört
ungestüme Lebendigkeit Heftiges sie weckt
Mit Maries Kraft und Energie kanns Schönheit schaffen
Schönheit sein ... ja ... erst dann tauchen Urkräfte in ihm hoch
die jeder der in die Nähe der beiden gerät sofort fühlt

Wären Marie und das Kind eins ... sie könnten Großes schaffen

Warum sind sie getrennt? Weil eine geheimnisvolle Kraft es will?
Weils notwendig in dieser Zeit bösem Zauber entgegenzuwirken?
Weil beide in der Unendlichkeit dieser Zeit ...
nur so überleben können? Nur zu zweit?

Für Marie von Rouffier bedeutets: Herren – oder Bauernkind?
Völlig unwichtig! Nutzloser Tand billiges Menschenwerk!

Davon distanziert sie sich mit dem haben beide nichts zu tun
für sie gelten andere Gesetze
Marie wartet auf den Tag an dem sie das Kind
mit ins Schloß nehmen kann ...
nicht nur für ein paar dem Schicksal gestohlene Stunden ...
sondern für immer ... in irgendeiner Funktion ...
ob Zofe oder Gesellschaftsdame ... es interessiert sie nicht ...
welchen Namen man dieser Beziehung geben wird ...

Zeit rinnt vergeht ... vor dem Kamin ...
Kastanien lassen ihre braunen Schalen platzen ...
schmecken köstlich süß mild und frisch

Marie muß gehn

Kaum hat sie den Hof verlassen geht die Bäuerin in die Küche
zurück ... zieht dem Kinde mit zorniger Bewegung
Nadeln und Kämme aus dem Haar wirft sie ins Feuer ...
stülpt ihm eine Haube über den Kopf
weist es barsch
zu einem Wassereimer hin den es nehmen
mit frischem Wasser füllen soll ... schnell aber schnell!

Viel zu schwer ist die Wasserlast für ein fünfjähriges Mädchen
trägts den Eimer ... Schritt für Schritt ... kleiner Rücken gekrümmt
wehrt sich nicht ... ist viel zu sanft ... auch hats keine Wahl
denn die Mutter ist streng ... da heißt es still und gehorsam parieren

sich in Luft verwandeln kleine gequälte Seele schützen
irgendwie muß Körper funktionieren
Befohlenes ausgeführt Mißhandlung ertragen werden
irgendwie ist Leid zu transponieren auch wenns nicht zu verstehen
warum die schönen Schleifen Kämme und Perlen
alles das was ein Mädchenherz erfreut
immer und immer wieder im Feuer schmoren ... sieht denn
die Mutter nicht wieviel Schönheit Kunst und Lieb
in diesem weiblichen Schmucke liegt? Warum verbrennen?
Warum steckt sie die schönen Kämme nicht in ihr eigenes Haar?
Abends vielleicht wenn sie ledig ihrer bäuerlichen Last?

Das Kind wagt nicht Marie davon zu erzählen auch nicht
von seinem erbärmlichen Leben denn die Mutter läßt nichts
unversucht diesem jüngsten Mädchen
Schönheit Apartheit Liebe zur Harmonie
ja ... lässige Eleganz ... mit der es geht und steht
auszutreiben zu vernichten
Weichheit berückend schöne Körperform
Grazie kindlicher Göttin gleich jede Bewegung fließend überlegen
geboren aus Träumen und Poesie ...

Marie hat es richtig erkannt: diesem weiblichen Kind
gebühren alle Reichtümer der Welt
Perlen und Seide Spitzen und Schmuck Liebe und Glück

Die Mutter sieht Grazie Muse blendend schönes Kind
doch bewundert nicht hütet nicht fördert nicht
schlägt und quält denn das Kind hat zu dienen ... Armut bricht

Darum haßt sie Marie die vor dem Kinde ehrfürchtig steht
edelste Weiblichkeit in ihm erkennt erfühlt
die gefördert gehütet werden muß geschützt gehegt und gepflegt
mit adligem Prunk

Und weil die Mutter ein tumbes plumpes Geschöpf
dumm und verdreht
setzt sie alles daran das schöne Kind zu zerstörn
so lang bis es häßliche knochige Sklavenseel ... so hats zu sein
so ist jeder Zeugungsakt
die Mutter ist so ... der Vater ... die Mutter ist voller Haß

Indes läuft Marie durch den Schloßpark
bricht von hoher sonnenüberfluteter Mauerwand

238

sieben leuchtend gelbe Kletterrosen Dornen stechen in ihre Hand
doch sie trägts ... weiß sie doch
welchen Duft diese Blumen verströmen werden welch hellen Glanz

Öffnet die Schloßtür leicht und schnell obwohl sie breit und schwer
steht nun in kühlem Schatten Licht fällt gebrochen
durch bunte bleiverglaste spitz geformte Fensterscheiben
heiter steht sie ... sonnendurchtränkt immer noch Herbstblätter
im verwehten braunen glänzend gewellten Haar
Winkelriß im azurblauen Kleid sanftschimmernd Gesichtes Haut
blau ihre Augen magisch leuchtender denn je
ein solcher Liebreiz über ihr der düstere Strenge nicht einmal ahnen
läßt ...

In kühler Dämmerung fühlt sie: Aufregung liegt in der Luft
hört schnelle Schritte aus den Küchenräumen Stimmen aus dem
Salon Was ist geschehn? Lieber Gott laß nicht die Pest
ausgebrochen sein ... denkt Marie In Richtung des Salons läuft sie
leis ... horcht an der Tür hört Stimmengewirr ...
erkennt des Vaters Stimme
auch jene von Nachbarn umliegender Schlösser doch
eine Stimme fällt auf ... ist ihr unbekannt ... eine die in
gebrochenem Okzitanisch spricht ... tief holprighart ...
Ein Fremder hier? Das kommt selten vor auf Fleurac

Neugierig möchte sie Tür einen Spalt öffnen nur einen Blick
auf den Fremden werfen ... das Leben ist so eintönig hier
Kaum die Hand auf der Klinke hört sie feste Schritte
von Seiten des Salons der Tür immer näher
nun kann sie nicht mehr fliehn
jemand öffnet und Marie steht
mit gelöstem Haar azurblauem Kleid Rosen in der Hand
einem Manne gegenüber den sie noch nie gesehn Gibts Zufälle?

Warum öffnet er gerade in dieser Sekunde die Tür?

Klein vierschrötig steht er ... so überrascht daß ihm fast der Atem
stockt So schnell kann er keine Strategie raffinierten Verhaltens
entwerfen So schnell zeigt er sich wie er ist ... Gesicht kantig blaß
Soviel Härte Kälte in seiner abschätzenden Musterung
Maries Gestalt ... soviel ... wie kanns Marie nur beschreiben ...
soviel starre Grausamkeit ungeheuer dunkle Macht

lauernd wie ein Dämon

Soviel Zerreißendes Verschlingendes Zerstörendes ... strahlt er aus
daß Maries schimmernde sonnendurchtränkte Heiterkeit
sofort stirbt
panzert sich mit kühner Hoheit erwidert seinen Blick kühl
Weg nur weg weiß sie weiß: er ist ihr ärgster Feind
rafft das azurblaue Kleid
dreht sich um eilt wie gehetzt die Gänge entlang
sein Blick wie tausend Messer an ... auf ...in? ... ihrem Rücken
Angst Entsetzen schnüren ihr Magen und Kehle zu
nicht einmal als sie ihre Räume erreicht Rosen auf den Boden wirft
Tür hinter sich schließt ... fest so fest ... begreift sies ...
Was ist geschehn? Ein Mann den sie nie gesehn
erscheint ihr so vertraut als kenne sie ihn schon tausend Jahr
als habe er sie gemordet gestern erst.
Wann? Wo? In anderer Zeit? Anderer Welt?

Sitzt sie starr auf dem Bett friert bis ins kleinste Adergeflecht
steht auf legt sich nieder steht wieder auf
durchschreitet ruhelos dann jeden Raum ... Angst ...
kann erst wieder aufatmen als sie ein Fenster öffnet
Sonnenlicht warm ... Luft sie umflutet
Weiß: hat Stunden Monate Jahre durchlebt in wenigen Minuten
Was ist Vergangenheit? Was Zukunft? Weiß es nicht
Weiß nur: Alptraum grausigen Schrecken in wenigen Minuten

Nun mag sie nichts berühren weder Kleid noch Haar
es ist ihr als würde alles grau und häßlich werden ... täte sies
weil der Blick des Fremden sie vergiftet hat
lieber Gott warum ist das Kind nicht hier warum sitzt die Mutter
nicht neben ihr hielte ihre Hand striche tröstend übers Haar ...

So verläßt sie ihre Räume sucht die Mutter
findet sie in der großen Küche
vor schwerem breitem Nußbaumstische stehn
Alles an der Mutter ist heut wütende Ungeduld
Röte bedeckt ihr Gesicht ... innerer Aufruhr nicht zu verbergen
schilt sie die Mägde laut das Essen sei fast kalt ...

Marie staunt so kennt sie die Mutter nicht
sonst schüchtert sie alle mit eisigem Hochmut ein
kühler Zurückhaltung berechnender Hartherzigkeit

Mägde eilen mit fliegenden Kopfbändern Hauben zwischen Küche
Salon hin und her

die Mutter dazwischen kommandiert in kreischender Tonlage
Verrückte Welt ... nicht nur bei mir ... denkt Marie
Brandgeruch quillt
Zofen drängen sich nun mit verquollenen Augen weigern sich
niedere Magddienste zu tun
wollen nicht Holz im Kaminfeuer schüren ...
Und als auch noch Marie bleich und bedrückt in der Küchentüre
steht ... ists um den letzten Rest würdevoller Hoheit geschehn
die sonst die Mutter umgibt hiebt mit der Faust auf den Tisch
Gläser und Teller klirren
will auf Marie zugehn da verfängt sich ihr Rock an einer Stuhllehne
doch sie geht zerrt Stuhl hinter sich her ... steht vor ihrem einzigen
Kind

„Es ist der Fremde" murmelt Marie „er bringt uns Unglück
ich spürs ... selbst Ihr Mutter seid nicht mehr Ihr selbst!"

„Was redest Du für unsinniges Zeug!" spricht die Mutter erzürnt
„Er ist ein feiner Herr aus Berlin sagte man mir kommt von weit
weit her ... reich sehr reich soll er sein ... was will man mehr?"

„Er ist nicht reich!" ruft Marie da mit solcher Heftigkeit
daß alle stillstehn und sie ansehn „Aber Kind" wirft die Mutter ein
„hast ihn doch noch nie gesehn!"

„Unglück Unglück bricht über uns herein ..." spricht Marie
fast monoton und alle starren auf sie tasten mit Blicken sich
vom bleichen Gesicht flammendem Blick
über verwehtes braunes zerrauftes Haar
bis hin zum Winkelriß im azurblauen Kleid „Wo warst Du heut?"

fragt die Mutter nun kühl und knapp Marie antwortet nicht
Sieht sie doch Zofen und Mägde
mit gespannter Aufmerksamkeit das Gespräch verfolgen
sieht Schadenfreude aufleuchten in Blicken Gesten
Da dreht sich die Mutter hat begriffen dreht sich zu den Zofen ...
kommandiert: „Nun stellt den Stuhl wieder hin!"

Entläßt vorerst die Tochter ungnädig befiehlt ihr das Essen
in eigenen Räumen ... der Fremde ... er ... soll ihr verboten bleiben
Blick auf den Fremden ... zumindest für heut atmet Marie auf
liegt auf dem Bette
betrachtet lang venezianischen Spiegel
Schönheit der Form ... Rückfall des Lichts

ißt ein paar Happen kann nicht schlafen in dieser Nacht
Mücken schwirren
beginnt Zwiesprache zu halten mit klarem Sternenhimmel
hört aus den unteren Etagen Lachen und Lärmen
man feiert mit perigordinischer Sorglosigkeit

Erst gegen Morgen fällt sie in leichten Schlaf
aus dem sie hochschreckt weil ihr geträumt sie würd als Hexe
auf einem Scheiterhaufen verbrannt ... im Berliner Land

Wo ist dieses Land? Weit weit entfernt? Angst ...
Sie läuft hinaus auf den Gang
zu den Räumen der Mutter wie sie als Kind immer getan
möcht geschützt getröstet werden Wortes des Mutes
der Liebe hören ...

Doch die Tür ist verschlossen sie klopft leis ... dann lauter ... nichts
das ist neu war noch nie kennt sie nicht
Marie ist nun hellwach schleicht zur Zimmertür des Vaters
Sie ist nur angelehnt ... blickt in den Raum hinein
sieht den Vater quer über dem Bette liegen
hört ihn laut schnarchen in dumpfem schwerem Rausch sieht
eine Flasche Wein neben dem Bette auf dem Boden halb geleert ...

Marie geht zurück zu der Mutter Tür versucht noch einmal
zu öffnen doch sie gibt nicht nach
irgendetwas stimmt da nicht kombiniert Marie vergißt ihren Traum
während sie zurück in ihr großzügiges Mädchenreich geht
nach einem schönen Kleide sucht ...

Später steht sie in dunkler Küche wo im großen Kamin
schon lange Feuer brennt
im dreibeinigen Eisenkessel frisches Wasser brodelt
Mägde und Knechte Rillettes schmatzend essen
dazu trinken sie schweren roten Wein

Hinter Marie hinkt Robert in die Küche
der nun fast siebzigjährig hier sein Gnadenbrot ißt
behauptet die Mutter doch Marie weiß: er hütet die Schafe
dengelt Sensen und bekommt nun von der Köchin
eine Ration zugeteilt die Marie empört
Setzt er sich ganz still ganz leis an die äußerste Ecke des Tisches
jeder Bissen den er ißt jeder Schluck den er trinkt

wird von der Köchin kontrolliert und so schleppt er sich kraftlos
immer lächelnd immer bescheiden immer hungrig
umhüllt von sanfter Trostlosigkeit durch seine letzten Tage

Marie sieht seinen schmalen gekrümmten Rücken
sieht daß er sich kaum aufrecht halten kann
Sieht die Geduld in seinen Zügen kein Aufbegehren kein Hadern
damit daß er auf schmutzigem Stroh seine Nächte verbringt

Da befiehlt sie der Köchin: „Gebt Robert mehr!"

Köchin beeilt sich Maries Befehl zu folgen und als es geschehn
setzt sich Marie seufzend ebenfalls an den langen Tisch
mag keinen Brei heut sondern Brot mit Rillettes
sieht in die Reihe der Knechte und Mägde denkt
warum sitzen die Weiber getrennt von den Männern
warum dieses alberne Flüstern
nur weil sie die Tochter des Herrn ... hier ißt und trinkt?

Will Wichtiges bald mit dem Vater besprechen
Will doch darf nicht denn sie ist ein Mädchen
Will den verfallenen Anbau der Burg restaurieren
Will daß Robert nicht mehr auf Stroh schlafen muß
Will den Fronbauern weniger Zins abnehmen
Will mit Wein handeln wenn sie erwachsen

anstatt gelangweilt in Gemächern zu sitzen

Im Dorf muß ein neuer Brunnen gebohrt werden und ...
im Tal der Troglyten ... fehlt es den Pestkranken an
fruchtbarem Ackerboden von dem sie sich ernähren können
grauenhaft ists daß jede Woche nachts
Pestkranke in die Dörfer der Gesunden einfallen
Brot Schweine Hühner stehlen damit sie nicht verhungern müssen
So viel gäbs zu tun
doch der Vater tut nichts ... nicht genug ... und die Mutter?

Die Köchin müßte strenger beaufsichtigt werden
wirtschaftet viel zu sehr nach eigenem Sinn und der ist beschränkt
Außerdem haben alle irdenen Schüsseln angeschlagene Ränder ...
warum sorgt die Mutter nicht für neues Geschirr?

Das Rillettes schmeckt alt Marie beklagt sich bei der Köchin
die tauscht es – hochrot werdend – aus

243

Auch so etwas sollte nicht vorkommen denkt Marie
kein Schwung ist in dieser Wirtschaft kein Elan
Ach wär ich doch ein Sohn!
Dann dürft ich schalten und walten ordnen und schaffen
würd ein Paradies auf Fleurac entstehen lassen

Marie steht auf verläßt die dunkle Küche
langweilt sich geraume Zeit ...
bis die Mutter sie rufen läßt in den großen Salon ...
dort steht sie umrundet von fünf Damen
in ihren Augen strahlendes Funkeln
Entschieden läuft hier etwas nicht in gewohnter Bahn
Sie wirkt anders die Mutter

Langsam und angstvoll verkrampft sich alles in Marie
als hätt sie das zweite Gesicht
weiß sie ... Schreckliches ahnt sie ... sieht sie ...
es ist ihr als läge die Mutter auf ihrem Bett völlig unbekleidet
schmale Schultern hochgezogen
den immer noch schönen glatten Körper zur Seite gedreht
neben ihr nicht der Vater sondern ...

„Warum starrt ihr mich alle so an?“

fährt Marie da die Damengesellschaft an
Angst in ihr vor drohendem Unheil das sie sich nicht erklären kann

„Hab ich das Teufelsmal auf der Stirn?“ ... „Gott bewahre!“

antwortet man einstimmig und bekreuzigt sich

„Doch wir haben Dich gestern vermißt!“

Diese Weiber könnens nicht lassen Mißgunst zu säen
denkt Marie
weil sie in immerwährender Gleichgültigkeit dümpeln
einen Tag wie den anderen zersticken verweben zerkrümeln
von Neid und Eifersucht zerfressen ohne Sinn und ohne Ziel
haben nur dazusein Hofstaat zu bilden
können nicht schreiben nicht mitdenken nicht lesen

Um diesen Weibern zu entkommen
tändelt sie mit Fronbauerkindern sammelt Kastanien ...
Immerhin besser denn Stoff zu weben

in enger Räume stickiger Luft
gehorchen bescheiden wirken ... wies einem Weibe ziemt ...

„War im Wald gestern mit den Foulaz – Kindern
So nun wißt Ihrs genau
haben Kastanien gesammelt und aus unseren Speisekammern
einen Korb gestohlen voll mit gepökeltem Fleisch"

Die Gräfin klatscht in die Hände zornige Röte im schmalen Gesicht
die Damen wälzen sich heimlich in Schadenfreude
habens also doch erreicht
daß der Disput vor ihnen ausgetragen wird
Die Gräfin steht mit kaum verhohlenem Zorn fragt sich
warum immer und immer ihr einziges Kind Last sei ... nie Freude
nie hat es Zeiten gegeben in denen sie Marie entzückt geliebt

Immer nur Sperren Schwierigkeit immer nur Spannung und Kampf
Tausendmal hatt sie gefordert:

Marie ... keine Dispute vor den Damen sie nutzen es aus
tausendmal unterdrückter Ärger
über ungeordnete Haare zerrissene Kleider Freiheitsdrang Jähzorn
impulshafte Aggression ... schon sechzehn Jahre lang

Tausendmal mit dem Schicksal gehadert
doch heut will sie keinen Streit ... heut ist ein besonderer Tag
denn ... es war ... eine besondere Nacht ...
durchtränkt von der wilden Kraft eines Manns ...
neuer Aspekt eines schon langweilig gewordenen Spiels

Nein heut mag sie nicht rechten
Marie nicht zur Verantwortung ziehn
Eigentlich sollt sie den Tag mit Aufregung füllen Bankett ansagen
adlige Freunde zu Tisch bitten ja sie wirds tun
gleich Diener aussenden ... Einladungen vergeben
Vorbereitung für ein Festmahl treffen schön sein wollen ...
sich Haar hochstecken lassen ... dann ihm heut abend
gegenüber sitzen und sie sagt ... noch erfüllt ...
von eines Mannes atemlos gespannter Gier:

„Marie für heut genug Für Dich und auch für Euch meine Damen
sag ich kleines Bankett an für den Abend
Also erschein Du gegen sieben Uhr Marie in meinen Räumen
festlich gekleidet So gilts auch für die Damen"

Viel zu selten wird auf Fleurac alltäglicher Gleichlauf
durchbrochen ... die Damen beginnen vor Freude aufgeregt
durcheinander zu sprechen
Doch in Marie nur angstvolle Ahnung weiß nicht warum
fühlt ... heut oder morgen wird Schreckliches geschehn
Nutzt sie die Gunst der Stunde unterbreitet der Mutter schnell:

„Werd mir für den Nachmittag das jüngste Foulaz – Kind
ins Schloß hinein holen Hast sicher nichts dagegen
Weißt ja ich spiel so gern mit lebendigen Puppen"

Die Mutter schweigt Zofen hüsteln Marie ist unterwegs
Die gnädige Frau ... denkt das adlige Fräulein Josephine ...
regiert zwar eisern Fleuracsches Gefüg ... vor allem ...
beherrscht sie eines mit Bravour:
Klatsch Tratsch Intrigen und das Isolieren jener
die sich nicht bedingungslos fügen wollen Da ist sie Herrin
Da ist sie wer Doch mit ihrem Kinde ist sie Närrin
läßt es ausscheren Gegenkraft formieren Rangordnung ignorieren
Marie darf das Leben in Freiheit genießen ... leben
was anderen Mädchen verboten ... leben dort ... wo Sonne flutet
Rosen blühn Schmetterlinge flattern Bienen summen Himmel nährt
Marie darf leben im Licht

Marie ist schon auf dem Gang Treppen hinunter gelaufen
große schmiedeiserne Klinke niedergedrückt
Tür geöffnet durch den Park geeilt Rosen gestreift
hat schon beschlossen:

das Kind wird ihr helfen sich zu schmücken für den Abend
Marie besitzt nicht viele Kleider
das Leben auf Fleurac ist einsam und still
auch fehlt ihr die Eitelkeit der feine Sinn
Sanftheit des Herzens Harmonie ...

Doch sie weiß: das Kind wird ihr raten ...
Bänder fürs Haar suchen und finden ... mit seiner feinen Art
Marie betörn ... ihr Fühlen Spüren Hoffen kultivieren ...
düsteres Ahnen aus der Seele ziehn

Herrlich ists in kühler Herbstluft zu atmen
sie weiß ... wird mit dem Kind später Rosen schneiden
Sträuße binden Kränze winden
herber Duft von Erde herbstlichen Blättern steigt hoch hüllt

und sie sieht eine Weile zu
wie Karren auf schmaler Dorfstraße holpern nach Les Eyzies
Ach sie möcht mitreisen ach könnt sies nur!

„Wirst mir ... bis heut die Dämmerung bricht ..das Kind
mit ins Schloß geben" spricht Marie „Die Gräfin hats erlaubt
Bevor es gänzlich dunkel bring ichs zurück"

Fronbäuerin glaubt kein Wort ... ist nicht einverstanden
Soll sie das Kind ausleihen wie einen Kartoffelsack?

Gerade heut gilt es Rillettes in irdene Töpfe zu füllen
da kann und darf die Jüngste nicht fehlen
Nie zerbricht eine Scherbe unter ihren kleinen Händen
nie fließt daneben auch nur ein Tropfen Fett
sie haßt Marie von Rouffiers machtvolle Überlegenheit
strenges glutvolles Mädchengesicht fordernd bestimmend

doch wenns wahr ... die Noblen im Schlosse ...
diesen Handel sanktioniern ...
dann steht sie wenn sie das Kind verweigert schön dumm
denn wer weiß welchen Strick man ihr drehen wird
also nickt sie dumpf fragt: „Soll ich ihm frische Kleider anziehn?"

„Nein Frau ich werd es tun Arbeitet Ihr nur wie Ihrs gewohnt"

Die Bäuerin rührt mit unterdrückter Wut im köchelnden Rillettes ...

Marie geht mit dem Kind durchs Dorf zurück in den Schloßpark
dem kleinen Geschöpf stockt der Atem: welch ein Garten!
Rosen überall Rosen überall Rosen Rosen
Buchsbaumhecken stehen Spalier
Rittersporn und Akelei grüßen sie flirrend nickend flüsternd

Als sie die dämmrige Halle betreten sieht Marie:
des Kindes Zwiesprache mit adliger Kultur hat bewirkt
daß es klarer kraftvoller selbstbewußter geht
Marie führt das Kind die Treppe hinauf blickt verstohlen
nach hier und dort
möchte nicht daß die Damen sie sehn beide abtasten mit Blicken
Nadelstichen gleich
freundlich tun doch insgeheim spötteln klatschen:

„Welch reizendes Kind des Foulaz Tochter?

247

Hats Marie der Alten abgekauft weil der Graf ... nun ja ...
welch üblen Geschmack der Mann aber auch hat!
Derbes Bauernpack!
Solls hier Kammerzofe werden oder Bastard des Hauses?
Oder will man das süße Engelsgesicht ins Bett nehmen?
Ja und ... ... in welches?"

Marie will keinen Tratsch kennt ihn schon seit Jahr und Tag
deswegen flieht sie ja fortwährend flieht sie flieht ...
tönts in ihren Ohren schon: „Warum hat Marie solchen Hang
zum niederen Volk? Ist da edler Wein verwässert worden? Hm?
Sieh an! Sieh an!" Marie sieht die Damen schon
beim Abendbrot ihre Herrin taxieren ... stechenden Blicks

Doch die Gräfin ... das weiß Marie ... wird ungerührt sitzen
ahnend was Augustine oder Josephine ausgeheckt
Verdacht nicht abwehren nein sondern sich rächen
auf ihre eigene perfide Art
Wird beginnen über Augustines Krampfadern zu hetzen
einen Bader empfehlen der so sei wohlbekannt
Rezept auch gegen Krankheit hab die der Schönheit so sehr
abträglich sei ... wie ... nicht wahr Augustine?
Seis nicht so ... daß Krampfadern jeden Liebhaber in die Flucht
schlagen ... müssen ... seis nicht so?
Die Dame Augustine an empfindlichster Stelle getroffen
wird mit Tränen in den Augen essen
während die Gräfin weiter parlierend empfiehlt:

„Oh meine Liebe Du mußt zu ihm gehn Kannst neu hoffen
Er mischt getrockneten Samen eines Ebers mit Kümmel
und Pimpernelle vermengts mit Kot und Urin eines Kindes ... "

„Hört auf!"

wird die Dame Augustine weinend rufen Rache schwören
Und so geht es jeden Tag Marie mag nichts mehr hören
Immer wieder neues Getu ... immer wieder neue Plag ...
und so flieht sie stiehlt sich davon ...

Alles alles ist besser denn dieses Weibergetön
möcht ihr Leben in eigene Hände nehmen nicht nur träumen
Pläne schmieden Schiebt das Kind in den ersten ihrer vier Räume
schlüpft selbst leicht und behend hinterher
freut sich an Kindes Staunen über adlige Pracht

bordeauxrote blumengemusterte azurblaue weiße Stoffe
hier und dort
leicht und sanft tritt das Kind an Maries Frisiertisch heran
schluckt
Blut strömt schneller durch kleine Adern kleines Herz pocht
steht dann stumm vor einem Spiegel
umrahmt von zart geschnitztem Ebenholz
gleißend schimmerndes Licht sammelnd

Da hebt Marie das Kind hoch stellts auf einen Stuhl
beide sehn sich nun ... Spiegel wirft ihr Bild zurück ...
nehmens auf atmens ein ...
und es ist Marie als wüßt auch das Kind:

wir wachsen nun in eine alte Welt hinein die uns vertraut ist
ja vertraut ... wachsen in eine Welt in der wir beide eins ...

Und sie lächeln sich an ... liebevoll
und das Kind streicht mit sonst ungewohnter Eitelkeit
über seine blonden Locken
greift dann zierlich fast kokett nach einem Pfirsich
der vor dem Spiegel liegt
bewundert samtige Haut der Frucht legt ihn zurück
staunt über ein Glas
leuchtend blau zierlich filigran von purem Golde eingefaßt

öffnet ebenholzgeschnitzte Schmuckschatulle
greift zu Perlenschnüren
entzückt von glatter Weichheit schimmernder Wärme
schlingt sie um den Hals viele Mal ... da weckt Marie
das Kind aus Träumen:

„Komm geh nun ein Stück so wundervoll perlengeschmückt
komm her ... zum Fenster ... von hier oben ... sieht der Garten
wundervoll aus"

Und beide lehnen eng aneinandergeschmiegt am Fenster
schaun hinaus ... Rosen schwanken in leichtem Wind
da steht der Gärtner ... schneidet Buchsbaum in Form
sie rufen winken ihm ... er dreht sich ... sieht hoch ... stutzt
als er das schöne Kindergesicht neben Marie erblickt
dann lächelt auch er winkt ...

Marie wird unruhig weiß nicht warum doch dann sieht sie

eine Gruppe von Männern ins Sichtfeld treten ... den Vater
hochsehend ... adlige Herrn ... und mittendrin der Fremde
klein gedrungen feist und fett und alle sehn sie hoch
bestaunen das anmutige Bild: blonde braune Lockenpracht
engelgleich schöne Gesichter rahmend
perlengeschmückt
Liebliches windend aus himmlischen Höhn ... fast

Da gerät der Fremde in Bewegung ...
aus verbindlicher Freundlichkeit ... blitzt ... nicht kontrollierbar
plötzlich wüst gierige Starre ... trifft beide Mädchen so vehement
daß Marie in Panik gerät
heitere Unschuld kindliches Spiel ... erwürgt ... sofort ...
reißt sie das Kind vom Fenster ins Zimmer zurück ... läuft
heftig atmend auf und ab

„Welch ein Tier welche Drohung" flüstert sie „mir ahnt
Schauerliches ja sehs vor mir als seis schon geschehn
Kann mich nicht wehren gegen Bilder ... sie tauchen hoch
könnten nicht grausamer sein ... ungeheuer Böses zieht heran
senkt sich über jeden Baum Strauch Stein
nie geahnt nie gesehn nie gefühlt ... seh:

Kindes Glieder wie gelähmt starrt es den Fremden an
stöhnender wilder Teufel ... Dämon
hängt braunes Kleidchen zerfetzt am lieblichen Geschöpf
Er wirft es nieder
Gesicht schwarze Fratz ... nicht mehr Mensch Dämon
reißt er ein Messer hoch
furchtbarer Schmerz steigt schrill hoch
zuviel zuviel zuviel
schöner kleiner Körper klafft und
in spritzendes Gedärm und Blut sticht er keucht er irr
und als er geendet beginnt er von vorn

Marie setzt sich ... gefangen in ihrer Hellsicht aufs Bett
beginnt Haar sich zu bürsten ... machtvoll versuchend ...
Aufruhr in ihr niederzuringen ... Entsetzen Hysterie ...
will nicht sehen denken fühlen doch Böses wälzt sich heran
Übermächtiges dem sie nicht Einhalt gebieten kann

Das Kind steht vor ihr blind von Ohnmacht Traurigkeit
als wüßt es schon alles ... genau wie Marie
beide wissen in dieser Sekund ... wir gehören zusammen:

lieblich unschuldig kindliche Weiblichkeit sanft gewoben
aus himmlischer Poesie noch träumend knospend nicht erblüht
und ... herbes Kämpfen einer verlorenen Seel ...

Marie wird von trockenem Schluchzen geschüttelt
Angst Schmerz krampft in ihr Hirn
sinkt verzweifelt auf Kopfpolster ihres Bettes
sieht Holztäfelung sich spalten Blattgold rieseln
Blumenbilder aus Rahmen tanzen
Schreit sie schreit so entsetzlich grell daß alles Holz zu zittern
beginnt Kind läuft voller Schrecken zur Tür öffnet sie
hastet die Gänge entlang
will hinaus aus dem Schloß ... will nach Haus

Marie hilflos verfangen in hellsichtiger Vision beginnt sich
zu schützen ... indem sie in tiefe Bewußtlosigkeit fällt
so wird sie Stunden später gefunden unempfänglich für äußere Welt

Die Gräfin schüttelt Marie schreit und küßt umarmt sie inniger
als sie je gekonnt ... doch Marie liegt starr ...
endlose 12 Stunden lang

Das Kind ist verschwunden Als man gegen Abend
Suchende aussendet ... sinds Knechte und Bauern des Dorfes
während die edlen Gäste auf Fleurac
es sich nicht nehmen lassen an langer Tafel zu speisen
denn ein Bankett war angesagt

Der Fremde sitzt düster schweigend

Die ganze Nacht den ganzen Tag durchstreifen Bauern
den Wald um Fleurac
Dann wird der Leichnam des Kindes gefunden
zerstückelt in geronnenem Blut
Kopf vom Rumpfe getrennt kleine Glieder geteilt verrenkt

In erster Flut aller Verzweiflung Ohnmacht Wut
liegt die Bäuerin Foulaz vor der Pforte des Schlosses
schlägt hysterisch mit Fäusten gegen das Tor
schreit immer wieder ... weint ... doch man läßt sie nicht ein
schreit sie schreit ... Marie sei eine Hexe es sei Maries Schuld
sie habe immer gewußt daß dieses Mädchen Fluch bringe

Fluch Fluch Fluch liege seit eh und je über dem Schloß
schreit sie schreit
und die Herrschaft auf Fleurac läßt sie nicht ein
spricht tröstet nicht nichts nein ...
sondern man jagd sie mit Hunden davon

Drei Tage ist sie verschwunden dann steht die Bäuerin Foulaz
völlig durchnäßt von Fieber geschüttelt wieder im Fronhof
von grauem schorfigen Ausschlag bedeckt

regiert dort mit furchtbarer Macht Gesicht eiserner Panzerfaust
gleich

Haß auf die Herrschaft ... Haß auf Fleurac Haß durchwühlt sie
Haß nur noch Haß

In der Epicerie von Rouffignac ... beim Bäcker und Weinhändler ...
geflüsterte Empörung Marie holte das Kind ins Schloß?
Marie auf dem Fronhof ständiger Gast?
Und was tun die Hochwohlgeborenen? Schotten sich ab
Kein Wort Keine Botschaft Kein Bedauern
Kein Trost der von Magd Knecht Zofe hinausgetragen wird
Ist denn das Kind eines Fronbauern gar nichts wert?

Fast täglich fährt der Weinhändler Giraud
auf holprigem Karren nach Montignac
erzählt vom Verschwinden der Ermordung des Kindes
kommt zurück mit einer Geschicht die fast den Atem nimmt:

Blutige Spur ziehe sich seit geraumer Zeit vom Osten des Landes
bis hierher ... Mädchen unschuldig Geschlecht ... die Zahl gehe
wohl schon auf sieben zu ... verschwänden würden dann gefunden:

grausam gemordet vergewaltigt verstümmelt
im eigenen Blute ertränkt ... doch niemand wisse mehr

Als Marie erwacht
wird sie wieder von trockenem Schluchzen geschüttelt
Angst Schmerz krampfen ins Hirn
sinkt verzweifelt auf Kopfpolster ihres Bettes
sieht Holztäfelung sich spalten Blattgold rieseln

Blumenbilder aus Rahmen tanzen

Die Gräfin sitzt neben ihr ... hat erzählt was geschehn ...
Marie hat nur genickt ... und nun spricht die Mutter wieder:

„Es kam wie es kommen mußte nimms hin
Du siehst also was geschieht wenn ein Mädchen zu freizügig lebt
Der Mörder? Niemand weiß Niemand steht unter Verdacht

Der Fremde? Sei nicht albern Kind
Er hat mit uns allen an langem Tische gesessen gegessen
Er ist lauter und rein Dafür schwör ich einen Eid

Außerdem ist er heut abgereist ...Sieh nur
was er mir als Erinnerung gelassen ...
Beerendolde voll von blauroten Früchten zierlich wie ein Stern ...
hab sie gebrochen von einem Bäumchen
das er eigenhändig für mich in den Garten gepflanzt
In einem Kübel hat er die Pflanze gebracht ... auf allen Reisen
rumpele sie im Gepäck ... hat er gesagt ...
sei sein Zeichen
Erinnerung an Heimat ... weit entfernt ...
im Perigord bis dahin unbekannt ...

Soll sie nun wachsen liebliche Beerendolde entfalten hat er gesagt
hab eine Dolde gebrochen ... steht in einem Glas mit Wasser"

Da hält Marie in ihrem Schluchzen inne starrt auf das Zweiglein
voller zarter blauroter Früchte
greift eine Beere zerdrückt sie zwischen ihren Fingern
Saft fließt gleich Blut so rot
Marie liegt erstarrt in solchem Entsetzen
wie eine Menschenseele sie kaum tragen kann ... starr liegt
sieht sie ... wie die Mutter nichts begreift ...
wies die Mutter nicht kümmert daß hier ein Mord ...
wie sie ... ja was? ... flüstert mit letzter Kraft:

„Laß mich ruhn Mutter geh nur laß mich laß"
Still geht die Mutter still und voll heimlicher Angst
denn Maries so plötzlich ruhige Art steht in Dissonanz
zum hysterischen Schluchzen das sie geschüttelt hat

Kaum ist Marie allein steht sie auf nimmt die Dolde

in beide Hände
küßt zarte Beeren
sinkt in die Knie
weint lautlos

legt schmalen Körper auf kühlen Boden braune Lockenpracht
hüllt tröstend ... flüstert tränenüberströmt:

„Hab gesehn Fremder wie Du das Kind gemordet ... gesehn wie Du
über zerstückelte Leich gebeugt ...
Fluch hast Du über mich und Fleurac gebracht ...
mir das Liebste auf der Welt genommen lieber als mir Vater
und Mutter je waren ...
Nun mag ich nicht mehr leben ... nicht mehr weitergehn
in düsterer Zeit ... will ...
aus diesem Leben scheiden und wenn Ihr mich nicht sterben laßt
Ihr in deren Händen mein Schicksal liegt
dann werd ich mir die Sinne verwirren ... in Bahnen der Düsterkeit
mich zwingen"

Und wie sie flüstert tränenüberströmt da hört sie ein Geräusch
neben sich blickt hoch ...
denn Angst Grauen furchtbare Qual
haben Wahrnehmung verfeinert erhöht

Sieht in andere Dimension ... sieht einen Mann*
der sich neben sie kniet in einem Kleid aus fremder Zeit
feingewebte Hose aus einem Stoff den sie nicht kennt
fein so fein
streicht der Mann über ihr braunglänzendes Haar sie fühlt:
er ist verzweifelt wie sie selbst Spricht er:

„Hast mich gerufen Schwester Nun so laß uns gemeinsam
weitergehn" Da bricht aus ihr die bange Frage:

„Warum hat er mir das Kind genommen? Sag warum?" Spricht er:

*Und sag ich gleich Ich sei genaht die Himmlischen zu schauen.
Sie selbst sie werfen mich tief unter die Lebenden ins Dunkel
daß ich das warnende Lied der Gelehrigen singe**

Friedrich Hölderlin

„Mein Gott was sprichst Du da! Verstehs nicht Nein!"

Streicht er ihr weiter übers Haar in Wehmut Verstehen
unendlicher Traurigkeit Spricht er:

*Das erste Kind göttlicher Schönheit ist Kunst. In ihr ...
widerholt schafft sich göttlicher Mensch ... darum stellt er
Schönheit gegenüber sich.**

So hat es das Schicksal getan mit dem Kind damit Du erkennst"

Marie richtet sich auf sieht den Fremden überrascht an
Verstehen leuchtet in ihr doch dann überfällt von neuem sie
Schmerz: „Warum gemordet? Warum prachtvolles Geschöpf
Teil meines Selbst aus mir herausgehoben ... damit ichs erkenne ...
was? Was! ... Daß ers vergewaltigt ... vernichtet ... zerstückelt?
Sag sag!" Spricht er:

„Freundin wir kommen zu früh *Zwar leben die Götter. Aber über
dem Haupt droben in anderer Welt. Endlos wirken sie da und
scheinens wenig zu achten ob wir leben. Denn nicht immer vermag
ein schwaches Gefäß sie zu fassen. Nur zu Zeiten erträgt göttliche
Fülle der Mensch. Aber das Irrsal hilft wie Schlummer. Bis daß
Helden genug der ehernen Wiege gewachsen Herzen an Kraft"**

Spricht sie: „Nein ... so ...so ... glaub ichs nicht!"

Und er nimmt der schöne Mann ... Marie die Dolde aus der Hand ...
voll von zarten Beeren blutgefüllt ... scheinen sie ihr ...
gräbt sein Gesicht hinein flüstert in endloser Qual:

*Nicht wahr, teure Blume, nimmst mich wieder auf. Kannst mich
wieder lieben weiß – hab es bis auf das Äußerste getrieben, hab
mein Blut und alle Liebesgaben, die Du mir gegeben, wie einen
Knechtlohn weggeworfen und ach!
Wie tausendmal undankbarer an Dir du heilig Mädchen!
Das mich einst in seinen Frieden aufnahm
Mich, ein scheu zerrissenes Wesen Hattest Du mich nicht ins Leben
gerufen? War ich nicht Dein? Wie konnt ich denn ...
Heilig Mädchen ... hab es endlich achten gelernt hab es bewahren
gelernt was gut und innig ist auf Erden. O wenn ich doch auch dort
landen könnte an den glänzenden Inseln des Himmels**

* Friedrich Hölderlin

Irr ... er ist irr ... was redet er nur?
Und Marie reißt ihm die Dolde aus der Hand ... sieht das Kind ...
erschlagen vergewaltigt zerstückelt ...
zerreißt in greller Wut die Dolde ... zerfetzt wirft sie ...
mit heftiger Bewegung in den Raum

Streicht der Mann ihr wieder übers Haar Spricht er:

„Gerufen süße Schwester hattest Du mich als Du schmalen Körper
auf kühlem Boden Dolde in Händen ... kam ich ... doch seh ...
Du verstehst mich nicht Dein Hirn ist zu jung um zu fassen ...
daß ich es bin! Sprach ich nicht von meinem Vergeh n?
Griff ich nicht hütend und tröstend in Deine Verzweiflung?
Weg des Verzeihens weisend?
Bin ich nicht jener nur in anderer Zeit?
Vorwärtsgeschritten auf Pfaden endloser Pein?
Begreifen sollst Du daß ich es bin! Ich!
Der bis aufs äußerste getrieben seine Macht und alle Liebesgaben ...
wie einen Knechtlohn weggeworfen hat ... begreifen sollst Du ... "

Spricht sie: „Ich versteh kein Wort!" Spricht er:

„So wirst Du mich in anderer Zeit noch einmal finden
Süße Schwester!
Noch einmal werden wir ... Dolde ... gleich einem Fächer ...
in unseren Händen halten ... flüstern in endloser Qual ...
doch dann ... wirst Du sie nicht mehr zerfetzen ...
sondern voller Schmerz an Dein Herz drücken und ... verzeihen
Erkennen: jener der Fluch über Fleurac gebracht
jener ... wird auch ich sein ... einst ...
Mein Name gleich jenem Baume von dem die Dolde gebrochen
wird Dich begleiten ... jetzt ... doch auch in ferner Zeit ...
damit Du erkennst fühlst ... begreifst ... daß nicht mehr Rache
Dein sein darf ... nein ..."

Und er ist verschwunden der schöne Mann
und Marie steht allein
zerfetzte Dolde des Holunderbaumes
am Boden verstreut
wie verlorene Stern
Da beschließt sie nicht zu sterben nicht in Irrsal und Trübsinn
zu sinken ... sondern ihn zu suchen ... fremden feisten Kerl ...

* Friedrich Hölderlin

Mörder Kinderschänder ... antworten wird muß er ihr
und ... es wehen fremde Worte:

Und edler Herzen Schicksal Druck und Kummer ist ...
Da baun wir Pläne träumen so entzückt vom nahen Ziel – und
plötzlich zuckt Ein Blitz herab ... Du frägst warum all dies?
Aus heller Laune? Daß Disteln hinter Blumengängen lauern
und Jammer auf die Rosenwange schielt! *

Und sie legt sich nieder mit Wasser kühlem Trunk
heiße Lippen netzend
fühlt Luft zum Ersticken übelriechend schweißdurchtränkt
liegt ... Stunden vergehn ...
Es sitzt die Gräfin wieder an ihrem Bett blickt sorgenvoll und
Marie beginnt wie im Traume zu sprechen heiße Lippen netzend:

„Da baun wir Pläne träumen so entzückt vom nahen Ziel
und plötzlich zuckt ein Blitz herab ... stand er ... breit klein ...
vierschrötig voll vitaler Kraft Stiernacken kantiger Kopf Profil hart
wie ists nur möglich daß solche Vornehmheit von ihm fließt
denn ohne Zweifel ist er ein Tunichtgut Habenichts

folgt der Fährte reicher Fraun ...
ihre Kraft Liebe Emotion Kreativität Zärtlichkeit
jede aber auch jede Energie ...

abzocken leerfressen aussaufen sich bedienen hemmungslos
gaukelt Allpotenz
von dem sein Körper beredt erzählen kann
läßt vergessen welch miserable Manieren er hat
verschleiert durch beständiges Lügen und Manipuliern
Dummheit Blödheit Unfähigkeit
Gast jeder einsamen Frau ... so lebt sichs fein
stiehlt unverfroren nicht nur Energie Phantasie Gefühl
sondern auch Gold Geschmeide und was es sonst zu stehlen gibt ...

Rechenschaft geben? Kennt er nicht!
Die Frauen müssen ihn ziehen lassen denn es geht um
Ehr oder Schand
haben sich eingelassen auf ihn er droht mit Verrat
hab ihn sofort durchschaut seine Verschlagenheit
berechnende Hinterhältigkeit ...Weiber hat er in der Hand ...

* *Friedrich Hölderlin*

Weiber nehm ich aus wie eine Weihnachtsgans
Weiber haben nichts Besseres verdient ...

Das ist seine Devise Du lagst mit ihm Mutter ...nackt habt Ihr
Euch gewälzt ... er hat Dich betört ... mit gierig tierischer Potenz

So lebt er seit Jahren ... nistet sich ein ... hörnt jeden Ehemann
Doch wie lang? Einmal? Zweimal? Dann wird er Ausreden finden
Denn seine Allpotenz läßt zu wünschen übrig
Da verwöhnt Ihr ihn mit herrlichen Speisen und Wein
doch er ist schon weitergegangen ...
Kraft aufladen kann er nur im Betrug ...
da schläft er mit Deiner Zofe gleich nebenan ...
während Du von Liebe träumst ... verschlingt Deine Töchter ...
während Du im Bade Dich schön für ihn pflegst

Betrug ists der ihn reizt je näher und ahnungsloser ...
gehörnter Mann ... betrogene Frau
desto stärker der Reiz ... größer seine Potenz
Je weniger sie wissen von seinen Lastern
all die Mädchen und Weiber
desto strahlender straffer steht er in fremdem Glanz

Abzocken leerfressen aussaufen sich bedienen hemmungslos
gaukelt Allpotenz ...
So spielt er sein Spiel und Du Mutter hast mitgespielt
Spielt er ... solangs noch Früchte zu verschlingen gibt
Doch versteh nur recht
im Laufe der Zeit ist er unvorsichtig geworden
Weiber haben ihm das Spiel zu leicht gemacht

Es verlangt ihn nach harter Ware ... Kampf ...
denn er ist ein Krieger ... Mörder ... Todbringer ...
das ist seine wahre Existenz

Seichtes Verschlingen reicht ihm nicht ödet ihn an
kanns nicht mehr sehn ... Hingabe in ihren Augen ...
in Gefühl schwimmen stöhnen vergehn
nie befriedigte Suche nach seiner Allpotenz
breit sich öffnende Schenkel ... es widert ihn
und so treibt ihn die Gier

zu jenen mit Angst in den Augen zu jenen die er zerstören muß
zu jenen die sehen wissen fühlen daß er düstere Bestie ist

Hab ihn erkannt ... wußte sofort daß er Du ich und das Kind
gemeinsam an das Rad des Schicksals gefesselt sind
Doch warum? Das weiß ich nicht!
Weiß nur ... er hat das Kind mit Gewalt genommen getötet
und ich zerbreche daran"

Marie stöhnt
fühlt Luft zum Ersticken übelriechend schweißdurchtränkt
während die Mutter zu zittern begonnen Röte ihr Gesicht gefärbt
So war sie immer diese Tochter ...
klar und hart alles durchschauend ahnend sehend
nichts gibt es zu verbergen vor ihr
gnadenlos blickt sie in geheimste Winkel der Seele

Da bricht Angst in ihr aus tiefsten Tiefen hoch
Angst vor der gräßlichen Hellsichtigkeit Maries
Angst vor der Wahrheit
denn sie weiß ... tief in ihr ... tief ... Marie hat Recht
Angst davor daß jener mit dem sie lustvoll sich gewälzt
ein schauerlicher Kinderschänder Mörder ist
zitternd steht sie auf flüstert:
„Kind wirst mir krank werde den Bader rufen lassen"

Angst wabert Düsteres quillt in Dunkelheit des Raums
während Marie liegt heiße Lippen netzend
Luft zum Ersticken übelriechend schweißdurchtränkt
denkt: wette er hat sich schlau und verschlagen
ins rechte Licht gesetzt so daß alle begeistert sind
von seiner Wortkargheit
endloser Hilfsbereitschaft
die nichts anderes denn Spionage Boshaftigkeit

Hat er gewinkt ... hier und da ... nett freundlich kollegial
Waden zu kräftig Kinnladen zu hart Mund dünn wie ein Strich
und dennoch irgendwie ... vornehm ...
Marie weiß ... wird nicht eher ruhen bis sie ihn gefunden
fremde Worte wehn sie an:

Brauch' die Götter und ... Menschen nicht mehr.
Weiß der Himmel ist ausgestorben, entvölkert.
Und die Erde, die einst überfloß von schönem menschlichem Leben,
fast wie ein Ameisenhaufe geworden ...*

* Friedrich Hölderlin

Und sie beschließt
verschwinden werde ich ... denn ... welchen Stand hätt ich
Alle Schuld wird auf mir ruhn!
So geh ich seiner Spur nach ... zurück in die Vergangenheit
wandere dorthin wo solche Monster entstehn damit ich begreifen
verstehen lern ... und sie läßt sich behandeln vom Bader
schweigend ... lächelt friedlich ... doch steht auf heimlich ...
sucht tags nachts tags in Kammern Schränken
sucht Gold und Louisdor

Und als es ihr genug erscheint näht sies ein ...
in ihr schönes prächtiges azurblaues Kleid

liegt nimmt kühlen Trunk heiße Lippen netzend
atmet Luft zum Ersticken übelriechend schweißdurchtränkt
liegt oft ach oft von trockenem Schluchzen geschüttelt

Und es kommt der Tag
da ist Marie de Rouffier verschwunden ... nicht mehr da
Während Wogen des Schreckens ... ist gar neuer Mord geschehn? ...
durch Schloß Dorf den Perigord ziehn
weiß Anselme Händlerin gemischter Waren in Rouffignac
auf das Verschwinden Maries eine Antwort
die jeder begreift über die man lächeln möchte doch nicht kann:

es sei dunkler Geist Manifestation des Bösen ja der Teufel selbst ...
der mit dem Fremden nach Fleurac gekommen
nachts sei er über Dorf und Schloß bis hin nach Rouffignac gekreist
und Janine schwachsinnige Tochter der Anselme habe angstvoll
Arme über dem Kopfe verschränkt

„Huhu!!!" geschrieen „Er will in mich hinein! Ich will nicht nein!!"

„Ach Anselme" murren die Nachbarinnen „Du machst uns Angst!
Wenn Du Recht hast ... was dann? Nein nein!
Deine Janine ist schwachsinnig das ists ... sonst nichts"

Insgeheim glauben alle was Anselme da sagt ... und ...
vielleicht ists ja kein Geist sondern eine Gedankenform
die vom Fremden hergetragen sich ausgebreitet hat ...
erzählt Anselme:

„Gestern hört ichs rauschen ... knatternd dunkel schwarz und bös ...
hab noch nie so schnell Kartoffeln geschält ...

Mir schien als wolle einer böse Geist sich Opfer holen
um nicht zu verhungern um zu überleben ...
und dann hör ich heut Marie ist fort ... " erzählt Anselme

„Ach" murren die Nachbarinnen „ach Anselme
Deine Janine hat Dich schon angesteckt!"

Doch zuhaus am großen Tisch vor dem Kamin sitzen sie ...
wenn kalter Wind das Feuer schürt ... horchen hinaus in die Nacht
hören düsteres Rauschen seit gestern ... ja ... und die Kinder ...
sind nicht alle im Dorfe nervös quengelig unausgeglichen?
Ist nicht alles irgendwie fahl? ... „Kinder kommt!" wird gerufen
und Kinder werden um die Mutter geschart
Erst dann zieht Furcht zum Kamine hinaus
Doch rauscht noch in Bäumen läßt Blätter schaudern
raunt weiter in den Schloßpark hinein wispert in Zweigen
während die Kinder schlafen
süßen Schlaf des Vergessens der Sicherheit ... bis der Morgen naht

Und schon ist kühl herbstlicher Tag
Robert lädt leere Weinfässer vom Esel ab in Montignac
hinkt in den Laden des Händlers
läßt sich am dunklen Tische nieder ... wartet auf Wein
den der Händler bald vor ihn stellt
faßt sich an die rotgeäderte Nas gießt ein
wartet auf das was Robert wohl erzählen mag Neugier treibt ihn
Alles wissen wollen über jene die in Samt und Seide gehen ...
und Robert läßt derben Wein durch seine Kehle fließen
heiße Kraft in seinen Magen schießen
Lust und Freude steigen hoch
beginnt zu schmunzeln spricht von der Köchin

die besonders schön ist
die besonders gut backen und kochen kann
erzählt wie alle Damen auf Fleurac mit fliegenden Bändern
durch Gänge geeilt weil hoher Besuch gekommen
Fremder mit einem merkwürdigen Akzent
beim Gehen habe er mit den Stiefeln gepoltert dreist und grob
so etwas kenne man im Perigord sonst nicht
und ... es sei geflüstert worden daß genau dieses Poltern
in der Schlafkammer der Gräfin zu hören gewesen

Der Weinhändler gießt beflissen Wein ins Glas
Robert erzählt klatscht tratscht

und als er nichts mehr zu erzählen weiß
gießt der Händler nichts mehr nach
Robert hinkt aus dem Kontor
lädt die frisch gefüllten Weinfässer auf
hinkt mühsam hierhin und dorthin und später hoch zum Schloß

Rausch ist verflogen er hat Durst
doch kaum wieder zurück im Dorfe Fleurac gerät er in Panik
Haar sträubt sich
denn zwischen breitem schmiedeeisernem Tor des Schlosses
und der Kirche stürmt die schwachsinnige Janine hin und her

„Huhu!!" ziehts gellend durchs Dorf über jedes Feld

„Mein Gott dieses Weibsbild sollte man zu den Pestkranken
schleppen!" sagt Robert so laut ers wagt zur Madame Moulier
die ebenso verstört und aufgebracht vor ihrem Hause steht

„Warum schreit sie denn schon wieder so laut?"

„Ach sie dreht wieder einmal durch meint ...
 Marie sei nur deshalb verschwunden
um Kampf mit bösem schwarzen Dämon auf sich zu nehmen
der das ermordete Kind nicht freigeben will"

„Oh Du Jammer" fällt Robert der Madame Moulier ins Wort
„fällt der Janine nichts Anderes ein? Selbst der Esel wird scheuen
zieht er solche Geschicht durch seine Nüstern ein!
Wie soll ich da in den Schloßkeller kommen?
Vielleicht ist mir auch der Dämon auf meine lahme Hüfte
gesprungen? Kämpft man gar im Schloß Fleurac?
Warum sperrt man die Verrückte nicht ein?!"

Kaum hat er so gesprochen hören sie eiliges Rennen
neues Geschrei
Bauern Knechte Mägde Bäuerinnen laufen zusammen
Janine stürmt zwischen Schloßtor und Kirche hin und her
mit wehendem Rock Hände dicht über die Stirn gepreßt
„Huhu!"

Alle rufen nach Anselme doch es dauert eine Weil
bis sie aus Rouffignac hergebracht man empfängt sie vorwurfsvoll

„Das geht zu weit! Wir haben nichts dagegen

daß Du Dein schwachsinniges Kind hütest doch ...
sie drangsaliert macht uns Angst! Halt sie still!"

Und die Menschen bilden feindselig Kreis um Anselme
denn es fegt Angst und Verunsicherung durchs Dorf
Janine stürmt brüllend zwischen Schloß und Kirche hin und her
schneidet Grimassen schreit „Huhu!"

Da kommt die Fronbäuerin Foulaz den Weg herauf
schorfbedeckt bleich und fahl
grauwabernden Blick auf Janine gerichtet steht vor ihr flüstert
kalt bestimmt und hart: „Schweig Verrückte!"

Da schweigt Janine starrt die Bäuerin an geht zum Kirchenportal
sinkt auf die Stufen starrt still starrt
Anselme öffnet nun den Kreis nimmt die Schwachsinnige
an die Hand zieht sie schweigend zum Karren
doch die Bäuerin Foulaz stellt sich
mit grausam verzerrtem Gesicht der Anselme in den Weg

„Kann keine Möhre mehr schaben ohne daß Janines Gebrüll
mein Haus fast niederreißt ... ist mir als wolle sie uns alle
vernichten mit ihrem ‚Huhu' Sorgst Du nicht in Zukunft dafür
daß dieser widerliche Balg sein Maul still hält ... Ruh einkehrt ...
werde ich dafür sorgen daß sie eingesperrt wird"

Schweigend stehn die anderen Dorfbewohner denn Anselme
wirft den Angriff zurück:

„Wie wollt Ihrs schaffen hochwohlgeborenes Fronbauernweib?
Euer Mann ist der ärmste Schlucker im Dorf
Könnt nicht für einen Sous in meinem Laden kaufen
habt kaum den täglichen Wein zu saufen da wollt Ihr gerade Ihr
mir drohn?" Doch die Bäuerin Foulaz ist verändert
seitdem ihr Kind ermordet Angst Scham sind gewichen
Verzweiflung Haß stehn zu hoch in ihr ... Fron drückt

Das Gebrüll der Kranken quält sie bis zur Unerträglichkeit
es ist als seis ihr eigenes Geschrei
denn Tag und Nacht steht das ermordete Kind vor ihr
goldglänzende Locken sanfter Blick
fremde Gottheit die sie in ihrem Leibe trug
nie paßte das Kind in ihre Welt war zu edel viel zu schön
hört sie der Irren Geschrei sieht sie kleinen Körper klaffen

blutgetränktes goldlockiges Haar
sie kann und will Janines Bürde nicht tragen ihre ist schon zuviel
so fährt sie Anselme an grob fahl Schorf rieselt von ihrer Haut

„Was schützt Du sie dummes Weib!
Nicht einmal Totenruhe gönnt sie meinem ermordeten Kind!
Deine Janine wars die Verderben ins Dorf gebracht denn
woher weißt Du daß eine Verrückte nicht böse Geister anzieht
sie nicht hergebracht?"

Anselme wiegt mutig ihre schwachsinnigeTochter im Arm
zieht sie auf den Karren dann
und schon geht das Pferd ... der Karren rumpelt los
und die Bäuerin Foulaz geht schweigend auf ihren Hof
läßt alle in betretenem Schweigen zurück

Als sie in die Küche tritt
sieht sie wie ihr ältestes Kind ein hageres häßliches Ding
am frischen rillettes gerad nascht
nimmt sie die Eisenstange aus dem Kamin schlägt wütend zu
Das Mädchen läßt es über sich ergehn
bleich und stumm Augen wie blind
sinkt später ins Stroh des Stalles schmerzgekrümmt
denkt fühlt lebt nicht
hat sich weggewünscht aus dieser Welt ... ach schon lang ...
so wars ... wirds immer sein
wenn Menschen aus der Liebe gefallen sind

Noch immer außer sich steht die Bäuerin da tritt der Bauer ein
als sie ihn sieht fällt irdene Schüssel aus ihrer Hand springt entzwei
da gerät sie wieder in Wut schreit:

„Warum bringst Du Trottel es nie zu was! Herrgott muß es sein
daß ich von Dir abhängig bin mein ganzes Leben lang?
Immer nur hilfloses Anhängsel eines Manns?"

Der Mann steht sprachlos schweigend hilflos starrt
auf die Scherben der irdenen Schüssel

Seine Schwäche und Kraftlosigkeit seine Plumpheit Dummheit
Blödheit empören sie so sehr daß sie ihn stößt ... er stürzt ...
fällt gegen Eckstein des Kamins ... Blut sickert aus seiner Schläfe
doch es kümmert sie nicht ... sie rennt aus der Küche
zum Gartentor des Schlosses hin

264

das gerade von Robert geöffnet wird drängt ihn zur Seite
läuft läuft läuft
auf das dunkle schwere Tor des Schlosses zu
pocht klopft hämmert
doch niemand öffnet sinkt sie nieder
schlägt mit ihren derben Fäusten immer wieder schreit:
„Gebt mir mein Kind zurück erbärmliches Pack!"

Tür bleibt verschlossen Man schottet sich ab
Nie nie nie wird die Bäuerin Foulaz ... das ... verzeihn
Nie mehr Glaube an blaues Blut
Vorrechte adeliger Geburt Nie mehr nie!

Und Zeit fließt ... wies immer geschieht ...

Marie von Rouffier ... fiebernd liegt sie zu Tode erschöpft
das Massiv Central weit hinter sich
herbe Landschaften zogen an ihr vorbei
Fremde Bilder kaum gesehn ... nur in den Osten wollte sie
Saß auf Karren wanderte lief ritt ... immer nahm sie jemand mit
Düster dunkler wurde die Landschaft
und nun liegt sie irgendwo in den Vogesen
im Stall einer Schenke fiebernd zu Tode erschöpft
Zuviel alles zuviel: Nässe Kälte beschwerliches Reisen
üble derbe Gesellen Fuhrknechte Edelleute fremde Reiter
die sich über sie lustig machten
Harte Welt nicht für ihre Zartheit Empfindsamkeit geschaffen

Fuhrmann beugt sich noch einmal über sie sagt:

„Fräulein schlafen dürft Ihr hier nicht Wacht auf
Hier ist es viel zu gefährlich Man wird Euch etwas antun
Kenn die Strecke genau Hier verkehrt übles Volk"

Doch Marie rührt sich nicht
Fieber Erschöpfung Rumpeln des Karrens noch im Ohr
Körper steif heiß und verkrampft
liegt sie in ohnmächtigem Schlaf
Gleich nach der Ankunft hier ... neben das Pferd gesunken
Stroh fiel auf azurblaues Kleid braune Locken
Fuhrmann weckt Marie doch sie stöhnt nur wehrt ab

Da gibt er auf langsam der Wirtsstube sich nähernd ...
murmelt er Unverständliches vor sich hin

denn dieses kranke Geschöpf berührt ihn tief
Doch nun ist er müd ... wie schön in die warme Stube zu gehn
setzt sich hin
läßt Wein bringen Brot dampfend heißen Schinken
fragt matt das Mädchen das ihn bedient: „Wo ist die Wirtin?"

Das Mädchen lächelt ihn an
denn dieser Fuhrmann ist ein hübscher freundlicher Kerl
Doch er lächelt nicht zurück wie ers sonst getan ...
wenns um schöne Mädchen ging ... war er nie lahm
Prall – derb süße Liebesnächte hier und dort
im Perigord im Massif Central ... nie hat er sie verschmäht

Doch jenes fremde Wesen das er in der Auvergne aufgelesen ...
in adlig – kostbarem Kleid
ernst bedrücktem Gesicht Verzweiflung in blauen Augen
anfangs nur schweigend doch später fiebernd auf seinem Karren
denkt er nur an sie ... vergeht im Nu jede Lust
auf prall – derb süße Liebesnächte ... er weiß nicht warum
Es ist ihm als hätt jenes fremde Wesen ihn in ein
furchtbares Unglück verstrickt nie hat sies erwähnt
doch er hats gefühlt

Sie ist weit weit entfernt von den Freuden irdischer Welt
Keine Lust könnt sie in sanften Schlummer wiegen
kein Männerspiel kein Lachen keine Liebe

Ach warum hat er sie nur aufgelesen in diesem Kaff
hoch oben in der Auvergne ... erinnert sich ... wie sie ...
dort saß ... in der Fuhrmannsschenke umwogt von
vornehmer Adligkeit durchzogen von grandioser Trostlosigkeit

„Wo sind Eure Diener? Wo steht Eure Kutsche?"

hatten die Männer in der Schenke gefragt
und sie sich schweigend einen Weg gebahnt
durch plötzlich aufflackerndes unflätiges Gelächter
sich neben ihn gesetzt denn er saß allein und fremd
und sie hatt alle Männer kraftvoll energisch zurechtgewiesen
herrisch Meute gemustert und sie hatten schnell geschwiegen
neugierig horchend warum sie ihn angesprochen:

„Nehmt mich mit in den Osten"
„Morgen früh fahr ich erst weiter" hatt er ungelenk geantwortet

und sie: „Wann fahrt Ihr? Gegen fünf? Werd vor der Schenke
stehn" Und sie war aufgestanden
langen Spießrutenlauf
durch Schneise grober Kerle gegangen
mit unbeweglicher Miene
Und es war so viel Macht von ihr ausgegangen
daß keiner der Männer es gewagt sie zu demütigen
alle ... schweigend zurückgewichen

Der Fuhrmann wußte nicht wo sie die Nacht verbracht
doch im Morgengrauen stand sie da
in azurblauem Seidenkleid Haar sorgfältig geordnet
scheu hat er sie betrachtet dann gefragt:

„ Fräulein habt Ihr kein anderes Kleid?"

Sie hatte an sich heruntergesehn Stirn gerunzelt Kopf geschüttelt

„Ihr solltet aber so nicht fahren Fräulein Es paßt nicht Wißt ...
bin ein simpler Fuhrmann ... und die Sorte von Menschen der wir
begegnen ...werden Euch Reichtum neiden Euch berauben"

Da hatte Marie den Fuhrmann mit so glühenden Augen angesehn
daß er zusamengezuckt erschrocken gedacht:
sie ist an der Grenze zu irgendwas

nimmt ihren unpassenden Aufzug gar nicht wahr
steht in adligem Kleid in einer Fuhrmannsschenke
jemand der sich nicht auskennt muß denken sie sei eine Hure
erkennt nicht die Gefahr kennt keine Fuhrleut weiß nichts
von Räubern und Verbrechern die ihren Tribut fordern
in dichten dunklen Wäldern
weiß nichts von grausamen Spießgesellen

Da ... ihm wird jetzt noch ganz merkwürdig ums Herz ...
erinnert er sich ...
hat sie ihn angelächelt als hätt sie seine Gedanken gelesen

„Habt Ihr kein Geld um Euch anders zu kleiden?"

Marie hatt nur erwidert: „ Fahrt zu!"

„So schenk ich Geld für ein Bauernkleid" hatt er eingewendet
doch sie ihn unterbrochen: „Fahrt zu!"

267

Fuhrmann hatte droben in der Auvergne den schmalen Schädel
geschüttelt Reise begonnen nicht geheuer wars ihm und
Marie hatte geschwiegen bleich
von Stunde zu Stunde Tag für Tag erschöpfter hoch in den Bergen
Dhatt er ihr eine alte Pferdedecke über die Schultern gelegt
damit Nebel sie nicht zu sehr durchnässe ...

Und nun steht die Wirtin vor ihm fett mit hartherzigem Blick
er schrickt aus seiner Erinnerung hoch
„Was kann ich für Euch tun?" ... „Gut war der Schmaus Kenn ja
Euer Haus Für heut Nacht hab ich eine Kammer bestellt
Doch das ists nicht was mich nach Worten suchen läßt Wißt Ihr
hab vor Tagen in der Auvergne droben ein Fräulein mitgenommen
wurd mir schnell krank
ist heut gleich im Stall neben das Pferd gesunken ...
merkwürdig Ding
Morgen muß ich in aller Frühe fort doch ich denk das Ding ist zu
krank ... kann sie nicht weiter fiebernd und schwach
durchs Gebirge schleppen
Also geb ich Euch zwei Louisdor für sie holt morgen den Bader ..."

Die Wirtin hört mißtrauisch des Fuhrmanns Worte
denkt: eine Hure hat er sich mitgenommen von dort oben und nun
mag er nicht mehr nun ist sie ihm fad ...

„Ists eine Bunte die von Ort zu Ort tingelt? Hier haben wir keine
Lasterhöhle Mann!" ... „Nein nein!" wehrt der Fuhrmann heftig ab
„Ist was Edles und Feines darauf geb ich mein Wort! Ist nur krank!"

Wirtin hört weiter mißtrauisch argwöhnisch hin sagt frech:

„Bringt sie mir die Pest ins Haus? Oder sonst eine lasterhafte
Seuch? Ich warn Euch Mann!"

Dreht sich auf der Stelle um geht in den Hof
holt eine Laterne tritt in den Stall leuchtet findet Marie
schweißüberströmt fiebernd gekrümmt
sieht das kostbare Kleid zartes edles liebliches Gesicht

„Fi donc! Da schwirrt mir Unglück ins Haus!" murmelt sie

„Heut ists spät doch morgen in aller Früh wenn der Fuhrmann
schon auf dem Wege ist werd ich sie mir in die Zange nehmen
wird mir ihre Identität preisgeben müssen"

Fahler Laternenschein hat Marie aus dumpfer Ohnmacht getrieben

„Wasser" stöhnt sie Schweiß perlt ... da geht die Wirtin leismurrend
knurrend fluchend zu einem Bottich schöpft mit der Kelle Wasser
geht zurück zu Marie hält Kelle an ihren Mund Marie trinkt
fällt zurück fiebernd in völlige Erschöpfung

Wenn sie mir nur nicht stirbt heut nacht denkt die Wirtin
und: loswerden muß ich sie ... vielleicht hat sie ... die Pest im Leib
geht zurück in die Wirtstube es ist spät und morgen
beginnt ein neuer Tag

Marie liegt wirre Bilder wollen sie zwingen ... Delirien ziehn
will sich verkriechen verstecken schützen
doch erbarmungslos wirft sich Geschichte auf Geschichte über sie
wirre Bilder wollen sie zwingen
sieht sich an ihn angekettet Monster doch nicht nur sich
sondern auch die Mutter das ermordete Kind
sieht sich aufgeteilt in unterschiedliche Menschen und doch eins ...

Grausames Spiel ... an ihn gekettet ... als das Land unterging
Flutwellen Gischt die alles niederriß erinnert sie sich ...
Zuflucht gesucht gefunden in Fleurac Land hochgetaucht oder auch
nur Frequenz aus Urtiefen des Ozeans
Delirien ziehn
alter neuer Ort bringt ihr keine Ruh sie ringt um die Macht
Delirien ziehn ...

Da steht er vor ihr ... klein feist stiernackig kantig und hart
woher nimmt er die Aura der Vornehmheit? Allpotenz?
Delirien ziehn
wälzt sie sich schweißnaß tränenüberströmt
wehrlos grausamen Bildern ihrer Seele ausgesetzt ...

sieht sich in gläsernem riesigen Raum
sieht fremde Männer groß blaß schlank
die sorgenvoll vor glänzenden fremden Geräten stehn
hört einen von ihnen sagen merkwürdig ...
wieso möcht sie ihn Vater nennen? ... hört ihn sagen:

„Wir müssen uns beeilen Zeit steht hoch im Zenit Wenn wir es
nicht sofort schaffen Verbindung zu unserem System zu verankern
ist unsere Aufgabe nicht erfüllt

Die fremden Mächte haben den Angriff begonnen Seht!
Das weiß sie ... die Erde ist bald ... auf Jahrtausende von
heimischgalaktischem Bewußtsein entfernt ... Warum und wieso?
Weiß es nicht
Und es blinkt funkt glimmt in den gläsernen Raum hinein
und die Männer laufen zu fremdartigen glitzernden Geräten
fingern an ihnen herum
alles ist zu karg alles zu hell durchsichtig für Marie und sie hört:

„Du verschiebst den Energiefluß zu sehr nach rechts!
Da ist taubes Gestein Information kann nicht hinein
wird nie zu entziffern sein ... verliert sich in Geröll Gestein!"

Und sie hört es wieder funken erinnert sich an eine Verbindung
zu ganz bestimmten Sternen
die nachts durchs gläserne Palastdach funkeln
tagsüber: gläserne Wände mit weitem Blick über
tropisch seichtes Meer
sieht die Männer Früchte essen hört sich fragen: warum nur das?

Hört den Mann den sie Vater nennen möchte sagen: „Wir vertragen
nichts anderes und äßen wir Fleisch könnten wir nicht gläserne
Paläste bauen nicht in gläsernen Kugeln fliegen
nicht zu den Sternen hochfunken
könnten unsere Erscheinung nicht modifiziern
vom Fleische der Tiere essen macht dumpf und stumpf ...
vom Fleische der Tiere essen macht zum Tier ... "

Schon sieht sie sich hurtig Treppen hinablaufen
gläserne Türe öffnen steht am Ufer gelblich seichten Meeres
ein Kahn liegt vertäut dumpfbrütende Hitze weht ...
vergessen hatte sie ... im kühlen Glaspalast
daß diese Hitze kaum zu ertragen ist
mein Herz steht gleich still denkt sie steht schon im Kahn
stakt alles ist ihr so wohlvertraut
Bäume mit schuppenartigen Rinden Lianen
fauliger Geruch Echsen schnappen hoch
Gefahr liegt in der Luft sie stakt bis sie nach einer Weile
fremdes Ufer erreicht
Dunkelheit ist hereingebrochen plötzlich kein Laut
furchtbare Stille fast
hat sich so gewöhnt an helle friedliche Atmosphäre
im gläsernen Palast

daß ihr nun angesicht düsterer Stimmung
Angst bis zum Herzen rast
Warum kam sie hierher? Weiß es nicht
Spürt nun: fremde dunkle starke Kraft trifft sie in die Magengrube
wie ein Schlag
Ihr wird schlecht kann sich nicht auf den Beinen halten wankt
legt sich auf fremden Boden ... atmet kaum ...
sieht: es steht ein Fremder vor ihr klein feist vierschrötig fett
es ist so als lähme er sie ... sie stakt zurück durch das seichte Meer
dumpf – schwüler Nebel wabert dicht
vor gläsernem Palaste vertäut sie den Kahn
blickt sich um ... sieht den Fremden staken in fremdem Boot
wie in Trance öffnet sie mit geheimem Code gläserne Tür
läßt sie geöffnet ...
Absolutes Verbot das sie bricht Warum? Weiß es nicht

Steigt die Treppen hoch legt sich still schnell in ihr Bett
blickt in blinkende Sterne
Gefahr ist im Palast
denn der Fremde ist durch die geöffnete Tür geschlüpft ...
Warum? Weiß es nicht
Denn sie weiß nichts von den Geheimnissen himmlischer Welt
schläft ein wie in Trance als hätt sie der Fremde hypnotisiert ...
wird wieder wach
denn es tost im gläsernen Palast Holz birst Glas knirscht
fühlt: es ist Furchtbares passiert
läuft sie barfuß über hölzerne Dielen und
dann sieht sie das Unglück schon:
jener Fremde steht vor den Monitoren ...
die Männer die hier leben ... zu denen sie gehört
stürzen auf ihn zu reißen ihn zurück ringen mit ihm
doch es ist zu spät ... jener den sie Vater nennen möchte
steht nun am Geräteturm fingert fieberhaft an Knöpfen ruft:

„Die Leitbahnen sind blockiert! Es ist metallische Information
die auf uns zurast! Ich wußte ja uns bleibt nicht Zeit den Perigord
auszurichten auf unsere Frequenz Wir sind aufs äußerste bedroht!"

Er läuft aufgeregt zu gläsernen Schränken sucht ...
Während die anderen Männer mit dem Fremden ringen ...
doch es ist schon geschehn ... dunkle Macht
wollte das Werk dieser Männer vernichten und hats geschafft
denn herrisch beherrschen läßt sich die Erde nur
wenn man sie von konkurrierenden Kräften trennt

Genau das hat der Fremde Abgesandter feindlicher Mächte getan ...
Sie alle wußten schon lang ... Kampf steht an
doch ahnten nicht daß die Feinde ein Kind benutzen würd
um ins Zentrum fremder Geschäftigkeit einzudringen
Warum lebt sie – das Kind – denn hier mit den Männern?
Warum gibt es keine Frauen?

„Es ist zu spät!" hört sie jenen sprechen den sie Vater möchte
nennen. „Laßt uns Körper verlassen bevor der Palast
auseinanderbricht Laßt uns hoffen daß ...
wie unvollkommen unser Werk auch gewesen sein mag ...
doch einiges durch die Leitplanken in die Erde geflossen ist
hier gespeichert bleibt ... bis ein neues Zeitalter beginnt"

Und er greift nach einer Schatulle will Kugel und Stab
aus glitzerndem Kristall hineinlegen mit sich nehmen
da gibts gewaltigen Knall ... eine Explosion und ...
sie werden alle durch den Palast geschleudert gewirbelt
Stab und Kugel fallen aus der Schatulle
rollen über den Boden die Männer versuchen sie zu greifen doch
es geht nicht mehr neuerlich explodierts alles birst
Balken knirschen

Noch ehe sie in den Weltenraum entfliehen können
stürzen berstendes splitterndes Glas Balken nieder
begraben alle unter sich und Marie sieht in letzter Sekund
wie gläserne Kugel geschliffener Stab rollen rollen rollen
und der dunkle Fremde mit letzter Kraft auf allen Vieren kriecht
nach dem Stabe greifen will
doch dann tödlich getroffen wird von riesiger gläserner Wand

Und seichtes Meer stürzt hoch zu gewaltiger Gischt
verschlingt alles ... Männer Kugel Stab ... Marie ...

Wirre Bilder wollen sie zwingen Delirien ziehn
wälzt sie sich schweißnaß tränenüberströmt
wehrlos fremdartigen Bildern ihrer Seele ausgesetzt
Erwacht sie ... Morgendämmerung spürend ...fühlt
daß Hände sie abtasten ... da öffnet sie die Augen sieht ein Weib
habgierig niedrig gemein murmelnd:

„Irgendwo muß diese Hure Geld versteckt haben
Kleid ist zu prächtig Gesicht zu edel und fein"

Da setzt sich Marie hoch starrt aus fieberglänzenden Augen
fremdes Weib an flüstert:

„ Er hatte lang gesucht bis er begriffen wie die Acht
die uns untrennbar verband zu kappen wär ... es war schwierig ...
denn: immer dann wenn wir auseinanderschwangen ...
waren wir durch einen bestimmten geheimen Rhythmus
dennoch verbunden doch er ließ nicht locker
Es mußte möglich sein Acht zu kappen durch Dissonanzen
Vernichtung rhythmischen Spiels
und irgendwann hatt ers begriffen und so begann das Spiel:
jene von fremden Sternen
hatten die ihnen unbekannte Macht plejadischen Gestirns ...
nämlich faszinierende Liebesfähigkeit ... sexuelle Exstase ...
für eigene Zwecke nutzen wollen ... nicht um zu lieben
sondern um eigene Herrschaft errichten zu können ..."

Als das Weib solche Worte hört weicht sie zurück murmelt:
„Ist in schlimmsten Delirien Wer weiß was ihr sonst noch fehlt"

Und Marie steht schwankend auf geht zur Stalltüre schwankt
tausend Rußflocken tanzen vor ihren Augen
Kraft will sie verlassen
doch das Weib habgierig niedrig gemein drängt sie hinaus

Marie schwankt azurblaues Kleid zerknittert voller Stroh
draußen reißt eiskalter Wind an schweißverklebtem Haar
kann kaum sich aufrecht halten
schleppt sich zur Straße Kleid flattert im Wind
schleift am Boden ... die Wirtin hindert sie nicht
schleppt Marie sich ... immer weiter bis das erbärmliche Weib
sie nicht mehr sehen kann
Kleid flattert im Wind
Wolken jagen Regen prasselt
da hält schon ein Fuhrwerk denn von weitem hat
ein schmutzig vergrämter Kerl sie schon im Auge gehabt
junges Mädchen in blauem Kleid
sie kommt ihm gerade recht so ein verlorenes Geschöpf
Soldatendirne Hure was weiß er ... Abschaum ... nichts wert
Schon reicht er ihr die Hand so daß sie sich hochziehn kann
umgreift gierig mit Blicken ... Gesicht ihre Gestalt
sie setzt sich auf den Karren ... Regen prasselt Wolken jagen
sinkt sie nieder in Delirien verfangen
immer wieder immer wieder träumt sie träumt sieht sie sieht:

daß sie vor ihrem Ebenbild steht
nackt vor Entsetzen ihre Seele ... denn dieses Ebenbild
ist eitel selbstsüchtig dumm
keine Spur von Liebesfähigkeit niedliche Gespielin
niedrige Gemeinheit selbstherrliches Dummchen
maßlos überheblich hat es tierisch sie ... die Rivalin ... gewittert
fremdes Gut an sich gerissen ... wissend ...
Rivalin muß vernichtet werden ... jene die wahre berechtigte
Ansprüche stellt
Wie kappt man die Acht? Streß machen! Dissonanzen schaffen!
Er darf sich nicht drehen können muß eingekerkert sein
in Dummchens maßlose Überheblichkeit
darf keine Zeit haben wahre weibliche Identität zu entdecken ...

Und die Rivalin? Schwächen! Sie häßlich nennen!
Raffiniertes Schurkenstück ... Heiligkeit in den Schmutz gezerrt
täte sies nicht müßte sie dienen ... Herrschaft ... ade!

Gekappte Acht Weiblichkeit ausgetauscht es ist sie ...
dies noch nicht begriffen die nicht glaubt ...
Liebe? Sternenzelt?
Statt dessen: Herzlosigkeit Würstchenbude Plunder Plüsch ...
sich fortwährend in den Gedanken– und Gefühlsstrom
anderer hineinreden
Acht kappen! Dissonanzen schaffen!
Alles ist nun besudelt von intrigantem dämlichen Geplapper
Rivalin die Schöne ist beschmutzt entnervt niedergezerrt ...

Marie wacht hoch aus wildem Traum Es regnet nicht mehr
Wie weit sind sie gefahren? Sie weiß es nicht
Hört breiten Strom rauschen Karren steht in dunklem Wald
Dämmerung läßt sich sanft nieder
zwischen Zweigen und Gesträuch ... Wie lang sind sie gefahren?
Wieviele Mal ist Dämmerung gekommen und gegangen?
Sie weiß es nicht Weiß nur es ist kalt ... und sie ...
vollkommen durchnäßt ... Tod komm nur bald ...
Nase spitz und bleich

Und sie spürt wie der schmutzig vergrämte Kerl sie vom Karren
zieht schimpft und grollt ... vor so einer wie ihr habe man ja Angst
Was sie nur geredet hab! Da verzichte man freiwillig auf Dank
für solch lange weite Fahrt
könnt man verrückt werden höre man ihr zu

und sie liegt ... auf nasser Erd ...
und doch kann ers nicht lassen ihr am Kleid zu reißen
nun erst begreift sie was er will
da erwachen letzte Lebenskräfte in ihr und sie ringt mit ihm

hat er plötzlich scharfkantigen Stein in der Hand schlägt und reißt
und plötzlich klafft an ihrer rechten Brust eine Wunde
Blut fließt spritzt
Da bekommt ers mit der Angst denn die Wunde ist groß
Da schwingt er sich auf seinen Karren
zerrt an Pferdes Zügel schreit „Hü!" rumpelt davon

Und Marie liegt halb erfroren eingescharrt
in nasses faulendes Laub und Moos

Doch Tod ist ihr nicht beschieden
Sie wird gefunden von einem derben doch braven Gesellen
der eine Abkürzung nach Haus durch den Wald genommen

Er schleppt sie zur Straße und bald wird sie aufgeladen
auf anderen Karren braver Gesell hält ihre Hand
Fast ohnmächtig nimmt sie wahr daß man sie in das Haus
des derben Gesellen gebracht
breiter Fluß rauscht
schon im Flur des engen schiefen Hauses nimmt sie wahr:
Geruch von zu derbem Essen schmuddeligen Kindern
sie starren Marie an ... aus dunklen lumpig–verschmutzten Seelen

Man trägt sie morsche schiefe Treppen hoch ... legt sie ...
auf schmutziges Lager Blut fließt aus ihrer Brust
dann wird sie ohnmächtig
während ein altes Weib ihre Wunde versorgt ...

Das was derber Gesell nicht weiß denn er war eine Weile fort
von zu Haus ... fällt ihn nun bösartig an:
die Pest wütet im Weiler im nahen Dorf in seinem Haus

Hatt er sich schon gewundert daß sein Weib ihn
nicht willkommen geheißen ...
hatt er schon bei dem Gedanken an kreischende Bälger
eine Faust gemacht
So stand fremde Stille vor ihm wie ein Feind

Da liegt sein Weib in enger Kammer

kann sich nicht rühren alle Lymphdrüsen geschwollen
Körper mit eidicken Geschwüren übersät

die beiden größten am Hals sind aufgeplatzt blutiger Schleim klebt
Sein ältestes Kind tupft mit einem schmuddeligen Tuch
an den aufgeplatzten Geschwüren herum
bleich schmal ahnend wissend
daß kurzes graues Leben bald beendet sein wird

„Geh" flüstert Weib schwach Atem geht pfeifend
„sonst steckt Ihr Euch an" ... „Seid nur ruhig"
antwortet derber Gesell
„werde zur Nachbarin gehn ... Pulver holen
dann wird Euch bald besser sein"

Es widert ihn sein Weib Und während er hinüber geht
in ein nicht minder schmales feuchtes Haus
die alte Nachbarin Pulver anrührt ... beginnen sich ihm die Haare
zu sträuben denkt er daran daß er zurück muß
in sein schmutziges Haus Wie schrecklich!
Da hat er ein fremdes Mädchen in Pesthauch gestürzt ...
sicher ist: alle werden sterben
Kaum kann er denken an schweren schwülen Gestank
der seit eh und je in seinem Hause schwingt
Da ekelts ihn auch vor seinem Weib
elendes häßliches aufgeschwemmtes jammerndes Stück Fleisch
war schon immer zu schlampig
wie oft hat er ihr gesagt daß sie Ungeziefer vernichten
Ratten und Mäuse fernhalten soll
doch sie kippt ungeniert allen Abfall hinters Haus
und nun das ... fragt er die alte Nachbarin:
„Wer ist bei Euch zu Haus?" ... „Nur meine Magd und ich"
antwortet die Nachbarin erstaunt „Was wollt Ihr denn?"

„Geht hinüber pflegt das fremde Mädchen und meine Frau
Hier geb ich Euch genügend Louisdor Muß schnell fort"

Drückt der verdutzten Frau das Geld in die Hand
geht schnell
damit sie ihn nicht mehr einholen kann
geht und stiehlt sich davon

Die alte Nachbarin geht in fremdes Haus
fuchtelt mit der Hand ob des mörderischen Gestanks

steigt in die Dachkammer und als sie sieht
daß fremdes Mädchen schläft ... säubert sie die Wunde noch einmal
legt frisches Tuch auf
geht dann eine Treppe tiefer fährt entsetzt zurück
als sie in die Schlafstube des kranken Weibes tritt
sieht daß immer mehr Geschwüre aufgebrochen
eitrig–blutig–schleimige Flüssigkeit rinnt

schickt sie das älteste Mädchen frische Tücher klares Wasser holen
weiß sofort: hier herrscht die Pest

Nicht eine Woche geht ins Land
da laufen die Räucherknechte durch jedes Dorf jede Stadt
Pechstöcke brennen Karren mit Leichen werden gezogen
Die Pest herrscht über dem Leben der Menschen ...

Alle in diesem Hause sind gestorben ... nur Marie hat ...
wie durch ein Wunder überlebt
Droben unter dem Dach in enger Kammer gelegen
in Delirien dumpfem Schlaf
nichts gehört nichts begriffen was geschehn nur gehustet
ob des beißenden Rauches der auch in ihre Kammer schwang

Irgendwann hatt sie genügend Kraft mit der alten Nachbarin
steile Stiegen hinunterzusteigen Totenhaus zu verlassen
wird von der Alten weiter gesund gepflegt
doch die Wunde will nicht heilen Pesthauch hindert

Lange dunkle Wintermonate lebt sie an diesem Ort
an breit rauschendem Fluß

Pest ist gegangen Tote begraben Frühling läßt linde Lüfte flattern

Da verabschiedet sie sich von der Alten
dankt mit Gold das sie aus azurblauem Kleide geholt
rollt schönes Seidenkleid ein ... steckts in einen Beutel kleidet sich
in Knabenhosen weite Jacke
steht am breiten Fluß wartet auf den Fährmann
während Flößer Baumstämme dirigieren

Und dann steht sie schmal blaß zart hinter dem Fährmann
der das Schiff über reißende Strömung lenkt
sieht am fernen Ufer dunkel bewaldetes düsteres Gebirg
will muß es durchwandern damit sie dem Osten näher kommt

277

Vielleicht bleibt sie aber auch nur eine Weil am anderen Ufer
findet dann Flößer die sie mitnehmen auf breitem Fluß
mitnehmen in den Norden damit sie dem Osten näher kommt

Die Männer und Weiber hier sehen grobschlächtig aus
dumpfer häßlicher als die Menschen des Perigord
sie fürchtet sich ein wenig
auch weil sie der fremden Sprachen nicht mächtig doch es muß sein

Kalt waren die Nächte
während sie draußen lag halb erfroren eingescharrt
in nasses faulendes Laub und Gras
Marie von Rouffier – geboren auf Schloß Fleurac
krank lag sie
in übelsten Quartieren
elend schmerzgekrümmt
doch niemals hadernd

niemals grollend grübelnd das Schicksal spiele ihr übel mit

geht ihren Weg arm verloren einsam verbannt
Wissen in ihr wie ein Samenkorn
Wissen davon daß sie allem Leiden der Welt
allem Grauen der Menschheit
aller Verzweiflung gefallener Seelen begegnet sein muß

Warum?
Noch weiß sie es nicht Noch ist sie Marie von Rouffier
Körper und Ahnen Gefühl ohne Verstand
Sehen und Riechen Lachen und Haß
Lieben und Kämpfen Verlieren Vergehn

Und es ist der Schwarzwald der sich an Ufern des Rheines erhebt
dem sie entgegen geht ...

Schwere dumpf–düstere Häuser stehen
Als sie wieder festen Boden unter den Füßen fühlt sie sich schwach
Vielleicht geht sie erst eine Weile bevor sie mit den Flößern spricht
da winkt ihr ein schmaler großer Mann vom Kutschbock seines
Wagens ruft: „Wollt Ihr auch nach St. Georgen?"

Sie versteht seine Sprache nicht weiß auch nichts von diesem Ort
doch fühlt sich so schwach daß sie nickt

278

Schmaler großer Mann hält sein Pferd an
Und wieder sitzt sie auf einem Karren ... wer weiß welchem
Schicksal sie nun entgegenrumpelt?

Kein Wort versteht sie von dem was der Mann erzählt
begreift ahnt: er sucht einen Knecht
zart sei der Knabe schmal und blaß doch man werde ihn schon
füttern mit Milch und Käs ... auf der Alm ...
Sie kann den Irrtum nicht korrigiern weiß ja
daß sie zur Sicherheit ... diesmal ... Knabenkleidung trägt
außerdem würd der Mann sie nicht verstehn

Zu ihrem Schrecken stellt sie fest daß er Kurs
auf die steil ansteigenden Berge nimmt
so weit wollt sie nicht ... eher am Ufer des Rheines rasten
Flößer nach einem Orte mit dem Namen ... Berlin ... ausfragen
oder einfach nur ein wenig fremde Sprache lernen
nicht aber auf einer Alm in dunklen Wäldern leben
Nein sie muß absteigen will nicht mit ihm fahren ...

Und sie deutet ihm anzuhalten ... er versteht sie nicht
lächelt freundlich rumpelt weiter hoch ins Gebirg
und wie es unaufhörlich immer höher geht
da wird Marie Angst und sie hält den Mann am Arme fest
ruft schreit daß sie absteigen möcht ...
er lächelt freundlich doch rumpelt weiter da nimmt sie ihren Beutel
springt vom fahrenden Karren auf die steinig holperige Straß

Doch weil sie viel zu schwach klaffende Wunde an der Brust
immer noch nicht gut verheilt
fällt sie so unglücklich daß sie mit dem Kopfe an einen Meilenstein
knallt und ohnmächtig auf der Straße liegt ... wacht auf
weiß nicht wie lang sie schon in Bewußtlosigkeit gelegen
öffnet die Augen in dunkle Kammer durch niedriges Fenster fällt
mattes Licht
läßt das prachtvolle nun zerknitterte schlammfleckig blaue Kleid
mild leuchten
es hängt an einem Nagel an Bretterwand so daß ihr Blick
vom Bette aus sofort darauf fallen muß

Marie sieht an sich grobes doch sauberes Leinenhemd
blutigen Verband auf der rechten Brust
möchte aufstehen doch schon beim Aufrichten
fällt sie kraftlos zurück

In dieser Sekund öffnet ein Mädchen die Tür lächelt als es Marie
bei Bewußtsein sieht trägt schön geschnitztes Stöcklein in der Hand
lächelt aus rundem Puttengesicht porzellanene Klarheit
Augen hellblau leuchtend wie Frühlingshimmel
nicht älter als jenes Kind das ermordet ... in Fleurac

Marie lächelt zurück möcht sprechen doch aus ihrem Mund
kommt nur qualvoller Laut Hals ist geschwollen
Das kleine Mädchen kommt ans Bett
hält schön geschnitztes Stöcklein hoch über Maries Hals
spricht in fremder Sprache
und Marie wird plötzlich wieder müde Augen fallen zu ... schläft

Als sie wieder erwacht fällt durch niedriges Fenster
heller Sonnenschein beleuchtet grell
das Kleid prachtvoll nun zerknittert schlammfleckig blau
Marie stöhnt auf will sich aufrichten doch es geht nicht
stöhnt Durst quält sie stöhnt und wieder öffnet sich die Tür
und das kleine Mädchen steht vor ihr ...
ruft etwas in fremder Sprache und sofort erscheint
eine kleine schmale dunkelhaarige Frau spitznasig Blick stechend
Buckel deutet sich an

Marie spürt wie ein feiner harter Strahl von ihr ausgeht
er trifft und Marie weiß: diese Frau besteht nur aus Mißtrauen Neid
Mißgunst Härte und bösem Haß

Weib nimmt das kleine Mädchen herrisch an die Hand
so daß es neben ihr stehen muß: schweigend still und brav
Plötzlich wirkt das Kind bekümmert stumpf und blaß
Weib redet in fremder Sprache auf Marie ein
schüttelt mit harter Hand das Kissen zurecht

Marie kann nicht antworten Worte fehlen ihr ... Durst quält
immer heftiger spricht das Weib
da hat sich das Kind mutig von der Seite der Mutter gewagt
verläßt den Raum kommt zurück mit irdener Schale voll Wasser
hält sie mit kleinen Armen an Maries Mund sie trinkt gierig
sinkt dann erleichtert zurück

Sieht wie die Mutter das kleine Mädchen haßt
am liebsten irdene Schüssel aus Händen schlagen würd ...
zerrt sie das Kind hinaus aus der Kammer schließt heftig die Tür

Marie versucht langsam mühsam sich aufzurichten
Bett zu verlassen zu einem bedeckten Kübel zu schwanken
der in einer Ecke des Raumes steht ... irgendwann irgendwie
hat sies geschafft
sich dann wieder ins Bett zu legen mit letzter Kraft

Stunden vergehn und wieder öffnet sich die Tür
das kleine Mädchen tritt ein
bringt Schale mit frischem Wasser Marie trinkt
strähnig schweißnasses braunes Haar gelbliche Haut
magerer Körper
hilflos matt und krank liegt sie in fremdem Land

Und wieder hebt das Kind fein geschnitztes Stöcklein hälts
über Marie ... da fragt die Kranke langsam stockend
mühsam Worte aus ihrem Halse quälend:
„Was machst Du denn da?" Das Kind antwortet in fremder Sprache
Doch zu ihrem größten Erstaunen erkennt Marie
daß die Beschwerlichkeiten der Reise Krankheit Kummer Qual
sie verändert haben ... etwas ist geschehn ...
kann nun Gedanken lesen ... liest aus Gesicht Augen ...
Gedanken des Kindes ... aus fremdem Laut:

„Das ist mein Zauberstab Den hat mir der Vater geschnitzt
weil ... hab schon immer gedacht gesagt daß ich zaubern kann
mit einem Stab auch mag ich gern mit den Wetterfeen sprechen
damit sies regnen oder schneien lassen
auch die Sonne läßt sich von meinen Bitten bewegen
ja ... und die Wolken freuen sich immer auf mich

Doch die Erwachsenen lachen über mich wenn ich davon sprech
und wenn ich gar zu sehr darauf besteh
dann prügelt mich der Vater ganz ganz schlimm
und die Mutter ist eine harte Frau
und wir leben hier bitter arm auf der Alm ... "

Und das Kind lächelt aus hellem Puttengesicht
lieblich und strahlend
Und Marie lächelt zurück liegt erschöpft ... atmet schwer
Hals und Brust scheinen riesige geschwollene Wunde zu sein

Und es tritt wieder in die Kammer das böse Weib
neben ihr nun ein feingliedriger doch ebenfalls buckliger Mann
mit grauen Augen schütterem Haar

ein Feigling ein Tunichtgut denkt Marie der nur funktioniert
wenn man ihn duckt ... täte mans nicht ..
würd er hausen mit scheußlicher Grausamkeit

Das böse Weib zieht aufgeregt Luft durch die Nase ein
stößt den Buckligen zum Bette hin
und er beginnt zögernd schüchtern in ihrer französischen Sprache
zu reden ... während das böse Weib mit hartem Gesicht
an der Tür stehen bleibt alle Kraft auf den Buckligen konzentriert

Spricht der Bucklige holprig langsam als müsse er
aus Urtiefen französische Worte ins Licht der Gegenwart zerren:

„Ihr müßt sofort gehen Die Frau leidet nicht eine Kranke im Haus
Steht auf nehmt Euer blaues Kleid"

Marie atmet schwer wie soll sie aufstehen und gehen
in düsterem Gebirge
mit blutender Wunde geschwollenem Hals
und so schwach daß sie sich kaum aufrichten kann!

Doch sie sieht in des bösen Weibes Gesicht
daß hier keine Gnade keine Hilfe kein Erbarmen zu erwarten ist
zwingt sich aufzustehn doch kaum geht sie einen Schritt
bricht sie vor Erschöpfung zusammen
fällt polternd auf hölzerne Dielen Blut fließt aus ihrem Mund

Haßerfüllt spricht die Frau Worte in ihrer harten Sprache
befiehlt dem Buckligen dem Kinde ... nicht zu helfen
sie habe sich selbst zu helfen die Fremde

Beschämt geht der Bucklige beschämt geht das Kind
und durch geöffnete Kammertür hindurch kann Marie sehen
wie in der Wohnstube eng und dunkel
das Weib sich mit hastiger Bewegung am verrußten Ofen
zu schaffen macht mit Kochdeckeln klappert
Marie liegt wie gelähmt vor Angst
Nicht einmal im Traume hätt sie gedacht daß es solche Art von
Menschen gibt ... werden sie mich liegenlassen in meinem Blut?
Weiß: ja dieses böse Weib wirds tun ist der personifizierte Haß
wird mich hier krepieren lassen
Und wieder fließt ein großer Schwall Blutes aus Maries Mund

Und wieder erwacht sie ... sieht wie durch düsteren Schleier ...
bleichen Knaben am Boden knien nicht drei Jahre älter
denn das andere Kind ... er wischt stumm das Blut von den Dielen
stumpf sein Ausdruck hoffnungslos verbraucht zersetzt
ohnmächtig kraftlos demütig in aller Qual gezeichnet von
willenloser Schwäche

Der Bucklige kommt in die Kammer spricht verlegen stockend
in französischer Sprache:

„Der Herr kam heut heim der Euch hierhergebracht
und als er sah daß Ihr blutend am Boden lagt
hat er befohlen daß Ihr hierbleiben sollt ...
denn der Winter ist noch einmal widergekehrt ...
das geschieht oft hier oben in den Bergen ... "

Das Mädchen ist auch in die Kammer getreten
in kindlich hellblauen Augen kann Marie lesen was geschehn ...

Da gibt es den Vater Bergbauer doch so arm
daß er häufig als Tagelöhner hinunter muß zum breiten Strom
Meistens versäuft er deinen Tagelohn noch drunten am Rhein
und wenn er hochkommt mißhandelt er Knabe und Weib

Darum also denkt Marie ist dieser Knabe so willenlos
sieht ... wie er schweres Holz schleppt ... Meiler durchglüht
wie er hungrig heimkommt und der Vater ihn
erbarmungslos schlägt ... wie er hungrig in einer Ecke kauert
bewegt er sich nur ... zieht der Vater den Lederstriemen ...

Oh Welt denkt Marie ... oh Welt ... oh Menschen ...
was seid Ihr für Höllenwesen!
Lauf ich denn dem Grauen immer mehr entgegen ...
je mehr ich in den Osten geh?

Es ist die Hölle auf Erden und sie sieht wie der magere Mann
der zu ihr so freundlich gewesen ...
den feigen unterwürfigen Knaben haßt
ihn mit bösen Blicken verfolgt ihn stumm schlägt
an den Haaren reißt in den Schneewald zerrt wie der Knabe
mit loderndem Grausen im Blick zurückkehrt
sich wie ein Tier hinter dem Ofen verkriecht

Niemand weiß was der Vater ihm angetan

das böse Weib blickt kaum hin
und Marie sieht wie der Mann auch das Weib brutal schlägt
mit einem Eisenhaken solang bis Blut fließt Haut zerfetzt
sieht das Weib stumm schluchzen ... stumm schluchzen!

Entfesseltes Grauen denkt Marie
Und wie ... überlebt ... das Kind mit engelgleichem Puttengesicht?

Schönes und Gutes Zartes und Liebes hat das Schicksal
mit diesem Kind in die siebte Hölle ins entfesselte Grauen gesandt
vielleicht weil nur so ...
grausam entartete verlorene Seelen zu retten sind?
Oder werden sie den schönen kleinen Engel genauso morden wie ...

Und sie sieht wie der bleiche Knabe am Boden kniet wischt
den Lappen auswringt
über den Arm nun hängt nach hölzernem Eimer greift
nicht wagt Marie anzusehen ... Ach wenn ich nur aufstehen
wenn ich nur gehen könnt schnell diese Hölle verlassen ...
doch es schmerzt die Brust so sehr ... da spricht der Bucklige:

„Der Herr hat befohlen daß die Kammertür von nun an
geöffnet bleibt damit ihr nicht mehr stundenlang
in Eurem Blute liegen müßt ... "

Da streift der Knabe sie doch nun mit scheuem Blick
Tür bleibt geöffnet Marie sieht den großen verrußten Ofen
der im niedrigen Raume steht schmale Bank davor
auf der ein Kätzchen liegt
leckt sich die Pfoten grauweiß getigertes Fell
ganz jung ists rotes Zünglein streift übers Fell
hört das Geklapper irdener Schüsseln
Kohldunst zieht herüber säuerlich und alt

Sie scheinen sich nicht auszukennen im finsteren Wald
weil sie keine Waldfrüchte Pilze getrocknet haben
keine Wurzeln und Kräuter
vielleicht sinds ja auch die dunklen Tannen dieses Gebirges
die allen das Gemüt verdunkeln

Sieht am Fenster Schneeflocken treiben Schnee gräbt sie alle ein
nie hat Marie Ähnliches gesehn
Feuer im Ofen beginnt zu prasseln und das kleine Mädchen kommt
fährt mit hölzernem Kamm durch Maries verklebtes Haar

wäscht mit feuchtem Tuche Gesicht ihre Hände
und das Weib erneuert düster schweigend den blutenden Verband

Und wie Marie matt liegt hat sie Sehnsucht
nach ihrer hellen schönen Heimat dem Perigord
sieht das zierliche Schloß Fleurac überm Tal
kostbare Möbel und Kleider zarter Duft der durch alle Räume zieht
liebliche Stille
Halbtöne gedämpfte Farben in ihren Räumen
Oh wie sie liegen konnte und träumen! Stundenlang!
Wie sie es nie leid war den Blick schweifen zu lassen
über goldene Bilderrahmen venezianische Spiegel
geschnitztes Holz kobaltblaue Stuhlpolster
Wie sie es liebte Blumen zu pflücken
Schneeglöckchen ... porzellanen grüngerandet
und Wochen später Veilchen mit solchem Duft
daß jeder Raum durchflutet schien wenn sie Sträuße davon
in silbernen Schalen auf Tischen verteilt
Rosen ... im Sommer und Herbst ... rote rosafarbene Pracht
schwer nickend aus Vasen
Ach wieviel Kraft strömte mit ihnen in einen Raum hinein
Kraft von Erde und Sonne Kraft von Farbe und Form
Kraft von Licht Luft und Duft ...
erhob die Sinne und plötzlich war leichtes Schreiten

Ach die Erinnerung tut so weh daß Marie sich ans Herz faßt
sieht ... wie man hier in diesem Haus von solchen Weisheiten
nichts gar nichts weiß!

Warum räuchert das bucklige Weib die stickigen Räume nicht
mit getrockneten Kräutern aus?
Warum läßt sie nie genug frische Luft herein damit Dunst
schmuddliger mißhandelter Körper hinausgezwungen ... so wie
Angst und Haß?

Finstere Hölle in die Marie geraten und sie stellt sich vor
wie der Mann das Weib und umgekehrt in einen Abgrund gestürzt
alle in endlos schwarzer Tiefe verfangen verklebt
aus der es kein Entrinnen gibt Warum nur? Warum?

Welt oh Welt! Menschen oh Menschen! Was tut Ihr Euch an?

Es ist Hölle auf Erden die sie hier mitleben muß
sieht wie der magere Mann der zu ihr freundlich gewesen

den feigen unterwürfigen Knaben haßt
ihn mit bösen Blicken verfolgt doch nun da die Türe geöffnet
nicht wagt ihn zu schlagen
sieht wie sich Wut im Manne staut auch in dem Weib
und plötzlich bricht Gezeter los ... wild und unbeherrscht
und Marie steht auf voller Müh und Qual
denn das Gezänk will und will keine Ende nehmen
schleppt sich in schweißdurchtränktem blutendem Leinenhemde
in die Wohnstube
weil Gezeter in ihren Ohren dröhnt wie Untergang der Welt
wankt auf die Frau zu mit erhobener Hand doch ist so schwach
daß sie sich nicht mehr auf den Beinen halten kann sucht Halt greift
nach hinten ... an die Wand greift blindlings in eine Kette hinein
weiß nicht wozu sie gehört

Doch im verzweifelten Haltsuchen Greifen Niedersinken
reißt sie die Kette mit sich und ein dunkles hölzernes Gehäus
zwei schwere eiserne Zapfen poltern mit
Hört Holz splittern krachen und einen schrillen Schrei
den die Frau ausstößt ... ein Schrei der nicht verhallen will
vom Munde des Weibs ... bis zur düsteren Decke steigt niedersinkt
und sich wie zu Materie gewordenem Entsetzen
über alle und alles legt ...

Nie hat Marie solches Wehklagen gehört es ist Hölle auf Erden
die sie hier mitleben muß
Bleicher Knabe stürzt zu den Trümmern des Holzes
dem dunklen Ungetüm das über Marie niedergerissen ist
sie weiß nicht was es ist ... Schwäche fällt über sie her
doch unvergessen bleibt ihr Gesicht mageren Weibs:

Haß Vernichtungswille in jedem Zug ihres Gesichts
sinkt sie mit dem Knaben vor den zertrümmerten Resten
des dunklen Ungetümes hin
Tränen brechen aus ihr heraus so heftig als seiens
Jahrtausende zurückgehaltene Hoffnungslosigkeit Schmerz
Stück für Stück des zersplitterten Holzes nimmt das Weib
in ihre mageren Hände ... drückt sie an ihr Herz ...

Da steht plötzlich das kleine Mädchen zieht an Maries Arm
komm ... hört sie lautlos ... komm ... schau nicht in ihr Gesicht
ihr Schmerz wird Dich vernichten genauso wie ihr Haß

Erstaunt stützt Marie sich auf erhebt sich mühsam

wankt zurück in die Kammer das grob gezimmerte Bett
sieht in des Kindes Augen ... weiß nun was geschehn ...

Ist eine Uhr die sie niedergezerrt grob geschnitztes Ding
in dem ein hölzerner Kuckuck saß der jede Stunde die Zeit laut rief
Hatte sies nicht gehört? Ja erinnert sich dumpf

„Kuckuck! Kuckuck!"

kams aus der Uhr ... Dieser letzter Rest ...
von buckligen Weibes gediegener Aussteuer
bravem Vermögen das sie mit in die Ehe gebracht ...
letzter Rest den ihr der Mann nie hat nehmen können
wie eine Furie hat sie diese Uhr gegen ihn seine Raubgier verteidigt
Alles hat er ihr genommen versoffen versetzt
jedes Stück Leinen jedes Nachthemd jeden Schmuck
nur die Uhr ... nur die Uhr ... war ihr geblieben ...
die Uhr hat ihr immer alles bedeutet ...
in diesem erbärmlichen trostlosen verkommenen Leben
War Erinnerung an ... Symbol für ...
Reichtum Kunst Kultur ... hier ... im Schwarzwald

Mit einer so kostbar geschnitzten Uhr ... war man wer ...
selbst den schönen wertvollen Tellerschrank
irdene Schüsseln bemalt gebrannt
alles alles hat der Mann ihr genommen
irgendwann auf den Karren geladen sie hat es nie vergessen

Erbärmliches trostloses verkommenes Leben
hätt er auch nur einmal nach der Uhr gegriffen
sie hätt ein Messer genommen ihn getötet ...
viel zu sehr rast in ihr Verzweiflung Schmerz
über ein vertanes grausames Leben in diesem Gebirg

Marie deutet vom Bette aus dem Kinde ...
ihr das azurblaue Kleid zu bringen ...
will ein Goldstück von den vielen die sie eingenäht ...
herausnehmen es dem Weib geben ...
zehn kostbarste Uhren wird sie sich davon kaufen können ...
selbst auf das Risiko hin
daß man ihr hier das Kleid wegnimmt ...

Das Kind hat Marie verstanden ohne ein Wort antwortet stumm:
„Jetzt nicht! Wenn der Vater es sieht ....

nimmt er ihr und Dir Dein Vermögen sofort weg
fährt ins Tal besäuft sich verplempert alles mit Dirnen ...
wart lieber bis einmal keiner im Haus
hol dann eine Münze heraus ...schenk sie der Mutter
und zwar so daß es niemand außer Euch sieht ..."

Marie versteht liegt schweigend weiß ...
es wird eine harte Zeit für sie ... in diesem Haus ...
sieht das Weib immer noch am Boden knien Gesicht verweint

Und Tage fließen gleichförmig dahin
man bringt ihr frisches Laken reines grobes Kleid
das Weib wächst so über sich hinaus Marie liegt ...
Schnee schmilzt
kalter Sturm peitscht um das Haus Frühling hat sich durchgesetzt
Buckliges Weib verfolgt Marie mit Blicken des Hasses
wie oft steht sie
vor den Scherben der Uhr Splittern verbogenem Metall
und doch bringt sie es über sich
die Kranke zu pflegen ihren Haß zu zähmen schickt den Knaben
oft mit heißer Suppe die Marie trinkt in kleinen Schlucken ...

Und als der Frühling in voller Blüte
wärmende Sonnenstrahlen auch in dieses Haus dringen
da weiß Marie:
nun bin ich soweit hergestellt daß ich weiterwandern kann
zurück ins Tal ... mit den Flößern in den Norden ziehn

Und sie schlüpft wieder in Knabenhosen
azurblaues Kleid zusammengerollt in unscheinbarem Bündel
küßt das kleine Mädchen zum Abschied
reicht der Frau ohne daß es jemand sieht ... Goldstücke ...
deutet auf die Splitter der Kuckucksuhr spricht ...
soviel dieser Sprache spricht sie nun ...
soviel hat sie von dem Kinde gelernt:

„Kauft Euch davon neue Uhr ... neues Kleid ...viel Brot ...
neuen Tellerschrank ... lindern soll das Gold Eure Not ...
denn ... Ihr wart zu mir gut habt Euren Haß überwunden
mich gesund gepflegt ... obwohl Ihr so bitter arm verzweifelt
obwohl Ihr kaum genügend Hirsebrei gehabt"

Gierig greift das bucklige Weib nach dem Gold ... dankt nicht ...
und Marie geht ... das kleine Mädchen winkt ...

lächelt aus rundem Puttengesicht porzellanene Klarheit
Augen hellblau leuchtend wie Frühlingshimmel
Engel in Hölle hinabgestiegen um verlorene Seelen zu erlösen

Kalt sind die Nächte
während sie draußen liegt halb erfroren eingescharrt
in nasses faulendes Laub und Gras
Marie von Rouffier – geboren auf Schloß Fleurac
krank liegt sie
in übelsten Quartieren
elend schmerzgekrümmt
doch niemals hadernd
niemals grollend grübelnd das Schicksal spiele ihr übel mit

Geht ihren Weg ... arm verloren einsam verbannt
Wissen in ihr wie ein Samenkorn
Wissen davon daß sie allem Leiden der Welt
allem Grauen der Menschheit
aller Verzweiflung gefallener Seelen begegnet sein muß
Warum?
Noch weiß sie es nicht Noch ist sie Marie von Rouffier
Körper und Ahnen Gefühl ohne Verstand
Sehen und Riechen Lachen und Haß
Lieben und Kämpfen Verlieren Vergehn

Und sie findet ... als schmaler Knabe getarnt ...
einen Weg zu derben Flößergesellen
balanciert auf Baumstämmen ... um sich rauschende Flut ...
Schwäche und Angst wechseln sich ab

Doch als die Sonne immer kraftvoller
durch schwere Wolken bricht Tal sich weitet
da ist sie versöhnt
hortet schmuddeliges Bündel mit azurblauem Kleid
wie einen Diamanten
lernt zu handeln lernt zu schweigen lernt zu reden ...
in fremder Sprache sich auszudrücken

Wie oft in Morgen– oder Abenddämmerung
hört sie ein Geräusch neben sich grüßt ihn wie einen Bruder
jenen der unsichtbar ... für die anderen ... doch ...mit ihr geht ...
feingewebte Hose aus einem Stoff den sie nicht kennt
verzweifelt wie sie selbst
wie oft flüstert er ihr Worte von solcher Schönheit

daß sie ihr Schicksal vergißt ihm lauschend ...
Ufer des Rheines ... herbe Landschaft vorbeigleiten läßt ...

Ihr Wälder schön an der Seite
Am grünen Abhang gemalt
Wo ich umher mich leite
Durch süße Ruhe bezahlt
Für jeden Stachel im Herzen
wenn dunkel mir ist der Sinn
Denn Kunst und Sinnen hat Schmerzen
gekostet von Anbeginn
Ihr lieblichen Bilder im Tale
Zum Beispiel Gärten und Baum
Und dann der Steg der schmale
der Bach zu sehen kaum
Wie schön aus heiterer Ferne
glänzt einem das herrliche Bild
der Landschaft die ich gerne
Besuch in Witterung mild.
Die Gottheit freundlich geleitet
Uns erstlich mit Blau
Hernach mit Wolken bereitet
Gebildet wölbig und grau
Mit sengenden Blitzen und Rollen
des Donners mit Reiz des Gefields
Mit Schönheit die gequollen
vom Quell ursprünglichen Bilds. " *

Bis an die Ufer des Rheines brandet grausamer Krieg
saufende mordende Horden plündern und säen Gewalt
doch Tod und Vernichtung sind ihr ... hier ... nicht beschieden
immer wird sie gerettet immer kann sie fliehn
Breiter Strom trägt sie mit
hoch in den Norden wo dunkle Wälder dicht stehn
breit und flach das Land ... eben ... mehr Himmel denn Land
wo breiter Strom sich unbekümmert winden kann dümpeln
schwemmen reißend fließen
wies ihm gerade paßt ... ... dort ... breit und flach das Land ...
eben ... mehr Himmel denn Land ... dort sagt man ihr:

„Knabe willst Du nach Berlin mußt Du in den Osten ziehn"

* *Friedrich Hölderlin*

Wälder dicht ... Vorsicht oberstes Gebot!
Alle Klugheit alle Kenntnis deutscher Sprache sind vonnöten
denn schwedische Soldatenhorden haben
grausame Instinkte des Volkes geweckt
man mordet vergewaltigt rädert hier schnell
Scheiterhaufen sieht Marie lodern und es ist ihr bang
Volk wird immer plumper und blöder stärker und böser
ihre zierliche Kleinheit fällt auf

Müd und erschöpft liegt sie oft ... fragt sich ... warum?
Warum liebliche Heimat verlassen?
Um wen und was zu finden? Monster Kinderschänder
hinterhältig verlogenen Knecht des Bösen
doch ... was hab ich gesehn bis jetzt?
Die ganze Welt ist voll davon!
Wo ich auch hinseh ... Elend Verzweiflung Mord und Gewalt
Was zählt da mein kleines erbärmliches Schicksal? Nichts!
Doch dann sieht sie wieder das Fronbauernkind vor sich stehn
nach Perlenschnüren greifen hört unsichtbaren Bruders Worte:

Wo der Pole Klang verhallt
Lacht vollendeter Dämonen
Priesterlichen Dienst zu lohnen
Schönheit in der Urgestalt
Dort im Glanze mich zu sonnen
Dort der Schöpferin zu nahn
Stiegst Du so zur Erde nieder Königin im Lichtgewand!
Ha! Der Staub erwachte wieder
Und des Kummers morsch Gefieder
Schwänge sich ins Jubelland
Durch der Liebe Blick genesen
Freut und küßte brüderlich
Groll und wilder Hader sich
Jubelnd fühlten alle Wesen
Auf erhöhter Stufe dich *

 Und neue Kraft durchflutet Marie weiß sie doch
weiß sie ... will ihr Leben opfern um zu begreifen ...
weiß ... Königin im Lichtgewand ...
kindlich noch ... Puttengesicht ... porzellanen fast ... Augen hellblau
wie der Frühlingshimmel ... Schönheit Apartheit
Liebe zur Harmonie lässige Eleganz mit der es geht und steht

* *Friedrich Hölderlin*

wacht erst hoch aus dunklem Alp
in sanfte Blütenträume wenn es Maries Stimme hört
weiß sie ... stiegst Du zur Erde nieder wurdest gemordet
immer wieder

Maries Weg ist noch weit ... sie wandert fährt läuft
rumpelt auf Karren in Kutschen über holprige Straßen
irgendwann ... erreicht sie ihr Ziel ... das sagt ihr innere Stimm
kein Geld kein Gold mehr ... lang hats gereicht ...
eifersüchtig gehortet ... immer versteckt ... kein Geld mehr
steht nun vor einem Orte den man Berlin nennt ... nennen wird
mager ausgelaugt zierlich klein ... steht sie ...
weiß nicht aus noch ein
geht langsam durch Straßen vorbei an Häusern
die üble Dünste auszuatmen scheinen
vierschrötig schwerleibige Menschen gehn
es ist ihr als ob die Luft erfüllt sei hier von Neid Habgier Haß
Männer sehen gewalttätig ... Marie weicht unwillkürlich zurück
tritt in einen Gemischtwarenladen
in dem es so abscheulich riecht daß ihr übel wird
und doch weiß sie ... hat ihr Ziel erreicht ...
hier wird sie Antwort finden
hier kommt er her hier ist er zu Haus ...

Und sie möcht sich ... immer noch als Knabe getarnt ...
in einem Handerwerkerbetrieb verdingen ...
spricht in gutem Deutsch
denn vieles hat sie gelernt ... auf ihrer Reise hierher
Die fette Händlerin gemischter Waren
spricht starken fremden Dialekt mustert ihn ...
vermeintlichen Knaben ... geringschätzig ...
ist ja nur Haut und Knochen viel zu bleich viel zu gebrochen

Doch wart er nur junger Handwerksgesell
da sei ein paar Straßen weiter der Meister Bär
der brauche schon einen Lehrling ... ja gewiß ...
denn sein eigener Sohn sei zu dick fresse den lieben langen Tag
fresse die ganze Nacht
tauge nicht einmal zum Hobeln des Holzes
da geriete er gleich außer Atem stände in schwabbelndem Fett
und sie lacht die Händlerin
mustert vermeintlichen Knaben verächtlich

Marie geht ... findet Haus des Meister Bär

292

klopft an dunkelbraune schwere Eichentür
eilige Schritte hallen auf Steinplatten Tür wird geöffnet
vor ihr steht eine kugelrunde Frau
in so fremdartigem Gewand daß Marie sich beherrschen muß
um nicht laut heraus zu lachen
fliederfarbenes Kleid von gröbster Seide
so grobem Fall daß es die strahlend lächelnde Frau
noch runder erscheinen läßt ... kugelrund
wie hingeweht ... Schleifen und Rüschen über das Kleid verteilt
unbeholfen plumpe Vornehmheit zeigen wollend
auf weißer Haube winzige Stoffblumen
erst dann sieht Marie: hinter strahlendem Lächeln
verbirgt sie eiskalt taxierenden scharfen Blick
Haut schimmert rosig
in ihrer Bewegung: zierliche Affektiertheit
die ganz und gar nicht zu ihrem gewaltigen Umfang
dem schiefen plumpen Hause paßt

Marie möcht den Mund auftun um Kost und Logis bitten
sei ein Handwerksbursch ... unterwegs
doch dickes Weib will sie gar nicht sprechen hören
plappert grandios scheinbar treuherzig harmlos
doch Marie fühlt: Bosheit

trippelt ... graziös sich dünkend ... vor Marie her
führt sie in die Werkstatt durch düsteren Flur
Meister Bär hält beim Hobeln inne
als er den schmalen zarten Knaben sieht
doch Marie durchfährts ... Ebenbild ... unverkennbar
hier steht der Vater ... hier steht sie an der Wurzel allen Übels
hier kommt er her ...
Sie schluckt kann kaum sprechen hat furchtbare Angst
doch dann kommen fast ohne Akzent
deutsche Worte aus ihrem Mund
weit gewandert sei sie ... er ... komme aus französischem Land
könne vom Kriege berichten
und wisse so manche Geschicht ... möcht sich verdingen ...
könne fein mit Holz umgehn
fein schnitzen ... so wies französische Art
Meister Bär sieht den Knaben lang an spricht kaum ein Wort
nickt dann deutet dem Weib ... eine Kammer bereitzustellen

trippelt kugelrundes Weib graziös sein wollend
vor ihr her durch düsteren Flur knarrend schiefe Treppe hoch

293

öffnet schmale Tür
Marie sieht winziges Zimmer in dem allerlei Gerümpel
doch immerhin ein Bett ... Luxus den sie kaum noch kennt
schließt dankbar die Augen
schiebt ungutes Gefühl Angst beiseite ... ein Bett!
Kein Strohlager auf dem sie müde und stumpf gearbeitet
abends niedersinkt um einzuschlafen schnell wie ein Tier
um zu vergessen ...
von welch dumpfer Plumpheit sie in diesem Land umgeben
Bett! Laken! Kein Stroh!
Und sie sagt leise zur Frau: „Dank Euch."

Da dreht sich die Frau zu ihr hin tritt ganz nah an sie heran
so daß Marie zurückweichen will
doch es geht nicht der Raum ist zu klein
frischer Apfelduft strömt von der Frau ihrem raschelnden Kleid ...
steht so nah vor Marie
daß sich ihre Körper berührn ... es ekelt sie ...
spricht die Dicke:

„ Ich Ich Ich bin eine gute Frau Hab auch neue Hosen und
ein frisches Hemd für Dich Oh ja ... ich ich ich bin gut ...
schau nur aus dem Fenster hier ... hinunter auf den Hof
Siehst Du das weiße Huhn? Nein? Es wird morgen geschlachtet
nur für Dich ... oh ja ... ich mein es gut mit Dir
Wir werden feine Suppe essen ... es macht nichts
daß gerade dieses Huhn mein Lieblingstier
sieh es hat auf dem Rücken schwarzen Flecken
und jedesmal wenn ich in den Hof geh
kommt es auf mich zu und ich streichle es
und es pickt mir Körner aus der Hand ... oh ... es liebt mich!
Und jeden Tag legt es ein Ei
daß ich meinem Buben zu essen geben kann!"

Marie hat Angst Lüsterne Vertrautheit scheint ihr nicht normal
doch eh sie sich besinnen kann hört sie dröhnendes Gebrüll
fährt zusammen hört:

„Mäus komm sofort! Red kein dummes Zeug!"

Da hebt dieses kugelrunde verrückte Weib die Stimme
ruft affektiert wie ein junges Mädchen hinunter:

„Ja mein Schatzilein! Bin schon da!"

Marie hat Angst
während das kugelrunde Weib
affektiert
schmale Stiege hinuntersteigt schweres Seidenkleid hebt
als sei sie in einem Palast
da hört sie girrendes albernes Kichern grunzendes Murren Knurren
da schließt Marie schnell die Tür setzt sich aufs Bett
bricht in Tränen aus Marie hat Angst

Irgendetwas stimmt hier nicht das fette Weib ist verrückt
doch viel schlimmer:
auf geheimnisvolle Art hat die Dicke in den wenigen Minuten
die sie so nah vor Marie gestanden
ihr alle Kraft geraubt
Marie ist ganz schwach
die Dicke hat Marie in Sekundenschnelle einfach ausgesaugt
ausgeleert alle Energie genommen
alles was sie noch besessen kann kaum den Arm mehr heben
deshalb stand sie so nah
weil sie wußte daß sie so ... Kraft abziehen kann
Marie hat Angst

Und es fällt ihr Blick auf das schmale Bett Gerümpel
erinnert sich wehmütig an Schloß Fleurac
Himmelbetten Bezüge aus feinster Seide Polster Kissen
und sie möcht sterben vor Sehnsucht
Sehnsucht nach dem Perigord heller lieblicher Landschaft
Sitzen im flirrenden Frühlingslicht

Trocknet sich mit dem Ärmel zerlumpten Hemdes das Gesicht
geht dann zurück durch düsteren Flur in die Stub
aus der sie Stimmen hört
an langem Eichentisch sitzen Meister Bär kantiger Mann
mit ebenso klarer rosiger Haut wie die Frau
und ein schwammig aufgedunsener etwas 30jähriger Kerl
das Bübchen von dem die Frau sprach
beide Männer schauen aufmerksam Marie an
mustern sie dann aus grandioser Uberheblichkeit
wie Marie sie nicht kennt
nicht einmal die Mutter Noble des Perigord hätte gewagt
so gnadenlos mit einem Knechte einer Magd umzugehn
seis auch nur mit einem Blick

Kugelrunde Frau stellt gerade eine Schüssel hin

„Setz Dich lab Dich an meinem herrlichen Essen
Oh es gibt nichts Besseres auf dem Tisch meine Lieben ...
als ein guter Eintopf ... wißt ihr ... die Linsen in diesem Gericht
hab ich extra beim Bauern Möncke gekauft ... wißt ja ...
er ist ein großartiger Mensch ... nur ein bißchen zu dick
Einen halben Löffel hat er mir umsonst gegeben
weil ich den ganzen langen Weg zu ihm gegangen"

Während solchen Plapperns setzt sich das dicke Weib
ganz gerade an den Eichentisch legt sittsam Hände
rechts und links neben den Teller
hebt den Kopf als sei ein fürstliches Bankett zugange

„Mäus!" schreit der kantige Mann laut „ haltet Euer Maul!"

Die Frau schweigt still lächelt strahlend als sei nichts geschehn
nimmt die Schüssel löffelt mit übertrieben zierlicher Geste
grobe Linsenmasse auf ihren Teller
schweigt still lächelt strahlend
Marie hat Angst
während die Männer sich vom Linsegericht bedienen
hat die Frau wieder zu plappern begonnen

„Ach das Leben ist herrlich mit einem Linsengericht!"

Marie senkt den Kopf
während die Frau sinnloses Zeug plappert
hebt sie mit dem Löffel Linsenmasse aus der Schüssel
sieht hin und ... ihr will der Hunger vergehn
in der breiigen Menge liegen fette Schweinebauchstücke
gebratenes Hirn Blutwürste aufgeplatzte Schweinefüße
Marie muß würgen
das fette Weib hats gesehn hört auf zu plappern
setzt sich noch gerader
sagt mit plötzlich dunkler machtvoller Stimme

„Da kommt so ein ausgemergelter Knabe her
und wagt es mir den Appetit zu verderben?"

Marie sieht hoch zur Frau
sieht klaren stechenden machtgierigen Blick grausame Härte
der in Sekundenschnelle schwindet
sanft rosigem Lächeln weicht
Marie weiß: diese Frau ist stahlhart unglaublich böse gemein

warum aber nur das alberne affektierte Getue
warum Schleifchen und Bänder und seidene Robe
in einem schiefen verwinkelten Fachwerkhaus?

Marie nimmt den Löffel ißt langsam voller Ekel Linsengericht
hält dann aber erschrocken inne
als Männer und Frau zu essen beginnen
wie ... Schweine im Stall
es ist als hätten sie alle Sinne
ja ganzes Wahrnehmungssystem verschlossen
um sich aufs Fressen zu konzentrieren
sind nicht mehr erreichbar beginnen mit einer solchen Gier
zu fressen schmatzen schlürfen knacken nagen
auf Tellern zu kratzen und zu scharren
fressen so schnell
während ihnen Brühe aus dem Munde läuft
Fleischstücke zwischen den Zähnen hängenbleiben
Schweine im Stall
Marie hat Angst Marie sitzt bewegungslos starrt wie gelähmt

Und während die Frau auf dem Teller gierig scharrt
fällt eine der Schleifchen
von der Kopfhaube ins Linsengericht

„Oh schau nur da ist mir ein Schleifchen abgesprungen
Warst Dus wieder Du Schelm?"

wendet sie sich affektiert neckisch zu ihrem Sohne hin
doch der frißt schweigend
Marie hat Angst
als das Mahl beendet wird in Zähnen gestochert
gerülpst und gefurzt
dann schaut der Sohn hoch sagt:

„Mutti jetzt den Zucker!"

„Aber ja mein Schwänzchen mein Spritzer!"

antwortet die Frau mit glänzendem Gesicht
springt trotz ihrer Fettleibigkeit behende auf
trippelt affektiert in die Küche
Marie wagt nicht Mann und Sohn anzusehn
doch möcht schon wissen
wieso ein simpler Schreinermeister Bär soviel Geld hat

um sich Zucker zu leisten ... selten sündhaft teurer Luxus
adliger Damen und Herren reicher Kaufleute
und möcht schon wissen
wieso eine Mutter ihren Sohn
mit so unzüchtigen Worten bedenkt ihn erniedrigt verniedlicht

Da spürt sie: beide Männer schweigen sie drohend an
wie ist es möglich denkt Marie habs nicht gewußt
daß Schweigen auch Bedrohung ist
sie müssen über magische Geheimnisse verfügen
diese gesamte verrückte Familie
doch Vorsicht sie darf ihre kritische Überlegenheit
nicht zeigen sonst wird man sie vielleicht erwürgen
Marie ist müde und erschöpft
die kugelrunde Frau raschelt in fliederfarbenen Kleide herein
stellt grobe Teller mit Zuckerstücken auf den Tisch

„Greift zu meine Männer ich überlaß Euch
das Schönste und Beste!"

Marie setzt vorsichtig und bescheiden die Stimme an:

„Erlaubt mir Frau mich ein wenig auszuruhn"

Ein lauernd abschätzender Blick aller trifft sie bis ins Mark

„Geh erst in den Hof" poltert Meister Bär derb los
„schlachtet das weiße Huhn Die Frau wünscht es Jetzt und sofort
Dann könnt Ihr Euch ausruhn bis morgen früh"

„Aber es ist doch das Lieblingshuhn der Frau"

wendet Marie schüchtern ein „Bist Du verrückt Junge?
Wie kommst Du auf solch abstruse Idee
Die Frau liebt doch kein Huhn! Geh laß dummes Geplapper!"

Marie schaut zur fetten Frau doch sie knabbert Zucker
mit geschlossenem Aug
Marie geht in den Hof er ist mit Gerümpel zugelagert
unglaublich denkt sie daß solche Unordnung möglich
Ratten Mäuse Ungeziefer
müssen hier leben wie im Paradies
fettes Fleisch liegt wie ein Stein in ihrem Magen
quält ausgemergelten Körper

greift schnell nach dem Huhn kann kaum Blut sehen
doch hat auf ihrer Wanderung gelernt
sich zu tarnen vorsichtig zu sein
Empfindsamkeit zu verbrämen damit sie nicht Opfer wird
muß sie töten
nimmt das Beil greift das Tier hackt schnell zu
gleichzeitig mit lautem Gekreische des Tieres
bricht fettes Fleisch Linsenmasse aus ihrem Magen heraus
erbricht sie sich über das geköpfte blutende Tier
beginnt zu schluchzen geht in die Knie ... sieht nicht
daß verfetteter Sohn sie beobachtet

steht sie auf wankt zum Brunnen
zieht stinkendes Wasser mit dem Eimer hoch
spült Tierkadaver Steinpflaster sauber nimmt Huhn aus
setzt sich dann auf kalte ausgetretene Stufen nieder
um den Tierkadaver zu rupfen
da geht über ihr ein Fenster auf die fette Frau ruft heraus:

„Hol Dir einen Sack aus dem Stall
darin sollst Du die Federn sammeln!"

Wirft einen rostigen Schlüssel herunter
Marie überquert den engen Hof öffnet die Stalltüre
übler Geruch verschlägt ihr den Atem
wild durcheinander geworfenes Gerümpel
fällt ihr entgegen nie hat sie je solche Unordnung gesehn
findet einzig einen zerfressenen Sack
sucht weiter sucht
da steht die fette Alte hinter ihr Gesicht grell gerötet
aha denkt Marie sie will mich kontrollieren

„Fand leider nur dieses zerfressene Stück"

die Frau nimmt es ihr schnell weg

„Oh solche Stricke die Männer werfen
Fetzen in den schönen Stall!"

Das werden die Ratten und Mäuse gewesen sein
die den Fetzen verursacht denkt Marie und:
warum sagt die Alte ... ‚schöner Stall' ...?
Ungeheuerliche Rumpelkammer ist ja wie ein Geschwür

in aberwitzigem Kontrast zu diesem Verfall
dicke Frau in fliederfarbenem Schleifenrüschenkleid
fett und vollgefressen wie ein Schwein

läßt den Blick gleichgültig über verrottetes Gerümpel
zu Bergen aufgetürmt gleiten wendet sich ab
den Sack in der Hand trippelt zurück ins Haus
Marie fassungslos hinter ihr her
ahne Schreckliches denkt sie
morgen werd ich wieder gehn ... weiß schon genug
weiß nun ... wie Monster entstehn

Die Frau setzt sich an den Eichentisch
holt ein stümperhaft bemaltes Nähkästchen
greift nach Nadel und zartem Zwirn
hebt den stinkenden Fetzen von Sack auf ihr seidenes Kleid
beginnt ihn zu flicken plappert drauflos:

„Mein liebes süßes Hühnchen nun bist Du tot
Kannst Deiner Mutti kein Küßchen mehr geben
und auch kein Ei mehr das ich meinem Bübchen ...
was für eine gute Frau bin ich doch daß ich für einen
Handwerksgesell mein Hühnchen geb"

Marie hat Angst
geht zurück in den Hof rupft das Huhn
sammelt die Federn in einem Tuch
bringt dann alles in die Küche
es riecht nach Kaffee Marie staunt ... Zucker und Kaffee?
Wie reich müssen diese Verrückten sein?

Die Alte flickt den Sack Schmutz und Getreidereste
liegen auf fliederfarbenem Kleid
Kaffee steht dampfend und duftend auf dem Tisch
verfetteter Sohn sitzt frißt Zucker schlürft Kaffee
Marie geht in ihre Kammer legt sich zu Tode erschöpft
morgen wird sie in aller Frühe gehen ...
schnell verschwinden
in diesem Hause hält sie nichts

In Wäldern gehaust
Moos und Zweige zusammengescharrt
Räubern und Mördern widerstanden
als Schreinerlehrling Holz geschnitzt

fremde Sprachen und Dialekte gelernt
schweigend in Postkutschen sich verkrochen
neben adliger Herrschaft schmal bescheiden gesessen
vor Soldatenhorden geflohen

Angst in kalten dunklen Wäldern überwunden
um was zu finden? Das?
Marie hat Angst
alles hier: Licht Luft Haus Wasser und Fraß
alles hier: düsterer Haß
Gier nach Fleisch und Wurst
tierisches Scharren und Schmatzen bei Tisch
Frau verrückt ... verschroben faltig–fettes Tier
das ihren schmalen Körper berührt
mit scheinbar einschmeichelnder Geste doch
insgeheim voller Hochmut Herrschsucht
fordernd gierend nach etwas das Marie nicht benennen kann
fühlt nur
wie ihr hier Atem Denken Fühlen Lebensodem abgezogen
wie die drei an Kraft und Frische gewonnen haben

Kanns nicht beschreiben es ist ihr als ob jemand ihr Blut saufe
als seien die drei Vampir in Menschengestalt
die nichts anderes suchen
als andere in dämonischer Abhängigkeit von sich selbst
sieht die Frau vor sich ... fett–triefenden Mund
sieht Schweinebauch darin verschwinden
beim Schmatzen wieder herausfallen
wie sie mit dem Löffel scharrt lautes kratzendes Geräusch
heftig gierig wild

Und es ist Marie als sähe sie das Geschlechtsteil der Frau
auf den Stuhl gepreßt fetttriefend tierisch groß dunkelfleischig
und es würgt sie ... muß morgen schon in der Dämmerung
fliehen ... nur weg aus diesem Irrenhaus ... nur weg ...
Menschen wie Ungeheuer aus einer Schattenwelt
Warum greift keiner ein?
Weil dieses Volk so ist? Alle Weiber hier so sind?
Kinder im Schattenreiche gezeugt?
Zwischen fettigen Linsen und Schweinebauch?
Gerülpse und Gefurze?
Gezeugt und geboren mit Vampirblut gestillt
darum hat also das Schicksal sie gerade hierher geführt

301

Und sie schreckt hoch mitten in der Nacht aus wildem Schlaf
Marie hat Angst
denn es ist jemand in ihrer Kammer
schemenhaft erkennt sie in der Dunkelheit verfetteten Sohn
da tappt er auf ihr Bett zu flüstert hämisch:

„Nun bist Du endlich wach? Glaubst ich bin blöd?
Glaubst hab nicht gesehn daß Du ein Mädchen?
Also her Deinen Hurenleib Soldatendirne was bist Du sonst!"

Und er öffnet die Hose ... Fleisch des Bauches fällt
fast bis zu seinem Geschlecht ... da springt sie hoch
flüstert heftig: „So werde ich schrein!"

Doch er lacht nur hämisch mit wulstigen Lippen:

„Glaubst Du Vater oder Mutter werden Dich schützen?
Eher wohl Dir befehlen mir untertan zu sein!
Warum hast Du Dich als Knabe eingeschlichen?
Meine Mutti gönnt mir jedes Weib!"

Haß und Ekel steigen in ihr so hoch
daß sie fetten Leib von sich stößt ... trotz Schwäche und Müdigkeit
weiß sich zu helfen hat es gelernt
eh er sich versieht sein schweres Geschlecht hochhebt
ist sie zur Kammertür hinaus
schmale Stiege hinunter Tür aufgeschlossen weg nur weg
und sie rennt atemlos die krumme Straße entlang
in schwarzer sternloser Nacht
rennt rennt aus der Stadt über Äcker bis hin zu kleinem Wald
scharrt sich ein wie ein Tier in nasses eiskaltes Laub
weint sich tränenlos in den Schlaf ... in die Nacht ...

Noch in der Nacht ... hat Meister Bär der Polizei
einen Bericht gemacht
Eine französische Hex – als Knabe getarnt –
habe sich eingeschlichen in sein Haus ... Arbeit gewollt
als Handwerksbursch getarnt ... man habe sie ihm gewährt
Doch in der Nacht sei der Knabe zu einer Hexe geworden
habe Huhn geschlachtet Blut getrunken Satan gerufen
magische Zeichen an Wände gemalt
und den Sohn des Meister Bär
zu unzüchtigem Verhalten verführt

Der arme Junge liege weinend auf dem Bett
halte sein Geschlecht
dann sei die Hexe auf einem Besen davongeritten
kreischend kichernd lachend
das gesamte ersparte Geld des Meisters
habe sie genommen und allen Schmuck der Frau

Nun sei es angebracht sie mit Wolfshunden zu suchen
das sei leicht weil sie Bündel mit einem azurblauen Kleid
in ihrer Kammer hinterlassen
könne nicht weit gekommen sein
falls sie zu Fuß unterwegs vielleicht reite sie aber auch ...
auf einem Besenstil ... dann wäre sie ... weiter weg

Und schon schnuppern vier gequälte mißhandelte Hunde
in schäbigen Ställen gehalten ... an Maries azurblauem Kleid
stürzen mit vier stumpfen Schergen aus der Stadt hinaus
nach einer Stunde ist sie gefunden
in tiefem Schlaf eingescharrt in nasses faulendes Laub
Hunde bellen Männer reißen sie hoch
Marie kann nichts sagen denn einer der Soldaten
schlägt ihr die Faust in den Magen
Blut sickert aus ihrem Munde fließt an Kinn und Brust hinunter

Soldaten zerren sie an Stricken über die Straße
Neugierige säumen den Weg
die Geschichte von Meister Bär hat schon die Runde gemacht
zerren das abgemagerte Geschöpf treibens mit Tritten
bis ins Stadtgefängnis und die Meute schreit:

„Franzosenhex Du wirst verbrannt!"

Bleich mit niedergeschlagenen Augen
sitzt sie vor den Richtern schüttelt den Kopf
als man sie nach gestohlenem Gold und Schmuck befragt
schüttelt den Kopf
als man Hexe sie nennt
schüttelt den Kopf
doch sie wird eingesperrt sitzt in nassem dunklen Keller
neben einer schweigenden Alten auch der Hexerei angeklagt
Soldaten schreien ihnen zu:

„So befreit Euch doch Ihr Hexen fliegt davon!"

303

Sie werden gefoltert mit glühenden Eisen
Maries Brüste sind bald eitrige Wunden
wird immer schwächer wird die Tortur nicht überleben
und als sie eines Abends dem Tode schon nah
in dunklen Keller geworfen ... flüstert sie:
„Warum? Warum muß es geschehn?"
Da setzt sich die zahnlose geschundene gequälte Alte
neben ihr auf und sagt: „Es ist der WeltenLauf"

„Das genügt mir nicht" antwortet schwach Marie

„Hab ich Heimat Vater und Mutter verlassen
um einem Monster Verbrecher Kinderschänder nachzuspüren
nur damit ich genauso geschändet ... vergeh?
Was hab ich verbrochen daß es mir geschieht? Hier?
Weiß nicht ob Ihr eine wahre Hexe seid Alte
Ich aber bin keine! Nur ein Mädchen! Auf der Suche ...
nach einem Mörder der ein Kind vergewaltigt zerstückelt hat
Welches Geschöpf wär so mutig gewesen
welche andere wär gewandert durch Wirren des Kriegs
von einem Land weit entfernt von hier
gegangen ohne Schutz gegangen ohne Protektion
keine adligen Verwandten die ich hätte besuchen können
jeden guten Ruf verloren ... als Knabe verkleidet
alle Konventionen mißachtend
mein ganzes Leben hingeworfen verwirkt nur ..."

Da spricht die Alte: „Hör mir zu! Bevor ich sterb ... vergeh!"

Marguerite hört die Legende vom Berliner Bären

Die Legende vom Berliner Bären

Nun da Ihr zuhört wehn sie herüber
jene Zeiten die weiter zurückgehn denn Ihr zu träumen wagt
Götter hatten die Menschen geschaffen
hier seis noch nicht erzählt obs Frevel gewesen Sünde gar

Götter hatten die Menschen geschaffen
noch war nicht siebter Schöpfungstag
noch fehlte den Menschen Intellekt Vernunft Verstand ...
noch lebten sie ... von Instinkten Trieben beherrscht
geborgen im Schoße der großen Mutter Erd

Da trug es sich zu an einem Orte
der in späterer Zeit Berlin genannt werden wird
dort ... wo Wälder dicht und unendlich standen
daß Menschen um ein Feuer saßen
hatten Lichtung gerodet Bäume gefällt
im unendlich dichten dunklen Wald ... zum erstenmal!

Legten sich später müde und satt
in den Schoß der Mutter Erd
blickten friedlich in Sternenhimmel
genossen funkelndes Himmelsall das ihnen bis dahin verborgen
denn Bäume Gebüsch und Blättergewirr
hatt ihnen den Blick nach oben verwehrt

Und wie sie nun Verbindung schufen mit funkelndem Himmelsall
da beschlossen die Moiren jene die alle Götter überragen:
diese Menschen sollen einen Schritt weitergehn
in der Evolution
tauchten sie in tiefen Schlaf
flüsterten ihnen Weisheiten hauchten ihnen Wahrheiten ein
die sie selbständiger unabhängiger machen sollten
von blinder Schicksalsmacht ... und so geschahs ...

Für die Menschen hieß das: vorwärtsgehn ...
Altes lassen Neues schaffen ...
erkennen daß Schöpfung alles und alle bewegt
erkennen daß alles kommt und geht

Unter ihnen war einer der weigerte sich vorwärtszugehn
denn sein altes Leben war zu sorglos zu schön zu bequem

Stark war er man bewunderte ihn ... Muskelspiel seines Körpers ...
niemand konnte wie er Bäume fällen Feuer schüren
Horde führen ... Mittelpunkt Anführer Herr war er ...

Nun sollte er Macht abgeben
nicht mehr bewunderter Mittelpunkt sein
tierischkraftvolle Art nichts mehr gelten
nun war anderes gefragt:
es galt dichten dunklen Wald verlassen
neue Welten suchen finden schaffen.
Das machte ihm Angst
Nein er wollte bleiben sich nicht verändern
immer nur bewundert werden ... Bäume fällen Feuer schüren ...

Doch die anderen ließen sich von den Sternen leiten
bewegten sich wanderten weiter

Wird mich nicht stören dachte er
werde neue Gefährten finden
Wald ist groß voll von Geschöpfen Tieren
ach werd mich schon amüsieren
werd schon wieder Mittelpunkt Herrscher werden

Doch Tiere mochten nicht seine Sippe sein
weil er nicht ständig heulen wollte wie ein Wolf
nicht krächzen wie ein Rabe nicht meckern wie eine Ziege
war ja kein Tier

Das Leben ohne Menschen langweilte ihn schnell

Zog er düster und einsam durch dichte Wälder
lief manchmal auf allen vieren um näher zu sein den Tieren

Doch das Leben ohne Menschen langweilte ihn schnell

Haarwuchs bedeckte Haut des Körpers
damit er nicht friere
zog er düster und einsam durch dichte Wälder
begann Sternenhimmel zu hassen jedes lichte Gefunkel

Da hatten die Moiren Erbarmen
sahen wie einsam er geworden durch Hochmut Starrheit Eigensinn
es war ja grad so mit ihm

wie wenn Wasser sich weigere zu fließen
deshalb versiege weils nicht bereit
Erde mit Kraft zu netzen ... Erde zu beleben ...

Gaben ihm die Moiren noch einmal Gelegenheit
sich aus Starre des Alten zu lösen führten ihn
während er düster und einsam durch dichte Wälder zog
zu seinem alten Volk

Jene indes ... hatte neue Welten geschaffen ...
schöne Häuser an breitem Flusse standen
Sonne hüllte milden Glanz
konnten Türme bauen ließen Wimpel wehn und flattern
sprachen nun eine Sprache ... mit vielen Worten
die er nicht verstand
Mädchen und Knaben waren von schönerer Gestalt
nicht mehr dumpf düster plump nicht mehr voller Diskant
da fiel ihn Neid an wie ein böses Tier ... Haß ...
denn hier konnt er nie mehr das sein was er einst gewesen
Held strahlender Mittelpunkt ...

Kinder schrien als sie ihn sahen mal stand er
mal ging er auf allen vieren ... behaart und degeneriert

„Bär!" schrien sie „Bär nennen wir Dich!"

Doch als die Alten des Volkes ihn erkannten
hatten sie Erbarmen
nahmen ihn auf wiesen ihm eine Hütte zu
er wußte nicht was darin tun legte sich davor
von plumper Gestalt klein vierschrötig fett Geist beschränkt
von Hochmut Starrheit Eigensinn durchtränkt
war er der rückständigste derbste Gesell
der je in diesem Volke existiert
Ein Steinmetz erklärte sich bereit ihn in die Lehre zu nehmen
Stein fein zu schlagen ... Stein fein zu setzen
doch er lernte schlecht Geist beschränkt
von Hochmut Starrheit Eigensinn durchtränkt
konnt ers nicht ertragen der Dümmste Ungeschickteste
zu sein ... wollte Befehle erteilen Herrscher sein

Man begann ihn zu meiden ... weil er nicht sprechen lernen
weil er alles besser wissen ...
weil er sich nicht einfügen wollte ... in neue Gegebenheit

Da wuchs in ihm solcher Haß und Neid daß er begann
Fahnenwimpel zu reißen ... Häuser brannten lichterloh

Sie jagten ihn fort mußten es tun
denn er hätte ihre Kultur zerstört dazu war er stark genug
wurde zurück in den Wald getrieben
wagte er sich zurück konnten sies von ihren Türmen sehen
schossen Pfeile ab auf ihn

Wanderte er einsam durch dunklen dichten Wald
kehrte immer wieder zurück
um jene deren Mittelpunkt er einst gewesen
zumindest aus der Ferne zu sehen ... voller Haß ... voller Neid

Und es kam der Tag da lag er am Flusse
versteckt unter einem Busche nah seiner Sippe
beobachtete Menschen ihr fröhliches Treiben
Weiber beim Baden
lag und sah und in ihm wuchsen Trauer Haß Neid Einsamkeit
Dämmerung brach ... Weiber gingen heim

Da eilte am Ufer eines der schönsten Mädchen
dieser Menschenrunde
hatte Beeren Pilze Kräuter gefunden
mutig sich vorgewagt an Waldes Wildnis Rand
eilte nun heim ... Dämmerung brach

Wußte würde die Mutter versöhnen mit seltenen Kräutern
für lange leichtsinnig weite Abwesenheit
eilte nun heim ... Dämmerung brach

Da sah der Bär seine Chance gekommen
rollte sich vor unter dem Busche
stürzte sich auf das Mädchen stammelte mit den wenigen Worten
die er sprechen konnte:

„Willst Du mit mir gehn? Tief hinein in den Wald?
Wieder so leben wies früher gewesen?
Sieh! Ich bin schön! Für Dich wird es große Freud!"

Und er ließ seine Muskeln spielen
doch als das Mädchen den plumpen Kerl stammeln sah
begann es zu lachen nahm ihn nicht ernst
Da wußte der Bär: wird mich nicht freiwillig nehmen

also nehm ich sie mit Gewalt Und so geschahs
Denn das Mädchen konnt sich so schnell nicht wehren
Denn der Bär war stark

Indes sahen die Moiren voller Uberraschung Empörung
was jener mit der Gnade die ihm gewährt
im Begriff war zu tun ... fuhren dazwischen Doch es war zu spät
Same gegossen

Nie hatt es an diesem Flusse
grelleren Blitz mächtigeren Donner gegeben
nie hatt prasselnder Regen gegossen
nie war entschlossener der gewaltige Saturn
von den Moiren gerufen
niedergefahren ... nie hatt er zornbebender gesprochen:

„Wie konntest Du elender Wicht
dumm und herrschsüchtig faul voller Hochmut und Eigensinn
wie konntest Du es wagen gerad jene zu vernichten
die Kunst Schönheit Poesie
unter diesen Menschen hat schaffen sollen
bis ins siebte Geschlecht
berufen ausgewählt ... ja ... von Venus selbst geschaffen
ausgestattet mit feinsten Sinnen
unsere Freude war sie ... unsere Lust ... unsere beste Arbeit
unser Spitzenprodukt!"

Doch den Bären kümmerte es nicht was Götter sprachen
war zu hochmütig blöd um zu begreifen
daß er ein ganzes Volk betrogen um Schönheit Kultur Kunst

Ihn interessierte nur daß er ein Weib besaß
konnte nun eigene Sippe schaffen
eine in der er Mittelpunkt Herrscher König Kaiser
der Schönste Herrlichste Beste war
schüttelte letzte Tropfen von seinem Geschlecht
achtete der Moiren nicht
die fassungslos im prasselnden Regen standen

Dieser degenerierte Halunke hatte sie einfach überrumpelt

Achtete der Moiren nicht
die fassungslos sahen wie er das schöne Mädchen
hinter sich herzerrte tief in den Wald hinein

einer wilden Ziege gleich
Da erst faßten sie sich sprachen Zauberspruch:

„Watute Watandei ... bist es nicht wert Mensch zu sein
und doch darfst Du ... wir haben es beschlossen
ein grauenvolles Geschlecht begründen
das bis in fernste Zeiten und Geschlechter
Unheil über die Menschheit bringt ...
Warum seis erlaubt?
Zur Lehre den Menschen
damit sie begreifen
daß Hochmut Starrheit Eigensinn Dummheit tierischer Instinkt
Herrschsucht Eitelkeit Egoismus und Faulheit eines Manns
jedes Volk in den Untergang führt!"

Doch der Bär war schon fort
Wanderte mit dem Mädchen langen Weg zurück
dorthin wo Wälder dicht und unendlich standen
dorthin wo er mit der Sippe einst um ein Feuer gesessen
dorthin wo er Bäume gefällt Feuer geschürt
dorthin wo er einmal gewesen ... bewunderter Mittelpunkt
dorthin wanderte er mit dem Mädchen ... an den Ort ...
der in späterer Zeit Berlin genannt werden wird

Von plumper Gestalt klein vierschrötig feist und fett
behaart dumm und degeneriert
mußte er das Mädchen mit selbstgewundenen Stricken
an sich fesseln denn es wollte nur eines: fliehen

Während er rodete Holz verbrannte
durft er sie keine Sekunde aus den Augen lassen
bis eine Lichtung geschaffen
dann baute er langsam mühsam
aus Holzstämmen ein Turmgerüst
immer wieder brachs ... denn er war zu blöd ...
um Statik eines Turmes zu fassen

Da legte das Mädchen Hand mit an und ... der Turm stand
plump und derb ragte er auf der Lichtung
durch Ritzen und Löcher pfiff eiskalt der Wind
In seiner Dummheit glaubte er ein Weltwunder geschaffen zu haben
drehte sich stolz und eitel auf dem Turm
dachte ... mir fehlt das Publikum
keiner lobt mich keiner bewundert mich mein herrliches Werk!

Das Mädchen weinte nur wenns ihn sah
und es brach los in ihm der alte Haß
lieben sollte sie ihn ... Dienerin sein
ihn verwöhnen umsorgen bewundern zum Helden erheben
doch das Mädchen weinte nur ...

Zimmerte er schnell einen erbärmlich groben Stall
schlug das Mädchen weils immer nur weinte sperrte es ein
oh ja würd sie schon zwingen ihn zu lieben
würd sie hungern lassen

Hielt sie wie eine bockig wilde Ziege am Strick
war sie freundlich und still
warf er ihr einen Bissen rohes Fleisch vor die Füß
weinte sie
peitschte er sie bis aufs Blut
haderte sie wehrte sich gegen ihn vergewaltigte er ... voller Gier
verrohte verwahrloste wurde zum bösen Teufel und

irgendwann wurde das Mädchen still
unkenntlich jede Lieblichkeit
verschorft voller Parasiten schlecht heilender Wunden
nur noch Haarfetzen auf dem Kopf
gebar einen Knaben
konnt ihn kaum säugen da fing er Muttertiere im wilden Wald
damit sein Sohn überlebe
denn ... irgendwann ... mußte jemand ihn bewundern
ihm dienen sein Eigentum sein
denn er wollte eine Sippe ein Volk begründen ...
ihr Herrscher König Meister Mittelpunkt sein!

Das Mädchen war ihm Hindernis
denn nach wie vor mußt er sie am Stricke führen
geflohen wär sie sonst

Wuchs ihm ein Gefährte heran in wilden Waldes Einsamkeit
Er lehrte den Sohn
daß er der VaterKönigMeisterHerrscherMittelpunkt sei
Die Mutter am Stricke zu führen
notwendiges Ubel
weil man sie erbarmungslos zur Unterwerfung zwingen müsse

Warum? Fragte das Kind Antwortete er:
weils mit den Weibern immer so sei ...

Doch kaum hatt ers gesprochen da fiel ihm ein
die Mutter könnt ja dem Kinde von der Wahrheit sprechen
stürmte in ihren Verschlag in dem sie lag schnitt ihr die Zunge ab

So gingen die Jahre ...

Zwölf Kinder hatte das geschundene Weib geboren
war dann elendig gestorben
Zehn Söhne lebten mit dem Vater an diesem Ort
Lichtung war immer größer geworden
beide Töchter hatte der Vater sich zu Weibern genommen
als sie noch Kinder gewesen
brauchte sie nicht mehr am Stricke zu führen
sie gehorchten ihm aufs Wort

Sippe wuchs ... doch in so viel entarteter Lieblosigkeit
wuchs auch das Böse ... auf immer neue Art und
immer wurde Schönheit Kunst Fortschritt Poesie
geknechtet gemordet ... wuchs sie in einem der Kinder heran
denn ... des Vaters Wort war Gesetz
der Vater wußte würd er Kunst Kultur Poesie nicht knechten
wär er verloren
könnt er nicht mehr Meister Herrscher Mittelpunkt sein

Doch immer dort
wo Ungleichgewicht in die Entartung stürzt
so stehts im Buch aller Bücher geschrieben
immer dann
wenn stinkendes Krebsgeschwür wächst
immer dann
ensteht die Gegenbewegung ... und so geschahs ...
Krieg brach aus
denn es gab zu wenig Weiber in der Sippe
starben wie die Fliegen
und die wenigen die überlebten
wollte der Vater seinen Söhnen nicht gönnen
Mädchen sollten nur ihm gehören
nur er wollte durfte Samen ausgeben
er mußte der Größte Schönste Beste sein
sich weigernde Söhne wurden getötet aufeinander gehetzt

Doch irgendwann wars auch diesen zuviel
Krieg brach aus Gemetzel Geschrei brutales Morden
waberte wie düstere Wolke über dunklem dichten Wald

Viele flohen ... die einen in den Süden andere in den Osten
manche in den Westen trugen das Unheil mit sich fort ...

Waren es Männer so unterjochten sie Weiber
erzogen ihre Söhne zu Stiefelknechten
die dem VaterKönigFürstenVaterland
dienen mußten wie dressierte Hunde
ohne Sinn ohne Verstand
viele der unterjochten Weiber begannen sich in späterer Zeit
für Demütigungen zu rächen wurden böse entartet pervers

Viele flohen ... die einen in den Süden andere in den Osten
manche in den Westen trugen das Unheil mit sich fort ...

Waren es Weiber so dienten sie Männern
wie eine Sklavin ... stumm ... ohne Schönheit Grazie Lieblichkeit
und die Männer anderer Völkerstämme
dankten es ihnen mit Verachtung Mißhandlung
weil ein Weib ...
das so lebt jedem Mann Hoffnung auf Himmlisches nimmt

Auch heut noch sind Abkömmlinge dieser Sippe
auch heut noch sind solche Geschöpfe zu erkennen
weil sie den Bären in ihrem Wappen Namen Schilde führen

Doch es wird der Tag kommen
an dem die Ahnherrin dieses Volkes Stamm
der in alle Welt gegangen ...

Es wird der Tag kommen
an dem sie auf die Erde in dieses Land zurückkehren wird ...
den Namen Bär tragend
alles Elend alles Grauen alle Schmach alle Mißhandlung
aller Weiber ihres Volkes noch einmal auf sich nehmen wird

aller Welt kündend

doch dann würgende Stricke zerreißen
dem grausamen lieblosen verrohten männlichenweiblichem
Geschlecht Einhalt gebieten

aller Welt kündend

und es zwingen ... dieses Volk zwingen ...
nicht seiner grandiosen Herrschsucht maßlosem Dünkel
nicht seiner plumpen
derben niederen rückständigen Handwerkstümelei

sondern der Poesie Kunst Kultur zu dienen

Es wird ein furchtbarer Kampf!

Doch sie wird ihn gewinnen ... diesmal ... ists ihr Part
Und ... sie wird einen Sohn der den Namen Bär trägt
nicht mehr dem Vaterlande lassen
damit er – zum Stiefelknecht degeneriert – dienen muß ...
dem Vater König Fürsten wie ein dressierter Hund
ohne Sinn ohne Verstand
sondern wird ihn wie einen Augapfel
hegen pflegen lieben erziehen
ihn mit Kunst Kultur Poesie umgeben
so er kein Nachzügler Ausgestoßener wird
verkantet in Starrsinn Hochmut Dummheit bösem Herz

Dieser Bär wird sich befreien können aus Fesseln
die ihn umschlingen seit urewiger Zeit
er wird stark und frei
einem schönen Mädchen die Hand reichen können
das ... stark und frei ... seine Hand ergreift

Dieser Bär wird neues Volk neues Reich gründen
eines in dem Reichtum Fortschritt Toleranz Kunst Kultur
das Leben der Menschen formen beherrschen
das Reich der unendlichen Liebe zwischen Mann und Weib

Marguerite und die Geister

Kaum hat die Alte letztes Wort gesprochen
beginnt sie zu röcheln
Marie nimmt sie in ihre Arme Alte stammelt mit letzter Kraft:

„Mich können sie nicht mehr verbrennen
Doch Dein Fleisch seh ich verkohlen schwären ...
hier in dieser Stadt
wird Deine Seele hochsteigen aus unendlich grausamer Qual

Alles hat seinen Sinn alles ist Weltenlauf vergiß es nie
denn Du wirst mußt sollst wiederkehren in einer anderen Zeit
hier in dieser Stadt
wird dereinst gesühnt alle Qual
hier in dieser Stadt
schwingt die Waage dann Dich und Dein Schicksal ...
ins Gleichgewicht
Dich und Dein Schicksal ... endlich ins Glück denn vergiß es nie:

Alles Verlorene findet sich wieder in neuer Gestalt auf neue Art
alles Verletzte wird wieder heil in neuem Leben zu neuer Zeit"

Die Alte ist tot Und es dauert kaum dreißig Tag
da brennt auf dem Marktplatz der Scheiterhaufen
lichterloh für Marie
Volk steht Kinder johlen
und es flackert blasse Sonne am Himmel
als würd sie fallen alles vernichten wollen
und Bratenduft aus tausend Küchen
strömt durch die krummen Straßen
und schales Bier wird aus Fässern in Krüge gezapft
durch enge Gassen getragen Volk steht Kinder johlen
und schon wird Marie zum Scheiterhaufen gekarrt
bedeckt mit eitrigen Wunden Kopf geschoren
man hat ihr ein rauhes Hemd umgetan

„Schau uns nicht an!" schreien die Kinder und Weiber ...
Marie hört es nicht mehr Seele flattert an losem Bande
Mißhandlungen waren zu schwer
als sie gebunden mitten im Feuer ... Brand leckt giert lodert
kommt kein Laut über ihre Lippen kein Schrei
das enttäuscht Kinder Weiber und Kerle ... sie schreien:

„Verrecke langsam Du Hex!"

318

Und als Feuer prasselt züngelt Haut Fleisch verschmoren
Volk jubelt johlt da bittet Marie stumm und still:
Himmlische hab Erbarmen mit mir ich ertrags nicht mehr

Und während grausigste ärgste Schmerzen gierig fressen
keine Worte sind zu finden für solche Qual
schwebt die Himmlische hoch über ihr spricht beherrscht:

„Komm mein Kind Beendet sei für dieses Mal Deine Qual"

Und sie reicht Marie die Hand und Marie ergreift sie
schwach mit letzter Kraft
und da kann sie brennenden Körper verlassen
sieht Feuer unter sich lodern johlenden Pöbel und
es bleibt in ihr das Gesicht eines jungen Mädchens haften
das mit heimlicher Lust brennenden Körper betrachtet

„Komm mein Kind" spricht die Himmlische
„laß für eine Weile irdische Welt"

Und Marie fühlt sich frei ohne Schmerzen leicht und hell
Himmlische küßt sie zärtlich auf die Stirn

Marie steigt hoch strahlend nun lächelnd
leicht frei hell
wirft einen Blick zurück auf die Stadt
die nun schon weit unter ihr liegt
sieht derbe bewaldete Hügel
grobe dumpfe plumpe Menschen vergehn wie einen Traum
und sie steigt

und dort hinten sieht sie schon das Meer ...
geliebten Atlantik
und dort ... dort ... die sanften zierlichen Hügel des Perigord
Heimalt geliebtes über alles geliebtes Land
und Licht und Wärme und Liebe und Sehnsucht fluten
und sie zittert leise vor Glück

Marguerite findet die drei magischen Ringe

„Kalt waren die Nächte
während Du draußen gelegen
halb erfroren eingescharrt
in nasses faulendes Laub und Gras
Marie von Rouffier – geboren auf Schloß Fleurac
krank lagst Du
in übelsten Quartieren
elend schmerzgekrümmt
doch niemals hadernd
niemals grollend grübelnd das Schicksal spiele Dir übel mit

gingst Deinen Weg ... arm verloren einsam verbannt
Wissen in Dir wie ein Samenkorn
Wissen davon daß Du allem Leiden der Welt
allem Grauen der Menschheit
aller Verzweiflung gefallener Seelen begegnet sein mußt
Warum?
Wußtest es nicht Noch warst Du Marie von Rouffier
Körper und Ahnen Gefühl ohne Verstand
Sehen und Riechen Lachen und Haß
Lieben und Kämpfen Verlieren Vergehn

„Und nun?“ fragt Marguerite ... steht vor zartzierlichem Geist
denkt: Welch grandioser Charakter ... diese Marie
Welcher Mut! Welche Liebe! Welche Seel!

„Und nun?“ fragt Marguerite ... steht vor zierlichzartem Geist
spricht: „Wie soll ich hier mit Dir
gemordetes blutüberströmtes Kind finden zerstückelte Leich
wenn ich Dir nur helfen könnt ...
Ach wie gern tät ichs täts!
Meinst Du das Kind wandere hier in diesem Schloß
ruhelos weil es m i c h finden muß?“

Marie nickt ernst und Marguerite zuckt auf
denn kleine Hand hat ihre Hand berührt
Marguerite schließt die Augen denkt:
ertrags nicht mehr ... Kinderleichen Kinder immer Kinder
geschundene gequälte mißhandelte Geister Körper Seelen
Wie soll ich das überstehn?
Kelch ... tönts in ihr ... Sinnbild allen Gefühls
Wasser des Lebens mit ihm zu schöpfen jeden Suchenden Ziel ...
heißt hieß wird immer bedeuten:
Hindernisse Grenzen nicht mehr dulden

Verletzungen der Seele heilen
so wie Wasser sich durch Felsen Wege bahnt und fließt

öffnet sich Gefühl belebenden hohen GeistesFrequenzen
Wasser des Lebens
befreit Geist die Seele von Grenzen materiellen Hüllen Zwängen
Ängsten Schmerzen traumatischen Erinnerungen

Vang spricht Marguerite laut *„blaues Wasser woge in meinen*
Kreis ... laß mich geschützt und umspült von Dir
Himmel und Erde schmecken
mit meiner Zunge meinem Geschlechte laß mich Angst verlieren!*

Als sie die Augen öffnet sieht sie das Kind neben sich
kleine Hand in die ihre geschmiegt
liebliche Schönheit schmeichelt
Klares Kostbares Edles liegt in jedem seiner Gebärden
alles was es ist ... seltene Harmonie
Weichheit berückend schöne Körperform
Grazie kindlicher Göttin gleich
der Blick ... voller Liebe Weisheit
das ganze Kind ... geboren geschaffen aus Träumen Poesie
Marguerite ist fasziniert
nie hat sie solches Kind gesehn
es ist unfaßbar unglaublich überirdisch schön

Marguerite geht in die Knie möcht überspielen
wie sehr sie berührt wie sehr fasziniert
küßt das Kind auf die Stirn
fühlt Weichheit berückend schöne Körperform
Grazie kindlicher Göttin gleich
Marguerite bricht in Tränen aus
da lächelt das Kind und Marie tritt zu beiden flüstert:

„Nur Du konntest das Kind erlösen Nur Du
Nie hab ichs gefunden Nur zu Dir konnt es kommen Nur zu Dir

dieses Kind ist Teil der mirDir fehlt
dieses Kind ist Teil meinDeiner Seel
dieses Kind gehört zu mirDir

erst wenn Dus erlöst kann ichs in meinen Armen halten

* Öffnung des zweiten Chakras

kann ich finstere Höllen verlassen
in denen ich wandere seit vielen hundert Jahren"

Da rauschts und alle Geister
die schon zu Margeruite gehörn stehn vor ihr
mahnt eine Stimme von wem sie kommt
kann Marguerite so schnell nicht erkennen:

„Bist einfach gegangen ohne etwas zu sagen
Weißt Du nicht daß wir von nun an zur Dir gehörn?
Weißt Du nicht daß Du nun mehr Verantwortung trägst?
Weißt Du nicht daß Du auf uns achten mit uns leben mußt
wie ein Dirigent sein Orchester dirigiert?
Weißt Du nicht daß es gefährlich ... wenn man jene
für die man Verantwortung trägt
irgendwo irgendwie stehen läßt?

Verurteilst Du nicht schon seit Jahren Führer eines Volkes
die keine Sorge tragen nur an sich selbst denken
Machtrausch leben
Volk benutzen um sich selbst zu erheben?
Willst Du in alte Fehler fallen?
Hüte Dich! Denn dann wird Fleurac nie erlöst!"

Marguerite hat verstanden doch fragt sich insgeheim:
Wieso alte Fehler? Was soll das heißen? Klatscht in die Hände

„Also gut bleiben wir zusammen!
Laßt uns für heut das Spiel beenden
Morgen ist auch noch ein Tag!"

Und alle gehn verlassen das Schloß
doch hier im Perigord so nah dem Meer
ändert sich das Wetter schnell
oder – sind andere Kräfte im Spiel?

Fest steht: es stand eine gar nicht so dunkle Wolkenwand
die sich vorwärtsschob als Marguerite noch im Schlosse war
zeichnete sich scharf immer schärfer vom Himmel ab
alle fühltens: da wälzt sich schnell und präzis
Vernichtung heran
doch so schnell sie alle eilten
Getier sich verkroch
Vögel schwiegen Blätter nicht mehr rauschten

weil der Wind keinen Atemzug tat
Wolkenwand war ist schneller

Marguerite und ihre Schar können sich nicht mehr helfen
und genau in dieser Sekund als die Schar vor dem Schloß

rast er los der Orkan rast er los

Marguerite erfaßt so schnell nicht die Gefahr
beginnt durch den Park zu laufen ihrer Schar zu winken
Kommt mit mir schnell! Doch zu spät
Mensch Geist Baum Busch stehen winzig klein und nichtig
gegen solche Naturgewalt
hier gibt es nichts mehr zu beherrschen befehlen
nichts mehr zu dirigieren
es rast der Orkan deckt Dächer sekundenschnell ab
stürzt Wagen Karren Hütten gewaltige Bäume
nieder wie nichts
schleudert schwere Äste durch die Luft
Fenster klirren Steine prasseln
und gerad ein solch schwerer Ast den der Orkan
von einem Baume im Park losgerissen
gerad ein solch schwerer Ast fliegt zu auf Marguerite
sie spürts sekundenkurz wirft sich zu Boden
das ist ihre Rettung Ast trifft sie nicht ... doch eine andere ...

aus Touristenschar vor das Schloß getreten ...
eine andere hat der Ast mit solcher Wucht getroffen
daß ihr Genick gebrochen sie stirbt Marguerite siehts sofort
kriecht auf allen vieren zur Fremden hin ruft:

„Bleiben Sie liegen! Sobald ich kann werd ich Hilfe holen!"

Doch der Sturm reißt ihr jedes Wort von den Lippen
Flüstert die Sterbende in deutscher Sprache:

„Nein tus nicht! Ich muß sterben Weiß es Und das ist gut!
Hab es mir oft genug gewünscht Bleib bei mir
denn allein gehen aus diesem Leben kann ich nicht!"

So schnell wie der Orkan gekommen ist er vorbeigerast
Regen beginnt zu prasseln
Hagelkörner mehr als daumengroß schlagen schmerzhaft
Warum duzt sie mich? denkt Marguerite und – deutsch?

325

Kann sie hier nicht sterben lassen
doch die Fremde hält Marguerite am Arm
wies ein Schraubstock nicht fester kann

Da sieht Marguerite Blut beginnt zu rasen sieht sie sieht
Fügung ists was hier geschieht
sieht an der Fremden kräftigen Hand drei Ringe
schwer breit aus gediegenem Silber alle drei
mit jeweils riesigem Stein breiter als jeder Finger

erster Stein leuchtet burgunderrot
nicht mehr glatt und glänzend müßte nachgeschliffen werden
Silber umfaßt roten Stein mit zwölf Dreiecken
halten ihn wie hohen Hügel
an beiden Seiten erkennt Marguerite sofort
Zeichen eines geheimen Bundes
gekrönt von sechsblättriger Blume

zweiter Stein: kleiner hier wölbt sich gelber Stein hoch
glänzt nicht mehr
gehalten von zwölf halben silbernen Kreisen
an beiden Seiten Zeichen geheimen Bundes
sie kennts ...

dritter Stein: der größte ... aus bräunlichem Material
an einer Seite leicht gesplittert
nicht hochgewölbt sondern breit und flach
ihn umfaßt glatter silberner Rand

alle drei Ringe von grober archaischer Schmiedekunst
kostbarste Insignien grandioser magischer Macht!

Fassungslos fragt Marguerite:

„Woher haben Sie die Ringe? Woher haben Sie die?"

Die Sterbene röchelt ...jetzt erst sieht Marguerite
daß sie nicht älter als 20 Jahre ist
fett plump aufgedunsen gelbe Zähne großporige Haut
blaue Augen tiefumschattet
Haar dunkelblond schütter zerzaust
Bild des Jammers der Zerstörung einst großer Lieblichkeit
welch erbärmliches Leben hat sie tragen müssen?

Fremde antwortet:
„Versteh Deine Sprache nicht"
Marguerite weiß: sie ist eine Deutsche fragt auf deutsch:
„Woher haben Sie diese Ringe? Woher haben Sie die?"

„Ach die Ringe? Sind nichts wert
Hab sie Beduinenfrau in einer Wüste abgekauft
irgendwo irgendwann
zwischen zwei Stops des Touristenbusses
in dem ich gesessen in dem sich saß sitzen werde
wenn ich nicht sterbe ... "

Marguerite kniet in prasselndem Hagel
Körner schmerzen hart wie Schläge auf ihrer Haut
kniet mit sich rötenden Wangen starrt die Ringe an

„Nimm sie von meinen Fingern" flüstert die Fremde
„Nimm sie! Was soll eine Tote mit drei Beduinenringen
werden nur genommen oder weggeworfen
oder vielleicht beim Trödler verhökert bist Du auch eine Deutsche?
Niemand den ich kenne niemand wird sie wollen die Ringe
gelten doch nur als Schund
schnell nimm ... doch als Gegengab mußt Du versprechen
daß Du mich hier im Schloßpark sterben läßt
meine in Deiner Hand ... versprich es Schnell!"

„Haben Sie keine Verwandten?
Niemanden der im Schloß auf sie wartet?"

Aus der Fremden Mund bricht dünner Blutstrahl
Marguerite begreift
zieht ihr die drei Ringe vom Finger
steckt sie in ihre Kleidertasche ... schnell
flüstert die Fremde stockend:

„Wärest Du nicht gekommen würdest meine Hand nicht halten
mich nicht hinüberbegleiten ... in anderes Reich
meine Geschichte nicht hören ... ich müßte irren spuken
als unerlöster Geist
in diesem schrecklichen Land in diesem Vorort von Berlin ..."

Marguerite erschrickt ... schon wieder Berlin?
Sieht: Seele der Fremden steigt hoch weiß: schauerliches Leben

327

abgetakelten häßlichen Geschöpfes ...
es ekelt sie davor ...
düsterer Höllenrand auch hier ...
während Hagel prasselt kniet sie ... triefend naß ...
Hand der Sterbenden haltend im Park des Schlosses Fleurac
sieht ein vernichtetes Frauenleben
sieht das was sie sehen soll ... kniet ... triefend naß ... weint

Berlin schon wieder Berlin!

kniet ... triefend naß ... weint
und der Himmel weint Tränen mit ihr

und Zeiger der Zeit drehn sich zurück
und Erinnerung beginnt ...

Marguerite und die Geister

Haß und Gewalt hat sie übergestreift
mit jenem Hemd aus grobem Stoff das er getragen nachts
weiß nicht warum sie gerade zu diesem Stück gegriffen
weiß nicht warum sies trägt ... fühlt nur
Kummer und Angst Haß und Gewalt wachsen in ihr
wie Dornengestrüpp

Ist ers der sie so in Zorn bringt obwohl sie längst getrennt
oder sein Gefühl Zustand ... das was er war

oder Zustand eines ganzen Landes
für das er symbolisch stand den sie erfühlt übernimmt? Ja

Fragt sich wie es sein kann: so viel Haß in Menschenbrust
so viel Haß in einem Volk in einem Land
wann ist er wann sind sie aus dem Gleichgewicht gefallen
lang ... lang ... bevor die Mauer entstand

deutsches Land eingeschlossen von Mauern Todesstreifen
deutsches Volk
sollte mußte die ganze Welt sich schützen
deutsches Volk
mußte man es einsperren einmauern
deutsches Volk
damit es nicht neues Unheil stiften Grauen säen
deutsches Land eingeschlossen von Mauern Todesstreifen
deutsches Volk
eingeschlossen in sich selbst
eingemauert
um zu erkennen welches Grauen aus ihm wächst
welches Unheil es selber ist

Haß und Gewalt hat sie übergestreift
mit jenem Hemd aus grobem Stoff das er getragen nachts
weiß nicht warum sie gerade zu diesem Stück gegriffen
weiß nicht warum sies trägt fühlt nur
Haß Gewalt Kummer und Haß wachsen in ihr
wie Dornengestrüpp

Ja ja weiß erinnert sich seines ewigen Traums ... seines?
nein ... jenen ganzen eingesperrten Volkes ... ewiger Traum
jener der auch Ursache allen Ubels ist nur
wissen sies nicht weiß ers nicht noch nicht nein:
junges schönes zartkindliches Geschöpf Mädchen keine Frau

sanft aus reicher Familie ... und er? Kronprinz
Nachfolger des Patriarchen
der nicht nur Land und Leute und Geld
sondern auch Küche und Keller regiert alles regiert er alles
denn er ist der Herr
davon träumt er ... doch kanns nie sein:
einheiraten imponieren nichts selber schaffen
nur fordern nehmen gieren raffen
von allen die ihm Reichtum Ansehen bescheren verschaffen
junges schönes zartkindliches Geschöpf Mädchen nie Frau
nur fordern nehmen gieren raffen
nur nichts selber schaffen denn da ist zuviel
elende Krückerei elende Schufterei im Spiel

Hat nur gelernt zu nehmen greifen
so tat der Vater ... so die Mutter ... so auch er
fordert: es muß ihm der goldene Löffel geboten werden
denn er ist ein Herrenmensch deutsche Eiche das genügt
großmäulige Uberheblichkeit

ewiger Traum: nehmen greifen besitzen genießen
je intensiver er ihn träumt desto größer wird sein Haß
denn ... es ist nichts da ...
kein junges schönes zartzierliches Geschöpf Mädchen
kein Reichtum

kein Patriarch der ihm ein Imperium vermacht
Armut nagt unbedeutender Stasiknecht Armut nagt

Derbes Brot im Schweiße seines Angesichtes fressen
mehr nicht Armut nagt
je klarer ers erkennt desto gewaltiger wächst sein Haß
denn – Herrschen Herrschen ist seine Leidenschaft

Doch dann kommt seine Chance
junges schönes zartzierliches Geschöpf Mädchen nie Frau
steht verloren verschreckt vor dem Palast der Republik
Kasten der alle Schönheit städtebauliche KunstKomposition
zerstört verstellt niedermacht verhindert verhökert
an billiges Spießertum grad so wie dieses Volk
er spricht es an das schöne Kind
vor dem Palast der Republik
Kain trägt das Mal auf der Stirn
sie ist sicher daß es eines Tages sichtbar sein wird

Irgendwie schafft ers sie zu betören an sich zu ziehn
zu bespitzeln denn das hat er gelernt muß er tun ... tut es gern
denn jene die aus dem Westen kommen
müssen bestraft werden sind ärgster Feind weil
muß grobes Brot im Schweiße seines Angesichtes fressen
während jene Champagner saufen Haß Wut Rache

So naiv und jung und voller Westgeld die Taschen das Mädchen
macht sich Hoffnung
er ... Kronprinz Nachfolger des Patriarchen
der nicht nur Land und Leute und Geld
sondern auch Küche und Keller regiert alles regiert er alles
denn er ist der Herr
davon träumt er: fordern nehmen gieren raffen
von allen die ihm Ansehen Reichtum bescheren verschaffen

Er darf nicht ausreisen und doch schafft ers irgendwie:
sie heiraten nun lebt sie hier vor den Toren Berlins
in der Deutschen Demokratischen Republik
eingesperrt zu naiv zu jung um zu begreifen
er beschlief
sie zu schnell kaum daß sie ihre Freiheit begriff
kaum ihre Freiheit verteidigt fragt nicht warum fragt nicht
lebt in kleinem spitzgiebligen Haus
mit seinen Eltern unter einem Dach
blaß ausgelaugt schwach ohne Kraft

Er braucht Westgeld ... Zärtlichkeit? Pose
Kaum hat ers stößt er sie angewidert von sich fort
sie darf nicht sprechen nicht in seine Nähe rücken
er baut nachts Mauern aus Decken
zwischen sich und ihr auf
Ich haße Dich ist seine Botschaft Nacht für Nacht
das begreift sie nicht zu jung zu naiv liegt sie wie gelähmt
darf sich nicht rühren sonst wird er bös schreit er los
es stört wenn sie sich im Bette dreht

So wacht sie meist die halbe Nacht hält den Atem an
damit er schlafen kann
begreift nichts glaubt nicht denkt: böser Traum
bald werd ich wieder zu Hause sein

Seine Mutter die schon am frühen Morgen meint
alles was ihr Sohn tue sei grandios

wird bös wenn sie Schwiegertochter den Mund auftut
stechend ihr Blick hart zerrts am Mund
Haß schlägt würgt nimmt die Luft
ein Schwiegerkind hat immer zu lächeln immer zu dienen
Faxen und Mokiererei sind hier nicht erlaubt denn
hier ist sie der Herr! Herr? Warum nicht Herrin?
Warum nicht Hüterin Mutter Schoß Geborgenheit?

Weil in einem Soldatenvolk so etwas nicht existiert

Seufzend steht das junge Ding aus dem Westen auf
möcht gehn fort nur fort aus dieser Hölle von diesem Pack
sieht sie: Kain trägt das Mal auf der Stirn
Kain steht vor der Nachbarin Kind Mädchen hübsch und fein
sieht in seinen Augen: Wild das gerissen werden soll

sieht in seinen Augen
wie er an die kaum knospenden Brüste greifen will
wie er nach kindlichem Geschlechte giert eng und schmal
sich vorstellen wie er dort machtvoll herrschen kann
nähme das junge Gefäß schösse hinein herrische Kraft
gierend nach glatter kindlicher Haut
schläft er entarteten selbstgerechten Schlaf
während sie in Abgründe sieht zittert denkt hofft quält:
wann wach ich aus diesem Alptraum auf?

Geht hinaus an die frische Luft will tief atmen
doch es geht nicht stockt ihr schon wieder der Atem
denn sie sieht hinter Gardinen peinlich korrekt gelegte Falten
schemenhaft Gestalten stehn starren zu ihr hin denken
Was will diese Westziege hier?
Wann können wir sie als Verräterin deklariern?
Wann wird sie eingesperrt?
Wir mögen sie nicht Kommt aus feindlichem Land
Hat einen Mercedes mitgebracht Haß

Deutsches Land eingeschlossen von Mauern Todesstreifen
deutsches Volk
sollte mußte die ganze Welt sich schützen
deutsches Volk
mußte man es einsperren einmauern
deutsches Volk
damit es nicht neues Unheil stiften Grauen säen
deutsches Land eingeschlossen von Mauern Todesstreifen

333

geht sie in Angst und Panik zurück ins Haus
sieht sie Kain auf schwerem braunem Sofa hocken
allein dieses gepolsterte Ding ist ihr ein Greuel
doch Muttchen liebt es weil so herrlich braun
„Ach" sagt Muttchen oft:

„Es gibt nichts Herrlicheres als einen Mann in Uniform!"

Hat sie MuttchenMutti wie man sie hier nennt ...
auch nur für eine einzige Sekund ihren Sohn losgelassen
seitdem er erwachsen ist? Nie Nicht eine Sekund
Tut so als habe er kein Geschlecht ... sei kein Mann
sondern ein winziges Kind Was ist das?
Rache einer Frau der man alle weibliche Macht entrissen
männliche Herrschsucht übergestülpt
Rache einer Frau die sich an ihren Söhnen rächt? Genau

Und alles hinter der Maske biederster Freundlichkeit
immer lächeln immer lieblich sein

Haß und Gewalt hat sie übergestreift
mit jenem Hemd aus grobem Stoff das er getragen nachts
weiß nicht warum sie gerade zu diesem Stück gegriffen
weiß nicht warum sies trägt fühlt nur
Kummer und Angst Haß und Gewalt wachsen in ihr

Geht in den häßlichen Schlafraum sucht sucht
den Schlüssel des Mercedes sucht Westgeld sucht
geht niemand fragt geht zündet den Motor
fährt um ihr Leben
fühlt gierige Blicke der Nachbarn fährt bis hin zu
MaschinenPistolenBewaffnetenMenschenAutomaten
wartet in quälender Abwehr gegen dieses Land
wartet vor schauerlich grauen Mauer
Haß und Gewalt schüchtern sie ein ... man fragt sie bös Bös? Nein
Man fragt aus grandioser Selbstherrlichkeit heraus
was sie wolle ... kramt sie in ihrer Tasche ... stellt fest
er hat ihr den Paß genommen sie sitzt in der Klemme muß zurück

Wo sie gewesen? Sie antwortet nicht
Man straft man spricht mit ihr nicht Sie lernt zu schweigen
am Himmel ziehenden Wildgänsen nachzuträumen
lernt zu träumen ...

so als sei Traum wirklicher denn jede Wirklichkeit
So sollte es sein

Drei Monate gehen ins Land kein Geld kein Wort
sie ist schwanger schon lang
will weg nach Haus doch immer wieder nämliches Spiel
kein Wort kein Geld kein Paß
geht zu Ämtern doch man hört ihr nicht zu
kommt sie zurück in kleines verlottertes Spießerhaus schreit ihn an:

„Gib mir mein Geld! Meinen Paß! Sofort!"

Lacht er nur dreht den Fernseher laut lacht und furzt
SchwiegermutterMutti geht anderntags ins Krankenhaus sagt:

„Schicken Sie uns einen Arzt Meine Schwiegertochter ist verrückt"

Arzt erscheint verlotterter StasiTrottel
VatiMuttiSohn spielen das üblich nämliche Spiel
einer verliebten harmonischen Familie
in die ein westlicher Dämon geblitzt ... alles zerstört
diese Kranke Verrückte müsse enterbt werden
entmündigt
das ganze Westvermögen ihnen allen überschrieben ...
so schnell wie möglich!

Arzt erscheint verlotterter StasiTrottel
sieht junges Mädchen aus dem Westen ist schwanger
und ... über die rechte Brust hinweg
hat sich eine Kette von Knoten gebildet
bis in die Achselhöhle hinein
Kette als sei sie Relikt einer gewaltigen Narb
die sie nie gehabt

Arzt sieht verlotterter StasiTrottel

diese Frau wird nicht mehr lange leben
so jung so verkommen ... wie ist das möglich?
Familie erscheint so herzig vertrauensvoll nett und freundlich
Mutti lächelt winkt ihm so leutselig
ob sie wirklich verrückt ist die Kleine? Sie schweigt

Arzt verlotterter StasiTrottel wagt nicht die Kleine einzuweisen

335

Trotz aller Verkommenheit:
irgendeine fremde merkwürdige Kraft Macht geht von ihr aus
verschreibt ihr ein Mittel vertröstet die Familie
die nun gar nicht mehr herzig und freundlich ... er flieht
Ob sie wirklich verrückt ist die Kleine?
Eigentlich müßte sies sein
denn wer kommt schon freiwillig in ein solches Land?!

Und sie? Ihr ist angst und bang ... sie ruft stumm:

„Herrgott hilf! Ich weiß nicht mehr was tun!"

Doch nichts geschieht Er hilft nicht Dieser Gott Er nicht

Schmerz rast Angst schleicht

Da steht er vor ihr ... Mann ... ihr Mann? ... klein feist und fett
Patriarch in der Deutschen Demokratischen Republik
diese Art den Kopf zu bewegen   .
sich selbst zu genügen
sich über den Rest der Menschheit zu erheben
erinnert sie an den Führer dieser Nation
gehört zu ihnen paßt zu ihnen diesem Volk unfaßbar grandios
da steht er selbstherrlich voller Kraft mit blitzendem Aug

Sie kann kaum sprechen vor Schmerz
doch er lacht sie nur aus ... Westziege ... Weiberkram
hat leichtes Spiel mit ihr ... sie kann sich nicht wehren
Warum nicht? Alles hier alles ... für sie ist alles und alle
wie ein Uberfall
dunkle Schwestern und Brüder der Nacht hochgestiegen
aus Unbewußtem kollektivem Graun zu dem sie gehört
das sie selbst ist ... Selbst ist? Nein! Ja! Nein!

Schmerz rast Angst schleicht

MuttiMuttchen hat sie bei der Stasi diffamiert
weil ... die ganze Familie ist seit der Heirat observiert
alles hin ... die ganze schöne zufriedene Geborgenheit
hat diese dumme junge Ding aus dem Westen ...und ...
MuttiMuttchen aus muffelnder Geborgenheit katapultiert Haß
und doch sitzt MuttiMuttchen selbstzufrieden am Tisch frißt
und das junge dumme Ding schweigt
kaum kanns stehen vor Schwäche und Schmerz

Und er? Denkt: sie ist restlos fertig am Boden zerstört
herrlich ist doch meine Macht über die freie westliche Welt

Dann tut sie ihm leid auch das kommt vor
sie sieht zu verlottert aus
da lädt er sie spontan und großzügig
zu einem Restaurantbesuch ein
linke Hälfte brökelnden Plattenbaus ... sie sitzen

Er sieht sich vorsichtig um: wer observiert sie heut?
Ah ja der linke dort hinten mit dem dicken Bauch
Kellnerin knallt ihnen lieblos Teller hin ... breiiges Fressen
merkwürdig so wenig Geld er ihr gibt
wenns um Fressen geht ... ist er spendabel
sitzt er vor ihr feistes Gesicht gerötet vom Wein
nein heut kein Bier nein
eine Flasche Wein ist nicht genug müssen gleich mehrere sein
Wie er frißt: gierig schnell tierhaft
selbstgefällig bis zur Unerträglichkeit
wie sies nicht mehr ertragen kann
wie deutscher Stoffel sein Fressen frißt ... flüstert sie leis:

„Iß nicht so Essen ist Kult Ritual Magie
Nur Tiere fressen so wie Du
Wenn Dus hineinschlingst versündigst Du Dich
Götter vergebt ihm er weiß nicht was er tut"

Nie wird sies vergessen mit welch maßloser Verachtung
er sie das verlotterte Ding taxiert gesagt:

„Götter? Ich wußte ja Du spinnst! Alles klar
Wenn man Hunger hat muß man essen
Halts Maul dumme Kuh!
Was pinkelst Du eine deutsche Eiche an!
Du mit Deinem affektierten Getu!
Und weils Dir so gut gefällt
freß ich das gesamte Menu doppelt schnell"

Hoheitsvoll schüttet er dazu Wein in sich hinein
bestellt eine Flasche Bier gießt sie durch die Gurgel hinterher
da schließt sie die Augen denkt
eine Mauer sollte man um solche Menschen errichten
Ach ja ist schon geschehn ... nur warum bin ich hier?
Warum ging ich in dieses Gefängnis? Irrenhaus?

Damit sie mich als Irre deklarieren?
Diese Irren ohne Irrenhaus? Warum kam ich hierher ins Land
der notorischen Besserwisser Weltmeister JugendweiheMädels
HerrenHerrinen über den Untergang
ihnen zu Diensten die ganze Welt neiden mir den Mercedes
ja hassen mich dafür
doch haben selbst nichts als einen Trabi vor der Tür

Sitzt sie mit geschlossenen Augen hört ihn sprechen:

„Was glaubst Du eigentlich wie Du mit mir reden kannst?
Sieh Dich doch an!
Eine wahrhaft schöne Frau ist kindlichschmalschlank
schon wenn ich Deine MöpseTittenHüften seh
Du billiger Marilyn MonroeVerschnitt

könnt ich mich totlachen weil Du meinst Du seist schön!
Sieh Dein Haar stumpf und zerrupft
Ja und erst Dein Geschlecht! Widerlich! Wie eine Nutte!
Nichts kindlich jungfräulich schmal und klein!"

Da beginnt sie zu weinen und der Spitzel mit dickem Bauch
ein paar Tische weiter horcht auf blickt gespannt
Da packt ihn den Meister neuen Zorn
läßt mit lautem Geräusch Messer und Gabel fallen
steht auf zahlt der mürrischen Kellnerin in die Hand geht

Sitzt sie im Plattenbau mürrischer Armut Verkommenheit

in einem Land das ihr so fremd ... Land ohne Liebe
denn hier hat Machtgier die Liebe erwürgt
Wie kann sie fliehen? Wie kann sie verschwinden?
Wie kann sie durch Mauer Todesstreifen Stacheldrahtzaun?
Darf sies?
Es ist ihr als schwinde Wirklichkeit verwebe sich mit
anderer Welt denkt:
als habe man einen Kübel Schmutz über mich ausgegossen
wo bin ich nur?
Kann mich nicht erinnern wie ich herkam ... schlief...
als zerrten vergessene Seelen an mir immer noch
obwohl ich längst wach
Schönheit jede Schönheit beschmutzt erscheint sie mir
verseucht von Hader Neid und Haß
wußte nicht daß all dies so übel riecht

338

Wo bin ich? Wer bin ich?
Ja – erinnere mich: jene die niedergestiegen
um sie zu retten vergessene Seelen
qualvoller mühsamer kann kein Abstieg sein
doch habe versprochen sie mit mir hochzuziehen
wenn Zeit da ... Aufstieg beginnt
Kraft lahmt Erschöpfung droht mich zu verschlingen
Böses hüllt
sie könnens nicht lassen alles und jeden zu unterdrücken
nur weil sie nicht zugeben wollen
daß sie aus der Liebe gefallen
ziehn mich in ihre Verzweiflung
anstatt meine Hand zu nehmen damit ich sie aufwärts ziehe
weine vor Erschöpfung
bin freiwillig in die Hölle gestiegen
darf mich nun nicht beklagen doch ich tus
brauche Ruhepause Schönheit Licht Liebe
doch Zeit drängt Verzweifelte zerren an mir
weine vor Erschöpfung rufe
da spür ich wie mir ein Engel zur Hilfe eilt
in letzter Sekunde ... denn ich kann nicht mehr

Zurück in Qual Jede Sekunde Minute Tag und Nacht
nicht mehr sein als Fliege in Sirup gefallen
verzweifelt zappelnd vor Augen den Tod
alles hier vor dem ihr graut Luft ... schwer
Farben Formen kantig düster gedämpft
Bollwerk Krieg jedes Haus
Menschen ... schwere Leiber von düsterstem Gemüt
immer rechnen herrschen beherrschen
und mittendrin: er ... klein ... grobknochig in straffem Fett ...

Und er ... wozu lebt er wenn nicht für diesen herrlichen Tag
schon wie er beginnt: Regen Nebel glitzerndes Sonnenlicht
Erwartung hebt ihn in atemberaubende Höhn Spannung

großartig
dieses Gefühl
großartig

dieses Gefühl unumschränkter Herrscher zu sein
neuer Krieg neue Eroberung ist angesagt

Eine andere sitzt ihm seit gestern gegenüber im Büro
am Palast der Republik
das Schicksal meint es gut mit ihm

schmalen Körper hat er gesehn sanftes dunkles Gesicht
Erdenaugen traurig in Sehnsucht Träumen verfangen
nach einem Helden Geliebten Prinzen starken Mann
kein JugendweiheMädel

Sie ist schön zart edel geformt schneeweiße Zähne
schweres dunkles Haar fällt bis zur Schulter hinab
ihre Sehnsucht ists die ihn verzehrt nicht seine nein
ihre Sehnsucht ists die ihn nähren wird ...

Dieses Mädchen muß ich haben nur für eine Nacht
hier ist Land zu erorbern Krieg zu gewinnen
einmal ihre Augen voller Hingabe sehn fühlen:
sie sieht in ihm den Märchenprinzen den sie sucht
das ists was ihn nährt
er weiß wie er sie schweigend einnehmen
ohne Worte ihr zuflüstern kann:
ich bins Dein Prinz sieh mich nur an!

So geht steht sitzt er vor ihr
wahrhaftig denkt sie er ist schon was ... nicht schön
nur klein und rund doch von gewaltiger Kraft
und Allpotenz
wie von Magneten gezogen neigt sie sich zu ihm hin
der Tag für ihn beginnt jetzt erst
er schwebt im Glück

Säß sie nur immer hier ... Zeit würd ihm nicht vergehn
Träume flögen
und wie sie sieht daß Begehren in seinen braunen Augen
da wird sie schwach steht auf
da bringt er ihr eine Tasse dampfender Flüssigkeit
reicht sie ihr als sei sie schon seine Königin
alles kostbares Geschmeid alles ihr zu Ehren
würd er ihr bald zu Füßen legen
mehr als eine Tasse dampfender Flüssigkeit gehe jetzt nicht
und wie sie trinkt ... ihm in die Augen sieht ... hat sie Sorge
Wer ist er? Wie lebt er?

Tage vergehn in seiner glühenden Anbetung und sie weiß:

340

Es gibt da eine andere Frau
er ist verheiratet ... sie soll schön gewesen sein
faszinierend schillernd und brilliant
Atmen fällt ihr schwer an diesem neuen strahlendhellen Tag

Er ist vergeben und doch ... er glüht ... sie siehts ihm an
er begehrt betet sie an ... sie wills ergründen
was ihn dazu treibt fragt ihn vorsichtig langsam stockend
da winkt er ab ... ach ja verheiratet sei er noch
doch nicht mehr lang seine Alte sei blöd verrückt und krank
gehe ihm auf die Nerven ... sie wolle ihn ... er aber sie nicht
Schwanger? Was kann er schon dafür!
Sie habe ihm das Kind abgezwungen Er sei frei

Wie furchtbar denkt sie ... er spricht so erbarmungslos
sieht sie an mit glühendem Blick
senkt sie das Lid greift zum Telefon ... Arbeit geht
sie möchte ihn noch fragen: wie kam es zu solchem Unglück
doch wagt es nicht ... er ist zu rüd ... wirkt zu lieb
Sie ahnt nichts von seiner Verstellung Unverfrorenheit

Tage vergehn ... verglühn möchte er vor Gier nach ihr
sie ist ihm alles wert Heut? Morgen? Weiß er noch nicht
Morgen ist ein anderer Tag

„Warum quälst Du mich?"

fragt sie die mit ihm lebt im spitzgiebeligen Haus
er antwortet nicht dreht sich zur Seit
fragt sie die mit ihm lebt im spitzgiebeligen Haus
noch einmal abends ... schreit er heraus:

„Laß mich in Ruh! Will schlafen! Bin viel zu müd
Hör schon auf mit Deiner Jammerei! Lösch das Licht!"

Jeder Tag jede Nacht immer und immer gleiches Spiel
sie weint verzweifelt in ihre Kissen weiß
er hat gerafft sich vollgefressen sie bestohlen belogen
ist weitergegangen ohne ein Wort zu sagen
Sie ist häßlich krank und aufgedunsen
bald wird das Kind geboren werden
Verzweiflung bricht immer wieder hoch
er hat ihr das Kind abgezwungen das Kind war der Preis
den sie hat zahlen müssen er hat es ihr abgefordert

Schwangerschaft Leben in diesem Land
abgefordert ... alles aufgeben alles alles was sie ist
alles was zu ihr gehört
nur so wisse er daß sie ihn liebe diesen Beweis brauche er

Kein Tag verging daß er nicht sprach:
ich will ein Kind
ich will eine Frau die mich umsorgt
ich will ein Leben wies Sitte und Sinn
willst Dus nicht ... dann geh
selbst wenn Du Dich Dein Leben opfern mußt: ich habs verdient

Wie hatte er geglüht vor Gier nach nicht gezeugtem Kind
so wie er heut glüht nach anderen Augen anderer Sehnsucht
so einer ist er
tönt: laß Dich fallen gib Dich hin! Nur das ist WeiberSinn

Sie blickt sich um im spitzgiebeligen Haus
schäbige Spelunke kurz vor dem Abriß
Schimmel wächst an Wänden Möbel Sperrmüll klotziger Tand
ja das ist seine Art

Er hat Fleisch gekauft sie solls ihm braten jetzt sofort
jeden ihrer Bedenken fegt er fort
denn es gibt zu erobern jagen Festung zu stürmen
Potzblitz
da hat er zu kämpfen doch er siegt

Und nun? Er hat sie verlassen da will sie ringen mit ihm
muß wissen: warum hat ers getan? Warum quält er sie so?
Warum hat sies nicht früher gewußt? Hört ihn sprechen:

er habe sie eben einfach nur niederzwingen wollen
einfach nur so
wenn das Wild gerissen wenn der Sieg errungen
gehe man weiter das sei eben so

Er rührt sie nicht an kein Händedruck schreit:

„Komm mir nicht zu nah! Nie näher als einen halben Meter!
Es ekelt mich vor Dir!"

Sie ist verstört Ist er krank? Schreit er:

„Laß mich mit Deinem Leib zufrieden
ich will nichts wissen nichts spüren ...
gib Ruh
ich will kein Kind habs nie gewollt ... nur Dein Geld!"

Sie weint Nacht für Nacht Er ist jetzt selten zu Haus
MuttiMuttchen sitzt fressend mit ihr am Tisch

Kommt er ... verkriecht er sich ins Bett
zieht die Decke über den Kopf
sie steht neben ihm denkt: er muß krank sein oder bins ich?
Schreit sie ihn an springt er hoch stößt sie weg
sie fällt schluchzt
alles alles verloren Liebe Leben Glück Genuß
und wie sie liegt kleidet er sich packt eine Tasche
schlägt die Tür hinter sich zu
alles verloren alles Leben vorbei
alles hat sie für ihn aufgegeben wie ers gewünscht gewollt
hat ihm vertraut geglaubt

Sie hälts nicht mehr aus will ihren Paß will ihr Geld
doch MuttiMuttchen hustet nur hysterisch flüstert zwischendrin:

„Deine Schuld!"

Ruft sie ihn im Büro an ... legt er den Hörer auf
als er ihre Stimme erkennt
Drei Wochen kommen und gehen ... es wird Abend
sie kanns nicht lassen muß ihn sehen sprechen
geht mit schwerem Leib ... er hat den Mercedes mitgenommen
geht steht wartet
Licht strahlt aus hohen Fenstern
in deutsche demokratische RepublikDämmerung
sie geht einfach in dieses verlotterte Stasibüro
es wird nicht gearbeitet ... ein Fest findet statt Menschentrauben
Geruch von gebratenem Fleisch ... es würgt sie
Musik flirrt leis
sie fällt nicht auf ... zu viele Menschen stehen gehen
da tritt ein Mann vor sie hin sagt: „Ich kenne Sie nicht!"

Staatssicherheit Uberwachung Spitzelstaat
Schleichen nachts um Häuser observieren dumpfen Schlaf
er schaut starr sie starrt zurück setzt sich auf Treppenstufen
hat Überblick es klopft ihr das Herz denn sie sieht ihn stehn

Gesicht ihr zugewandt doch ... er sieht sie nicht
fremder Ausdruck
heiter gelöst Augen funkeln es lodert in ihm
er spricht heftig und schnell wie sies nie an ihm gesehn
spricht ... mit wem?

Erhebt sich geht hinein in die Menge der Menschen
drängt sich durch mit schwerem schwangeren Leib
dann sieht sie die andere ... schmales blasses Gesicht
Liebesglück wie feuriger Glanz in ihr ... sie betet ihn an
in ihren Augen die vergangene Nacht
nackte sich wälzende Körper Flammenmeer
sie voller Sehnsucht er voller Gier
nicht mehr leben schreit es in der Schwangeren
sterben jetzt sofort
Finsternis greift klingenscharf ... Schmerz überwältigt sie
Glanz Pracht Glück Liebe Hand in Hand nach Hause gehn
Leben gemeinsam gestalten
sich freuen auf eine Nest auf ein Kind
er wars doch ders vorgesprochen ... er nicht sie
vorbei für immer und ewig vorbei und vorbei und vorbei

Sinkt sie nach hinten fremde Arme greifen
Fremde blicken in leichenblasses verzerrtes Gesicht
halten sie ... Raunen Murmeln verrinnt
als sie die Augen öffnet ... steht er neben ihr
soviel Haß soviel Wut hat sie nie gesehn
zieht sie hinaus muß es tun ... wie ständ er sonst
vor den Leuten da
zerrt sie grob zum Mercedes ... herrscht sie an:

„Was tust Du hier? Mischt Du Dich etwa in mein Leben ein?
Verschwinde! Hau ab! Ich hasse Dich!"

Sie weint mit geöffneten Mund fährt in dunkle Nacht hinein
fährt weiß nicht wohin fährt sterben möcht sie sofort
laß mich sterben Göttin laß mich sterben fleht sie
laß diesen Kelch an mir vorübergehn
will nicht das Kind ... so nicht nein ... nicht allein in dieser Welt
hab geträumt von Liebe und Glück Familie und Paradeis

Weiß nicht was geschehn ...irgendwann wird sie wach
dunkelste Stunde ihres Lebens
Nacht Grauen so dicht wie engste Netze wo ist sie?

Liegt kann nicht fühlen denken nichts nichts liegt
und die Herbstsonne ists
die strahlend und voller Kraft durchs Fenster bricht
hört eine Stimme:

„Haben Sie niemanden den man benachrichtigen kann?"

Sie schüttelt den Kopf Schließt die Augen
Merkwürdig denkt sie: lieg ich starr bewege mich nicht
dann ist plötzlich das Leben ganz leicht
es rüttelt sie jemand ... fordert Wachsein ... rüttelt
doch sie weigert sich
schreit man sie an: „So geht es nicht!"

Muß sich aufrichten öffnet die Augen sieht
eine Krankenschwester die sie zwingt ... sich aufzurichten
hält ihr ein Kind hin ... sie wills nicht sehn
schließt die Augen die Schwester ist schockiert
Stunden vergehn

Irgendwie wars wohl möglich ihre Identität zu klären
denn am Abend öffnet sich die Tür ... er steht vor ihr
verdrossen verärgert bleich voller Haß spricht kein Wort

Krankenschwester legt ihm Kind in den Arm
er lächelt strahlend sie geht ... doch kaum sind sie allein
wirft er Kind aufs Bett verfinstert sich sein Gesicht
sie liegt mit geschlossenem Aug hört Kind schrein
schon ist er gegangen
hört ihn vor der Tür mit einer Krankenschwester sprechen
freundlich verschwörerisch kollegial
als sei er der liebste beste Mann ... Frau dort drinnen
Übel aller Welt ... Stehen Stasispitzel draußen?
Es würgt sie ... sterben möcht sie sofort sofort
Kind schreit sie wills nicht sehen hören fühlen wissen
in ihr: finsterste Nacht.

Er fährt sie ... man habe einen Ruf zu verlieren meint er und
die Krankenschwestern seien so hübsch ... sie begreift nichts

Es ist kalt im Haus MuttiMuttchen hat nicht geheizt
wo sind die beiden Alten?
Sie sitzt da Kind auf dem Arm sitzt und sitzt
Gesicht aschfahl Haare stumpf Hals von Falten zerfurcht

Er spricht kein Wort geht wohin? Sie sitzt sitzt sitzt
Kind schreit Tag und Nacht und sie sitzt sitzt sitzt apathisch
weint tränenlos in fremdem Land
Warum wehrt sie sich nicht?
Warum packt sie nicht alles ... geht zurück?
Sie weiß es nicht
Will Vater und Mutter nicht sehn Niemanden
Zwei Hunde sind plötzlich im Haus Wieso?
Wo ist MuttiMuttchen wo NußknackerVati?
Sie quält sich mit großer Narbe am unteren Leib
Geburt war schwer
kann kaum gehen doch das Kind ist zu heben
Windeln zu kaufen zu waschen

Es sind Abfalltonnen zu tragen Hunde bellen
sie funktioniert wie ein Automat ... niemand ruft an
das war schon so ... weil immer MuttiMuttchen zum Telefon rannte
Und das Kind? Sie weiß nichts
Nur ... irgendjemand ist da für den sie sorgen muß
für den sie leben muß muß muß! Und sonst? Nichts

Wintersonne wirft zärtliches Licht in die Wiege

Und sie? In Qual und Schmerz versinken
irgendwo anstehen
weil Essen gekauft werden muß für das Kind
es schreit ... Hunde bellen ... was sollen diese Tiere hier?
Einsamkeit flicht dichte Dornenhecke
Warum nimmt sie nicht das Kind geht verläßt das Haus
in dem Schimmel an Wänden blüht?

Weihnachtszeit

Irgendwann ist MuttiMuttchen mit NußknackerVati wieder da
Sie hatten was? Im Westen ihr Grundstück verhökert?
Wie wars möglich? Wars rechtens?
Was sagt die Staatssicherheit? Wie wars möglich ... ohne sie?
MuttiMuttchen spricht heftig auf sie ein

Warum trägt die Alte ihr schütteres Haar so altmodisch gekämmt?
Neben ihr ... NußknackerVati der schnarrt und Befehle erteilt
Warum spricht MuttiMuttchen
als ob ihr kantige Brocken aus dem Munde fielen?
Warum läßt sie mich nicht in Ruh ... warum zerrt sie an mir?

Ich werd ja ganz schwach kann nicht mehr stehn
muß mich setzen

MuttiMuttchen spricht solch unsinniges unglaublich albernes Zeug!

Was wollen die beiden Alten von ihr?
NußknackerVati trägt das Kind auf dem Arm
lacht scheppernd in kleines Gesicht hinein
Schnarrt ... erteilt Befehle Wem? Sie staunt
Dem winzigen Kind auf seinem Arm! Und es lacht!
Was ists für ein Kind? Ihres? Habs nie gesehn

Taufrisch rosige Farbe ein selten schönes Kind
es strahlt und sie sitzt bewegungslos

In ihre neblige Finsternis schnattert MuttiMuttchens Stimme
Wer sind diese idiotischen Alten?
Was will sie hier in diesem verlotterten Haus?
Es riecht nach Schimmel Es würgt sie weg will sie will weg

Stellt MuttiMuttchen einen Kuchen vor sie hin
duftet nach Butter und Mohn
doch sie mag so schwere derbe Speisen nicht
es wird ihr schlecht ... MuttiMuttchen ist beleidigt tief beleidigt
und sie sieht zwei komische Alte
in einem sperrmüllverlotterten Haus
und ein selten schönes Kind und dieses winzige Geschöpf
lacht ... lacht sie an!

Und Tage ziehn Nächte gehn
da sieht sie zum erstenmal ... nun nicht mehr aus
Schmerzen Nebel Schrecken heraus ... sieht sie ...

ihr Kind ... ihr Kind? Ihr Kind!

Es ist nun drei Monate alt Ein prachtvolles Geschöpf
stark und voller Kraft und es lacht Wo war sie? Wo ist sie?
Aus welchem Alp ist sie aufgewacht? Dreht sich
sieht sich um und alles in ihr ist plötzlich verkrampft
Verlotterung ist beispiellos
Ich muß sofort etwas tun denkt sie
schnell ein Schloß bauen für das Kind kostbare Möbel kaufen
so kann mein Kind doch nicht leben ... so nicht!
Wie kam sie hierher? Wer sind die beiden Alten?

Warum tun sie nichts gegen solche Verlotterung?
Warum sitzen sie am sperrmüllverlotterten Tisch
fressen Mohnkuchen auf? Wer sind diese Alten?
Bin ich in einer Zwischenwelt? Auf fremdem Planeten?

Tage ziehn Nächte gehn Zeit rinnt

Manchmal kommt er in sperrmüllverlottertes Haus
sie begreift nichts
warum lebt sie allein mit dem Kind und den beiden Alten?

Warum steht sie heut in riesiger Menschenmenge?
Er steht neben ihr
den vom Wind geblähten Mantel zugeknöpft
frisch und vital Haltung Körper Gesicht
sucht mit den Augen sucht in die Menge hinein
bohrt sich hindurch während sie neben ihm steht fühlt
er sollte hier eine Aufgabe erfüllen Verantwortung tragen
hier in der Menge
doch wie immer und überall mißbraucht er Vertrauen
denn er steht nicht ... um mit und in der Menge
Ziel zu erreichen
sondern sucht ein Mädchen zartzierlich freundlichlieb naiv
sucht mit den Augen sucht in die Menge hinein
bohrt sich hindurch während sie neben ihm steht
grau verfallen aufgedunsen verzweifelt kaum Leben in ihr
keine Spannung die sie hell und heiter macht
nur mattes Auge schwammige sich auflösende Gestalt
dumpf und dick
leergelöffelter Topf lang nicht geputzt
voll von üblen Speiseresten gut für den Müll
lichtlos steht sie in Menschenmenge
ausgelaugt ausgesaugt haben die beiden Alten dieses Land ...sie
Tag für Tag Nacht für Nacht
ausgehöhlt umgestülpt leergefegt willenlos kreist sie
wie ein Satellit um ihn diesen Mann klein feist fett
diesen beiden verrückten Alten dieses Land

Kann sich nicht wehren hat keine Kraft
verfangen in finsterster Depression schleppt sich durchs Leben
Schmerzen unter der Hirnschale ... seit zwei Jahren
Schmerzen von der Achselhöhle bis zur rechten Brust
sie tastet Knoten fühlt Schmerzen die sie nie vergißt
Tag für Tag Nacht für Nacht

Er und die beiden Alten demütigen ... isolieren sie
genießen es ... wenn sie grau bleich stumm es hinnimmt
wie man sie verächtlich taxiert
Sie ist nun so dick wie Alte die sie zum Essen nötigt
und er ... wieso ist er ihr Mann? Warum ist er nur selten da?
Er schnauzt sie an:

„Sprich nicht! Vor allem: sprich nicht! Und ... dieses Heft
liegt flasch Legs richtig Dieser Stuhl steht falsch
Soooo muß er stehn Vor allem: Schweig!
Hock Dich irgendwohin wo ich Dich häßliches Weib nicht seh!"

Sie staunt fragt sich ... ein Heft liegt falsch?
In einem sperrmüllverlotterten Raum?
An den Wänden blüht Schimmel
draußen wuchert Unkraut draußen vor dem Haus ...
doch ... dieser Stuhle steht falsch? Sind sie alle verrückt hier?

Warum sitz ich hier mit zwei fremden Alten
ein Kerl in einem Land in dem es nicht einmal
Nägel zu kaufen gibt?
So selten er da ist ... doch wenn er da ... muß sie zusehen
wie er lebt und frißt
selbstgefällig sich niederläßt in sperrmüllverlotterter Armut
breit furzt ... sie staunt begreift nichts

Warum bin ich hier? Wie kam ich hierher?
Warum steh ich heut in riesiger Menschenmenge?

Sie fühlt er nimmt ihr die letzte Kraft ... sie ist wie gelähmt
sieht ihn in die Menge hineinsuchen und dann finden ...
ein junges Mädchen schön voll lieblicher Kraft

da drehn sich plötzlich gewaltige Kräfte wie Kreise
aus ihm heraus ... so als stünd er unbekleidet da
mit gewaltigem Geschlecht Herr Gott dieser Welt
Sie sieht und staunt
wie er mit seinen Wünschen Gedanken das Mädchen erreicht
es sieht ihn an ... steht ratlos
doch beginnt dann zu schwingen mit ihm ... kaum ahnend
wird immer mehr hingezogen zu ihm
taxiert seinen Körper sein Gesicht fühlt ... er ist Trieb
Trieb und Geschlecht ... erst dann Mensch
beginnt zu lächeln

Er sieht ihr in die Augen lang viel zu lang
bis Haar sich sträubt leicht ganz leicht ... sie nähert sich ihm
stumme Zwiesprache beginnt
Die dicke Frau neben ihm steht staunt weiß: hat zu gehn

Leben und Welt zieht wie hinter dichten Schleiern
an ihr vorbei
Lachen Heiterkeit gibts nicht in diesem Land
versinkt sie in grauklebriger Masse ohne Fühlen Sehnen Kraft
stürzt in Urtiefen höllischer Still
kaum ein Ton dringt mehr an ihr Ohr in ihre Welt

Wer führt ihren Körper durch den Tag?
Wer legt ihn nieder in der Nacht?
Sie nicht Es muß eine Kraft sein die sie nicht kennt

Und wie sie dahindämmert in schwarze Tiefen hinein
schmerzt rechte Brust schmerzen Knoten dort brennts
unter der Hirnschale ärger denn je

Leben und in dieser unendlichen grauen Enge sein
die sie nur Hölle nennen kann
leben ... Arm heben ... Augen öffnen und schließen
besessen sein von klebrigem Grau von zwei idiotischen Alten
von einem Land in dem sie gewürgt geknebelt
und Tränen rinnen unaufhaltsam
über Wangen Kinn Hals schmerzende Brust

Nun hat sie Demut gelernt vielleicht war das
dieses schrecklichen Lebens Sinn
stiefelknarrend sind sie eingedrungen höllische Horden
nun weiß sie was Krieg heißt erobern unterwerfen hassen
nun weiß sie ... wird daran sterben
da schreit sie aus klebrigem Grau hoch:

„Warum? Warum Himmlische? Warum Göttin? Warum?“

Und weil sie die Himmlische gerufen und nicht einen Gott
wehts plötzlich in düster klebriges Grau
und Rosenduft perlt so vertraut und
sie hört eine Stimme deren Süße ihr fast das Herz bricht:

„Warum? Weil Du mich verraten hast!
Hast Dich an mir versündigt niederer Frequenz erlaubt

über hohe zu herrschen ...
ihm die Füße geküßt während er Dich zertrat Du er warst
Zugesehen wie er mich beleidigt mit jedem Blick
den er gierig auf schönen Leib eines Kindes geworfen
Lippen geöffnet gierig geschwollen alles an in ihm Gier
aufgebrochen wie ein Geschwür
liegst Du Unwürdige nach seiner Liebe flüsternd
seinen Atem rufend um einen Blick flehend
Elende Du!
Warst Sklavin ließest Dich zerstören damit er siegen
Dich mißhandeln und mißbrauchen kann
jede Art Weiblichkeit jedes Kind jeden Sohn jedes Weib

wie sehr Du sinkst verdirbst ... geht ihn nichts an

Warum hast Du ihn nicht gelehrt daß es andere Siege gibt
Siege der Liebe Siege über Haß und Gewalt?
Elende Du!"

Da sinkt sie in Grauen zurück Begreift endlich Begreift
Weiß wird sterben mürbe Schale bricht
Körper jung und schon verwelkt
Seele flieht schwebt verzweifelt über bleichem Fleisch
will sich mit elender Verräterin nicht binden doch
warum wurde sie zur Verräterin?
Wer hat sie dazu getrieben? Wer hat ihr den Blick verwehrt?
Wie kam sie zu solcher Prägung?

Tage ziehn Nächte gehn
manchmal beginnts zu flimmern in stillem Schwarz und Grau
Dichte löst sich
Wirbel rötlicher Funken geben ihr Kraft

In solchen Stunden erhebt sie sich
schlägt mit Kraft und Mut die beiden idiotischen Alten
in die Flucht ... nimmt das Kind an die Hand
und sie reißen vor dem Haus Unkraut aus lehmigem Boden
jäten und graben und pflanzen ... blühende Blumen

Doch die Alten kehren zurück im Schlepptau ... ihn
läßt er sich selbstgefällig nieder in sperrmüllverlotterter Armut
breit furzend
bricht in ihr trostloses Schwarz ... Kraft plötzlich ... wie ein Blitz
sie schlägt ihm ins Gesicht

Er verfinstert sich Widerspruch kennt er nicht
stumm hat sie zu dienen die beiden Alten wetzen Messer
schleichen Stasispitzel ums Haus?

Legt er sich auf braunes kantiges Sofa ruft das Kind ... klagt ihm
die Mutter sei
gemeines gewalttätiges Geschöpf habe ihn
ins Gesicht geschlagen
sei eine vor der sich das Kind zu hüten habe
Kind starrt stumm den Vater an
verkriecht sich unter braunen Teppich weiß:
MuttiMuttchenGroßmuttchen schimpft auch über die Mama
also zwei gegen eine ... da muß es sich entscheiden

Und der Vater dens selten sieht
zieht Decke über den Kopf auf braunkantigem Sofa
und Großmuttchen meint alles sei Schuld der Mama
die man nicht einmal Mutti nennen dürf weils sies nicht möge
dieses schreckliche Weib
alles sei die Mama schuld alles
auch daß hier nichts mehr beim Alten geblieben
nichts geblieben wie es ist

Das Kind ist verstört weiß nicht was denken und fühlen und sie?
Kann sich im Kreise drehn
schweigen versinken tot im Bette liegen
man will sie als Opfer ... man will sie vernichten
das ist ihnen Lust ... man will Kämpfe kämpfen und gewinnen
nicht Frieden nicht Liebe ... das langweilt!

Und sie schaut während er auf dem braunen Sofa liegt
zum Fenster hinaus sieht mit grandiosem Erstaunen
daß es schönes Blumenbeet draußen
mit dem Kinde angelegt ... nicht mehr gibt

Willkürlich zertrampelt Pflanzen liegen matt sieht sie sieht
Lehm braunen erdigen Klump trug er an Stiefeln
stieg damit die Treppe hoch Lehmklumpen auf der Treppe
überall Lehm und dann lehmige Stiefel vor dem Bett
schmutzige Kleider
da bricht in trostloses Schwarz plötzlich wilde Wut
sie schreit los reißt das Kind unter dem Teppich vor
rafft eine Tasche schreit und geht ... das Kind weint verstört

352

Warum steht sie in wogender Menschenmenge? Jetzt wird´s klar!!

Die Mauer ist gefallen
deutsches Land eingeschlossen von Mauern Todesstreifen
deutsches Volk
sollte mußte sie ganze Welt sich schützen
deutsches Volk
mußte man es einsperren einmauern
deutsches Volk
damit es nicht neues Unheil stiften Grauen säen
deutsches Volk
eingeschlossen in sich selbst
eingemauert
um zu erkennen welches Grauen aus ihm wächst
welches Unheil es selber ist

Darum steht sie in wogender Menschenmenge!

Blindkrankschwache Weiblichkeit
ist dem Untergang geweiht wie dieses todkranke Weib
in sperrmüllverlottertem Haus
erwacht ist machtvolle Weiblichkeit zerrt an Stricken
um ihren Hals und sie die sterben wird
verläßt sperrmüllverlottertesTrabiLand ein Kind an der Hand

Liegt irgendwo weiß: sterben muß ich ...
vielleicht hab ich das nächste Mal mehr Kraft
vielleicht wird es dann
keine maschinenpistolenbewaffneten Menschenautomaten
mehr geben
keine MuttiMuttchen keine NußknackerVatis
die entartete Söhne und Töchter zeugen

weiß: sterben muß ich ... doch wills nicht hier
nicht in ungeliebtem Land
so geh ich dorthin wohin mich meine Seele trägt
ohne zu fragen ... mein Kind an der Hand
geh einfach möchte dort sterben
wo Liebe und Sehnsucht mich empfangen
sanfte Träume Schönheit am flatternden Bande
und die Gewißheit einer besseren Welt

Perigord geliebtes Land hoch über höchsten Hügeln
das Meer ist nicht weit

riech Deinen Duft Deine Erde Gräser Bäume
Nordwind treibt mir Blütensamen ins Gesicht
spüre den Stein in meiner Hand

den ich einst in anderem Leben aus einer Mauer genommen
mit dem ich gespielt den ich geküßt
dem ich tausend Geheimnisse entlockt

Perigord geliebtes Land hoch über höchsten Hügeln
das Meer ist nicht weit

Marguerite findet und verliert ihren Geliebten

Wirr nicht geordnet flossen die Lebensbilder
in Marguerite hinein
Zeitverschiebungen Zukunft vor Vergangenheit
Hagel ist prasselndem Regen gewichen
noch kniet Marguerite neben der nun Toten tränenüberströmt
regenhageldurchnäßt
nicht ein Fetzen Kleides ist an ihr trocken
Wasser rinnt aus Haaren über Schultern Brust
hält die Hand der Toten möchte fragen wo ist das Kind?
Hast Dus bei den Alten gelassen oder wartets hier
irgendwo auf Dich?
Hält die Hand der Toten es klingt in ihr nach:

„Verrat Elende Verrat!"

Erschüttert streichelt sie ein Gesicht über das bald
perigordinische Erde liegen wird
dafür zu sorgen ist ihre Pflicht sie erkennt:
Maßlosigkeit männlicher Herrschsucht wars
ins Unbewußte abgetaucht sie wars
die jene zur Verräterin gemacht
wie konnte sie ihm der die Tote war und ist
sie ... weibliche Ergänzung ... solcher Maßlosigkeit ...
passendes Pendant
er ... Teil von ihr ... männliche Ergänzung ...
solchen Untertanengeistes ... wie konnte sie ihm
der nicht einmal begonnen Pfad des Lichtes zu erkennen
geschweige denn zu folgen
wie konnte sie ihn zum Gotte erheben
ihm so viel Macht und Lieblosigkeit zugestehn?
Warum? Weil sie so schwach sein mußte
damit er so stark sein konnte!

Wer hat da gefingert und gedreht
sich solchen Plan wohl ausgeheckt
dem willfährig Völker Kulturen dienen bis hin zur Perversion
nun ... was auch immer ihr verbrochen denkt Marguerite
ich aber ... ich ... hab mit solcher Art von Mann und Frau
ich aber ... ich ... hab damit nichts zu tun

Da hört sie höhnisches Gelächter woher kommts ...
aus dem Schlosse?
Sie schrickt hoch sieht voller Angst und Entsetzen
Dämonen schwarzkäfergepanzert schleichen

Geister die zu ihr gehören drängen sich um sie
schützend bergend
da hört sie höhnisches Gelächter:

„Du? Nichts mit ihnen zu tun?"

Dämonen kesseln Louise und Berthe und Marie
und die Kinder
und und und ... sie und die Tote ein

Nein! Ruft Marguerite stumm Nein!
Greift ohne Nachzudenken in der Kleidertasche
nach den drei Ringen ... streift sie über drei ihrer Finger
da hört sie höhnisches Gelächter
sieht Dämonen schwarzkäfergepanzert
In höchster Angst und Not fällt ihr zu sprechen ein:

„Aleundram Akadei! AA UU Benboto Bukulang!
Zauberin des Nördliches Reiches bin ich wieder
wenn auch nur für kurze Weil kurze Spann
Akandam Karadei! Filimun Koratu!
Weicht Höllebrut Widersacher seit urewiger Zeit
Und tut Ihrs nicht Kanadam Akadei
so nehm ich Euch in mich hinein freß schluck Euch
Akadam Akadei!
Doch dann herrscht nicht Ihr über mich
was dann geschieht wißt Ihr nur zu gut:
müßt Euch auflösen im Licht das mich durchfließt!"

Während sies gesprochen ist sie aufgestanden
hat linke Hand zum Himmel gehoben
Zeigefinger gestreckt die andren Finger gebogen
mit rechter Hand
auf die Dämonen gewiesen ...
sie weichen zurück schweigend
diesem Zauber sind sie nicht gewachsen
müssen ihre Meister fragen schäumen vor Wut

Marguerite atmet auf hat an Kraft gewonnen
ist nicht mehr wie tags zuvor ohnmächtig niedergesunken
weiß plötzlich: werde Euch den Schatz entreißen können
denn: mächtigere Helfer als ich je geahnt stehn mir zur Seite
blickt auf die Tote nieder ... Regen Hagel prasselt
denkt hofft ... niemand habe sie gesehn

im Park des Schlosses Fleurac ... Zaubersprüche rufend
mit erhobener Hand
Denkt: muß sofort ins Schloß Arzt und Totenwagen rufen
wankt Knie schmerzen
Wasser trieft aus Haar und Kleid
die Tote liegt friedlich aufgedunsenes zerstörtes Geschöpf

Marguerite pocht klopft an der Schloßtür hämmert schlägt
gegen dunkles Holz
nach endlos lang scheinender Zeit öffnet ein Mann das Tor
vierschrötig klein fett und feist

„Oh nein!" schreit Marguerite ihn an
„nicht schon wieder so einer! Nein!"

Der Mann starrt bös ob dieses unhöflichen Überfalls spricht:

„Was wollen Sie hier? Können Sie nicht lesen?
Das Museum heut geschlossen ists"

„Draußen im Park liegt eine Tote Baumes Ast
den der Orkan gebrochen hat sie getroffen
Schnell Arzt und Krankenwagen müssen her!"

Kleiner dicker Schloßverwalter läuft
in den strömenden Regen zur Toten hin
sieht was geschehn läuft zurück
wirft die Tür zu vor Marguerite
sie wartet es dauert nicht lang da hört sie nahn:
Arzt Polizei Totenwagen
wartet gibt Auskunft arrangiert organisiert hinterläßt Adresse
Als sie fort sind Arzt Polizei Totenwagen
geht sie durch den Park ruft ihre Schar einer Glucke gleich
kann nicht mehr ist zu Tode erschöpft

wiederholt wie ein Papagei Teile des Zauberspruchs

verläßt den Park steht im Dorfe Fleurac vor der Kirche
hört sie noch ... hallt in ihr höhnisches Gelächter
sieht sie vor sich ... üble Gestalten widerliche Dämonenbrut
es schaudert sie
setzt sich auf die Stufen des Kirchenportals
blickt auf Schloß Fleurac fragt Louise:

„Sind alle da? Meine Geister ... alle die bisher erlöst?
Auch die Kinder und auch die neue deutsche Seel?"

Louise nickt beruhigend Marguerite atmet auf
Warum aber ... fragt sie sich bang
sammelt bläht bricht dieser Konflikt gerade hier im Perigord?
Hier im Schloß Fleurac?

Eigentlich versteh ich nichts ... es ist mir so
als hätt jemand mich mit Schleiern verhängt
welche Linie zieht sich von Fleurac nach Berlin?
Warum Deutschland und Frankreich so unheilvoll verbunden?
Erzfeind trifft Erzfeindin
bin ich hier an der Wurzel allen Ubels?
Ist es das was beide Länder in einer Haßliebe verbindet
ist es das ... was ich hier suche und findt?

Erinnere mich an Bild Gemälde eines preußischen Königs
verkrampft auf seinem Thron sitzend ... lächerlich überheblich
gekleidet wie der Sonnenkönig in einem Ambiente ...
gestohlen aus Versailles
Jeder Gedanke jede Phantasie jede schmückende Spielerei
gestohlen kopiert nachgemacht
vielleicht ... vielleicht auch nicht ... nein
eigentlich versteh ichs nicht

Sie steht auf geht zum Auto fragt sich
wie sie alle Platz finden sollen im VW–Golf
GottGöttinSeiDank nein nicht mehr GottSeiDank
haben ihre Geister ja keine menschlichen Körper
das erleichtert diese und jede zukünftige Fahrt

Läßt den Motor an fährt los schnell viel zu schnell
hat plötzlich das Gefühl es säße jemand Fremdes
nicht Berthe oder Louise ... neben ihr Der Meister?
Nein Diesmal Dämon
Stummer Diener jener schon bekannten feindlichen Macht

Die Schwarzkäfergepanzerten wollen sich rächen
für ihren machtvollen Zauberspruch schäumen vor Wut
Marguerite sei auf der Hut ... denn
mit jedem Geist den Du erlöst ... mit jedem Aspekt
Deines unbewußten Selbst den Du in Dein Bewußtsein hebst
verlieren sie ihre Macht ...

Kaum denkt sies da ists ihr
als drehe jenes fremde Wesen das Lenkrad nach links
so daß sie auf die Gegenfahrbahn gerät
es stockt ihr fast pulsierendes Blut ... Angst Panik
denn auf der Gegenfahrbahn
rast mit hoher Geschwindigkeit ein Wagen heran
sekundenkurz der Gedanke:
sie haben mich aus dem Weg geschafft
dieses widerliche herrschsüchtige Pack
kaum daß ich den Kampf begann ...

Doch ihre Helfer und Meister und himmlischen Geister
sind schon zur Stell
denn Mensch allein kann solchen Kampf nicht bestehn

Und während Marguerite fortwährend bremsend
in einen zeitlosen Zustand gerät der sich ausdehnt ...
in dem Dämonen schwarzkäfergepanzert
fledermausgleich schwirren
vor Schadenfreude kreischen kichern kreischen
an ihren Haaren reißen
sie aus ihrem Körper fortschleppen wollen ...

hat es der Fahrer des Wagens dem sie frontal entgegenrast
es geschafft zu bremsen
sein Wagen steht quer in einem Feld
während sie endlich mit ihrem Auto in einen Graben stürzt
doch sie bleibt unverletzt
kein Zittern mehr sondern Schlottern
das ihren Körper beherrscht sitzt wie erstarrt doch dann
steigt sie aus triefend naß
in immer noch strömendem Regen
Kiefer lassen sich nicht mehr beherrschen
Zähne prallen ohne Kontrolle aufeinander
sie umrundet das Auto es scheint unversehrt

Sieht sie wie der andere Wagen vom Felde zurück
an den Straßenrand gefahren wird ein großes teures Auto
das sieht sie – trotz ihres Schocks Jaguar oder BMW ...
irgend etwas in dieser Kategorie
ein Mann steigt aus kommt auf sie zu Marguerite flüstert:

„Also gut Bin nicht tot Ihr elendes Pack! Ihr widerliche Brut!
Habt es nicht geschafft doch Anderes ist geschehn

Schlimmeres denn ich hab ob des Schocks
mich in anderer Dimension verloren
nun ist in mir etwas durcheinandergeraten
was nicht durcheinandergeraten darf denn ich hab
über meine Medialität die Kontrolle verloren

doch gemach Feinde Ihr habt mich unterschätzt
meine Meister haben mich gut geschult
auch diese Situation ist durchgespielt
nein nein so leicht bekommt Ihr mich nicht!
Werd nun die Augen schließen
dann wieder öffnen magische Formel murmeln
und alles ist gut"

Sie tuts In ihr formen sich funkelnde Sterne des Alls
Lichtpunkte das vertraute Siebengestirn Liebe flutet
Doch: sie kanns nicht ändern
er kommt auf sie zu jenes Geschöpf Zauberer des Lichts
Mann Geliebter Freund wohl vertraut ... aus ihren Visionen
aus tausend Träumen ... tausend Sehnsüchten ... er ist es!
Phantom? Schon wieder Geist?
Dämonische Einblendung? Fata Morgana? Erinnert sich ...

Mondin
Kelch in der Hand
mit dem Wasser des Lebens
hieltest ihn an meine Lippen
und ich trank und ... es verschwamm ihr Bild
und ich sah in sein Gesicht
er nach dem ich mein ganzes Leben lang gesucht
er Druide weißer Magier Zauberer
meine andere Hälfte mein anderes ich
wollte ihn halten mich an ihn klammern
war zu schwach er lächelte nicht
doch Sehnsucht zwischen uns wuchs und wuchs
wußte: jede weitere Sekunde meines Lebens
werd ich ihn suchen

Linie für Linie formt Wirklichkeit seine Gestalt
groß schlank vornehm ja vornehm – alles an ihm
anderes Wort ihn zu beschreiben träfe es nicht
Stärke und Sanftheit zugleich ...
sein graues Haar wird im prasselnden Regen naß
da sieht sie zu ihrem Erstaunen

daß er einen Kreis um sie geht ... murmelt er etwas?
Etwa einen Zauberspruch? „Sind Sie verletzt?" fragt er

Also doch ein lebendiger Mensch!
Wär er ein Geist wie Berthe oder Louise sie wüßt es jetzt
Marguerite starrt ihn an schlotternd
Zähne prallen aufeinander sie ist triefend naß
diese Vertrautheit Fall seiner Haare besorgter Blick
schön geschwungener Mund ... wie groß er ist

sie schließt wieder die Augen wagt nicht sie zu öffnen
fühlt: lieb ihn lieb ihn so sehr
ist er Mensch Fatamorgana Sehnsuchtsgespinst?

Da legt er seinen Arm um sie sagt entschieden:

„Sie stehen unter Schock Sind ja ganz naß!
Lassen Sie Ihr Auto hier stehen Ich fahr Sie nach Haus."

Wie er sie berührt geschiehts das was sie nie mehr vergißt:
jede einzelne ihrer Körperzellen an Schulter und Nacken
die er berührt scheint aus Ohnmacht Verzweiflung
tiefem Schlaf zu erwachen erinnert sich
beginnt lebendig zu werden tost sprüht Feuerwerk

unglaubliches nie gekanntes Glücksgefühl durchströmt sie
wußte nicht daß es möglich ist
ihre Zellen scheinen sich in einer Art Verbundsystem
bis zur Zehenspitze hin
über das Wunder zu informieren: er ist da!

Während er die Türe seines Wagens öffnet
sie dann in eine Decke hüllt damit sie nicht mehr friert
durchrast sie paradiesisches Glücksgefühl
hört sie auf zu zittern fragt:

„Rufen Sie nicht die Polizei?
Ich habe noch nie in einem solchen ... Auto gesessen ... "

„Zumindest haben Sie nicht die Sprache verloren"

antwortet er und dann:

„Sie sind ja völlig durchnäßt Komplett triefend Warum?"

Sie kann es kaum ertragen ihm so nah zu sein
sieht: seine Hände sind schön stark und doch filigran
ruft stumm ihre Geisterschar
wehrt sich gegen ihn
liebt ihn zu sehr
ist er ein Zaubertrick der Neunmalklugen?
Sie schließt wieder die Augen schweigt fühlt seine Wärme
also keine Polizei es könnte ja auch der Orkan gewesen sein
der sie auf die Gegenfahrbahn geschleudert hat.

„Wohin soll ich sie fahren?"

„Werd sie dirigieren" antwortet sie
„jetzt gradaus und dann Richtung Fossemagne"

Sie schweigt wieder wehrt die Flut ihrer Sehnsüchte ab
doch sie sind stärker waren zurückgedrängt lang zu lang
Was tun – weiter in Träumen dümpeln
in entsetzliche Geschichten des Schlosses Fleurac
sich begeben – ohne ihn?

Sehnsucht wird zu körperlichem Schmerz
Soll sie ihn schütteln reißen ... wie sies so oft gewollt?
Sehnsucht wird zu körperlichem Schmerz

Ach einmal nur sollt er sie in seine Arme nehmen küssen
einmal nur sollten ihre Körper sich aneinanderschmiegen
Lichtbahnen sich auftun auf denen ihre Seelen fliegen
einmal nur sollt er ihre Brüste Schenkel fassen
einmal in ihr versinken ...
erst dann wird sie wissen was wahre irdische Liebe

Solche Art göttlichen Menschseins
menschlichen Gottseins kennt sie nicht
kennt edler Menschen Liebesakt
in dem sich nur eine Ahnung dessen spiegelt
was sie erleben will und muß ...

kennt der sieben Höllen geschlechtlicher PerversionPein ...
oh Ihr Menschen wenn Ihr wüßtet
wie sehr man aus göttlicher Liebe fallen kann!

Einmal nur sollt er ihre Hände küssen
seinen Kopf an ihre Schulter legen

sich ganz und gar bei ihr geborgen fühlen
einmal nur
sollten sie in wilder Kraft und Stärke ihre Energie vereinen
Ekstase leben gewaltige Flut der Leidenschaft
bis in Urtiefen ihres Seins abtauchen
Vergangenes sekundenkurz beleben doch nur zum Spiel
und dann – sich ansehen wissen
wir haben uns gefunden gehören wieder zusammen
nach tausenden von Jahren

Nie wieder wird er sie verraten sies ihm gestatten
nie wieder wird sie in Teufels Klauen geraten ... nie wieder!
Denn ihre Liebe fließt in uralten und doch neuen Bahnen
einmal nur sollt er sagen:

„Sieh mich an faß meine Schulter liebe mich!"

Einmal nur
möcht sie sein Blut pulsieren hören
einmal nur
fühlen was ihn irdisch macht:
knisternder Stoff seines Hemdes an das sie ihre Wange schmiegt
kanns nicht fassen das Wunder
daß er neben ihr sitzt
Hat er sich so gesehnt wie sie?

Wieviele schlaflose Nächte geträumt von ihr?
Einmal nur sollt er sagen:

„War krank vor Schmerz weil ich Dich verlor
brauch Dich Deine Nähe Dein Gefühl das Starke an Dir
das Heftige Wilde ...
doch auch das Sanfte und ...
Deine unendlich hingebungsvolle Liebe"

Mit geschlossenen Augen fühlt sie: vertrautes Siebengestirn blinkt
Was aber hat all dies mit dem Fluch über Fleurac zu tun?
Weiß er davon? „Und nun?"

Marguerite schreckt hoch wagt nicht ihn anzusehn

„Links dann dort vor dem Hause
mit geschlossenen Fensterläden noch einmal links"

Ein paar Männer stehen am Straßenrand Es regnet nicht mehr
Jetzt erst sieht Marguerite
welche Verwüstung der Orkan hinterlassen hat
Häuser deren Dächer abgedeckt umgestürzte Bäume
Äste auf Straßen ... Fässer Tonnen Hundehütten
durch die Luft gewirbelt Es regnet nicht mehr
Ein paar Männer stehen am Straßenrand sehen neugierig
in das luxuriöse fremde Auto hinein
sehen Marguerite
neben fremdem Mann in fremdem Auto ... sind erstaunt
denn man kennt Marguerite inzwischen
doch so etwas ist neu
fast zu Haus ist sie ja in dem kleinen Dorfe droben schon
jeder Nußbaum an der Straße ihr vertraut ...

„Fahren Sie weiter dann oben in La Pouvellerie
müssen Sie noch einmal nach links" Sagt sie Und er:

„Es ist ein schönes Stückchen Perigord
das Sie sich ausgesucht ... machen Sie hier Ferien?"
Erst jetzt fällt ihr auf daß er Deutscher ist deutsch spricht Sagt sie:

„Halt wir müssen zurück hab vergessen unten in Fossemagne
zur Autowerkstatt zu gehn muß dort meinen Autoschlüssel abgeben
ihnen sagen wo mein Wagen steht ... "

Sie schweigen wieder ... er fährt den Weg zurück
Robert und Monsieur Villa und Antoine aus der Fleischerei
stehen immer noch da beobachten wie Marguerite
zur Autowerkstatt gefahren wird
Auch dort Staunen
denn Marguerite sieht man sonst allein
Sie reicht den Schlüssel berichtet vom Orkan
man nickt
man wird es erledigen ... morgen stehe das Auto hier
Aha dieser Mann ... also eine Zufallsbekanntschaft wars ...

Und wieder fahren sie vorbei an Robert Monsieur Villa
dem Fleischer ... die aber nicht mehr am Straßenrand stehen
sondern schon auf dem Weg in die Autowerkstatt sind

Noch einmal passieren sie La Pouvellerie
das Haus des Maurers
die Felder von Monsieur Chiorozas ... sie liegen brach

denn Monsieur ist schon alt Dann sagt Marguerite: „Halt"

Nimmt ers wahr? Ruine Steinhaufen Balken Steine
eine verfallene Scheune winziges Gartenhaus
in dem ein Tisch Schrank stehen
mehr paßt nicht hinein Doch ... eine grob gezimmerte Leiter
die zu einer Galerie hochführt So lebt Marguerite im Perigord

Er steigt aus geht um den Wagen öffnet die Tür
sie möchte nicht aussteigen ... ewig bei ihm bleiben
doch sie weiß hat keine Chance
hat den Himmlischen zu gehorchen
Schloß Fleurac zu erlösen
Fluch zu bannen
Das Glück mit ihm – vielleicht in einem anderen Leben
sie kann ihn nicht ansehen würd ihn sonst halten
steigt aus legt die Decke in die er sie gehüllt beiseite
nun wieder schlotternd vor Kälte ...

Da nimmt er ihre Hand legt sie an seine Wange
zieht sie an seinen Mund küßt ihre Fingerspitzen ...

Ihn nicht ansehen ... Und er sagt: „Adieu"
Setzt sich ins Auto fährt Sonst nichts? Sonst Nichts!
Das erträgt sie nicht
Wird sie ihn je wiedersehn in diesem Leben?
Oder erst in anderer Dimension?
Von seinem Leben weiß sie nichts Nichts weiß sie von ihm
Sehnsucht ... ihr Herz glüht ... und diese Glut ists
die sie fühlen macht es zerspränge ein Eisblock in ihr
Eis das sie gefangen gelähmt
ihr bisher kosmische Sicht verwehrt ...

Sinkt in süßen heißen Schmerz
während sie über rasenkurz gemähte nasse Wiese
zum Gartenhaus geht friert friert friert
hätt sie doch ein Badezimmer hier
könnte sich in heißes Wasser legen Kälte kriecht in ihre Knochen
doch sie hat nur einen Schlauch
mit eiskaltem Wasser in der Scheune
direkt neben der Camping–Toilette
darüber Himmel
denn das Scheunendach fällt ein Es regnet nicht mehr
Sie beschließt die kleine elektrische Kochplatte

in winzigen Raum zu tragen Wasser zu kochen
Kleider auf die elektrische Heizung zu legen
Kaffee Zucker in kochendes Wasser zu geben
Tuts Sind alle Geister da? Sie ruft stumm Louise nickt

Marguerite legt sich aufs Bett
Vergessen Ihn sofort vergessen! Das ist Pflicht!
Sonst stirbt sie vor Sehnsucht ... Ist wie gelähmt
trinkt das heiße Getränk trinkt ... atmet auf
zieht die Decke bis zum Hals liegt still denkt:
morgen sobald ich mein Auto wieder hab
fahr ich nicht gleich zum Schloß Fleurac
sondern zum Trödler in Rouffignac
den Kelch kaufen hoffentlich steht er noch im Regal da sagt Berthe:

„Nein dieser Ort ist nichts für mich
erinnert mich an Armut
keinen Sous in der Tasche ... scheußlich!
Marguerite eines steht fest
wenn Du alle erlöst und ... um Dich versammelt hast ...
muß ein Schloß her
und ... so ein schönes Auto ... ach ...
es war grandios sich von ihm durch den Perigord fahren zu lassen
Ihr beide nebeneinander seid ein schönes Paar"

Da schluckt Marguerite
und zarter Hauch wehmütiger Sehnsucht
zieht durch den kleinen Raum Spricht Louise:

„Du liebst ihn so sehr er liebt Dich
habs gefühlt
Ihr seid füreinander bestimmt
hier endet der Weg auf dem wir alle ... wir Geister
in unseren Leben geschritten
denn uns alle trieb die Sehnsucht nur die Sehnsucht
nach dieser Liebe
Alles was ich tun kann um Dir zu helfen
Schloß Fleurac zu erlösen
alles sei getan
denn ich möchte es miterleben miterfühlen mitgenießen
diese traumhaft schöne Liebe zwischen Euch beiden"

„Ja wunderbar" sagt Marguerite „nur ...

367

wie stellt Ihr Euch solche Liebe vor ...
alle auf meinem Bett
während mich dieser Mann umarmt?"

Sie lachen ... die Geister und ... unsichtbaren Meister

Marguerite begreift in dieser Sekund konkret und ja ...
und alles ist plötzlich klar ...
wann hat es Zeiten gegeben da sies nicht begriffen ...
da sie gerätselt ...
immer waren und sind sie bei mir gewesen
alle die zu mir gehören nur ich war ...
nicht reif klug stark intelligent transzendent genug
um sie
aus Unbewußtem ins lebendige geistige Leben zu rufen

Klettert schönes kleines Mädchen Fronbauernkind
zu ihr aufs Bett schmiegt sich spricht:

„Weißt Du denn nicht daß ... daß Du mich ...
hegen und pflegen mußt ...
denn ich bin die Inkarnation ich bin der Inbegriff
weiblicher Schönheit nur eben noch ein Kind

Was mir einst verwehrt mich gehindert traumatisiert
ist nun erlöst ... was war?
Still und gehorsam parieren sich in Luft verwandeln
kleine gequälte Seele schützen
irgendwie muß Körper funktionieren
Befohlenes ausgeführt Mißhandlung ertragen werden

Darf soll und muß ich wachsen in diese mir fremde neue Welt
was bedeutets für mich und Dich?
Es heißt: Schönheit sein ... die großes und Edles schafft
Es heißt: Schönheit sein ... die verehrt bewundert werden muß
damit sie gedeiht

Klares Kostbares Edles in jedem meiner Gebärden ...

Erkennst Dus? Bist Du dazu reif?
Es heißt: alles was ich bin alles was ich schaff ... wird ... ist
seltene Harmonie Luxus ... Pracht

Ach küß mich entzückt bewundere meine lässige Grazie

steck mir Schleifen Kämme und Perlen ins Haar
schenk mir kostbarste Kleidchen Mondsichel und Spiegel
seidene Polster ein Himmelbett begreif ...
daß ich gekommen
um weibliche Schönheit auf diesen Planeten zu bringen ...
denn ich kenne dieser Schönheit Gesetze Geheimnisse
ihre Struktur ... denn ... ich bin die ich bin ... denn ...
ich bin die Schönheit selbst ... in menschlichem Kleid ...

ich weiß ... Schönheit ist eine Macht ... denn ... wäre sies nicht
hätt er mich nicht ermordet vergewaltigt zerstückelt
oh ... er wußte genau was er tat ...
MachtMensch MachtMonster wußte genau ...
was ihn in seiner hemmungslosen MachtGier korrigieren kann
oh ... er wußte genau was er tat ... "

„Und ich" spricht Marie setzt sich nun auch aufs Bett
„ich bin die Inkarnation ich bin der Inbegriff
von Willen Kraft und Mut
Ich bin jene die zielgerichtet einen Weg gehen kann
sich nicht von Widerständen Krieg Feindschaft Neid Haß
Bosheit Gewalt verunsichern läßt
und ... die ... allen zum Trotz ... ihr Ziel erreicht

Ich bin jene die bereit war den Feuertod zu sterben
um ihrer Seele schwierigen Weg zu ebnen
ich bin jene die Genugtuung fordert
sich dabei von Widerständen Krieg Feindschaft Neid Haß
Bosheit Gewalt nicht verunsichern läßt
ich bin jene die Genugtuung fordert
für das was mir angetan
Ich will daß Du Marguerite damit auch ich
von jenem Volke
das mich einst auf dem Scheiterhaufen verbrannt
ich will daß Du Marguerite damit auch ich
von jenem Volke
mit Verehrung Glanz Ruhm Reichtum bedacht ...

Kalt waren die Nächte
während ich draußen gelegen halb erfroren eingescharrt
in nasses faulendes Laub und Gras
Marie von Rouffier ... geboren auf Schloß Fleurac
krank lag ich in übelsten Qaurtieren
elend schmerzgekrümmt doch niemals hadernd

niemals grollend grübelnd das Schicksal spiele mir übel mit

ging meinen Weg arm verloren einsam verbannt
meinst Du ich bin ihn umsonst gegangen?"

Klettert zweites kleines Mädchen zu Marguerite
schmiegt sich spricht:

„Und ich bin die Inkarnation ich bin der Inbegriff der Magie
ich bin die Fee ... nur Kind eben noch
ich bin glitzernder Sternenglanz Zauberin Himmelsmacht
die Du hüten und schützen mußt
Schmetterlingsflügel aus Holz und Papier
hab ich mir auf den Rücken geheftet
bunt bemalt mit Federn beklebt
helles Haar zu Zöpfen geflochten
trag kurzes Röcklein das schwingt bei jedem Schritt

Was mir einst verwehrt mich gehindert traumatisiert
ist nun erlöst ... was war? Mord

Darf soll muß ich nun wachsen in diese mir fremde neue Welt
was bedeutets für mich und Dich?

Es heißt: Fee sein ... die Himmel mit Erde bindet
glitzernden Sternenstaub streuen ... so Macht der Materie blaßt
Seelen anrühren Geister beschwören
Ruf der Himmlischen hören

Ach küß mich entzückt bewundere meine magische Macht
reich mir Kugel Ringe Kelch und den Zauberstab
Magische Formeln kenn ich seit urewiger Zeit
magische Orte ... begreif
daß ich gekommen
um magische weibliche Macht auf diesen Planeten zu bringen
denn ich kenne dieser Magie Gesetze Geheimnisse
ihre Struktur ... denn ich bin die ich bin ...
ich bin die Magie selbst ... in menschlichem Kleid

Ich weiß ... Magie ist eine Macht ... denn wär sies nicht
hätt er mich nicht gemordet oh ... er wußte genau was er tat ...
MachtMensch MachtMonster wußte genau ...
was ihn in seiner hemmungslosen MachtGier korrigieren kann

er wußte genau ... was er tat ..."

„Und ich" spricht Berthe „ich bin die Inkarnation
ich bin der Inbegriff der wahren Geliebten
jener die ihrem einzig Geliebten rief:

Komm ... schließ Deine Augen
hör von der höchsten aller Künste von der Liebe
schwing Dich hinauf
hör den Klang meiner Worte
fühl meinen Rhythmus in Deinem Blut
streif mit mir durch himmlische Zelte
Sternenbahnen und Götterglut
sieh ich reiche Dir silbernen Becher
gefüllt mit berauschender Sehnsucht nach Himmelsmacht
komm ... schließ Deine Augen trink
vergiß Elend und Enge irdischen Seins
leg Dich in meine Arme ... komm ...

Was mir einst verwehrt mich gehindert traumatisiert
ist ... leider ... noch nicht erlöst ... denn es fehlt mirDir ...
Liebesglück
Was war? Demütigung Vergewaltigung Erniedrigung
doch bin nicht gemordet
sondern geflohen ... in die Sucht ... in den Alkohol ...

ertränkt meine Sehnsucht nach dem einzig Geliebten
zwei Körpern verschlungen in der Macht der Liebe

Darf soll und muß ich wachsen in diese mir fremde neue Welt
was bedeutets für Dich und mich?

Es heißt: Liebesglück ... betörender Zauber einer Liebesnacht
Es heißt: den Geliebten finden der DichMich verehrt liebt achtet ...
auf Händen trägt

Bewundere meine Liebeskraft
meine erotische Phantasie meine zärtlichheilende Hand
meine Hingabe meine Leidenschaft
schenk mir seidenes Nachtkleid Mondsichel und Spiegel
seidene Kissen ein Himmelbett begreif
daß ich gekommen
um weibliche Liebeskraft auf diesen Planeten zu bringen
denn ich bin ... die Liebeskraft selbst ... in menschlichem Kleid

371

kenne dieser Kraft Gesetze Geheimnisse ihre Struktur
denn ich bin die ich bin ... Tochter der Aphrodite selbst

ich weiß ... Liebeskraft ist eine Macht ... denn wär sies nicht
hätt er mich nicht vergewaltigt gedemütigt entmündigt
mich nicht verschachert wie ein Hure
oh ... er wußte genau was er tat ...
MachtMensch MachtMonster wußte genau ...
was ihn in seiner hemmungslosen MachtGier korrigieren kann
oh ... er wußte genau was er tat ... "

„Und ich" sagt Louise setzt sich ebenfalls
„ich bin die Inkarnation der Inbegriff
allen Verzeihens
ich bin jene die Mörder und Feinde liebt ... ihnen vergibt

Was mir einst verwehrt mich gehindert traumatisiert
hab ich erlöst ... was war?

Totale Vernichtung meines Daseins Sexueller Mißbrauch
Vater vernichtet sein Kind weil er glaubt
VaterSein bedeute hemmungsloses Benutzen Gebrauch
ein Kind kann gefressen werden wies einem grad paßt
so wie ein Kuchen oder krosser Schweinebraten
benutzbar vernichtbar kein Eigenleben nur Satellit
keine Achtung keine Ehrfurcht kein Respekt
vor der jungen Seele die sein Kind
keine Achtung keine Ehrfurcht kein Respekt
nur sich selbst sehen schmutzig triefend dümpeln
in herrischem Rausch der Macht

Darf soll und muß ich wachsen in diese mir fremde neue Welt
was bedeutets für mich und Dich?
Es heißt: jede Art von Rache und Haß in sich sterben lassen
Es heißt: wissen um das verheerende Verbrechen
doch erkennen ... alles hat seinen Sinn ...
genau diese Vernichtung ... sollte Lehrstück für meine Seele sein ...
erkennst Dus? Bist Du dazu reif?

Es heißt: alles was ich bin alles was ich schaff ... wird ... ist
ohne Rache und ohne Haß

Ach bewundere meine Kraft denn sie hat es geschafft daß
ich diese Vernichtung lebend und bewußt überstanden hab

nicht gemordet nicht in die Sucht geflohen
nicht ins Irrsein
sondern edel und weise erkannt: dieses Entsetzen diesen Alp
hat meine eigene herrische Seele gebraucht begreif
daß ich gekommen
um das Verzeihen auf diesen Planeten zu bringen ...
denn ich kenne des Verzeihens Gesetze Geheimnisse
ihre Struktur ... denn ich bin die ich bin ... denn ...
ich bin das Verzeihen selbst ... in menschlichem Kleid
ich weiß ... Verzeihen ist eine Macht ... denn ... wär sies nicht
hätt ich meinen Vater ermordet
oder die ganze Welt
mit Irrsein Krankheit geistiger Verschmutzung
neuer Gewalt neuem Mißbrauch gequält

Hätt ichs getan wär ich wieder zurückgefallen
in Spirale der MachtGier und Gewalt
aus der ich komm zu der ich gehör denn sonst könnt
ein solcher Vater nicht mein Vater sein
gedient habe ich herrischer Macht nicht nur dem Vater
sondern auch
dieser ganzen noblen adligen überheblichen Meute
dame de société war ich ... ja ... ja ... es hört sich wunderbar an
doch sie haben mich genauso benutzt gedemütigt
diese arrogante Dreyfuss–Familie
adlige Multimilionäre aus der noblen Welt
auch das ... Vernichtung meines Daseins
auch das ... war Mißbrauch
noble Meute vernichtet dienstbare Geister
weil sie glaubt ArbeitGeben HerrenMenschen sein
bedeute hemmungsloses Benutzen Gebrauch
Zofe Dienerin kann gefressen werden
hat kein Eigenleben
keine Achtung keine Ehrfurcht kein Respekt
vor jenen die ihnen dienen
sehen nur sich selbst schmutzig triefend dümpelnd
im herrischen Rausch der Macht erbärmlich stinkend

Darf soll und muß ich wachsen in diese mir fremde neue Welt
was bedeutets für mich und Dich?
Es heißt: nicht herrisch überheblich jene knechten
die lernen müssen zu dienen in diesem Leben
Es heißt: weise und überlegen stark und konsequent
jene die uns anvertraut

Disziplin lehren Beherrschung wüster Triebe
sie müssen lernen Verantwortung zu übernehmen
für alles das was ihnen zu erledigen zugewiesen
große Weisheit des Dienens lehren heißt:
große Weisheit des Dienens kennen können beherrschen
selbst sein

heißt nichts anderes als selbstlose Liebe
kennen können leben sein
und es heißt: weise und überlegen stark und konsequent
jenen die uns anvertraut klarmachen
daß es Grenzen gibt
Grenzen im Umgang mit der gesamten Schöpfung
nicht nur unter den Menschen
Dienen mit Achtung Ehrfurcht und Respekt
Herrschen mit Achtung Ehrfurcht und Respekt
wissend spürend fühlend ahnend: alle sind wir eins"

„Und ich" es tritt die fremde deutsche Seele näher
doch wagt sich nicht
wie alle anderen zu Marguerite aufs Bett zu setzen

„ich bin die Inkarnation ich bin der Inbegriff
der Asche aus der Phoenix steigt
bereit sein
letzte Reste alten kranken Lebens
verglühen lassen
damit Neues entstehen kann
Wieviel Überwindung gehört dazu seiner eigenen Zerstörung
zuzusehn?
Was auch immer noch geblieben an Schlacken Resten
herrschsüchtiger dekadenter Vergangenheit Perversion
Unterwerfung himmlischer Weiblichkeit
zugunsten unerotischer grausamer Racheweiber
hilfloser Opfer verzweifelter Kranker ...

mit meinem Schicksal ist letzter Rest ausgebrannt gesühnt
mit meinem Schicksal findet der Schrecken ein End

Nur mit der Asche die ich bin wirst Du Marguerite
Phoenix sein können
erst mit meinem Schicksal schwang und schwingt
die Waage zwischen Mann und Frau ins Gleichgewicht

Was mir verwehrt mich gehindert traumatisiert
ist nun erlöst ... was war?

Ein MädchenWeib unkenntlich jeder Lieblichkeit
ein aufgedunsen dickes stumpfes Weib
verschorft voller Parasiten schlecht heilender Wunden
nur noch Haarfetzen auf dem Kopf
gebar einen Knaben konnt ihn kaum säugen
da fing er Muttertiere im wilden Wald
damit sein Sohn überlebe
denn ... irgendwann ... mußte jemand ihn bewundern
ihm dienen sein Eigentum sein
denn er wollte eine Sippe ein Volk begründen ...
ihr HerrscherKönigMeisterMittelpunkt sein!

Darf soll und muß ich wachsen in diese mir fremde neue Welt
was bedeutets für mich und Dich?

Es heißt: Familie Sippe Volk begründen
in der die Macht der Liebe weht
hier herrscht kein KönigMeisterMittelpunkt
der Weib und Kinder zum SatellitenSein zwingt

hier herrscht kein entartetes Weib
daß sich an ihren Kindern für Unterdrückung rächt
hier reichen sich alle ... Väter Mutter Söhne Töchter
FreundeFreundinnen ArbeitgeberArbeitnehmer
Tanten und Onkel undsonstwiewer
alle reichen sich die Hand um sich gegenseitig zu helfen
Kreislauf von Gewalt Haß Neid Niedertracht zu durchbrechen
reichen sich die Hand um zu begreifen
warum sie auf Erden sind:
welche Lektion ist zu lernen wo brauchen sie Hilfe
wo können sie geben wo müssen sie nehmen?
Wo müssen sie hart sein und konsequent?
Wo dürfen sie zart sein sanft und weich?

Erkennst Dus? Bist Du dazu reif?

Es heißt: alles was gewesen was Du kennst was Dir vertraut
was man Dir als heile schöne friedliche Familienwelt
aufgezwungen vorgegaukelt schön gemalt
diese versammelte vergammelte verlotterte
patriarchale GroßKleinfamilie wie geschaffen zum Mißbrauch

375

mußt Du als das erkennen was sie ist: Asche
mußt Du wie Asche in alle vier Winde streuen

jedem alten Hut alten Zopf jeder üblen Tradition
jeder Schönrederei von heiler vergangener Familienzeit
die rote Karte zeigen
denn dies ist nicht mehr Deine Welt
Du bist weitergegangen während andere noch tierisch dümpeln ...
ich bin die Asche begreif
daß ich gekommen
um entartete verkommene Familientradition
auf diesem Planeten zum bitteren Ende zu führen

denn ich kenne des AscheWerdens Gesetze Geheimnisse
ihre Struktur ... denn ich bin die ich bin ...
ich bin die Asche patriarchaler Familie
letzter dekadenter verkommener verlotterter sterbender Sproß ...
in menschlichem Kleid
ich weiß ... mein AscheWerdenAscheSein ist eine Macht
denn wär sies nicht
hätte diese Familie dieses Land mich nicht so verdammt
oh ... sie wußten genau was sie taten ...
MachtMenschen MachtFamilien ... wußten genau was sie
in ihrer hemmungslosen FamilienMachtGier korrigieren kann"

Marguerite staunt wie klar plötzlich alles müd ist sie müd
liegt erschöpft
da nimmt das kleine Mädchen
Schmetterlingsflügel aus Holz und Papier
auf den Rücken geheftet
bunt bemalt mit Federn beklebt
helles Haar zu Zöpfen geflochten
trägt kurzes Röcklein
das schwingt bei jedem Schritt

nimmt hebt es einen Pappkarton zu sich hoch
in ihm hat Marguerite die wertvollsten Schriften bewahrt
die sie hier auf dem Grundstück im alten verfallenen Haus
gefunden hat
kostbare geheimnisvolle Dokumente
geschrieben auf Tierhaut Papier viele hundert Jahre alt
während Marguerite liegt
langsam in ihr Druck Schmerz Erschöpfung weichen

zieht das kleine Mädchen ein Dokument aus dem Karton
auf Tierhaut steht etwas geschrieben kaum leserlich
Schwelbrand hat Haut Schrift beschädigt
niemand hat bisher diesen Text entziffern können
obwohl Marguerite in mehreren Museen gewesen ...

Wie das kleine Mädchen das alte kostbare Stück betrachtet
sich mit der Hand über die Augen fährt
dann über das Pergament streicht
etwas murmelt
nimmts Marguerite dem Kind aus der Hand

Da geschieht das Unfaßliche Sie kann den Text lesen liest:

„Vor zehn Jahren hab ich die Formel gefunden
möcht sagen es war mein Lebenswerk
bin der Bader von Bramfond doch zuvor in Montignac gelebt
Als mir alle Kinder und Weib an der Pest gestorben
bin ich hierher gezogen
Hab die Formel gefunden doch sie hat mir nicht geholfen
denn ich wußte nicht wie ich ...
meine eigene Formel ihr anpassen sollt ...
habe experimentiert ...
mich fast zu Tode gebracht es nicht geschafft

Bin dann auf uralte Schrift gestoßen hab erfahren
Chemie meines Körpers meines Denkens
kann ich nur ändern zu neuer Formel bringen
wenn ich den Becher den Kelch find
Mit diesem Becher oder diesem Kelch muß ich zur Quelle
aus der bitteres Wasser rinnt
mit diesem Kelch muß ich Wasser schöpfen
und es trinken viele Tage lang

Die Quelle hab ich gefunden doch nicht den Kelch ...
Du der Du in späteren Zeiten diese Zeilen liest
wer auch immer Du sein wirst
für Dich schreib ichs nieder:
hab die Formel auf ein kleines Stück Haut geschrieben
zusammengerollt in eine
arabische fingerdick silberne runde fingerlange Schatulle gesteckt
hatt sie dem Ritter M ... gestohlen
er wohnt auf Schloß Fleurac
er hatte die Schatulle von einem Kreuzzuge mitgebracht ...

Einst hatt er mich gerufen
weil er zuviel Schnaps gesoffen Wildschwein gefressen
ich sollte ihm Blutegel ansetzen ihn zur Ader lassen
doch ich gab ihm etwas
das ihn in tiefen Schlaf hat fallen lassen ...
So schlug ich Zeit heraus einen Stein an der Kaminwand
zu lösen in die Öffnung silberne Schatulle zu legen
den Stein wieder einzusetzen ein wenig zu vermörteln
wußte dort ist das Geheimnis sicher
denn im Kamine saß ich oft mit dem Ritter ...

Wenn ich mir vorstell es gäb in späteren Zeiten
klügere Leut als meinesgleichen
würden die Formel kennen dann könnten sie
nicht nur Kranken helfen
sondern würde selbst Wanderer zwischen den Welten ...

Die Quelle ...
irgendein Geheimnis besteht um bitteres Wasser
das Zelldrehung Veränderung bewirken kann
muß sich diese Wasserlösung
mit dem Metall des Kelches verbinden?
Ja ich den Kelch finden Rätsel über Rätsel Anfang ohne End"

Marguerite ist plötzlich hellwach sitzt kerzengerad
weiß: dieser Bader ist ein anderer als jenes Monster in Montignac
das den eigenen Sohn ermordet
eher jener dem die Fee schwarzen Pilz Trüffel hergezaubert hat

Was meint er mit der Formel? Welche Formel hat er gefunden?
Formel seines genetischen Codes?
Oder ... eher Formel eines Magiers Zauberers eines Weisen
eines Druiden eines Eingeweihten?

Also in einem Kamin eine schmale fingerdicke Schatulle ...
in welchem Kamin?
Ach sie wird ihn schon finden ... morgen ... im Schloß ...
doch zuvor den Kelch kaufen
Was meint er mit Quelle? Bitterem Wasser?
Welches bittere Wasser
muß man aus einem bestimmten Kelche trinken
um seine Formel genetischen Code verändern zu können?
Was meint er damit?
Ists symbolisch gemeint oder pure Realtiät?

Doch Müdigkeit Erschöpfung ist nun zu stark
so läßt sie ab vom Grübeln träumt sich zu ihm hin
ihm Druiden Magier Zauberer
ihrer anderen Hälfte ihrem anderen Ich
kann nicht vergessen was geschehn
sieht seine schlanke Gestalt sein graues Haar
zieht Linie seiner Lippen nach streicht über seine Schultern
wie gern hätt sies in der Wirklichkeit getan

War er nur Spuk feindlicher Macht?
Höhnisches Gelächter hallt in ihr nach
Dämonenbrut irrlichtet vor innerem Aug
sie bezwingt tapfer ihre Angst fällt in unruhigen Schlaf

Am nächsten Morgen als sie die Fensterläden öffnet
bricht Herbstsonne
durch dunkle schnell ziehende Wolkenwand
strahlend blau Herbsthimmel dann
sie reckt streckt sich auf kleiner Terrasse
läuft durch nasses Gras in die Scheune
als sie zurückkommt ist der Tisch gedeckt
Rosen in einer Vase ... Louise winkt

Bald sitzt sie vor dampfenden Kaffee
blinzelt friedlich in Herbstsonne
denkt wie schön daß sie alle
Louise Berthe und Marie ... die Deutsche und die Kinder
wie schön daß sie alle bei mir sind

Von La Pouvellerie kommend fährt ein VW Golf heran
sie erkennt ihren eigenen Wagen steht auf strahlt
der Mechaniker aus Fossemagne ist doch ein netter Kerl
sie parlieren ein wenig das Auto steht unversehrt
sie zahlt
fährt ihn zurück nach Fossemagne in seine Autowerkstatt
noch einmal den Hügel hoch und zurück
Tür des Gartenhauses abschließen kontrollieren ... sind alle da?
Im Auto die ganze Schar?
Kanns losgehn zu neuem Abenteuer in neuen Tag?

Herbstsonne strahlt als sie Rouffignac erreicht
Madame die den Trödlerladen Brocante besitzt schließt gerade auf
Guten Morgen Madame welch ein schöner Tag
Madame ich sah ... vor kurzem hier

379

einen alten verkratzten Kelch in einem Regale stehn
weiß nicht einmal mehr … aus welchem Material
Madame geht vor kramt im Trödel bric à brac
hält den Kelch in der Hand

„Merkwürdig es scheint mir daß ichs nie gesehn
dieses alte schäbige Ding
weiß auch nicht mehr wann und wo ichs gekauft
oder wers mir gebracht
ach wie auch immer mach Ihnen einen guten Preis"

Marguerite ist zufrieden der Preis in Ordnung für sie …
nickt … und Madame wickelt das zerkratzte Stück
in Zeitungspapier steckts dann in eine Plastiktüte
Marguerite nimmt die Tüte in Empfang au revoir Madame
schon ist sie auf dem Weg zum Schloß Fleurac

Kaum den Park betreten kommt ihr
kleiner Schloßverwalter feist fett frech arrogant entgegen
als er sie erkennt stutzt er wird dann wütend spricht sie an:

„Madame das Museum ist heut geöffnet für Touristen
jeder couleur doch nie mehr für Sie!
Da fallen Sie ohnmächtig um mitten im Schloß
schleichen anderntags im Park herum
schicken verheerenden Orkan viele Bäume sind dahin
bescheren mir eine Tote die Polizei Ärzte sonstnochwas!
Für Sie ist Fleurac tabu! Sie haben Hausverbot!"

Kein Wunder denkt Marguerite
er ist nicht zuletzt Handlanger dieses Dämonenpacks
eifriger Diener feindlicher Macht
sie geht schweigend verläßt den Park
doch kaum aus der Sicht
versteckt sie sich unter Bäumen zwischen Gebüsch
wart nur Du Kerl Dich werde ich schon überlisten
wartet … und als erste Touristen sich sammeln auf Führung warten
als nichts mehr übersichtlich … geht sie schnell
wieder zurück zum Schloß
läuft geschäftig … als würd sie dazugehörn
zu wem auch immer … ob zu Touristen ob zu Schloßpersonal
sie geht findet bald eine Tür die geöffnet
winkt ihrer Schar und schon steht sie im Schloß
schnell atmend in dunklem Flur weiß nicht wo sie ist

erst langsam findet sie sich zurecht
sieht daß sie den Gang zum Keller gegangen ist kann nicht zurück
tastet sich langsam vor
irgendeinen Weg wird sie schon finden irgendwo irgendwie
wird sie den Saal erreichen in dem ein Kamin
in dessen Seitenwand fingerdicke silberne Schatulle steckt
tastet sich langsam vor
doch erkennt:
es gibt nur eine breite ausgetretene Steintreppe die nach unten führt
nun gut so soll es sein und sie geht langsam Stufe für Stufe
findet sich dann
in einem hohen Kellergewölbe ...
ohne Zweifel sie steht in einem tadellos gepflegten Weinkeller
Weinfässer hohe Regale endlos lang
in denen hunderte von Weinflaschen ruhn

hier und dort Stühle ein Tisch
auf denen Utensilien eines Kellermeisters Winzers Weinkundigen
liegen stehn
schöne alte Gläser ... Korkenzieher
es duftet nach Holz der Fässer und herrlichem Wein
Berthe steht neben ihr Berthe ist ganz aufgeregt
Berthe geht die langen Regalreihen entlang
findet ... hunderte von Flaschen gefüllt mit Sauternes
ziehte diese und jene heraus liest das Etikett

Berthe ist außer sich Berthe ist begeistert Berthe ist glücklich

Marguerite setzt sich indessen auf einen der Stühle
schaut sich um sinnt überlegt ... was ist zu tun?
Wie komm ich hier wieder heraus?
Vor allem: was bedeutet es daß nun die Ringe in meinem Besitz?
Sie grübelt denkt grübelt weiß:

mit den Ringen ... mit jener Deutschen ...
hab ich das auf der Spitze stehende Dreieck erreicht
Feuer beherrschte meine Seele mein Dasein
Feuer mein hitziges Temperament feuerlodernd die Flamme
die meinen Verstand meinen Intellekt mein Denken schuf

Rang! Rang! Rang!
Herrscher des Südens Macht der Zerstörung
alles Existierende kehrt zu Dir zurück
da sitzt Du mit kampferblauer Haut silbernem Bart

in Deiner zornigen Gestalt
nickst zu dem was die Deutsche gesagt
sie mußte leiden um zu wissen was Herrschsucht vermag

Herrscherin des Südens Göttin der Unabhängigkeit
Mächtige des Feuerblitzes
mit dem Du Deine Pläne durchsetzt all Deine Ziele erreichst

Du gibst mir den Mut und die Furchtlosigkeit
letzten Rest von Egoismus Eitelkeit

zu verbrennen Asche in alle Winde zu streuen

Du gibst mir die Kraft anzuordnen ... zu organisieren
Kontrolle über die Sprache zu gewinnen

Du gibst mir in Deinem gelben Kleid Kraft
für Demut und Buße ... Kraft ... alle Sünden
der Vergangenheit zu erkennen ... sühnen ...
selbstlos zu dienen ... Vang!*

Plötzlich weht Rosenduft
es scheint ihr als würd sie für diese Erkenntnis belohnt

riecht plötzlich in diesem Keller
Duft von tausend Rosen
sieht blendenden Glanz
hört schwingenden Gang weiß: die Grazien nahn

Und sie kommen die himmlischen Frauen
Marguerite hat noch nie so wie heut
dieses Kommen als Gnade empfunden
hört rauschende Seide
in diesem Keller des Schlosses Fleurac

die Göttin naht ... Bild überirdischer Schönheit

Marguerite steht auf flüstert wieder:

* *Öffnung des dritten Chakras*

„Du Vollendung Perfektion
zu Mensch gewordene Idee einer Göttin
wie lang hast Du gebraucht
um solche Schönheit Macht Harmonie zu verkörpern
ein ganzes Weltenjahr?

Wie viele Hindernisse Blockaden Kriege
mußtest Du überstehn
um Dich zu schaffen aus so störrischem Material?

Wie hast Du begonnen: Marmorstatue?
Aus Stein gehauen? Auf Bildern gemalt?
Dich tausendmal verkörpert
in alabasterner kaffeebrauner leuchtender bronzener Farbe
menschlicher Weiblichkeit?

Wie schwer wars
sich nicht nur mit schönem Körper zufrieden zu geben
sondern ihm Geist einzuhauchen Macht und Verstand
und selbstlose Liebe?
Wie oft war der Versuch mißlungen
Körper Geist Seele in Einklang zu bringen?
Ein ganzes Weltenjahr?
Vollendung Perfektion zu Mensch
gewordene Idee einer Göttin
fleh ich Dich an
laß mich Du sein – nichts anderes will ich mehr
und gewährst Dus mir nicht dann will ich sterben ... sofort

und wie ich liege vor Dir Dich anflehe
da beginnt Schmerz in mir zu toben
denn ich sehe ... mein Körper ist nicht makellos
von Exzessen Hindernissen Kriegen Blockaden gezeichnet
auf dem Weg zu Dir
Geist nicht frei genug?
Mangelts der Seele an selbstloser Liebe?
Flehe ich Dich – Göttin – mit allen Kräften
flehe ich Dich noch einmal an:

hab Erbarmen mit mir
meinem Körper meinem Geist meiner Seele
denn ich kann ... und will nicht mehr leben
ohne die vollkommene zu Mensch gewordene Idee
Deines Selbst zu sein

383

blicke hoch zu Dir
durch Tränenschleier der Sehnsucht
da seh ich:
Du lächelst ... gibst Du mir eine Chance?"

Und sie lächelt die Himmlische spricht:

„Du und Ihr alle die Ihr nun hier in diesem Keller seid
Ihr habt Euch tapfer geschlagen selbstlos gekämpft
jede auf ihre Art
so will ich Euch allen
und vor allen ... Dir Marguerite
die Wahrheit Deines MeinesUnseresSeins nicht mehr vorenthalten
so sollen Schleier weichen damit Du erkennst

Setz Dich ... setzt Euch ... alle ... nieder
denn meine vor allem meine Geschichte ... ist dies
Sie ist lang
Und ... daß ich sie gerade hier in diesem Keller erzähle
hat seinen Grund

Doch davon später ... seid Ihr bereit?

Marguerite hört die Legende von der Göttin im Kastanienhain

Die Legende von der Göttin im Kastanienhain

Nun da Ihr zuhört wehn sie herüber jene Zeiten
die weiter zurückgehn denn Ihr zu träumen wagt
Göttliches hatte beschlossen Schöpfung zu schaffen
Vorabend wars

Noch nicht geteilt hatten sich Geistes Prinzipien
noch nicht in tausend Arten der Vielfalt potenziert
Männlich und Weiblich schwangen ineinander
so wies heiliger Harmonie gebührt:

Gleichklang Frieden Glück prasselnd feurig Licht

Konnt nicht anders sein weil es ist wie es ist war wie es war

Und auch beschlossen war:
entstünd aus Umarmung neue Schöpfung
dann Männliches und immer jene Weiblichkeit
die zu Männlichem gehörte
ihn ergänzte zu Vollkommenheit ... und umgekehrt:
entstünd aus Umarmung neue Schöpfung
dann Weibliches und immer jene Männlichkeit
die zu Weiblichem gehörte
sie ergänzte zu Vollkommenheit ... und umgekehrt
so geschahs

So hatte die GroßeMutter einen Sohn geboren
Aspekt göttlicher Liebe der sich der Heilkunst widmen wollte
Hermes nannte ihn Menschheit später Merkur
Sohn des Mondes dreimal Größter
denn – geträumt wars ja geträumt – vielleicht bleibe
beim Abstieg Geistes in dunkle kalte Welt nicht Harmonie gewahrt
wichtig seis
Heilendes auf allen Ebenen des Lichtes zu formen schaffen
das Verstimmtes wieder stimmen könne
geträumt wars ja geträumt und dann geschaffen

Hatte die GroßeMutter eine Tochter geboren
MondSohnes Ergänzungshälfte jene die zu ihm gehörte
die ihn zu höchsten Heilkünsten inspirieren konnte
es war die Poesie

386

Aphrodite nannte Menschheit sie später
Göttin der Sinne Lust und Liebe Göttin der Magie

Zehn Jahre jünger als er denn
es war schwierig gewesen ihm – MondSohn
weibliche Hälfte zu geben damit er vollkommen werde:

seine Ansprüche waren enorm seine Art so diffizil
daß nur ein Wesen
aus Frequenzen höchsten himmlischen Lichts
diese Aufgabe erfüllen konnte

immer wieder war ihre Form gebrochen
beim Schöpfungsprozeß
denn hohe lichtene Frequenz formt sich schlecht
webt weht frei zwingt man sie dennoch in Formen der Kälte
zerschlägt sie solche schnell
um wieder zu wehen fliegen in prasselnder Glut
heilger Harmonie himmlischer Liebe hellstem Licht

sie wuchs heran mit ihm noch ein Kind als er schon Mann
er – schlanke hünenhafte Intelligenz
doch dann
kam auch für sie Zeit lichtdurchfluteter üppiger Weiblichkeit
goldener Wellenpracht Haarflut
Geschöpf von solcher Lieblichkeit
daß alle in himmlischen Zelten entzückt vor ihr standen
sie herzten küßten mit Sternen umschlangen

Jener für den sie geschaffen lag ihr zu Füßen
bewundernd ihre glutvolle Macht denn
es war ihr Part mit magischer Kraft des Worts
Schönheit und Liebe
Materie in Stofflosigkeit des Geists zurückzuführn
Kaltes Verkantetes Hartes das vergessen was Liebe anzurührn
damit es sich zurückbewege
vom Gang Geistes in Materie denn
größte magische Kraft war und ist
Sprache Ton Wort
mit ihr wurde Schöpfung in Gang gesetzt
mit ihr kehrt sie zurück

Poesie
war ein Wesen das nur an Himmels Grenzen wirken konnte

zu fein filigran hochfrequent
zu sehr von himmlischster aller himmlischen Lieben durchtränkt

zerbrach

schnell wenn geistige Kraft in wuchtige Materie donnerte
zerschlug sie die Form
um wieder zu wehen und fliegen in prasselnder Glut
heilger Harmonie himmlischer Liebe hellstem Licht

brauchte um in Schöpfung hinabzusteigen
Schutzraum Schale die sie schützen würde
wenn Liebe auch in Haß tauchen müsse

Schutzraum weil sie in so hohem Maße kundig der Magie
diese
nur himmlisch gebrauchen sollte nicht Höllenfeuer entfachen
was leicht geschähe
wenn sie in Lieblosigkeit Qualen Haß gekerkert würde
Heerschar von Dämonen Teufeln könnt sie
mit magischen Sprüchen in Schöpfung werfen
um sich für Kerkerhaft zu rächen
ja sie selbst sei dann in Gefahr
Hekate zu werden Göttin der Rache Pandora
Königin der Nacht

Dies sollte nicht sein oder doch?
sollt göttlicher Funke Materie belebend
nicht auch durch
der SchöpfungGang lernen was gut für ihn sei was nicht?

So hatte jener für den sie geschaffen
ihr diesen Schutzraum zu bieten sie einzuhüllen
war deshalb in besonderem Maße
mehr als andere Söhne der GroßenMutter
mit Macht Potenz Liebeskraft ausgestattet

und sie mit üppig weiblicher Form
geschützt gegen Unbilden düsterer Welt
damit sie nicht schon bei geringstem Aufpralle in Materie
sich verlör

Anders ihre Schwester Göttin des Tanzes
jene war schlank und rank

in betörender doch völlig anderer Schönheit
himmlischen Reichtums Farbe und Form

Doch von jener wie von andren die in die Schöpfung stiegen
sei hier nicht die Rede
nur von MondSohn für den Poesie geschaffen
nur von Poesie für die MondSohn geschaffen
er sei hier Louvain genannt
er und Poesie liebten sich wie selten Liebe ist
selbst in himmlischer Welt

Es war so daß sie zueinandergehörten eine Form bilden
doch auch wieder zwei sein konnten

ganz wie sies wünschten

vereinten sie sich konnten sie neue Welten schaffen
brauchtens nur zu träumen
sie Poesie nur zu sprechen groß war ihre Macht
war sie ihm fern sehnte er sich nach ihr
und damit Ihrs versteht
sei Sehnsucht menschengleich geschildert
doch sie wars nicht ... war damals noch reinste Geisteskraft ...
noch nicht in Materie offenbart ...

war sie ihm fern sehnte er sich nach ihr:

üppig weich gerundete Frauenliebe
langes Haar
Bänder und Schleifen und Lachen
und liebeglühende Augen
und Flüstern
heiserer Ton voller Verlangen
und Hände
sanft die jede Stelle seines Körpers kannten
ihm Fontänen der Lust entlockten
schwellende Kissen auf blauem Samt
rotgeschminkte Lippen
heißer Atem zwischen zwei Herzen
feuchter Schmelz dort wo Lust zum Höhepunkt treibt
und immer und immer die Worte
geflüstert in seinen Mund: „Lieb Dich einziger Du!"
sie fühlte seine Stärke in ihr Gott war er

größte Lust zu sehn wie sie seine Stärke genoß
sich hingab floß
Wellen des Glücks in denen sie versanken auftauchten
wie stark sie war Göttin welche Magie in ihr
welche Spannung
wie sie beide gemeinsam
Bogen formten
Bogen in immer höhere himmlischen Welten

Doch Beginn nur wars ... er und sie
nichts anderes denn zwei Aspekte vielfältiger Einzigkeit
Göttliches das sich neue Welten
Märchen Träume Dramen Komödien schuf

sie begannen nun Formen zu bilden
die zu ihren Geschichten die sie ausgedacht paßten
Spiel wars Spiel
Theaterstücke auf der Bühne der Welt des Sternenzelts

Morgendämmerung brach Schöpfung begann

So stiegen sie herab Formen
wie Marionetten am langen Seile höchster Kompetenz
auch auf die Erde
in Stein Erde Wasser Luft Feuer Tier Baum Strauch
später auch in Mensch
doch konnten nur agieren
wenn ihnen höchste Kompetenz
Leben einhauchte mit glutenen prasselnden Funken
ihres Selbst
kalte dumpfe Form belebte ... was hieß
daß göttliches Licht auch hier
in solch kalte Form gepreßt werden mußte
so es dort bleibe spiele agiere

Spiel wars Spiel

Je tiefer sie stiegen desto schwächer wurde Poesie
begann an Dumpfheit Stumpfheit nackt kahlem Fels
Vulkan Stürmen zu leiden
selbst wenn Louvain sie einhüllte stützte liebte
solcher Art tosenden Schöpfungsgeschehns
verweigerte sie sich
fühlte Qual jener Geister die in Felsen gepresst

wars sie nicht selbst? Rolle die sie spielen mußte sollte?
Rolle die sie nicht wollte?
Fühlte Qual jener Geschöpfe festgewachsen an Meeresboden
wars nicht sie selbst? Rolle die sie spielen mußte sollte?
Rolle die sie nicht wollte?
Hatte sie versiegende Quelle zwischen Felsen
nicht weinend geküßt?
Sonne Grausamkeit zugesprochen
da sie Wasser in Wüsten nicht sprudeln ließ?

Einst ohnmächtig niedergesunken
hatte Louvain sie zurückgeflogen in himmlische Heimat

Da lag sie
in gleißender Lieblichkeit weinte vor Erschöpfung weinte
er redete lang wußte doch
daß er mit genügend Macht Kraft ausgestattet sei
um sie – auch in finstersten Zeiten – zu schützen
doch sie weinte
weigerte sich in solch tosender Finsternis Spiel zu spielen
und da ... da begann der Fall ...

beschloß höchste göttliche Kompetenz
wohl wissend um ihre –schon immer gewagte– Hochfrequenz
neues Stück für sie zu schreiben
in diesem durft sie
neben allen anderen Rollen ... auch Himmelskönigin sein
konnte ... wenn Grausamkeit Kälte sie quälte ...
sich verbinden mit allerhöchstem himmlischen Zelte
sooft ihrs beliebte ... konnte hochfliegen ...

Louvain wars nicht recht fand es sei ein Privileg
das auch ihm zustehen müsse
doch ihn verwies man auf seine besondere Macht und Kraft
auf seine Liebe zur Himmelskönigin
die ihm solch Bahnen des Lichts in hohe Heimat offenhielt
wann immer ers wünsche ... wo auch immer er sei

denn Himmelskönigin in der Schöpfung Gang zu sein
sei weiblich Kompetenz allein

So kam der Tag an dem Louvain und Poesie
und noch andere siebenstirniger Provenienz
Spiel spielen sollten das den Planeten Erde berührte

lang lang schon begonnen
doch nun hochkompliziert weitergeführt denn

dort war Unglück geschehn

hatte jener übermächtig urahnenalter Aspekt himmlischer Art
dunkler Anteil der GroßenMutter Luziferin reinsten Wassers
die sich schon immer geweigert Schöpfung zu schaffen
Opfer zu bringen
und ihre vielköpfige Nachkommenschaft die Luziferen

die man Schlange würd nennen in heiliger Schrift

hatt jener den gerade Menschen schaffenden Gottheiten
Schwierigkeiten gemacht
weil: Unrecht seis Ebenbild Gottes Ebenbild der Göttin
zu schaffen doch versehen mit stumpfem Wissen Tier
nur göttliche Form spiegelnd doch nicht mehr
Das sei Klonen! Das sei Sünde und Verrat!

Nur darum trete der Luziferin Nachkommenschaft
in Aktion und werde ungeniert
MenschenTochter verraten wie sie selbst Regie führen könne
nicht mehr von Göttern geschaffen
nicht nur stumme Dienerin Tier mehr denn Mensch
nicht nur einfach schön anzusehn
hatte Menschentochter verraten wie sie selbst Regie führen könne
weit über Garten Eden hinaus

denn Verbrechen seis sich göttergleiche Diener zu schaffen
die keine Götter waren nur so aussahen – das wars

Nur darum hatte Luzifer MenschenTochter verraten wie
mit Männlichem sich einend engelgleich göttlich werdend ...
sich fortpflanzen mehren ewig lebend ...
Nur darum?
Geschehn war:
kannten Götter Geheimnis um Gesetze der Natur
so wie Louvain und Poesie
besaßen Macht Sichtbares Unsichtbares zu bewegen
allmächtig waren sie
so hatte ein Gott MenschenTochter geflüstert:

„Ich verrat Dir Gesetze allmächtig wirst auch Du

kannst selber schaffen brauchst nur mit mir
den Liebesakt leben
ich zeig Dir wie ... komm in meine Arme
Körper Herz Geist Sinn himmlischen Weiten öffnend
dort mit Männlichem in ekstatischer Glückseligkeit sich bindend ...
ja mit mir ... zunächst ... "

Für schöpferische Kraft das Leben die Schöpfung selbst
war ist wird immer stehen ... das SchlangenSymbol

Gebrauchte es einst luziferischer Gott für den Liebesakt
mit einem nicht ebenbürtigen Weib
wühlte er damit Schoß des Abgrundes auf denn

Affront wars gegen herrschende Götter dies anders gewollt
nicht Mensch als Gott neben sich ... sondern Gott über Mensch
auch aus Gründen der Sicherheit
denn Mensch der selbst Regie führen soll
braucht Weisheit und himmlische Liebe
vor allem: inneres Gleichgewicht
Gefahr Verbrechen zu inszenieren ist sonst viel zu groß

Affront wars gegen herrschende Macht
denn Mensch sollte nicht so sein
nicht mit Göttern sich einend
gefährliche Mischrassen schaffen nein
doch so geschiehts
wenn Verweigerndes in den Abgrund gestürzt
wies einst in den Himmeln geschehn
gezwungen Opfer zu bringen dies nicht bringen will
sich dafür rächt: Luzifer

Doch die damals herrschenden Götter besaßen Macht
verfluchten luziferischen Gott auf allen Ebenen Planetenlichts
verfluchten Weisheit Magie Intuition
bestimmten daß Feindschaft herrschen solle
zwischen Weib und Schlang Weib und Evolution

zwischen Weib und hochentwickelter Männlichkeit
die in Sexualtiät mit Menschen abgeglitten war
die so kühn gewesen herrschenden Göttern
ins Handwerk zu pfuschen
bestimmten daß Menschen selbst dafür sorgen sollten
daß keine wahre Göttin auf Erden

393

die einem Gotte ebenbürtig

Herrschende Götter bestimmten
daß Weib den Mann entweder beherrsche oder ihm untertan
so GottGöttin verhindere solang
bis alle begriffen daß man Mächtigen nicht ins Handwerk pfuscht
solang seien Mann und Weib
in schrillem Diskant Disharmonie
Wer trug hier mehr Schuld: herrschende oder luziferische Götter?

Doch ... wie auch immer ... es war geschehn
Schlangenweisheit in irdischen Weibes Sinn
göttlicher Same in menschlichem Schoß

Weib allein begann nun
Geheimnisse der Schöpfung zu erkunden
wenn auch nur in Fragmenten
sich zur Göttin zu erheben
doch mit tierischen Trieben Instinkten
Machtmißbrauch von heiliger Führung sich lösend

Mann allein begann Geheimnisse der Schöpfung zu erkunden
wenn auch nur in Fragmenten
sich zum Gott zu erheben
doch mit tierischen Trieben Instinkten
Machtmißbrauch
von heiliger Führung sich lösend

Es schauderte Poesie schon beim Anblick
solchen Ungleichgewichts das Schlimmste:
es herrschte Tendenz
sich nicht zurückbewegen zu wollen in Stofflosigkeit
denn: es fehlte Harmonie Gleichgewicht
zwischen männlicher Macht Kraft und weiblicher Kompetenz

Fluch galt Fluch war gesprochen

 Götter die sich dort verkörpert
hatten vergessen daß sie Geist und Götter waren
vergessen daß alles ein Spiel welches zurückfluten müsse
damit kosmische Harmonie sich nicht verlöre
Materie hielt sie fest wegen des Ungleichgewichts ...
und erst die Nachkommenschaft:
Herrschaft des Mannes reich mit luziferischem Wissen versehn

das er mißbrauchte war eben kein Gott
sondern Mensch
Herrschaft des Weibes reich mit luziferischem Wissen versehn
das sie mißbrauchte war eben keine Göttin sondern Mensch

Es half kein Reden höchster Kompetenz
in Träume solcher Menschen hinein
kein Hinweis aus höherer Welt
kein Donner und Blitz aus himmlischem Zelt

doch

hatte höchste Kompetenz ... die über allen Göttern steht
dann verfügt daß solch Menschheit nicht ewig lebe
Unheil schreckliches Ungleichgewicht
irgendwann ein Ende finde
und damit dies geschehen könne war beschlossen
daß eine Gruppe von geistigen Wesen auf den Planeten Erde
niedersteigen solle
um Heilstätten Verbindungen zu höheren Welten zu schaffen
Wesen die wußten was verantwortungsvolle Schöpfung
wie sie harmonisch funktioniert
Wesen die unbewußten kranken entarteten Aspekten
des Weltenselbst auf die Sprünge helfen sollten

Zu ihnen gehörten Louvain und Poesie
hatten sich
für einen Ort entschieden an dem sie wirken wollten
der zu ihnen gehörte ja – sie selbst war
Teil ihres Aspektes aus UrAhnenZeit nur früher geboren
als Landschaft heut Perigord genannt
dort sollten sie mit heiligen Worten
Kunst Kultur Poesie die man auch nennt weiblich Magie
hermetischer Macht göttlicher Kraft
die in diesem Falle und immer männlich war
jene heilen
die litten an ihrer Bewußtlosigkeit Entartung Disharmonie

Diese Landschaft da sie zu ihrem Aspekte gehörte
dieser Perigord wars
in der sich ihrer beider Können und Wissen potenzierte

Sie begannen sich einzurichten im Perigord
Louvain und Poesie und ... wies einst geschrieben

wenn Poesie das irdische Leben zur Qual wurd
wenn ihrs Last Körper zu beleben langes Haar zu kämmen
schloß sie die Augen flog davon hoch hinauf hoch
zu vertrautem Siebengestirn
legte sich im himmlischen Palaste ihres Selbstes nieder
träumte träumte von der Erlösung des Planeten Erde

War sie einst dort oben eingeschlafen
lang allzu lang in Schlummer gelegen
hatte lang allzu lang Louvain allein gelassen
wußt nicht wieso und warum oder wars Fügung
doch als sie erwachte tobten in ihr furchtbare Schmerzen
sie wußte sofort
irgend etwas stimmt nicht mit Louvain
ahnte Schreckliches
erinnerte sich: er war in besonderem Maße
mehr als andere Götter
mit Macht und Liebeskraft ausgestattet
hatt sie ihn zu lang allein gelassen
oder wars Fügung hatte höchstes göttliches Gremium
noch einmal Theaterstück umgeschrieben?

Gab es Machtgerangel mit Wesen anderer Planeten?

Poesie flog so schnell sie konnte zurück zur Erde
sah mit Entsetzen Verzweiflung Jammer
ihr Liebster Louvain ihre andere Hälfte er der zu ihr gehörte
für den sie geschaffen

er den sie liebte wie niemanden sonst im Weltengeschehn

lag dort in perigordinischem Kastanienhain
dort wo heut Schloß Fleurac
lag dort hatte der Versuchung nicht wiederstehen können
war in altes Verbrechen gefallen
betrog sie mit einem Menschenweib
und dieses Weib sah aus wie sie ...

Und wieder einmal waren Götter auf die Erde gestiegen
hatten begonnen
sich mit Töchtern der Menschen zu vergnügen

Sie brach weinend zusammen irgend etwas riß in ihr entzwei

Vertrauen in göttliche Männlichkeit GottMann
Vertrauen in Abgesandten vertrauten Siebengestirns
beispielhaft Liebe leben sollend müssend
hatten nicht andere Götter
genug schon dieses Verbrechen begangen? Warum auch er?
Er Abgesandter vertrauten Siebengestirns
Mensch den Weg zurück zeigend müssend wissend
er gerade er MannGott gerade der Mann den sie liebte
wie niemanden sonst im Weltengeschehn!

Hatten sie beide Louvain und Poesie
diesen schönen Kastanienhain
nicht geschaffen für ihrer beider Liebe? Nur für sie zwei?

Wegweisend für MenschMenschin GottGöttin
göttlich war ihre Liebe nicht menschengleich
denn Poesie stand Louvain gleich
sie
Wesen aus Frequenzen höchsten himmlischen Lichts
wußte
daß er durch dies Vergnügen zwar eigene Göttlichkeit
nicht verlör
anders wär es mit ihr gewesen
hätt sie sich mit einem nicht ebenbürtigem Manne eingelassen

doch er hatte sich immerhin mit Erde verbunden
so auch mit dem Fluch einst Menschen schaffender Götter

Poesie wußte
er hatte nicht nur sie betrogen sondern auch himmlische Liebe

Gott der mit solchem Weib lag konnte körperliche Liebe leben
doch nicht steigern Körperliches in geistige Potenz
nicht in Orgasmen des Lichts denn es herrschte Ungleichgewicht
denn Menschenweib ... Fluch lag auf ihr

Wollt sich zur Göttin erheben immer und immer wieder
doch konnt es nicht denn dazu brauchte sie ihre Ergänzungshälfte!

Ahnte wußte es nicht und ... wußte auch nicht:
Poesie war Louvains Ergänzungshälfte nicht ein Menschenweib ...
ahnte wußte es nicht ... war zu irdisch zu beschränkt

So hatt er – nach eigenem Dünken – Waage verschoben
zu seinen Gunsten
er stand ganz oben ... Menschin ganz unten

so hatt er Körper von Geist getrennt lebte nur Körper noch
so hatt er sich abgeschnitten von geistiger Welt
seiner göttlichen Seelenhälfte ... weh Dir Louvain

schlimmer noch: welch Menschengeschlecht würd entstehn
durch solch extremes Ungleichgewicht?

Fast zerborsten vor Verzweiflung Qual
erreichte sie himmlisches Zelt legte sich nieder wollte sterben
wußte: Louvain war korrumpiert vom Fluche

Trennung der Seelenhälften ... herrlich dacht er
wie schön ists mit einem Menschenweib
sie bewundert mich ... bin ihr Gott
sie bewundert mich mehr denn eine Göttin mich bewundern könnte

hier bin ich hoch angesiedelt Gott dem Menschin Füße küßt
dem sie nicht zu widersprechen wagt dem sie dient
schalten walten kann ich bestimmen verfügen
belehren mich vergnügen
und das Schönste ist: sie sieht aus wie Poesie!

Gott bin ich! Kein Mensch! Muß nicht schweren Acker pflügen
Erde liegt mir weibergleich zu Füßen
Was soll ich mit geistiger Potenz körperliche reicht mir
Herrliche nie gekannte Macht so über ein Weib zu herrschen
es folgt mir aufs Wort

brauch nicht zu parlieren argumentieren
mich nicht mit gewaltigen Lichtfrequenzen der Poesie abzumühn
Louvain Louvain

hatte aus dem güldnen Kelche der Macht getrunken
war in Rausch gesunken
aus dem er nicht zurück wollte zu verführerisch wars
überlegener Herrscher zu sein

Poesie spürte er war ihr verloren er ... Liebster aller Liebsten
er zu dem sie gehörte

versank in Schmerz tiefste Depression lag sprach nicht mehr
weinte sah hinunter weinte
und siehe jede ihrer Tränen ward eine Perle
die im Meer des Planeten Erde versank

Da beriefen höchste Götter vertrauten Siebengestirns sie zu sich
sie klagte ihr Leid

Und es fuhren jene zur Erde nieder
sahen Louvain im Liebesspiel
nicht mehr mit einer sondern nun gar
mit vielen Töchtern der Menschen sahen:
er mißbrauchte göttliche Uberlegenheit nutzte sie
um jene ... tief in Materie noch unbewußte Weiblichkeit ...
wies ist bei Menschenweib ...
nutzte er
um sich selbst zu erhöhn war gefallen in Größenwahn

Hatte indes Poesie Betrug ihrer Seelenhälfte nicht verkraftet
Meer von Perlen geweint
jene zu denen sie gehörte sie nicht mehr Poesie sondern
Marguerite Herrin der Perlen Herrin der Tränen genannt
so geschah da sie sah wie er
mit noch unbewußter Weiblichkeit hauste
geschah Furchtbares:
sie mit der himmlischsten aller himmlischen Lieben begabt
stürzte ab stürzte in Haß
Wesen aus Frequenzen höchsten himmlischen Lichts
stürzte in höllische Tiefen in Gegenpol des Lichts
wurde Göttin der Nacht Pandora Hekate Göttin der Rache
genau das was vermieden werden sollte

flüsterte haßerfüllt magische Sprüche sprach den Fluch:

„Stands geschrieben im Theaterstücke Louvain
daß Du Deine Ergänzungshälfte
erst auf dem Planeten Erde fändest? Nein!
Doch Du gossest Same in Menschenweib
So stands nicht geschrieben!
So sei nicht nur Menschenweib sondern auch Du verflucht

sollst besessen sein von Gier Hader Haß und Neid
einer niedrigstehenden noch tierischen Weiblichkeit

so auf diese Art soll mein Haß Dich verfolgen
bis in unendliche Zeit!"

Höchsten Götter sahens hörtens
doch erlaubten der schönen Marguerite
solchen Fluch auf ewig nicht
holten sie zurück aus schwarzem Fluße der Unterwelt
den sieben Höllen
doch es war schon geschehn ... Hekate geborn

Düster irrend in unterirdischen Gemächern der Erde hadernd
jedem Aspekte von Männlichkeit Rache Vernichtung schwörend
Heerschar von Teufeln Dämonen gebärend

Die höchsten Götter befahlen daß sie nun Menschenkleid überwerfe
damit an magischer Macht verliere
sich in feste Form hineinbegebe damit dämonische Kräfte begrenze
sprachen:

„So sei Du Louvain in dessen Geschichte es nicht geschrieben stand
daß Du vielfältig Geschlecht auf der Erde begründet
das nicht mehr zu kontrollieren
weil niemand weiß
wie sich solch unterschiedliche Pole mischen
und vor allem welche Rolle Heerschar von Dämonen
habgierige Götter anderer Planeten
sich Deine Leichtfertigkeit zunutze machen
um diese Nachkommenschaft zu gewinnen
weil Dus getan
sei Fluch der schönen Marguerite von uns nicht gebrochen
sei also gefesselt an niedrigstehendes Menschenweib
durchtränkt von Eitelkeit Dummheit
stetig im Bunde mit Herrschsucht
sei gefesselt so lang an sie ... dieser Art von Weib verfallen
doch auch
grenzenloser Rache einer Göttin die Dir nicht verzeihen kann
sei gefesselt an ihre höllischen Kräfte
bis Du wieder zur Liebe erwachst bis Du begreifst was Du getan!"

Und so geschahs

Gefesselt waren sie in Menschenleibern Kette Raum und Zeit
Er gefallen in Größenwahn sie in dämonische Rachsucht

400

machten sich Leben zu Höllen rangen miteinander
er konnt ihr nicht entfliehn
weil: war göttlich Gesetz war neuer Fluch
dumme Weiber traumhaft schön ödeten ihn an

Und die Rächerin? Sie ... Poesie?
Nichts ließ sie aus ... nichts unversucht
ihn zu quälen demütigen sich zu rächen
obwohl sie Gesetzen irdischen Menschseins unterworfen
konnt sie nie vergessen
fand jede Teufelei um Louvain zu quälen
wußte ... trotz aller Untertanenschaft ... sich im Bunde mit
dämonischer höllischer Macht: war Weib!

Mutter immer und immer wieder von der er geboren werden mußte
Geliebte die er lieben wollte schön doch Hekate
kaum war er Kind kaum Jüngling Mann Greis
begann sie ihn zu quälen vernichten sich zu rächen

Es war eine grenzenlos schreckliche Zeit

So erstarb nach endlos scheinend höllischer Ewigkeit
jener der sich erhoben hatte über das göttliche Weib
Herr war er geworden Herr dieser ErdenWelt
doch auch: Weibes Vasall Diener Knecht

In ihm ... nicht mehr ein Funken göttlicher Kraft
Erdenherrschaft war ihm vergällt Himmlisches wollt er ...
vertraute Heimat Siebengestirn Sternenzelt
und es erwachte ... es erwachte Louvain

jener der sich sehnte nach seiner Göttin die zu ihm gehörte
einer einzigen einer nur!
Nicht Menschenweiber die ihm untertan
sich dafür rächten mit Dummheit grausamer Unfähigkeit
Ödnis trostloser Langeweile Lug Betrug
hirnlosem Geplapper und ...das schlimmste:
keine Ahnung von wahrer Poesie und Kunst

Sehnte sich nach einer einzigen nur jener die zu ihm gehörte

wollte keine Menschenweiber mehr
in deren jungen und schönen Leibern
er immer und immer gesucht

etwas das er nie hatte finden können
sehnte sich nach himmlischer Liebe ja welcher denn?

Üppig weich gerundetem Leib
langem Haar
Bänder und Schleifen und Lachen
und liebeglühenden Augen
und Flüstern: „Lieb Dich einziger Du!"

Sehnte sich Louvain nach seiner Poesie

Und in der Vielfalt der GeschlechternKette
die er ins Leben gerufen mit zahllosen Weibern
auch mit jenem haßerfüllten Rachegeschöpfe
wurde ein Sohn geboren
klarer reinster Aspekt des neuen geläuterten Louvain
der sich nach seiner Seelenhälfte sehnte
nach seiner Poesie ... und ...
es erstarb nach endlos scheinender höllischer Ewigkeit
jene die sich gerächt hatte am Herrn dieser ErdenWelt:
Weib das nicht verzeihen konnte ihm untertan
doch ihn quälend ins Unglück stürzend
zu jeder sich bietenden Gelegenheit solang
bis er in Lieblosigkeit erstarrt krank Herr dieser ErdenWelt

Himmlisches wollt sie vertraute Heimat Sternenzelt
und es erwachte

Poesie

jene die sich nicht mehr rächen wollte
die sich nach ihrem Gotte sehnte
nach schwellenden Kissen auf blauem Samt
rotgeschminkten Lippen
heißem Atem zwischen zwei Herzen
feuchtem Schmelz dort wo Lust zum Höhepunkt treibt
nach seiner Stärke in ihr Gott war er Gott
wie sie seine Stärke genoß sich hingab floß
Wellen des Glücks in denen sie versanken auftauchten
sehnte sich
Poesie nach ihrem Louvain

Und in der Vielfalt der GeschlechternKette
die sie ins Leben gerufen in den Körpern von Weibern

mit zahllosen Männern auch mit Louvain
wurde eine Tochter geboren
klarer reinster Aspekt der neuen geläuterten Poesie
die sich nach ihrer Seelenhälfte sehnte nach ihrem Louvain ...

Und es war ihnen beschieden sich wieder zu begegnen
in perigordinischem Kastanienhain
nicht Götter zu Menschen geworden
sondern Menschen zu Göttern aufgestiegen

Ach ... wie könnt hier erzählt werden
von jenem unaussprechlichen Glücke
wie sehr sie sich liebten sternenumflochten

Doch Unheil war nah
viel zu sehr hatt sich im Laufe jenes grausigen Kampfes
Anzahl der Teufel Dämonen vermehrt
Und schmiedete Rachegöttin nicht immer noch
in Kellern neuen Glücks?
Und hatte sich einst
gedemütigter in Lieblosigkeit erstarrter Louvain
nicht mit Höllenmächten eingelassen?
Gewünscht sich zu rächen dafür
daß dumme Weiber Liebe in ihm zu Tode gequält?

Und wars Weib das bestraft
indem es immer und immer selbst dafür sorge
daß nicht Göttin auf Erden werde?
Nie ein Vorbild nach dem man streben könne?

Saat war aufgegangen denn kaum hatten Louvain und Poesie
nannten sich zu jener Zeit
Fee des Perigord und Zauberer von St Cirque
kaum hatten sie sich gefunden geschahs:

In der Vielfalt der GeschlechternKette
die Louvain einst auch Poesie ins Leben gerufen
Ketten die sich oftmals gekreuzt
war ein Sohn geboren
klarer reinster Aspekt dämonischer Höllenkraft
Zauberer der Nacht
machtbewußter Herr dieser ErdenWelt
dazu war er geborn doch es reichte ihm nicht
mit göttlicher Art seiner Ahnen reich beschenkt

war er doch ohne Lieb hatt ein Herz aus Stein
ein dämonisch rachsüchtig Weib nämlich die Mutter
trug hier Schuld
er hatte nie erfahren
was Liebe ist wie sie fühlt lebt schwebt und webt
das AllesBeherrschenWollen kriegerischen MannesVater
trug hier Schuld
hatt er nur erfahren daß man sich nimmt um jeden Preis
was man will alles benutzbar ist wie Tisch und Stuhl
auch Weiberkraft auch jungfräulich kindliche Liebesmacht
die in Haß umschlägt wird sie mißbraucht? Was solls!
Er war ja der Herr!

Mit göttlicher Art seiner Ahnen reich beschenkt ...
wußte er daß es viele Welten gibt
Erdengeschehn nur Bruchteil spiegelt
wußte er ... von dämonischer Mutter geführt
daß es sieben Höllen gibt sie waren sein Zuhaus
Herr war er auch dort!

Ahnte er sehnte sich nach sieben Himmeln
die auch zu den Welten gehören
kannte sie nicht wollte Herr dort werden auch dort Herr!

Doch wie? Wußte ja nicht was Liebe ist

Und es war ihm beschieden ihnen zu begegnen
Vater und Mutter aus Urahnenstamm
Götter zu Menschen geworden und von dort wieder aufgestiegen
Poesie und Louvain Fee des Perigord Zauberer von St Cirque

Wie könnt hier erzählt werden von jenem Gefühle
als er zum erstenmal eine Fee sah sternenumflochten
kein schönes doch dämonisch Rachegeschöpf
schwarzkäfergepanzert

sondern liebliche lichtdurchflutete Heiligkeit
kraftvolle üppig geformte Weiblichkeit
auch sie konnte zaubern besaß die Macht der Magie
wie seine Mutter doch nie
enstand Böses immer reicher Friede mondgleicher Silberschein
er wußte sofort: die sieben Himmel sind ihr vertraut

hörte sie singen und es war ihm als perlten aus ihrer Kehle

Frequenzen des Himmels
die über den Perigord zogen sich auf Baum Strauch Stein
Mensch und Tier niederließen
alles Kranke Schwache Böse besiegten Liebe fluten ließen
hörte sie sprechen und es war ihm
als zögen Fäden des Glücks
aus ihrem Munde zu jenen hin mit denen sie sprach
Weisheit und Rücksicht wuchs
wie könnt hier erzählt werden von jenem Gefühle
das er fühlte als er sah
wie der Wind mit ihren langen goldglänzenden Haaren spielte

Art ihres Blickes ihres Lächelns ihre Empfindsamkeit!

Er wollt sie besitzen beherrschen sich einverleiben
so und nur so selbst Himmel sein so und nur so!
Nicht sie bewundern ihr Pracht Glanz Schönheit gönnen
Gönnen? Niemals! Er war ja der Herr

Sie mußte ihm untertan sein
er mußte sie auseinandernehmen Frequenz für Frequenz
um zu erkennen was und warum sie Himmel sei

kannte sie nicht haßte sie weil sie Himmel war ...
kannte sie nicht haßte sie weil er ihr Herr sein wollte
doch wie? Wußte ja nicht was Liebe ist

Wie könnt hier erzählt werden von jenem Gefühle
als er zum erstenmal einen Gott sah sternenumflochten

kein herrschsüchtiger Zauberer der Nacht schwarzkäfergepanzert
sondern hünenhafte lichtdurchflutete Heiligkeit
große kraftvolle machtvolle Männlichkeit

auch jener konnte zaubern besaß die Macht der Magie
doch anders denn sein Vater
denn nie enstand Böses immer reicher Friede Wärme sonnengleich

er wußte sofort: die sieben Himmel sind jenem vertraut
hörte er ihn sprechen war es ihm als spräch jener Zaubersprüche
und schon waren Kranke geheilt
Meister der Heilkunst kannte er jedes Gesetz der Natur
Druide weißer Magier Zauberer von St Cirque

Wie kam er dazu?
Ahnte: jener Weg wars den Schlange einst verraten Menschenweib

Neid und Haß wucherten im Zauberer der Nacht
Nachkomme jenes Hünen
nichts gönnte er ihm ... dem Rivalen Feind mußt ihn besiegen
so und nicht anders hatt ers gelernt
war er doch ohne Liebe hatte ein Herz aus Stein

machtbewußter Herr der sieben Höllen und dieser ErdenWelt
dachte er nicht daran
jenen anderen zu bewundern ihm Pracht Glanz Schönheit
Liebe und Nächte mit himmlischem Weib zu gönnen
Gönnen? Niemals! Er war ja der Herr!

Unheil nah viel zu nah
viel zu sehr hatt sich im Laufe einstigen grausigen Kampfes
Anzahl der Teufel Dämonen vermehrt und schmiedete Rachegöttin
nicht immer noch in Kellern neuen Glücks?

Saat war aufgegangen
denn es rief Poesie einst der Zauberer der Nacht
ins Schloß Fleurac krank sei er schwach
nach dem Wege der Liebe wolle er fragen
und sie die berufen Fee zu sein
Menschen auf schwerem Pfade des Fluches zu helfen
sie allein sei die Arznei die er brauche
sie allein wisse um jedes magische Wort
das ihn herauszöge aus tiefster Verzweiflung Depression
sie allein könne mit der Magie ihres Worts
ihn aus den sieben Höllen befrein

Poesie Poesie

ließ sich berauschen von seiner Teufelei
glaubte ihm seine Lügen
trank aus güldnem Becher schwarzer Magie
wollt ihn erlösen und damit sich von düsterer Vergangenheit
wollt ihn lieben damit er wisse ahne fühle spüre was Liebe sei ...
oder ... wirkte noch Rachegöttin in tiefsten Kellern?
Nun war nicht ein Gott nun war sie Luzifer ... Verräterin!

Weh Dir Louvain ließest sie goldne Haarpracht lösen
weh Dir Louvain sie fiel
Wesen aus Frequenzen höchsten himmlischen Lichts
fiel sie tiefer denn Du je fielst
höllischer Same in sie gegossen verlor sie sofort Dich Louvain
hatte nicht nur Dich betrogen sondern auch
himmlisches Prinzip der Liebe:

Fee mit egoistisch habgierigem Höllenwesen geeint
konnte zwar körperlichen LiebesAkt leben
beide trugen ja Menschenkleid
doch diesen nicht verbinden mit himmlischer Liebe
denn himmlische Liebe kannte jener nicht
so zerbrach ihre hohe Frequenz

so hatt sie – nach eigenem Dünken – Waage verschoben
zu Gunsten des Zauberers der Nacht
und er tat genau das was er hatte tun wollen:
sie besitzen beherrschen sich einverleiben
sie auseinandernehmen Frequenz für Frequenz
um zu erkennen was und warum sie Himmel sei
wollte ihre himmlische Magie kannte sie nicht haßte sie
weil sie ihm überlegen wußte nicht was Liebe ist ...

Fast zerborsten vor Verzweiflung Qual
legte Louvain sich nieder wollte vergehn
da beriefen die höchsten Götter vertrauten Siebengestirns
ihn zu sich Er klagte sein Leid

Und es fuhren jene zur Erde nieder sahen
wie Zauberer der Nacht Fee geschunden entehrt
goldnes Haar geschoren bis auf die Haut
sie quälte um ihr Geheimnisse der sieben Himmelzu entreißen
Geheimnisse der Magie

lang sahen sie hin lang sehr lang dann sprachen sie:

„Louvain ... einst begründetest Du ein vielfältig Geschlecht
das wie Du nun siehst
nicht mehr zu kontrollieren ist
und niemand weiß ... auch in Zukunft
welche Rolle Heerschar von Dämonen Pandora Hekate ja Du selbst
und auch habgierige Götter anderer Planeten
in dieser Nachkommenschaft spielen werden

Du fielst Poesie rächte sich ... nun fiel sie – doch wage nicht
endlos weiterzuführen dieses Spiel
genug Unheil ist schon geschehn

So bestimmen wir daß es Deine Strafe sei
höllisch–düsteren Aspekt Deines Selbst
dem Du einst Leben eingehaucht durch Dein Vergehn
so bestimmen wir daß Du diesen Aspekt leben lassen sollst:
ihn der sie niedergezerrt ihn den Zauberer der Nacht

er bleibe ihr Herr damit sie sühne ihre Schuld

Du aber lebe während sie ihre Schuld sühnt
Schuld die sie angehäuft in vergangener Zeit
damit Waage wieder ins Gleichgewicht schwingt
Du aber lebe nun das was Du noch nicht gelebt
dafür sollst Du Mensch sein
Du seiest noch einmal an GeschlechternKette
menschlichen Daseins gefesselt
doch ohne Deine Ergänzungshälfte ohne Deine Poesie

Zeit genug wird Dir bleiben Herr dieser ErdenWelt zu sein
auch Herr jeden Weibes

doch diesmal: ziehs hoch jedes niedrig eitel selbstsüchtig Weib
ziehs zu selbstloser Liebe hoch durch Deine Liebe ...
die immer Opfer ist immer Opfer sein wird denn ... es ist nie
Deine Poesie ... koste diese Zeit bis zur Neige
lebe friedlich mit dem Weibe es wird schwer für Dich sein!
Doch stehe dazu daß es ein Opfer ist
Weib wird Dir diesmal in Liebe untertan sein
weil Du Deine Macht nicht mißbrauchst weil Du Deine Kraft in sie
in ihre Weiterentwicklung investierst nutze die Zeit

denn es kommt der Tag an dem Du erwachst
und Sehnsucht Dich anfällt Sehnsucht nach Deiner Poesie
doch ... dieser Tag wird erst sein
wenn Poesie den Zauberer der Nacht zur Liebe bekehrt
und ... das wird erst sein
wenn Du ein eitel selbstsüchtig niedrig Weib
zur himmlischen Liebe geführt

Dann erst wirst Du Deine Poesie finden
weh Dir wenn Du dann noch einmal fällst Deine Poesie

408

und damit himmlisches Prinzip der Liebe betrügst!

Deshalb wird es nicht mehr leicht beschieden sein Euch wieder ...
göttergleich ... zu begegnen viel zuviel Unheil ist angerichtet
Ihr habt nun schwerste Prüfungen zu bestehn

Jeder Eurer Schritte aufeinander zu
wird Euch Uberwindung ja fast das Leben kosten
Männer und Weiber und ihre Eifersucht und Dämonen
sollen zwischen Euch stehn
jene die Ihr einst rieft Seht zu wie Ihr sie besiegt!

Wir beschließen: Fee und Zauberer der Nacht
seien nicht nur in MenschenleibernKette aneinandergefesselt
sondern auch in der Welten Zwischenreiche
und in den sieben Höllen
sie ... Fee ... soll Bewußtsein siebenstirniger Herkunft
in sich tragen ... fühlen was es heißt vernichtet zu werden
damit sie nie mehr vergesse ...
was sie mit dem Manne getan ... als Hekate Göttin der Rache

Fee soll berufen sein
mit ihrer Schuld für die Schuld jeden Weibs zu stehn das sich rächt
sie soll berufen sein ... Schuld sühnen
damit endlich uralter Fluch auf allen Ebenen Planetenlichts
Feindschaft zwischen Göttin und MenschenWeib gebrochen sei
damit ZauberKraft des Wortes Kunst Kultur Poesie
die man auch nennt weibliche Magie
hermetischer Macht männlich göttlich Kraft
endlich Frieden bringt

Sie ... Fee ... soll berufen sein solche Frequenz
jene die sie einst mißbraucht
Logos himmlisch Wort
in hellster glühenster lichtester himmlischster Art
auf diesem ErdenPlaneten zu manifestieren

denn größte magische Kraft war und ist
Sprache Ton Wort
mit ihr wurde Schöpfung in Gang gesetzt
mit ihr kehrt sie zurück ins Licht

Weißt Du was es heißt? Grausamste furchtbarste Qual
die je ein Feengeschöpf durchstehen muß

denn ihre lichte Macht ist nun ... mit ihrem Fall ...
Teil dunkelster Männlichkeit
du begreifst: alles steht gegen sie
Zauberer der Nacht im Bunde mit göttlichem Fluch
der über dem Menschengeschlechte liegt

Wo auch immer sie webt schwebt auf Erden
sie muß Verbündete suchen
die ihre Geheimnisse ihre himmlische Magie hüten
muß jedes Opfer bringen um es zu verhindern
daß Zauberer der Nacht ihr jene entreiße
denn würd ers könnt sie ihn nicht zur Liebe führen
er wär besessen von neuer Macht die zu ihm flösse

Sie muß es schaffen ihm die Magie vorzuenthalten
dafür wird er sie mit Mißhandlung Mord Vergewaltigung strafen
Sie muß es durchstehen denn widerstände sie nicht
neues Unheil würde geschehn
wie zu MenschenSchöpfung Beginn

Auch darf sie nicht zurück in Rache fallen
Kreislauf des Unglücks würde von Neuem beginnen

Nicht mit Haß wird sie männlicher Herrschaft
diesmal begegnen dürfen
sondern mit Liebe und Opfer so wie Du
und immer auf der Flucht
vor dem Zauberer der Nacht
der fühlen wird daß sie ihm ErdHöllenHerrschaft nimmt
er der ihr Himmlisches neidet den sie zur Liebe führen muß

Immer und immer wird sie beginnen müssen
Göttin zu schaffen auf Erden
doch düstermännliche Herrschaft und jener Fluch
in dem es hieß:
Feindschaft will ich stiften zwischen der Schlange und Dir!

Dann ... wenn Du erwacht aus Menschentraum
weil Du sie nie gefunden
sie die eine einzige die Du brauchst
um Vollkommenheit wieder zu erreichen dann ...
wird auch die Zeit da sein
in der Fluch über Menschheit gelockert
es kommt die Zeit

da Menschheit sich erinnern muß an das was einst war
es kommt die Zeit
da auch Du Dich erinnern mußt an das was einst war

um endlich das Paar GottGöttin zu schaffen auf Erden
nicht GottMenschin nicht GöttinMensch

Um Göttin zu schaffen auf Erden
wirst Du ihr zur Seite stehen müssen
denn männliche Herrschaft und Fluch und Entartung
und Machenschaften Zauberers der Nacht
werden sie vernichten wollen
wenn sie beginnt
Frequenz himmlischer Magie Frequenz der Poesie
in hellster glühenster lichtester Art
auf diesem ErdenPlaneten zu manifestieren

denn größte magische Kraft war und ist
Sprache Ton Wort
mit ihr wurde Schöpfung in Gang gesetzt
mit ihr kehrt sie zurück"

Und Zeit stürzte kaskadengleich in endlose Ewigkeit

Niedergetreten niedergezerrt verwahrlost verzweifelt eingezwängt
gefangen in Stricken dämonischer Besessenheit
wo auch immer sie gewebt geschwebt auf Erden
in den sieben Höllen
sie hatte jedes Opfer bringen müssen
um Geheimnisse himmlischer Magie hüten zu können
immer auf der Flucht vor dem Zauberer der Nacht
immer auf der Flucht vor dem Fluche der über Menschweib lag

Feindschaft zwischen ihr und MenschenWeib immer und immer

Es war eine grausame grenzenlos schreckliche Zeit

Und in der Vielfalt der Geschlechtern Kette
wurde eine Tochter geboren
Fee klar und rein ... sollte wollte mußte sie sein
Tochter herrisch lieblosen Weibs wie konnt es anders sein
opferte sie dem neidisch eifersüchtigen Geschöpf

jungfräulich kindliche Liebesmacht
wissend
jene wird sie mißbrauchen vernichten bis zur Unkenntlichkeit
wissend
es muß so sein hier sind Schulden zu bezahlen
doch diesmal wird sies überleben diesmal wird sie Hekate besiegen

Hatte – immer und immer wieder beginnend Poesie zu schaffen
Blutopfer bringend auf dem Altar ihrer Schuld
bisher jeden neuen Versuch beenden müssen
war immer und immer vernichtet ermordet niedergezerrt
hatte grausame Qual erleiden müssen
nie Menschentraum träumen dürfen
stets wissend
qualvollste aller Qualen die Ihr Euch nicht vorstellen könnt

Doch nun war die Zeit gekommen da Fluch über Menschheit
gelockert
Zeit da Poesie geschaffen werden damit MenschenWeib
sich orientiere
Zeit da sie sich zu erinnern begann an das was einst war
wissend
diesmal muß der Entwurf gelingen denn Qual beginnt zu gerinnen

Noch einmal sterben noch einmal wiederkehren?
Noch einmal nämliches Spiel? Nein Nie mehr!

Doch kaum begann sie sich zu formieren
erinnerte sich Frequenz der Magie
jene die sie einst mißbraucht ... kaum hatte sie begonnen
in hellster glühendster lichtester Art Poesie zu manifestieren
stand wieder alles gegen sie wie eh und je
Zauberer der Nacht im Bunde mit göttlichem Fluch
der über dem Menschengeschlechte liegt
der dem Weib nicht erlaubt in gleichgleicher Harmonie
mit Mann zu regieren
stand sie allein und höchste Kompetenz sprach: Macht korrumpiere
Macht habe das männliche Geschlecht abzugeben
und gäbe es nicht Macht zurück
könne nicht Göttin geschaffen werden

Da begann sie den Kampf aufs Neue doch schon geschwächt
hatte sie der Mutter geopfert jungfräulich kindliche Liebesmacht

war mißbraucht vernichtet fast bis zur Unkenntlichkeit erschöpft
und doch begann sie den Kampf Kampf bis aufs Blut

Einst erschöpft niedergesunken entstellt verzweifelt
stumm geworden
in Stricken böser Magie Stricken der Besessenheit
geschlungen von rachsüchtigem Weib das sie nicht freigeben wollte
warum auch ... verlör ja ihre Macht

erschöpft niedergesunken in einem Kastanienhain
und wie sie glänzend braune Früchte am Boden liegen sah
herber Duft hochsteigend
zitternd hüllend blasse welke Haut stumpfes Haar
brach sie in verzweifeltes Schluchzen aus
erinnerte sich an Louvain

Wo war er? Wer? Hatt er sie gänzlich vergessen?

Glanz Größe Kraft Schönheit waren ihr genommen
sie wollte gehn ... nichts war zu leben ihr wert

Und in der Vielfalt der GeschlechternKette
die einst von ihnen allen ins Leben gerufen
war ein Sohn geboren
Zauberer des Lichtes Louvain klar und rein
sollte wollte mußte er sein
zehn Jahre älter als die Fee
Sonne atmend sich in seine Strahlen schmiegend
geliebt gestützt von WeibesKraft machtvoll hünenhafte Gestalt
stand er allein

Herr dieser Welt Herr jeden Weibs
hatte Qual ihn vorwärtsgetrieben Qual der Einsamkeit
denn nie hatt er die gefunden die er gesucht
jene einzige die zu ihm gehört die für ihn geschaffen ist:

Wesen das nur an Himmels Grenzen wirken konnte
zu fein filigran hochfrequent
zu sehr von der himmlischsten aller himmlischen Lieben
durchtränkt
er sehnte sich nach seiner Poesie

Diesmal war es beiden nicht beschieden ... sich friedlich
wiederzufinden

Doch wenn Sehnsucht so groß wie die ganze Welt
hat höchste Kompetenz ... Erbarmen
So tagten die Höchsten vertrauten Siebengestirns
Abgesandte wurden gewählt die Fee und Louvain prüfen sollten:
wo schwelt noch
beider Haß VergeltenWollen ... in ihr? In ihm?
Wo lebt er noch – Zauberer der Nacht? In ihm? In ihr?

War sie einst erschöpft niedergesunken
entstellt verzweifelt stumm geworden
war er einst in endloser Einsamkeit gewandert
um sie zu finden grau wurd schon sein Haar

Da stand er in Kastanienhain
und wie er glänzend braune Früchte am Boden liegen sah
herber Duft hochsteigend
zitternd ihn hüllend machtvoll hünenhafte Gestalt
da schluckte er verzweifelt erinnerte sich an Poesie die Fee

Wo war sie? Wer? Hatt sie ihn gänzlich vergessen?

Sehnsucht fiel ihn an
da hüllte ihn Lichtschein himmlische Führung sprach:

„Suche nicht länger Sieh da"

Er sah eine Gestalt am Boden liegen schütteres Haar
welke Haut entstellt verzweifelt stumm
in Stricken böser Magie Stricken der Besessenheit
da schüttelte er den Kopf erinnerte sich:

üppig weich gerundete Frauenliebe
langes Haar
Bänder und Schleifen und Lachen
und liebeglühende Augen
und Flüstern
heiserer Ton voller Verlangen
und Hände
sanft die jede Stelle seines Körpers kannten
ihm Fontänen der Lust entlockten
schwellende Kissen auf blauem Samt
rotgeschminkte Lippen
heißer Atem zwischen zwei Herzen ...

Ja die suchte er doch dies Geschöpf hier
zwischen Kastanien liegend
wie sollt sie ihm Herrn aller Welten seine Poesie Fee sein können?
Nie!
Da fiel wieder Lichtschein himmlische Führung sprach:

„Erinnere Dich: wie sie sah mit Entsetzen Verzweiflung Jammer ...
ihr Liebster Louvain ihre andere Hälfte er der zu ihr gehört
für den sie geschaffen ... lag in perigordinischem Kastanienhain
betrog sie mit einem Menschenweib

erinnere Dich: es waren Götter auf die Erde gestiegen
hatten begonnen sich mit den Töchtern der Menschen zu vergnügen
zusammengebrochen war sie einst
etwas in ihr entzweigerissen
Vertrauen in göttliche Männlichkeit GottalsMann
Das was Du siehst ... hat Deine Tat bewirkt"

Louvain erinnerte sich
doch konnte wollte jenes häßliche dumpfe Geschöpf am Boden
nicht zu seiner Poesie erheben
wollte Schönheit Jugend goldglänzend Haar

Und er wanderte weiter
Einsamkeit lassend Herr jeden Weibes wollte sie vergessen
wollte Schönheit Jugend schwarzen braunen goldglänzenden Haars
makellose Körper
doch dann wars ihm vergällt sah eine Gestalt am Boden liegen
schütteres Haar welke Haut

Und er wanderte weiter
Herr jeden Weibes wollte sie vergessen doch kehrte zurück
zum Kastanienhain
wußte sie ists seine Poesie die dort liegt sie
und keine andere braucht er um endlich Frieden zu finden
und wagte sich zögernd langsam Schritt für Schritt
an sie heran
sie schlief verzweifelten Schlaf des Entrinnens aus bodenloser Qual
kniete nieder legte ihren Kopf in seinen Schoß
sah Spuren großer Schönheit in ihrem Gesicht doch mehr nicht

sie murmelte Unverständliches schlief weiter
er saß ... gelehnt an einen Kastanienbaum
hielt ihren Kopf in seinem Schoß

Nach endlos scheinender Zeit erwachte sie schrak hoch
als sie spürte daß jemand sie stütze sah in sein Gesicht
erkannte ihn nicht
zu lang Zeit der Verfolgung Not Pein
sah er in ihre Augen fand seine Poesie
himmlische Weite atemberaubende Liebe
doch entstellt von Verzweiflung Verfolgung entehrt
sahs sofort
konnt sich nicht liebevoll über sie beugen Stirn küssen
alles in ihm verkrampft
warum hatt er sie gerade so finden müssen?
Warum nicht jung und schön?

Sühne hatt es so gewollt ... da sprang sie hoch
ihn nicht erkennend Zeit der Verfolgung war zu lang sprach:

„Welchen Dämon habt ihr mir heut wieder gesandt
Mutter und Zauberer der Nacht?
Noch hab ich den Kampf bestanden doch weiß nicht mehr wie lang
Also geh Fremder hast keine Chance denn da sind
ErdenMutter und meine Schuld die ich sühnen muß
und ein Zauberer der Nacht der mich immer noch verfolgt"

Doch Louvain blieb versuchte beharrlich zu erklären
daß er Louvain sei ihr Louvain
Sie schüttelte nur den Kopf
glaubte ihm nicht und als er immer beharrlicher wurde
sprang sie hoch jagde ihn davon
sobald er zurückkehrte erhob sie Geschrei rief Geister Elfen
um ihr zur Seite zu stehn
An der Art wie sie agierte erkannte er wieder seine Poesie

Und er ging kehrte zurück zum Kastanienhain
wußte: nur sie will ich nur noch sie
wieder schlief sie verzweifelten Schlaf des Entrinnens
aus bodenloser Qual

Er wagte sich wieder langsam Schritt für Schritt
an sie heran kniete nieder legte ihren Kopf in seinen Schoß
sah Spuren großer Schönheit verquollen verzerrt ihr Gesicht
Körper makelreich alles an ihr in ihr geschunden gequält

und doch liebte er sie mit aller Kraft seiner Seele
Und es kam der Tag da sie erwachte ihn erkannte

wußte: solang sie umschlungen von Hekate
könnt sie nicht Göttin sein „Schneid sie durch die Stricke"
flüsterte er „Wenn ichs nur könnte" flüsterte sie

Sie begann ihn zu lieben doch kaum wars geschehn
wälzte sich Heerschar von Teufeln Dämonen ...
all jene die sie beide einst geboren ...
wollt ihnen entkommen ... da lachten die frech

Klar war den Teufeln:
hier gelte es Zwietracht zu säen leichteste Übung höllischer Art
Hekate und Zauberer der Nacht mischten mit
sahen die Liebe voller Haß
schmiedeten Vernichtungspläne einer der ersten war:

sandten ein Mädchen sanft und schön
wissend daß Louvain empfänglich für solche Art der Weiblichkeit
nicht seinen Blick von ihr wenden würd können
denn jene deren Kopf er in seinem Schoße hielt
war viel zu geschunden
grau wurde ihr Haar war erschöpft blaß ausgezehrt
konnte Makellosigkeit des Mädchens nichts entgegensetzen
war viel zu arm war viel zu alt

Louvain lehnte nun auch müde erschöpft an Kastanienbaum
da sah er das schöne Mädchen sah
es kniete bald vor ihm ... ihn bewundernd ... war ihm untertan
bot sich an

Und Heerschar von Teufeln Dämonen rieben sich die Hände
gürteten ihn mit Begierde ... ja ... es wurde ihm schwer
zu widerstehn ... immerhin lag er in Kastanienhain
spürte frischen Atem der Jugend hörte silbrighelles Lachen
sah frohe liebeglühende Augen
spürte Hände die ihn berührten
wahrhaftig Heerschar der sieben Höllen
hatte mit schöner Larve mit Verführung nicht gespart

Warum sollt jenes Geschöpf ... junge Seele
nicht seine neue Ergänzungshälfte sein?
Warum Altes Verbrauchtes Geschundenes mühsam heilen?
Warum? Er habe Besseres verdient denn ... Poesie sei altmodisch
auch sei dies ... so flüsterte man ihm zu

ganz im Sinne himmlischer Strategie

Doch gesammelte Heerschar hatte vergessen
daß die geschundene Fee zur Liebe erwacht
liebte Louvain wieder wie selten Liebe ist
erinnerte sich
daß er und sie zueinandergehörten eine Form bilden
doch auch zwei sein konnten ganz wie sies wünschten
liebte ihn wieder doch ... voller Mißtrauen und Angst ...
denn
waren einst Götter auf die Erde gestiegen
hatten begonnen
sich mit den Töchtern der Menschen zu vergnügen

Sah ihn wieder fallen Fee war sie ja Fee
Angst Haß stiegen hoch in ihr

erinnerte sich ... und wieder begann etwas in ihr zu reißen
neues Vertrauen in göttliche Männlichkeit GottalsMann
und Heerschar von Teufeln Dämonen redete ihr ein
so seis so sei Gotts o sei Mann das habe sie ihm zu lassen
das sei Vorrecht alles andere dümmliche Konvention
die sie schon einmal zu Fall gebracht

Viel zu lang hatt sie in den sieben Höllen gehaust
um nicht zu wissen hier war Lüge am Werk
denn: Treue heißt göttliches Zauberwerk immer dann ...
wenn endlich gefunden die ergänzende Seelenhälft ...

Erinnerte sich wie sie mit magischer Kraft des Worts
Rache und Haß
alles und alle auch ihn Louvain in die sieben Höllen getrieben
wie sie Magie mißbraucht
um sich für seinen Verrat zu rächen

Und Louvain umgürtet von Begierde ... lag in Kastanienhain
spürte frischen Atem der Jugend betörende Wärme junge Haut
sah sie plötzlich ... die Fee ... seine Fee
wie sie hochgesprungen ihn davongejagd
Geschrei erhoben entstellt voller Angst Mißtrauen Angst
doch in ihren Augen himmlische Weite
sah er sie
Kopf in seinem Schoße schlafend
verzweifelten Schlaf des Entrinnens aus bodenloser Qual

da wußte da war er GottalsMann
erinnerte sich
daß sie beide zueinandergehörten
eine Form bilden
auch wieder zwei sein konnten ganz wie sies wünschten

Doch jenes fremde Mädchen war zu schön
seine machtvolle Glut bewundernd spürte es Konkurrenz
spielte mit betörendem Reiz ihrer jungen Schönheit
Nacktheit
so stand sie gegen die Fee ... grau werdendes Haar

Formierte sich Heerschar höllischer Feinde Mutter flüsterte:

„Hab ichs Dir nicht gesagt? Dieses männlich Geschlecht
ist nicht mehr denn Vernichtung und Rache wert!"

Einsamkeit schlang Spiralen in höllische Tiefen

Und die Mutter sprach:

„Glaubst er liebt Dich? Weit gefehlt spielt nur böses Spiel
will wissen ob er Macht hat
Dich uns abjagen
ob nicht nur wir sondern auch er Dich am Stricke führen kann
er probt doch nur sein Können seine Kraft"

Und Zauberer der Nacht sprach:

„Sieh Dich nur an glaubst Du hast eine Chance gegen sie?"

Hielt ihr grelle Spiegel vor
jede Falte Pore Schlaffheit der Haut war zu sehn
maßlose Erschöpfung
viel zu lang hatte jene höllische Schar sie am Stricke geführt
sie konnt nicht mehr schluckte schloß die Augen wußte:
durch diese Qual gehn war bittere Pflicht
zu Boden sinken eingekessel von Verfehlung
vergangener Zeit schamvoll an Brust sich schlagen zugeben:
ja ich wars habs getan war jenes rachsüchtige Weib
ja war Sklavin herrschsüchtigen Manns wie lange noch?

Und nun sollt sie ihn gefunden haben Einzigen
der zu ihr gehört ...

419

nur um zu sehn wie er sie wieder betrügt?
Nur damit sie begreift daß dies zu jedem Manne gehört?

Zusammengekrümmt lag sie wollte vergehn
doch siebenstirnige Götterschar hatt es verwehrt
lag sie ... jede Faser des Herzens Körpers verzerrt
vor Anstrengung Entsetzen über Louvain über sich selbst
ahnte nun
wie tief Spiralen ihrer eigenen Rache ihrer endlosen Einsamkeit
in höllische Tiefen schwangen

Da stand er Zauberer der Nacht
hinter feinem Kleid ... Maske des Reichtums
Zähne bräunlich verstummelt
Gesicht von Hader Gier Sucht verzerrt
hätt sie ihm je begreiflich machen können
daß nicht Herrschen BesitzergreifenWollen
in die sieben Himmel führt
sondern freigeben und lieben?
Nie hätt er ihr geglaubt eigensinnig darauf beharrt
daß sie ihm untertan sein müsse
nun lächelte er triumphierend:
Dein Zauberer des Lichts
da giert er nach schönem Mädchenkörper ...
Wieviel Freiheit läßt denn Du ... ihm? Hm? Nun Hm?

Sah er wie sie lag jede Faser des Herzens Körpers verzerrt
vor Anstrengung Entsetzen über den Zauberer der Nacht
über Louvain ... über sich selbst ... Louvain freigeben
Liebe hieße ja ... freigeben ... schrie sie stumm:

„Hab ich nicht genug Opfer gebracht auf dem Altar der Zeit?"

Da rauschte sie noch einmal heran Mutter Hekate Herrin der Nacht:

„Bist meine Tochter hab Dich geborn
Mir hast Du zu gehorchen!
Wie kannst Du glauben daß ich im Unrecht bin!
Louvain wird Dich betrügen weil es MännerArt MännerSinn
Also quäl ihn also räche Dich!
Also rette an Macht Reichtum Gold was Du retten kannst!"

Doch Poesie schüttelte den Kopf wußte
für die Mutter ist sie nur Instrument

benutztbar wie Tisch Stuhl Bett
schiebt eigenes Fleisch und Blut
auf Brettern jeden Spieles das sie spielt

Sah sie nie wie grausam verfallen dumpf häßlich ihr Kind?
Wars ihr nicht völlig gleichgültig?
Denn immer und immer war ihr ein Kind nur Kunstfigur
brauchbar benutzbar dafür stilisiert

„Und gehorchst Du mir nicht besitzest Du keine Mutter
mehr keine Familienbande stehst ganz allein auf der Welt!"

Heerschar der Dämonen Teufel rissen an ihr
hattens oft schon getan
doch nie mit solch kaltem Haß solcher Enttäuschung
solcher Angst
riefen Mutter und Zauberer der Nacht nun alle Meister ihrer Zunft
berieten schufen machtvollsten Zauber der je getan:
Hekate erschien der Fee als GroßeMutter Schwester lichtener Art
sprach:

„Opfer wirst sollst Du bringen ein letztes Mal
Vergiß für immer Deinen Louvain denn Schlangenkraft
luziferischer Art beherrscht
seine Männlichkeit wie jeden Mann ...
oder anders gesagt: Sexualität pur
für den Held Deiner Träume Du siehst es ja!
Wie kannst Du mit einem solchen Mann Dich ergänzen?
Wieder zu ursprünglicher Einheit finden?

Begann sie zu weinen Poesie lag starr vor Verzweiflung
von Qual Gefangenschaft Verfolgung gezeichnet
doch in ihren Augen himmlische Weite
lag sie lag voller Angst Verzweiflung Unsicherheit
hatte ja GroßeMutter des Fixsternhimmels gehört
Wem sollte sie glauben? Was sollte sie tun?
Und es entbrannte ein Kampf furchtbar wie die Hölle
dann aber erinnerte sich Poesie:

es war einst ihr Part gewesen
mit magischer Kraft des Worts
Materie in Stofflosigkeit des Geists
zurückzuführen
Kaltes Verkantetes Hartes das vergessen

was Liebe und Geist
anzurührn damit es sich zurückbewege
vom Gang Geistes in Materie
zurück zu himmlischer Harmonie

denn größte magische Kraft war und ist
Sprache Ton Wort
mit ihr wurde Schöpfung in Gang gesetzt
mit ihr kehrt sie zurück

Poesie ...
Wesen das nur an Himmels Grenzen wirken konnte
stand auf
stand nun hoch aufgerichtet
sagte leis:

„So verzeih ich Dir ... der mich einst um mein Glück gebracht
verzeihe Dir Mutter die Du mich gequält bis aufs Blut
weil Du von der Herrschsucht und Rache nicht lassen kannst
verzeihe Dir Zauberer der Nacht
der mich vergewaltigt mißbraucht gehaßt
verzeihe Dir Louvain der Du all diese Männlichkeit warst
wie ich Mutter Geliebte Tochter Hekate Herrin der Nacht

verzeih ich verzeih Dir und mir
damit wieder himmlische Ordnung sei

Louvain ... willst Du dieses Mädchen – sie sei Dein!
Ich hindere Dich nicht!
Denn ... willst Du sie ... ist unsere Zeit ... vorbei!“

Und wie magischer Spruch fein filigran hochfrequent
von der himmlischsten aller himmlischen Lieben durchtränkt
durch Kastanienhain wehte
aufstieg hochzog zu Sternenzelt

da bebten Höllen Erde Himmelswelt
und es brach der Fluch
zerschlug kaltharte Form
und Louvain und Poesie und alle Seelen auf allen Ebenen
der Evolution
in allen Welten die zu ihnen gehörten
waren erlöst von düsterer Fron

begannen zu wehen
in prasselnder Glut heilger Harmonie himmlischer Liebe
hellstem Licht

Und sie standen voreinander
Louvain und Poesie
MondSohn schlanke hühnenhafte Intelligenz
grau war schon sein Haar
Mondtochter lichtdurchflutete magische Weiblichkeit
grau war schon ihr Haar

Und er sagte: Ich will nur Dich!"

Und alle die erlöst aus Höllen und Zwischenreichen
sahen die beiden
umschlungen von sieben plejadischen Sternen

Marguerite und die Geister

Keller weitet sich Wände Decke Boden
alles was fest ihr schien beginnt sich zu bewegen
flimmert löst sich auf
Marguerite schwankt im feinen Wirbel dieses Geschehens
möcht sich festhalten um nicht mitzugehn
und wie sie die Arme ausstreckt sucht
da stützt sie jene Schar die sie schon erlöst

„Nur Mut" flüstert Louise ...
und das kecke kleine Ding mit Schmetterlingsflügeln
schmiegt liebevoll Gesicht an ihr Gesicht

Mildes Licht bricht Schloß Fleurac ist verschwunden
sie stehn in Kastanienhain
Hügel sind zu Bergen geworden Schneegipfel trohnen
hüben und drüben
eine Quelle sprudelt zu Marguerites Füßen ...

Wohin sie auch blickt – berauschende Schönheit
sie setzt sich – und die Schar mit ihr – unter einen Kastanienbaum
liebt sofort jede Pflanze jeden Stein
steht auf kniet nieder schöpft mit beiden Händen aus der Quelle
trinkt und wie sies getan sieht sie was ihr bisher verborgen war:

da steht sie – Hüterin ihrer Seele ... Herrin der Perlen
heilster göttlichster Aspekt ihres Selbst
steht blickt sich um lächelt bückt sich ...
Marguerite fühlt: sie ist es selbst
greift eine Handvoll Kies läßt Steine durch ihre Finger rinnen
sieht ihnen nach wie sie aufeinanderprallen
weiß–grau gesprenkelt marmoriert

und wie sie am Boden liegen sinds schimmernde Perlen ...
greift Steine küßt sie ... da sinds Bergkristalle ...
mattgold schimmerndes Haar fällt in Wellen
gleich Kaskaden des Lichts
über weich gerundete Körperform
Marguerite ist hingerissen
von dieser vollkommenen Schönheit bittet:

„Laß mich so schön sein wie Du nichts andres wünsch ich mir!"

Da ists als höre sie den Meister ... Töne wehn ... s ist als begänne
er sich erbärmlich zu kratzen am Kopfe

Allongeperücke schiebt er in die Stirn ...

Sich nicht in Vergangenheit einmischen ... auch nicht davonlaufen
das ist seine Lehre er läßt nicht mit sich handeln
das weiß Marguerite genau ...

Warum aber ist sie nun doch mittendrin im Geschehn?

Versinkt weiter voller Lust in den Anblick der Lichtgestalt
ahnt fühlt spürt ... jene die sie sieht
ist jüngste schönste ihrer plejadischen Schwestern

Die Schöne summt ein Lied dreht sich im Kreis
voll von Glück und Freude über diesen paradiesischen Ort
streichelt Büsche und Bäume
und der Wind fächelt ihr tiefste Verehrung zu ...
dann löst sie sich auf
fliegt dorthin wo ihre himmlische Heimat ist
denn: noch könnt sie nicht atmen hier für längere Zeit
noch ist alles zu wild zu hart zu schwer ... für Poesie Kunst Kultur

Doch ein Hauch Abglanz ihrer Schönheit bleibt zurück
Marguerite weiß nicht – ists diese Frequenz
die ein Mädchen nun erscheinen läßt
oder ... ist dieses Kind
einfach aus Menschensiedlung den Berg hinauf geschritten
magisch angezogen von Gesang einer Göttin

Ein Menschenkind ists das sieht Marguerite sofort
klein zierlich von Gestalt ... Form nicht weich ...
eher von tierhaft harter Festigkeit

wie merkwürdig die Natur manchmal spielt denkt Marguerite
das Mädchen hat verblüffende Ähnlichkeit mit der Poesie

doch: was in jener die ging zur Vollendung gereift
hochkultivierte vergeistigte Weiblichkeit
scheint hier ... Beginn Hauch einer Möglichkeit ...

Es muß das Quellwasser sein das Marguerite so hellsichtig gemacht
denn sie sieht in das Mädchen hinein
sieht wie eitel und selbstsüchtig es ist alles Fühlen Wollen Denken
dreht sich nur
um ihren straffen Körper den sie liebt bewundert ...

427

sieht nicht Panorama der Berge Hügel Schneegipfel
nicht sprudelnde Quelle fühlt nicht Wind
sie liebevoll hüllend
fühlt nicht Macht der Sonne
ist nur mit sich selbst beschäftigt
entkleidet sich
setzt sich an die Quelle schöpft Wasser
läßts über jungen Körper rinnen
Sonne wirft Strahlen Wärme
doch sie betrachtet nur selbstverliebt ihre Brüste ihren Schoß
jeden Wassertropfen der zu ihrem Geschlechte rinnt
spielt mit sich aufblühender Rose spielt an sprudelndem Quell ...

Marguerite will sich abwenden – was soll sie hier
doch in diesem Moment erscheint er ... Louvain ...
lächelt über Menschengeschöpf das so ungeniert
so voller Sinnlichkeit so naiv und kindlich mit sich spielt
er möcht es kosten was sie zeigt ... was verlör er schon
seine Kraft in menschlichem Schoße zu binden
wär besonderer Reiz Frequenz um sieben Oktaven zu senken:

wie wird das Menschkind reagieren ... vor allem:
wie wird er sich fühlen?

Da steht er schon vor ihr ... starke hünenhafte Pracht
Kleid hastig unter Kastanienbaum geworfen
nie hat das Mädchen einen schöneren Mann gesehn

hält schamvoll inne bedeckt ihre Blöße
doch da kniet er schon neben ihr
beginnt Liebespiel wies Menschen nicht kennen
das sich steigert zu wilder Kraft ... überwältigender Ekstase ...

Marguerite sitzt ... umgeben von ihrer Schar ... starrt
Zunächst voller Staunen dann mit steigendem Entsetzen
auf die orgiastische Liebesszene
begreift langsam
doch dann mit ungeheurem Schmerz:
Louvain ... nicht nur irgendein Louvain ...
sondern jener dem sie begegnet ... gestern in prasselndem Regen
jener nach dem sie sich sehnt bis zur Unerträglichkeit
irgend etwas knirscht in ihrem Kopf als ob er berste

möcht ihn halten den Kopf
doch da trifft sie vernichtender Schmerz an ihrem Herz
möcht es halten das Herz
doch da verkrampft sich ihr Leib
möcht ihn halten den Leib doch kanns nicht
beginnt sie zu schreien wie ein wundgeschlagenes Tier ...
schreit schreit schreit

Louise kann sie nicht halten niemand aus der Geisterschar
nicht einmal der Meister
der mit wehender Allongeperücke herbeigeeilt
Marguerite stürzt sich ins Bild in die Vision
zwischen die beiden
reißt sie auseinander schreit schreit schreit

erkennt nicht mehr Gesetze von Zeit Raum Traum und Wirklichkeit

ist in hysterisches Weinen verfallen ... außer sich ...
hat sich verloren ... nicht zu halten tobt schreit:

„Niemals niemals werd ich Dir verzeihn!"

Der Meister hat indessen Hilfe geholt
die Grazien können sie endlich halten
ziehn sie zurück aus Vision aus Vergangenheit in Gegenwart
schluchzend flüstert Marguerite:

„Kann nicht weiter in diesem Spiel ... verzeiht mir ...
weiß nicht was über mich kam ... plötzlich war ich die Poesie
fühlte ihren Schmerz es war mein Schmerz ...
doch ich wills nicht ... will sie nicht sein ...
denn der Schmerz ist zu groß! Bin doch nur ein Mensch!

Louvain hätte warten sollen bis Kunst Kultur Poesie
auf diesem Planeten existieren können ...
doch es war so als hätt er mit dem feinsten Seidentuch
Felsbrocken geschleppt ... versteht Ihr?

Ich verstehe:
er hat die Beschaffenheit der poetischen Seele ...
seiner Poesie nicht genug geschätzt ... ich weiß ...
Poesie hatte sich geweigert ...
für der Schöpfung Spiel ... Opfer zu bringen ... dunkel zu werden ...
billige Verse zu schmieden ...

mit Plüschtieren zu hantieren ... und nun ... nimm mich fort
aus diesem Spiel ... es ist zuviel!"

Da steht die Himmlische ernst und streng spricht mit hartem
feindlichem Blick:

„Marguerite Du vergißt daß Weiblichkeit sich bereit erklärt
für die Schöpfung Opfer zu bringen dunkel zu werden
nur so wars möglich himmlische Frequenz in Materie zu senken
Du gehörst zu den Rebellen die sich weigerten ...
gehörst zu den gefallenen Engeln ... es ist mir wohlbekannt ...
wärst nicht meine Tochter
hätt auch ich nicht diese Rebellion in mir ...
doch es hilft Dir nicht ... siehst ja was geschieht ...
verweigerst Du ... stürzen sie Dich"

„Ich ahnte es" schluchzt Marguerite „daß mich die Konsequenz
in Abgründe stürzt doch ... kann mich bemühn soviel ich will
nun fast am Ende meines Wegs
soll und und muß ich zurückkehren zum Beginn unseres Spiels
fühl: die Wunde ist zu tief!
Es quält mich noch genauso wie an jenem Tag an dems geschah!"

Die Himmlische erkennt
daß in Marguerite der Schock zu verheerend gehaust
ihre Seele zu machtvoll Schaden genommen hat
daß sie nicht die Kraft aufbringt Vergangenes ziehn zu lassen
winkt sie den Geist Louvain zu sich heran:

„Du Louvain darfst sie keine Sekunde mehr aus den Augen lassen
ihre zerrüttete Seele ist zu hegen und pflegen
hüte sie wie Deinen Augapfel
sorge daß sie wieder Vertrauen zu Dir ...
zu männlichem Aspekte der Schöpfung faßt
hilf daß sie sich nicht mehr verliert denn ...
Dämonen lauern ... vor allem ... betrüg sie nicht mehr"

Spürt Marguerite wie eine fremde Kraft sie durchdringt
beginnt wild um sich zu schlagen:

„Will Dich nicht! Geh! Ich fühl daß Du es bist Louvain
will nicht Dein Mitleid! Dein schlechtes Gewissen!

430

Seh nichts andres als Deinen schönen geliebten Körper
nackt ... mit ... einem Menschenkind
Welchen Aspekt meines Selbst hast Du mir zugemutet!
Darum mußte ich Mensch werden ... abstürzen in diese
gräßlich harte Form!
Frag mich tausend und tausendmal ...
welcher Reiz wars ... was war anders mit ihr?

Erst jetzt wird Louvain klar mit welch vernichtender Wucht
Poesie einst getroffen
nie hatt sies verwunden nie begriffen
daß er andere Hälfte seiner Seel so tief in Materie gezwungen ...

Etwas war zerrissen in ihr gespalten zerfetzt
in tausend Stücke gesprungen nie mehr zusammengesetzt ...
hier wars wo furchtbares Unheil begonnen ...
Entsetzen wucherte in ihr wie ein Krebsgeschwür ...
immer wieder sieht sie das Bild wie er in heiligem Kastanienhain
nackt ... sich wälzt ...
immer wieder versucht sie hineinzuschlüpfen in fremdes Geschöpf
doch ists zu dichte Materie
habgierig selbstsüchtig sinnlich geil wie ein Tier

Louvain darf nicht zu nahe kommen versucht ers
reißt sie sich los ... schreit ...
so steht er mit einigem Abstand hinter ihr
hüllt sie ein
ganz sanft ... ganz zart ... mit seiner Frequenz

Irgendwann wird sie ruhig lehnt sich gegen eine Kellerwand
qualvoller Aufruhr ebbt in ihr ab ...
so hat sie langsam wieder genügend Kraft
aus Gegenwart in Vergangenheit zu schaun ...

sieht
während Louvain sie immer dichter einhüllt in heilende Frequenz
sie von dieser Stund an nie mehr verläßt
sieht

wie vor urdenklicher Zeit das so verbundene ungleiche Paar
Gott der sich mit einem künstlich geschaffenen Weib eint
wie das Paar sich voneinander löst wie er lächelnd zum Abschied
über ihren Körper streicht

431

Kastanie vom Boden hebt sie schält in zwei Teile bricht
dem Menschenkind eine Hälfte reicht ... sie essen
umschmiegt von mildem Licht
Schneegipfel trohnen hüben und drüben
Quelle sprudelt zu ihren Füßen ...
sieht
wie er sich auflöst – Geist wird ... wies einem Gotte gebührt ...
wie das Menschenkind ihm nachatmet als habs nur geträumt ...
wies noch sein Geschlecht fühlt
seine wilden Küsse sanften Hände weiche Haut ...
Liebesstunde mit einem Gott ... liegt sie voller Entzücken
solang bis Dämmerung bricht ...
eilt den Berg hinunter zurück zu den Menschen
sieht
wies sich davonschleicht aus Menschensiedlung oft viel zu oft
sobald Sonne warm strahlt
den Berg hinaufsteigt neben der Quelle liegt ... träumt ... träumt ...
von einem Gott ... der zum lebendigen Manne wird ...
den schönsten den sie je gesehn ...
sieht
wie Louvain es nicht lassen kann ... es reizt ihn dieses Spiel

Zum erstenmal fühlt er wie GottSein ist ...
Gott allein ... nicht Göttin neben sich ...
das Mädchen bewundert verehrt ihn nicht ebenbürtig
das gefällt ihm
denn er kennt nur das Teilen mit seiner Poesie
die ihm ganz Anderes abverlangt denn dieses Mädchen ... hier ...

hier ist er allmächtig angebeteter Mittelpunkt
zaubert ihr Blumen herbei Früchte läßt Rittersporn wachsen
sie kniet bewundernd
er schafft ihr ein schönes Haus
legt schimmernde Perlen in ihren Schoß
Gold Edelsteine Kleidung die sie nie gesehn ...

Sie versteckts denn die Menschen drunten im Tal
dürfens nicht wissen ...
liebt seinen Körper stolz schwellendes Geschlecht
die Art wie er in sie dringt ... sein Haar Duft seiner Haut
er ist so groß kraftvoll muskulös
liebt seine Hände jede Bewegung sein Lächeln seine Lippen
strahlenden Blick
Er lehrt sie eine Sprache die sie nicht kennt ...

doch sie lernt schlecht
er ist voller Würde und Macht sie fühlt sich unbedeutend
doch er verehrt sie ... denn so hat ers gelernt ...
Spatzenhirn in tiefe Materie gefallene geistige Frequenz
bekommt ihr solche Verehrung nicht
dumpf eitel selbstsüchtig voller Sinnlichkeit
beginnt sie sich aufzuspielen ... nicht vor ihm ... das wagt sie nicht
doch vor allem und jedem um sie herum ...
Stein Blume Wasser und Wind ...
glaubt sie sei nun eine Göttin doch weiß gar nicht was es heißt ...
vollkommene Verkörperung einer Idee zu sein ...
Elfen und Kobolde die er ihr zu Diensten gestellt

beginnt sie herrisch herumzukommandiern fordert und fordert

da beklagen sich alle ... Steine und Wind Blumen Feuer
Kobold und Elf ...
klagen ihm Louvain des Mädchens Lieblosigkeit Eitelkeit
drunten im Tal begännen die Menschen aufmerksam zu werden
denn
das Mädchen gebärde sich herrisch bis zur Unerträglichkeit
klagen Louvain
sie seien nicht bereit mitzuwirken in solcher Lieblosigkeit
seien gewöhnt daß ihre Herrin die schöne Poesie
alle zärtlich liebe verwöhne jedes Molekül der Luft

Doch schon lang sei jene nicht mehr gekommen
wie solle dann hier jemals der Garten Eden das Paradies entstehen
so wies geplant?

Da erschrickt Louvain erinnert sich ...
zu lang hat er sich schon aufgehalten mit diesem Menschenkind ...
fliegt zurück in himmlisches Reich ...
doch höchste Kompetenz hat Fluch gesprochen
Marguerite
sieht
wie Herbst friedlich in Winter übergeht ...
sieht
wie unendliche Zeit vergeht
sieht
wie hohe Berge zu sanften Hügeln geworden
wie an jenem Ort irgendwann Schloß Fleurac erbaut
sieht
Saal Wände Decken Boden Keller wieder sich formen

sieht
wie sie alle erschöpft auf dem Boden hocken
der Meister kratzt sich schon wieder unter seiner Allongeperücke

doch
unsichtbar ist nun dabei: Louvain – geistene Lichtgestalt ...

Da rollt in die Stille braunglänzende Kastanie auf dem Kellerboden
Marguerite begreift: sie ist langen Weg vorwärts geschritten

Schmerz begreifen Schmerz sein
und sich doch nicht von ihm überwältigen lassen
das ist viel schwerer
denn einfach zuzusehn mitzufühlen

Marguerite hockt schwer atmend am Boden Es weht neuer Geist

Sieht ein Mädchen nicht viel älter als das Fronbauernkind
das schlafend in Maries Armen liegt
nicht viel älter
als jenes kecke Ding Schmetterlingsflügel an den Rücken geheftet
Röcklein schwingend bei jedem Schritt

Neuer kleiner Geist ist zarter vergeistigter
als die beiden anderen Mädchen spricht zartere Sprache:

„Spatzenhirn dumpf eitel selbstsüchtig
voller Sinnlichkeit Inkompetenz
die Elfen Kobolde alle Natur alle Menschen herrisch kommandiert
weils glaubte so müsse eine Herrin agiern
konnt ihr Glück genießen ... indes ...

Poesie mußte da sie zu Louvain gehörte ...
und gezwungen war in Menschenreich zu steigen ...
so hatte höchste Kompetenz entschieden ... erinnert Euch ...
mußte sein Kind seine Tochter werden ... mußte ...
Frucht unheilvoller Liebe werden

Könnt Euch vorstellen daß solch irdische Mutter
Spatzenhirn
habgierig selbstsüchtig geil wie ein Tier
eifersüchtig herrisch ...
daß sie dieses Kind von der ersten Sekunde
dem ersten Schrei

434

haßte bis zur Unerträglichkeit
hier war die Höhere
hier lauerte Gefahr

wußts nicht ... doch spürte ... so Louvain
Ach Ihr Göttinnen und Götter!Welch ein Empfang!"

Und die Zeiger der Zeit drehn sich zurück ... Erinnerung beginnt ...

Marguerite und die Geister

Liegen auf schwerem Canapé schlecht gepolstert
sich einsenkend dort wo kleiner Körper
Beine schmerzen als lägen unsichtbare Fesseln
umschlängen kleine Beine

Wer hat sie geschlungen ... die Fesseln?
Nein nicht denken fühlen wissen Rückgrad sich biegend
schwächend

Liegen auf schwerem Canapé nicht gehn können nicht stehn
alles genommen Freude Licht Luft Lachen Scherzen
schönster Tisch über und über rosengeschnitzt
Mädchentraum geträumt gesprochen jenem zugespielt
jenen inspiriert der berufen mit Händen zu wirken
wie gern er kindlichen Traum verwirklicht
jener ... alt doch neugierig und ... dem schönen Kinde zugetan
Sternenglanz voll heimlichem Entzücken aus kleiner Hand
strahlendem Auge entgegengenommen

Muse nannt er das entzückend süße Geschöpf
wenns in seine Werkstatt gesprungen gehüpft
blondlockig heiter von Ideen sprudelnd
küßt es ihn auf die Stirn dankt ihm fürs schöne Schnitzen
nur müsse die Rose mehrblättriger sein ... ginge das noch?

Ach er machts gern das Kind beflügelt ihn seine Arbeit mit Holz
zu herrlichsten Formen Schnitzereien
alle staunen wie sich seine Tischlerei verändert hat
Handwerk? Nein Kunst!

Nur wissen jene die hier leben nicht ... was es ist – Kunst
Er weiß es selber nicht doch fühlt wenn Prinzeßchen
in seine Werkstatt hüpft dann ists als sei ein Engel hineingeschlüpft
alles wird heiter und hell und Trauer vergeht ... und Sorgen?
Hats jemals welche gegeben? Jetzt nicht jetzt denn jetzt ...
da steht das niedlich fünfjährig Ding da weht Liebe ihn an
die er nicht kennt
lieblich zierlich nicht drängend zehrend
nicht gierend beherrschend ablenkend lärmend

ganz hell und leicht fließt Aufmerksamkeit Konzentration
Disziplin zu ihm hin und dann ...
seine plötzliche Hinwendung an die Schnitzerein
welch Freude Rosen zu schnitzen er hätts nie gedacht

seine plumpe Männerhand wird filigran zart fühlend
schwebend rosenduftend
er wills ehren mit seiner Arbeit Hand das was ihn anweht:
Liebe die er nicht kennt aus himmlischen Weiten kommend

ja das fühlt er: Erhabenes Hohes Reines
etwas dem er dienen möcht seine Verehrung zeigen
Liebe Lust ... doch ganz und gar Geist
nichts dumpf–düster nichts gierig–schmierig nein
denn er möchte nichts anderes tun denn mit seiner Kunst
jene himmlische Welt schnitzen
von dem das süßgoldlockige Kind schweigend erzählt
einfach nur bewundern zarten Duft atmen ja
hochschaun wie zu Engeln
davon hatt er schon als Knabe geträumt
und es weht ihm der GöttinTochter KnabenTraum wieder her
in seine Tischlerwerkstatt ... nie hat er schönere Rosen geschnitzt

Ach was ihm alles durch den Kopf geht wenn das Kind gegangen
singend hüpfend winkend
ach er möcht in der Verwaltung fragen
ob denn nicht ins Dach eine Öffnung gemacht ... werden könne
es soll durchsichtigen Stein geben ...
damit könnt man Lücke bedecken so kein Regen eindränge
denn so fiele Licht von oben in den Raum
so könnt er besser tischlern und schnitzen ...
was denkt er bloß für unsinniges Zeug auslachen würden sie ihn
behaupten der Tischler sei verrückt geworden

überhaupt haben sie staunend seinen rosengeschnitzten Tisch
gesehn
die groben Kerle Weiber die hier leben findens scheußlich!

Wie könnt man von solch geschnitztem Holz wohl essen?
Breit und schwer müssen Tische sein
nur der Herr selbst war gekommen ... hatt ihm auf die Schulter
geklopft ihn gelobt
Solche Kunst sei selten hier ... doch zu fein

Woher die Idee? Woher feines Werkzeug?

Da erzählt der alte Tischler lächelnd seines Herrn eigne Tochter
Prinzeßchen seis gewesen das ihn zu solchen Höhenflügen
bewogen

439

Wie? Fünfjährig Kind? Sinnend geht der Herr dieser Welt
Es mutet ihn bedrückend an ... sein fünfjährig Kind süßes Ding
legt kleine Arme um ihn
irgendwie fühlt er sich schuldig weiß nicht warum oder ja
doch ... nein ... eines weiß er bestimmt:

will nicht süßes Ding herzen lieben
will nicht Sternenglanz strahlendes Aug heimlich Entzücken
will nicht Muse HimmlischErhabenes
will nicht zartfühlend schwebend Verehrung zeigen
nein nicht hochsehn
nein ich bin der Herr König Gott ich herrsche allein in dieser Welt

Süßes Ding weht Liebe in diese Welt die man hier nicht kennt

lieblich zierlich nicht drängend zehrend
nicht gierend beherrschend ablenkend lärmend

ganz hell und leicht fließt Strahl jener ja welcher? Jener ...
die ihm einst wohlbekannt jene die ihn inspiriert
zu höchster Heilkunst Mittlerin zwischen den Welten
jene die zu ihm gehörte einst
Wesen aus Frequenzen höchsten himmlischen Lichts
Form brechend
denn hohe lichtene Frequenz formt sich schlecht
zerschlägt sie schnell
um wieder zu wehen fliegen in prasselnder Glut
heilger Harmonie himmlischer Liebe hellstem Licht
Geschöpf von großer Macht ... ja auch den Tischler hatt es
mit Macht gepackt ...von grober Zimmerei zu feiner Schnitzerei

Doch nicht hier nein hier will ich ich ich Herr Gott König sein
will mich nicht inspirieren lassen
Dieser Planet soll mein sein mein ganz allein keine Göttin nein!

Liegen auf schwerem Canapé schlecht gepolstert sich einsenkend
dort wo kleiner Körper Schmerzen
Beine schmerzen als lägen unsichtbare Fesseln
Wer hat sie geschlungen? Nein nicht denken fühlen wissen
Rückgrad sich biegend schwächend

Liegen auf schwerem Canapé träumend von einer Welt
die es nicht mehr gibt: Bändern und Schleifen und Lachen

kein fünfjährig süß goldlockig Kind nein sondern üppig weich
gerundete Frauenliebe
liebeglühende Augen schwellende Kissen auf blauem Samt
rotgeschminkte Lippen
heißer Atem zwischen zwei Herzen träumend:

„Warst Dus nicht der mich einst herbeigesehnt
als für SchöpfungGang Deine Ergängzungshälfte gesucht?
Erinnerst Du Dich nicht wie schwierig es gewesen
Dir weibliche Hälfte zu geben?
Deine Ansprüche waren enorm Deine Art so diffizil
daß die GroßeMutter in meine Welt hineinrufen mußte
in Frequenz höchsten himmlischen Lichts

ich wars die Dein Bild sah Deine Art fühlte
ich wars die in Liebe zu Dir erglühte
ich wars die niedergestiegen in Deine Frequenz
ich wars ich habe Opfer auf mich genommen
weil ich Dich mehr als alles und alle liebte

Du wußtest wie sehr ich Schutz brauche wenn Licht mich verläßt
aus hellstem Lichte gestürzt
in Kerker dunklen Bergwerkschachtes nur für Dich
wie sehr ich Schutz brauche Deine Liebe
und nun stell ich fest kannst nicht lieben so wie ich
schützt mich nicht neidest mir hohe Herkunft
tus nicht nein ich fleh Dich an laß Dich hochziehn
von mir meiner Liebe damit Du vergissest woher ich kam
doch Du zerrst
muß mich ganz hingeben verlieren mich selbst vergessen
Torheiten der Liebe um Deinetwillen Törin gefallener Engel sein!"

Liegen auf schwerem Canapé schlecht gepolstert sich einsenkend
dort wo kleiner Körper Schmerzen
Beine schmerzen als lägen unsichtbare Fesseln träumend:

„Tus nicht nein ich fleh Dich an doch hast mich noch tiefer gezerrt
denn Du je standest denn Du ... Gott bleibend ...
nahmst Menschin zu Dir Weibliches ... so ... beherrschen wollend
Endlich auch Du mit höherer Herkunft prahlen könnend
Herrgott es liegen Welten zwischen uns!
Kaum atmet sie Himmelsglück kaum dem Tierreich entronnen
zwingst Du solch Weib zu Quantensprüngen in der Evolution
quälst sie nicht minder denn Du mich quälst

an dem Tag an dem ich in ihr Leben trat als ihr Kind
ich höhere Schwester Sternenglanz Muse Engel
lieblich zierlich nicht drängend zehrend
nicht gierend beherrschend ablenkend lärmend

ganz hell leicht fließt göttliche Weiblichkeit hin zu Menschenweib
doch jene kanns nicht fassen greifen zu hell zu hoch
zuviel ja zuviel mutest Du ihr zu quälst auch sie bis aufs Blut

Kann sie Dich anbeten verehren Gott bist ja ihr Gott? Ja!

Kann sie mich anbeten verehren die Göttin sehn? Nein!
Wie ständ sie da wie Nichts und Niemand winzig zierlich klein
ohne markante weibliche Form
weiß kaum wie Liebesakt beschaffen gibt sich nur hin
liebt Dich eitel selbstgefällig Dir untertan

Evolution noch nicht weit genug vorangeschritten
um mich zu begreifen
Spanne zwischen tiefster Tiefe höchster Höh ... das ist zuviel!

Dazu also zwingst Du sie meine kleine Schwester in der Evolution
zwingst Du mich ach ich hab tiefes Erbarmen mit ihr
ich opfere mich werde ihr Kind damit Göttin wachse auf Erden
tus nicht für Dich denn Du bist mir ja verloren ... tus für sie

Geh zu jener die Du gewählt mich schmähend doch ich fleh
laß mich wieder wachsen laß auf Erden Göttin sein
gib mir ... Deiner Nachkommenschaft eine Chance
hüte schütze mich vor dieser Mutter laß mich das schaffen
was sie nicht kennt sie wirds zu verhindern wissen weils ihr fremd
weil sie Angst hat weil sie Opfer bringen muß
liebe mich wie göttlicher Vater sein Kind lieben soll:
hütend schützend

Du warsts der sich einst Aphroditen gesehnt
als Du Ergänzung gesucht Du hattest Liebesverlangen gerufen
jene die zwischen den Welten webt Himmel und Erde bindet
heilmachend magisch Sternenregen kündend
Urania

Nein noch ist sie nicht abgestürzt
nicht in Tiefen Triebkraft verheerende Leidenschaft Spinnenkraft
nein noch ist sie ... dank dies höchster Kompetenz ...

442

noch ist sie ... ist sie ... süß goldlockiges Kind ...

lieblich zierlich nicht drängend zehrend
nicht gierend beherrschend ablenkend lärmend

noch Dein Kind sanft schlummerndes Liebesverlangen
himmlisch vergeistigt
sanft schlummerndes Wissen um Akt der Geschlechter
ahnend er sei nichts andres denn Tor in höhere Welten
Übergang Transformation flüsternd Dir Louvain Dir:

„GöttinGott ... entweder wir dienen Dir beide
gleich gebunden oder Du lösest mein Band von ihm
Lieber jedoch sollen uns zwei starke Ketten einen
die kein künftiger Tag je wird reißen"

Sanft schlummernd Liebe Liebesverlangen Liebesgeplauder
Sanft schlummernd? Nein nicht mehr ... denn das Kind

liegt auf schwerem Canapé schlecht gepolstert sich einsenkend
dort wo kleiner Körper Schmerzen
Beine schmerzen als lägen unsichtbare Fesseln
alles ist ihm genommen Freude Licht Luft Lachen Scherzen
schönster Tisch über und über rosengeschnitzt

er Vater der geschaffen um zu heilen auf Erden
ihn ergänzend jene die zwischen den Welten
Himmel mit Erde bindend
magisch Sternenregen kündend
Urania
geschmäht hat er sie verlassen niedergerissen
göttlich Warnung vergessend kleine Hand lieblichen Kindes
von sich gestoßen

vertan die Chance Menschheit nicht nur männlichgöttliche
sondern auch weiblichgöttliche Identität zu geben jenen Aspekt
der zu jedem heilenden Arzte gehört
Himmel mit Erde bindend nur so wahre Heilung kündend
leichtfertig verspielt

Süß goldlockig GötterKind hatte sich ihm geschenkt Fluch lösend
so

443

Er aber hatt sich zum zweitenmal jener gegeben
die gerade geschaffen auf Erden
weit entfernt von himmlischer Potenz
solche an seiner Seite ...war winzig gegen ihn
glatt straff tierhaft schmal Körper nur Körper es war ihm Lust

Und doch mußte die Poesie geboren werden
denn sie gehörte ja zu ihm
süß goldlockig Kind wurd ihm geschenkt
als eine Chance Fehler zu korrigieren doch er wollt es nicht

Es mutet ihn bedrückend an sein fünfjährig Kind süßes Ding
legt kleine Arme um ihn
irgendwie fühlt er sich schuldig weiß nicht warum oder doch ja
will nicht süßes Ding herzen lieben
will nicht Sternenglanz strahlendes Aug heimlich Entzücken
nicht Muse Himmlisch Erhabenenes
will nicht Verehrung zeigen Liebe nein nicht hochsehn
ganz hell und leicht
fließt Strahl jener die ihm wohlbekannt
Mittlerin zwischen den Welten
Wesen aus Frequenzen höchsten himmlischen Lichts
nein will er nicht will nicht Macht teilen nein nein nein

Das Kind fleht stumm laß mich wieder wachsen
laß auf Erden Göttin sein
gib mir eine Chance hüte schütze mich vor der Mutter
laß mich das schaffen was sie nicht kennt
laß mich nicht allein in Höllenfeuer in das Du mich zwangst
hüte schütze mich vor irdisch–materieller Weiblichkeit
Neid Habgier Machtanspruch Eifersucht hilf ihr hilf mir
damit sie lerne Himmeln selbstlos zu dienen
damit nicht Hekate Fluch lösen darf noch ists ihr verboten
noch kannst Du mich und Dich erlösen

Doch es war in ihm schon beschlossen:
keine Acht winden müssend zu himmlischer Weiblichkeit
herrlich wars wenn er Räume betrat er allein trug Glanz
allein seine Stimme hallte alle eilten waren ihm untertan
alle Weiber beteten ihn an niemand wagte ihn zur Rechenschaft
zu ziehn er war Herrscher Gott Mann
das kleine Weib an seiner Seite hatt keine Chance
wahrhaftig keine Göttin der Liebeskunst bescheiden unterlegen
wagte kaum zu sprechen hoch stand er über ihr

kaum erreichbar machtvoller Gott vornehmste Männlichkeit
Weib beugte sich gern denn er hob sie aus modernder Dunkelheit
zog sie in lichte Höhn milde Sonne zarter Wind fächelte
ach sie diente ihm gern hingebungsvoll

nur tief tief in ihr nagte Qual denn je vornehmer machtvoller er
auftrat Hüne Gott desto kleiner machtloser fühlte sie sich
verstand es nicht
wußte nur war ihm nicht gewachsen auch körperlich nicht
tief tief in ihr nagte Qual Art seiner Lust überwältigte sie
er ließ ihr nichts
winzig Seelenfunke gerade erst verkümmert zum Licht erwacht
tief tief in ihr nagte Qual
ahnte nichts von ihm fühlte sich unterlegen dacht es müßt so sein
so sei Weib so sei Mann
wie sollt es denn sonst sein wenn sies doch fühlte sah spürte lernte
Tag für Tag Nacht für Nacht

irgendwie mußte winzig Weib Ungleichgewicht kompensieren
konnts nicht ertragen daß er so überlegen
sie so klein unfähig dumm neben ihm irgendwie wollt winzig Weib
auch herrschen überlegen sein ... doch über wen?

Der Herr war gut zu ihr ließ ihr großzügig Macht
über Affären des Personals ... des Hauses in dem sie lebte
AphroditenTochter hätte gelacht über solch Brosamen
hätte kurzerhand alles mit Kunst Kultur Poesie überhöht
Evolution wär in Riesenschritten vorangeeilt

Doch winziges Menschenweib war dankbar
für sie wars schon zuviel sie hatte keinen Überblick
konnt nicht anordnen führen suchte verzweifelt drehte sich im Kreis

wollt sich souverän neben ihm bewegen doch dafür
mußt sie seine Überlegenheit Gestik kopieren tats gern denn dann
fügte man sich ihr ... Wunder o Wunder
Da wurds zur Sucht Maske göttlicher Fülle zu tragen doch
war es nichts denn Lug und Trug abgesehen abgepaust
Wirkung ohnegleichen Wunder o Wunder
fiel in Machtrausch gleich kühlender Salbe
auf tiefe Wunde abgrundtiefer Unterlegenheit

Mangel an Stil Geist Kunst Kultur
immer und überall ... wenn sie aß saß neben ihm lag er übersahs

ihn interessierte nur: makellos schöner Körper willkürliche
Benutzbarkeit Macht über Weib
Ein Spiel so neu
daß er darüber Tag für Tag in neues Staunen fiel
Oft war er fern immer noch Gott ... wirkend in vielen Welten

Winzig Weib verlor den Halt

lauschte hohen Gesandten Gästen aus fernen Landen
lauschte ihnen Ton Art ihres Umgangs ab
hörte Flüstern hinter vorgehaltener Hand:
einem Gotte wie Louvain ebenbürtiges Weib
könne singen und dichten und sonstnochwas
lauschte ... was ist Singen? Was Dichtung? Wußt es nicht
doch geriet in Machtrausch ohnegleichen
begann schauerlich zu singen erbärmlich zu dichten
Weiber ihres Stammes die sie um sich scharte staunten über das
was sie von sich gab ... denn sie sprach wirre Worte denn
konzentriert denken konnte sie nicht doch sie wollte
Besonderes sein

War Louvain bei ihr lächelte er aus grenzenloser Überlegenheit
da wagte sie nicht mehr sich zu erhöhn diente stumm
so wars ihm recht
ahnte er nicht
wie Unterlegenheit tief tief in ihr wucherte
er nahm nur
weiblichen Körper zu schlürfen wie guten Wein
ganz nach Belieben ... war ihm Lust ... nehmen ohne sich Mühe
zu geben ... ahnte er nichts ...

Sie indes hatte einen Sohn geboren ... er war ihr ähnlich ...
zwergenhaft klein
geistig nicht beweglich dem Stamme der Mutter entsprossen
vom Vater kaum ein Erbe
Louvain verweigerte sich diesem Kinde still ...
sah des Sohnes Unfertigkeit doch ... möcht ihm edle Erziehung
manches geben ... dachte er ...
hatte Edle Priester Weise in sein Haus geholt
sie sollten Sohnes Unfertigkeit ein wenig austardieren doch
die Lehrer taten sich schwer mit dem Kind
Louvain war zu oft fort konnt nicht führen leiten wägen wollt es
auch nicht denn dieser Sohn lag ihm nicht
denn er war überfordert bei geringstem Leistungsanspruch

446

Schneidergesell hätt er werden sollen raunten die Erzieher oft
nicht Sohn eines Herrschers in königlicher Pflicht

So blieb die Mutter ... leiten führen sollend
konnt es nicht ... doch
beharrte darauf zu befehlen ... allen ... auch den Weisen
Maske göttlicher Fülle tragend
sich überlegen gebärdend
kam man ihr so schnell nicht auf die Spur
und geschahs dennoch fiel sie in Machtrausch ohnegleichen
entließ Weise und Gelehrte wies ihr grad paßte

denn irgendwie war Ungleichgewicht zu kompensieren
irgendwie konnt sies nicht ertragen
daß auch Weise Gelehrte ihr überlegen sein sollten und der Herr?

Ließ ihr die Wahl denn der Sohn lag ihm nicht
wollt sich nicht beschweren mit dummer Weiberlist
denn die kleine Frau hatt schon Lug Trug List Tücke begonnen
um sich gegen Anklagen zu wehren
denn irgendwie war Ungleichgewicht zu kompensieren

Sohn tat sich schwer geriet wie die Mutter
fiel in Machtrausch ohnegleichen
die Mutter hatt es ihm erlaubt denn Sohn eines Gottes war er ja
überlegener Herrscher sollt er sein
mißbrauchte Fülle des Reichtums der Macht
zu abartiger Arroganz quälte
zog man ihn zur Rechenschaft wollt ihn göttlich Gesetze lehren
rächte er sich
zog die Mutter her log betrog forderte: dieser und jener
müsse entlassen werden Mutter glaubte ihm
er hauste gleich einem Tier das nicht zu bändigen sie entließ

stellte neue Gelehrte ein
nur solche die ihrem Sohn und ihr selbst Achtung nicht verwehrten
bis hin zur Speichelleckerei denn auch sie wollte wer sein

Scharlatane Betrüger schlichen sich ein und Louvain?

Erziehung seines Sohnes interessierte ihn nicht denn der Sohn
lag ihm nicht
feindlich Gefühl Verachtung entfaltend
er Louvain dachte nur an sich war in sein eignes Leben verliebt

447

ganz und gar irdischer Machtfülle
dem Rausche des Herrschens verfallen und

tief tief in winzigen Weibes Brust nagte Haß

Unterschied zwischen Louvain und ihr war nichts anderes
denn extreme Disharmonie im Evolutionsprozeß
nicht zu überbrücken wollts nicht wahrhaben doch fühlte
sist ihr Schicksal immer unterlegen zu sein fühlte
sist des Sohnes Schicksal dem Vater nie gewachsen zu sein
fühlte doch wollts um jeden Preis
wie ständ sie da denn der Sohn war ihr Geschöpf fühlte
wenn sie dem Manne unterlegen so sei Weib so sei Mann
wie sollts denn sonst sein wenn sies doch fühlte
sah spürte lernte Tag für Tag Nacht für Nacht
dann wär aber auch ihr eignes Geschöpf ihr Sohn mißlungen
immer schwerer würd seine Unterlegenheit in die Waagschale
fallen
nein wär nicht zu ertragen dann wär sie ja selbst ...
ihr Sohn muß muß muß überlegener Herrscher sein
weil ... er ist ein Mann ... doch sie sah ... er ist ein Hampelmann

tief tief in ihr wuchs Rache Haß
irgendeine Hilfe mußt es geben Möglichkeit
Ungleichgewicht zu beheben

Kam Louvain nach langer Zeit Fernbleibens zurück
verändert ein wenig
irgendwo in ihm plötzlich aufbrechende Sehnsucht nach Heimat
Sternenglanz strahlendem Auge Muse Himmlisch Erhabenem

zartfühlend schwebend rosenduftend
Mittlerin zwischen den Welten ... Sehnsucht ... heimlich
nur für eine Nacht doch winziges Weib war schwanger

Schon vom ersten Tag des Wissens: Haß in ihr
auf ungeborenes Wesen wußt nicht warum gewaltige Abneigung
kaum ertrug sie schwere Zeit kaum gebar sie das Kind eine Tochter
sah sie: Spiegelbild des Vaters
so groß daß winziges Weib es kaum tragen konnte ...
Warum nicht ein Sohn? Ein solcher wär dem Vater gewachsen
das sah sie sofort und so haßte sie das neue Kind abgrundtief
es schrie schrie schrie
wollt nicht zur Mutter wehrte sich zum Gotterbarmen

schlug um sich schrie

Sinnend stand der Herr Louvain es mutete ihn bedrückend an

neugeborenes Kind süßes Ding
lächelt ihn strahlend an er lächelt zurück
er trägts auf dem Arm
irgendwie fühlt er sich schuldig weiß nicht warum oder doch ja

will nicht süßes Ding herzen lieben
will nicht Sternenglanz strahlendes Aug heimlich Entzücken
will nicht Muse Himmlisch Erhabenes
nein ich bin der Herr König Gott ich herrsche allein in dieser Welt

Winziges Weib wahrhaftig keine Göttin der Liebeskunst
nicht mehr bescheiden doch unterlegen
wagt kaum zu sprechen hoch steht er über ihr kaum erreichbar
vornehmste Männlichkeit ihm beugt sie sich gern
denn er hebt sie aus modernder Dunkelheit
zieht sie in lichte Höhn milde Sonne zarter Wind fächelt

Nun erlebt sie: das neugeborene süße Ding
weht etwas hinein in dieses Haus
das zartfühlend weich liebevoll macht
Liebesverlangen
jene die zwischen den Welten webt Himmel mit Erde bindet
heilmachend magisch Sternenregen kündend
Urania
Nun sieht spürt weiß sie:
nicht nur dem Manne hoffnungslos unterlegen
sondern auch eignem weiblichen Kind
Nichts und Niemand ist sie ... zierlich winzig klein ...
ohne markante weibliche Form

weiß kaum wie Liebsakt beschaffen gibt sich nur hin
nun muß sies leben:

Spanne zwischen tiefster Tiefe und höchster Höh
Das ist zuviel zuviel für ein Menschenkind
Herrgott Louvain!
Sie haßt das Kind Es ist stark klar überlegen selbstbewußt
kaum kanns stehn und gehn tritts auf wie eine Königin
Alles das was winzige Weib sich mühsam hat ablauschen müssen

Maske göttlicher Fülle tragend schwer immer schwerer
schimmerndes Gold vor beschränktem irdischen Wesen wiegend

Alles das was sie kaum tragen kann kaum vermag
das süß goldlockige Kind kanns Haß lodert

Tagaus tagein schönes Kind vor Augen
es wächst heran voller Lust
daneben der Sohn Schwächling Hanswurst
nichts gelingt ihm er ist scheu düster ein wenig blöd

Sieht sie winzig Weib sich selbst und ihren Sohn ausgegrenzt
keine Chance gegen so viel Überlegenheit
Ammen und Zofen schon dienen sie dem süß goldlockigen Kind
Haß lodert
Während Kind wächst zwingt sies dem Bruder zu dienen
Nein das mag es nicht? Nein? Wolle im Garten springen tollen?
Doch es habe dem Bruder Schreibwerkzeug zu tragen
wisse Kind denn nicht daß ein Weib dem Manne untertan?
Dürfe kaum sprechen hoch stehe Mann über ihr kaum erreichbar
machtvoller Gott zu beugen habe man sich
denn nur er hebe Weib aus modernder Dunkelheit
ziehs in lichte Höhn

Prinzeßchen schüttelt vehement den Kopf
nein das glaubs nicht auch sei der Bruder ein Feigling und Lügner
anders seis von Göttern gedacht eher umgekehrt

So? Und woher wisse solch kleiner Naseweis göttlich Gesetz?
Weils nachts im Himmel schweb
An langer Tafel von goldenen Tellern speise
Blumen in Vasen ordne
mit Göttern Göttinnen parliere? Ja genau! antwortet das Kind
Keck drehts sich von der Mutter weg

Da lodert ungeheurer Haß in winzig Menschenweib
weiß nicht warum
doch weiß dieses Kind muß zerstört werden um jeden Preis

Reißt Kind in kleinen dunklen Raum sperrts sein
fällt in Machtrausch ohnegleichen
herrscht haust entläßt alle die protestiern stellt neue Zofen ein
derbe Weiber düstern Menschenschlags
sie hören das Kind schrein doch lachen nur gemein

Und Louvain? Immer kam er ging ... wies ihm beliebte
Alle waren ihm untertan man wagte kaum zu sprechen
Hoch stand er über allen es interessierte ihn nicht ... dieses Kind
wenn die Mutter wollte sollte sies tun

Kindes Willen muß gebrochen werden Haß lodert
lieblich süß Ding muß gehorchen muß dem Bruder sklavisch dienen
er darf befehlen was er will quält zieht man ihn zur Rechenschaft
rächt er sich ... weiß die Mutter hinter sich ...

„Heißt Liebe sich quälen zu lassen?"
fragt kleiner Engel unter Tränen schmal und blaß
himmlisch erhaben zartfühlend schwebend rosenduftend

„Ja!" herrscht die Mutter grausam zurück „Ja! Liebe ists!"

„Heißt Liebe sich von der Mutter hassen zu lassen?"
fragt kleiner Engel unter Tränen schmal und blaß himmlisch

lieblich zierlich nicht drängend zehrend
nicht gierig beherrschend ablenkend lärmend

„Ja!" herrscht Bruder grausam zurück „Ja! Liebe ists!"

„Will mich hassen und quälen lassen" sprichts
„denn mein Reich ist Liebesverlangen Sternenglanz"

Sprachlos stehen Mutter und Sohn
süß goldlockig Kind hat Angst vor dunklen Räumen
will nicht eingesperrt werden
liebt Springen und Hüpfen und Rennen Blumen und Gärten

Sprachlos stehen Mutter und Sohn
dient das Mädchen nicht stumm wirds eingesperrt
schweigts nicht wirds eingesperrt muß alles tun
was die Mutter verlangt

weiß nicht was sie verlangen soll Spatzenhirn
will Kind beherrschen endlich auch sie herrschen
mit höherer Macht Kraft prahlen müssend
und seis auch nur Macht einer Mutter
dem eignen weiblichen Kind will muß sie überlegen sein
kaum Himmelsglück atmend kaum dem Tierreich entronnen
gezwungen in der Evolution zu Quantensprung

Je mehr sich das Kind wehrt desto grausamer wird die Mutter
Tagesablauf wird zur Tortur
endlich kann sie herrschen unterwerfen niemand wird sie hindern
ist ja ihr Eigentum dieses Kind
für jede Idee jede freie Geste jede Bewegung wirds gestraft
umschlungen mit Haß
unglaublicher unvorstellbarer Haß lodernd wie verheerendes Feuer

Bös seis und krank und abgrundtief häßlich
winzig Menschenweib entartet spürt unumschränkte Macht
kann aus Beschränktheit nicht erkennen
seltene Schönheit kindlichen Körpers Haares Blickes
der Haltung Sprache Art
erkennt nur ... das Mädchen ist anders als sie selbst
es ist großzügig überlegen kraftvoll geschickt lieblich hell

Und Louvain?
Will nicht süßes Ding herzen lieben
will nicht Sternenglanz strahlendes Aug heimlich Entzücken
will nicht Muse HimmlischErhabenes
will nicht zartfühlend schwebend rosenduftend
nein ich bin der Herr König Gott ich herrsche allein in dieser Welt

Will nicht mit Menschenweib sich anlegen
um deren Nachkommenschaft buhlen interessiert ihn nicht
ist verliebt in sein eigen Leben hat vieles zu erledigen

Legt süßes Ding kleine Arme um ihn flüstert
beschütze mich vor ihr
irgendwie fühlt er sich schuldig weiß nicht warum doch
ordnet an daß süßes Ding von nun an
wie der Bruder Unterrichtsstunden erhalten soll
auch den Gärtner bitten dürfe es Blumen nach eignem Geschmack
zu pflanzen und springen und hüpfen dürfe es zum Tischler

Und er hat von langer weiter Reise
Kleidchen mitgebracht und Bänder und Schleifen
und Perlen ach ... so viele Perlen

Mutter siehts und Haß lodert
Schon lang nicht mehr bescheiden doch unterlegen
wagt nicht zu widersprechen hat den Halt verloren ist entartet
kann Macht über das Kind nicht fassen nicht
in rechte Bahnen lenken denn

452

Kind ist ihr zu sehr überlegen Gegenpol Konkurrenz
Da wird sie nicht zu bezähmende Wut
läßt sie dem Kinde neugewonnene Freiheit nur solang der Vater da

Der Tischler ist dem schönen Kinde zugetan
Süßes Geschöpf wenns in seine Werkstatt gesprungen gehüpft
heiter von Ideen sprudelnd
küßts ihn auf die Stirn dankt ihm fürs schöne Schnitzen
Mutter und Bruder sehns schweigend voller Haß
Woher nimmt Kind solche Phantasie soviel Charme soviel Kraft?

Nicht anders mit dem Gärtner: Rosen und Rittersporn pflanzt er
Buchsbaumhecken Springbrunnen plätschern
Menschen haben solchen Garten nie gesehn
Aus Träumen hätt Prinzeßchen Ideen gezaubert
behauptet der Gärtner und ist stolz

Er wartet auf das Mädchen mit glockenheller Stimme
für das Mädchen würd er sogar einen ganzen Wald roden

Mutter und Bruder sehns schweigend
Woher nimmt Kind solche Phantasie soviel Charme soviel Kraft?

Nicht anders gehts den Lehrern:
schon lang keine Weisen mehr dafür hatte früh schon
die Mutter gesorgt dennoch
das Mädchen lernt schnell behend während der Sohn sich abmüht
hats Pflichten geendet stehts beim Gärtner sitzt beim Tischler
überhaupt kanns alle für sich einnehmen voller Lachen und Charme

alle eilen alle dienen alle machen alles gern

Mutter und Bruder sehens schweigend
Woher nimmt Kind soviel Phantasie Charme und Kraft?

Und es dauert nicht lang da steht in des Kindes Zimmer
Tisch aus Kirschbaumholz geschwungenes Bein
über und über rosenbeschnitzt
nie hat man hier Schöneres gesehn

Und es dauert nicht lang da steht auf dem Tisch eine Vase
mit Rosen und Rittersporn der Gärtner hat sie gebracht
und der Tischler schnitzt an einem Stuhl

„Schau nur" sagt zur Mutter süß goldlockiges Kind
„wach ich morgens auf seh ich Schönheit der FarbeForm
geschnitzte Handwerkskunst weiß ich immer dann
wieviel Schönes Mensch schaffen kann"

Sprachlos steht die Mutter Haß lodert züngelt frißt
fünfjährig Kind hat sie überrundet mit zierlich heiterem Prunk

Plötzlich weht im Hause Sehnsucht nach Schönheit und Kunst

wie eifrig Tischler und Gärtner ihre Pflicht erfüllen
wie liebevoll sie dem Kinde gehorchen
wie liebevoll das Kind anordnen kann

welch Leichtigkeit plötzlich überall

Die Mutter steht sprachlos Haß lodert zehrt
irgendwie ist Ungleichgewicht zu kompensieren
irgendwie kann sies nicht ertragen auch sie will überlegen sein

Die Mutter nimmt ihr Perlen und Schleifen und Bänder
denn nichts liebts mehr ... es mag so sehr
lieblichen Tand seidene Kleider
Blumen schöne Möbel Obst Gemüse in bunten Schalen

Je mehr sich das Kind wehrt desto grausamer wird die Mutter
Kindes Nahrung wird eingeschränkt so kommt der Tag
an dems weinend vor der Mutter knien ... sagen muß ...
nicht mehr im Garten hüpfen und springen werde es
Haß lodert während Kind weinend kniet
läßt die Mutter rosengeschnitzten Tisch auf den Hof bringen
vor aller Augen verbrennen

Gehorche Kind nun? Wisse es nun wer Macht auf diesem Planeten?

In dunklen Raum gesperrt wirds der Bruder verschließt die Tür
Tischler und Gärtner werden entlassen
dem Vater muß eine Lügengeschicht aufgetischt werden
Spiel leichter Art ... sie habens gelernt und
Betrüger Scharlatane haben sich eingeschlichen
man ist nun wer hat eigenen Hofstaat Antipol Gegenwehr

Liegen auf schwerem Canapé schlecht gepolstert
sich einsenkend dort wo kleiner Körper

Beine schmerzen als lägen unsichtbare Fesseln
Wer hat sie geschlungen ... Fesseln? Nein nicht denken fühlen
wissen Rückgrad sich biegend schwächend

nicht gehn können nicht stehn
alles genommen Freude Licht Luft Lachen Scherzen
schönster Tisch über und über mit Rosen beschnitzt wissend

Liebe heißt hier: sich unterwerfen hassen quälen lassen
Liebe heißt hier: nichts mehr sein nur noch ausgeleert umgestülpt

Liebe heißt hier: fortgejagt werden dürfen
keine Heimat besitzen verloren
Liebe heißt hier: allein sein auf diesem Planeten allein

Liebe heißt hier: von der Mutter in stickige Kammer berufen
zuhören müssen düstere Dämonengeschichten
von Falben und Geistern
vom Vater dem Herrscher dem kein Weib gewachsen sein dürfe
Liebe heißt hier: vor Angst nicht mehr schlafen können
weil Dämonen der Mutter schwirren
weil Vater Herrscher sein soll dem schweigend zu dienen
Liebe heißt hier: den Bruder bewundern müssen
der feig und klein häßlich und dumm

Liebe heißt hier: sich niedrig häßlich fühlen müssen

Liegen auf schwerem Canapé schlecht gepolstert sich einsenkend
dort wo kleiner Körper Schmerzen
Beine schmerzen als lägen unsichtbare Fesseln träumend:

„Warst Dus nicht Geliebter der mich herbeigesehnt?
Ich wars die niedergestiegen weil ich Dich mehr
als alle und alles liebe Denk Dirs nur denk: aus hellstem Lichte
für immer im Kerker dunklen Bergwerkschachtes nur für Dich

Wie sehr ich Schutz brauche Deine Liebe
doch nun stell ich fest kannst nicht lieben wie ich
Du schützt mich nicht hast mich niedergezerrt
ich muß mich hingeben verlieren mich selbst vergessen
Torheiten der Liebe um Deinetwillen

Wie könnt ich mich selbst schützen ... ich ... ein fünfjährig Kind?

455

Schütz mich vor der Mutter
von der ich geboren weil Du Deinen Samen in sie gegossen
schütz mich vor solcher Weiblichkeit
schütz mich vor Neid Habgier Herrschsucht Haß Eifersucht
laß mich wachsen Göttin sein

denn ich gehör ja zu Dir denn Du warsts der sich
Aphroditen gesehnt als Du Ergänzung gesucht
jene die zwischen den Welten webt Himmel mit Erde verbindet
heilmachend magisch Sternenregen kündend Urania

Liegen auf schweren Canapé träumend
hast Chance der Götter leichtfertig verspielt Louvain
in Rausch gesunken nun wird Fluch bindend
jener der gesprochen über Dich ... Hekate erwacht

ohnmächtig der Mutter Dienerschar ausgeliefert

hab ich mich in den Garten gestohlen heimlich
darf nicht tollen und lachen und rennen ... sist verboten
gezieme sich nicht hab mich in den Garten gestohlen gesehen
seitdem der Gärtner entlassen haust Waldvolk über freien Flächen
Unkraut modert und als man mich sieht
werde ich am Arme zur Mutter gezerrt dumpf brütender Haß gärt
Mutter befiehlt: alle Rosen die noch wachsen zwischen Unkraut
sind herauszureißen zu vernichten
Rosen seien häßlich nein sie möge keine Rosen
und ich seh wie schönste Rosen vom plumpen Volke zertreten

Hoheitsvoll seh ich die Mutter im Machtrausch ohnegleichen
chaotisch wirr widersprüchlich Anordnungen gebend
wies ihr grad paßt und

zur Strafe weil ich im Garten gewesen
muß ich wieder in dunkler Kammer liegen auf schwerem Canapé
weine weil ... schöne Rosen Lavendel Schleifen und Bänder
Licht Luft Sonne Tautropfen auf blaßrosa Blüten ...
nie mehr darf ich sie sehn ... nie!

Farn wuchert Modergeruch steigt Mutter befiehlt

Ohnmächtig liegt das Kind nach dem Vater sich sehnend
Warum hilft er ihr nicht?
Warum läßt er die Mutter hausen wie ein Tier?

456

Weinend ohnmächtig liegt das Kind
alles das was es braucht ist Licht Luft Schönheit Freiheit
alles hat die Mutter genommen

Jeder Schritt den es tut ist falsch wird korrigiert kritisiert
Jede Begabung wird in Besserwisserei ertränkt
denn die Mutter kann alles besser
singt schauerlich schlimm so Götterkind zu weinen beginnt
dichtet ... Götterkind muß armselige Verse nachsprechen
eigene Dichtung vergessen
überhaupt ganzes kleines Geschöpf ... nichts nichts nichts wert
Erbschleicherin
vom großen Vermögen das der Vater erworben
solle sie profitieren? Nie! Der Bruder ists dems zusteht
denn ein Mädchen wie sie vorlaut gemein frech tauge nicht

Was auch immer das Kind beginnt ... die Mutter bremst
darf hin und wieder neben dem Bruder
am Unterricht teilnehmen doch es hat sich eingebürgert
daß die Mutter dabei sitzt das Kind mit Blicken
zum Schweigen zwingt
der Bruder muß besser sein sie darf nichts sagen
und wagt sies doch wird sie beiseite gezerrt verurteilt ausgegrenzt
schon lang haben Scharlatane Betrüger das Land der Mutter erobert
wissen
der Mutter kann nicht mehr geschmeichelt werden
als wenn die Tochter erniedrigt wird

So schwirrts von allen Seiten prasselts auf das Kind ein
Behinderung Hemmung Blockade
Alle machen sich daraus einen Sport und die Mutter sanktionierts

Das Kind ist zu fremd zu schön zu groß zu lieblich zu empfindlich
immer und immer erfinderisch
nie versagend seine sprühende Phantasie immer eine neue Idee
sich aus Kerkerhaft zu befrein
tritt süß glodlockiges Kind nur in den Raum ... weht Liebe

lieblich zierlich nicht drängend zehrend
nicht gierend beherrschend ablenkend lärmend

ganz hell und leicht fließt himmlische Weite Erhabenes Hohes

Quält mans tritt so verzweifelter Tränenblick in kleines Gesicht

457

daß grober Sadismus erwacht und wächst
EngelGesang Wesen aus Frequenzen höchsten himmlischen Lichts
zerschlagen zerbrechen zerfetzen nichts zählt mehr nichts

Wie bleierne Müdigkeit ziehts bald ins Kind
wenn eine Idee kommt eine Phantasie ein schönes Spiel
nein darf nicht sein ... hat Angst daß es gescholten
gequält ausgegrenzt Angst Angst Tag und Nacht Angst Angst Angst
Haß des Bruders Haß der Mutter
betritts den Raum schweigen all zur Seite blickend
sprichts ... hört man nicht zu als seis nicht da

Kind muß vernichtet werden zerstückelt
da kniets schweigend vor der Mutter bittend:
„Sprich mit mir hab mich lieb wie soll ich leben ohne Lieb?"

Mutter herrscht bös das Kind an „Laß mich! Was störst Du!
Geh! Wie siehst Du aus! Häßlich viel zu groß! Siehst Du nicht wie
klein und zierlich wir alle sind? Wie plump Du bist?"

Kniet das Kind spürt: bin ausgestoßen
nie werd ich zu ihnen gehören nie werden sie mich lieben
Haß umlodert mich da schreits hoch:
„Kann will nicht mehr leben wenn so viel Böses mich umgibt!"

„Böse? Böse?" Bruder lacht höhnisch „Wagst es uns alle bös
zu nennen? Garstig Ding! Nun hast Du letzte Erlaubnis verspielt
am Unterricht teilzunehmen"

Die Mutter nickt

Liegen auf schwerem Canapé in dunkle Kammer gesperrt
keine Blume kein Puppe keine Schleifen Bänder
keine Spielkameraden keine Freunde kein Zuhause keine Liebe
träumend:

„Warst Dus nicht Geliebter der mich herbeigesehnt?
Ich wars die niedergestiegen weil ich Dich mehr
als alles und alle liebe doch nun stell ich fest Du schützt mich nicht
Sie mißhandeln mich"

Aus Träumen erwachend hört das Kind die Mutter lachen
denn dunkle Kammer in der sie liegen muß
ist nah der Gemächer in denen die Mutter wohnt

Kontrolle allüberall
hört den Vater sprechen Vater ... warum hilft er ihr nicht?

Hört Mutter und Vater in nahen Gemächern
wills nicht hören spürt Mutter fühlt sich unterlegen
je vornehmer er auftritt desto machtloser fühlt sie sich
Sie ist ihm nicht gewachsen tief tief in ihr nagt Qual
die Art seiner Lust überwältigt sie läßt ihr nichts

In dunkler Kammer hör ich Euch beide ... Vater!
Sie quälen mißhandeln mich fühlst Dus nicht? Sterben will ich!

Nie nie werd ich Dir verzeihn! Nie!

Am nächsten Morgen hats sich aus dunkler Kammer befreit
es geschafft aus dem Fenster zu steigen ist
in den Wald zu laufen liegt auf moderndem Gras
neben Sumpf Farn seichtem Wasser brodelnd heiß
liegt weint ... nein ... kein Prinzeßchen mehr ... sondern
geschunden drangsaliertes Geschöpf

Seit geraumer Zeit stottert es seit es korrigiert wird
nach jedem Wort

Gestoßen gezerrt weils dies nicht kann und das
weils gehaßt wird abgelehnt bös seis ja bös
weils zu heftig zu laut und frech sich zuviel bewege
zu stolz sei unartig kess zuviel spreche zuviel wolle
Was gehe ein Kind Gartengestaltung an was einen Tischler
abartig seis ... hinter Männern zu laufen ihnen rosengeschnitzte
Tische abzuschmeicheln

Was he! Was habs dem Tischler geboten für so viel Ehr?
Schmutzig unartig Geschöpf heraus mit der Sprache
was sei vorgefallen in Tischlerwerkstatt wo seis gewesen
was habs verbrochen
pfui ekelhaft widerlich Ding einsperren muß man Dich!

Liegts im Wald weinend will sterben gehn für immer
nie mehr diesen Planeten sehn
auf dem Mütter ihre Kinder quälen und der Vater? Louvain?

Will nicht süßes Ding herzen lieben
will nicht Sternenglanz strahlend Aug heimlich Entzücken

459

will nicht Muse HimmlischErhabenes
will nicht zartfühlend schwebend rosenduftend
Verehrung zeigen Liebe nein nicht hochsehn

nein ich bin der König Gott ich herrsche allein in dieser Welt

und doch gehört sie zu Dir Liebesverlangen
jene die zwischen den Welten webt Himmel mit Erde bindet
heilmachend magisch Sternenregen kündend Urania

Da finden Waldmenschen sie ... tragen kleinen Körper zurück
steht Mutter flammend ... Ausgebrochen? Fortgelaufen?
Nun dafür muß Strafe sein und sie ruft grobes Volk
schlagen soll es das Kind ... Kind schreit schreit

Bruder Mutter stehn gigantisch triumphierend schadenfroh

Kind schreit weint schreit da gerät die Mutter in rasende Wut
über den Eigenwillen des Kinds
nimmt einen Stock
schlägt schlägt auf das Kind ein ... es liegt jammernd
Mutter schlägt wie von Sinnen
des Bruders Augen hängen triumphierend
am verzerrten Gesicht der Schwester süß goldlockiges Ding
schlägt die Mutter wie von Sinnen auf Kindes Rücken
schlägt schlägt schlägt

Warum hindert niemand sie? Und Louvain?
Hat sich feig davongestohlen schon seit dem frühen Morgen

Schlägt die Mutter wie von Sinnen auf Kindes Rücken
es liegt ohnmächtig
wird hochgerissen herzlos wütend derb ohne Gefühl
kann sich nicht erheben Beine schleifen am Boden

wird in dunkle Kammer niedergelegt
herzlos auf schweres Canapé geworfen liegt es liegt

niemand kommt hört fühlt tastet sorgt
allein liegts allein wissend für immer gelähmt

Liegen auf schwerem Canapé schlecht gepolstert sich einsenkend

460

dort wo kleiner Körper Beine schmerzen nicht mehr
Beine sind gelähmt Rückgrad gebrochen

alles genommen Freude Licht Luft Lachen Scherzen
schönster Tisch über und über rosenbeschnitzt

flüsterts ... nun nicht mehr stotternd:

„und rosengleich Liebe zu Dir Louvain
Dich Sonne atmend sich in Deine Strahlen schmiegend le soleil
zitternd Tautropfen perlen lassend auf blasser Haut
ahnend daß es Ausgleich gebe zu schmerzender Dornenwunde
aufgerissenem Stamm der Rose blüht sie in seltener Pracht
magisches Leuchten weit über Gräser Anemonen
sanft strahlendes Hoffen zierlichster kunstvoller FarbeForm
zarter Wind fächelt noch
Duft schwebt Lavendel kühlt banges Zagen
schmerzende Wunde
gab letzte Macht Kraft in Blüte schönste von allen
die je geblüht
dornenumwunden
Dich Sonne atmend sich in Deine Strahlen schmiegend le soleil
ahnend daß Mondin sie umhüte la lune
eine ganze Nacht mit weichen weißen Händen umschlinge
Sternenregen niederfalle blutende Wunde hege
Elfenhaar aufgerissenen Stamm der Rose umwinde
Engelwort zaubernd achtsternigen Buchsbaum bindend
heilende Kräfte silberschimmernd Mondsichel um Rosenstamm
lege magische Kreise winde
zitternd Tautropfen perlen lassend auf blasser Haut
damit Schönheit rosengleich Liebe hüte schönste von allen
die je geblüht Liebe zu Dir"

Form bricht denn hohe lichtene Frequenz formt sich schlecht
schnell zerschlagend
um wieder zu wehen fliegen in prasselnder Glut
heilger Harmonie himmlischer Liebe hellstem Licht
Geschöpf von solcher Lieblichkeit daß einst alle
in Fixsternzelten entzückt vor ihr standen sie herzten küßten
mit Sternen umschlangen
Geschöpf von gewaltiger Macht

denn es war ihr Part mit magischer Kraft des Worts
mit Schönheit und Liebe
Materie in Stofflosigkeit des Geists zurückzuführn
Kaltes Verkantetes Hartes das vergessen was Liebe
anzurührn
damit es sich zurückbewege vom Gang Geistes in Materie

Form brechend
doch nicht um zu wehn in heilger Harmonie himmlischem Licht

sondern weinend vor Schmerz denn den Liebsten verloren
er hatt sie geschmäht verlassen verhöhnt
Haß Neid Herrschsucht ausgeliefert er hatt Chance verspielt
jene zu sich genommen in seine Arme jene geküßt
jener ins glühende Aug gesehn
die sie gequält mißhandelt unterworfen gelähmt

Liegen auf schwerem Canapé schlecht gepolstert sich einsenkend
dort wo kleiner Körper Beine schmerzen nicht mehr sind gelähmt
Rückgrad gebrochen
jene die zum ihm gehört bis in alle Ewigkeit gehören wird
Mittlerin zwischen den Welten
Wesen aus Frequenzen höchsten himmlischen Lichts Poesie
flüstert sterbend:

„Zum zweitem Male verraten hast Du mich Deine Weiblichkeit!

Ein geklontes Stück Fleisch das Du gewählt auf Erden
hat mich zum Krüppel geschlagen

mich solang gehemmt daß ich zu stottern lernte
in unentwegter Angst zu leben

meinen Körper Tag und Nacht zu verkrampfen
mich trostlos allein häßlich dumm verkommen nichtsnutzig
erbärmlich zu fühlen

mich zu unterwerfen unter Schmutz Häßlichkeit Haß Neid
sprach ich von Liebe wurd ich ausgelacht
sahen sie ... wie ich mich quälte litt an ihrer Verdorbenheit

trieben sie mich mit glühenden Zangen durch den Palast dieser Erde
dieses Planeten
Neid Eifersucht Unterlegenheit haben dieses Geschöpf

mit dem Du mich betrogen
zur grausamen listigen Lügnerin Betrügerin herrschsüchtigen
Megäre gemacht
Sie konnt es nicht ertragen
daß es weiblich Licht Macht Kraft
daß es Schönheit gibt die sie nicht ist

Nie nie nie werd ich Dir verzeihn!"

Form brechend liegt Götterkind tot in dunklem Raum
gnadenlos wird Kadaver ins Meer gespült niemand fragt niemand
niemand weint

Fluch schwingt Fluch zwingt Weh Dir Louvain!

Marguerite erkennt immer klarer das Verbrechen

Marguerite hat erschüttert das süß goldlockige Ding
in ihre Arme gezogen ihm übers Haar gestrichen
da steht schon neuer Geist ... älteres Mädchen diesmal
vielleicht fünfzehn Jahr ...

kommt aus anderer nicht mehr so endlos weit zurückliegender Zeit
schön doch auch zart und bleich spricht:

„Nur kein Ausruhen jetzt sonst schließt sich der Schmerz
laß ihn lieber jetzt ... frei ... den Schmerz ...
die Angst die Qual ... damit sich das Bild weiter formen kann ...

Wie lang glaubst Du hat es in MenschenGeschlechterKette
dummes herrisches Weib gegeben
das Schönheit Macht Grazie Poesie ihres weiblichen Kindes
ermordet hat ...

nur weil es Macht nicht abgeben wollte?

Endlos! Endlos gingen Jahrtausende über Jahrtausende ins Land
und manchmal frag ich mich
wies höchste Kompetenz nur beim Zusehen ertragen hat
Angesichts solchen Schreckens mußte muß ja Hekate geopfert
werden!

Doch was hilft die Jammerei ... es war nun einmal so ...
nicht immer nur herrischliebloser Mann
der vergewaltigt mißhandelt hat sondern auch das Weibliche
wie Du jetzt erkennst ... nun weißt Du ... wie so etwas entsteht

Sieh ... ich bin älter geworden als die süßen kleinen Mädchen ...
um Dich herum ...
Mißhandlung Perversion ... ob primitiv brutal oder hinterhältig
subtil ... haben wir alle überstehen müssen ...
nur mit einem Ziel ...

damit wieder Göttin werde auf Erden ...

Doch ... älter als fünfzehn Jahr bin ich nicht geworden ...
mein Schmerz wurde zu groß ...

Nebel steigen hoch Zeiger der Zeit drehn sich zurück Erinnerung
beginnt ...

Marguerite und die Geister

Keller weitet sich wieder Wände Decken Boden
sekundenkurz sieht sie das gesamte Schloß
alles was bisher hier prachtvoll goldweißen Prunks
ist dunkelbraun geworden kantig zu Rechteck geformt

Und wieder kann Marguerite kaum atmen
Schmerzen im unteren Leibe krallen sich fest
Zeit und Mode scheinen ihr nah ... Welche Zeit ists?

Plunder steht überall ... teuerster den sie je gesehn
künstlicher Rosen Puppen Decken Teller unübersehbare Flut

Nicht möglich freier heller Blick über die Hügel in weites Land
Gardinen gerafft verhängen jeden Blick
ersticken könnt man
nichts ist Saal mehr alles Abstellkammer

Marguerite kann kaum atmen
Schmerzen im unteren Leibe krallen sich fest
wie gelähmt starrt sie in weibliche Herrschsucht die alles besetzt

Da steht sie in Plunders Prunk MenschenweibirdischeMutter
eingekerkert in Selbstsucht
Wer hatte ihr solchen Reichtum zugespielt
daß sie hausen kann in solchen Ausmaßes Irrtum Sünd
besitzt genug Geld rafft gierig
plustert sich auf als hätt sies verdient verschleudert alles
für nutzlosen Tand

Draußen Hügel des Perigord gleißendes Sonnenlicht
liebliche Brise des Winds

Da steht sie in Plunders Prunk jedes der zahllosen Stücke
hat seinen Platz und weh dem ders mißachtet:
dieses herrische Weib kann zanken daß ganzes Schloß schwankt
da steht sie und redet redet redet
in einem fort bald über dies bald über das
bald klagend und brummig bald ärgerlich spöttisch
doch laut und so vehement daß alles um sie herum erstirbt
sie kann alles weiß alles
und weh dem ders mißachtet denn ... sie ist der Mittelpunkt

Und alles hat sich um sie zu drehn
Sinn ihrer Worte ist nebelhaft dürftig schal und beschämend

468

doch sie steht und redet und redet und steht

Neuer Geist Mädchen von fünfzehn Jahr
möcht sich gern setzen doch die Mutter erlaubt es nicht
und das Kind weiß sist nur dazu da
Satellit um mütterlichen Mittelpunkt zu sein
so wars immer schon glaubt sie ... die Mutter ...
Kind glaubts auch
denn dieses herrische Weib kann zanken daß ganzes Schloß wankt
jedes Molekül der Luft auszirkuliert besetzt von ihr

Schweigend der Mutter dienen
schweigen während die Mutter redet
so wars immer schon
jugendlicher Körper gedunsen vom Stillhalten Stillstehn
bleich die Haut
in der Stube hats zu hocken weiß nicht was tun

ärmlich graues Kleid von schlechtestem Schnitte hängt
und steht in krassem schrillsten Gegensatz
zum kostspieligen Plunder im weiten Schloß
das plötzlich so eng

Ergeben sind die Züge des Mädchens resigniert und still
gegen die boshafte Herrschsucht der Mutter
kommt keiner an auch nicht sie

Welch Laune des Schicksals welch gewaltig Vermögen
hat sie an sich gerissen
obwohls ihr nicht zustand sondern dem blassen Mädchen
das so verloren vor der Mutter steht
Gewaltiges Vermögen eines Mannes gab ihr die Macht
sich zu erheben ... womit sonst denn
es gibt schönere Frauen als sie klügere jüngere edlere
doch in Selbstsucht eingekerkert
unterdrückt sie ihr eigenes Kind
gönnt ihm nichts
steht das Mädchen gedemütigt beschämt
denn es braucht ein neues Kleid das alte ist zu kurz

Die Mutter redet kein Geld sei da alles Vermögen verplant
das Schloß sein Unterhalt nun ja
redet in einem fort trägt selbst teuerstes Kleid
rauscht in gebauschtem Rock

zwischen kostspieligem Ramsch und Plunder
streicht sich eitel vor goldnem Spiegel dünnes Haar

ich ich ich bin die Schönste hier!

Kein Tag an dem sie nicht schon gegen acht Uhr in der Früh
das Mädchen wecken läßt ... aufstehn Zimmer arrangiern ...
Warum? Weiß sie nicht! Einfach nur so!

Immer neuen Plunder und Ramsch in des Mädchens Zimmer
bis es sich kaum noch drehen kann
hier noch ein Tischen mit Porzellanpüppchen
dort noch Figürchen ... schön nicht?

Das Kind wagt nicht sich zu wehrn
niemand im Schlosse wagt sich gegen solches Regiment zu erheben
denn die Herrin spaßt nicht
wirft jeden der muckt vor die Tür
hätt sich auch nicht gescheut
einziges Kind den Hunden zum Fraße vorzuwerfen

Es gilt heut die betörend schönen Haare des Mädchens
die in weichen blonden Locken bis über die Schultern fallen
zu schneiden
Gefahr klirrt denn das Mädchen beginnt
trotz blasser Haut Bewegungslosigkeit
zu ungewöhnlicher Schönheit zu gedeihn

Und so redet sie redet von der Häßlichkeit des Mädchens
die auch mit neuem Kleide nicht besser werde
also kein Kleid
und sie nimmt eine Schere schneidet schnell und rigoros
die betörend schönen Haare ab

Das Mädchen weint still hat nicht einen Sous in der Tasche
obwohl der Vater ihr ein großes Vermögen zugedacht ...

Immer neue Ausreden hat die Mutter nichts herauszurücken
an wen soll sich das Kind schon wenden
isoliert hat sie ... die Mutter mit herrischem Getue

niemand hälts aus bei ihr
nicht einmal aus großer Liebhaberzahl bleibt einer länger denn
eine Nacht

Leben fließt für das Mädchen in beklemmender Trostlosigkeit
Raum vollgestellt mit Plunder kann kaum atmen
und immer die Mutter die kontrolliert
ob sie auch nichts verändert hat nichts darf das Mädchen verrücken

Die Mutter will nichts anderes denn das Mädchen vernichten
Garant gewaltigen Vermögens das dann ihr gehört ihr ganz allein
womit sonst kann sie sich erheben womit sonst?

Was auch immer getan werden kann
ohne Verdacht Personals auf sich selbst zu richten sie tuts
um das Kind zu lähmen
Personal wird wenns muckt ausgetauscht
Alles kommt einer Mißhandlung gleich

„Wie siehst Du aus!" heißts „Häßlich bist Du!
Wie willst Du eines Mannes Herz betörn? Du?"

Rasende Eifersucht des Weibes wächst
je älter das Mädchen wird
neuerdings geht sie dazu über
dem Kinde selbst die Kleider zu schneidern Geld sei so knapp
und Kind muß dabeistehn zusehn
wie stümperhaft zusammengestopft Billiges entsteht
schlimmer noch
Gezeter der Mutter tagaus tagein

Besuch ins Schloß?
Das Kind darf nicht erscheinen und geschieht es doch
erbärmlicher Aufzug Aschenputtel gleich
starren die Besucher das Mädchen an
und die Mutter redet redet redet
beschuldigt das Kind sich selbst so herzurichten
keinen Sinn für Schönheit zu besitzen sei eine Mißgeburt

Was könne sie schon tun warum schöpft keiner Verdacht?
Die Mutter verstehts mit großartiger Pose Gäste einzulullen
sie bald wieder wegzuschicken
man glaubt ihr sie hat eine so vornehme Art

Und das Mädchen liegt auf schmalem Bett umgestülpt ausgeleert
kein eigenes Wesen mehr
Gibts einen Wunsch Traum Sehnsucht? Nein

Es gibt nur eine allgegenwärtige Mutter die herrscht befiehlt
Einsam durchtränkt von dumpfer Depression fragt das Mädchen:
Wozu lebe ich? Wozu soll Leben sein?
Blut fließt zwischen Schenkeln weiß nicht warum
niemand hats erklärt
Einsam durchtränkt von Mattigkeit will sie nicht mehr leben
Doch die Mutter kommt zankt hetzt über blutverschmiertes Leinen
keine Erklärung nur: „Du Du trägst die Schuld nur Du!"

Wie wars möglich daß ein Weib so viel Macht haben kann?
Über Kind Schloß Mägde Knechte eine ganze Region?

Neuerdings hat sie sich ausgedacht
jeden Einkauf der Köchin persönlich zu kontrolliern
stramm haben alle vor ihr zu stehn während sie rechnet
und weh der Magd der Zofe die auch nur seinen Sous
zuviel ausgegeben ...ach ... bitteres Regiment bar jeder Liebe

Tochter tausendmal schöner denn die Mutter steht verzweifelt
weiß sie ist häßlich so hats die Mutter gesagt
niemals könnt sie einen Mann betören
wohl aber die Mutter
die der Schönheit Ausgeburt ... ich ich bin die Schönste hier!

Wie schwer fällts dem Kinde in der Mutter Schönheit zu sehn
sie findet die Mutter nicht schön doch sie muß sich wohl irrn
muß wohl so sein denn der Mutter herrischer Ton
ist machtergreifend jeder im Schlosse pariert
jeder Liebhaber kniet vor ihr doch das Kind weiß nicht
daß die Mutter jeden Mann erpreßt
sie werde ihm vom großen Vermögen geben
würd er mit ihr Liebesstunden verbringen
Reichtum sei ihr Kapital
kann mir alles erkaufen mit Geld sagt sie immer und lebts
braucht nur schnelles Körpervergnügen ... geraffte Gier
und vor allem: ich ich muß die Schönste sein! Und dann:

Konkurrenz schlimmster Art

Sie haßt hellblaue Augen des Mädchens ihre himmlische Weite
haßt schön geschwungenen Mund zartes Lächeln
haßt vollkommene Form des Körpers bezaubernde Erotik haßt
denn sie sie will die Schönste sein!

Und das Mädchen liegt auf schmalem Bett
umgestülpt ausgeleert kein eigenes Wesen mehr
gibt es einen Wunsch Traum Sehnsucht? Nein
Nur eine allgegenwärtige Mutter die herrscht und befiehlt

Es kommt der Tag da ein neuer Liebhaber im Schlosse sitzt
Mutter in kostbarem seidnen Kleid
Wangen rotgetönt plump mit Rouge bemalt hüftwedelnd
erotisch sein wollend müssend um jeden Preis
denn sie sie will die Schönste sein!

Mägde und Zofen kennen das Spiel schon
blicken betreten wissen
hier wird erpresst gehaust mit Gefühlen körperlicher Gier
keß und himmlisch verführerisch will sie sein
hebt gebauschtes Kleid zeigt staksiges Bein
redet in verdächtiger Weise fürstlich und vornehm

zwingt ihn den Mann in einem fort über sie nachzudenken
sich ihr zuzuwenden sich hartnäckig anzuspannen
damit er nichts außer ihr sehen kann
alles alles ist ihm durch sie verstellt ... so ist sie ... war sie:
herrisches Weib jedes Molekül der Luft auszirkuliert besetzt

Es dauert nicht lang da sitzt er neben ihr
wie ein gescheiter junger Hund
der allerlei spaßige Kunststücke kann ...
sie spreizt die Brüste
weiß viele Verse
liest sie ihm vor er schließt die Augen vor Entsetzen ...
über ihr Spatzenhirn
gewaltig vornehmes Getöse mit dem sies präsentiert
doch er denkt an das viele viele Geld
das sie ihm in Aussicht gestellt

Und er sehnt sich nach einem Leben mit feurigen Leidenschaften
Leben mit Liebe Romantik Zartheit Vertrauen Vernunft
nicht geldgierigem Beherrschen
sehnt sich nach wahnwitzigen Heldentaten purpurnem Edelmut
fabelhaften Erfolgen
nicht nach staksigem herrschsüchtigen Weib doch
er braucht Geld sie weiß es daß ist ihr Triumpf
sie hat ihn in der Hand

Und als er in sie eindringt fühlt sie:
Herrin bin ich kann jeden Mann nehmen wies mir beliebt
er zieht sich schnell zurück aus ihr ...
denn Triebe ... faulen hier sekundenschnell ...
lieblos geraffte Essenz ...
sattgefressen an seiner Gier nach Geld ...
steht sie auf eiskalt pokernd
leider habe sie heut nichts mehr zu vergeben ... kein Geld
alles Vermögen sei ausgegeben ... so ist sie

Doch diesmal hat sie sich verkalkuliert
jener den sie genommen wie eine Speise zur Mittagszeit
will sich rächen alles was er war hat er ihr gegeben
sie hats gefressen lieblos gerafft ...
er spürt ... sie wird davon stark ... er ganz schwach

Nicht einen Funken Liebe Romantik hat sie zu vergeben
nichts Zärtliches keine Aufmerksamkeit
nicht einmal ihm zugehört hat sie ...
nur ihn benutzt wie ein Stück Papier
mit dem man sich über den Hintern fährt

Er will sich rächen wandert ruhelos im Schloß
drei Tage Frist hat sie ihm eingeräumt
dann muß er gehn ... er hat kein Geld
spricht mit dem Knechte mit Mägden

Man weicht ihm betreten aus doch er erfährt
es gebe eine Tochter bleiches stilles Geschöpf
findet sie schnell ... liegt auf schmalem Bett
umgestülpt ausgeleert kein eigenes Wesen mehr

durch bleiche Aufgedunsenheit schimmert
hellblaues Aug magisches Leuchten himmlische Weit
schön geschwungener Mund magisches Lächeln
bezaubernde Erotik ganz anders als die Mutter

Aschenputtel gleich in häßlichem Kleid kurzgeschnittenem Haar

Will sie verführn doch der Mutter herrischer Ton lebt in ihr
sie ist umgestülpt ausgeleert
kein eigenes Wesen mehr lächelt nur schwach flüstert:

474

„Bin doch häßlich ungelenk kann nicht viel gehn
was wollt Ihr von mir!"

Das schöne Kind dauert ihn ... wills nicht mehr nehmen
sist viel zu kostbar viel zu edel sanfte Liebe strömend

Doch der eiskalt pokernden Mutter will ers entziehn
Rache muß sein
und so bestellt er Arzt Notar Rechtsanwalt
beschuldigt die Mutter der Kindesmißhandlung
Dieses Geschöpf habe nie auf Wiesen getollt gespielt
verurteilt seis zu Gefängnishaft im eigenen Schloß
weil die Mutter raffgierig sich des Kindes Vermögen einverleibt

Das schöne Mädchen spricht für sich
die Mutter redet in verdächtiger Weise fürstlich und vornehm
zwingt Arzt Notar Rechtsanwalt in einem fort
sich ihr zuzuwenden sich hartnäckig anzuspannen
das Kind sei von Geburt an eben schwach
alles habe man für sie getan
sei eine Mißgeburt was könne sie schon tun

Glaubt man ihr? Sie verstehts mit großartiger Pose
Menschen einzulullen ... bald wieder wegzuschicken
Ja man glaubt ihr sie hat so eine vornehme Art

Dennoch muß sie sich verpflichten
dem Kinde ärztliche Behandlung und eine Kur zu gönnen
weitab findet sie schönes Hotel gekrönter Häupter
quartiert sich ein
für sich eine Suite für das Mädchen eine Dachkammer

läßt es keine Sekund aus den Augen
sieht voller Haß daß ihr Kind
durch Zuwendung Bewegung anderes Leben eine Schönheit wird
hier ist graues AschenputtelKleid nicht möglich
es würde Verdacht auf sie lenken
so kauft sie zähneknirschend heimlich fluchend
schönes Kleid Cape Spitzenwäsche für das Mädchen
selig ists ... Schönheit wächst ...
und es beginnen Männer ein Aug auf das Mädchen zu werfen
wo auch immer sie gehn Männer bleiben stehn
sanfte Lieblichkeit ehrend

Steht sie in Prunk ... MenschenirdischeMutter ...
eingekerkert in Selbstsucht
Wer hat ihr solchen Reichtum zugespielt daß sie hausen kann
in solchem Ausmaß solchem Irrtum solcher Sünd
rafft gierig der Männer Blick auf sich plustert sich auf
als hätt sies verdient ... Verehrung

Beginnt sie Kindes Schönheit zu nutzen
wie einen Stuhl auf dem sie sitzt
rauscht daher mit dem Kind rafft Männer
denen sie nicht erlaubt Jugend zu verehren
das Mädchen hat sich im Hintergrund zu halten ... tuts

denn dieses herrische Weib kann zanken daß jedes Schloß wankt
jedes Molekül der Luft auszirkuliert besetzt von ihr

Und so steht das Mädchen gedemütigt beschämt
wie immer schweigend der Mutter zu dienen
schweigend während die Mutter schamlos den Männern zuschielt
sie erpresst: erst ich dann das Kind denn ich hab das Geld!
Geld ist ihr Zauberwort

Und so rafft sie sich auch hier Liebesstunden mit Männern
die eigentlich sanfte Lieblichkeit ihres Kindes wollen
Doch sie steht davor: ich ich muß die Schönste sein
spreizt die Brüste redet ... dieses herrischeWeib

Und es kommt ein Mann der sich nicht von PlunderPrunkGeld
beeindrucken läßt
er sieht nichts anderes denn das schöne sanfte liebliche Kind
da steht sie die Mutter redet redet redet
bald klagend und brummig bald ärgerlich spöttisch
sie kann und weiß alles
doch er schweigt ... große schlanke Gestalt
sieht nur das Mädchen liebt es sofort und das Mädchen liebt zurück

Jener Fremde ... sie liebt ihn ... er küßt ihr die Hand
verehrend liebliche Weiblichkeit
die Mutter steht schrill dazwischen redet und redet und redet
das Mädchen gedemütigt beschämt
zwischen kostspieligem Ramsch und Plunder der Mutter
weiß Mutter wird ihr einen Liebsten nie gönnen
doch die Mutter ist klug verliert nicht das Gesicht

erst in enger Kammer unter dem Dache
wo das Kind einquartiert
wird sie Furie schlägt
reißt ihr nachwachsendes Haar in Büscheln aus
tritt es nieder
trampelt voller Haß auf junger lieblicher Weiblichkeit

Es wagt nicht dem Fremden von teuflischer Mutter zu sprechen
schämt sich hat Angst Furchtbares hat die Mutter angedroht
Entmündigung Entehrung Irrenhaus alles sei recht
wage sie noch einmal mit dem Fremden zu sprechen

Jener kann nicht begreifen warum sie zurückschreckt
verstellt ihr den Weg doch die Mutter ist immer dabei
blinzelt ihm zu ... in kostbarem gelbseidenen Kleid
Wangen rotgetönt plump mit Rouge bemalt
hüftwedelnd erotisch seinwollenmüssend um jeden Preis
die Tochter übertrumpfend denn sie sie will die Schönste sein

Hier wird erpresst gehaust mit Gefühlen
keß und himmlisch verführerisch will sie sein
hebt gebauschtes Kleid zeigt staksiges Bein
redet in verdächtiger Weise fürstlich und vornehm

zwingt jenen Fremden in einem fort sich ihr zuzuwenden
hartnäckig anzuspannen

Und weil er das schweigende Mädchen nicht versteht
ergründen will
die Mutter ihm alles verstellt
da dauert es nicht lang
sitzt er neben der Mutter und das Mädchen denkt
bald wirds so sein wies immer war:

er wird sitzen wie ein gescheiter junger Hund
der allerlei spaßige Kunststücke kann
die Mutter wird Brüste spreizen viele Verse lesen
mit gewaltig vornehmem Getöse Spatzenhirn präsentieren

bald wird sie ihn soweit haben erpressen um des Kindes willen
daß er in sie eindringt ... hat sies nicht oft genug gesehn?
Und die Mutter wird denken: klar ... Herrin bin ich
kann mir jeden nehmen
eiskalt pokernd sagen das Kind sei schon vergeben

Da stiehlt sie sich davon die Tochter
während die Mutter
Brüste spreizt redend in einem fort bald über dies bald über das

Geht sie still verzweifelt stumm die Tochter
dem Flusse zu
geht fühlt hab sie geliebt alle
die Mutter das Schloß Mägde und Knechte lieblose Verräter
allesamt
Hügel des Perigord gleißendes Sonnenlicht
liebliche Brise des Winds
Luftwirbel die sich drehn
hab ihn geliebt den Fremden
als kenn ich ihn schon seit urewiger Zeit

Louvain möcht ich ihn nennen

Die Mutter gönnt mir nichts und doch hab ich sie geliebt
MenschenIrdischeMutter eingekerkert in Selbstsucht

hat gierig alles gerafft was mir zusteht zustand
hab ich stillgestanden schweigend der Mutter gedient
in erbärmlicher Stube gehaust ärmliches Kleid umgehängt
tagein tagaus Gezeter ertragen

immer wollt sie im Mittelpunkt sein hab ihrs gegönnt

wußte ahnte spürte vielleicht ist sie ein Teil von mir
der nichts und niemanden leben lassen kann?
Teil von mir den ich nicht kenn? Das Niedere?

Vergehe vor Angst vor ihrem Geschrei ihrem Haß ihrer Habsucht
in stetigem Kaufrausch
doch mich darben lassend mißhandelnd
habs wohl verdient wer weiß doch nun ists genug
nun mögen die Götter mir verzeihn

vielleicht bin ich so häßlich wie sie immer meint
vielleicht hab ich jenen den ich liebe der nun neben ihr sitzt
vielleicht hab ich ihn nicht verdient? Vielleicht

Schmerz dauert schon fünfzehn Jahr beklemmende Trostlosigkeit
in Räumen voller Plunder
verzeiht mir Götter verzeiht mir denn ich geh

will nicht sehn wie sie sich mit ihm auf pupurnem Bette wälzt

sie hat es ja immer geschafft Menschen einzulullen
man glaubt ihr sie hat eine so vornehme Art

will nicht sehn wie sie sich mit ihm auf pupurnem Bette wälzt

Und sie steigt still blaß schweigend in den Fluß
keiner siehts
läßt sich von reißender Strömung treiben
weinend
Wassergeister bittend ihr nicht allzu viel Schmerz zu bereiten
treibt in eiskaltem Strome
der sich zwischen Hügeln dem flachen Lande hinwindet
treibt in unvorstellbarer Verzweiflung
Wasserwirbeln die sich drehn

denkt noch ein letztes Mal:
hab ihn geliebt den Fremden
als kenn ich ihn schon seit urewiger Zeit
Louvain möcht ich ihn nennen

Weiß nicht ob ich ihr verzeih der Mutter
MenschenWeibIrdischeMutter eingekerkert in Selbstsucht
die ihr des Vaters Vermächtnis und nun den Geliebten genommen

Und reißende Strömung des Flusses reißt sie in wirbelnde Tiefen

Marguerite und die Geister

Und Louvain? Wie erging es ihm mit solcher Weiblichkeit?

Noch einmal ist es Marguerite als verlasse sie den Keller
durchstreife das Schloß jeden Saal ...
jeder Saal verengt sich nun wieder Wände Decken Boden
alles was wieder prachtvoll goldweißen Prunks
drängt sich in grauen schmalen Zimmern

Wie wars möglich denkt Marguerite
daß aus dem herrlichen Schlosse in seinem lieblichen Glanz
solch enge Flucht von Kammern geworden ist?

Marguerite kann kaum atmen es beginnt
ihr am Kopfe zu jucken
so als überzöge sie von der Wurzel bis zur Haarspitze ein Ekzem
kröche über die Kopfhaut schliche gierig leckend
über Brust Rücken bis hin zum Geschlecht
es beginnt sie dort auch zu jucken
gewaltsam fordernd herrschsüchtig wild

Geisterschar die zu ihr gehört muß abrücken von ihr
denn der Raum wird immer enger man muß graue Türen öffnen
muß sehen ... immer neue Flucht von engen Zimmern
schmal – kaum daß darin zu sitzen ist
und voller Schrecken sehn sie:
mit großem Fenster ist jeder Raum abgeschlossen
vergittert bis zu Hüften Höh

draußen Perigord in jugendlichem Reiz
gleißendes Sonnenlicht liebliche Brise des Winds

Juckreiz tost über Marguerite wie ein Sturm
alle Geister die zu ihr gehörn laufen nun aufgeregt hin und her
von einem Raum – jeder einem Gefängnis gleich – in den andren
Berthe zerrt sogar an der Schulter des Meisters
ihre Sucht nach Wein hat sich in dieser Enge potenziert
tost über sie wie Juckreiz über Marguerite

doch auch der Meister ist sprachlos vor Staunen über Enge
die plötzlich in alle dringt so herrisch
daß sie sich nicht wappnen wehren können
und der Meister nimmt ... das erstaunt Marguerite ... das sieht sie
trotz ihres juckenden Kopfes Ekzem plötzlich überall am Körper

482

weiß schuppendes Rieseln aus Ohren
wundrotgekratze Stelle am Geschlecht

Der Meister nimmt süchtiges Weib Berthe
mit aufgedunsen großporiger Haut stumpfem Haar
ganz fest in den Arm setzt sich mit ihr
auf ein kantig graues Sofa in einem der engen Räume

Marguerite sieht genau:
er hält sich fest an dem Weib sie sich an ihm
der Schrecken hat sie zusammengeführt

Und wie sie sich berührn da vergißt er stumpfe Aufgedunsenheit
er – der Meister – fühlt:
hinter verzweifelter Sucht der Berthe ihre unendliche Liebe
zieht sie an sich ... sie legt ihren Kopf an seine Schulter
und Marguerite sieht zu ihrem Erstaunen
wie Schönheit aus dumpfem Weibe zu schimmern beginnt

Die andren haben sich in weiteren winzigen Kammern verteilt
wartend neben Marguerite bleibt nur Louise ...
starrt mit ebensolchem Staunen wie Marguerite
durch die Zimmerflucht zu ihrer Mutter hin
ihr – gerad wie dem Meister – ihr Louise ist diese Enge hier Qual
kaum zu ertragen sie die geboren in großzügiger Pracht
die ihr ganzes Leben in Schlössern verbracht

erkennt plötzlich daß diese graue Enge hier
etwas Schauerliches so Furchtbares ist furchtbar – wie ... ?

Marguerite indes kann nicht mehr aufhören
sich am Körper zu kratzen reißt sich Haut auf
beginnt zu wimmern da nimmt Louise sie in den Arm und
Marguerite spürt:
feinste vornehmste Lebensart Blick geschärft
für Schönheit der Form Luxus Stil Farbe Kunst
und: diese Wehmut und: Gefühl aus Stein zu sein

Da stirbt Juckreiz der über Marguerite herrschsüchtig getost
beide stehn nun eng aneinandergeschmiegt
sehen grauenvolle Enge Enge nichts als Enge

dann erst sehn sie einen Mann am Fenster stehn
klein gegen sie in Haltung Linienführung des Kopfes

483

Er blickt aus dem Fenster vergittert bis zu Hüften Höh
dreht sich um
da sieht Marguerite: Louvain – doch warum ist er nicht mehr groß?

Louvain möcht malen ... hat im winzigen Raum
eine Staffelei aufgestellt es drängt ihn zur Kunst
obwohl die Räume hier so eng
Warum läßt er sie nicht weiten warum schafft er sich nicht
ein schönes großes Atelier?

Warum dünnes Leimholz überall und ... statt eines Bettes
kann das Sofa auf dem Berthe und der Meister sitzen
im Nachbarraum
zu einzelnen Polsterteilen auseinandergenommen werden

Als der Meister es staunend erkennt
zieht er Berthe mit sich hoch
beginnt einzelne Teile der Polster auszulegen
Berthe schaut ihm eine Weile zu beginnt dann gleiches zu tun
beginnt – Louise kanns nicht fassen – Berthe beginnt zu lachen
wirft dem Meister schwere weiße Allongeperücke vom Kopfe
mit einem grauen Polsterstücke

Marguerite will rufen: „Ihr stört der Geschichte Lauf!"
Steht auf will Berthe zurückziehn doch er kommt ihr zuvor
lacht zieht Berthe auf die Polster ... da liegen sie

Marguerite und Louise könnens nicht fassen
liegen die beiden beginnen sich fröhlich zu küssen
Sind sie verrückt geworden? Doch Louise erkennt schnell:
sie haben nur einen Weg gefunden
der grausigen Enge zu entrinnen ...
kein Zweifel diese Enge hat bewirkt daß ...
der Meister des Rhythmus und die stumme Säuferin Berthe
sich herzlich zu lieben beginnen

Marguerite indessen sieht nur Louvain
der Mann beginnt zu malen doch schwer fällts ihm
er ist nicht begabt
irgendwie kommt er nicht voran läßt den Pinsel fallen

steht wieder vor dem Fenster Marguerite und Louise spüren in ihn
hinein

fühlens und kennen das was er fühlt:

Wie sehr hab ich Dich geliebt Schloß Park
weiten Blick über Hügel ins Land
dort hinten – im blauen Dunst – ahn ich das Meer
sist ja nicht weit
geliebtes Schloß geliebtes Land geliebter Duft
Wolkenfahnen am Himmel ziehn Tautropfen rieseln
flirrend sich Luftwirbel drehn
ich sehs
doch nun ists ferne unerreichbare Welt
stehe sehs aus der Ferne scheint mir und bin doch mittendrin

kann nicht mehr fühlen: was ist Sonne Wärme Rosenduft
weiß – daß es all dies gibt wozu? Zur Freude? Nimmermehr

Ja – was ist denn noch drin in mir
wenn keine Freude kein heiterer Sinn?
Grauen furchtbares Grauen ewige Nacht Angst
und eine dunkel düstere Göttin der Rache
ja – das ist nah das kann ich fühlen
sein schmales weißes Gesicht wird weich

Er geht in dem engen Raume herum sieht graue Enge
faßt dies an und das

ach – das Greifen wieviel Freude hat es immer gemacht
schöner weicher Frauenkörper dunkles Dreieck der Lust
ach – wieviel Freude brachte dies Spiel wieviel heitere Leichtigkeit

üppig weich gerundete Frauenliebe
langes Haar
Bänder und Schleifen und Lachen
und liebeglühende Augen
und Flüstern
heiserer Ton voller Verlangen
und Hände
sanft die jede Stelle seines Körpers kannten
ihm Fontänen der Lust entlockten

schwellende Kissen auf blauem Samt
rotgeschminkte Lippen
heißer Atem zwischen zwei Herzen
feuchter Schmelz dort wo Lust zum Höhepunkt treibt

485

und immer und immer die Worte
geflüstert in seinen Mund: „Lieb Dich einziger Du"

Und nun? Er schließt die Augen Düsteres Grau
Tage fliehn Nächte ruhn Wochen sind dahin und die Qual?
Warum nimmt es ihm keiner ab was tief in ihm schwärt?
Wolkenfahnen am Himmel ziehn Tautropfen rieseln
flirrend sich Luftwirbel drehn ferne unerreichbare Welt

Sein schmales Gesicht wird weiß

denn es steht nun neben ihm eine Gestalt neuer Geist
größer als er
mager in abgerissenem Kleid *
Schultern hängend Schnurrbart borstig und hart
hängt lang bis zum Kinn
Hände stecken in Hosentaschen in einem Kleid
das Louvain unbekannt fremde Welt
wie kann ein Mann solche Röhren tragen
barfuß steht er nach Tabak stinkend neben ihm
murmelt Singsang monotoner Art:

Herbst Herbst
über dem Meer pfeift der Wind
... treibt schäumende Wellen
mit rasender Schnelligkeit vor sich her ...
wie Schlangen ziehen sich ... schwarze Bänder von Seetang
zwischen weißen Mähnen hin ...
wütend poltern ... Uferkiesel ...
trockenes Rauschen der Bäume
klingt
aufgeregt ...

schaukeln mit ihren Wipfeln ...
biegen sich
Wolken über dem Meer
... in Fetzen zerrissen ...
jagen auf das Land zu ...
dazwischen ... blaue Abgründe
in denen unruhig ... Herbstsonne flammt ...
alles ringsum ... mißmutig ... alles liegt miteinander im Streit

* Maxim Gorki

verfinstert sich böse und glänzt kalt
blendet das Auge
Brandung Rauschen ... alles verschmilzt zu
einem einzigen ...
Ton dem man zuhört wie ein Lied
gleichmäßiger Wellenschlag gegen die Steine
*wie Reime ... ***

Louvain sieht magisch angezogen vom Singsang des Fremden
in dessen Gesicht: zerfurcht ists
was will dieser Kerl in zerrissenem Kleide denkt er da
spricht der Fremde wieder
während Marguerite und die Geister in atemloser Spannung hören:

Ein Liebesdienst seis behauptet sie fest
wieviel Freude brächte dies Spiel
voller Verlangen nach mir steht sie mit gespreiztem Beine
und ich
Hände sanft ... jede Stelle ihres Körpers ... müsse ich kennen
soll ihr Fontänen der Lust entlocken

soll ich sie ... beim Waschen bedienen ...
obwohl das eigentlich ihr ... oder Luscha ... zukäme
dem blitzblanken fröhlichen Mädel
doch sie ist eifersüchtig auf das junge Ding
und wenn ich dann im engen Bade eng so eng neben ihr stehe
entblößt
ihren gelben Körper sehe der schlaff ist wie übersäuerter Teig
steht mir der gleichsam aus Licht gegossene Körper
einer Liebesgöttin vor Augen
und meine Dame widert mich an

sie aber redet redet redet
in einem fort bald über dies bald über das
bald klagend oder brummig
bald ärgerlich und spöttisch
der Sinn ihrer Worte kommt mir nicht recht zum Bewußtsein
wenn ich ihn auch ahne
er ist dürftig schal und beschämend
doch ich entrüste mich nicht
lebe weit entfernt von ihr weit weg von allem

*** Maxim Gorki*

*hinter großem moosüberwuchertem Stein ... ***

Der Fremde schweigt ... aber gleich darauf versucht er
seine verfilzten Kopfhaare zu entwirren läßt neue Worte rieseln:

Herrin will sie sein ... kommandiert herum ...
doch blamiert sich nur ... ist so eine ärmliche Sache mit ihr ...
man möcht schon sagen winterlich ...
lebt von der Zärtlichkeit wie der Pilz von der Feuchtigkeit
doch warum vor aller Augen schämt sich sicherlich selber ... aber
der Körper verlangt das Seine ... weißt schon was ich meine ...

Er bricht in leises Lachen aus das wie eine gesprungene Schelle
klirrt

manchmal wenn ich vor ihr stehe
glaube ich in stumme Leere in Dunkelheit
bodenlosen Abgrund zu stürzen

irgendwie zwingt sie mich seßhaft zu sein
sitz ich bei ihrer Hütte Gebete kenn ich keine ...
da sitz ich nachts neben ihr
sie riecht nach zu starkem süßen Parfüm
nach Rauch ißt gern Zwiebeln knabbert sie roh wie Äpfel
vergleicht sie mit meinem Geschlechte
fällt mich die Sehnsucht nach Reimen nach Kunst und Versen an
wieso spürt sies schon wieder
weiß viele Verse sagt sie zu mir
außerdem besitze ich ein dickes Heft
in das ich meine ... Gedichte schreibe ... sie liest mir vor
ich hör regungslos zu blind für alles und stumm
halte den Atem an
dann sag ich mit gedämpfter Stimm:
ein hübsches Gedicht hast Du es selber ausgedacht?

Und sie antwortet: ja und ich schließe vor Entsetzen die Augen
höre zu taub für alles und stumm
und seh in mir ein Leben voll von pupurnem Edelmut fabelhaften
Erfolgen Duellen und Toden noblen Worten
niederträchtigen Handlungen Hannibal und Ludwig dem 11. ...
*Heinrich dem 4. ***

* Maxim Gorki

488

Da hat sich die Tür geöffnet
es kommt ein Weib herein klein hübsch rundlich sieht nur Louvain
geistige Welten sind ihr fremd
rauscht herein in die Enge des Raums

denken Louise und Marguerite synchron:

Enge hat seinen Geist seine Seele eingekerkert
auch ihn zum Spatzenhirn gemacht
ja er hat seine Göttlichkeit verloren irrt umher in zahllosen Leben
gleich Gefängniszellen
nur so kann Spatzenhirn Macht über ihn gewinnen
muß ihn zerstückeln wie das Schloß in enge Zellen teilen
bis er sich nicht mehr erinnern kann

Das kleine Weib sieht nur Louvain wie er vor dem Fenster steht
geistige Welten sind ihr fremd
irgendwie weißnichtwarum gönnt sies ihm nicht daß er malt
er begann
auf der Leinwand stümperhaft weibliche Körper zu skizzieren
in üppiger Form anders als der ihre
statt ihrer staksigen Beine die sie „schön schlank" nennt
überhaupt ist sie so verliebt in sich selbst
malt er
kraftvoll geformtes Bein Schenkel
doch sie weiß wenn sie ihn stört wird er wütend jagd sie hinaus
noch ist er stark

Doch es ist besser geworden er ist schwächer geworden
seitdem er in engen Räumen lebt ihre Macht wächst

Sie setzt sich still nieder an rechteckigem Tisch
der im Raume steht
es ist so eng daß Marguerite kaum atmen kann
über ihrem Kopf ist ein Brett befestigt
ein einziges Buch liegt darauf

Louvain am Fenster ... es ist so grauenvoll eng
daß der Meister und Berthe überlegen
wie sie diesen unerträglichen Ort verlassen können
überhaupt dieses Weib ist gerade den beiden suspekt
Hekate wir verachten Dich

Und Louise denkt

489

sie wäre der richtige Part für Albert de Beauroyre
beide würden sich Köpfe blutig schlagen
Herrschsucht potenziert
Könnte man die beiden Geister nicht zusammenbringen?

Sie hört den Vater sprechen: überhaupt die Weiber
frag mich oft wozu sie sind
nerven drängen wollen immer nur haben widerlich Geschlecht

und – vor allem: warum nur eine einzige nehmen vor der Welt
warum nicht ein ganzes Schloß ausstatten mit ihnen
jede gefüllt bis an den Rand mit herrlichster Mitgift
Millionen Millionen kämen ihm dann zu
wahrhaftig denkt er wär ein Riesenspaß
bräucht sich keine Gedanken zu machen um Wasser und Brot
Schuldscheine ihre endlose Nörgelei
werden sie einem im Bette fad ...
ach die Peitsche schwäng er
auf ihren Hintern wahrhaftig das wär schön ...

Louise nickt Da knirscht etwas in Marguerite ... im Kopfe ists ...
als sie das kleine Weib dort sieht
wie es in engstem grauen Raume sich mit Louvain hineindrängt
dann aufsteht zum Regale greift
sieht Marguerite daß ihr Oberkörper zu üppig geraten
für zierliches Bein

Louvain hat sich umgedreht
als kleines Weib sich niedersetzt aufsteht niedersetzt
lärmt lärmt lärmt

Er blickt sie an blickt dann zum Fenster hinaus
dort hinten – im blauen Dunst – ahn ich das Meer
sist ja nicht weit
Wolkenfahnen am Himmel ziehn Tautropfen rieseln

flirrend sich Luftwirbel drehn ferne unerreichbare Welt
denn meineWelt ist dieser unerträgliche Lärm
in diesem engen Raum
da läßt sie das Buch fallen blättert heftig und wild
räuspert sich furzt puhlt in den Zähnen steht auf setzt sich hin
und so geht es Tag für Tag Nacht für Nacht ...

490

Marguerite und die Geister

Und Louvain ... denkt Marguerite ... wie hat er ...
als er wieder zu Poesie gefunden ... wie hat er ihren ...
Absturz empfunden?

Kellergewölbe verändert sich Es beginnt andere Zeit
Öllampen glühn Höhlenwände funkeln
Stier ist zu sehn filigran gezeichnet auf kalten Stein
gemalt in den Schoß der Erde Schoß irdischer Weiblichkeit
Schoß des Schlosses Fleurac
Marguerite und ihre Schar staunen ob der frischen kühlen Helle
die hier plötzlich herrscht
nichts DunkelDüsteres nur lichtene Heiligkeit in Erde gebannt
keine Angst
sanfter Friede weht Duft von Ölen Kräutern zieht
alle fühlen
hier webt schwebt heitere Lust Flirren von Bändern Schleifen

Mitten im Höhlengang steht ein prachtvolles Lager holzgeschnitzt
doch ungutes Fühlen durchzieht nun Marguerite
drängt sich in ihre Schar hinein weiß schon warum denn

es treten in die schöne hochgewölbte Höhle drei Geister
die sie schon lang begleiten ... drei Männer wohlbekannt
einer von ihnen Holunderblüten in der Hand
der zweite schmal hochaufgeschossen schnurrbärtig
mit hellem Blick spricht bedeutsam langsam spricht:

Göttliches hat durch Mensch alles Schöne auf Erden
geschaffen ... große Taten der Tapferkeit und der Ehre
alle Freuden und Feste des Lebens,
all seinen Zauber, alles Komische, Große,
alle schönen Träume und wunderbaren Wissenschaften.
Göttliches schuf durch Mensch kühnen Verstand
und ... Willen zum Glück
und es ist Göttliches durch Mensch, das immer
an allen tragischen Tagen der Leiden und Qualen
beharrlich an den Sieg ... guter Prinzipien
über die alten und schlechten glaubt.
Es ist der unbesiegbare göttliche Mensch,
der uns hier nun zusammengeführt,
laßt uns denn
zu dem Menschen gehen, der viel und schmutzig gesündigt hat,
der aber Schmutz und Sünde,
mit großen unerträglichen Leiden gebüßt,

492

können wir so eine Atmosphäre schaffen, in welcher Mensch
leichter atmen kann? *

Dritter Geist ... klein schmal ... gebrochen fast seine Gestalt
hohe Stirn ... steht schweigend noch ... denn
zu ihnen tritt kein anderer als ... jener den Marguerite liebt
nie erreichen konnte ... jener den sie sucht ...
nach dem sie sich sehnt oder ists hier der Zauberer von St Cirque?

Geist der Vergangenheit den sie rief?
Oder wirkliche Menschengestalt?

Marguerite weiß nicht ist zu verstört denn jener wars
der sie in prasselndem Regen nach Bramfond gefahren ...
er geht geradewegs auf sie zu bleibt stehn sieht sie an
und alle drei Männer die mit ihm gekommen
stehn nun vor ihr
sehen sie an und sie denkt: warum hat erster Geist gesagt

*laßt uns zu dem Menschen gehn der viel und schmutzig gesündigt
hat
der aber Schmutz und Sünde mit großen unerträglichen Leiden**

gebüßt ...beginnt sie zu begreifen wehrt sich ...
sucht Hand des Meisters ... der Louise ...
doch niemand steht neben ihr ... sie wehrt sich sagt:

„Ich? Nein! Was wollt Ihr von mir? Ich nicht Nein!"

Beginnt dritter schmaler Geist auf jenen den sie liebt zu deuten
sagt:

*Er sieht etwas Unfaßliches. Nein nicht so. Ein zweites Ich
in ihm sieht etwas, wovon das Außen–Ich nur eine
verschwommene blitzhaft entschwindende Kunde erhält.
Es ist, als habe eine unsichtbare Hand einen Vorhang mit einem
Messer zerschnitten und jenes Innen–Ich habe einen Blick
durch den Spalt geworfen der sich sofort wieder schließt.*

Das Außen–Ich ist ohne Verzug damit beschäftigt

* *Maxim Gorki*

493

den Sachverhalt zu vertuschen und will nichts gesehen haben,
das Innen–Ich hat aber gesehen
und befindet sich in einem Zustand unsäglicher Verstörung.*

Da steht er jener den sie liebt Louvain steht vor Marguerite
Geist? Mensch? Ihr wird Angst und Bang
Er streicht sich unaufhörlich mit der Hand über die Stirn
ist verstört
Jener schmale Geist mit hoher Stirn spricht weiter:

*Es gibt keinen Namen, keine Bezeichnung für das Gesehene,
hat den Kreis des Bewußtseins nur gestreift.
War eigentlich nichts Greifbares eine Art lautloser Detonation.
Verblieben ist eine Unruhe die unhemmbar wächst.* *

Marguerite scheint eine andere zu werden
wie ist ihr plötzlich ihr wird wieder Angst und Bang
steht an Höhlenwand gepreßt
und wie schwer krank spricht Geist weiter:

*Was ihn so grausam hinwarf, war der unerwartete Überfall
auf seine Person, die er, seit er sie kennt, den Angriffen des
Schicksals entzogen wähnt, tagtäglich bedrängt
von unendlicher Menschennot, hatte er seiner selbst
nach und nach vergessen, daß es auch ihn ... packen
niederschlagen könne, war im Programm nicht vorgesehen.
Für andere Menschen wirkend, ihnen ausschließlich hingegeben,
hatte er sich so weit entfernt, so lange über den Geschicken gelebt,
sie regiert, daß er nicht mehr wußte, wie es ist,
wenn man selbst unter die Räder kommt ...
hatte nun Gelegenheit über den Unterschied nachzudenken,
der zwischen einer Wunde besteht, die man als Arzt behandelt
und einer an der man verblutet.*

*Er meinte, doch einigen Einblick zu haben in die Dämonien
der Seele, aber was hier vorgeht, kann er nicht ergründen.
Es ist wohl die Gebundenheit an sie, die Liebesnähe,
die unsichtbare Nabelschnur zwischen ihr und ihm,
die ihn so ratlos machen, sie ist zu tief hinuntergestürzt,
denkt er, ich kann sie nicht erreichen. Er will wissen.
Zuerst muß er alles wissen. Im Wissen steckt die erlösende
Mitverschuldung.*

* Jacob Wassermann

494

Es wird ihm klar, daß es in jedem wahrhaften Bunde
die Todsünde ist, sich sicher zu fühlen, was hätte es genützt
zu sagen: Hundert Leidende haben mir den Weg zu Dir
verrammelt, die Nöte die sie mir ins Ohr schrien, haben
Deine Stimme übertönt ... ?
Und wären es tausend wärens Millionen gewesen:
da stand der eine Mensch zertrümmert vor ihm,
der ihn vergeblich gerufen hatte und der auf der Waage
der Geschicke auf einmal schwerer wog, als eine Welt. *

Steht Louvain vor Marguerite nah so nah
da beginnt sie sich wegzudrehn ... doch alle die stehn
sehen sie entsetzt an Ich? Ich?
Da steht er ... Vorwurf in den Augen Fluch auf den Lippen
Was hat sie Marguerite damit zu tun?
Warum tritt er so nah an sie heran?
Ich? Ich?

Und doch ists ihr als sei sie jene ... einst ... die ihn verraten
jene die gestürzt ... wohin? In Sinnenlust? Ich? Ich? Nie!
Ist sies dies fühlt? Oder Geist anderer Zeit?

Und während weiter gesprochen wird ...
da weiß sie weiß jedes Wort stimmt : ich bins ...

Kann nicht schlafen.
Schrecken der Schrecken ist das Erwachen am Morgen.
Mit dem Erwachen kommt die Angst.
Angst ist ein Wort das den Menschen locker auf der Zunge sitzt,
aber wenige kennen sie wirklich.
Man muß zu grellen Bildern greifen, um sie zu malen.
Der Leib wird von Krötenfüßen bekrochen,
aus der Haut schwitzen schleimige Bänder, die sich ins
Gehirn schlingen, Herz ist ein wild rasendes Tier,
der Magen quälender Fremdkörper.

Der Kopf gallerte verkrampfte Masse, Licht tut weh.
Riechen und Schmecken sind Abscheu,
das liebkosende Flüstern und Fragen der Kinder
eine Marter und wenn eines Menschen Fußspitze
an den Pfosten des Bettes stößt, möchte man aufschreien
vor Schmerz.

* Jacob Wassermann

Er weiß was es mit dieser Angst auf sich hat.
Sie ist sein spezielles Studium gewesen und er hat ihr
viele Namen in allen ihren Abstufungen verliehen.
Die Erfahrungen, die er gewonnen, hier sind sie kein Behelf,
lähmen ihn, lassen ihn etwas erkennen, was er nicht in sein
Bewußtsein aufnehmen möchte und doch aufnehmen muß:

körperlich sinnliche Verstrickungen, Bindungen,
Abgründe sinnlicher Aufgelöstheit,
von denen ihre erschöpften Nerven Kunde geben, denn in ihnen
wohnt noch die Erinnerung,
ist der Pendelausschlag nach der anderen Seite,
die Zuckungen der Glut, rückwirkend in die Kälte,
das Grauen als Metamorphose der Lust, erotische Verstrickung.

Sie bemüht sich zu erklären,
warum sie dem Ansturm von Raserei nicht widerstehen gekonnt,
findet aber nur hilflose Worte.
Es ist ihr damals leer ums Herz gewesen, auf einmal wars
wie eine Windhose, die einen herumwirbelte und mit fortnahm.
Es kommt eben so. Man kann nichts dafür ...
Und sie ist in diesem Verhältnis von Anfang an die Überwältigte,
war der Freiheit der Entschließung beraubt.

Der Zustand hat Ähnlichkeit mit einem jener Träume gehabt,
aus denen zu erwachen man sich verzweifelte Mühe gibt
und es gelingt nicht.
Sich gegen die Tyrannei aufzulehnen ist vergeblich gewesen,
er hat sie in die größte Angst versetzt, erpresst, hinterhältig
mit Intrigen gearbeitet, sie darf nicht wagen, sich zu entziehen,
anerkennt er doch keine Macht über sich ... ist gewohnt, alle
Schranken niederzureißen, hat nur Liebediener und Jasager
um sich ... es ist die schlimmste aller Qualen ...
in diesem Menschen, der sie so verrückt zu begehren vorgibt,
ist kein Funke Edelmut, keine Vornehmheit, kein höherer Geist,
nichts nichts nur wilde Kraft. Sie weiß es. Darin liegt ja das
Furchtbare, in der Hingabe an einen Mann, den sie nicht achten
kann, noch mehr ... mit dem sie innerlich nichts gemein,
doch es zwingt sie, wie geht das zu, es macht sie vollkommen elend,
tobsüchtiger Körper, Ohnmacht über Ohnmacht,
physische seelische Ohnmacht, er demütigt sie, er ist unersättlich:
es läßt ihn nicht, bis die letzte Schwäche
und Erniedrigung, jeden Lebenshauch in ihr absterben macht ...

Worin denn dann die Anziehung, Hörigkeit für sie bestehe,
er begreife nicht ganz ... Mit ihren erfahrenen ernsten Augen
sieht sie ihn verwundert und wie sinnend an. Diese Augen sind
der stummen Sprache in höherem Grade mächtig,
als der Mund, der Worte. Sie stützt den Ellbogen auf das Kissen,
legte die Wange in die Hand, sagt leise:

„Er ist der Mann der physisch keine Grenzen kennt."

Vor dem Geheimnis hängt ein schwarzer Vorhang, die Angst.
Er ist nicht mehr Arzt, nicht mehr Heiler, nicht mehr Retter.
Er wird zum Unarzt, Widerarzt, zum Wundenaufreißer.
Das Geschlecht in ihm ist beleidigt, der Mann ist gedemütigt,
das Männchen wehrt sich und tobt. Stufe der Erniedrigung,
auf der er Gestalt und Wesen einbüßt. Sie ist in die Knie gebrochen,
das Bild wird er nicht los, es verfolgt ihn und schraubt sich
ihm ins Hirn. Wie konnte dies sich ereignen, was für eine
Bezauberung war da am Werk, er muß es wissen, sie muß ihm Rede
stehn ... er muß sehen sehen, ohne die geringste Möglichkeit,
die Bilder vom inneren Auge wegzutun, ohne vergessen zu können.

Muß sehen wie sie einander in die Arme stürzen,
wie sie mit begehrlich Blicken einander betrachten,
wie sie der Liebkosungen nicht satt werden ...
aber das sind nur Vorspiele.
In einer seltsamen Art umgekehrter Lust und Lüsternheit,
weiß er, sieht er zu, wie sie die Kleider vom Leib streifen,
wie sie einander umschlingen, erlebt das Nach und Nach
ihrer Entflammung, Gipfel und Mattigkeit, Anklammerung und
wollüstiger Krampf, ein gehässiges, häßliches Wort bietet sich
ihm dafür an:
hecken sie hecken sie wühlen sich ins ehebrecherische Nest.
Alle diese Gesichte, einzeln und zusammen, umlagern, verhöhnen,
vergiften, erdrosseln ihn, sein Geist sein Herz, was an ihm nur
irgend lebt, saugt sich mit einer rasenden Eifersucht voll, die sich
vom Vergangenen nährt, die ihn ruhelos macht wie einen
Verrückten und den Geist mit Finsternis schlägt. *

Fiebernd fast ... tritt sie nun heraus Fee des Perigord
tritt sie vor Marguerite steht vor Louvain fiebernd vor Entsetzen
öffnet den Mund flüstert:

* *Jacob Wassermann*

„Da hast Du den Fluch gesprochen
Mondpriester Mondpriesterinnen haben ihn mit Dir gerufen
so wie ich einst Fluch geschrien
als mich Bilder von Deiner Untreue verfolgten
so sollte mußte die Waage ins Gleichgewicht schwingen
ich mußte fallen damit Du begreifst was es heißt betrogen zu sein

Doch bist Du sicher daß Du solche Qualen leben mußtest wie ich?
Glaub es nicht Denn ich hatte die Magie mißbraucht Du auch?
Wie hatt es denn nur zu meiner Vereinsamung kommen können?
Nur Deine Arbeit? Nein Nein Nein! Alles war schon angelegt
Eine Spur zu sehr Körper war ich ... zu sehr makellos und:
irgendwo tief in Dir lag er auf der Lauer Herrscher der Erdenwelt

entzückt von gleißender Schönheit atemberaubener Liebe
doch Herrscher warst wolltest Du sein
irgendwo tief in Dir
standest Du über ... immer noch ... über mir wolltest Höheres sein
rangierte ich zweiter Klasse ... nicht neben Dir ...
doch was hilft Hadern und Aufrechnen es ist geschehn ...
Was war ist das Furchtbarste?

Nein nicht nur GekettetSein an jene rohe wilde männliche Kraft
Zauberer der Nacht
endlose Zeit Höllenqual Macht die nichts anderes getan
als gemordet vergewaltigt beleidigt gedemütigt niedergemacht

Schlimmer: immerwährendes Bewußtsein heilger Macht
Und: filigrane Nervenkraft
die Kreislauf grausamer Grobheit dummer Gemeinheit
nur selten gesund überstand
oft Absturz ins Irrsein in der Dämonen Falben Heim ...

Wahrhaftig hab Schmutz und Sünde mit großen unerträglichen
Leiden gebüßt ... Abgründe sinnlicher Aufgelöstheit
Grauen als Metamorphose der Lust Zuckung der Glut in Kälte
gestürzt
Wißt Ihr alle Ihr Geister und Menschen wißt Ihr wahrhaftig
was es heißt?

Schön wärs würd nur der Leib ... von Krötenfüßen bekrochen
viel schlimmer war ... kaum eine Sekunde gabs
in denen nicht leibhaftige Insekten klein und riesengroß
über mich hergefallen

498

mich zernagten knackten jeden Zentimeter meiner Haut aufrissen
bestialischer Gestank stehe liege knie fliege
doch kann ihnen nicht entfliehn
muß es hören fühlen sehen wissen denken spüren
ob im Wachen Träumen Schlaf

sie kriechen hocken hecken auf mir
knacken krachen fressen reißen
Teile meines Auges seh ich
in ihren gräßlichen Mündern einspeicheln
dreh mich wehr mich ruf schrei um Hilfe niemand hört mich
bin ihnen ausgeliefert unendliche Zeit
Qual die nicht zu beschreiben ist
zernagen zerknacken mich reißen auf jeden Zentimeter meiner Haut

muß es hören fühlen sehen wissen denken spüren
ohnmächtig ausgeliefert nie endend
Tag und Nacht und Nacht und Tag im Schoße der Erde
madenverseucht ... denn lebend begraben habt Ihr mich!

Mit vollem Bewußtsein es leben müssend:
aus der Haut ziehen sie schleimige Bänder
die sich ins Gehirn schlingen Herz schlägt nicht mehr
fühl wie sies fressen ... muß es riechen und schmecken
Oh ja weiß ... was es mit der Angst auf sich hat
und ich weiß nicht ... weiß nicht ob ich verzeihen kann!

Warum hatt es mir niemand gesagt damals ... wie soll ichs nennen
daß Nervenbahnen solches Entsetzen erzeugen können?
Oder wußt ichs ... doch Rache an jenem der mich liebte
Rache saß zu tief daß ichs auf mich nahm dieses Entsetzen
nur weil ich ihn den Geliebten
fühlen lassen wollte was es heißt betrogen zu sein?

Nie mehr zurück kommen dürfen in vertraute LiebesUmarmung?
Hatt ichs schon getan das Ungeheuerliche einst
als nicht Du sondern ich Fluch gesprochen?
Als ich fiel waren ohnehin die Karten gemischt
begründet schon gefahrvoll Geschlecht halb Gott halb Mensch
denn es waren Götter auf die Erde gestiegen
um sich mit den Töchtern der Menschen zu vergnügen

Spekuliert wärs würd ich denken was geschehn

hätt ich Dich verlassen einst
als ich Dich fand im Kastanienhain mit einem MenschenWeib
hätt im himmlischen Palaste warten können
Warum hab ichs nicht getan? Wie sollte ich! Du!
Meine Seelenhälfte! Jahrtausende wären vergangen!
Ach! Ohne diese Liebe feste ohne diese unbeirrbar sichtbar
fühlbare HerzensNähe des liebsten Wesens
lohnt es sich ja nicht zu denken fühlen atmen leben
Du! wenn ich Dich nicht hätte und alles für Dich und mit Dir
und in Dir erlebte ...
das wars das was ich verloren hatte ... Einheit mit Dir

hadernd fluchend mir Ersatz schaffen wollend Gott strafend
für sein luziferisch Vergehn für den Fall aus der Einheit mit mir
so wie Ihr – Moses Söhne – Göttin verleugnet ihre Macht

Gott als alleinigen Herrscher der Welten erlogen
Menschheit betrogen

und ich RacheRänke schmiedend gegen jenen der mich
um das Glück der Einheit betrogen Ach!
Hab es ja auf mich genommen jede Qual jeden Mord jeden Haß
und doch frag ich Dich Louvain: weißt Du was es mit dieser Angst
auf sich hat?"

Sinkt sie nieder Fee des Perigord
Geschundene vom Zauberer der Nacht
zerfurcht für eine Sekunde schönes Antlitz zerfressen zernagt
Abgründe sinnlicher Aufgelöstheit
Grauen als Metamorphose der Lust
Zuckung der Glut in Kälte gestürzt ... sinkt sie weint:

„Nicht einmal das war das Schlimmste nein
sondern Absturz in der Dämonen Falben Heim
denn als mein Körper zerfressen zernagt
ich Bewußtsein erheben durfte wurd ich zu jener gebracht
an die ich genauso gekettet war wie an den Zauberer der Nacht
an seinen weiblichen Part ... Hekate in dämonischer Pracht
Ahnin wars? Mutter? Ja – jene die einst abgestürzt
aus der schönen Poesie
die ihren Liebsten verloren an den Planeten Erde ...
abgestürzt in die Unterwelt
Dämonin machtvollster Art unheilstiftend Böses geifernd ...

500

als man mich zu ihr brachte ... barst sie fast vor Haß
sah mich in erotischer Ekstase umschlungen
von schwarzer Magie Allpotenz
Anblick ließ sie schwarz werden vor WutNeidEifersucht

Schlimmer noch: ich war durch Fluch an den Zauberer gekettet
sollt ihn aus sexueller Gier und schwarzer Magie zur Liebe führen

damit würd sie gänzlich alle Macht allen Daseinszweck verlieren

Hatt sie ihn nicht für sich geschaffen geformt nach ihrem Bilde?
Ihr Werk war er ihr gehörte er ganz allein ... ihr ihr ihr
nie würd sie ihn mir überlassen nie
Es war wichtig daß ich weibliche Macht Kraft verlör
nur dann war sie gerettet
denn dann könnt ich ihn nie zur Liebe führen
zu lang schon gelebt in sieben Höllen zu groß ihre Macht
über Übles und Böses
hier konnt sie schalten und walten Herrscherin sein ...

Himmel?

Was schert er solange sie Macht über die Unterwelt besaß
Macht war Ersatz
schmal schlank war sie kaum weibliche Formen zeichneten sich ab
Gegenpol zu lichtenen poetischen GöttinGestalt
schlimmer noch: ich hatt nicht geahnt was wahre Angst ist
bis dahin ... denn mächtigste Dämonin des Schattenreiches
besaß sie ... magische Kräfte ... von denen ich nur geträumt
konnte mich hypnotisieren lahm machen
nur durch einen einzigen grausigen Medusenblick
konnte mich nicht mehr rühren wenn sie es wollte

Sie jagte mir Falbe an den Hals
die mich aussaugten letzte helle Kraft nahmen ...
gehorchte ich nicht ...
warf sie mich in eine mit faulendem Wasser gefüllte Grube
Ungeziefer fraß mich an und sie stand dabei
stierte mit Medusenaugen
ich war ihr ausgeliefert mächtigster Dämonin des Schattenreiches

So verlor ich jedes Gefühl für weiblichen Körper
weiblichen Sinn Gefühl für Poesie Intuition
wußte nicht mehr was Liebesakt

501

war nur noch von nagend knackendem Ungeziefer besessen
Dienerin Sklavin in ihrem Schattenreich
mußte erbärmlichste Dienste verrichten
ihr stinkendes Geschlecht auswischen
gelbschwarzen Körper waschen schwarze dünne Haare kämmen
und immer wars falsch immer verkehrt

Haß, an den ich gekettet in dunklen Verliesen
Ratten wurden meine Gefährten
wenn ich mich auflehnte wies anfangs geschah
dann wies sie ihre Falbe an
mich zu umscharen mit klirrend irrem Geschrei
flogen sie heran entblößten ihr Geschlecht
vergewaltigten mich ...
wie sie mich nahmen umschlangen
mich in jene Ekstase brachten zu der ich verflucht ...
und sie sah zu schwarz vor Eifersucht Wut

Und kam Zeit für neues Menschenleben fand sie immer einen Weg
sich hineinzuschmuggeln in Erdillusion
Dämonin der sieben Höllen
wußte sie daß weibliche Macht und Magie
am besten gebrochen wird durch Vergewaltigung eines Kinds
und so schürte sie Feuer goß Öl dazu
schürte und schürte
fand immer Wege immer Männer
die sie entartet hatte
durch ihre Mütter Geliebten kranke Seelen
Hirne die sie behexen konnte Meisterin schwarzer Magie
ihre Rechnung war aufgegangen

Meine Ahnin? Ja Mutter war sie Magie ihr Lebenselixier
jede Handbewegung jedes geheime Zauberwort kannte sie
um düstere Welten zu bewegen
Sie brauchte nur den Finger zu heben da lag ich ihr zu Füßen
diente weil sie es wollte
ich hatte keine Wahl denn Fluch lag
denn ich selbst hatte Magie zum Selbstzweck mißbraucht
Medium war ich ... besessen besetzt
nicht nur vom Zauberer der Nacht der sein eignes Spiel mit mir
trieb schlimmer noch:

immerwährendes Bewußtsein heilger Macht filigraner Nervenkraft
die Kreislauf maßlosester schwarzer Magie

502

nur selten gesund überstand Absturz ins Irrsein in der FalbenHeim

Wahrhaftig habe Schmutz und Sünde mit großen unerträglichen
Leiden gebüßt weiß was es heißt:
Abgründe sinnlicher Aufgelöstheit Grauen als Metamorphose
der Lust Zuckung der Glut in Kälte gestürzt kenne die Strafe..."

Kniet er nieder Louvain bleich sein Gesicht spricht:

„Ach! Ohne diese Liebe feste
ohne diese unbeirrbar sichtbar fühlbare Herzensnähe
des liebsten Wesens
lohnt es sich ja nicht zu denken fühlen atmen leben!
Du! Wenn ich Dich nicht hätte und alles für Dich und mit Dir
in Dir erlebte!
Hatte Dich nicht mehr ...
Alles das was Du mit ihm getan diese Gesichte ...
einzeln und zusammen
umlagerten verhöhnten vergifteten erdrosselten mich
mein Geist mein Herz was an mir nur irgend lebte
saugte sich mit rasender Eifersucht voll hat mich ruhelos gemacht
geschlagen Geist mit Finsternis laß mich nicht mehr sagen als:

vor Deinem Geheimnis mit dem Zauberer der Nacht hängt ...
immer noch... trotz allem was Du gesprochen
schwarzer Vorhang ... die Angst ...
Stufe der Erniedrigung auf der ich Gestalt und Wesen
eingebüßt Ohne diese Liebe feste ohne diese unbeirrbar sichtbar
fühlbare Herzensnähe des liebsten Wesens

Du! Wenn ich nicht alles für Dich und mit Dir und in Dir erlebt ...
Du mußt mir den schwarzen Vorhang öffnen Jetzt!"

Sie weint die Fee oder ist es Marguerite?
Denkt ... was redet er da
wie unbedeutend jener Akt einst mit dem Zauberer der Nacht
gegen das was danach mit mir geschah ...
Zuckung der Glut die in Kälte gestürzt
wie kann ich von Glut sprechen wenn ich vor Kälte starr

Nimmt er ihre Hand hält sie fest beide Hände küßt sie
dreht Handflächen hoch legt sein Gesicht hinein
es fließt seine Liebe zu ihr
Du! Wenn ich nicht alles für Dich und mit Dir und in Dir erlebe!

503

Muß wissen von jenen Zuckungen der Glut die in Kälte gestürzt ...
sonst find ich keine Ruh"

Doch sie schüttelt den Kopf da drängt er forderts ihr ab:

„Wie wirst Du mir jemals in tiefsten Tiefen Deiner Seele
vergeben können wenn Du nicht begreifst
daß Dein Sturz Dein Hingeben an den Zauberer der Nacht
nicht anders war als das was ich einst getan nun ...
vielleicht nicht in diesem Ausmaße ... oder doch? ...
Nur wenn Dus auferstehen läßt
finden Rache Hader NichtVerzeihenKönnen ein End!"

Senkt Fee oder ist es Marguerite? den Kopf und ...
es wird Gegenwart jene grausige Geschicht ...
vom Zauberer der Nacht wie er die Fee in seine Gewalt gebracht

Marguerite und die Geister

So hört nun Ihr Menschen was geschah: Zwei Wege gabs
gibts wirds immer geben zwei Wege in himmlisches Glück
männlich sonnenzugewandten der Askese
und weiblichen dem Mond zugerichteten sinnlichen Pfad

Steinig halsbrecherisch der erste
gefährlich Abgründe klaffend verschlingend drohend der zweite ...

beide schweres kunstvolles Spiel

irdischen Trieb hochzuziehn in geistig Potenz himmlisch Gefield
machtvoll über Lebenskraft herrschen können
schwere Materie zwingend durch Entsagung an Sinne

fast ein Kinderspiel gegen die hohe Kunst

nicht gegen sondern mit dieser Kraft zu operieren
und dennoch nicht in Triebe zu stürzen
Liebe in reinster Form muß hier kultiviert sein ...
solls gelingen das Spiel ... doch Gefahr ists ...

Und so war und ist jener Weg ... mit den Sinnen zu operieren
tausendmal schwerer denn Askese üben ...
denn Liebe wird schnell entehrt zerstört niedergemacht
von Sinnenlust Geilheit Trieb
KörperlichesUmschlingen Machtgier bleibt
doch das ... hat nichts zu tun mit göttlicher Kraft und Macht

Während zum Weg der Askese nur ein Mensch gehört
sinds beim Weg über die Sinne zwei ... ein Mann und ein Weib
göttlichem Zustand wird hier entsprochen
doch weh weh wenn einer von beiden aus der Liebe fällt
dann ist nichts Göttliches mehr ... es entsteht höllisches Treiben
denn nicht Liebe sondern geile Sucht ist geboren
den andern über genau diesen Akt beherrschen zu wollen

ihn vernichten denn sexuelle Gier ist dann über die Liebe gefallen
wie blutgierige Bestie Zähne in Gurgel schlagend
bodenlose Vergiftung
nicht Liebe nicht himmlisch Potenz bestimmts
sondern dämonische Sinne sinds sprechen: Macht! Nicht Liebe!

Verheerend vernichtender Sturm des Bösen
zwangsweise Rache Haß nach sich ziehend

Zu jener Zeit als der Zauberer der Nacht Fee an sich gerissen
wars Zeit der Mondin
Göttin wurde verehrt doch Hauch des Vergehens
lag schon über dieser Kultur
zu jener Zeit sollt es sein daß Göttinnenkraft niedergezerrt
zu sehr war die Waage ausgeschlagen
in alleinseligmachende Weiblichkeit
MachtgierEntmannung hatt sich eingeschlichen
Zeit des Wandels war da
denn genug war gehaust an sich gerissen sich bereichert
vollgefressen am Schatze göttlicher Männlichkeit
nun wars als erstürb jeder Atem
wie zäher Schleim hing Macht des Weibes verseuchte alles und alle
Waage war zu weit geschwungen
Gleichklang zwischen Mann und Weib auseinandergebrochen
Oder ... nie gewesen?

Diese Zeit wars in der Zauberer von St Cirque und Fee des Perigord
einander gefunden
Endzeit in ders Louvain gelungen zurückzufinden zur Liebe

Er war den zweiten gefährlichen sinnlichen Pfad
der Mondin gegangen
schweres kunstvolles Spiel beherrschen könnend wollend
doppelt schwer für einen Mann denn für eine Frau
schwere Materie zwingend nicht gegen sondern mit dem Liebesakt
hoch in geistige Potenz zu ziehen
ohne in Triebe und Mißbrauch der Magie hineinzufallen

Liebe in reinster Form hatt er kultiviert

Meister Hüne Held ragte heraus
nicht entehrt gedemütigt entmannt sondern MenschGott
doch leicht war ihm dieses Spiel erst
als er vor jener stand die zu ihm gehörte ... Fee des Perigord

Berauschender berückender hätte kein Spiel der Natur
ihren weiblichen Körper schaffen können vollendete Form
Ausstrahlung von Sinnenlust erotischem Reiz
Archetyp aller Göttinnen der Liebeskunst
die jemals auf diesem Planeten Erde verehrt

Wo sie ging und stand webte machtvolle Sinnenlust
schon früh Priesterin im Tempel der Göttin

trug sie gern und stolz silberne Mondsichel auf der Stirn
Kaum brauchte sie Unterweisung es flog ihr zu
schwierige Weisheit und Kunst tantrischer Liebe
Meisterin war sie bald
doch weiteres Geschenk hatte Göttin ihr gemacht
Stimme von paradiesischer Art

Schon in jungen Jahren berühmte gefeierte Sängerin
weit über den Perigord hinaus
war es nicht nur himmlischer Gesang sondern auch
ungewöhnliche magische Schönheit
die in Menschenmassen hineinstrahlte wie Verheißung

Fee war ein Geschenk der Göttin an diese Welt
so schiens allen die sie nur einmal gesehn gehört

Vielleicht war sie eine Spur zu sehr auf Sinnenlust ausgerichtet
das wars was den Keim zum Untergang in sich trug
hätt sie Macht weiblicher Liebeskraft mehr auf
Verstand und Geist gerichtet nicht so sehr
alles simpel egoistisch Weibliche in sich betont
vielleicht wär Unheil nie geschehn
doch es sollte so sein
war so angelegt von Anfang an
Kraft der Göttin irgendwo stehengeblieben zu kindlich naiv
MondinGezeitenstrom trauend
lauernden Feind nicht ahnend denn Zeit des Wandels war

Indes ... der Zauberer von St Cirque
war schweren Weg gegangen um zur Vollendung zu gelangen
in ihm nichts mehr von naiver Fröhlichkeit
er war ein Mann
der die Hölle hinter sich hatte
liebte die Fee wie kein Weib sonst je geliebt worden war
sie liebte ihn ... doch hätt sie weibliche Kraft
mehr auf Verstand und Ausgleich gerichtet
nicht so sehr nur alles simpel geistlos Weibliche in sich betont
nicht so sehr nur Sinnenlust
dann hätt sie ihren Willen stärker ausbilden können
der stehengeblieben war
zu kindlich naiv MondinGezeitenstrom trauend
legte darauf zu viel Wert ... kunstvolle Form gefeierter Star ... ja

berauschend schöner Körper verwöhnt mit Verehrung
Meisterin tantrischer Liebeskunst
eine Spur zu verwöhnt zu herrlich ihre Schönheit Macht der Erotik

Er der Zauberer des Lichts hätt nie ihren Rückzug
aus dieser betörenden Welt verlangt
doch weil er selbst schon durch die sieben Höllen geschritten
wissend daß Macht Schönheit Glanz Pracht Reichtum korrumpiert
warnte er sie oft denn ... zu sehr war sie beschenkt

zu leicht war ihr gegeben worden
zu wenig hatte sie kämpfen müssen

Körper weniger berauschend Stimme im Mittelmaß
Zauberer der Nacht hätt sie nicht gewollt

Ungern nur bewegte sich Zauberer des Lichts
in den Welten der Fee in Ruhm Herrlichkeit Pracht
er sah: in ihrer Heiligkeit schwang eine Spur Eitelkeit
doch es war nicht die Zeit in der ein Weib
eigene Bestimmung aufgab für einen Mann
Auch sie ließ ihm sein Wirken

Wie oft war er fort! Wo ist er denn um Gottes Willen gewesen?
Tausendmal hat sie sich seiner großen Aufgaben erinnert
des Helferberufes der ihn aufgefressen eigenen Glanz vergessend
Anklage besteht zu Recht
es wird ihm klar daß es in jedem wahrhaften Bunde
die Todsünde ist sich sicher zu fühlen
Bedürfnisse des andern zu vergessen

Vielleicht wars auch tiefinnen in ihm Flucht
vor ihrer berauschenden Körperpräsens
der Geist und Wille fehlte sich höher und immer höher zu ziehn
himmlischen Zustand erreichen durch Liebeskunst
Vielleicht wars das

Was hätte es genützt zu sagen:
hundert Leidende haben mir den Weg zu Dir verrammelt
die Nöte die sie mir ins Ohr schrien haben Deine Stimme übertönt?
Vielleicht eine Spur Eifersucht
weil sie so sehr im Glanze und Ruhme gestanden
hat ihn sich entfernen lassen

509

In ihm lag Keim des Verderbens als er sich entfernte
in ihr schlummerte noch Urnacht Chaos sich formender Materie
und Gegenwelt zu lichtener Art Hölle

er fühlte sich bedrängt wenn er auf dem Wege zu Kranken
sein Haus verlassen wollte sie stehen sah ... schön und nackt
hatt Wichtigeres zu tun denn sie zu umarmen

Sie nahm es hin ... wußte wie sehr er sie liebte
nahm es lange hin viel zu lang
daß ihm Liebeskunst nicht mehr bedeute
denn kurzweiliger Zeitvertreib

Es war EndMondin Zeit des Wandels war
sie nahms hin doch sah fühlte spürte
daß ihr ohne seine Liebe so ganz und gar
ohne seine körperliche Präsenz die immer seltener wurde
daß ihr gleißender Schimmer Magie verloren ging
sie lebte zu sehr weiblichen Part
war eine Spur zu willensschwach eine Spur zu sehr Star
webend schwebend in MondinMacht

Es war nicht ihr Part Geschicke zu lenken
sondern Menschen
ihre Schönheit ihren Glanz ihre machtvolle Sinnlichkeit
ihren Gesang zu schenken
Sie brauchte den Geliebten in ihren Armen
um soviel Schönheit Sinnlichkeit und kunstvollen Gesang
entfalten zu können
Doch der Geliebte entzog sich ihrer Welt sie litt war einsam oft
Kraft reicher Weiblichkeit schwand
Sie brauchte seine Hand brauchte ihn neben sich
verhungerte verdurstete wurde schwach
doch hatte Aphrodite nicht unbedacht ihr Kind so reich beschenkt
ohne entsprechende Willenskraft mitzugeben denn
Waage sollte mußte sich neigen zu Louvains Gunsten ihm zu eigen
denn hatte nicht Poesie ihren Louvain einst
oft viel zu oft allein gelassen
um im himmlischen Palaste glutvoll zu wehn in prasselndem Licht?
Nun wars umgekehrt

Zauberer der Nacht hatte leichtes Spiel
Lag sie auf kühlem Stein
flach auf den Boden gepresst in rechte Wange zog Kälte

Tränen floßen unentwegt gleich Perlen
glitzerten auf kühlem Stein
rollten in kühler Dämmerung gleich Perlen Wellen von Seufzern
Hitze des Tages grelles Licht war ausgesperrt
nur sanfte milde Wärme wehte hinein in den hohen Raum
Oleanderbaum rauschte Lavendelduft kühlte banges Zagen
Wasser plätscherte rann
der Fee Ruhm und Schönheit gefeiert weit über den Perigord hinaus
faszinierte den Zauberer der Nacht
Wind fächelte durch hohe Fenster
ihre Schönheit gepaart mit Zartheit des Gefühls
Körper von solchem Ebenmaß daß sie gleichsam umleuchtet war
langes blondes Haar wie gesponnenes Gold
ein Spur zu schön naiv körperbetont
und doch wies sie
jedes derbe Ansinnen zurück baute unsichtbare Mauer um sich
strahlte heilge Macht schwierig kunstvolle Kunst ...
kurz gesagt: man betete sie an

Und doch lag sie auf kühlem Boden in rechte Wange zog Kälte
Tränen flossen unentwegt ... glitzerten gleich Perlen

denn einziger den sie liebte war nah und doch so fern
er vertraute ihr verließ sich auf ihre Treue
Selbst langen düsteren Weg durch Höllen gegangen ...
bedeutete Treue ihm alles
er wußte so wie sie
daß in solch hochfiligraner Liebeskunst Treue unabdingbar ist ...
sie opferte gern liebte ihn so sehr doch ach! Ohne diese Liebe
ohne diese unbeirrbar sichtbare fühlbare Herzensnähe!
Lag sie auf kühlen Bodens Stein
in rechte Wange zog Kälte und der Verräter lauerte schon

Muß wieder erstehn für alle Geister die in der Höhle gehn:

Schloß Fleurac ... Tempel zu jener Zeit ...ländlich gelegen
doch nicht entfernt zu weit von MenschenDichte
in prachtvollem Park
Ort der Kunst Kultur Heilstätte Höhle Therme
Ort mit einem Ruf weit über Perigords Grenzen hinaus
Zauberer von St Cirque Meister der Heilkunst
hatten Erfolge zuwege gebracht an denen es übriger Welt gebrach

Kunst Kultur von der Fee hierhergezogen hatte Ruhm gemehrt

Auch die Fee konnte heilen
keine besaß wie sie Kunde magischer Formeln magischer Zeichen
vor allem aber war sie
unbestrittene Meisterin tantrischer Liebeskunst
feinste Schwingung im Raume konnt sie erkennen und werten
in heilende Kunst gürten
kannte jeden Zauber der gesprochen
jedes Zeichen das um ein Paar geschlungen
jeden Handgriff jede Art der Berührung
um berauschendes Glück zu schaffen
Solche Weisheit war ihr geschenkt zum Heile jener
die sich verloren ... in Trieben watend
ja es war MondinZeit der Sinne ... nicht Zeit der Askese

Immer lehrte sie Symbol des Aktes zu bedenken
mit Heiligkeit zu messen
und gab es solche die sich eingeschlichen
die nutzen rauben raffen wollten

jene erkannte sie schnell denn Fee war ein Geschenk der Göttin
nie wurden solche in die höchsten Riten eingeweiht
und doch ... es lauerte Feind ... Verrat schwang ... perfid eingefädelt

Zauberer der Nacht hatte seine Vasallen
mit Lug Betrug Unterwürfigkeit einschleichen lassen ...
ins Schloß Fleurac
hatten bald Gestik Verhalten liebevollen Helfens erlernt
doch ... insgeheim Verräter ... wollten sie nur ausspionieren ...
dienten unterwürfig ein Spur zu devot
warum erkannte es der große Zauberer des Lichtes nicht?

Dienten rafften gierten haßten Fee und Zauberer des Lichts
denn er war der mächtigste größte ruhmvollste Weise Arzt Mann
Hüne von Gestalt und ... auch ein Meister der Liebeskunst
schönes Weib an seiner Seite
vergifteten sie mit ihrem Neid die helle reine Schwingung
dieses Orts Zauberer der Nacht wollte nur eines: sehen wie ...

... wie er den Kopf auf einen Stuhl legt und heult.
Der Meister heult. Der Meister heult wie ein wundes Tier.
Der Mann ist gebrochen. Der Mann liegt da wie eine
gebrochene Eiche. Der mächtige wunderbare Mann. Der Lehrer
Arzt Freund Führer Kenner und Erkenner der Erbarmer
der Erleuchtete.

512

Liegt da wie ein Tier wie ein Kind und heult in einen Stuhl hinein.
Man sieht seine Stiefelsohlen und unter den heraufgezogenen
Beinkleidern seine Strümpfe.*

Das ist sein Ziel darauf arbeitet er hin
und sie gefeierte Sängerin ... sie will er ... ihm hörig
zu seinen Füßen sein Besitz sein Eigentum
das ist sein Ziel darauf arbeitet er hin

Darein setzte er alles Lernen Streben:
es diesen mächtigen Weisen die alles wissen alles sehn zu zeigen:
er will muß besser stärker klüger sein
nur so kann er eigene Identität gewinnen ... glaubte er ...
war mit ungewöhnlichen Fähigkeiten begabt Zauberer der Nacht
wußte sich einzuschleichen
fand Verbündete Freunde Helfer die nichts ahnten
von seiner Teufelei
immer freundlich immer geschäftig immer hilfsbereit
gewann er Terrain verbreitete Atem der Allpotenz
Ahnung um Macht seines Geschlechts
Liebender mit unbegrenzten Fähigkeiten suchte er sie zu schwächen
MondinMacht
Doch als würd geheime Kraft mehr wissen als er
wurde ihm der Weg sinnlichen Pfades in himmlisches Glück
verwehrt

Er schäumte heimlich vor Wut und Haß Rache floß
wie ein breiter Strom riß donnernd mit sich letzte Hemmung
letzte Moral letzten Funken wahrer Liebe letzten Anstand
letzte Güte
So hatt er sich nun bescheiden demütig in Szene gesetzt
je bescheidener er auftreten mußte
desto verheerender wütete heimlicher Haß
und so erschiens ihm wie ein Geschenk
als er von seinen Spionen hörte
sie liege auf kühlen Bodens Stein in rechte Wange ziehe Kälte
Tränen flössen unentwegt glitzerten gleich Perlen

Als ers sah da wuchs schurkischer Plan
er wollte und mußte sie an sich reißen
er wollte des Meisters Platz einnehmen
sie sollte ihm dienen willfährig sein ... alle Geheimnisse verraten

* Jacob Wassermann

513

die unter dem Siegel Salomons standen
furchtbarer Fluch würde sie treffen spräche sie ... was scherte es ihn
Auf Schloß Fleurac wollte er herrschen dazu brauchte er Fee
als Vehikel ... voller Gier sein Blick auf die schöne Fee
alles glühte in ihm sah er sie
zerreißen vernichten würde er sie und sie ahnte nicht
daß er längst begonnen magische Lehren zu nutzen
um ihnen allen zu schaden
gefährliche Zeichen malend mit seiner enormen Willenskraft
in ihren Schlaf hinein schlich er sich
an ihren Gehirnströmen schliff er die er für sich nutzen wollte denn

keine besaß wie sie Kunde magischer Formeln Zeichen
keine kannte wie sie Baum– und Landschaftsdeven
vor allem war sie Meisterin der Liebeskunst schon dieser Gedanke
versetzte ihn in Neid

Wie kams daß sie nichts spürte? Sie ... Fee und Weise?

Langes blondes Haar wie gesponnenes Gold
eine Spur zu naiv zu sehr vertrauend zu körperbetont
eine Spur zuviel Lieblichkeit so Willenskraft auf der Strecke blieb
Sie konnte nicht kämpfen

Es war nicht ihr Part Geschicke zu lenken
sondern den Menschen
ihre Schönheit ihren Glanz machtvolle Sinnlichkeit
ihren Gesang zu schenken

Für alles und jedes bracht der Bösewicht seine Spione in Szene
sie ... immer in ihrer Nähe ... waren seine Helfer
damit er magische Fäden Formeln spinnen könne
die er um Stuhl Bett in Raum lege winde
wie leicht wars seine Helfern ... denn ihn wollte sie ja nicht sehn
seine Helfer dienten ihr ... witzig oder auch hingebungsvoll ...
Notenblätter tragend ...
gleichzeitig harten Strahl des Willens in ihr Gehirn leitend
er war sicher irgendwann wär sie mürb kraftlos erschöpft
von seiner magischen Wirtschafterei
So galt es auch den Meister zu schwächen ...
ihm solche Heerscharen von Kranken zu senden
daß Zeit Kraft lahme ... damit er sich von der Fee entferne

Er wollte mußte die Fee besetzen sie zu seinem Medium gestalten

Wenn sie vor ihr standen seine Spione ... täglich inzwischen ...
fand er die Zeit sich durch sie zu ihr zu schleichen
berechnendes Lauern aus Hinterhalt
doch alles verbrämt hinter hingebungsvollster Unterwürfigkeit
da war sie schnell Spielball dunkelster Kräfte
da war sie schon angegriffen verletztes Tier

Kopfschmerz quälte sie ging zu ihrem Liebsten sagte: „Hilf!"
Doch er hatt keine Zeit andere Kranke warteten

Es begannen sich Spione ihr unentbehrlich zu machen
obwohl sies gar nicht wollte trugen ihr dieses und jenes nach ...
arrangierten Termine mit Konzertmeistern Musikern Sängern

halfen sie ...Türen zu öffnen Wege frei zu halten
wenn Menschenmenge sie umringte Star war sie ja

plötzlich hatt sie ein Gefolge braunäugiger Diener
die leise gingen und saßen ... „wie eine Meute abgerichter Hunde"
sagte sie oft und lachte

Sie hatten sich das Privileg erlogen erschmeichelt
sie auf Tourneen zu begleiten
Konkurrenz aus dem Felde zu schlagen
mit Lügen Drohungen Betrügereien Erpressung
doch auf verschlagen hinterhältige Art
Fee wußte spürte nicht und wehrte sich doch einmal jemand
wurd er als Neider Querulant Verrückter tituliert

Fee glaubte immer war nie mißtrauisch
abgründige Bosheit nicht ahnend und ... es war so bequem ...
immer Diener immer zu Diensten in der Garderobe
Staub von kostbarer Robe blasend
Rosen ihrer Verehrer die auf die Bühne flogen zu sammeln
sie in Vasen zu stellen immer schweigend immer devot

schmeichelnd sanft sprechend oft schweigend ... sicherste Waffe

doch taten nichts anderes denn sie auszukundschaften:

Wo hatte sie ihre verletzbare Stelle?
Wo konnte sie angegriffen vernichtet werden?

Eifersucht wucherte schlimmer denn Unkraut nach Sommerregen

515

Je häufiger sie mit ihr zusammen waren sie begleiteten
rauschender Beifall der Menge tönte
harmonisches Zusammenspiel mit Musikern Sängern Dirigenten
desto abgründiger wurde Neid
saßen sie zusammen nach gelungenem Konzert
Dirigent Sängerin Musiker
floß heiteres Glück in Lachen Essen und Trinken
in feinsten Restaurants
Bewunderung Hochachtung Verehrung war ihr sicher

dann staunten die Vasallen der Nacht denn ihr Meister
hatte sie nur den Hochmut gelehrt Herrschsucht kannten sie

hatten nicht einmal im Traume geglaubt
daß solcher Friede möglich sei ...
wollten auch nicht mit wehenden Fahnen zur Gegenseite überlaufen
denn klar war ... hier in dieser Atmosphäre ...
fühlten sie sich schlecht ... denn eigentlich dienen wollten sie nicht

Mit jeder Stunde Glanzes und Glücks: Haß abgrundtiefer denn je
hinter der Maske schweigend dienender Schüchternheit
Haß nichts als Haß
kundschafteten sie alles aus wußten bald alles über sie ...
ihre Art mit Menschen umzugehn
begannen langsam vorsichtig
sich zwischen Menschen und sie zu stelln

Irgendwie platzten Termine Verabredungen wurden nicht gehalten
Mißverständnisse entstanden irgendwie kam Mißstimmung auf

Schändlicher noch ... während dies geschah
schlang fraß der Zauberer der Nacht magische Gesetze
in sich hinein ... Askese half ihm dabei so ists auf Sonnenweg ...
der Mondinweg war ihm nicht erlaubt

er las fragte ... rannte ... um jede Beschwörungsformel Kräuterfibel
tat nichts anderes denn jede Sekunde seinen harten Willen
in der Fee Gehirn zu lenken
jedes Kleid jeden Raum in dem sie sich bewegte
mit Beschwörungsformeln zu verhetzen

Anfangs unmerklich doch dann kam es vor
daß häufiger Kopfschmerz sie quälte oder sie sich niederlegen
mußte es kam auch vor daß sie sagte:

„Jemand verseucht mir die Schwingung im Raum"

Doch immer wußte betrügerische Dienerschar sie abzulenken
auf andere Gedanken zu bringen
sie in Sicherheit zu lügen
logen ... das war ja der Spaß die Freude ihrer Dienerschaft
daß sie vernichten konnten damit war Dienen kompensiert

Irgendwann wars geschafft
daß sie bereit war den Zauberer der Nacht anzuhören ...

Ihr ins Hirn und Herz zu nebeln war leicht
er spürte: so betörend Schönheit ihr Gesang
es mangelte ihr an Eigenständigkeit Willenskraft
immer brauchte sie Männliches in der Näh Stütze Kraftquell
sicheren Hort das war der Makel ... und Louvain?

Louvain liebte die Fee in einer Art wies nur große Seelen können
nie wär er auf die Idee gekommen ihr Ruhm zu mißgönnen
es lag ihm fern
doch für ihn war das Gönnen ein leichtes Spiel
denn Ruhm umglänzte ja auch ihn
auch er hatt es geschafft Reichtum zu erringen ... Macht

Indes ... um die Fee herum ... immer Diener immer zu Diensten
Rosen ihrer Verehrer die auf die Bühne flogen
sammelnd immer schweigend immer devot
schmeichelnd sanft sprechend oft schweigend ... sicherste Waffe

Indes ... Zauberer der Nacht ... hatt sich so sehr in die Magie
verrannt zu sehr getrieben von Neid und Haß ...
daß er Schwarzmagier mit seiner Frequenz erreicht ...
bekam Hilfe wies immer geschieht wenn Kampf entbrennt um
lichte Seel

Sie wurde eingekesselt

So geschahs daß es Dienerschar gelungen war
Mißstimmung zu züchten
zwischen dem langjährigen Gesangslehrer Freunden und ihr
irgendwie hatten plötzlich Termine Verabredungen nie gestimmt

immer war Vasallenschar des Zauberers der Nacht dazwischen
Verschleierer Taktiker

517

steter Tropfen höhlt den Stein plötzlich war sie isoliert

keine fröhlichen Feiern mehr nach Konzerten man mied sie

Nun da gefährliche Konkurrenz aus dem Felde geschlagen
fiel Zauberer der Nacht in Größenwahn er er er hatte es geschafft
solchen Star wie die Fee zu umgarnen
herrlich dieser Triumpf ... herrlich endlich Weltenspiel

Nun begann er ihr einzureden unsichtbar in ihre Gedanken hinein
sie habe ihren Sternenglanz verloren
weil sie auf Liebesnächte verzichte
sie wich entsetzt zurück vor solchem Gedanken in sich
hatte plötzlich Kopfschmerzen

doch er sie schon im Griff
konnt ihr Herz und Hirn vernebeln
brachte es fertig sie in Schuldgefühl zu drängen
warum denn sonst habe sie Vertraute Freunde
ganzes Team verloren
mit dem sie arbeite ja arbeiten müsse denn sie sage ja selbst
alles sei nur in und mit der Gruppe möglich
auch Star sein auch Sternenglanz nur Teil des Ganzen

Seine Verbündeten hatten ihn gelehrt
Argumente... in Gedanken zu ihr herüber transferiert ...
wie kleine geschickt geschleuderte Steine zu wählen
ließen eine wunde Stelle zurück ... sie heilte
doch es kamen neue Steine kleine Steine
neue wunde Stellen die nicht mehr so rasch heilten wie die ersten

zuletzt war sie ganz bedeckt von wunden Stellen

Sie mußte abhängig von ihm werden ... auf ihn warten ...
in tiefster Einsamkeit ... er argumentierte in ihr Hirn
devotes Schweigen war nicht mehr nötig:
sie habe Pflicht Sternenglanz über Menschheit zu breiten
und sei dazu Liebeskunst nötig die ihr Kraft gebe
habe sies zu leben und sei der Liebste dem sie verbunden
nicht parat solle müsse Ersatz geschaffen werden

Sie wußte daß etwas nicht stimmte mit ihr ... unerträglicher
Kopfschmerz!

In blutigem Siegel hatte sie Treue geschworen
ihrer ergänzenden Seelenhälfte ihrem Louvain
denn Eingeweihte solchen Grades wie sie
geben sich nicht mehr hin promiskem körperlichen Liebesdienst
dies haben andere Seelen zu schaffen zu machen

Doch Zauberer der Nacht ließ sich nicht beirren
steter Tropfen höhlt den Stein
er ließ sie nicht mehr in Ruh zerrt an ihr
verstand immer mehr von Magie um ihr ins Hirn Herz zu nebeln

Gängelte quälte sie obwohl sie ihn nie sah
und seine Höllenmeute irgendwie schafften sies nun
immer Chaos zu stiften
Bühnenauftritte platzten böse Gerüchte schwirrten
ihr versagte die Stimme
keine Sekunde ließen sie ihr Opfer mehr aus den Augen
und der Zauberer der Nacht hoffend
bald sei seine Stunde gekommen bald werde sie fallen ...
und habe sie ihm erst geheime magische Formeln verraten
die Liebeszauber schaffen ...
wird er der machtvollste Magier aller Zeiten sein
er weiß es spürt es weiß es schon ... und noch mehr!

Fee litt nun immer unter Kopfschmerz sucht den Liebsten
Zauberer des Lichts
Irgendwie ... warum wieso? Sehen sie sich nicht
Kam sie heim war er fort rief sie ihn erhielt er die Nachricht nicht

Hätt sie nur eine Spur mehr Verstand und Willenskraft gehabt
hätt alle Diener davongejagt
hätt jeden schlechten Gedanken im Zaum gehabt
sie weiß nicht wies geschehn doch der Zauberer der Nacht
hat über sie Macht

Nicht mehr schweigend devot nicht mehr argumentierend
nun schnauzte er sie an ... in Gedanken ...
sie konnt sich nicht wehren Warum? Wußt es nicht
Da begab sie sich in Trance rief die Göttin
doch es hüllte undurchdringlicher Nebel sie ein
sie fiel in Depression
inzwischen hatt er heilig Terrain erobert: ihren alltäglichen
Lebensstil

519

So hatt sie gelernt so wars ihr Pflicht Lust Glück:
den Tag zu inszenieren wie ein himmlisches Fest

Wachte sie auf morgens
fühlte sie weichen schmiegenden Stoff des Bettzeugs
filigran gewebt
schlug sie Bettdecke zurück sah sie schönen makellosen Körper
Freude wars Glück
Blick schweifte umher sah sie Kostbares Edles Stück für Stück
Schränke Lampen Tische Stoffe feinstes Porzellan
Freude wars Glück
sie inszenierte ihr Frühstück wie ein Konzert
feierlich in kostbarem Spitzengewand Heiterkeit schwebte

Sie liebte den Luxus der Schönheit wegen ... der ... hohen Frequenz
liebte schöne Kleider Schmuck zierlich flache leichte Schuhe
Freude wars Glück

Sie inszenierte jede Stunde des Tages wohin sie auch ging
wie eine Feier wie ein Konzert
feierlich gehegt gepflegt in Schönheit Reichtum Luxus gehüllt

Heiterkeit schwebte

Sie genoß dieses Leben weils ihr gebührte
hatte ja Glanz himmlischer Weiblichkeit in Menschheit zu strahlen
um zu erinnern jedes Mädchen jede Frau an das was in jeder steckt

Zauberer der Nacht neidete ihr die Lust
mit der sie den Tag lebte
immerwährender Quell von Kraft und Schönheit
Mußt es ihr nehmen ... begann zu mäkeln hatte Macht
und sie Kopfschmerz

Wie ers im Einzelnen geschafft sich solche Macht herauszunehmen
sei hier verschwiegen denn ... war wirds immer geben ...
Zauberer der Nacht
in dieser Geschicht erfahren sie nichts was ihnen hilfreich ist
Gier zu stillen Neid zu hegen Rache zu pflegen

Er vergällte ihr den Tag nörgelte sie habe in Gelddingen
zu leichte Hand es mißfalle ihm
daß sie beträchtliche Summe verausgabe für Luxuslaunen

Kauf kostbarer Kleider schönen alten Schreibtisches gestern

Was hieß: sie hatte plötzlich ein schlechtes Gewissen

Zauberer der Nacht begann noch stärkere Geschütze aufzufahren
um sie zu Fall zu bringen fand Verbündete die sich bereit erklärten
ein paar weitere Gehirnströme in ihr umzulenken
Nervenbahnen in ihr zu durchzutrennen
denn es war eine gute Zeit denn sie war geschwächt
konnte sich schon nicht mehr wehren
sie verfiel
er nörgelte mäkelte in ihre Gedanken hinein
sie habe nicht mehr makellos straffe Haut
durchs dünne Morgenkleid schimmere nicht mehr straffes Fleisch
sie erschrak
Schönheit war ihr Bedürfnis Pflicht alles was sie war und ist
bedeutete ihr viel: Makellosigkeit des Körpers
Ach! hätt sie nur eine Spur mehr Verstand und Willenskraft gehabt!

Er nörgelte mäkelte zerrte in ihre Gedanken hinein
sein Wille war stärker als der ihre
er bedrängte sie in solchem Ausmaße daß der Tag kam ...
daß er sie rufen konnte zu sich er sei krank ...
nur sie könne ihm helfen sie die Fee des Perigord ... fragt nicht ...

Er schaffte es sie zu nehmen fragt nicht wie ers geschafft
denn diese Geschichte ist keine Anleitung für Zauberer der Nacht!
Sie verlangte ... noch war sie Fee ...
daß er bei aller Gewalt nie seine Essenz in sie gäbe
denn dann ... Wieso warum?
Nein das verrate sie nicht Nun erst recht

Er sah spürte fühlte sie erglühte nicht mit ihm

Konnt ihr Gewalt antun wie er wollte sie verweigerte sich
Da erst wurde er endgültig zum entarteten Schurken
denn er wußte nicht was Liebe ist Gewalt also hilft ihm nicht?
Wollt sie mit aller Weisheit und Kunst in die Sinne treiben
wollte und mußte es ... er wollte:

daß sie ihn erflehen ersehnen vor ihm auf Knien liegen
nach ihm lechzend ihm hörig seine Sklavin sein Geschöpf
sein Wille war stärker als der ihre ... er demütigte ... sie verfiel

Hatt er sie so weit gebracht daß sie im Heiligtum
am kultischen Ort in heiliger Höhle wo magische Rituale
Geheimnisse des Himmels in materielle Welt gemalt gelebt
daß sie ihn mitnahm
verboten wars ... schwerster Bruch heiligen Tabus
schon gar mit ihm
dem der MondinWeg verboten doch sein Wille war stärker

Er nörgelte mäkelte drängte demütigte erniedrigte sie
längst war er so weit daß ers ihr abzwingen konnte
so manche geheime Weisheit
die sie erhalten im blutigen Zeichen unter Salomons Siegel

Verschwiegenheit ... man hatt sie gewarnt:
verrät sies ... wird sie herausstürzen aus Feenwelt
in tiefste der sieben Höllen doch längst ist sie ja gestürzt
ihm verfallen in Sucht in bodenlose Sucht
kann nichts andres denken fühlen wollen
als Aufpeitschen der Sinne
Sucht Gier in immer neue Orgasmen sich treiben lassen
die nichts mehr mit Liebe zu tun haben
apage Satanas
hörig abhängig verloren ihm untertan
getroffen im dunklen Element
dort wo die allerdunkelsten Kräfte sind Urnacht der Kreatur beginnt

Verstrickung der Sinne mit solcher Abgründigkeit
wie sie nur einer Fee die der Mondin sinnlichen Pfad mißbraucht
geschehen kann
aus schwerem kunstvollen Spiel abgestürzt
niedergemacht zerstört entehrt
In ihm kein Funke Edelmut keine Vornehmheit kein höherer Geist
nichts nichts nur wilde Kraft

Demütigung: pariert sie nicht straft er sie mit Entzug
sie liegt auf Knien sie stolze Fee Schönste aller Schönen
gefeierte Sängerin Star
kriecht vor ihm
er ist unersättlich wenn es um Demütigung geht
es läßt ihn nicht ... bis die letzte Schwäche und Erniedrigung
jeden Lebenshauch in ihr absterben macht ...

was er verlangt er kanns ihr abzwingen sein Triumph ist gigantisch

je mehr sie verfällt wälzt er sich in jungen Weiberkörpern
sie ... einst gefeierte Sängerin Star
hat sich als letztes erbärmliches Stück Fleisch hineinzubegeben
in Kloake auch mit Männern will muß er sich messen

Hure ja Hure soll sie sein hat keine Wahl sie weiß es
doch kann sich nicht wehren

Kein Funke Liebe Edelmut keine Vornehmheit kein höherer Geist
nichts nichts nur wilde Kraft Herrschsucht Haß
das ist er ...
doch in seiner Verbohrtheit Dummheit
glaubt er wie Schwarzmagier aller Zeiten dumm sind ... alle
in Vergangenheit Zukunft Gegenwart
weil sie geblendet von der Macht
Sichtbares Unsichtbares bewegen ... Macht über Menschen Tiere
Pflanzen Landschaften Geister Seelen haben zu können

glaubt Zauberer der Nacht
daß ihm an geweihtem Ort hier auf Fleurac
Heiligtum schändend
nichts Böses geschehen werde ... ist geblendet
So drängt er sie jenes Geheimnis zu verraten
mit dem Weib einen Mann Mann ein Weib
unwiderruflich an sich binden
so keine feindliche Macht zwischen ihnen stehen kann

Liebeszauber machtvollster Art

geschaffen für jene die zueinandergehören ...
um Geister Feinde fremder Planeten fernzuhalten
nicht nur im Erdengeschehn sondern auch in anderen Welten

drängt er sie
fest davon überzeugt: habe er sie an sich gekettet werde sie ihm
mehr und mehr geheime Rituale der Magie preisgeben
und dann ... werde er mächtigster Zauberer dieser und aller Welten
Er glüht!

Sie war verloren Licht flackerte Es war VollmondZeit
Mußte so sein daß Blut floß aus ihr ...
Lebensodem aus dem Quell aller Fruchtbarkeit ... weh Dir Fee

Sie wußte daß sie stürzte doch konnt sich nicht mehr wehren

Sklavin Dienerin manipulierbares Werkzeug gefallener Engel
zeichnete sie langsam mit ihrem Blute
salomonisches Siegel auf die Erde
wissend: gefallen entehrt
Tränen flossen über ihr blasses entstelltes Gesicht
kein Lavendelduft kühlte banges Zagen Vergehn
kein roter Hibiskus rosenfarbener Oleander blühte
wissend: gefallen entehrt

Nie nie! So wirds von diesem Tag an ...
für immer und alle Ewigkeit in ihrem Blute geschrieben sein:
Nie darfst Du jenen Macht verleihn die aus der Liebe gefallen!
Nie nie! Nie mehr darf sie heilige Geheimnisse verraten
Nie mehr nie!

Und so seien in dieser Geschicht
darum keine geheimen Worte der Magie keine Beschwörungen
welche die Fee sprechen mußte um den Zauber zu binden
niedergeschrieben
Wurde nun heiliges Siegel zum Teufelsmal bösem Stern
denn Fluch war gesprochen von der Mutter des Sternenzelts
seit urewiger bis in urewige Zeit:

„So sei jeder Mann jedes Weib jede Fee jede Göttin jeder Gott
jeder Satan und jeder Dämon jeder und jede und alles und alle
die dieses magische Ritual nutzen kennen vollziehn ...
aneinandergekettet
Nichts und niemand kann sie aus diesem Bunde retten
auch keine Gnade der Götter

Er bleibt so lang bestehn
bis jeder Mann jedes Weib jede Fee Göttin jeder Gott Satan Dämon
jeder und jede und alles und alle die im Siegel stehn
zur wahren himmlischen selbstlosen Liebe geführt
Das ist Segen für jene die zueinandergehören sich lieben
doch von Feinden Neidern behindert werden

Fluch für jene die im Ungleichgewicht die von Haß Neid
Eifersucht Machtgier Herrschsucht getrieben sind
doch ... aneinandergekettet Und bleibt einer von Euch stehn
will nicht zur Liebe gehn könnens die anderen auch nicht
sind blockiert ... das ist Hölle So soll es sein
Denn Magie mißbraucht man nicht"

„Göttin sei mir gnädig" flüsterte die Fee als sie in heiligen Kreis
sich begab ... wußte um die Bestimmung
hatt sie dem Zauberer der Nacht erklären wollen ...
doch er hatt nur hämisch verächtlich gelacht

In seiner Verbohrtheit Dummheit glaubte er
wie alle Schwarzmagier aller Zeiten
in Vergangenheit Zukunft Gegenwart
daß ihn Fluch der Göttin nicht treffen könne
glaubte er sei machtvoller ...
denn: hatt er nicht schon die schöne Fee bezwungen?

Wird auch die wahre Göttin dort oben vernichten können!

Was genau geschehn in salomonischem Siegel
sei verschwiegen denn nie nie nie!
So ists für immer und ewig in ihrem Blute geschrieben ...
nie mehr wird sie jenen Macht verleihn
die aus der Liebe gefallen
Nie mehr heilige Geheimnisse verraten nie mehr nie

Als sie die Höhle verlassen ist heiliger Ort entweiht
Fleurac! Ach Fleurac!
Wolken jagen am Himmel verdecken Vollmond
Sturm zerrt bedrohlicher düsterer als sonst
Ists der Göttin Werk? Angst packt die Fee
Herz schlägt fiebernd Haare flattern reißen im Wind
Sturm orgelt tobt zum Orkan
da schreit sie stumm hoch in den Äther ins Sternenzelt:

„So laß mich zurückkehren dann ... wenn meine Schuld gesühnt
Mutter Mutter! Dort oben überm Sternenzelt!
Mutter hast in Deiner Güte eine Tochter geboren
die Liebeskunst Schönheit Erotik weibliche Sinne
Kunst Kultur Poesie
zu den Menschen bringen sollte ... Mutter! Mutter!
Deine Tochter ist gefallen entehrt

Doch laß mich zurückkehren wenn meine Schuld gesühnt
damit ich meinen eignen Ruf wieder höre
damit ich nie mehr vergeß was ich getan
damit ich noch einmal Fee werde doch dann nicht mehr falle ...
dann werde ich sein ganz stark ...

Laß mich von meiner Schande sprechen zu allen Menschen
doch dann noch einmal sein ...
jene die Licht in düstere Nacht der Menschheit strahlen soll
laß mich meine Schande der ganzen Welt künden
Bande der Liebe knüpfen
auf daß Kunst Schönheit Erotik weibliche Sinne
Kunst Kultur und Poesie wieder Macht gewinne
in reinster hellster lichtenster Art

Auf daß jeder sie sofort erkenne: die Zauberer der Nacht!
Auf daß dunkler Gegenpol dunkle Mutter an Macht verliere

Laß mich zurückkehren dann gutmachen was ich gesäumt!"

Und mit letzter Kraft in orgelndem Sturm wirft sie
Gebet Gedankenform über Fleurac
taumelt greift sich ins lange Haar lauscht auf Stimmen
die sie nun umtönen ... denn ... Fluch hat begonnen

Dämonen Falbe nahn sie stürzt vorwärts fahrig kreuz und quer

Sturm rast Regen prasselt will den Falben entkommen
reißt am Arme Zauberers der Nacht
er schreit auf in ungeheurer Wut will sich von ihr befrein
doch sie greift hart nun ist sie stark

Mein Gott denkt er ... sie wird verrückt ... das hat sie gewünscht!
Was soll ich mit Unrat? Was soll ich mit diesem häßlichen Wrack?
Ich muß muß muß mich von ihr befrein!

Regen prasselt Orkan rast reißt sie zu Boden
Erde grollt Erde grollt? Orkan heult Donner grollt Blitze reißen
Sehen beide zu ihrem Entsetzen Orkan tobt Bäume fallen
Angst packt sie beide
Feuer lodert sie hören eine gewaltige Stimme:

„So sei Du Zauberer der Nacht an sie gekettet
an die Fee des Perigord gefallener Engel denn Du hast sie entehrt
weil Dich nach göttlichen Meisters Weib gelüstet
weil Dein Herz zerfressen von Neid Habgier Haß
immer und immer wieder wird sie versuchen
Macht die sie Dir unrechtmäßig geliehn zurückzuholen
denn sie steht Dir nicht zu!

526

Sie wird es schaffen Du wirst alles vergessen jeden Zauberspruch!
Niedergezerrt hast Du meine Tochter
mit Dir fortgerissen hast Du sie
gierig hungernd nach ihrer gleißenden Lieblichkeit Pracht
besessen davon ihr jene geheime Macht die Magie zu entreißen
Mysterium heiligster Weiblichkeit
weh Dir weil Dus getan gegen himmlisch Gesetz verstoßen
Licht gewaltsam zur Dir niedergerissen:
liegt nun Fluch! Ihr seid aneinandergekettet! In zeitloser Ewigkeit!
Spiele Dein Spiel Du Tölpel immer und immer wieder
bangen müssend daß sie Fee
Dir Deine Macht Magie Allpotenz
über Seelen und Dinge nimmt und sie wird es tun

Spiele Dein Spiel Noch stehn Deine Karten gut weil Fee
ihren Verrat ihre Schwäche büßen muß

Spiele Dein Spiel Immer und immer wieder
doch dann kommt die Zeit

da Du begreifst Liebe ... nicht Geilheit Machtgier Herrschen
da Du begreifst: Liebe ist die stärkste Macht der Welt!"

Marguerite begreift den Sinn des Geisterspuks

Atemlose Stille ... lang hält sie an ... auch nachdem
die Bilder verblasst ...
zuviele Eindrücke zuviele Geschichten zuviele neue Geister

Wie soll Marguerite sie alle ...
und Schmerz und Glück und Weisheit und JahrmillionenZeit
und mediales Verschmelzen mit WerweißnichtWas
und Kenntnis der Symbole und und ...

alles richtig einordnen beherrschen können ...
Wie soll Marguerite das alles gelingen?

Kälte kriecht von feuchtem Mauerwerk flüstert sie:

„Nun endlich begreif ich die Vision vom greisen Kind
in brokatenem Kleid
das mir erschienen zu Anfang meiner Reise in die Vergangenheit ...
es ist die Seele dieses Orts dem Heiligkeit bestimmt ...
den Menschen dem gesamten Planeten Erde zur Hilfe zur Ehre ...
Nie hat er wachsen sich entfalten können ... immer wieder ...
entweiht ... geschunden gequält ... wie ein Mensch

Warum haben wir alle vergessen
daß auch Tiere und Pflanzen und Orte Berge Landschaft
eine Seele haben?

Warum haben wir alle vergessen
daß nicht nur Menschen
sondern auch die Erde die gesamte Schöpfung
aus lebendigem Lichte aus Geist besteht
daß nur in unterschiedliche Grade der Dunkelheit Unbewußtheit
nur in unterschiedliche Materie gefallen ist?

Nun versteh ich auch meine Angst vor dieser Vision
denn nicht nur Zauberer der Nacht dieser üble Klotz
hätt vor dem Kinde knien sollen sondern auch die Fee
und Louvain und ... ja ... ich ... ich auch?
Mir wird schon wieder Angst!
Was ist wenn dieses Kind nicht verzeiht?
Wenn es zu sehr verletzt ... so es nicht mehr genesen kann?"

Marguerite möcht sich erheben doch stellt fest daß Arme und Beine
von Kälte unbeweglichem Hocken am Boden steif geworden sind

Sie kommt nicht hoch auch fühlt sie nun erbarmungslose
Erschöpfung ... so grenzenlos daß sie sitzen bleibt sagt:

„Sprecht zu mir Ihr neuen Geister sagt mir wer Ihr seid
Damit mein ich ... die Inkarnation den Inbegriff ... das Wesentliche
die Botschaft ... so wies die anderen Geister mir erzählt ...
meint Ihr daß Ihrs hier sagen könnt? Denn ... offengestanden ...
ich bin ganz durcheinander
Klärung und Disziplin in meinem Kopf ... wär schön
Oder ist die Zeit noch nicht reif? Braucht Ihr noch
ein paar Stunden um Euch an mich zu gewöhnen?“

Die Schönste aller Schönen berührt sie ... mit zartem Hauch
aus Kastanienhain ...
Poesie flüstert in den Keller des Schlosses Fleurac hinein:

„Ich bin die Inkarnation ich bin der Inbegriff
weiblicher Geisteskraft weiblicher Magie
um sieben Oktaven transponierte erotische Liebesmacht
Intuition Kunst Kultur
ich bin die Vollkommenheit die niederstieg
in dunkle kalte Welt um zu erkennen
daß ich dort nichts zu suchen hab
denn dort war nur Körper nicht Geist gefragt

Was mir einst verwehrt mich gehindert traumatisiert
ist nun erlöst ... was war?
Unvorstellbarer Schmerz denn der Liebste zu dem ich gehör ...
er wars der diese Entscheidung getroffen der mich davongejagt ...
Darf soll und muß ich wachsen in diese mir fremde neue Welt
was bedeutets für mich und Dich?

Es heißt: Geisteskraft sein die Großes und Edles schafft
Es heißt: sexuelle Kraft erotische Spannung nicht nur ...
in tierischen Trieben ... ansiedeln sondern vergeistigen dürfen ...
dann aber ... auch wieder ...in Erdenmacht tauchen ...
ohne sich von Sexualität Machtgier versklaven zu lassen ...
es ist unglaublich schwer! Doch diesmal müssen wirs schaffen

Es heißt: alles was ich bin alles was ich schaff ... wird ... ist ...
erotische Kraft ... seltene Harmonie Luxus ... Pracht

Ach bewundere meine geistige Überlegenheit
ich trag sie wie die kostbarste Krone auf meinem Haupt

begreif ... daß ich gekommen um weibliche Kraft des Geistes
aus sexueller Spannung wachsen zu lassen ...
zu himmlischer Sternenmacht ... und sie von dort ...
wieder zurückzuführen zu transponieren
um sie dann
auf allen Oktaven MenschSeins zu beherrschen ...
begreif ... daß ich gekommen

um genau diese Macht auf diesen Planeten zu bringen

denn ich kenne solcher Kraft Gesetze Geheimnisse ihre Struktur ...
denn ich bin die ich bin ... ich bin die Erotik Liebesmacht selbst ...
doch vergeistigt ... und dennoch ... in menschlichem Kleid ...

Weißt Du eigentlich was das ... für ein Wunder ist?
Weißt Du eigentlich was das ... heißt?

Ich weiß ... bin eine gewaltige Macht
die immer und immer an Himmel bindet nicht an Erdenkraft ...
denn wär sies nicht
hätt ich nicht fliehen wollen von der Erde
in meine himmlische Heimat ...
wär dort auch nicht eingeschlafen ...
hätt meinen Liebsten nicht allein gelassen

„Und ich" spricht das süß goldlockige Ding „ich bin die Inkarnation
ich bin der Inbegriff ... dieser Kraft die gezwungen war
in dunkle kalte Welt niederzusteigen
ohne einen Geliebten an meiner Seite
Da ich zu ihm dem Herrn dieser Welt gehörte
forderte man von mir sein Kind zu werden
Er hätte die Pflicht gehabt mich zu hüten schützen führen
wenn nicht als Mann und Geliebter so doch als Vater

War nicht nur schön oder ... nicht nur voller Magie ...
wie die kindlichen Opfer hier in späteren Zeiten ...
nein ich war noch ... die Vollkommenheit ... in kindlichem Kleid

Doch im Laufe der Zeit lernte ich meine Kräfte Begabungen
Mächte aufzuteilen in viele Geschöpfe
damit ich eine Chance hätte zu überleben in dunkelsten Epochen

Doch Du siehst wie schwer es war und ist

Materie klarzumachen daß Geist über Materie
bewußt herrschen kann ...
es ist ein ewiger Kampf weil Materie
sich unterwerfen muß und das will sie eben nicht weil ...
hat dann nur noch begrenzte Macht und ist außerdem gezwungen
dem formenden Willen des Geistes zu folgen oder anders gesagt:
hat zu dienen
Himmlische Kraft muß lernen zu herrschen
höllische Kraft muß lernen zu dienen So einfach ist das!

Was mir einst verwehrt mich gehindert traumatisiert
ist nun erlöst ... was war?
Materie aus der ich geschaffen bestand aus extremen Polen:
hochentwickelte männliche Kraft und
noch unbewußt tierische Muttermacht
die nicht in der Lage war
solches Ungleichgewicht auszubalancieren

geschweige denn sexuelle Kraft zu vergeistigen zu erhöhen
und wieder zurück zur Erde zu führen ...
denn dazu gehört großes Wissen große Macht!

Darf soll und muß ich wachsen in diese mir fremde neue Welt
was bedeutets für mich und Dich?

Es heißt: kindlich Beginn himmlischer Macht der Erotik
nicht niederzerren mißbrauchen auf körperlichen Ebenen
sondern erkennen und das Kind lehren
daß sie sich in Kreativität KunstKultur Poesie offenbart
ist zu hüten schützen nähren weil sie Großes und Edles schafft

Es heißt: Macht abgeben können
an Schönes Klares Kostbares Edles das wachsen will
Es heißt: nicht ablehnen töten morden
nur weil Du Macht behalten willst!

Dem Höheren Platz gönnen ... in Dir ... in der ganzen Welt ...
bereit sein ... sich zu wandeln ... immer neu!

Es heißt: sich selbst seine Ansprüche überwinden
mir ... der transformierenden Kraft ... zugestehen ...
mir ... die ich Deine sexuelle Spannung überhöh ... mir zugestehen
daß alles was ich bin alles was ich schaff

533

wird ... ist ... seltene Harmonie Luxus Pracht

„Und ich bin" fügt das fünfzehnjährige Mädchen das sich ertränkt
„ich bin die Inkarnation ... ich bin der Inbegriff ...

der Tapferkeit die es schafft Demütigung Mißhandlung
so zu überstehn daß kein neues Schicksalrad beginnt ...

Wenn auch geschwächt so konnt ich doch klar und rein
ähnlich wie Louise de Beauroyre
sie für den Vater ... ich für die Mutter ...
die Frequenz der Liebe und des Verzeihens
auf diesem Planeten installiern ...

War stark genug der Mutter so viel Kraft zu nehmen
daß sie mir nicht das Rückgrad brechen konnte
wie dem süßen goldlockigen Ding in Deinem Arm

War stark genug der Mutter zu verzeihn ...
doch besaß nicht die Kraft
neuem Verrat meines Liebsten in die Augen zu sehn
mißtrauend seiner Kraft treu zu sein
mißtrauend seiner Kraft sich von irdischer Weiblichkeit
nicht wieder korrumpieren zu lassen
Lieber wollt ich sterben denn noch einmal sehn wie er ...

Darf soll und muß ich wachsen in diese mir fremde neue Welt
was bedeutets für mich und Dich?

Es heißt: Widerstandskraft haben und weiter entfalten
gegen Mißhandlung und Qual
Es heißt: Ängste und Haß verbieten und jede Art der Rache

Ach halte mich tröste mich küß mich bewundere meine Kraft
einer solchen Mutter mit LebenKönnen widerstanden zu haben!

Begreif ... daß ich gekommen
um Widerstandskraft auf diesen Planeten zu bringen ...
denn ich kenne
dieser Widerstandskraft Gesetze Geheimnisse ihre Struktur ...
denn ich bin die ich bin ...
die Widerstandskraft gegen vernichtende Weiblichkeit
in menschlichem Kleid ... "

„Und ich" fährt die Fee des Perigord fort „ich bin ...
ich bin die Inkarnation ... ich bin der Inbegriff
himmlischer AphroditenMacht reiner Geist die es geschafft
im Kreuze des Raumes und der Zeit
Poesie Göttin der Liebeskunst Göttin der Magie Göttin des Wortes
in Mensch zu kleiden ... nur ...

war ich nicht reif klug stark intelligent transzendent genug
um jeder Gefahr der himmlische Kraft immer ausgesetzt wenn sie
unter dem Gesetze der Materie lebt in dunkler kalter Welt

war noch nicht reif klug stark intelligent transzendent genug
um der Perversion sexueller Kraft zu widerstehn

Darf soll ich nun wachsen in diese mir fremde neue Welt
was bedeutets für mich und Dich?

Es heißt: absolute Zuverlässigkeit jeder Versuchung widerstehn
sich in keine naive Leichtfertigkeit hineinbegeben
wenn Schleier fallen Magie vor Dir liegt wie ein offenes Buch

Es heißt: absolute Treue ... sich freiwillig binden
an jenen
der zu himmlischer männlicher Kraft und Macht gefunden
treu sein jenem der zu Dir gehört selbst wenn er Dir fern

begreif ... daß ich gekommen
um vor jeder Art ... jeden Machtrausches zu warnen
der unwillkürlich Dich überwältigen will sobald Du eintrittst
ins Heiligtum ...sobald Du
den Weg gehst den Mondin ihren Söhnen Töchtern geebnet
den Weg des Liebesaktes ... zur Erleuchtung des Menschen

begreif daß ich gekommen
um vor jeder Art der Verführung zu warnen
sobald Du mit Geheimnissen der Magie vertraut
in welchem Kleide die Verführung auch immer kommen mag
ob als Weiser Weib Knabe alter Mann oder Zauberer der Nacht

Du und Deine himmlische Weisheit werden mißbraucht
denn Gier nach solchen Geheimnissen ist viel zu groß

begreif ... ich bin die ich bin ... gefallene Göttin der Liebeskunst ...
die alle Geheimnisse jeden Liebesaktes kennt

535

jede Bedeutung jeder Geste jeder Stellung
jeden Wortes jeden Ortes

ich bin die Warnung vor dem Mißbrauch magischer Macht
ich bin die Warnung vor dem Zauberer der Nacht
ich weiß ... meine Kraft ist eine Macht ...
denn ich kann nicht mehr fallen denn Hölle liegt hinter mir ...
ich bin Aphrodite in Reinkultur geläutert stärker denn zuvor

Mein Wissen war und ist eine unglaubliche Macht ...
denn wär sies nicht hätte Zauberer der Nacht ...
sie mir nicht abjagen wollen er wußte genau was er tat "

Marguerite versucht sich noch einmal zu erheben nun schafft sie es

„Laßt uns gehen" sagt sie „ist genug für heut Kann nicht mehr
Außerdem läßt es mir keine Ruh den Saal zu finden
mit großem Kamin in dessen Seitenwand
schmale silberne arabische Schatulle verborgen
mit einer geheimen Formel
Was meint er bloß ... der Bader aus vergangener Zeit ...
was meint er mit dieser Formel ... was meint er mit
bitterem Wasser? In jedem Falle hab ich heut den Kelch ...
in der Tasche ... wer weiß was noch kommt ... "

Und während sie müde und frierend
durch den langen schönen Gewölbekeller des Schlosses Fleurac
geht ... hört sie plötzlich die Stimme des Baders
aus vergangener Zeit:

„Quelle hab ich gefunden ... verstehs poetisch ... das Wort
besitzt eine besondere Molekularstruktur ... die in der Lage ist ...
Zelldrehung zu verändern ... und noch mehr ...
aber auch Tore in tiefste Tiefen Deines Unbewußten aufzutun ...
wobei ... offengestanden ... das eine die Folge des anderen ist ...
also ... muß man Wasser schöpfen mit ... dem Kelche ... das heißt ...
mit Kraft Macht Disziplin ... oder anders gesagt:

Deine geistige Kraft muß herrschen können ...
Du hast es ja gerade von den Geistern gehört ...

So Du alles im Griff behältst ... denn bist Du nicht stark genug
fehlt Dir ein Element ...
entweder Feuer oder Erde oder Wasser oder Luft

536

oder die transzendete Liebe Geist also
bist Du nicht stark genug wirst Du verrückt
Also Quelle hab ich gefunden
Es ist der Sauternes Tja nun staunst Du! Doch ich bin sicher
Er besitzt eine besondere Molekularstruktur ...
und noch vieles mehr ... die in der Lage ist ...
Zelldrehung zu verändern ... aber
auch Tore in tiefste Tiefen Deines Unbewußten aufzutun ...
doch ... trinkst Du nicht sondern säufst Du ihn ... ohne Disziplin"

Marguerite bleibt stehen Sauternes? Hat sie da recht gehört?
Kein Zufall also daß sie in diesem Keller gehockt
in dem so viele Flaschen goldgelben Sauternes?

Berthe ... wo ist Berthe? Sie muß ja Spezialistin sein
wenn es die beste Flasche dieses Weines zu finden gilt
Nur ... wird Berthe mit Maßen hantieren können?
Mit Kraft Macht und Disziplin?
Nein Sie ist eine Säuferin Prototyp einer Süchtigen
war und ist ... nicht reif
Ich werd ihr auf die Finger schauen ...
hier wird sich beweisen ... ob ich herrschen kann ...

Schon steht Berthe neben ihr ... geht mit ihr
zu einem hohem Regal ... lassen wir die beiden nun allein ...
sehen wir die Grazien weise lächeln denn Marguerite
hat nun zu beweisen
daß sie Orchester dirigieren
geistige Potenz die niedere beherrschen kann

Wird sies schaffen? Wird sie stark genug sein?

Marguerite tritt nun in eine Welt ... die sie nicht kennt ...
Wenn sich Berthe nur dirigieren läßt
oder ist sie schon in Marguerite hineingeschlüpft?
Hat Regie übernommen die ihr nicht gebührt?
Welches üble Spiel beginnt?

Oder hat Marguerite alles im Griff?

Wie lang hat sie im Keller gelegen? Sieben Stunden?
Siebentausend Jahr? Marguerite weiß es nicht
sieht nur ... als sie die Augen öffnet ... viele leere Flaschen
um sich herum stehn stehen liegen rollen und ...

so erbärmlich übel ist ihr ... entsetzlich diese Schmerzen im Kopf

jede Sehne jede Muskelfaser schmerzt
sie fühlt sich vergiftet
denkt: wart nur Berthe hoffentlich hast Du Dich gut versteckt
denn find ich Dich schlag ich Dich windelweich!

Hast mein Vertrauen in Deine Kompetenz mißbraucht!
Oh ich prügle Dich sobald ich Dich find!
Oder ... Moment mal ... wars nicht meine Schuld?
Hätt ichs nicht wissen müssen daß Berthe überfordert ist?
Also mich prügeln? Oh wie schrecklich!
Hab die Prüfung nicht bestanden ... ist nun alles vorbei?

Sie greift irgendwohin um sich hochzuziehn
findet mit der rechten Hand Holz eines Regals
will sich hochziehn da stürzt das Regal über sie
Flaschen zersplittern auf steinigem Boden
Wein rinnt sie denkt: hoffentlich hat niemand den Lärm gehört
und ... wie steh ich denn nun ... vor meiner Geisterschar!

Werden sie noch Achtung vor mir haben?
Werden sie mich noch respektieren?
Haben sich die Meister von mir abgewandt?
Oh ... Ihr Himmlischen ... was hab ich nur angestellt!

Mühsam kann sie sich befrein kriecht auf felsigem Boden
durch Urin breiigen Kot Wein
Glassplitter reißen Wunden ins Fleisch ... übel ist ihr
Verdammte Berthe! Wo steckst Du? Hoffentlich nicht in mir!

Irgendwo findet sie einen verrotteten Stuhl
an dem sie sich hochziehen will doch er kippt
und rammt ihr einen rostigen Nagel in die rechte Brust
Blut fließt
sie kriecht weiter ... übel ist ihr der Schädel scheint zu platzen
da erreicht sie die Kellerstufen setzt sich
überblickt ein scheußliches Chaos
schämt sich

doch erst einmal muß sie in der Lage sein
wieder richtig zu stehn und gehn
also noch eine Flasche torkelnd öffnen noch einmal trinken
nur nicht viel

538

Die Wunde an der Brust blutet
der neue Wein hat sie gestärkt
sie geht langsam die Kellerstufen hinauf
wie in Trance kommt sie aus dem Keller an grelles Tageslicht
wie in Trance geht sie ins Schloß
wie in Trance sucht findet sie einen Raum
in dem ein großer Kamin
wie in Trance geht sie zu einem dunklen Nußbaumschrank
öffnt seine Türen greift nach einem Messer
mit dem Griff eines Hirschhorns
geht zum Kamin
beginnt mit dem Messer Mörtel um einen Stein
in der Kaminseitenwand zu lösen
und wie sie ritzt und furcht und schabt

da schlägt die feindliche Macht zu ein Falb steht im Raum
bläulich–schwarz seine Haut
Fledermausflügel schwingen Augen glimmen

während Marguerite ...
weiß nicht warum sie gerade in diesen Raum gegangen ...
warum sie gerade an diesem Kamin hantiert ...
während sie furcht und schabt und es bald auch schafft
den Stein freizulegen so sie ihn herausziehen kann ...

hat sich der Falb auf sie geschwungen ...
sitzt ihr auf dem Rücken ...

Wie Marguerite nun den Stein herauszieht ...
da fallen in einem fort ... ja ... gleich unaufhaltsamem Strom
Schwärme von Käfern Würmern Kakerlaken aus diesem Loch
kaum haben sie Boden unter den Füßen
stürzen sie sich auf Marguerite fressen sich fest
an ihren Fesseln knacken in die Haut hinein
reißen Wunden
haben schon den Nabel erreicht
es sind solche Heerscharen die aus dem Loche fallen
sich in Sekundenschnelle hinauffressen ...
daß Marguerite vor Entsetzen laut schreit ...
so laut so grell ... daß alle im Schlosse zusammenlaufen

Marguerite schlägt um sich weiß ...
es ist Strafe für ihre Schwäche schlägt um sich wild
und jetzt erst sieht fühlt sie den Falb auf sich ...

schreit wieder laut ... beginnt zu kämpfen mit ihm:

„Du Vieh was willst Du von mir! Mich auffressen?
In die Hölle schleppen? Alles umsonst? Alles vorbei?
Das Spiel geht wieder von neuem los?
Nein! Ich will nicht! Nein ich geh nicht mit!"

Da lacht der Falb ihr ins Gesicht spricht:

„Aber Du mußt! Und weißt Du warum? Weil Dus verdient
denn ich gehör zur Dir ... denn ich bin Du!"

„Du Vieh Du Monster Glaub Dir kein Wort! Hau ab!
Verpiß Dich!"

Und in das furchtbare Ringen hinein schreit der Falb:

„Aber Du mußt! Denn ... ich bin Du! Ich bin Deine Schuld!"

„Nie! Soviel Schuld kann diese Sauferei nicht gewesen sein
daß Du mich in die Hölle schleppen kannst!"

„Sauferei? Wer spricht denn davon!
Das war nur die Tür die Du mir geöffnet hast Du blöde Kuh!
Die Tür zu Deiner Schuld!
Hast Du mit dieser Sauferei geöffnet für die Unterwelt!"

„Also gut Schuld der Fee Aber die hat ihre Schuld gebüßt!
Also hau ab! Du Vieh!"

Der Falb lacht höhnisch während er mit ihr ringt:

„Schuld der Fee? Daß ich nicht lach!
Da steckt dieses dämliche Weib mit ihrem stämmigen Bein
noch in den Kinderschuhn
 Ja glaubst Du denn allen Ernstes
daß Du nur die armen süßen mißhandelten kleinen Mädchen
in Deine Arme nehmen brauchst und schrein:
böser böser Mann! Überhaupt die Männer! Pfui! Pfui! Pfui!

Daß ich nicht lach! Oder nur die herrischen Weiber!
Pfui pfui pfui! Begreifst Du denn nicht Du blöde Ziege ...
daß Dir solche Kinder und Männer und Frauen nur begnegen
weil sie zu Dir gehören? Weil Du selbst dieser MonsterMann

540

bist! Begreifst Du das nicht? Das ist doch Deine Schuld! Das!"

„Nein!!!!!! Nein!!!!"

Marguerite schreit gellend auf
Ungeziefer knackt an der Wunde ihrer Brust und plötzlich ...
ganz plötzlich ...
ist der Spuk vorbei ... kein Falb mehr ... kein Ungeziefer

In Panik sieht Marguerite zum Kamin hin
dort ist das Loch der Stein liegt am Boden ...
sie wagt nicht in das Loch zu greifen
nach der Schatulle zu suchen
hat Angst vor Käfern Kakerlaken Angst vor erneuter Höllenqual ...
doch sie weiß muß ihre Angst überwinden
in das Loch greifen die Schatulle finden
sonst wird Schloß Fleurac nie erlöst
und ... sie tuts ... tastet mit den Fingern
voller Ekel Panik ... es geht bis an die Grenzen ihrer Kraft ...
und ... dann hält sie ein schmales Schmuckstück in der Hand ...
es ist die silberne Röhre ... sie steckt sie in die Tasche ...
schnell ... und ... in dieser Sekund ... schreit sie jemand an:

„Darf nicht wahr sein! Schon wieder Sie!
Haben Sie nicht Hausverbot?
Erst ohnmächtig dann eine Tote ein Orkan und nun ...
schreien Sie wie eine Irre in diesem Schloß herum ...
stehen sie ... ja wie sehen Sie denn aus?

Es stinkt nach Kot und Urin Ihr Rock ist voll davon!
Sie sind blutverschmiert! Und erst Ihr Haar!
Ja ... und ... rieche ich recht? Sie sind total betrunken!
Ich kanns nicht fassen!

Und nun haben Sie auch noch gestohlen?
Was machen Sie an diesem Kamin?
Warum liegt der Stein auf dem Boden?
Sofort werde ich die Polizei rufen!"

Der Schloßverwalter steht bleich vor Wut

Marguerite weiß ... wenn er erst sieht
welches Chaos sie im Keller des Schlosses angerichtet
wieviel kostbarer Wein ... wie wird ... zahlen können?

Es gibt nur eines: weg ... schnell weg ...
und sie stößt den Schloßverwalter heftig zur Seite ...
rennt rennt rennt ...
aus dem Schloß ... durch den Park ...
hat vergessen daß es je
gegeben eine Geisterschar ...
Meister und Himmlische und Grazien ... was soll der Quatsch!

Rennen ... ums Leben rennen ... ist hier angesagt ...

Die Wunde blutet ... sie rennt ... erreicht den Wald ...
rennt stolpert ... rennt ... liegt dann ...
erschöpft unter einem Eichenbaum ...
liegt mit geschlossenen Augen ... weint ...

Es dauert nicht lang da steht der Meister neben ihr
Allongeperücke schief auf dem Kopf spricht:

„Mein Gott Kind! Weißt Du manchmal bin ich des MeisterSeins
müd aber die Himmlischen haben es raffiniert gerichtet ...
dieses Meister–Schüler–DaSein ...
denn ich kann nicht weiterschreiten ohne die meinen mitgezogen
zu haben
Du gehörst zu mir deshalb mußt Du mit Also spur!
Noch einmal darf es Dir nicht passieren
daß Du die Kontrolle verlierst!
Natürlich wars eine für Dich notwendige Lektion
Also steck schreib sie Dir hinter die Ohren

Doch hierbleiben kannst Du nicht mehr
Hast den Feinden zu sehr Bälle zugespielt
Zu sehr baut sich hier Front auf gegen Dich
Du mußt erst einmal verschwinden
Man wird hier später das Chaos das Du angerichtet lichten
Ich kann auch sagen nun: Und der Herr sprach zu Moses:
Kehre zurück nach Ägypten führe Dein unterjochtes Volk
aus der Sklaverei ... "

Marguerite richtet sich weinend auf
hält die rechte blutende Brust weiß genau
was der Meister mit biblischem Spruche meint:

„Zurück nach Deutschland? Nein Das könnt Ihr alle mir

nicht antun das ist mehr als Strafe!"

Der Meister seufzt:
„Tja Kind so ists nun einmal wenn man Schulden bezahlen muß
Doch tröste Dich Auch ohne Deine Sauferei
hättest Du zurück gemußt Nur jetzt noch nicht
Denk an Marie von Rouffier ... an den Bären von Berlin
und an die deutschen Frauen
Du bist eine Deutsche Es ist Dein Vaterland
Land Deines Vaters ... verstehst Du?
Es tut mir leid aber es so ists nun einmal
Doch tröste Dich Auch ich ...
Zeig nun Deine Wunde ... in einen rostigen Nagel gerammt?
Nun ich werd sie schließen doch nicht ganz
Schmerzen sollen Dir bleiben Andenken an das was Du getan ... "

Und seufzend hält der Meister seine Hand
auf ihre rechte Brust Marguerite sieht ganz nah sein Gesicht:

zum erstenmal ists vergrämt unzufrieden alt ...
sie schämt sich schließt die Augen fühlt fremde Kraft
in die rechte Brust fließen ... fragt den Meister:

„Was denken denn nun ... all die anderen die zu mir gehören?
Kann ich ihnen je wieder in die Augen sehn?"

Der Meister antwortet: „Fehler sind dazu da
um korrigiert zu werden
Wenn man hinfällt sollte man wieder aufstehn
nicht schamvoll liegen bleiben und sich in Schuldgefühlen wälzen

Alle die zur Dir gehören ... wissen warum und wieso
und wie schwer es ist was Du begonnen ...
mehr Verständnis mehr Toleranz kann es nicht geben
denn jedem ergeht erging wirds immer ergehn so wie Dir ... jedem!

Es sind die Fehler aus denen wir lernen
oder biblisch ausgedrückt: wir essen von den Früchten
der Erkenntnis ... manche Früchte sind eben faul ... "

„Und was der Falb gesagt ... daß ... daß ... ich diese Art von Mann
sei Monster Kinderschänder und ... "

„Kind wenn es Dich quält wenn Du damit nicht fertig wirst

dann laß diesen Gedanken erst einmal ruhn
die Zukunft wird Dir Klarheit bringen oder sagen wir ...
Kraft ... um dem Teufel ins Angesicht blicken ...

Komm jetzt Die Schar wird erst in Bramefond im Gartenhaus
wieder bei Dir sein wenn Du geduscht und geschlafen hast"

Marguerite steht auf hält sich den schmerzenden Kopf
stolpert hinter dem Meister her ...

Am nächsten Morgen gehts ihr besser doch nicht gut ...
liegt sie schläft der Tag vergeht und noch eine Nacht
liegt sie ohne auf jene zu achten die zu ihr gehörn
doch sie haben soviel Feingefühl sich nicht blicken zu lassen
Schwer wird ihr das Herz als sie den verschmutzten Koffer
aus der Scheune holt denn deren Dach fällt ein
und alles was zwischen den Mauern steht
ist dem Himmel dem Regen den Vögeln ausgesetzt
sie packt verschließt dann kleines Gartenhaus ruft ihre Schar
setzt sich ins Auto fährt los Tränen in den Augen
Perigord geliebtes Land ... wann werd ich Dich wiedersehn?

Landschaften ziehn Himmel wölbt sich sanft
sie fährt denkt nach schwer ist ihr das Herz
was würd sie jenem sagen der ihr entgegengetreten
als sie Deutschland verlassen wollte? Wie hatt er gesprochen?

Ekel im Hals wie ein Kloß beim Anblick dieses Volkes.
Da sind Haufen toter Häuser, in denen abends Lichter
angezündet werden und in denen Fleischpakete herumwandeln. *

Und nun? Wird er fragen ... Warum bist Du zurückgekommen?
Das Maul hast Du groß aufgerissen getönt:
Welche Worte ziehn heran! Welcher Duft hüllt mich! Nun?
Warum bist Du zurückgekommen?
Ja was werd ich ihm sagen müssen? Der Herr sprach kehre zurück
nach Deutschland und führe Dein Volk aus der Sklaverei?
Lächerlich! Oder ... Schätzchen ich war besoffen? Wie auch immer
Ich muß ja zurück! Da sind Teile meines Unbewußten
offensichtlich so kollektiv daß sie zum Unbewußten
des ganzen deutschen Volkes gehören ... die ich ...
offensichtlich ... nur dort ins Bewußtsein heben kann ...

* Bertold Brecht

Vielleicht wären sie ja ins Schloß Fleurac gekommen
hätten mir den Weg abgenommen ...wie die Deutsche ...
doch diese Chance hab ich verspielt ... ich schäme mich!

Wie auch immer ... nun bin ich auf dem Weg ...
Hab ich den Schlüssel für mein Holzhaus in der Tasche?
Es ist kein totes Haus kein Steinhaufen ...
wie sehr bin ich dafür angefeindet worden ...
Gras auf dem Dach!
Und dazu noch den Buckel voller Schulden
weil ein Holz-Gras-Haus viel teurer als ein totes ist ...
Wie auch immer ... es ist mir ja bekannt:
das Leben in Deutschland nichts als Qual und Spießrutenlauf

Landschaften ziehn Himmel wölbt sich sanft
sie denkt über die Geister aus dem Schlosse Fleurac nach
über Träume und Visionen und es fällt ihr auf
daß der Bader von Montignac der seinen Sohn ermordet
seine Frau mißhandelt ...
wenn sie sich recht erinnert ... haben ihr diese Geschichte
Geister in Bramefond erzählt ...
ja ... daß dieser Bader ... etwas zu tun haben könnte ...
mit dem süß goldlockigen Ding
das von Mutter und Bruder getötet ... vielleicht des Kindes Rache ...
in Körper eines Mannes, der seine Weiblichkeit in sich umgebracht
um zu zeigen wohin Mensch gerät ... ohne himmlische Führung
ohne die Liebesgöttin ... ohne ... Inspiration Intuition Poesie ...

Ja vielleicht ... doch vielleicht spekulier ich nur ... wie auch immer
Hier frag ich Marie von Rouffier wie sie Deutschland ...

„Marie setz Dich neben mich!"ruft sie ins Auto denkt dazu:
und Berthe soll nur sich dünn machen unsichtbar bleiben
damit ich sie nicht an Haaren schleife ... oder aus dem Auto werfe!

Und wie Maries Bild sich neben ihr formt atmet sie auf
und es scheint auch ... das Profil jenes Geistes
der Marie auf ihrer Reise einst begleitet ... Kleid aus fremder Zeit ...
einst sie verlassen mit den Worten:

„So wirst Du mich in anderer Zeit noch einmal finden
süße Schwester ... noch einmal werden wir ...
Dolde gleich einem Fächer in unseren Händen halten
flüstern in endloser Qual ...

doch dann wirst Du sie nicht mehr zerfetzen
sondern voller Schmerz an Dein Herz drücken und ... verzeihen!"

Marguerite schweigt Sie begreift
Er spricht während sie fährt fährt ... Frankreich hinter sich läßt ...
durch Belgien und schon bald in Deutschland ist Spricht er:

... selbst durch Religion barbarischer geworden,
tiefunfähig jeden göttlichen Gefühls, verdorben bis ins Mark,
zum Glück der heiligen Grazien in jedem Grad der Übertreibung ...
Ärmlichkeit beleidigend für jede gutgeartete Seele
dumpf harmonielos wie Scherben eines weggeworfenen Gefäßes.

Es ist ein hartes Wort und dennoch sag ichs
weil es Wahrheit ist: ich kann kein Volk mir denken,
daß zerrißner wäre wie die Deutschen.
Handwerker siehst Du, aber keine Menschen.

Herrn und Knechte, aber keine Menschen.
Ist das nicht wie ein Schlachtfeld wo Hände und Arme
und alle Glieder zerstückelt untereinanderliegen?

Die Tugenden der Deutschen aber sind ein glänzend Übel
und nichts weiter denn Notwerk sind sie,
nur aus feiger Angst
mit Sklavenmühe dem wüsten Herzen abgerungen
und lassen trostlos jede reine Seele
die von Schönem gern sich nährt ... ach!

Ich sage Dir: es ist nichts Heiliges was nicht entheiligt,
nichts zum ärmlichen Behelf herabgewürdigt bei diesem Volk.

Und was selbst unter Wilden göttlichrein sich meist hält,
das treiben diese allberechnenden Barbaren
wie man so ein Handwerk treibt und können es nicht anders,
denn wo einmal ein menschlich Wesen abgerichtet ist,
da dient es seinem Zweck, da sucht es seinen Nutzen,
es schwärmt nicht mehr, bewahre Gott!

Es bleibt gesetzt. Aber Du wirst richten heilige Natur!
Denn wenn sie nur bescheiden wären, diese Menschen!
Zum Gesetze sich nicht machten für die Bessern unter ihnen!

Wenn sie nur nicht lästerten, was sie nicht sind,
wenn sie nur das Göttliche nicht höhnten!
Ach! Töten könnt Ihr, aber nicht lebendig machen,
wenn es die Liebe nicht tut, die nicht von Euch ist
die Ihr nicht erfunden, Ihr entwürdiget ihr zerreißt!

Es ist auch herzzerreißend, wenn man Eure Dichter Künstler
sieht und alle, die den Genius noch achten,
die das Schöne lieben und es pflegen. Die Guten!

Voll Lieb und Geist und Hoffnung wachsen sie
dem deutschen Volke heran.
Du siehst sie sieben Jahre später und
sie wandeln wie die Schatten,
sind wie ein Boden, den der Feind mit Salz besäete,
daß er nimmer einen Grashalm treibt ...

Es ist auf Erden alles unvollkommen ... ist das alte Lied
der Deutschen.
Wenn doch einmal diesen Gottverlaßnen einer sagte,
daß bei ihnen nur so unvollkommen alles ist,
weil sie nichts Reines unverdorben, nichts Heiliges
unbetastet lassen mit den plumpen Händen,
daß bei ihnen nichts gedeiht
weil sie die Wurzel des Gedeihns,
die göttliche Art nicht achten,
daß bei ihnen eigentlich das Leben schal und sorgenschwer
und übervoll von kalter stummer Zwietracht ist,
weil sie den Genius verschmähn,
der Kraft und Adel in ein menschlich Tun,
und Heiterkeit ins Leiden und Lieb und Brüderschaft
den Städten und den Häusern bringt.

Wo ein Volk das Schöne liebt, wo es den Genius
in seinen Künstlern ehrt,
da weht wie Lebensluft ein allgemeiner Geist,
da öffnet sich der scheue Sinn, Eigendünkel schmilzt.

Aber Du wirst richten, heilige Natur,
denn, wenn sie nur bescheiden wären diese Deutschen
und wehe dem Fremdling der aus Liebe wandert
und zu solchem Volke kommt. *

* Friedrich Hölderlin

Marie von Rouffier sitzt stumm Marguerite weint mit
geöffneten Mund

Nach zehn Stunden Fahrt ist Marguerite wieder
in deutschem Land
Luft hängt schwer und naß kaum kann sie atmen ...
Diese Luft ach! Häuser plump und schwer Bollwerken gleich
im Krieg der Geschlechter
sie ist so müd daß sie nicht mehr weiterfahren kann
sucht ein kleines Hotel ... findet karge HinterzimmerFron
schauerliches Bett unter röhrendem Hirsch
Das schlimmste: die Gardinen
soldatisch peinlich gefältet mit Stecknadeln bezwungen
Schranktür knarrt stechender Blick der Wirtin verfolgt sie
Gottseidank sind alle Geister unsichtbar!

„Entschuldigt meine Lieben daß Ihr solche Art
deutscher Gemütlichkeit nun kennenlernt doch ...
offen gestanden ... für ein Fünf–Sterne–Hotel ... hab ich kein Geld
Es wird Euch die Ihrs gewohnt seid in Schlössern zu leben
ein Greuel sein
die Nacht hier in kantiger Enge zu verbringen
die einem mehr Luft nimmt denn mein Gartenhaus in Bramfond
Ach es tut mir leid"

Und in der Tat die Geister stehn hocken betroffen
in dieser HinterzimmerRöhre
Marguerite kramt in einer Tasche sucht Kugel und Ringe
und Kelch und alles das ... was sie im Schloß Fleurac
errungen hat ... legt es aufs Bett ... wie ein Kind seinen Schatz

Übel ist ihr rechte Brust schmerzt
sie hadert mit Geistern und Meistern
den Grazien der Himmlischen Schönsten aller Schönen
faßt sich immer wieder ans Herz
denkt: hoffentlich schlägt es weiter hoffentlich trägts mich weiter
auf meinem schrecklichen Weg

Seufzt laut ... denn der kleine Hund dem sie zu wenig
Aufmerksamkeit geschenkt pinkelt vors Bett ...
wischen und darauf achten
daß nur Berthe sich nicht blicken läßt
und sie liegt mit Tränen in den Augen
da hört sie Seide rauschen ... vertraute Stimme und sie hört ...

Marguerite hört die Legende von den Rosen und Rittersporn

Die Legende von den Rosen und Rittersporn

Nun da Ihr zuhört wehn sie herüber jene Zeiten
die dort sind wo Ihr nicht zu träumen wagt

Frieden und Glück waren zu Ende gegangen
seitdem der Zauberer der Nacht
die schönste aller Feen geraubt und in seine Gewalt gebracht

Mit sich fortgerissen hatte er sie
gierig hungernd nach ihrer gleißenden Lieblichkeit Pracht
besessen davon
ihr jene geheime Macht die Magie zu entreißen
Mysterium heiligster Weiblichkeit

Doch weil ers getan
gegen himmlisch Gesetz verstoßen
Licht gewaltsam zu sich niedergerissen lag Fluch

In zeitloser Ewigkeit waren sie aneinandergekettet
sie – in höllische Tiefen gestürzt ihn fliehend
doch gezwungen ihm eigen zu sein
solang – bis er begänne zu fühlen was Liebe sei ...
Und wie zeitlose Ewigkeit geflossen kam endlich der Tag
an dem der Zauberer der Nacht zu lieben begann ...

Ketten wurden gelöst von höchster Kompetenz
er zog von dannen
beider Wunden schmerzten von Ketten wundgeschabt
zog er von dannen
ihr höllische Tiefe lassend dort Hort eingezäunt eingerahmt
jeweils zehn Schritte im Quadrat
Lehmboden schweren Wiesengrund darauf winzige Hütte
schnell zusammengezimmert Regen tropfte durchs Dach

so wars bestimmt von höchster Kompetenz
fliehn wollt sie fliehn unmöglich wars

Lag sie niedergezerrt eingehüllt in bestialischen Gestank Moder
Kloake Gewürm des Schattenreichs konnte kaum atmen
würgend
zwischen geronnenem Blute faulendem Gedärm das sich
hochrankte am Zaune

550

tappten Golem davor um Hort zu stürmen
fliehn wollt sie fliehn unmöglich wars
lag frierend
wagte nicht zu schlafen schrie stumm hoch ins Sternenzelt:

"Warum Ihr habt Ihr Ketten gelöst ... mich doch nicht befreit?
Wie soll ich eine Fee leben in lehmschwerem HöllenGeviert
ständig im Kampfe mit Gewürm des Schattenreichs?"

Lag frierend weinend
in bestialischem Gestank ohrenbetäubendem Lärm
Spucken Husten Krächzen Furzen
drang von draußen in kalte Hütte hinein

Flog eine Taube ins Schattenreich schneeweiß
vom Gebrüll des Gewürms und der Golem alarmiert
stürzte Fee hinaus flog schneeweiße Taube auf ihre Hand
in kalte Hütte flüchtend wärmte sie himmlischen Boten
begann Taube leis zu erzählen Fee verstands
denn Feen verstehen Sprache der Tiere Pflanzen Bäume
jeden Lands

"So künd ich Dir Beschluß höchster Kompetenz
die Dein Flehn gehört
Verzweiflung Schwäche Erschöpfung gefühlt
künd: Zauberer der Nacht hatt Dich in seine Gewalt gebracht
weil Dus ihm ... Deinen niederen Trieben ... erlaubt
weil Du seinem Machtrausch nicht widerstanden
Mit sich fortgerissen hatte er Dich weil Du
nicht genug Willenskraft gehabt
Dich gegen Herrschsucht und Machtgier zu stellen
sie überlegen in Schranken zu weisen
Darum bist Du nicht erlöst denn
hast das Schlimmste getan was eine Fee tun kann:

sich nicht im Griff haben leichtfertig FeenMacht verraten
verplempern vertun in unbefugte Hände geraten lassen
in jene dummen herrschsüchtigen eitlen lüsternen Manns

Damit Du begreifst es nie mehr vergißt daß nie nie nie Fee
heilge Kräfte Geheimnisse verraten nie sich entreißen lassen darf
solls Deine Pflicht sein nun in diesem Hort
eingezäunt eingerahmt jeweils zehn Schritte im Quadrat
auf schwerem Lehmboden Wiesengrund Höllenschlund

allein dieser Schutz sei Dir gewährt
Rosengarten zu schaffen wie Aphroditen ihn liebt
Buchsbaumhecken Rittersporn zartzierliche Rosen
leuchtend blühend
Erst dann wenn dies geschehn erst dann bist Du erlöst
Und mußt Du einmal Geviert verlassen
um neue Kraft zu schöpfen nur dann seis Dir erlaubt
brauchst Du jemanden der Deinen Garten hütet
sonst wird er besetzt von Höllenmächten
die Dich verschlingen werden"

Flog davon Taube schneeweiß
mit letzten Atemzügen Flügelschlägen himmlischer Macht
denn bestialischer Gestank nahm Kraft
fiel Fee weinend nieder schrie stumm hoch ins Sternenzelt:

„Grausam seid Ihr! Wie soll ich
in dumpfem Moder Kloake des Schattenreichs
auf schwerstem steinigen Lehmboden der Göttin Garten schaffen!
Selbst wenn Ihr mir Rosen brächtet und Rittersporn
wie sollt ich sie verteidigen gegen Moderluft Neid Haß?
Könnten keinen Tag überleben in schrillem Gekrächze Geschrei ...
Ihr wißt doch selbst:
Rosen sind Töchter filigranster lieblichster Weiblichkeit
Und Rittersporn das Männliche ... ihre zarte Entsprechung

Wie soll ich überleben hier wie? Wie? Ich – eine Fee?
Wie soll ich in Höllenpfuhl Geschöpfe finden
die mir Garten hüten? Hier gerade hier?
Lag weinend doch es kam keine Antwort es kam kein Trost
keine Hilfe kein Gnadenerlaß Fee lag weinend
Da flog LichtesZaubermacht
ließ 9 Rosen 9 Rittersporn fallen ins steinig lehmig Geviert
kniete Fee weinend verlassen allein
grub mit bloßen Händen Grasbüschel aus rodete Land
pflanzte 9 Rosen 9 Rittersporn und
gröhlend stinkend standen am Zaune Teufel und Hexen und allerlei
Kranke schrien:

„Wie häßlich Deine Blumen sind!
Haben solche nie gesehn!
Was wir nicht kennen mögen wir nicht! Pfui weg damit!"
Traten gegen den Zaun bliesen Odem des Hasses
spritzten Blut schwarzschleimig gegen Fee

Da begannen Rosen zu weinen jammern flüsterten leis:

„Herrin so sehr wir Dich lieben verehren
so gern wir Dir jedes Opfer bringen dies ist für unsere Art zuviel
Wir sind keine groben Heckenrosen
sondern zartblättrig duftende edelste Züchtung
aus Aphroditens Tempel
porzellanen fast in Farbe und Form
solch düsteres Grauen können wir nicht überstehn"

Weinte auch Fee sprach:

"Verlaßt Ihr mich bin ich gebunden an höllische Tiefen
Vergeßt nicht daß ich genauso leide wie ihr
Glaubt: man kann s überstehn
Seid mir Gefährtinnen auf schwerem Weg"

Gröhlend und stinkend standen am Zaune Teufel und Hexen
und allerlei Kranke
tuschelten zischten lachten feixten neideten haßten
denn alle in höllischen Tiefen alle und alle
waren und sind aus der Liebe gefallen denn das ist Hölle

Fee wischte sich langsam Blut von Hals Gesicht
sprach Zauberspruch gegen gröhlend stinkende Schar
jene wich ein paar Schritte zurück doch mehr nicht
denn in der Hölle wirken himmlische Zauber schlecht
Hölle ist dem Himmel entgegengesetzt

Rosen porzellanen fast weinten denn allein Anblick
solch Höllengewürms grobschlächtig boshafter Art
quälte sie doch nicht nur das
Lehm war zu schwer kaum konnten Wurzeln sich strecken
kniete Fee lockerte Boden küßte jeden Abend jeden Morgen
9 Rosen 9 Rittersporn sprach ihnen zu
hütete sie vor Getöse Lärm Gewalt und Haß
kümmerlich wuchsen sie bald

Stellte sich ein Sternrußtau Pilzinfektion
Rittersporn brach
Insekten häßlichster Art flogen fraßen gierig helle Frequenz
und es dauerte nicht lang
blühte keine Knospe mehr auf keimte kein Blatt
dünn gelb verpilzt standen Stiele der Rosen

Rittersporn lag schwarz befallen konnt sich nicht mehr regen

Quecken wucherten schweres Gras wogte
dornig Gestrüpp rieß der Fee zarte Haut
verzweifelt lag sie zu Tode erschöpft

All ihre Liebe ihr Mühen hatte nichts genutzt
zu fein filigran waren Rosen und Rittersporn brauchten Licht Sonne
mehr denn eine Fee geben konnte in Höllenschlund

Dennoch wußte sie: könnt sie nicht Rosengarten schaffen
wär sie gefangen
Ohnehin schon wie Fabeltier im Zoo
umgeben von MaschendrahtZaun
vor dem Wesen gingen standen lieblos ohne Sinn Verstand
einfach nur gierig gaffend quälend
denn anderes war ihnen nicht bekannt

Wurd immer frecher ... aufdringlich häßlich Schar
Wollt raffen vernichten ach es wär herrlicher Spaß
fremdes Wesen eingezäunt eingesperrt
zerhacken vernichten zerteilen zerreißen
denn anderes war ihnen nicht bekannt

Fee fühlte es lag zu Tode erschöpft verzweifelt sinnend ...
Was sollt sie tun? Stand vor dem Zaun junges Mädchen
bleich schmal braunfleckig Zähne
blickte aus dunklen Augenhöhlen voller Sehnsucht
ins lehmschwer Geviert
sahs Fee ging zum Zaune sprach das Mädchen:

"Auch ich lebte einst in Aphroditens Garten
hegte pflegte Rosen pflanzte Buchsbaum Rittersporn ...
der Göttin zur Ehr ... auch heut bin ich Gärtnerin"

Klopfte Herz der Fee fragte schnell:

"Würdest Du mir helfen 9 Rosen 9 Rittersporn wieder
zum Leben zu erwecken? Sieh – fast gestorben sind sie"

Sprach das Mädchen:

"Wenn ichs tät was gäbest Du mir dafür?"

554

Fee stockte der Atem Ach ja in der Hölle gibts nichts umsonst ...
zahlen muß man für alles und seis nur ... für einen lieben Blick
fragte: "Geld geb ich Dir soviel ich vermag Wieviel willst Du?"

„Nicht nur das ... nein mehr will ich mehr!
Ein wenig von Deiner Feenfrequenz
ein wenig Wissen aus Feenland ...
hier und dort ein Geheimnis
über die Liebe ... das geht doch – nicht wahr?"

Fee stockte der Atem hörte Taube schneeweiß flüstern
in wärmender Hand:

"Denn Du hast das Schlimmste getan was eine Fee tun kann ...
leichtfertig Feenmacht verraten verplempert vertan"

Fee stand Wunden schmerzten von Ketten wundgeschabt
stand in Verzweiflung Schwäche Erschöpfung
sah Rosen gelblich Stengel ohne Blätter
von Haß überwältigten verkohlten Rittersporn
wuchernd Dorngestrüpp schweres Gras
stand in Verzweiflung Schwäche Erschöpfung dachte:

Hier ists kein dummer herrschsüchtig eitler lüsterner Mann
sondern bleiches Mädchen hohlwangig düster ja
vielleicht ist Aphroditen ihr gnädig vielleicht muß ichs tun
danken Kunst einer Gärtnerin
wenn zartzierliche Rosen leuchtend blühn

Ließ Mädchen hinein in lehmschwer Geviert
blies ihr himmlischen Atem zu
schweigend stands sog helle Frequenz
schnitt wuchernd Dorngestrüpp schweres Gras
doch nicht lang
mußte bald gehn hätt Höllenpflichten zu erfüllen ...

Erschöpft legte sich Fee nieder dankbar für auch nur geringste Hilfe
dachte: werd ihrs vergüten mit Glück Weisheit Liebe
doch hörte Taube flüstern unsichtbar: "Und mit Verrat?"

Gröhlend stinkend standen am Zaune Teufel und Hexen
und allerlei Kranke
Das Mädchen kam wieder Fee blies ihr himmlischen Atem zu
schweigend stands sog helle Frequenz

schnitt wuchend Dornengestrüpp schweres Gras
doch nicht lang sprach dann:

"Steig hinüber in Beelzebubs Reich bring ein paar
Säcke voll Mist"

"Wird schwierig sein" antwortete Fee "verlaß ich diesen Hort
muß ihn jemand hüten gegen HöllenHaß
der den Zaun sonst niederreißt dann bin ich verlorn
und draußen jagen sie mich
draußen entkomm ich Beelezbubs Töchtern und Söhnen nicht
dann aber war mein Opfer
endlose Zeit qualvollen Dienens umsonst
Also hol Du Mist für die Rosen tu Dus
Werds Dir vergüten gutes Wort für Dich einlegen
denn Du kannst Dich ja hier frei bewegen"

Gröhlend und stinkend standen am Zaune Teufel und Hexen
und allerlei Kranke

"Ich? Nie!"sprach dunkles Mädchen "ich trag keinen Mist
Sieh Du selber zu Ists etwa mein Rosengarten?"

Viel zu geschunden viel zu erschöpft
um einer wahren Fee würdig zu sein
übersah sie daß hier Neid am Werk flog schnell los
erbettelte raffte Mist
mit allem Zauber zu dem eine Fee in Höllenschlund fähig ist ...
nicht viel ists
flog zurück gerad in der Sekund
als dunkles Mädchen das Geviert verlassen wollt

"Hab ich Dir nicht gesagt daß ich verloren wär für alle Zeit
wenn Geviert auch nur für eine Minute ohne Aufsicht bleibt?"

Das Mädchen zuckte mit den Schultern hatte nur eins im Sinn
wie nehm ich Fee die Feenfrequenz?
Denn helle lichtene Kraft die Fee ihr gab besaß sie nicht
Neidete alles ja alles Rosen und Rittersporn
doch sorgfältig haderrnd Haß verbergend denn
Lieblichkeit stand gegen sie doch es zerrte in ihr machtvoll wie nie
mußte wollte besser sein denn die Fee
War eine von jenen die noch weit entfernt sind von Himmelspforten
Hader Herrschsucht Neid überschatteten schnell jeden Liebeseid

verworfen verdorben in kalter Berechnung
BesserseinWollen um jeden Preis allein raffen alles für sich allein
nicht teilen und geben nicht dienen verzeihn ...

Mißverstand sie zarte Lieblichkeit als Schwäche der Fee
wahrhaftig wie das Mädchen da stand
bräunliche fleckige Zähn
schmal empfindlich unterlegen sich dafür stetig rächend
wagte kaum zu sprechen ... hoch fühlte sie die Fee über sich

Doch beugen? Sich beugen? Ein wenig dienen? Nein! Nie!

Stand Fee erschöpft verzweifelt angreifbar
bat um Hilfe
hier sah sie eine Chance konnte der Fee Verzweiflung nutzen
nicht liebevoll helfen sondern ...
sie begann ... der Fee Befehle zu erteilen:

„Mist auf den Boden" sprach sie überheblich
„und wenn Dus getan werd ichs leicht untergraben ... vielleicht"

Fee gehorchte wollte brauchte Hilfe ... Rosen die blühn ...
kniete mistverschmiert ...
wollt all ihre Schuld büßen erlöst sein für immer ...

Da verlangte Mädchen neue Feenfrequenz jetzt und sofort
sonst grabe sie nicht sah ... Fee war zu erschöpft um sich zu wehrn

Fee gab offen und üppig und gern von himmlischer Macht
denn wollt 9 Rosen 9 Rittersporn die blühn ...

Da wurds dem Mädchen zur Sucht die Fee zu unterwerfen
frech unverschämt verlangt es immer Feenfrequenz
überhaupt ... sagte sie oft ...
sei die Fee nicht himmlischer Art sondern Höllenteufelin
in Feenkleid ... das ...
könne in der Höll ja auch nicht anders sein
erpressen würd sie das Mädchen zu schwerer Arbeit
in ihrem Garten
nur weil Mädchen Feenfrequenz brauche müsse es dienen
auf Knien Unkraut ziehn ... Dienst am Tempel der Aphrodite
der ihr einst angerechnet würde? Pah!
Demagogie unsaubere Geschicht her mit der Frequenz!

Hat sie recht? Dachte Fee ... bin ich schlecht?
Zählt Geld das ich zahle nichts?
Doch sie schwieg wollt nur Rosen die blühn ...

Und das Mädchen grub Mist leicht unter verschwand
viele Wochen gingen ins Höllenland
ließ sich nicht mehr sehn doch dann war Feenfrequenz
ausgebrannt ... Mädchen brauchte neue Kraft

Währenddessen grub schnitt Fee weiter rodete Land
und als es getan da flog LichtesZaubermacht
ließ 9 Rosen 9 Rittersporn fallen in LehmbodenGeviert
kniete Fee verlassen allein
pflanzte weitere 9 Rosen 9 Rittersporn und

gröhlend stinkend standen am Zaune Teufel und Hexen
und allerlei Kranke schrien:

"Wie häßlich Deine Blumen sind! Haben solche nie gesehn
was wir nicht kennen mögen wir nicht! Pfui weg damit!"

Spritzten Blut schwarzschleimig gegen Fee
da begannen neue Rosen zu weinen jammern flüsterten leis:

"Herrin so sehr wir Dich lieben verehren so gern wir Dir
jedes Opfer bringen ... dies ist zuviel ..."

Kniete Fee weinend lockerte Boden
küßte jeden Abend jeden Morgen 18 Rosen 18 Rittersporn
sprach ihnen zu
hütete sie vor Getöse Haß kümmerlich wuchsen sie
bald stellte sich ein Sternrußtau Pilzinfektion Rittersporn brach
weinend erschöpft kniete Fee
hütete 18 Rosen 18 Rittersporn
vor bestialischem Gestank ohrenbetäubendem Lärm
Spucken Husten Krächzen Furzen drang von draußen herein

Da stand vor dem Zaune wieder das Mädchen
bleich schmal braunfleckig Zähne
blickte aus dunklen Augenhöhlen voller Haß kalter Berechnung
hatte nur eins im Sinn: wie nehm ich Fee ihre Feenfrequenz?
Denn oft und oft und immer wieder hatt sies versucht allein
helle lichtene Kraft und Macht selber zu schaffen
konnt es nicht

Fee fragte nicht lächelte voller Liebe Verstehn
blies ihr zu Feenfrequenz
doch das Mädchen war eine von jenen die noch weit entfernt sind
von Himmelspforten
nutzte neue Kraft sofort um die Fee zu unterwerfen

Jene begriff es nicht wollts nicht begreifen
dachte: vielleicht ists meine Pflicht auch hier zu dienen
vielleicht ists letzter Rest alter Schuld
die ich begleichen muß vielleicht hilft es dem Mädchen
zu sehen daß ich mich nicht schäme ihr zu dienen ...
doch
es kam schließlich so daß Fee allein Rosengarten schuf
hütete hegte pflegte
zu Tode erschöpft mehr denn je
denn zu aller Kraft die ein Rosengarten zu schaffen kostet
gab sie von ihrer Feenmacht an das Mädchen
die stand nur und wußte alles besser nahm und fraß raffte gierte

Fee lag in dumpfer Hütte Wunden schmerzten
Erschöpfung hatte einen Grad erreicht
der nicht mehr zu ertragen war
Rosen blühten sanft und matt
Rittersporn stand prachtvoll straff und kerzengerad
kam das Mädchen wollte neue Frequenz sprach Fee:

"Es geht nicht bin zu erschöpft doch wenn Du versprichst
diesmal treu meinen Garten zu hüten
dann flieg ich schnell davon schöpfe in anderer Welt
neue Kraft und bring Dir herrliche Macht neue Frequenz
Bleib mir ein paar Stunden in sicherem Hort
hüt mir Rosen und Rittersporn
denn nur wenn sie blühn und gedeihn
werd ich erlöst aus Höllenpein"

Das Mädchen nickte verstohlen verschlagen
Fee flog davon
als sie wiederkam ... herrlichen Buchsbaum im Gepäck
war das Mädchen verschwunden
Rittersporn lag brach alle 18 prächtigen Kerzen niedergemacht
Rosen hingen matt und krank

Fee blickte sich um sah: Mädchen hatte Feenkraft genutzt
um Altar des Hasses zu errichten

559

denn es gönnte der Fee Weg aus der Hölle nicht
wo auch immer die Fee ging Haß waberte in ihrem Garten
Schmerzen stellten sich ein wo auch immer sie grub

Rosen beklagten sich statt lichtener Liebe
hätt sie Neid angehaucht nun seien sie wieder nicht stark genug
überfallen hätt sie Sternrußtau

Als sie in die Hütte trat lag fremder Teufel in ihrem Bett
wollt sie davonjagen dies sei sein Reich.
So also hatt Mädchen Feenkraft genutzt! So!

Da mußte die Fee kämpfen bis zu neuer vollkommener Erschöpfung
Tag und Nacht Nacht und Tag Tag und Nacht
wilder Kampf
um den Eindringling zu vertreiben
sie begriff:
schon wieder waren Frieden und Glück zu Ende gegangen
weil lichtene Macht in dunkle Gewalt gebracht

fremden Teufel in ihr Bett genommen denkend
so sei Vasall zu gewinnen doch er wiederum hatt sie schnell
davongejagt so gehts ja so gehts in Höllenreich

Gröhlend stinkend standen am Zaune Teufel und Hexen
und allerlei Kranke

feixten lachten schadenfroh denn
Rosen und Rittersporn waren fast tot
Quecken sogen ... Gras wogte Buchsbaum faulte
da hörte Fee Stimme schneeweißer Taube:

"Damit Du begreifst es nie mehr vergißt
daß nie nie nie
eine Fee heilige Kräfte verraten nie sich entreißen lassen darf ...
solls Deine Pflicht sein nun
auf schwerem Lehmboden Wiesengrund
Rosengarten zu schaffen wie Aphroditen ihn liebt"

Kniete Fee lockerte Boden küßte Rittersporn
schnitt und hegte Rosen kümmerlich wuchsen sie
verjagte Insekten häßlichster Art
riß Quecken aus schweres Gras düngte Buchsbaum
mit Odem der Feen

verzweifelt kniete sie zu Tode erschöpft
dumpf häßlich nicht mehr schön ...
doch ...
in mühsam langsam zäh fließender Zeit wich Dorngestrüpp
grobes Gras
lieblich hellem Rosengarten
wenn auch Rosen und Rittersporn kümmerlich zagten

Staunend standen am Zaune Teufel und Hexen
und allerlei Kranke
spritzten Blut schwarzgeronnen fast ... schrien:

„Wir habens immer gewußt Sie ist unsere Feindin Mord ihr! Tod!"

Und allerlei Teufel gossen Öl ins Feuer schrien dazu:

„Stellt Euch vor es knieten
unsere AllerBesten die herrschsüchtigen Popanze
und Schänder der Liebe
vor zierlichen Rosen würden jede Laus verjagen
jeden Pilz bestrafen
und es knieten
unsere AllerBesten die herrschsüchtigen Weiber
vor prachtvollem Rittersporn
würden ihn hüten und schützen und küssen!

Ja was dann? Dann würden alle erkennen
daß bei solcher Sorge nicht nur Pflanzen gedeihn
sondern auch Kinder Freunde Tiere und Himmel und Erde
und ... daß sie alle glücklich wären! Pfui Teufel!
Das ist der Untergang!
Keinesfalls darf solch feindliche Invasion
trojanisches Pferd ... wie diese Fee ... in Höllenland leben!"

Sprach Fee Zauberspruch gegen geifernde Meute
diese wich zurück doch nicht viel
denn in der Hölle wirken himmlische Zauber schlecht
Hölle ist dem Himmel entgegengesetzt
Rosen porzellanen fast weinten
denn allein Anblick Gebrüll solch Höllengewürms quälte sie
Inzwischen hatt frecher neuer Teufel Zelte
neben der Fee LehmGeviert aufgeschlagen
ließ Höllenbäume wuchern schweres Gras wogen

von Süden und Westen

Und weil in der Hölle nur selten die Sonne scheint
oft nur Feuer brennt in Dunkelheit
Feuer das mit loderndem Schein Rosen und Rittersporn
anleuchten kann
bracht er so viel Höllenwuchs an
daß kein Feuerschein mehr fallen konnt auf Rosen und Rittersporn

Und es stürmte neue Meute von Teufeln ein
Ließen sich im Westen nieder bauten ein riesiges hohes Haus
so nah an den Rosengarten
daß alles ... kleines Haus und Garten ... wie erschlagen stand
Und sie johlten aus Fenstern und von Balkonen jeden Tag
beobachteten jeden Schritt der Fee
scharten grölende Meute und alle Teufel um sich
da stand Fee im Garten rief stumm hoch ins Sternenzelt:

„So habt Ihr mich gestraft für Sünden die ich einst begangen
hab sie nie geleugnet
sondern alle Schuld voller Schmerz und Scham
auf mich genommen
hab höllischen Aspekt meines Daseins erkannt ...
doch nun ist Rosengarten geschaffen ... und was geschieht?

Sie riechen Duft der Rosen nicht
sehen Pracht blauen Ritterspornes nicht
Nichts anderes wollen sie als: Töten! Niedermachen!
Dazu also war meine Qual gut? Das sollte Sinn meines Leben sein?
Daß sie mich morden? Niedermachen?
Angröhlen und beobachten ... jeden Tag ...
hetzen mich ausspionieren ... bis zur Unerträglichkeit?!“

Da fiel in düsteren Höllenschein warmes helles Sonnenlicht
strahlte Tag für Tag
Rosen streckten sich der Sonne entgegen
blühten prächtiger denn je
Rittersporn wogte mit magischem Leuchten
Duft wehte süß wie vor Himmelspforten
und als er hochstieg durch die Hölle wogte
wurd der lauten grölenden neidischen Meute übel
sie verstummte wandt sich vor Schmerzen
hing über den Balkonen krächzte furzte

Je mehr Sonnenlicht fiel desto kräftiger wuchsen
Rosen und Rittersporn
je kräftiger sie wurden desto schwächer die Teufel
und ihre gierig schmierige Schar

kein Wort mehr von Mord und Tod der Fee
kein Wort mehr davon daß Rosen häßlich sind

denn je prächtiger der Rosengarten gedieh
desto mehr verloren sie ... ihre Macht

Und wie es still geworden kein kein Mord und Totschlag mehr

da wußte die Fee: hüten mußte ich hegen mußte ich
jede Rose jeden Rittersporn
denn sobald sie blühn und gedeihn
sinds Umschlagplätze Orte der Liebe
wo dunkle Mächte lichten werden ...

Und wie sie sich umblickte ...
hohes gewaltiges Haus neben ihrem winzigen ragen sah
blutige Schleimschlieren auf der Straße
die ganze dumpfe stumpfe plumpe Häßlichkeit
dieses Ortes sie quälte

da stand plötzlich ein Mann neben ihr
groß schlank Hüne ... nahm ihre Hand ... und wie sie ihn ansah ...
wußte sie ... er ists er ... Zauberer des Lichts

Marguerite kehrt nach Deutschland zurück

Marguerite seufzt wehmütig dankbar
daß Himmlisches sie ...
hier in diesem Hotelzimmer nicht verlassen hat
daß Himmlisches hütet tröstet hilft

erinnert sich ...
Mondin in all ihrer silbernen Pracht
kniete sie nieder Mondin Kelch in der Hand
mit dem Wasser des Lebens hielt ihn an meine Lippen
ich trank
es verschwamm ihr Bild und ich sah in sein Gesicht
er nach dem ich mein ganzes Leben lang gesucht
er Druide weißer Magier Zauber
meine andere Hälfte mein anderes Ich ...

Marguerite schließt die Augen in ihr formen sich
funkelnde Sterne des Alls
Lichtpunkte das vertraute Siebengestirn Liebe flutet
Linie für Linie formt Traum Wunsch Sehnsucht seine Gestalt
groß schlank vornehm ja vornehm – alles an ihm
anderes Wort ihn zu beschreiben träfe es nicht ...
Stärke und Sanftheit zugleich
sein graues Haar wird in prasselndem Regen naß
erinnert sich ...
wie er sie berührt geschiehts das was sie nie mehr vergißt:
jede einzelne ihrer Körperzellen an Schulter und Nacken
die er berührt scheint aus Ohnmacht Verzweiflung
tiefem Schlaf zu erwachen erinnert sich
beginnt lebendig zu werden tost sprüht Feuerwerk

unglaubliches nie gekanntes Glücksgefühl durchströmt sie
wußte nicht daß es möglich ist
ihre Zellen scheinen sich in einer Art Verbundsystem
bis zur Zehenspitze hin
über das Wunder zu infomieren: er ist da!

Marguerite richtet sich im knarrenden Hotelbett auf
begreift endlich spricht leis:

Kang! In Luft greife ich mit meinen Händen greife Luft
damit ich atmen kann ... in diesem Land
rufe Mondin so sie mir Hand führe sanft
Hexagramm auf blasse Haut meines Körpers zu malen
so neue Lebenskraft in mir wachse

so heilende Energie Gleichgewicht schaffe Kang!
Goldenes Licht durchfließt mich frohe heitere Lust
denn Rhythmus meines Herzens klingt nun
mit dem Rhythmus des Kosmos Kang!
Kunst habe ich zu schaffen weit über die Grenzen
von Vergangenheit Gegenwart Zukunft hinaus
Kunst des Herzens trägt mich auf höhere Ebenen des Seins
mit dem Rhythmus des Kosmos
beherrsche ich nun das LuftElement! *

Lange noch liegt sie träumt sinnt schläft nicht
neuer Tag beginnt sie muß weiterfahren heut noch
will sie kleines Holzhaus erreichen was auch immer sie dort
erwarten mag es muß sein
sie muß vorwärts muß muß muß ... denkt ...

Luft des Lebens die Du Himmel mit Erde bindest
Schlangenkraft mit Geistesmacht harmonisch einst
so weiblichmännliche Energie ins Gleichgewicht schwingt

Luft die mich reinigt so sie mich durch Vorhöfe der Hölle zwingt
Luft die mir Erleuchtung bringt Luft laß mich unabhängig werden
laß mein Leben den Menschen Heilung bringen
so ich Wasser des Lebens geschöpft mit dem Kelche
Wissen Weisheit Blockaden gelöst
atme ich Luft nun in diesem Land
damit es mir endlich Gleichgewicht bringt

Wandere nicht mehr ruhelos fliehe nicht mehr vor mir
meiner Vergangenheit sondern stelle mich
kontrolliere Angst ... meinen Widerwillen gegen dieses Land
taste mich vor atme schwere Luft ...

* *Öffnung des vierten Chakras*

Marguerite fährt zum Kölner Dom

Kaum angekommen mit GeisterSchar im kleinen Holzhaus
hoch über dem Rhein

sinkt Marguerite erschöpft aufs Bett schläft ein
während jene die zu ihr gehörn
sich vorsichtig umsehn Köpfe schütteln:
alles ist ihnen auch hier zu klein „Nein!" flüstern sichs zu „Nein!"

Auf Dauer mögen sie solch Enge nicht
auf Dauer muß etwas geschehn : mehr Raum Freiheit Licht

Schar die sich noch vergrößern wird
eigenwillige Geschöpfe Großzügigkeit SchlösserPracht gewohnt
betrachten schlafende Marguerite wie sie liegt
bleich stumpf gequält
irgendwie denken alle plötzlich ja denken sies
hat sich im Laufe spukhaften Geschehns
so viel Zugehörigkeit eingestellt alle für eine sie sinds ja selbst
möchten helfen Schmerz bewältigen doch ihre Macht ist begrenzt

Dreimal sieben Stunden schläft Marguerite
ihr kleiner Hund sitzt vor dem Bett
manchmal springt er hoch hält seine Schnauze in ihr Gesicht
doch sie schläft bleich stumm gequält
Wunde beginnt zu bluten an rechter Brust

Es riecht dumpf im Haus zu lang war sie fort
dreieckige Wintergärten öffnen Rechteck des Raums
alles aus dem Gewohnten heraus
schief und schräg Decke und Wände alles aus Holz
wohin man auch blickt: ypsilonförmiges Kreuz
Stab mit Dreieck geeint

Im Wohnraum stehn kostbare Möbel kleines cremefarbenes Canapé
winzige Sessel im Stil Louis Seize
fremd wirkts hier in diesem Land

viel zu zierlich nicht kantig sondern warm weich bewegt
kostbar stehts wirkt aufs Gemüt
verfeinert macht zärtlichzartlieblichlieb

Doch es ziehn schwere Wolken über den Fluß
Erschöpfung rinnt
als Marguerite aufwacht fällt Licht sieht sich um wo bin ich?

Nicht im Schloß? Nicht im Perigord?
Was ist geschehn? Ja rechte Brust schmerzt
rostiger Nagel der sich hineingerammt ...
sie untersucht die Wunde ... es sieht übel aus

Schwere Wolken ziehn über den Fluß
sich besinnend hält sie inne ... Tag planend grübelnd

Warum sollte sie hierher zurück? Wie stehts um ihr Geschick?
Was sagt Lauf der Gestirn?
Da fällt ihr ein wie ungern sie nach Deutschland kam
welch klotzige Architektur Unbeholfenheit der Form
düster gewalttätig kriegslüstern
jedes Haus Bollwerk gegen den Feind

Waten sie nicht in ihrer Aggression?
Hat sies nicht träumend gefühlt?
Alle rennen um die Wette versklaven sich
trennen Denken vom Gefühl knechtens bis es verroht
dann hochschießen muß aus Urtiefen
weil sie vergaßen ... was?

Spürt sie etwas ist anders in ihr seitdem sie aufgewacht
etwas
das sie lebt leiden muß für dieses Land Leid das sie auf sich nimmt
versprochen wars noch bevor sie in dieses Leben trat

Gewaltige Energie schießt hoch in ihr
plötzlich
gleich einem Vulkan tosend speiend mit ungeheurer Kraft
schleuderts Lichtbahnen frei
doch
auf Höhe des Kehlkopfes wird Kraft blockiert weiter nach oben
soll sie nicht ... gewaltige Energie
da beginnt sie sich zu drehen und wenden

denn diese Blockade in ihr wird zu unerträglicher Qual

Energie staut sich im Halse schmerzt als müsse er platzen
Was möchte sie?
Morden fressen saufen alles zerschlagen nur damit Kraft weiter
fließe sie entlaste
beginnt sie in ihrer Verzweiflung Möbel zu rücken
im Raume heftig zu gehn

sieht sie einen kleinen Elefanten
aus Elfenbein geschnitzt
auf einem Regale stehn nimmt ihn in die Hand
kaum hat sies getan da stürzt gleichsam aus ihr heraus

der Laut „Ing" * langsam machtvoll baut er sich auf
durchfließt ihre Kehle ihren Mund schwingt in den Raum
Wie von einem Zauberstab berührt
wird sie ruhiger Wut glimmt
setzt sich auf das kleine französisches Canapé ... verwundert ...
so auch die Geisterschar die sich ob lärmenden Möbelrückens
von überall her eingefunden hat

sitzt sie auf kleinem französischen Canapé
schließt die Augen sieht hinein in sich in ihre Kehl
wies pfropft grünlich phosphorizierend
und noch einmal preßt sich fremder Laut durch ihre Kehle „Ing"

Da denkt sie warum greif ich nicht hinein in meine Kehle
mit geschlossenen Aug stells mir vor
so wie man eine Geschichte sich ausdenkt
greif ich in dieses Dunkle reiß ihn heraus Pfropfen
und sie lehnt sich zurück auf französischem Canapé
Hände in den Schoß gelegt stellt sichs vor:

reißt grünlich-phosphoriszierendes Gewirr

Da schießts wieder mit gewaltiger Kraft hoch verhinderte Energie
blockierte Kraft glühend gleißend Licht
und damit alles was pfropfengleich in der Kehle saß
schleuderts mit gewaltiger Kraft
geflügelte Monster mit riesigen Forken grandiosem Maul
spitzen Zähnen grünlich glimmerndem Aug ...
Marguerite erschrickt
Sie also haben in der Kehle gesessen? Warum nur? Warum?
Hält sie das kleine kühle glattpolierte Ding Elefanten klammerts
in ihrer Hand als seis letzte Rettung vor grausamem Untergang

denn geflügelte Höllenwesen mögen
obwohl sie aus der Kehle geschleudert wurden ...
nicht weichen
klettern zurück krallen sich fest lachen schrein

* *Öffnung des fünften Chakras*

kriechen setzen sich wieder in die Kehle hinein
unterbinden wieder leuchtenden Fluß der Kraft
Grausen wabert rußflockengleich
wie klebrige Schmier an sie heran

haken sich wieder fest in der Kehle
Angst wird zur
donnernden alles zerstörenden alles verschlingenden Wasserwand
klammert sie kleinen Elefanten in ihrer Hand
sucht mit dem Blick ihre Schar die verwundert steht ...
so schnell nicht weiß was geschieht und Marguerite schreit stumm:

Trotzen werd ich ... trotzen will ich!
Silberner Halbmond reiner Klang
öffne mir den Weg zur Antimaterie damit ich alle Elemente
zur Einheit verschmelzen kann!
Seitdem beschlossen ist daß Schloß Fleurac erlöst sein muß
seitdem jene die zu mir gehörn
seitdem sie bewußt und klar in meinem Leben
seitdem weiß ich wie sehr ich sie alle liebe
nie mehr verlieren will
seitdem weiß ich: nicht einen Schritt zurück werd ich gehn
*nie mehr mich feig davonstehlen Nein nie mehr! **

Und in ihrer maßlosen Angst greift sie noch einmal
mutig in die Kehle hinein laserlichtflutend brennt ihre Hand
greift eines der fetten schweren Monster
geflügeltes Ding hält es fest
und wies zappelt in ihrer Hand
Vulkan heller Energie schießt zischend hoch
schleudert dunkle schmutzige Brocken die quergesessen
fluchende zappelnde Höllenwesen wieder hinaus aus der Kehl
und in den tosenden Tumult schreit Marguerite stumm:

„Wer seid Ihr? Wie kommt Ihr her?
Und Du die ich festhalte fest ganz fest: sag mir wer Du bist!"

Doch fettes Monster bläht sich auf wird zur Riesenspinn
mit grauenhaft gefräßigem Maul Beinen voll klebriger Widerhaken
bläht sich will Marguerite greifen knackend zerfressen
ekelerregend triefendes Maul
lacht Marguerite - Angst übertönend - schrill schreit:

* *Öffnung des fünften Chakras*

573

„Was willst Du? Mich zerknacken zerfressen?
Aushöhlen? Hast Du längst getan!
Meinst ich erinnere mich nicht? Höllengebräu und Höllenfraß?
Du hast ... doch wirst nicht haben! Diesmal nicht
Diesmal ist die Zeit gekommen in der ich mich befreien muß!"

Was red ich denn da? Fragt sich Marguerite unentwegt
während Angst in ihr aberwitzige Wellen schlägt
Welch dummes Zeug! Wieso erinnre ich mich?
Wie auch immer - ich ergebe mich nicht
Kampf dauert Stunden
es bläht sich ungeheure Widerwärtigkeit
Angst schleudert sich hoch zu unüberwindlicher Wasserwand
gleich über sie stürzend alles erschlagend
und doch zwingt sie sich immer wieder standhaft zu sein
Selbst Geisterschar steht machtlos angesichts solcher Gewalt

„Hölle meines Lebens!" schreit Marguerite „Höllenqual seitdem
ich geboren bin ... besessen besetzt von düsteren Mächten ...
die mich aussaugen benutzen sich meiner bemächten ...
reißen mich blockiern ... kann nicht ... ich selber sein
und versuch ichs - schlagen sie mich nieder würgen morden
Hoffnung Lieblichkeit meiner Seel
zunichte machen sie alles
krallen sich fest in meiner Kehle mehr noch:
in meinem weiblichen Zentrum es schmerzt so sehr es schmerzt
und so schwör ich Euch:
wer Ihr auch seid diesmal besiege ich Euch!"

Doch geflügeltes Monster das sie festhält ist stark
operiert mit der Angst Angst tropft Angst nagt lacht dröhnend
und zu guter Letzt erbrichts
gewaltige Menge grünlichen Schleims auf Marguerites Gesicht
schlimmer stinkend denn aus jeder Kloake

Marguerite würgt muß sich übergeben
Ekel überwindend springt sie auf
beginnt stinkende Flut wegzuwischen
doch hält mit linker Hand geflügeltes Monster fest so fest
flüstert mit ehernem Willen:

„Was auch immer Du tust gräßliches Höllenwesen
ich werde den Kampf gewinnen!"

Stunden vergehn Marguerites Kraft neigt sich dem Ende zu
Geisterschar steht wie gebannt von Grausen gepackt
denkt Marguerite:
wenns noch lang so weiter geht werd ich verrückt
doch sobald ichs denk weiß ich genau:
d a s wollen sie
Stunden vergehn Kampf nimmt kein End schreit sie in ihrer Angst:

„Aleundram akadei ivikandem mukudei
Geister der Vergangenheit Geister die ich rief
Euch banne ich
habt mir Rede und Antwort zu stehn
Eure Kraft mir zu geben denn einst gab meine ich
Zeit hoch im Zenit
da Macht Euch nicht mehr zusteht über mich
aleundram akadei
ivikandem mukudei
Geister der Vergangenheit Geister die ich rief
Euch banne ich
damit ich wachse Göttin sei
aleundram akadei ivikandem mukudei!"

Schrumpft das Monster verschwindet
und helle Energie schießt vulkangleich durch ihre Kehl
schleudert alle Dämonen schleimig Höllengebräu weit hinaus
und sieh! Es steht vor ihr schrumpelig Weib
gelblich-lederfarbene Haut Gesicht voller Falten gelbbraune Zähn
Blätter kauend
aschblondes Haar straff nach hinten zu einem Knoten gedreht
mager der Körper ausgetrocknet fast fellenes Kleid
schlottert ihr am Leib
steht ächzt stöhnt setzt sich aufs blanke Parkett
streicht erstaunt über fein poliertes Holz spricht:

„Pfui es stinkt nach grün-schleimigem Gekotz wisch
schneller mach die Türe auf!"

Marguerite steht sprachlos „Na mach schon mach!"

Marguerite gehorcht kann nicht aufhören zu staunen
krächzt die Alte:
„Gib mir Feuer werd ein wenig rauchen
Gestank muß dann zur Tür hinaus los mach sie auf!"

Marguerite reicht der Alten Feuer öffnet die Tür
setzt sich wieder aufs französische Canapé
starrt die Alte an deren Augen sind blau stechend voller Kraft
mit zittrigen Fingern stopft sie eine Pfeife
knetet Kräuter Baumharze
spuckt hinein knetet stöhnt ächzt und schimpft

„Wie kannst Du nur auf solchem Geräte sitzen!
Warum hockst Du nicht auf dem Boden?"

Und sie spuckt und schlürft da fällt Marguerite ihr ins Wort
„Was spuckst Du Alte auf mein gewischtes Parkett
glaubst Deine Spucke sei besser denn grüner Schleim?"

Die Alte will hochfahren tückisch glitzernd der Blick
solchen Ton ist sie nicht gewöhnt
doch sieht zu ihrem Erstaunen entschlossene Kraft
in Marguerites Gesicht
da lächelt sie anerkennend murmelt:

„Verdammtes Weib! Kein Wunder daß wir zusammengehörn"

Wischt ihre Spucke mit bloßen Händen weg
trocknet sie an Fellen die sie trägt

„Weißt ... es hat mir schon immer höllischen Spaß gemacht
aus Unsichtbarem ins Grobstoffliche ... in die Materie ...
zu operiern ... und dann zurück ... herrlich ists ... stimmts?
Denn Du weißt nun selbst nicht mehr was Wirklichkeit ist!
Ja manchmal gehts eben mit mir durch"

Marguerite reicht Feuer Pfeife beginnt zu brennen die Alte pafft
wunderbar duftets nun im kleinen Holzhaus
nach Wiesen und Erde und Feldern
merkwürdige Stimmung breitet sich aus im Raum
der so verseucht war von Machtkampf mit HöllenMonstern Angst
dumpfer Verschlossenheit
doch nun ... friedliche Lust Erdenkraft steigt

„Was" wagt Marguerite nun zu fragen „hat all dies zu bedeuten?
Warum waren Monster in mir? Oder saßest Du in meiner Kehl?
Warum verstopfte mir diese Blockade diese Angst ...
das Leben mein Glück ... alles Glück alle Lust?"

„Mein liebes Kind" spricht die Alte sanft „Monster Dämonen
geflügelten Wesen mit grün-glimmenden Augen
sind genau das was jene üblen Verbrecher vergangener Zeit
zwischen uns und andere Welten gestellt

Versteh! Um Macht über mächtige Weiber zu gewinnen
mußte man die Kraft ihrer Orte an die sie gebunden
mußte uns
zerstören vernichten quälen martern Dämonen wurden gerufen
damit wir abließen von unserem Wissen
Allen ... selbst uns ... mußten sie
durch Mißhandlung Mord und Vernichtung glauben machen
daß wir verrückt sind oder primitiven Hexen gleich ...
sobald wir ins Unsichtbare treten
Ja sie habens geschafft ... und ... Heerschar von Höllenwesen
stand ihnen zur Seite ... denn ... es ging um Macht!

Maßten sich an so gewalttätig zu sein
daß sie allen die nicht glauben wollten daß wir ... weise Frauen ...
die weiter darauf beharrten weise zu sein
wir ... weisen Frauen ... die wir zwischen den Welten gehen ...
daß sie allen auch ... uns selbst ... ins Hirn hineinzwangen:
mit Euch ists für immer vorbei!
Ihr seid Schmutz stinkende Brut und viele von uns wurdens dann

Unsere Körper vierteilten quälten verstümmelten sie johlend
und mit Brachialgewalt Sie warens die jeden niedermachten
der sich weigerte von seinem Glauben an uns zu lassen ... ja so wars

Hetzten uns Höllenteufel an den Hals
wir konnten uns irgendwann nicht mehr wehrn
Quälten uns so grausam daß ...
wir unsere hohe Frequenz nicht mehr halten konnten

so lernten wir schweigen ... denn Schock macht stumm
Damals verschloß er uns die Kehl
Qual und Folter war zuviel Oh! Sie wußten es! Oh! Nur zu gut!
Angst ging um ...   auch bei uns

Keine Zeit keine Kraft mehr für das Gute und Schöne
Auch mich hatten sie gequält
so mußt Du Deinen Machtkampf mit dem Monster verstehn

Sie wollten nicht daß Du mich findest wollten jeden weiteren
Deiner Schritte
in Monster- und Dämonenwelt leiten
fingerten so
daß Dein Machtkampf mit mir Hüter der Schwelle war

Versteh! Alle Angst alles Entsetzen alle Qual sind:

Dein eigenes Entsetzen Deine eigene Angst Dein eigener Schrecken
Deine eigene Qual Dein eigenes Schicksal
das Du nicht verwunden hast ...
Hatt ich einst nicht genug Kraft zu widerstehen solcher Hatz
hatt ich aufgegeben
so sollen Du und ich ... die ich aus Dir nun herausgetreten bin ...
diesmal stärker sein ... Hüter der Schwelle ... so ist es immer:

Monster für jede zu Schwache jede Unbefugte mein Kind
jede die hoch hinaus will ... einst gefallen so wie Du so wie ich
jede muß mit dem Monster kämpfen bis aufs Blut

Denn: so trennen die Himmlischen Spreu vom Weizen
die einen werfen sie dem Irrsein zum Fraße vor ...
sie sind noch nicht so weit ... andere die stark genug so wie Du
der furchtbaren Angst zu widerstehn ...
bin ich Schwester Wegweiserin zur Mutter Magie
Hüterin aller Geheimnisse zwischen Himmel und Mensch

Hast mich nur gefunden auferstehen lassen
weil Du so tapfer die Angst besiegt

Lang lang hab ich in Dir überlebt doch nun
da Du mich endlich gefunden
fühl ich: bin zu alt neue Weisheit muß her

Nicht in meine Fußstapfen sollst Du treten
nicht mich reproduzieren nein
Zeit ist reif für eine andere von der ich träum seit langer Zeit
eine die edler und größer und schöner ... ach was red ich!

Für sie bin ich wieder lebendig geworden
für sie leb ich noch einmal in irdische Welt hinein
ihr geb ich meine Stütze und Hilfe und Weisheit
ohne die sie nicht entstehen kann für sie
für Dich mein geliebtes Kind hab ich durchgehalten so lang"

Die Alte hält Pfeife in dünnlippigem Mund erhebt sich
murmelt: „So und nun muß ich mal"

Schlurft mumelnd durch die offene Tür grinst
da begreift Marguerite stürzt hinterher zieht die Alte zurück
spielt sie mit im Spiel nun spielt sie mit
bringt sie zur Toilette

„Dort auf die Schüssel hock Dich dann drück auf diese Tast
Wasser wird fortspülen alles was Du losgelassen hast
So ist das in der heutigen Zeit"

Befiehlt sies schließt die Tür lächelnd darüber
wie frech diese Alte mit der Wirklichkeit spielt
ruft laut in die Toilette hinein:

„Wieso haben Geister solche Bedürnisse? Wär mir neu!"

Mokiert sich lauthals ... insgeheim immer noch voller Angst
Die Alte schlurft wieder heraus hockt sich grinsend nieder
spielt ohne Zweifel freches Spiel
steigt zwischen den Welten hin und her
hockt raucht blickt sich um und spricht:

„Mit dem Raume stimmt etwas nicht
Dieser rechte Winkel ist falsch ... hier können keine Harmonien
entstehn ...
hier wird freier Fluß der Energien blockiert"

Marguerite staunt schweigend denn was die Alte sagt
hat sie längst empfunden oft gedacht
nur fehlte ihr bisher Geld und Kraft um Blockade zu entfernen
denn es hieße eine Wand herausreißen und vieles mehr
Sie staunt über die Weisheit der Alten und es flüstert Geisterschar:

„Sagen wir ja! Mehr Raum Freiheit Geld und Reichtum muß her
und mehr Leichtigkeit - ja viel mehr!"

Mit ihren blauen wachen Augen hat die Alte schon längst
Marguerites Geisterschar verstohlen gemustert
Sie also spielen auch mit im Spiel?
Hat in Sekundenschnelle Grazien und den Meister erkannt
sich fast unmerklich voller Ehrfurcht vor ihnen verneigt
spricht rauh:

579

„Weißt Du mein Kind zu lang und zu tief verborgen war ich in Dir
als daß ich Anteil hätte haben können
an den Schicksalen jener hier
Bin aus unserer Ahnenkette am großen Fluß
beileibe nicht die Älteste doch immerhin
sagen wir: Ahnin jener Racheweiber HekatenArt ...
diesen HerrinnenMenschen ...
noch ... das Gegenstück
eher verwandt mit den süßen kleinen Mädchen dort
seh sie an der Großnasigen Hand ... wie heißt sie?
Louise de Beauroyre? Und das Kind?

Ich bin uralte Weisheit die noch nicht entartet ...
Beginn auf simplen Ebenen ...
nicht solchen der himmlischen Poesie ... doch immerhin ...
Dreiheit der Göttin schließend mit Alter Vergehn

Doch dann ...
wurd ich wiedergeborn jungfräulich und schön
dann erst schlug das Schicksal zu
dann erst lag die Wunde bloß
sie ... diese Wunde ... hast Du nun zu sehn verbinden und zu heilen
ich zeig Dir wie ... dahin führ ich Dich ...
zu Semiramis

Jahrtausende alt ist unsere Reihe der Zauberinnen am breiten Strom
Hier gabs keine dummen Weiber die nichts wußten nein
ach wie sehr liebe ich ihn - diesen Fluß diesen Rhein

Lang lang waren sie geknechtet verelendet krank gemacht
Deine Ahninnen meine Nachkommen
viel Unglück ist geschehn viel zu viel
viel Schuld hat dieses Volk das hier lebte und lebt
auf sich geladen als es uns verstieß vergiß es nie:

Schuldig ist Dir dieses Volk schuldig ist Dir dieses Volk
jede Hilfe zur Rückkehr in himmlische Kraft
Schuld trägt dieses Volk
an jedem Weib aus unserer Ahnenkette
das gequält geknechtet vergewaltigt erniedrigt worden ist
und sich in ihren Nachkommen an der Schöpfung rächt

So rein wie ich hat keine meiner weiblichen Nachkommen
hier Schamanin sein dürfen

alle die nach mir kamen wurden entehrt auch Du
die ja ich Du bin ja auch Du ... doch halt!

Ich erzähl schon zuviel
denn ich fühl mein Kind: bin so alt und beschränkt
daß ich Deiner Welt hier kaum entgegentreten kann

Alles ist mir zuviel spür Neid Mißgunst der Menschen
Machtgier Haß liegt wie dichter Schleier über dem Land
s ist eine Zeit in der solche Wesen wie ich nicht leben können
denn Luft die Menschen hier ausatmen ist verseucht

Und doch hab ichs gewünscht
meiner Nachkommin in entferntester Zeit
ist sie denn so weit
zu helfen jene zu sein von der ich träum schon seit urewiger Zeit
die ich nie sein konnte ... denn es war nicht die Zeit:

Poesie himmlische weibliche Kraft Göttin der GeliebtenArt"

Während Tränen an Marguerites Wimpern hängen
Louise sich beginnt die Nase zu schneuzen spricht die Alte weiter:

„Welche Schuld Ihr alle auf Euch geladen Du mein Kind
Deine Geisterschar meine ists auch ja
trag sie hinaus als Botschaft in diese Welt Versprich schwör!"

„Und was ist wenn keiner die Botschaft hören will?"

Da runzelt die Alte die Stirn sagt:

„Wahrhaftig meine Kleine hätte nicht gedacht
daß Du so borniert sein kannst
bist Du nicht Endprodukt jahrtausendealter Kunst?
Krönender Abschluß edelster Kultur
am großen Strome in deutschem Land?
Da quakst Du wie ein Fröschlein wehleidig:
wenn sies nicht wollen!?
Mein liebes Kind wenn es in Deinem Schicksal geschrieben steht?
Vor allem ... wenn w i r alle wollen ... dann werden sie wollen!

Denk nach: mit welcher Strömung fließt Du im GezeitenStrom?
Zeit der Vernichtung weiser Fraun?
Zeit der Auferstehung uralter Weisheit?

Zeit für das Glück von Mann und Weib?

Also besinn Dich denk nach
schau hoch in den Himmel hoch ins Sternenzelt
aber das hast Du ja verlernt
überhaupt geht Dir Sicherheit um kosmische Zusammenhänge ab
sonst hättest Du nicht einen solch mißgestalteten Raum
wärest nicht so feig"

Ärgerlich will sie wieder aufs Parkett spucken
zieht Luft lärmend durch die Nase hoch
da fährt Marguerite wütend sie an:

„Spuck mir nicht auf den Boden sonst werd ich fuchsteufelswild!
Geister und kultivierte Menschen brauchen so etwas nicht!"

Die Alte lacht derb sieht
Marguerite ist an empfindlicher Stelle getroffen
will nur zurückwerfen Ball frechen Angriffs
Nun ... die Alte fängt ihn auf
„Reich mir die Schale dort Kind" krächzt sie heiser und schroff
„daß geräuchert werden muß ... ist an der Zeit"

Marguerite bringt eine schöne metallene Schale
Kräuter brennen Schwaden ziehn durch kleinen Raum
fallen hoch steigen nieder schweben über blankem Parkett
da hat die Geisterschar entschieden:
Wir alle brauchen ein größeres Haus
wir alle brauchen viel mehr Raum

Die Alte hats vernommen denn sie kann Gedanken lesen
formt zwei Finger ihrer Hand zu einem Siegeszeichen
beginnt zu sprechen:

„Das was Du nun tun mußt mein Kind ist so schwer
daß Dus nicht allein schaffst deshalb bin ich hier"

Legt ihre harte kleine Hand auf Marguerites Knie
streicht über Schenkel bis zu Schoßes Höh ...
Das wehrt Marguerite heftig ab
blickt empört die Alte an
sieht sekundenkurz keine Alte sondern eine Fee schön so schön ...
daß Marguerite ganz weh ums Herz wird ach ganz weh

Sehnsucht ... so möchte sie ja so möchte sie sein - doch wie?

Ach ... es war nur ein Scherz der Alten
weiß sie nicht zu gut daß die Alte eine große Zauberin ist?

Blickt wieder in gelblich-runzelig Gesicht
Die Alte lächelt
hat ihres Kindes Kummer Sehnsucht gesehn fragt:

„Bist Du schon dort gewesen
dort wohin Dich die Meister gesandt?
Erzähl mir was geschehn denn es ist wichtig für meine Strategie"
Marguerite beginnt:

„Ein Dom überragt die Stadt Angst schleicht heran
dort soll ich hin weiß nicht wie will nicht wissen
was ich entdecken soll fühl spür: das was ich finden muß und soll
war zu grausam so furchtbar daß ichs nicht verkraftet hab
siehst Du das ist aller Geisterspuk letzter Sinn
das erkenn ich nun
Nackter Boden auf dem wir uns wiedergefunden: nicht verkraftet
Schock der uns alle gelähmt jede einzelne die zur Geisterschar
gehört ... hatte einen Schock in sich

Doch am Dom ich fühls:
kommt ungleich Grausameres auf mich zu denn im Schloß Fleurac
hier spür ich: Angst lähmt mich mehr denn je
obwohl ich weiß:
welcher Boden ist fruchtbarer für Dämonen denn Angst?

Fühl spür: dieser Ort ist vollkommener zerstört
denn jener auf dem Schloß Fleurac erbaut
merkwürdig grad ... als ich herkam hab ich in Köln
am Dome Halt gemacht ...
mochte so lang an der Domtür rütteln wie ich wollte
es blieb der Dom geschlossen weiß nicht warum
Randalierende Jugend in Verzug? Saufendes Volk? Karnevals Zeit?

Nein seh wie sich Volk sammelt merkwürdig grad an dem Tag
an dem ich zurückkomm von Schloß Fleurac
wälzt sich Heer von Schwarzgekleideten heran
wunderliche Gestalten
Gesichter schwarz bemalt Haare hochgetürmt
große Schuhe an den Füßen wälzt sichs heran Angst wächst

583

Mach ich kehrt auf dem Fuße denn es sträubt sich mein Haar
denn solche Gestalten sind mir wohlbekannt
aus dem Reiche der Finsternis
wie ists möglich daß dieses Reich irdischen Stoff bilden kann?
Wieso herrscht hier solche Frequenz?

Hats die armen verzweifelten Seelen die sich dort sammeln
aus Finsternis hergetrieben?
Oder sind sie IncubusWerk entstanden aus übler Kopulation?
Samenguß bei dem es um Haß und Gier gegangen ist?
Warum an diesem Ort?
Wie sehr muß hier Heiliges verstümmelt worden sein
wie sehr verhöhnt? Nein wills nicht glauben nein ...
Prüfungen werden immer schauerlicher ...
Domplatz voll von fledermausartigen Gestalten
junge Menschen die nicht ahnen ...
was Farbe Form Stoff Schuhform ihrer Kleidung bedeuten
Oder ahnen sind sies? Wenn dem so ist - Flucht!

Und ich stürze mehr denn ich geh zum Auto
fahr so schnell es Geschwindigkeitskontrolle erlaubt
über die Zoobrücke
fahr schnell fahr bald seh ich Hügel des Bergischen Lands
in der einst so viele Hexen verbrannt
wo man auch heut noch zäh der Herrschsucht frönt
über allem zieht sie sich wie schleimig schwarze Brüh
mein Haar ist struppig erst jetzt fällt mir auf
wie wenig ich gepflegt
wie wenig erotisch sinnlich weiblich ich bin

Seh mein kleines Holzhaus atme auf geh hinein
leg mich aufs Bett schlaf vor Erschöpfung ein ... kaum aufgewacht
spür ich: eine Kraft steigt in mir hoch spür sie bleibt stecken
irgendwo am Hals

Gewaltiger Druck entsteht denk:
mein Körper wird auseinandergesprengt im Halse quälts
Pfropfen schwarz und schwer
als hielten gewaltige düstere Hände mich zu damit ich sterb

Es schmerzt Druck bläht Hals auf
möchte kreischen und zanken und jähzornig sein
möchte schlagen und verletzen
Jammertal mein ganzes Leben schwarzer Propfen auf lichter Bahn

im Kopfe wirds mir matt ..."
Die Alte übernimmt nun sprechenden Part:

„Siehst Du Kind wenns Dir grad hier geschieht diese Qual
dann muß sie auch hier und eben nur hier zu beenden sein
denn hier wars wo Dir Kehle verschlossen ward ...
einst
auch hier hast Du niedergelegt altes heiliges Wissen
verschüttet vergraben verbuddelt ...
Wissen das Du brauchst um Fleurac zu erlösen

Von weisen Köpfen frühzeitig aufeinander bezogen
diese beiden Orte ... Fleurac ... und der Dom ...
frag nicht frag nicht nein manches ist zuviel für ein Menschenhirn

Kind darum bin ich hier stell es Dir nicht so einfach vor
von einer Dimension in die andere zu springen
magische Geheimnisse zu erkunden
verwunschenen Kraftort zu erlösen Planeten Erde zu retten
ohne sich zu schützen
vor jenen die ihre Macht nicht hergeben wollen

Darum bin ich hier denn Machtkampf ist seit urewiger Zeit
zwischen Dunkel und Hell

So ists nun mal zwischen Körper und Geist
so ists eben mit Materie in der Schöpfung Gang

Wirst kämpfen Dir etwas einfallen lassen müssen
denn mit Forken und Gabeln werden sie Dich verfolgen
angreifen wo sie nur können
hier mehr denn in Fleurac
denn hier haben Dämonen viel mehr Macht
werden sich an Deine Arme hängen fledermausähnlich
mit irrem Geschrei
einen Vorgeschmack hattest Du schon gestern
auf der Domplatte in Köln am Rhein ...

Sie werden sich nicht damit begnügen Dir das Lenkrad
in falsche Richtung zu drehn wies im Perigord geschehn ...
werden Dich belagern Tag und Nacht

Denn hier haben sie gewaltige Macht denn überall dort
wo Menschen aus der Liebe fallen

585

können dunkle Mächte besonders gut herrschen

Doch hüte Dich wieder in Angst zu fallen
denn Du mußt lernen das ist der Sinn ...
mußt lernen stärker zu werden
wenn Dus nicht lernst auch solchen Geistern zu widerstehn
wie sie Dir bald entgegentreten
wenn Dus nicht lernst mutig der Finsternis Paroli zu bieten
dann bist Du verloren

Und weil für Dich allein der Kampf zu schwer
bin ich hier doch ich ahn: auch für mich wird's nicht leicht
diese Zeit ist abartig schlecht ... Oh! diese Zeit!
Dennoch Kind für meinen Traum von der schönen Poesie
riskier ich all meine Zauberkunst
für Dich riskier ichs nur für Dich denn ich weiß ja Du bist ich

Also werden wir an jenen Ort gehn
der Dir gestern noch verschlossen Ankh wirst Du laufen
Tor öffnen ... Reich der Finsternis weiter durchschreiten ...
Stab suchen und finden so wies geschrieben steht
denn Du brauchst nicht nur Kugel und Kelch und Ringe ...
auch den Stab! Und den findest Du nicht in Fleurac

Doch Vorsicht Feinde werden Dir begegnen
wirst beginnen Dich schlecht zu fühlen
wirst jammern Kopfschmerz wird Dich rasend quälen
denn jene Dir wohlbekannten Kräfte wollen nicht
daß Du das Geheimnis lüftest - also sei auf der Hut"

Marguerite springt hoch geht auf die Alte zu
„Du hast Recht und wenn ichs recht bedenk dann ..."
will die Alte an den Schultern greifen packt ins Leere
lacht sie lacht die Alte:

„Wahrhaftig bin ich froh daß ich nicht mehr
aus solch festem Stoff wie Du! Würd mir noch fehlen
wenn ich erst Türen öffnen müßte um durch Wände zu gehen"

„ Ah ja?" mokiert sich Marguerite
„doch auf mein Parkett spucken und pinkeln wolltest Du!"

Lachen beide lacht die Geisterschar!

586

„Närrchen wirst es schon schaffen hast ja mich
und die guten Geister hier
bist auch wohlgerüstet weil unweit vom Dome geborn
Bist Dus nicht die mit ihm verbunden wie einst ich?
Nimm die kleine Handtrommel die neben Deinem Bette liegt"

„Woher weißt Dus?" fragt Marguerite lacht die Alte wieder derb:

„ Ach ich freu mich Kind daß Du fast alles in Deinem Hause hast
was eine Zauberin zu einer Zauberin macht"

Als Marguerite mit der Trommel in der Hand den Treppenfuß
wieder erreicht hält die Alte einen der Ringe in der Hand
die Marguerite von der sterbenden Deutschen hat ...

„Steck ihn an die linke Hand dreh ihn dreimal nach links"
„Au Das schmerzt!
Mir wird übel laß ihn mich wieder abziehen vom Finger"

„Nein das darfst Du nicht" befiehlt die Alte streng
„Stehs durch hab Mut ich schütze Dich"
Und sie führt Marguerite mitten in den Raum
zieht einen Kreis um sie dann ein Dreieck dann ein Quadrat
und dann noch eins das viel größer ist als das erste
unternimmt noch einiges mehr ... das hier nicht verraten sei
Denn: Verräter lauern überall

„Was solls?" fragt Marguerite erstaunt „Was malst Du
alles um mich herum?"
„Es ist Dein ureigenes Schutzzeichen Jeder Mensch hat eins
Doch mehr verrat ich nicht!"

Sie alle verlassen das kleine Haus steigen ins Auto
und wieder beschließt die Geisterschar:
mehr Platz ist nötig viel mehr Raum
währenddessen freut sich die Alte wie ein Kind:
„Herrlich wie nie daß ich so modern so direkt
ohne in Deinem Unbewußten versteckt
mit Dir zum heiligen Orte fahren kann am liebsten
würd ich mich in ein junges Mädchen verwandeln!"

„Nein!" ruft Marguerite „Laß es bleiben für heut mit Deiner ...
Zauberei ... alles ist schon schwer genug
wenn Du als wunderschönes junges Geschöpf neben mir gehst

dann sink ich zusammen vor Minderwertigkeit
denn ich weiß ... bin bleich alt müde gequält"

Die Alte weiß es tätschelt Marguerites Gesicht murmelt:
„Wart nur ab mein Kind" Sie fahren sehen den breiten Fluß
„Laß uns halten trommeln am Ufer irgendwo"

„Wenn es sein muß" antwortet Marguerite „ich tus ...
doch mach Dir keine Illusion
heutzutage tanzt und trommelt man nicht einfach so"

„Ach das glaub ich nicht" erwidert die Schamanin
„wird man denn vergessen haben wieviel Angst Verzweiflung
Verklemmung wieviel Trauer und Ohnmacht weicht
wenn man an fließendem Wasser trommelt tanzt singt?"

Als sie an Flusses Ufer stehn wankt die Alte
hält sich fest an Marguerite stammelt: „Der Fluß hat kein
natürliches Ufer mehr Warum habt Ihr das getan?"

„Weil Schiffe fahren sollen immer und zu jeder Jahreszeit
Schau wie schnell das geht Verkehr wie auf der Autobahn"

„Er wirds nicht verkraften" spricht die Alte wird ganz still
setzt sich nieder in schamanischer Manier kreuzt hagere Beine
blickt auf den Strom ...

„Wie sehr mußt Du sühnen daß Du in solcher Zeit leben mußt
ach Marguerite mein armes Kind ... es stinkt bestialisch ...
hier kann ich nicht trommelnd sitzen
himmlische Kräfte an mich ziehn
hier weiß ich nur: der Fluß pfeifft aus dem letzten Loch

Was aber ... so ahn ich ... was aber erwartet mich erst im Dom?"

Nun lacht Marguerite:

„Einbetoniert haben sie heiligen Ort Löcher in die Erde gebohrt
damit Autos dort unten parken
dort wo heilige Kraft der Erde gehortet werden soll

vollgepinkelt stinkend
drüber stehn Häuser nah viel zu nah ein Bahnhof ein Museum
stell Dir vor:

Ort in einem Ameisenhaufen der ihn langsam zerfrißt
bis es irgendwann keine Heiligkeit mehr gibt
bis alles vergessen ist"

„Vergessen wirds nie" sagt die Alte matt „denn mit Dir
ist die Zeit gekommen in der an jene heilige Zeit
erinnert werden soll"

Steht auf weist die Schar an langsam zum Dom zu gehn
doch je näher sie ihm kommen desto stiller und matter wird die Alte
Vor der Domtür dreht sich Marguerite plötzlich um stellt fest:
die Alte ist weg
Kommt nicht in Frage beschließt sie wütend
so einfach machts sich ein Schamanenweib
angesichts des Chaos der Gottlosigkeit die an diesem Orte
herrschen ... haut sie einfach ab
Nein so kommt sie mir nicht davon
sich aufspielen mir helfen wollen und dann feig gehn?

Blickt sich um sucht sieht die Alte in Richtung Museum gehn
läuft holt sie ein hält sie fest
gehn sie durch brandende Menschenmassen
vorbei an Kranken Süchtigen Obdachlosen
gehn direkt in den Dom
Geisterschar nicht minder schockiert über das was sie sieht:

Kinder schrein Menschenmassen wälzen sich
man fotografiert spricht laut schaut mal hierhin mal nach dort
nicht eine Sekunde der Ruh des Friedens der Besinnung
als sie eine Kapelle betreten
die nur für jene reserviert die still beten wollen
in sich gekehrt
da kommt geht und lärmt unübersehbare Menschenmasse
Marguerite weiß nicht wohin
Sieht: Küster wirft ausgebrannte Kerzenschalen
geräuschvoll in einen Pappkarton
schlurft laut über den Boden mit seinen Schuhn
und immer neue Menschenmassen quellen ergießen sich
in den Dom

Und keiner hört den Schrei? Niemand fühlt die Not?
Die Alte steht ausgemergelt matt
führt Marguerite zu einem Bild deutet hoch:

„Sieh sie Dir an ... die Edle
hat nicht viel Ähnlichkeit mit jenem Weib
das einst hier gelebt und gelitten
doch Ähnlichkeit ist nicht wichtig obwohl es schöner gewesen wär
hätt jener Künstler sich besser inspirieren lassen ... hätt er nur

Nun es sollte nicht sein
unsere Widersacher haben ganze Arbeit getan
dennoch ... jene von denen die Rede sein wird
jene und sie deren Erinnerung hier hängt ... sie alle habens bewirkt
daß dieser Dom entstanden ist

Hier an diesem Ort wirst Du Deine Zauberkraft wiederfinden
von hier aus wirst Du Deinen Weg gehn
zurück in den Perigord
um von dort wieder neue Bahnen zu ziehn

Von hier aus wirst Du Menschheit unsere Geschichte künden
denn die Zeit ist da
befrein mußt Du Dich von Nebeln Würgegriffen der Vergangenheit
Dich erinnern an jene Zeit
in der man schöner Priesterin höchster Kunst und Kultur
Hüterin mächtiger Magie
alles entrissen
heiligsten aller heiligen Orte entweiht
genau dort
wo Heilige Hochzeit gefeiert
Symbol himmlischer Schöpfung nicht anders als im Schloß Fleurac
doch ist in Fleurac eine andere Geschichte Deines Selbst
in Gang gesetzt worden

Hier aber ... hier wurde jene Weiblichkeit geboren
die man Schwarze Spinne nennen könnt ... dieser Aspekt ists ...
den Du nun betrachten mußt ...

Halt halt! Vorsicht! Stürz nicht kopfüber zurück!
Denk nicht müßtest eintauchen in vergangene Welt
um dem Jetzt zu entfliehn
kannst nicht Vergangenheit beleben
um sie zur Gegenwart zu erheben
Halt halt! Ich spür : kannst diesem Reiz kaum widerstehn
doch bedenk: es wird kein Schamanenreich mehr geben
kein Göttinnenkult vergangener Zeit ist neu zu beleben
denn Schöpfung fließt und so hast Dus zu sehn:

590

nicht mehr leben wie vor siebentausend Jahren
Zeit ist weitergegangen

das was Du zurückholen mußt ... ist das Prinzip
Ehrfurcht vor der Macht himmlischer Weiblichkeit ... Magie"

Marguerite hört kaum was die Alte sagt
sieht unentwegt in das Bild hinein
fragt sich erstaunt warum gemaltem Geschöpf Tuch
auf den Kopf gelegt ...
es darf nicht sein denkt sie jene verliert an Kraft
kann nicht mit Himmeln kommuniziern kann nicht mitfließen
im kosmischen Geschehn ... steht außen vor

Die Alte erkennt: Marguerite ist so weit ...
hilft ihr mit Zaubersprüchen
aus ihrem Körper zu steigen sich hochzuziehn in das Bild
in Maria hinein ... eins zu werden mit ihr
um Falsches zu korrigiern
nicht im Bilde ... nein in sich selbst ... ist sies nun ...
wird dieses Erlebnis mitnehmen aus dem Dom
denn
gleich jener die gemalt war ihr kosmische Sicht verwehrt
So gilt es zunächst sich neu zu erhöhn jene im Bilde zu werden
heiliger sein denn sie je gewagt es zu denken
an Vermessenheit grenzend
und dann einen Schritt weiter gehn Tuch entfernen
und wie sie im Bilde steht sich erhöht
blickt sie hinunter sieht ... wie sich zu ihren Füßen Blutlache bildet
die immer größer wird
Schrecken ... wie sie von Ekel geschüttelt
schnell das Tuch vom Scheitel nimmt in sich selbst ...
dann aus dem Bilde steigen will
sieht sie gegenüber ein Fenster von hier oben ... prächtiger Blick
da schwingt sie sich hinaus
weit in den Südwesten weit über Berg und Tal
sieht: das Meer ist nicht fern
sanfte Hügel des Perigord nahn dort unten steht Schloß Fleurac

So hoch ohne Körper erkennt sie klar
daß es Verbindung Nabelschnur Kanal
vom Dom zum Schlosse geben muß doch es gibt sie nicht
erkennt: hier ist Pflicht
hört sie den Ruf der Alten: „Komm zurück!"

Widerwillig steigt sie nieder aus dem Bilde heraus
es fällt ihr schwer denn Erhöhung mit jener dort oben
war ... was?
Besser denn jede Sekunde in Menschenreich"

Flüstert die Alte matt: „Du bist noch nicht reif für solche
Höhenflüge Bescheide Dich"

Dann führt sie die Alte mit neuem Zauberspruch
auf der Form eines Ankh durch den Dom
führt die Alte sie in eine Vision ...

Sieht Marguerite sich liegen
wellige Haarflut spielend an Fluten breiten Stroms
Wasser sanft Strähnen netzend
sieht wie ihr rechter Arm am Flusse liegt
in den Süden deutend
dorthin wo einst Marie von Rouffier gelegen mit zerfetzter Brust
wo am anderen Ufer dunkler Wald stieg in steile Höhn
wo eine Kuckucksuhr zerbrach

sieht wie ihr linker Arm sich an Flusses Ufer schmiegt
Fluß den sie so sehr geliebt
wo eine Zauberin gewirkt jene die sie nun durch den Dom führt
flüsternd von einem Zauberstab kostbarem Kleinod
aus heiligem Kristall
sieht wie mit zärtlichem Wellenschlag
Fluß nun auch Arme netzt sie abhält gen Osten zu sehn
sieht ihre Füße blutbefleckt im Perigord stehn
Und kaum hat sies erkannt erweitert sich ihre Sicht
fliegt sie hoch sieht ein Quadrat
Linie ziehend aus dem Osten dorther wo Marie von Rouffier
später als Hexe verbrannt ... in Berlin
Linie ziehend bis nach England und von dort zum Schloß Fleurac
von dort nach Italien
Sieht: das war Ihr Weg für Hunderte von Jahrn
doch es kann sich keine Pyramide daraus erheben
von den Eckpunkten hoch
weil Linien unterbrochen sind Blockaden Traumen Rache Haß
NichtVerzeihenKönnen ja das wars

Und kaum hat sies erkannt erweitert sich ihre Sicht
fliegt sie höher hoch
sieht wie Dreiecke das Quadrat umstehn

mehr und mehr sich entfalten
Blüte denkt sie wunderschöne Rose eine Rose rosengleich
hört sie die Alte rufen:

„Komm sofort zurück! Mehr ist nicht gut aus Menschensicht!"

Doch Marguerite will nicht zurück
endlich körperlos endlich Erdenschwere verlassen endlich fliegen
in Bahnen des Lichts
da zwingt die Alte sie zurück

„Solang Du nicht Defekte behebst Schloß Fleurac nicht erlöst
Zauberstab hier im Dome erringst
solang kannst Du nicht Dich höherschwingen aus irdischen Dingen
Solltest Du Dich davonstehlen wollen
werden Dich andere Hüter der Schwelle denn ich eine bin ...
bedrohen!"

Steht sie wieder in ihrem Körper Marguerite
blickt sich um im Dom
wie schmal und hoch und düster er ist hoch so hoch
als seis nötig weil ErdenDasein schier unerträglich
hinauf fliegen möchte sie wieder
denn hier unten ists düster und eng
eng im Fühlen düster im Denken und unter mir ...

Da beginnen Schleier zu weichen
Hüter des Ortes nicken ihr zu und unter mir weiß sie:
Blutopfer unerlöste Qual
zum Mahnmal geworden versteinertes Entsetzen

Jene Priesterin wars von der die Alte erzählt
jene die sich freiwillig geopfert einst
Schätze Zauberkraft gegeben weil Zeit des Wandels war

freiwillig geopfert
doch nie verwunden Tausende von Jahren gelitten
am entarteten Mann
der ihr - auch hier - weibliche Macht entrissen
weil ihm nach ihrer Zauberkraft gelüstet
Nämliches Spiel auch hier - warum?
„Hüter des Ortes seh - Ihr nickt mir zu"
flüstert sie hält sich fest an der Alten Arm klammert sich

593

„Reicht denn nicht die Mär um Fleurac?
Muß dieser Jammer auch noch sein? Ists wirklich vonnöten
daß ich in diese Geschichte steig?
Was hat das eine mit dem anderen zu tun?“

Da wird sie derb zur Seite gedrängt eine Gruppe von Touristen
kommt eine Domführerin beginnt zu schwatzen
Sie hört Gescharre Husten Lachen
s ist kaum zu ertragen mit den Menschen denkt Marguerite
ununterbrochen wird heilige Stille gestört
keine Minute kann man sich konzentriern will gehn Dom verlassen
doch die Alte hält sie mit hartem Griff

Da sieht sie ... steht sie ... direkt vor dem Hochaltar!

Schöne Priesterin in weißem Gewand
Dom weicht Himmel Fluß Tempel
und es steht ein Soldat neben der Schönen
Marguerite erkennt sofort ... Louvain ... schlank hochgewachsen
giert nach der Priesterin Schönheit
mehr noch nach ihren Künsten ihrem Zauberstab

Warum gibt sie ihm drei Ringe gehüllt in rubinrotes Tuch?
Er hat sie belogen versprach ...
werde sie hüten verstecken daß keiner sie fänd
Er sei ihr Getreuer ... Verehrer aus feindlicher Reih fremden Lands
zu vernichten seien er und die Heerschar gekommen
besiegen besitzen erobern
doch er wolle nicht - insgeheim bete er sie an
alles und alle im Tempel ... jeden Tempel weiblicher Macht

Weiß sies nicht? Will sies nicht wissen daß er sie belügt?
Schnell muß der Tausch gehn
denn sind ihr auf den Fersen sie - die Schergen Soldatenschar
suchen schon nach Ringen Kugeln Zauberstab
wissen welch unglaublichen Zauber sie mit diesen Dingen entfacht

„Schnell!“ flüstert sie malt mit dem Stab ein Zeichen in den Sand
„verlier dieses Zeichen nie aus dem Kopf
mals später auf das Tuch mit dem die Ringe umhüllt
schnell nimm denn ich hör die Verfolger nahn!“

Da errötet er glühend denn er wars der sie verraten
Weiß sies denn nicht? Will sies nicht wissen?

Zieht sie mit kostbarem Stabe einen Kreis in den Sand
darin Dreieck dort hinein dreiblättrige Blume
verwischt alles schnell
während Soldat Tuch Ringe in seine Tasche steckt
die gemalten Zeichen in seinen Kopf hineindenkt
doch es reicht ihm nicht ... er will auch den Stab

Sie siehts weiß alles schwer ist ihr Herz liebt ihn so sehr Verräter
reicht ihm den Stab und als er hastig greift denn die Häscher nahn
zieht sie ihn zurück
doch er klammert mit seiner rechten Faust die Spitze
und wie er zerrt da klirrts zerspringt das heilige Stück
und sie wirft das was ihr bleibt weit weit in den Fluß
flüstert weinend:

„Hüt ihn mir geliebter Strom hüt ihn solang bis ich wiederkomm"

Haß Zorn Wut umwirbeln ihn
alle Verführungskunst alle Schmeichelei alle Lügen umsonst
denn den Stab hat er gewollt
Oh dieses Weib! Unangetastete Jungfräulichkeit!
Klammert er in seiner Faust Spitze des Stabs
stürzt in den Fluß watet wühlt im Sand

denkt: nie hab ich solches Weib gesehn
Lichtgestalt üppige Form fremdartiges Ebenmaß
Augen so blau wie Frühlingsblumen in meinem Land
als könnt man durch sie in den Himmel hinein

Liebe ... die ... anders ist ... als ich sie kenn
Liebe ... wie ein Schoß ... in dem man ruht ...
sicher von Mühsal ... geborgen geschützt ...

und doch nimmt sie mir nicht die Kraft
und doch unterwirft sie mich nicht

Ach was denk ich! Fährt er sich selbst grob an
scheuchts hinweg was über ihn kam kniet im Fluß
giert nach dem Stab „Warum zauberst Du Dich nicht fort
wenn Du so mächtig bist und zaubern kannst?"

Schreit er bös sie an denn seine Strategie ist nicht aufgegangen
Ringe allein nützen ihm nichts
den Stab will und braucht er doch nun hat sie gesiegt steht stumm
weiß sie muß sterben weiß er hat sie verraten
sollte mußte so sein denn alles ist vergänglich
auch die Macht einer jungfräulichen Priesterin denkt:

Breiter Fluß wie sehr hab ich Dich geliebt
wie sehr hängt mein Herz an Dir
bin sicher das Schicksal führt mich irgendwann wieder her
denn ich lieb Dich so sehr
Dein Raunen und Rauschen Dein Flüstern Kommen und Gehn
Deine Kraft Deine Macht wenn ich in Kühle der Strömung tauche
tropfenschwirrend heraussteige aus Dir
an dämmrigen Abenden mich entzückt in Deine Wellen lege
Brüste zitternd vor Lust
wenn ich im feinen weißen Sande neben Dir lieg
Feuer knistert
wenn ich wir im Kreise an Deinem Ufer sitzen und singen
Sterne zu funkeln beginnen
wenn ich mich hinaufschwingen möchte zu ihnen hoch hinauf
zu den Sternen als sei ich dort oben irgendwo zu Haus

Wie lieb ich den Herbst an Deinen Ufern
wenn Stürme Wellen hochpeitschen
schwere dunkle Wolken wie Wände am Himmel stehn
grauschwarz sich türmen
Regen wie Strahlenschleier niedergeht prasselt trommelt
wenn im Tempel geräuchert wird weil Gewitter heranzieht
mit gewaltigem Donnerschlag Blitzen so breit und lang
als wollten sie den Himmel zerreißen
damit ich endlich hineinsehen kann ... dorthinein woher ich kam
Wie lieb ich den Winter an Deinen Ufern
wenn Eisschollen treiben Männer der Sippe uns Felle bringen
Weiber mit ihren Sorgen und Nöten mich bitten
wenn ich helfe und heile und rate und tröste
wenn Rauhreif an jedem Baum

in den frischgefallenen Schnee hineinstapfen
Schneeflocken in die Luft hochblasen
eiskalte Wangen reiben und wissen: bin für sie da
für die Menschen an diesem Fluß für Erde Tier Luft
für Dich breiter Strom
damit alles in Harmonie sich wiege alles voller Liebe sich füge

jede Störung beseitigt werde

Wie lieb ich den Frühling an Deinen Ufern
Blütenträume vom Märchenprinzen
Ahnung von Wärme und Sonne und Licht
Deine wilde Flut die Baumstämme mit sich reißt bricht

Wie liebte ich fremden Soldaten der kam
um Macht des Weibes zu nehmen
Herrschaft des Mannes zu beginnen
wieder und schon wieder einmal ... so ist dieses Planeten Lauf

Wie ich in seine Augen sah wars mir
als zerfließe ganze bisherige Welt
als sei ich nicht mehr in Menschenleib
wußte: er ist meiner Seele andrer Teil
doch schon ists vergessen denn er möcht mich herrisch nehmen
wie man Schrank oder Stuhl besitzt
will mir meine Zauberkraft entreißen gönnt sie mir nicht
verschlingt mich mit Blicken
doch er liebt mich nicht liebt nur die Macht liebt nur sich

und Du flüstertest mir zu geliebter Fluß: Gefahr droht!

Alle träumtens Stein Strauch Himmel und Baum
Fische und alles was mit mir lebt am breiten Fluß
Wind blies es mir zu: Vernichtung droht
Und ich fragte Dich bang: muß es sein?

Da flüsterten leis Deine Wellen: ja es ist Zeit des Untergangs
So muß und wird es sein auf diesem Planeten auf jedem Stern
in den unendlichen Weiten der Schöpfung:
alles kommt und geht alles wandelt sich
alles schwingt schwillt sinkt
doch ich versprech Dir Schönste aller Schönen die je hier gelebt:

noch einmal werden wir zusammensein
noch einmal gemeinsam dem Winde zuhörn
wenn er uns seine Geschichten erzählt
noch einmal träumen vom Märchenprinzen

noch einmal

doch dann ... wenn wir beide noch einmal gemeinsam träumen

dann wird er kommen Dich dann ... nicht mehr verraten

noch einmal rauschen und fließen werd ich neben Dir
über die Ufer mich gießen Land überschwemmen weiterziehn
noch einmal wirst Du hier sitzen
ins Spiel meiner Wellen versunken in Dein langes Haar greifen
noch einmal träumen vom großen Glück dann sei es Dir gewährt
So habens mir Wassergeister erzählt Leb wohl!"

Und wie sie träumt spürt sie an ihrem Rücken
Lanze aus hartem Metall
fremder Soldat ist verschwunden
oder steht er nur abseits böses Treiben stützend?

Sie wird eingekreist
kein grelles Gejohle wie sonst wenn ein Weib der Sippe
getötet werden soll
die fremden Mannen sehn ihre Schönheit
spüren ihren Zauber ihre ganz und gar fremde Macht

Manche möchten ihr zu Füßen sinken
doch es ist ihnen nicht erlaubt
sie stapfen leiser als sonst durch den Sand die groben Kerle
Fluß rauscht leis
das Herz bricht ihr denkt sie nur daran
daß sie Tempel und Fluß verlassen soll

Wie lieb ich Dich Fluß graue Flut
wie viele Steine trugst Du schon dem Meere zu
die ich hineingeworfen angefüllt mit der Menschen Sorgen
wie oft hast Du mir das Geheimnis Deiner Seele enthüllt
Fluß geliebter Fluß ich werde wiederkommen
Dein Geheimnis neu entdecken
Dich beweinen denn ich weiß sie werden Dich quälen
Dein Wasser verseuchen
jene die nun die Macht erringen
jene die mich morden
werden Dich benutzen wie sie mich benutzen werden
herrisch selbstherrlich egozentrisch
Dein Flüstern nicht hören Deine Sprache nicht verstehn
werden auch mich foltern verbrennen und immer wieder töten
und doch schwör ich Dir hier:

„Quell meines Zaubers wird solang versiegen bis ich wiederkehr
Hüte meinen Zauber wie einen Schatz übergeb ihn Dir nur Dir!"

Die Mannen zerren sie in ein Soldatenlager
direkt neben dem Tempel aufgeschlagen
sperren sie in einen Käfig aus schwerem Metall
Sie hat Angst
steht er Heerführer Krieger feist und fett stiert sie an
so also sieht eine aus die man hier höchste Priesterin nennt
Vertreterin weißer Göttin auf Erden Welch Unsinn!

Doch das Volk hier am großen Strom verehrt sie ...
scheußliche Sippe

Männer ziehn es hier vor bei ihren Weibern zu liegen
Männer die nicht morden und kämpfen wollen
Jammerlappen lassen sich niedermetzeln totwalzen
von meine Kriegern
kaum zu fassen wieviel Macht sie den Weibern lassen
sterben in deren Armen
lassen sich küssen in der Stunde endgültigen Vergehns
anstatt allein zu krepiern wie sichs gehört
mannhaft und stark

Teufelsweiber Hexen Höllenmächte vernichten muß man sie
damit sie nicht noch meine Männer betören
das fehlte noch wie?
Weiber sind Tiere so hab ichs gelernt
grad gut genug
um Gier zu befrieden sie in jüngster Blüte mit Gewalt aufzubrechen
nur so bringen sie Lust

Oh! Wart nur Du Satansweib da im Käfig
gerade Dir werd ichs zeigen und Deinem Volke dazu
Zeigen was Du wert bist! An Dir werde ich ein Exempel statuiern
damit alle hier sehn
daß Du nichts anderes bist denn ein Stück Fleisch
das genommen vernichtet werden kann
keine Zauberin Priesterin ach! Dieser Unsinn dieses Papperlapapp!
Sie wird das Schicksal ereilen sie
heilige Anführerin eines schmutzigen Kultes
den wir zu zerstören berufen sind
Und sie sieht wie er sie voller Haß taxiert wie kams dazu?

Ich bin der Herr! Schnarrts in ihm Krieger feist und fett
Ich bin ein Mann und Du Weib bist nichts

Er hat Schlimmes vor das fühlt sie
er ist aus der Norm voller Blut Tod Kampf und Grausamkeit
eben fast noch ein Tier Bote des Grauens Untergangs
der auf sie wartet auf ihr ganzes Volk hier am Fluß

Vorbei die Zeit in der man mitschwang
mit dem Rauschen des Flusses
und sie weiß: ihr Blut ihre Qual wird sie versenken hier genau hier
da schweift sein Blick ab von ihr
ihre Schönheit beeindruckt ihn nicht er zählt seine Mannen
stramm zu stehn haben sie auf sein Kommando zu horchen
er befiehlt und sie tuns

Sein Blick schweift weiter über die Landschaft
breit und weit wie der Fluß mattleuchtend wie blaßblauer Himmel
da schwillt seine Brust stolz steht er ja so stolz
mein ists alles habs erobert mein ists mein genau wie dieses Weib

Sieht er einen wilden Haufe von Weibern heranziehen
ihre höchste heiligste Priesterin wollen müssen sie befrein

blitzt sein Auge voller Triumpf
dreht er sich um stapft herrisch durch den Sand
weist seine Krieger an den Käfig zu umstellen
so niemand der Weiber die Schöne befreie
Und er ruft höhnisch dem wilde Haufe zu:

„Na dann befreit sie doch!"

Doch wie Wunder Weiber gehen geradewegs auf den Käfig zu
Soldaten weichen zur Seite
als würden sie von Blicken unsichtbaren Willens gelenkt
stehen um den Käfig sprechen auf die Schöne ein
doch sie hebt die Hand ruft:

„Haltet ein! Keine Zauber um mich zu befrein!
Denn das was geschehen wird muß so sein

Blutopfer muß ich bringen ... immer und seit urewiger Zeit!

Dazu bin ich in diese Welt gekommen soll muß so sein

600

um meine und unsere Rückkehr zu sichern in späterer Zeit
Schweres Opfer nehm ich auf mich himmlische Kraft führt mich
soll muß so sein
was hier geschehn wird muß hineinsickern in Erde Wasser Luft

hinausragen aus der Zeit
weiterschwingen aus Gegenwart in die Zukunft hinein

solang bis ich wiederkomm bis ichs erlöse wandele transponier
bis wir alle wieder wissen
daß Mann und Weib untrennbar zusammengehörn
in Liebe und Gleichheit
ohne Gewalt und Krieg ohne daß ein Mann das Weib beherrscht
besiegt und umgekehrt
So also lauft schnell eh die Krieger Euch morden
lauft um den Käfig damit magischer Kreis sich forme!"

Weiber verstehn laufen formen halten sich an den Händen
und die Schöne spricht Worte die sie alle nachsprechen
erst leis dann laut:

„Wir halten den Kreis! Durch alle Zeit durch alle Zeit!
Solang bis wir wiederkehrn stehen soll der Kreis unsichtbar!
Mauer bilden um einen Ort an dem furchtbares Unrecht geschah
stehen soll der Kreis unsichtbar
uns erinnern wenn wir wiederkehrn an das was einst war!"

Erst jetzt besinnt sich der Heerführer
ob lauten rhythmischen Geschrei zu herrischer Überlegenheit

Sieht: seine Mannen sind von der Horde der Weiber verdrängt
Weiber halten sich an Händen gehen im Kreis um den Käfig
singen und sprechen Worte die er nicht versteht befiehlt er grell:

„Ihr Hasenfüße seid Ihr von diesen Weibern auch schon behext?
Los jagt sie vom Käfig fort!"

Mannen gehorchen treiben Weiber zusammen
inzwischen hat sich noch mehr Volk vom Flusse eingefunden
Männer und Kinder und Greise
sehen voller Entsetzen Vertreterin der Göttin auf Erden
in einem Käfig stehn mit geschlossenen Augen
Man mag es ihr nicht verzeihn Warum wehrt sie sich nicht?
Steht fremder KriegerHerr schreit:

„Ihr alle fremdes Volk Ihr seid nun meine Untertanen
ich erwarte von Euch daß Ihr Weiberverehrung laßt
Weiber sind nichts anderes denn Tiere dem Manne zum Nutzen
haben keine magische Kräfte ... alles erstunken und erlogen!
Seht her Eure Herrin Göttin Heilige nennt Ihr sie
wenn sie wirklich zaubern kann warum wehrt sie sich nicht?
Werd Euch beweisen sie ist nichts denn ein gewöhnliches Weib
deshalb werde ich sie jetzt nehmen wie man ein Weib eben nimmt!"

Seine Männer beginnen zu johlen
solches Spiel ist ihnen größter Spaß
so Weiber nehmend sind sie aus dem Osten hergezogen
so werden sie weiterziehn

Das Volk vom Flusse schweigt entsetzt
an heiligstem Orte darf dies nicht geschehn
doch die Soldaten halten sie mit Lanzen zurück
Er meint es ernst dieser Satan
tritt in den Käfig reißt der Schönen
das Kleid zu weißen Fetzen vom Leib
steht sie nackt schön wie ein Engel

Da springen wieder die Weiber herbei wollen ihn fortreißen Satan
fremde Lanzen durchbohren sie
doch die Weiber der Sippe am großen Strom
heben sterbend linken Arm in die Höh
den rechten auf den Feldherrn gerichtet rufen Zauberworte
da sagt die Schöne ruhig:

„Halt! Meine geliebten Weiber vom Fluß ...
ich sagte schon: es muß geschehen muß so sein
Doch wir werden und müssen wiederkehren
Müssen ... um die Erde nicht für immer preiszugeben
männlichem Größenwahn ...dann wenn sich die Waage neigt
Sie kann sich aber nur neigen wenn dieses Menschenopfer ...
mein Leben ... jetzt und hier gebracht! Versteht Ihr das?"

Nein Sippe will nicht verstehn doch gehorcht
Männer und Kinder und Greise weichen zurück

Und so geschiehts und so geschahs
und so steht es blutig
in der Geschichte dieses Ortes geschrieben
in Köln am Rhein

hört es Ihr Menschen hört hört jedes Wort:

Genau dort wo heiliger Akt der Liebe Mann und Weib geeint
um Schöpfung zu leben ja Schöpfung selbst zu sein
mystische Hochzeit Kult Ritual
um allen die verstehn Ehrfurcht zu lehren
Liebe und Achtung vor dem Geschlechte
denn es ist göttlich Symbol
steht er fremder Krieger
nicht einmal seiner Kleidung entledigt er sich
fällt über sie her
Schönste aller Schönen Liebste aller Liebsten
von allen verehrt
zerrt sie nieder reißt sie in den Schmutz seines Hasses
Gier flammt gewaltig
Triumpf in jeder seiner Gebärden
zerrt er sie nieder in seinen Schmutz!

Als er von ihr abläßt liegt sie mit geschlossenen Augen
leuchtend noch ... trotz ihrer Vernichtung denkt und weiß:
Opfer habe ich bringen müssen
brings seit urewiger Zeit doch nie werde ich ihm verzeihn!
Und wie er steht siegreich sein Geschlecht schüttelt
kündet er gröhlend:

„Jungfrau war sie beim Satan hätt ich nicht gedacht
bei diesem verluderten Volk und nun Ihr alle Mannen! Los!
Es ist Eure Pflicht! Euch befehle ichs!"

Und mit johlendem Gebrüll stürzen sie auf den Käfig zu
bodenloser kann Hölle nicht sein
unbeschreiblich das Entsetzen des Volkes
Verzweiflung Wut bei den Männern vom Fluß
Da beginnen sie ihre Göttin zu hassen
wie konnte sie sich so erniedrigen lassen
Stunden vergehn
Jammern der Weiber nimmt ein End
Rache schwören sie Rache bis ins siebte Geschlecht!

Als die Dämmerung hereinbricht liegt die Schönste in ihrem Blut
zerrissen zerstochen Fleisch klafft
und wie sie den letzten Atemzug tut senden ihr Engel letzten Trost
sieht sie sieht:

Noch einmal werd ich hier liegen rücklings den Fluß hinter mir
in den Himmel blicken Wolken ziehen sehn
noch einmal lieg ich mit ausgebreitetem Arm
doch dann ist viel Zeit vergangen dann
bin ich nicht gemordet zerfetzt voller Blut dann
liege ich am Rande eines Brunnens
Wasser riecht übel nach Urin
schmutzige Taschentücher Fixerspritze Coladose schwimmen drin
liege Arme unter dem Kopfe verschränkt
blicke hoch
vor mir hebt sich gewaltiger Dom
dämonisches düsteres filigranes Meisterwerk der Steinmetzkunst
wächst aus mir denke ich
gewaltig und hoch und ich weiß jenes Opfer einst war nicht
umsonst

Hier steht er ... der Dom ...
Wegweiser Mahnmal für Millionen von Menschen
die zu ihm pilgern ihn schon von weitem sehn
aus welcher Richtung sie auch kommen mögen
wohin sie auch immer gehn
hier wo einst die Kraft heiliger Weiblichkeit gebrochen
wo Liebster die Liebste verriet wo er sie auslieferte den Schergen
wo er zusah wie sie geschändet wo sie ihr Leben ließ
hier find ich das wieder was mit meinem Schmerz ich
in diese Erde gesenkt:
den Stab das Geheimnis um die Plejaden magische Formeln
Flüstern-Können mit Geistern Tier und Natur
alles und alle find ich wieder an diesem Orte hier

Hab es niedergelegt nicht nur in Erde Stein Luft
sondern auch in die Seelen der Menschen
ihre Gedanken ihre Phantasien
in alle die an diesem Dombau beteiligt waren
doch wo ist dann jener der mich verraten?

Marguerite erwacht aus ihrer Vision
denn ein Lichtstrahl bricht durch hohes Fenster
breit so hell daß sie wie geblendet steht
Staubfunken tanzen und auf hellem Strahle schwebt ein Engel heran
rötlich-golden gewelltes Haar über langem weißen Kleid
roter Mantel grünseidene Innenseite gefaßt mit goldenen Borten
auf denen Lichtwesen tanzen

Mantel wird von einer Spange über der Brust gehalten
sein Gesicht leuchtet wie sie nie eines leuchten sah
aus feinen ebenmäßigen Zügen strahlt Liebe
und in seiner Linken trägt er den Zauberstab

Sie hatte vergessen wie schön kostbar filigran das Stück
eines aus anderer Welt
halb armlang fast am unteren Ende glasklare glatte Kugel
daran reihn sich von edelster Goldschmiedekunst
in Verbindungsstücken gehalten
achteckig geschliffene leuchtend kristallklare Teile
an der Spitze Tora formend blinkt blitzt Stab im Sonnenlicht
sie kann kaum den Blick von ihm wenden

Da steigt der Engel zu Boden steht vor Marguerite
reicht ihr das göttliche Stück
sie wagt nicht zu greifen denkt: bin ichs wert?
Darf ich wagen
so Übermenschliches Edles in meiner Hand zu tragen?

Spricht der Engel:
„Nimm ihn er ist wieder Dein Warst mutig genug
noch einmal in die Vergangenheit zu steigen Hast ihn verdient"

Marguerite kann sich nicht rührn gewaltige Kraft geht
von dem Stabe aus den sie nun in Händen hält
Endlich endlich wieder darf sie ihn halten welch ein Glück!

Da dröhnt irres Geschrei an sie heran Dämonen schwirrn

„Gib ihn her!" Brüllts um sie brüllt und brüllt ...
Doch sie hält den Stab fest ruft stumm: „Nein! Niemals mehr!"

Noch weiß sie nicht welch gnadenlose Macht
Dämonen an diesem Orte haben Kampf wütet sie hörts kreischen:

„Daß wir nicht lachen! Du willst in der Schönen Fußstapfen treten?
Pfui Teufel! Tumbes Geschöpf
glaubst wirst Deinen Märchenprinzen finden
bei so viel Häßlichkeit?"
Marguerite läßt sich nicht beirren
da greifen sie zu schärferen Mitteln
Grauer Geist Psychopath ersten Ranges Meister der Hypnose
und Suggestion

der seine magischen Kräfte nur benutzt um zu herrschen
nicht um zu helfen und heilen und deshalb krank geworden ist

Und selbst nach seinem Tode im Geisterreich
es nicht lassen kann alles und alles zu zerstören manipulieren
ohne Sinn und Verstand
Er krallt sich ein in ihr Hirn da sinkt sie in die Knie
da greift er in sie hinein mit solcher Gewalt
daß sie zu zittern beginnt
Domküster kommt fragt: „Ist was geschehn?"
Sie antwortet kurz: „Ich bete!" Da läßt sie der Domküster
doch nicht grauer Geist Psychopath ersten Ranges

Wo ist die Alte? Marguerite schreit stumm nach ihr
doch sie ist nicht zu sehn und so kämpft Marguerite gnadenlos
muß ihn hinausdrängen aus ihrem Hirn
doch er krallt sich fest mit übermenschlicher Kraft
und sie hört ihn in ihren Körper hineinfunken:

„Nichts bist Du! Ihr Zellen ... alle ... seid nichts
als ein degenierierter Rassekloß hirnrissig
wenn Ihr diese Frau unterstützt
Unsinn ists was sie tut untergehn werdet Ihr mit ihr
Los bring Dich um Marguerite geh zur Brücke
stürz Dich ins Wasser
oder schneid Dir die Kehle oder die Pulsadern durch!

Du wirst nie diesen Kampf gewinnen und weißt Du warum?
Weil Du spinnst! Quakst wie ein Frosch von heiligen Gegenständen
So ein Quatsch! Es ist doch nichts weiter als Trödelkram!
Als ob es einen Zauberstab gäb! Ich lähme Dich
ich bring Dich schon in meine Gewalt weil ... Du hast nichts
besseres verdient! Wie häßlich Du bist!
Eine Qual für jeden
der mit Dir spricht der Dich sieht
eines weiß ich ganz gewiß
Du wirst wenn Du Dich nicht von der Brücke stürzt
unter den Brücken landen obdachlos arbeitslos
denn welcher Gewinn bist Du denn schon für eine Gesellschaft?
Wer will Deine albernen Geschichten hören?
Wer will Dich von Blutschuld faseln hören?
Blutschuld! Kraftort Fleurac erlösen! Pah! Daß ich nicht lach!
Los auf die Knie! Begreif endlich

daß Du in einem Anfall von Wahn Dir das ganze Zeugs
ausgedacht!"

Und Marguerite spürt wie der Druck in ihrem Schädel steigt
da findet ein Machtkampf in ihrer Schaltzentrale statt
der ohnegleichen ist
Hinaus! Schreit sie stumm glaub Dir kein Wort
Kenn doch längst Eure gemeinen Tricks
sobald Eure Macht schwinden soll

Doch wie lähmend graue Brüh fließt es in sie hinein
und plötzlich glaubt sies: ja ich bin verrückt
verzeiht daß ich gewagt gegen Euch anzutreten
ja ich werde von der Brücke springen
und kaum hat sies gesprochen
da greift dieser graue Geist
mit gewaltiger Macht in ihren Schädel hinein
dreht mal hier dreht mal dort und sie denkt:
Tier bin ich Maschine willkürlich benutzbares Ding
und Dämonen johlen im Dom und sie fragt sich:

Wie ist es möglich daß solche Geister hier leben?
Hier in diesem Dom? So entartet!
Mensch ist nur wie ein Korn für sie das zerquetscht werden kann
oder manipuliert
in den Code wird hineingegriffen Zentrale verändert
ganz so wies ihnen paßt ...
entsetzlich doch tuns die Menschen nicht auch
mit Pflanzen und Tieren
so wies ihren düsteren Hirnen gerade paßt?

Vielleicht setzen sie mich in einen gläsernen Käfig
wies Menschen mit den Tieren tun und das auch noch lustig finden
Menschen die ihren Kindern Lebewesen schenken
die nicht mehr Platz zum Leben haben
denn einen Käfig ein Laufrad ...

Und wie der große Meister der Psychopathen
schon heftig fingert in Marguerite
da muß er plötzlich innehalten flucht laut
doch es geht nicht anders denn endlich hat die Alte
sich durchgerungen durch Heerschar von Dämonen
die sie aus dem Dome drängen wollen
doch die Alte ist eine große Zauberin

607

spricht schnell magischen Spruch und der Psychopath muß
fluchend zurück ... drohend
er werde wiederkehren doch die Alte hebt warnend die Hand

Marguerite kniet zitternd
bewundert der Alten Macht über solch furchtbare Kraft
weiß nun: Prüfung wars
und: die widerliche DämonenSchar hat Angst!

Denn fließt erst einmal wieder lichtene Kraft potenziert sie sich
von hier und dort zu Sternenraum und von dort wieder zurück
dann haben solche Geister wie der Psychopath ausgespielt
und das wissen sie genau ...
dann beginnen andere Geister aus lichten Regionen zu regieren ...

Marguerite kniet zitternd es graut ihr das war kein Spiel für sie
das war furchtbare Angst Die Alte tätschelt sie blickt ernst fragt:

„Hast Du den Stab?"

Marguerite nickt die Alte atmet auf lächelt nun
weil sie Marguerites Gedanken lesen kann Marguerite denkt:

„Wie lieb ich diese Alte dieses machtvolle Geschöpf
das so beispiellos mit Kräutern Steinen magischen Riten
sich ins irdische Dasein gefügt
lebte mit Geistern Deven Himmel und Erde
in himmlischem Frieden
weil sie immer um Weisheit um Erlaubnis bat
nie Weisheit der Schöpfung an sich riß nie gierig nahm
wie gern sie mit Geistern sprach
wie sie jenen befahl denen befohlen werden mußte
wie sie jenen gehorchte denen sie diente
wie sie flackerndes Feuer liebte
das Dreibein Topf in der brodelnde Flüssigkeit kochte
wie sie in Dämpfe sprach
Engel ihr Geheimnisse flüsterten
wieviele magische Sprüche sie wußte
wie gern sie tanzte den Abendwind küßte
wie liebte sie das Rauschen und Raunen der Blätter
in dämmerndem Wald
Plätschern der Wellen an See Meer und Fluß
wie Vögel ihr Nachricht brachten aus fernen Ländern
herrliche Seligkeit eins mit der Natur und doch mehr und ach

wie sie kämpfen konnte wurd sie bedroht
wie sies liebte wenn blasser blaugrauer Himmel
in Morgenröte erglühte ..."

Die Alte tätschelt Marguerites Rücken flüstert:

„Komm Kind laß uns hier verschwinden dieser Ort ist
Entsetzen Qual schlechthin
im wahrsten Sinne des Wortes wird Heiliges hier
mit Füßen getreten
Hirnlos rennen die Menschen hinein fühlen nicht
wie sie selbst gleich diesem Ort verstümmelt sind

Nicht mehr atmen kann ich hier
weil diese Brut von Dämonenpack sich tummelt
diese widerliche Ausgeburt herrschsüchtiger Psychopathen
nur weil sie nicht wollen daß auch nur ein Mensch
der diesen Boden betritt Erinnerung an andere Zeit wiederfindet

Kind solche Entartung kann ich nicht ertragen
Kind ich wills nicht noch einmal erleben komm

Ich bin nur darum so spät Dir zur Hilfe gekommen
weil ich auf Deine Geisterschar achtgeben mußte
denn sie sind
zu lieblich mild und fein für deutsche Dämonenherrlichkeit

Doch keine Angst ich hab sie alle gerettet
niemand ist diesen Idioten hier zum Opfer gefallen"

Marguerite erhebt sich geht mit zitternden Knien aus dem Dom
Zauberstab fest in der Hand den weiten Rock darüber geschlagen
Sie schweigen alle verstört und erschreckt
weil dunkle Macht hier so viel machtvoller ist
denn in Fleurac
Die Alte sagt als sie wieder im Auto sitzen
ins kleine Holzhaus fahren:

„Du mußt lernen ununterbrochen Deine Energien
auch jene die von außen in Dich dringen
auf die Flutbahn Deines inneren Hexagrammes zu bringen
Nun da Du den Zauberstab besitzt
mußt Du besonders darauf achten daß dies geschieht
denn Du siehst: der Feinde gibts viel

609

Laß nichts kein Atom Deiner Gedanken Deiner Handlung
umherschweifen ungeordnet wuchern
unterwerfe die feindliche Elemente die Dich unterwerfen wollen
befiehl alles auf Deine himmlische Bahn
trage Verantwortung für Dich und die Deinen
laß Liebe herrschen über Dich Dein Denken Fühlen
Deinen Körper über die ganze Welt die Du bist ..."

Marguerite nickt und es zittern ihr die Knie Bald sind sie zu Haus

Geisterschar die zu Marguerite gehört
wendet dreht sich im kleinen Haus
DreieckWintergärten öffen Rechteck des Raums
jede Form ist hier aus dem Gewohnten heraus
alles aus Holz alles zu klein wo sollen sie stehn gehn
verteilen sich hier und dort bilden unsichtbare Kette um Marguerite

Alle fühlen spüren wissen:
draußen - Feindesland höchste Gefahr
keine Sekunde ist Marguerite aus den Augen zu lassen
dieses Haus ... Schutzraum aus lichten Welten
wie ein Fremdkörper implantiert in düsteres Grau
Operationsbasis für feindliches Unterfangen
denn hier zwischen den Hügeln über großem Fluß
regiert Neid Mißgunst Haß
in viel größerem Ausmaße denn in Fleurac

Hier in diesem Hause sich einzurichten ist allerdings nicht schwer
öffnet sich jeder Raum wenn auch klein
so doch offen und hoch dem SternenZelt
Verbindung mit lichten Welten fließt
in solcher Selbstverständlichkeit
daß ein neuer zweiter Meister sich eingefunden hat
denn Marguerite hat im Dom ein schwierige Prüfung bestanden
Nun darf sie weiter schreiten nun wird ihr große Ehre zuteil ...
Zweiter neuer Meister beginnt zu singen leis:

Von Männern von Soldaten Treue erwarten?
Lassen Sie das nur niemanden hören! Aus demselben Teig
sind sie alle gemacht das zitternde Laub
die unsteten Lüfte haben mehr Beständigkeit als die Männer
falsche Tränen trügerische Blicke lügnerische Worte
scheinheilige Zärtlichkeiten sind die Tricks
die sie am liebsten anwenden

an uns lieben sie nur ihr eigenes Vergnügen
dann verachten sie uns verweigern uns ihre Zuneigung
es ist sinnlos von Barbaren Gefühle zu verlangen *

Noch während er singt sieht er angestrengt Marguerite ins Gesicht
weiß Melodie und Text provozieren etwas in ihr
das fürchterlich ist
Wunde so tief ... die anderen habens erlebt ...
eitert kann nicht heilen
Doch es muß geschehn sonst wird Schloß Fleurac nicht erlöst
sonst war ihrer aller Einsatz umsonst
viel zu lang viel zu viel haben alle investiert

Marguerite hat sich schon während der ersten Klänge
vertrauter Melodie auf ein Bett gelegt
beginnt schwer zu atmen flüstert in den feinen Gesang:

zitterndes Laub unstete Lüfte haben mehr Beständigkeit
lügnerische Worte scheinheilige Zärtlichkeiten

Beginnt aus der Geisterschar Poesie die Schöne langsam zu weinen
flüsternd verdüsternd alles alles Wunde in ihr ...

Schock zu verheerend gehaust Seele so machtvoll
Schaden genommen
daß sie Vergangenes nicht ziehn lassen kann
Vertrauen in Mann ist verloren
nie hatt sies verwunden nie begriffen daß er Liebster Geliebter
sie betrogen
etwas in ihr war zerrissen gespalten zerfetzt
in tausend Stücke gesprungen nie mehr zusammengesetzt

Der Meister setzt sich neben Marguerite aufs Bett
hält ihre Hand winkt dem Geiste Louvains
der - wie es gefordert - unsichtbar immer in ihrer Nähe ist

Sie wehrt sich nun nicht mehr so vehement ihn zu sehn
doch fällt flüsternd weinend der Poesie ins Wort:

„Lag ich hier ... nicht mehr denn drei oder vier Jahre ist es her ...
hatte noch nicht beschlossen Fleuracsche Geister zu erlösen
haderte zwischen aufgetürmten Baubrettern Farbeimern

* *Mozart*

schrankenlosem Gewirr von Kleidern hier ... genau hier ...
zwischen Gerümpel Wäsche Tüchern
die ich trotzig zu chaotischem Gebirg
zwischen rohen Wänden aufgetürmt
war in die Knie gebrochen
Stirn auf rohen Dielen schluchzend ... warum?
Warum kein Licht? Keine Liebe?
Nicht jenen einen einzigen Mann der zu mir gehört
warum dieses Pack von Männern mit
falschen Mienen trügerischen Blicken lügnerischen Worten
scheinheiligen Zärtlichkeiten
lieben nur ihr eigenes Vergnügen
selbst wenn ich mit gleicher Münz zurückgezahlt
oft viel zu oft mir wars nie Spaß
immer nur wollt ich ihn ... einzigen von allen
warum find ich ihn nicht?

Gefleht hab ich bis die Götter Erbarmen hatten
erinnerst Du Dich?
Da standest Du ... unsichtbares Wesen in den Raum getreten
zwischen Farbeimern Gerüstbrettern Gerümpel
vor Matratze mit fleckigem Tuch
doch nicht lang bald setztest Du Dich nieder
an edlem Tische in kostbar ausgestatteter Bibliothek
die sich plötzlich auftat zwischen meinem Gerümpel
setztest Deine Brille ab sah ich Dich zum erstenmal
groß schlank ein Hüne von Mann

Wie hatt ich noch zu fragen gewagt?
‚Hab ich mich in Deinen Energiestrom eingeschaltet?'
Du hattest lakonisch geantwortet:
‚Ja - ich erinnere mich nicht gern an Dich hast mir
viel Leid und Schaden zugefügt'

Als ich empört Dich fragen wollt da mußt ich schweigen
denn ungeheure Kraft strömte von Dir aus
Du schwiegest lang blättertest in altem Buch
sprachst dann in atemlose Stille hinein
ich seis selber Schuld
daß ich solch grausames Leben leben müßt
hätt gesündigt Dich gequält
nun müsse ich sehn wie ich mich vor Sehnsucht verzehr ...
Erinnerst Du Dich? Fein wars hab mich gut gefühlt

Und dann sprachest Du noch davon wie sehr Du mich liebst
mit welchem Schmerze Du meinen Höllenweg ...
wie Du träumtest davon
mich in irdischem Kleide wiederzusehn
schön werde ich sein und so jung ..."

Marguerite lacht hart stützt sich auf sieht den Geist Louvain an:

„Erinnerst Du Dich nicht? Vier Jahr sind erst vergangen
Warum stehst Du hier?
Bin nicht jung meine Schönheit längst dahin
von Dämonen gehetzt Haß verfolgt Geistern bedrängt
Haut schütter Körper makelreich
erschöpft von einem grausamen Leben gezeichnet geprägt ...
Warum wartest Du nicht auf ein anderes Leben
in dem ich mit betörender Lieblichkeit vor Dir steh?"

Louvain senkt den Blick Geisterschar rückt näher heran
da antwortet er:

„Sah Dich damals ... es hatt meinen Sinn geändert
sah daß Du nur meine Liebe bräuchtest um schön zu sein
fühlte wie sehr Du littest
wußte daß Du in meinen Armen von grausamem Leben genesen
wollte Dich gar nicht mehr jung liebte Dich so wie Du lagst
einsam verzweifelt
liebte Dich mehr begehrte Dich heißer inniger sehnlicher
denn ich es je getan"

Marguerite schließt die Augen Tränen rinnen flüstert:

„Zitterndes Laub unstete Lüfte haben mehr Beständigkeit"

Der neue Meister hält ihre Hand und Louvain sagt:

„So bleibt mir nichts denn Dir beizustehn
Dich nie zu verlassen bis Du begreifst: es war unser Weg
wir sind ihn gegangen mußten ihn gehn weil Tag und Nacht
zusammengehörn
Einmal vom Baume der Erkenntnis gegessen
mußten wir den Tag leben doch auch finsterste Nacht
mußten uns trennen Liebe verraten damit ich wisse was es bedeutet
ohne Dich damit ich wisse was es heißt
Herr dieser Erde Herr jeden Weibes zu sein

damit Du wissest was es heißt:
ohne mich
damit Du wissest was es heißt:
versklavt

damit Du wissest was es bedeutet
rachsüchtig Weib Herrscherin jeden Mannes zu sein

Warst Du glücklich? Hast Du geliebt?
Als Du Mann entmanntest? Rache übtest? Sklavin lebtest?
Rausch der Macht hast Du gekostet Rausch der Ohnmacht
doch erinnre Dich
wars nicht jämmerlicher Ersatz für unsere Liebe? Sag!"

Marguerite und die Geister

Noch während er spricht weitet sich der Raum
Wände Decken Boden alles was fest ihnen schien bisher
beginnt sich zu bewegen flimmert löst sich auf

Heiße grelle Sonne prallt
Marguerite und alle die sie umstehn blinzeln angestrengt
in fremdes Licht
Assyrischer Palast erhebt sich vor ihnen lehmgeschlämmt
schweres Palmenholztor öffnet sich
sie gehen unter heißer Sonne
Staub wirbelt
suchen Schatten finden ihn in Hofes Palmenhain
unter Arkaden zieht es sie ... in prachtvoll ausgestatteten Raum

Kühler Duft steht
da steigt Marguerite Blut zu Kopf denn sie
fühlt sich selbst in diesem Bild das sich auftut
Ob sie will oder nicht
es liegt ... sie ist ?... ein schönes kraftvolles Mädchen unbekleidet
auf breitem Bett

Warum diese Qual ... es selbst sein zu müssen
sie hats erlebt in perigordinischem Kastanienhain
als Poesie ... reicht das nicht?

Ihr schöner Körper fühlt Widerwillen gegen einen Mann
der neben ihr liegt groß und schlank
Marguerite erkennt sofort Louvain
haßt ihn wie sie dort liegt kann es nicht ertragen
wenn er sie berührt
tief in ihrem Herzen beginnt etwas zu leben
das still starr stumm sein soll wenn er sie berührt

Kanns nicht beschreiben seine Hände sind ungewöhnlich schön
schmal und doch voller Kraft
mit sanfter Leichtigkeit streichelt er sie dort wo sies nicht will

Sehnt sich nach ihrer Heimat am großen nordischen Fluß
nach ganz anderer Art körperlicher Einigung ...
Lustschreien der Weiber die hier nicht erlaubt
denn niederer als ein Tier rangiert hier ein Weib

Er der Herr hat sie vom Sklavenmarkt gekauft
war sofort ihrer fremdartigen Schönheit verfallen

doch stark und kraftvoll zu sein ist ihr nicht erlaubt
schweigend hat sie ihm zu dienen Gefäß zu sein für seine Launen

Er legt ihr Gold Geschmeide zu Füßen
doch sie sehnt sich nur nach dem kühlen nordischen Strom
nach ihrem Stamme nach lauen Sommerabenden
sitzt riecht Geruch weiblicher Körper
Geborgenheit
hört Lachen der Männer die weiter drunten Feuer schüren
stößt dem Weib neben ihr derb in die Hüfte
erhält liebevoll derben Puff zurück

Sehnt sich krank nach der Göttin zu der sie beteten
der großen schwerbrüstigen Urmutter Fruchtbarkeit
der sie Geschenke in den Tempel brachten
deren Priesterinnen sie ... das Kind ... auserwählt
im Tempel zu leben
denn sie war auf heiligem Ort geboren
nachdem HohePriesterin ihres Stammes vergewaltigt ermordet

Sehnt sich krank ... Haß in ihr
als sie die Hände des Mannes neben ihr spürt
er besitzt sie zwingt sie zu dienen schweigend ihn hinzunehmen
in ihm den Herrn zu verehren

So ist es hier Brauch
Er weiß nichts von ihrer Sehnsucht nach dem großen Fluß
es interessiert ihn nicht
sperrt sie ein mit jämmerlich kleinen dünnen Geschöpfen
ihres Geschlechts ... in Kammern ... kostbar ausgestattet
Alle Frauen sind sein Besitz

Zank Haß schwelt unter ihnen so etwas kennt sie nicht
die großen schweren Weiber ihres Stammes
hielten immer zusammen halfen sich trugen gemeinsame Pflichten
Stamm zu mehren erhalten pflegen
Zwang dieser Art hier kannten sie nicht

Kein Mann besaß eine Frau keine Frau einen Mann
Nur wer sich liebte lag gemeinsam unter einem Fell
nur die Liebe zählte
Manchmal hielt sie ein ganzes Leben lang ... Zweisamkeit
die jeder respektierte wissend ... beide gehören zusammen
hatten ausgekämpft jeden Kampf ...

Manchmal hielt er nicht ... Bund ... dann ging man auseinander
ohne Haß ohne Qual
Weiber halfen sich immer trugen gemeinsam die Pflichten
Stamm zu mehren erhalten pflegen

Einsamkeit der Verlassenen gab es dort am Flusse nicht
und quoll dennoch einmal unüberwindliche Qual
gingen sie zum Tempel der großen Göttin
saßen lang vor ihrem Standbild küßten schwere hängende Brüste
Inbegriff aller Schönheit und Macht
erzählten von ihren Sorgen Priesterinnen Priester hörten ihnen zu
fanden immer eine Lösung ...

Manche sandten sie zu fernen Orten
Manchen gaben sie Steine Wurzeln Blüten
die sie in Händen halten mußten
Manche erhielten geheimnisvollen Trank manche Zurechtweisung

Doch immer war eine Lösung gefunden ... es war eine Art Paradies!
Und hier?
Eingekerkerte Sklavin in einem Harem des Herrn Eigentum
ihm zu dienen ohne Sinn und Ziel ... das war krank verrückt!

Schon längst hatt sie Erbe ihrer Heimat geweckt
mit magischen Kräften gespielt
sich allerlei Zaubertand zusammengestohlen in des Königs Gemach
sich damit Ruh vor keifenden Weibern verschafft
denens nicht recht daß sie seine Lieblingsfrau schnell geworden

Doch alles half nicht was sollt es für ein Leben sein
eingesperrt Besitz eines Mannes
Nie mehr umherstreifen dürfen in Wäldern
Vogelrufen lauschen
nie mehr wilde Katzen zähmen
Männer necken die ihr in seliger Freundlichkeit
fette Brotstücke vom Feuer zuwarfen
nie mehr neben warmen dicken Weibern unter einem Felle schlafen
nie mehr lange rote Zöpfe flechten
nie mehr diese unendlich starke Weiberliebe spüren
die so gar nichts mit der Liebe hier zu tun hat ... nichts!

Und alles in sich hineinsehen müssen ... denn sie erinnert sich
an die entsetzen Augen der Hofdamen

als sie zum ersten und letzten Male von ihrer Heimat erzählt ...
Und so schweigt sie den lieben langen Tag
geht nie mit den Frauen in den Hof
stiehlt sich allein hinaus hadert mit dem Sternenhimmel
sehnt sich so lang
bis Sehnsucht Gefangenschaft Nutzlosigkeit ihres Daseins
in nackten Haß umschlagen:
rächen will sie sich rächen an ihm dem Herrn
der sie nimmt wies ihm grad paßt
rächen an Sklavenhändlern die sie vom breiten Flusse geraubt
hierhergezerrt „jungfräuliche Exotin aus fernem Land"
hatten sie gepriesen „nicht einmal 12 Jahr"

Fühlt noch die Augen ihres Herrn ...
wie sie gierig auf nacktem weißem kindlichen Körper ruhn ...
rächen will sich das Kind ... kaum erst 12 Jahr
rächen an Männern die Weiber wie Tiere halten
rächen an ihm der sie benutzt jede Nacht
lustvoll kindlichen Körper greifend prall und straff
rächen will sich das Kind an Weibern die sie nicht mehr lieben
kann rächen weil man ihr alles genommen hat

Reichtum marmorne Bäder Schmuck Edelsteine ...
kostbare Stoffe Düfte Öle - wozu?

Um Kranken zu helfen? Gutes zu tun? Schönheit zu schaffen?
Nie und nimmermehr! Nur um einen Mannes zu befrieden

Männerhorde die hier das Sagen hat ist krank pervers verrückt
Natürlich haben die Hofdamen Recht:

Sie ist eine Hexe kann zaubern
natürlich ist sie eine Priesterin der großen Göttin
war ja schon vor der Geburt dazu auserkorn
Wird diese erbärmlichen Püppchen des Herrn
die Männerhorde Mores lehrn
Rache will sie Macht Macht der großen Göttin
hier installiern hier!

Ist krank vor Sehnsucht nach dem großen Fluß ... wie er floß ...
breit träge wild stark gewaltig gefährlich mild und sanft
als könnt er nie über die Ufer treten nie Verheerung anrichten

hört scharfes Geräusch der Strömung im Frühling

sieht grünlich-gelbe Flut die vorbeischwillt schnell dem Meere zu
Angst schwingt in solcher Zeit
denn dann rast er verschlingt reißt mit Äste Stämme ganze Bäume
kein Boot ist zu sehn
und wehe ein Kind spielt zu nah an den Fluten

Ist krank vor Sehnsucht nach dem großen Strom ... wie er floß
in schwüler Sommerhitze
wie Wellen sanft plätschern in sandiger Bucht
wie Gräser Binsen im Winde sich wiegen
sie alle in der Kühle der Strömung liegen
tropfenschwirrend ans Ufer stürmen
dämmrige Abende in Wellen die an bloßem Körper fließen
wie sie bis zum Scheitel hineintauchen in der Ströhmung Kühle
Haare schwingen schwere Brüste Schenkel zittern vor Lust

Wie sie später in weichem weißen Sande liegen sich wälzen
lachen genießen welch ein Glück Weib zu sein
wie die Männer sich nähern
und es knistert das Feuer sie sitzen im Kreise
beginnen zu singen ach welche Lust Sterne funkeln
und sie wissen alle ... dort oben dort ...
leben ihre Schwestern und Brüder

Ist krank vor Sehnsucht nach dem breiten Strom ... wie er floß:
im Herbst Wellen von Stürmen hochgepeitscht
wie schwere dunkle Wolken am Himmel
grauschwarz sich türmen
Regen wie Strahlenschleier niedergeht prasselt trommelt
im Tempel geräuchert wird
wenn Gewitter heranzieht mit gewaltigem Donnerschlag
Blitzen so breit und lang
als wollten sie den Himmel zerreißen
Fluß Tempel Baum und Strauch
sitzen im Kreise in ihren Hütten flechten langes Haar

Ist krank vor Sehnsucht nach dem breiten Strom ... wie er floß:
im Winter wenn Eisschollen treiben
Männer und Weiber lang viel zu lang unter Fellen liegen
lachen und kreischen
Duft gebratenen Fisches durch Hütten zieht
wenn Rauhreif an jedem Baum Busch Ast
sie in frischgefallenem Schnee stapfen Schneeflocken auf Zungen
schmelzen lassen

620

sich eiskalte Wangen reiben ...
Hier in diesem heißen Land gibt es keinen Schnee
Rache will sie
und wie sie hadert gegen Sternenhimmel
da erinnert sie sich: Zauberformeln warens
die Priester Priesterinnen am großen Fluß gesprochen
weiß: Klang bestimmte Kombination des Worts hat magischen
Wert und sie beginnt:

„Wer macht den Fluß fließen Gebieterin
wer hats geschaffen MutterNatur
alles das was ich liebte
Gebet will ich sprechen zu Dir
lag an des Himmels Pforten am großen Flusse
fühl noch die Weichheit Deiner üppigen Brüste

Sie haben mich fortgezerrt von Deinem Schoße
Dein rosenduftendes Dreieck hab ich zum Abschied geküßt
wie oft hast Du mir erzählt von gehörntem Geliebten

geborgen ihr beide in unendlichem Glück
fortgerissen haben sie mich von Dir Mutter Du!

So will ich mich rächen an Judas Söhnen
damit sie begreifen welcher Frevel geschehn
Himmel haben sie mir zerstört so zerstör ich nun ihre Himmel
verwüste ihre Herzen männlich Ehre gehörnte Kraft
bin voller Schmerz vom Firmament gestiegen
sie hier drunten sollen müssen nun anbeten meine Macht
so wie ich ihre anbeten mußte wollt es nicht

Wollt nur lieben die ganze Welt Dich ... am großen Fluß
hineinträumen in plätschernde Wellen an sandiger Bucht
umschlungen von gewaltiger Acht und immer
mit Deinen Himmeln verbunden"

Und wie sies gesprochen da steht jene vor ihr zu der sie gesprochen
flüstert zurück:

„Komm meine Tochter Semiramis
noch einmal liege an weichen Brüsten
noch einmal flute meine Liebe zu Dir
noch einmal halte ich Dich mit runden weichen Armen
noch einmal küsse ich Deine Stirn

621

dann müssen wir uns trennen weil ...
Du wirst ... furchtbare Gebieterin des Wüstensturms
Seelen zertreten Menschenkörper verschlingen
Befehlshaberin ... Mörderin ... Metzlerin im Blut waten
Zauberin Schlächterin Gebieterin mit dem Haar
Rächerin an männlicher Hybris schlangengekrönte Meduse

Ach meine kleine Semiramis es war Dein Wunsch und ich weiß:
es muß sein So zeig ich Dir ... zeig ich Dich ... die große Hure
wie sie trinkt aus dem Becher mit glühendem Zorn ..."

Und Semiramis sieht eine Frau sitzt auf rotem gehörntem Tier
trägt rotes Gewand
mit Gold kostbaren Steinen und Perlen geschmückt
hält goldnen Becher
gefüllt mit Blut ihres Körpers Blut von Königen
unnennbar ihre Zahl
gefüllt mit Samen männlicher Kraft schleimend Gemisch
trinkt sitzt in schwankend gleißendem Rausch
in Glanz und Luxus Königin sitzt sie schön und mächtig
ohne Liebe doch niemals Traurigkeit in ihr
denn sie hält goldnen Becher
Leidenschaften hingegeben die zum Himmel brennen schreit:

„Für Liebe mit dem einzig Geliebten bin ich Hure Ersatz!"

So rächt sie sich an männlicher Hybris:
sterben werden sie müssen Könige jeder dem sie Körper geliehen
zum entarteten Spiel
jeder der von ihren magischen Künsten betört
sich dem Laster hingegeben: Lüsternheit ohne Liebe
magische Kunst mißbraucht entehrt niedergezerrt
magische Kraft des Worts ...
einst geschaffen um mit Schönheit und Liebe
Materie in Stofflosigkeit des Geists zurückzuführn
Kaltes Verkantetes Hartes
das vergessen was Liebe und Geist anzurührn
damit es sich zurückbewege vom Gang Geistes in Materie

nun dazu gebraucht
um in Rausch zu fallen immer stärker härtere Droge
scheinheilig unter dem Mantel der Heiligkeit Gipfel der Rache
an luziferischer Treulosigkeit

gerötet vom Rausche sitzt sie spricht:
„Warst Dus nicht Schlange die begehrte Menschenweib
in Nacktheit sich wälzte
warst Dus nicht Schlange die göttlich Geheimnis verriet?
Sieh luziferischer Gott der mit Menschin schlief
Semiramis ist mein Name
nackt wirst Du Dich mit mir wälzen Deine Nachkommenschaft

Danach männlich Offenbarung verlieren
denn groß ist meine Macht
reich bin ich besitze Silber Gold kostbare Steine und Perlen
feinstes Leinen Seide roten Stoff
seltene Hölzer Gegenstände aus Elfenbein Edelholz
Bronze Eisen und Marmor Zimt Salbe und Räucherwerk
Myrrhe und Weihrauch Wein und Öl
feines Mehl und Weizen Rinder und Schafe
lebende Menschen
Obst das ich über alles liebe es wächst hier wie im Paradies
meine Kaufleute sind die einflußreichsten der Erde
mit meinem Zauber hab ich alle Völker verführt

Semiramis ist mein Name
habe die Liebe verlorn doch in lüsterner Nacktheit sich wälzen
ist mir nicht genug
Rache hat nun die Herrschaft angetreten lüsterne Lust
Rache wird Herrin der ganzen Welt
freuen will ich mich ... jubeln ... ihr der Rache Ehre erweisen
leuchtend rotes Kleid werde ich tragen
Spiel entarten das Luzifer gespielt“

Sternenhimmel blinkt ... kindliches Mädchen ...
Zauberformeln der Heimat murmelnd ist in Schlaf gesunken
erwacht schüttelt den Kopf

denkt an Rauhreif auf jedem Baum Ast Busch
frischgefallenen Schnee Flocken die auf Zungen schmelzen
eiskalte Wangen am großen Fluß

Heißer Wüstenwind stürmt über lehmgeschlämmten Palast

Zeit fließt schon ist sie siebzehn Jahr
immer noch Lieblingsfrau des Herrn in lehmgeschlämmtem Palast
Hofstaat rätselt
wie hat jene Fremde viel zu groß viel zu üppig

für ihrer aller Geschmack
es geschafft ihn den Unersättlichsten aller Unersättlichen
Lüstling und Weiberhelden
der nie eine Gelegenheit ausließ um junges Fleisch zu finden
nehmen wegzuwerfen wie alten Schuh
wie hat sies geschafft ihn zu zähmen
sie kann nur eine Zauberin sein
ist zu überführen gewinnt zuviel Macht

Neulich hatt sies gar gewagt
Elite der Wissenschaft Zauberei Dichtung und Sternenkunst
an den Hof zu fordern
jene sollten dem König Bericht erstatten über neuesten Stand
ihres Tuns
und verrückteste Forderung: sie hatte dabeisein wollen!
Ein Weib! Blasphemie Entartung! Krank muß sie sein!

Doch der König nachgiebig wie ein seniler Greis
hat sich über jede Etikette erhoben
ihr dieses ungeheuerliche Privileg zugeschoben ...
empörend
da hat sie erhaben überlegen wies einem Weibe nicht ziemt
neben dem König gesessen aufmerksam gelauscht
als könnt sie begreifen was Weise reden!

Dreimal schon haben Vertraute des Königs
die das Sagen haben im lehmgeschlämmten Palast
ihr den Giftbecher zugeschoben

Dreimal geschiehts daß des Mädchens aufsteigende Macht
gestärkt wird nicht geschwächt denn Semiramis hat
den goldnen Pokal mit Wein den man ihr gereicht nicht angerührt
bestimmend und ungeniert obersten Heerführer zu sich beschieden

Wie konnt sies wagen aus einem Harem heraus zu regieren!
Er der gebeten verweist bittenden Diener aus seinem Gemach

Doch jene die sich Semiramis nennt ist wie ein Geschöpf
von anderem Stern
In ihrer herausfordernd erotischen Art üppige Weiblichkeit
zu tragen wie einen Schatz
bricht sie selbstherrlich und völlig ungeniert
in des Heerführers Runde seiner Generäle Offizier
steht vor ihm Schönheit ihres Körpers schamlos

präsentierend mit einer Überlegenheit
die dem Heerführer kaum noch beherrschbare Wut entreißt

Wie kann es diese Sklavin wagen!
Da sieht sie ihn unentwegt an
ungeheuerliche Kraft und Macht strömt von ihr aus
umschlingt ihn auf der Höhe des Magens
wie gelähmt sitzt er willenlos niemals hat er Ähnliches erlebt

Teufelin muß sie sein Teufelin ist sie auch
winkt der Dienerin die sie mitgebracht
die den goldnen Pokal in Händen hält befiehlt dem Heerführer:
„Trink ihn leer!"

Befiehlt sie mit so gnadenlosen Gewalt
daß in des Heerführers Auge Angst zu flackern beginnt
Er kann sich nicht wehren
ihr Wille ist zu stark er ist ihr ausgeliefert ihr - einem Weib!

Wie eine Marionette greift er den Pokal
beginnt zu argumentieren verhaspelt sich
Offiziere Generäle stehen sprachlos
alles geht viel zu schnell man versteht nichts

Ein paar Sekunden kann er sich noch wehren
doch dann steigert sich ihr Wille den sie auf ihn gerichtet hat
so übermenschlich
daß er mit zitternder Hand den Pokal zum Munde führt
weiß was ihn erwartet weiß es ... denn er wars der diesen Plan
ausgeheckt initiiert ... der ihr den Giftbecher zugespielt ...
Wer konnt nur der Verräter sein?

Oder ist sie eine solche die alles weiß? Zauberin? Ja

Er trinkt unter dem Zwang ihres unvorstellbaren Willens

während ihre schönen Brüste sich senken und heben
mit jedem Atemzug unter fast durchsichtigem Kleid
als stände sie entblößt
Die Blicke der Männer im Raum gehen
von ihrem aufreizend prallen Körper hin zum Heerführer
der jämmerlich flennend nun aus dem Pokale trinkt
eisstarr ihr Blick spricht sie:

„Ists so daß Du befohlen mir diesen Pokal zu bringen?"

Er schüttelt den Kopf sinkt vornüber Schaum vor dem Mund

„Du lügst! Wolltest mich aus dem Wege schaffen
bin Dir zu stark meintest ich untergrabe die Moral dieses Landes
hier ... mit meiner Art" Als sie so gesprochen flüstert er sterbend:

„Da es nun geschehen ... geb ichs zu ... solche Dirnen wie Du
gehören nicht hierher!" Stürzt vom goldenen Stuhle liegt tot

Glück für Semiramis daß er sich zum Giftmord bekannt
Tumult bricht aus sie verläßt den Raum hocherobenen Haupts
Es dauert nicht lang da muß sie
vor höchstem Gericht Rede und Antwort stehn

Wie raffiniert sie ist ... züchtig gekleidet verschleiert ...steht sie
spricht offen klar von Verrat Verschwörung Spitzelsystem
Man gönne ihr Privilegien nicht
doch sie sei sicher Zeit und Schicksal meinen es gut ihr

Sie habe nur den Spieß umgedreht jenen der sie vernichten gewollt
zur Konsequenz seines Verrats geführt
Was wolle man von ihr!
Jede Dienerin könne bezeugen daß sie den Pokal nicht berührt
mit zehn Damen im Gefolge sei sie durch den Palast geschritten
außerdem habe der Heerführer seine Schuld zugegeben

Es wird gefingert gedreht von Seiten des Hofes
doch alles hilft nicht sie muß freigesprochen werden
der Herr steht hinter ihr

Kein Tag vergeht
da Hofstaat nicht an Attacke Umsturz Meuterei nun denkt
Heer der Minister brütet:
wie ist dieser Hure das Handwerk zu legen?

Doch sie hat mit ihrer respektlosen magischen Art
auch Anhänger gefunden
man wittert ... sie wird zur Königin aufsteigen wie gut ... sich ihr
früh genug beizugesellen ...
machtvolle Posten fette Pfründe winken und geht heimliche
Rechnung nicht auf
ist immer noch Fahne für andre zu schwenken

So baut Semiramis mutig sich eigenen Hofstaat auf
wieder und wieder wird gerätselt:
wie hat sies geschafft dem Herrn so viel Macht abzuringen?

Sie ahnens: doch mit ihrer Zauberkraft schlägt sie
jeden Lauscher jede Späherin murmelt magische Worte geht Kreise
mehr erfährt man nicht ...
Nur - auf geheimnisvolle Weise erkranken Spitzel Bösewichte
Neider des Königs ... manche lahmen ertauben erblinden
Nichts geht mehr mit rechten Dingen zu
im lehmgeschlämmten Palaste
Und der Herr selbst
wirkt weder ausgelaugt schwach memmenhaft sondern stark
regiert das Land weiser denn je doch die Zahl der Feinde wächst
Kunde von ihm seiner Geliebten
die eine Hexe Amazone Zauberin sein soll
wird über die Grenzen getragen

Weiber allüberall beginnen Aufstand zu wagen Das ist nicht gut
Adlige WüstenSippen fordern von ihm Heirat mit einer Prinzessin
Mord der fremden Amazone
seine Macht sei gefährdet sonst ... er weigert sich

Dem siebzehnjährigen Ding hoffnungslos verfallen
spielt er mit dem Gedanken sie zur Königin zu erheben

Zeit fließt

Sie will in allen Wissenschaften Dichtung Baukunst täglich
unterrichtet werden
Dem Gelächter der Höflinge hat der Herr selbst einen Riegel
vorgeschoben denn hat erlaubt
daß sie fremden Männern ins Angesicht sehen darf
Bruch eines Tabus ...
Sie lernt ... des Herrn Macht ist in Gefahr Haß wächst nicht zuletzt
weil es bis heut keine Königin gibt
weil er keine legitimen Nachkommen gezeugt
nichts denn ein Heer von Bastarden in die Welt gesetzt

Zeit fließt

Semiramis hat lesen schreiben gelernt
sich mit den Wissenschaften akkomodiert
parliert diskutiert mit den Lehrern denen es peinlich ist

ein junges Mädchen zu unterrichten Ist der Palast ein Bordell? ...

Schlimmer noch ... sie hat eine Art geistiger Überlegenheit ...
die jeden von ihnen in Erstaunen versetzt
findet neue Lösungen neue gedankliche Wege
nach denen sie selbst lang schon gesucht
hat auf merkwürdige Weise alles Denken im Griff

Zeit fließt

Es kommen okkulte Meister aus fernen Ländern
in lehmgeschlämmten Palast ...
hergebeten auf Drängen des schönen Mädchens
und es dauert nicht lang da beugen die Fremden sich vor ihr
unerhört nie gesehn Harem Hofstaat sind alarmiert

Simple Sklavin schwingt sich hoch zur Macht

Sie ist raffiniert weiß ihre Position auszubaun
ist schwanger hat des Königs Wort daß ...
sollte sie einen Sohn gebären ... sie die legitime Königin wird

Dieser Nachkomme soll später den Thron besteigen
und sollte ihm dem König etwas zustoßen im Machtgerangel
dürfe sie Erbe verwalten ... solang bis der Sohn alt genug
das Land zu regieren ... ein schwerer Kampf entbrennt ...

Zeit fließt

Semiramis ist Königin Sohn an Ammenbrust
sitzt mit berühmtestem Baumeister der Zunft an einem Tische
will eigenen Palast will Raum für sich

Man will sie vernichten Feinde mehren sich

Sie will ein Haus daß sich quadratisch und dann ... in sieben Stufen
hoch zum Himmel türmt
Gärten die sich in sieben Hängen hoch zur Palastspitze ziehn
das Schönste vom Schönen auf dieser Welt
sie hats geträumt
Fremde Weise und fremde Zauberer unterstützen sie

Der Herr hat ihr ein gewaltiges Vermögen zur Verfügung gestellt
nicht zuletzt weil sie es gewesen die weit im assyrischen Norden

während einer Reise aus der Sänfte gestiegen
auf den Boden gewiesen behauptet unter ihr lagerten Goldadern
Ungläubig habe man Monate später auf ihr Betreiben hin
zu graben begonnen
und in der Tat eine der reichsten Goldadern die je gesehn
in der Wüstenerde gefunden

Sie will nicht nur eigenen Palast sondern auch einen Tempel
für eine Göttin
ein schwieriges Unterfangen denn
wie soll sie in diesem Lande den Menschen eine Göttin
nahebringen ... wos doch nur Götter gibt

Semiramis gibt nicht auf ...
zur Herrin geschaffen wie kein anderes weibliches Wesen
in lehmgeschlämmtem Palast ...
begeht sie aber nun gravierenden Fehler vernachlässigt den Herrn

Kampf um die Macht hat sie zu hart gemacht
An allen Fronten Feinde zurückschlagen fordert seinen Preis
Es kostet Kraft weibliche Kultur zu gebären dort
wo niederer denn ein Tier rangiert jede Frau sie erinnert sich genau:

Stark und kraftvoll zu sein war ihr nicht erlaubt
schweigend hatte sie zu dienen wie schwierig wars
wieviel Zauberkraft war vonnöten gewesen
in gierigem Herrn Toleranz Respekt zu wecken
für ihre besondere Art

Hatte Kriegerin sein müssen um neben ihm dem Herrn
seinem Hofstaat seinen Männerhorden die hier das Sagen haben
zu überleben weibliche Macht zu etablieren
Nun ist sie ausgelaugt
Kriegerin Zauberin Königin Mutter sein
und dazu noch gefügige Geliebte? Zuviel ist zuviel doch sie weiß:

Dieser Mann der sie gefördert protegiert
ist der Unersättlichste aller Unersättlichen Lüstling
will sie ihre Position halten muß er ihr gewogen bleiben
mehr noch: tief in ihrem Herzen lebt etwas das still starr stumm
sein soll wenn er sie berührt
sie kanns nicht beschreiben seine Hände sind ungewöhnlich schön
schmal und doch voller Kraft

Sie ist müde ausgelaugt denn es heißt:
auf Schritt und Tritt Spitzeln und Spähern entgegentreten
ihnen Macht nehmen

Nachbarländer haben Krieg angekündigt
doch sie liebt es mit dem berühmtesten Baumeister seiner Zunft
an einem Tische zu sitzen
Paläste neue Straßen zu malen denken neue Stadt zu schaffen

Keine Lehmhütten mehr sondern Paläste ... Pläne wachsen
und ... der berühmteste Baumeister seiner Zunft
ist ihrem erotischem Zauber verfallen
und ... sie spielt nutzt hemmungslos bindet ihn an sich
zieht ihn in ihren Kreis
am Tisch voller Pläne für die neue Stadt
Lüsternheit wuchert ... treibt ihn hoch Sklavinnen gibt es genug
doch kein Weib auf dem Erdenrund meint er
besitze solche Spannung wie sie ...

Unersättlich scheint sie ... doch hat alle im Griff
Keinem verrät sie geheimes Tun ... spielt hemmungslos

Amazonen Zauberinnen aus fernen Ländern
hat sie in lehmgeschlämmten Palast gerufen
Haß flimmert Der Herr wird gewarnt
denn fremde weibliche Brut schert sich nicht um den Harem
lacht die kleinen dummen Weiber aus
wie sie ihr Leben in Kammern fristen
darauf warten gerufen zu werden
zu schwächlichem Auf und Nieder der Körper

Ganz anders fremde Brut Huren sinds Huren
vergnügen sich hemmungslos
nehmen greifen sich Männer stellen Forderungen
an männlichen Körperbau und Körpermaß lachen laufen nackt
behaupten frech all dies sei Huldigung himmlischer Lust
Haß Aufruhr glimmen
neuer Palast ist dringend vonnöten
Machtkämpfe toben
Man will Semiramis verjagen mit ihrer Hurenschar
doch gegen solche AllmachtZauberei ist niemand hier gefeit

Nachbarländer haben Krieg angekündigt
auch hier hat der Hofstaat haben heimische Sippen Finger im Spiel

doch Semiramis kann es dem Herrn ablisten
daß in die erste Schlacht Amazonen mit dem Heere ziehn

Sie blasen auf Trompeten stoßen gellende Schreie aus
noch bevor die Schlacht beginnt
murmeln an geheimen Orten nah dem Feinde Zauberwort
tragen Fahnen ordnen bestimmte Farben der Kleidung an
sprechen mit Meistern der Lüfte behaupten gar
Geisterschar ziehe mit ihnen in die Schlacht
hätten darum gebeten die Meister des Karma es großzügig gewährt

Den Soldaten ist Gehorsam befohlen sie verstehen nichts
Haß glimmt Sie staunen über die großen massigen Weiber
die ihnen Befehle erteilen denn den Soldaten ist Gehorsam befohlen

Schlacht ist gewonnen Sieg unbeschreiblich
Die großen massigen Weiber rufen zur Feier
Freund Feind Sieger Besiegte staunen
denn was hier geschieht haben sie noch nie gesehn
Halle wird zum Tempel ernannt
hier wird der herrschende Verlierer entmannt
sein blutend Geschlecht auf dem Altar verbrannt
Nun da er Offenbarung seiner Männlichkeit verloren
sei für lange Zeit sein Land unterworfen

Wein und reiche Speisen werden aufgetragen
Siegerinnen tafeln
die großen massigen Weiber habens befohlen
Gelage von solcher Lüsterheit beginnt
daß alle Männer staunend beben
stehen die AmazonenWeiber entledigen sich ihrer Kleider
präsentieren allen Männern ihre Körper
als seis das Selbstverständlichste auf der Welt
schlagen Männer in ihren Bann

Jeder will und darf mitspielen in diesem obszönen Spiel
die Weiber sind stark überlegen freizügig in jeder ihrer Gesten
gewähren nur den schönsten und kräftigsten Männern Gunst
schenken ihre Körper lachend kreischend singend schenken
schlagen Männer in ihren Bann
die Kunde von solch Hurengelagen verbreitet sich schnell
Schar der Feinde hat inzwischen mit perfiden Intrigen
dem Herrn hinterbringen können

seine schöne Königin würde sich mit Männern des Hofes
genauso amüsieren wie die Kriegsweiber draußen
nach gewonnenen Schlachten

Sitzt sie vor ihm ... alterndem Lüstling ... hat ihn bezwungen
doch es freut sie nicht
tief in ihrem Herzen lebt etwas das still starr stumm sein soll
kanns nicht beschreiben seine Hände sind ungewöhnlich schön
schmal und doch voller Kraft

Er stellt sie zur Rede ... stimme es
daß sie sich mit Männern vergnüge?
Wenn ja müsse sie den Giftbecher nehmen Sofort
Sie sei sein Eigentum Er habe sie zur Königin gemacht
Ihm verdanke sie alles Ohne ihn sei sie nichts Nur Sklavin
Minderwertige Analphabetin Letzter Dreck
Da beginnt sie zu flüstern:

„Nur eines will ich für Deine Hybris Rache will ich
denn wer macht den Fluß fließen Gebieterin
wer hats geschaffen
alles das was ich liebte
lag an des Himmels Pforten am großen Fluß
fühl noch Weichheit Deiner üppigen Brüste

Sie haben mich fortgezerrt in eine andere Kultur
und wüßt ichs nicht genau daß Du alternder Mann
der nun Inquisition mit mir hält
daß Du mich herbeigesehnt Lüstling Weiberheld
wüßt ich nicht ... doch nie nie werd ich Dir verzeihn!

So will ich mich rächen an Judas Söhnen
Himmel hast Du mir zerstört
wollte nur lieben am großen Fluß die ganze Welt
hineinträumen in plätschernde Wellen an sandiger Bucht
fortgerissen habt Ihr mich
Gut denn ... so Du mir das nicht gönnst was Du selbst Dir nimmst
werd ich Schlächterin schlangengekrönte Meduse Jetzt erst recht"

Und der König hört entsetzt ihre Worte
Es ist ihm als stehe jemand unsichtbar zwischen ihnen spräche:

„So stehts in Eurer beider Buch geschrieben Du hast sie gezwungen
Du hast böses Spiel begonnen es ist ihr erlaubt sich zu rächen

Du hast nicht über sie zu richten
denn sie wird ihren Absturz allein verantworten müssen ...
so wie Du ... dann ...
wenn Waage wieder zu anderen Seite schwingt"

Er hört diese Worte hat beschlossen: Semiramis ist zu entmachten

Semiramis bittet ihn um ein letztes Nachtmahl
heut und jetzt er gewährts hat sie geliebt liebt sie
wird sie immer lieben

Am nächsten Morgen finden Sklaven den Herrn
allein auf großem Bett Er ist tot
Kein Giftmord ist zu beweisen nicht eine Spur zu finden
sein Herz habe einfach aufgehört zu schlagen
behaupten Ärzte Zauberer Weise

Semiramis habe mit ihm das Nachtmahl genommen?
Ja! Doch sie sei noch vor Mitternacht gegangen

Zeit fließt

Sie tritt seine Herrschaft an Sohn vertretend
Sie ist klug raffiniert intrigant Hasser Neider Gegenspieler
werden verbannt neuer brutaler grausamer Krieg entbrennt
An allen Landesgrenzen wird gekämpft
Schreie der Amazonen hallen weit ins Land:

„Für uns steht noch die Zeit! Noch steht für uns die Zeit!"

Immer grausamer wird jede Schlacht
es ist als habe sich teuflischer Höllenschlund männlicher Macht
aufgetan will sie vernichten AmazonenHerrschaft um jeden Preis

Semiramis kämpft bis aufs Blut
schon hat sie vergessen warum sie kämpft
schon ist es Selbstzweck geworden gegen Feinde zu sein
jeder Widerstand wird im Keime erstickt
jeder Mann schon scheint ihr Gefahr
Machtgier Trotz Rache Haß geraten zum gewaltigen Tier in ihr

Einzige Ablenkung Freude einziger Rausch wird nun
sexuelle Freizügigkeit
Je grausamer sie um den Thron kämpfen muß

desto grausamer wird Körperspiel mit Männern
aller Hautfarben jeder Zahl unersättlich schlingt sie

Wittert sie nur einen Widersacher wird er entmannt
Dies wird ihr liebstes Spiel Lüsterheit wächst in ihr
Machtkämpfe toben
Man will sie verjagen mit ihrer Hurenschar doch die Zeit
ist noch nicht reif

Wieviele Länder sind unterworfen?
Ihr Land ist nun reich Da kommt Semiramis zur Ruh
Sitzt in frühlingsmilder Luft
hat den Sohn schützen müssen mit einer Leibgarde von Amazonen
man wollt ihn töten um ihr so die Macht zu nehmen
Sitzt in frühlingsmilder Luft
schon gezeichnet von grausamem Kampf verfettet aufgedunsen
bös lauerndes Tier
Manchmal frißt sie Geschlechtsteil eines Entmannten
in Zwiebel geschmort dazu Blut aus goldnem Becher
hastig hinuntergestürzt
Mörderin Metzlerin Schlächterin schlangengekrönte Meduse

Tempel werden errichtet im ganzen Land
Tempel in denen einer mordenden rächenden Göttin gehuldigt wird
Herrin aller Fraun
In wenigen Jahren entsteht eine großzügig geplante Stadt
lehmgeschlämmter Palast ist niedergerissen
Gemeinsam mit Baumeistern Astrologen sind neue Paläste
entworfen stufenförmigen Pyramiden gleich

Zauberin der Nacht Meduse immer größer wird ihre Macht
Feinde verstummen denn reich ist sie nun
besitzt Silber Gold kostbare Steine Perlen
feinstes Leinen Seide roten Stoff
seltene Hölzer Gegenstände aus Elfenbein Edelholz
Bronze Eisen Mamor
Zimt Salbe Räucherwerk
Myrrhe und Weihrauch Wein und Öl
feines Mehl und Weizen
Rinder und Schafe

Die große Hure Zauberin der Nacht ... Palast der Göttin ...
als siebenstufige Pyramide entstanden ... ist nun ihr Zuhaus
Gärten winden sich siebenstufig

Im ersten Garten stehn Lauben umringt von Statuen aus Stein
Körper von Männern und Frauen
von Steinmetzen bis zur Perfektion höchster Kunst gebracht
Lorbeeren duften

Im zweiten Garten plätschern Springbrunnen
Weinreben umranken schattenreichen Gang
zierlich Gestühl lädt ein zum Verweilen
Schalen mit Trauben stehn
Feigenbäume neigen sich unter hartem Sonnenlicht

Im dritten Garten wuchern hohe Gräser Bambus streckt sich
wilde und zahme Tiere gehn
dazwischen helle Haine auf denen Zelte stehn

Im vierten Garten blühn prachtvolle Blumen Farbe und Form
fassend blaue grüne gelbe rote Spiralen Dreiecke Ovale
dazwischen Olivenbäume

Im fünften Garten liegen Steine und Kiesel an stillen Wassern
geometrische Formen aus Stein gehaun Erde streng geharkt

Im sechsten Garten stehn Iris und Lilien Bougainvilla Hibiskus ...
hier und dort ein Apfelbaum
Taxus schwillt ... zu Phalli geschnitten ...
Duft fließt gleich einem Meer von Entzücken

Im siebten Garten: Buchsbaum zu geheimnisvollen Formen
geschnitten darinnen schönste Rosen rosa weiß rot
an efeuberanktem Taxus schmiegt sich
leuchtendblauer prachtvoller Rittersporn
zwei Statuen aus Stein stehen an einer Terrasse
die sich öffnet zur Spitze der Pyramide ...

Springbrunnen plätschert aus drei Schalen die überfließen
zahmes Tier liegt neben zierlichem Gestühl
auf einem Tisch steht eine Schale mit Früchten und
ein Korb auf der Terasse mit frisch geschnitten Blumen
blau grün gelb rot ... sie sollen in Vasen geordnet werden
um den Raum der Königin schmücken

Duft fließt Wasser sprüht Sonne flirrt Erdkrumen wehn
Spitze der Pyramide ist gläserne Pracht Darin ein großes Nachtlager
Mitten im Raum öffnet Blick zum Sternenhimmel heiligster Platz

Rote Rosenblätter in Schalen auf goldenen Tischen
zwischen Säulen
kunstvolle Bilder an Wänden
feinste Seidenteppiche schmeicheln in den Farben weiß und rot

Semiramis sitzt schweigend

sieht leuchtende Gesichter von Menschen aus fernen Ländern
denkt: wie leicht mags Euch sein ... friedlich zu sein
Ihr habt nicht kämpfen müssen wie ein Tier ...
schon lang darf ich nicht mehr sein das ...
was ich bin: himmlische Dienerin
Verschleppt haben sie mich zur Sklavin gemacht
entehrt entwürdigt
und weil ich mich wehr gegen dieses Schicksal
kenne ich
Lug Trug Intrigen Meuchelmord
Giftbecher kenne ich

Lüsternheit männliche Potenz der man kindliche Unschuld
vorwirft wie geschlachtetes Vieh

Wer von Euch fremden Gesandten hat je gefühlt
was es heißt aufgerissen zu werden von männlicher Gier
als sei man nichts wert

Ich fresse Eure Unschuld gierig und schweigend in mich hinein
jedes Symbol jede heilge magische Geste
grab ich in meine Erinnrung hinein doch
glaubt nicht daß ich Gleichheit anstrebe für mein Reich
denn ... nie nie werd ich verzeihn!

Semiramis sitzt schweigend bös lauerndes Tier in ihr

Man liest ihre Gedanken will verhindern was zu verhindern ist
umgibt sie mit Gesang und Flötenspiel Tanz Blumenpracht
hoffend daß ihr kaltes steinernes Herz zu erweichen ist

Semiramis sitzt sie schweigend

Immer größer wird ihre Macht immer reicher wird sie
besitzt Silber und Gold kostbare Steine und Perlen
feinstes Leinen Seide roten Stoff
seltene Hölzer Gegenstände aus Elfenbein Edelholz

Bronze Eisen Marmor
Zimt Salbe Räucherwerk
Myhrre Weihrauch Wein und Öl
feines Mehl und Weizen

Nutzt sie heilige Wissenschaft um bös lauerndes Tier zu nähren
tief in sich
liebt nicht Farbe Form Pracht um sich zu erinnern HimmelsHof
sondern um Macht zu saufen schlürfen hemmungslos

Nutzt alles und alle ob Baum Strauch Tier Knabe Sklave Mann
um zu unterwerfen dokumentieren:
ich bin die Machtvollste hier und dient Ihr mir nicht
zertret ich Euch alle! Ihr Würmer Natterngezücht!

Nutz ich heiligen Zauber nur um diesen Sinn lass Euch lechzen
doch zaubre aus Eurem Hirn ... Heiligkeit der Liebe
Ihr vergeßt es ... ich ... habs ausgelöscht in Euch
und so lechzt Ihr erbärmliche Männerbrut

Kommt labt Euch an üppiger Brust doch Ihr müßt dafür zahlen
nein nicht mit Macht Gut und Geld! Nein! Mit Eurem Geschlecht!

Offenbarung männlicher Schöpferkraft die ihr mir opfer müßt
mir der größten Meisterin schwarzer Kunst
hab Euch glauben gemacht daß Ihr nur durch Entmannung
himmlische Seligkeit erreichen könnt

So hack ich Euch liederlich lüsterne Leidenschaft
aus Euren Körpern gieriges Greifen nach Weiblichkeit
für immer aus und vorbei
Dann aber erst dann verrat ich Euch Ihr Würmer Natterngezücht:
ohne die körperliche Offenbarung männlicher Schöpferkraft
die es in Geistiges umzuwandeln gilt
schafft Ihr es nicht ... erreicht Ihr himmlische Seligkeit nie!

Da steht Ihr ... kastrierte Helden ... Spinnengemahle
und ich lache hämisch ... denn Rache will ich!

Hab Euch vernichtet entmannt gedemütigt niedergewalzt
es ist besser Ihr legt Euch gleich nieder ins Grab
Ihr lechzt nach Liebe nach Vergeistigung
die Klugen von Euch wissen nur zu genau ...
daß dies nicht nur ein geistiger

sondern auch ein körperlicher Wandlungsprozeß
Nur so wird der Stein der Weisen zu Gold? Wo wandelt sichs? Wo?
Ich lache hämisch nie hab ich lieber gelacht
Wo? Wo wandelt sichs?
Nicht in Euren Körpern denn Ihr habt nicht mehr die Kraft
denn ihr seid entmannt!

Ihr habt Euch verzehrt in nutzlosen Opfern an satanischem Altar
Euer blutig Geschlecht brannte zum Himmel ich versichere:
Nichts hab ich lieber getan! Ich! Die große Hure!

Zeit fließt

Semiramis steigt Nacht für Nacht
in die sieben Ebenen unterhalb PyramidenPalasts
scheut schon lang die Gärten
gleißend lichtdurchflutete Spitze heiligen Hauses Palast
dort wo Göttin mit Gott sich eint
denn ... wo ist jener einzge der zu ihr gehört?

Er steigt nicht herab aus himmlisch Gestirn so wie einst ...
als die Götter sich mit den Töchtern der Menschen vergnügt
kanns nicht ... denn er ist gefallen gestürzt

Semiramis läßt sich in ihrem Land
zur Göttin der Rache ernennen ist ihre Stellvertreterin auf Erden

denn Symbole Bilder den Menschen zu schaffen
damit sie Sprache der Seele Schöpfungsmythos begreifen
Archetypen in Bildern malen
dieser Gedanke gefällt ihr gut
sieht auch die Gefahr zu verfälschen spielen
eigentlich will sies: Symbole nicht mehr binden mit Himmeln
sondern glauben selbst Ursache nicht Wirkung zu sein
haarscharf die Gratwanderung
Alles drehen umkehren jede Wahrheit grausam nutzen
um Rache zu befrieden

Vergehn: ganze Völker all dies glauben zu machen
Zwang wie eiserne Faust im Lande gebären
ahnungslosen Glauben unschuldig Vertrauen in Führung
niederzumetzeln
Es interessiert sie nicht Sie ist korrumpiert von Macht

Semiramis steigt Nacht für Nacht
in siebte Ebene unterhalb PyramidenPalasts
Es ist ein riesiger Tempelraum
ausgekleidet mit schwarzem glänzenden Marmor
kostbare Kandelaber stehn Kerzenlicht flackert

In der Mitte: Altar zu dem sieben Stufen führen
auf ihm ein riesiges Bett schwarzes Metall schwarze Laken
so
finstere Entsprechung himmlischen Pyramidenspitzenraums
steigt sie hinab in grell-fleischliche Gier
Will keine mystische Hochzeit mehr Liebe? Was ist schon Liebe!

Satans Priester der Lust singen dumpfe Gesänge

Während Knaben und Männer aller Hautfarben jeden Alters
durch unzählige unterirdische Gänge geführt
gebadet gesalbt gesegnet werden
um sich der Göttin der Rache zu weihen

Unberührtheit wird von Semiramis hoch geschätzt
je jünger desto gewaltiger ihre Orgasmen

Aus schmieriger Perversion macht sie Religion
Knaben glauben ... daß ... je brachialer ihr Orgasmus
desto heiliger ihre Unschuld
ihren Körper haltend in Stimmung Stellung zu Stürmen sie reißend
Wettbewerbe entbrennen wer verschafft ihr die größte Lust
und schaffts mans nicht: der Tod ist sicher
Menschenopfer ... ja es steigert Semiramis Lust ...
Blut fließen zu sehen
vor allem dann wenn ein Knabe sich willig demütig gläubig opfert
Leben für die Göttin gibt
Andre die für würdig befunden werden kastriert
dienen Nacht für Nacht finsterm Ritual
birgts immer schlimmere Entartung immer tieferen Fall

Es dauert nicht lang da befrieden Semiramis
solche Exzesse nicht mehr ... braucht neuen Reiz
ihre kastrierte Priesterkaste hat neue Ideen zu liefern
sie argumentiert:

Zum Tag gehöre die Nacht dies sei kosmisch Gesetz nicht wahr?

Doch da schlägt das Schicksal zu
wies immer geschieht neigt sich Waage zu sehr
nach rechts oder links

Sitzt die Hure Urheberin schrecklicher Greuel schweigend
braucht nicht reden überzeugen kämpfen
intrigieren um Macht zu stabilisieren ... diese Zeit ist vorbei

Das Volk ist inzwischen betört von Tempeln der Lüste
nicht ahnend ihre satanisch entglittene Schattenform
nicht wissend von geheimer sadistischer Priesterkaste
Königliche Machenschaften die sorgfältig vor dem Volke
geheimgehalten werden denn ... Macht korrumpiert

Hängende Gärten Stufenpyramiden unermeßlicher Reichtum
rot-goldene Pracht Zentrum der Fleischeslust
zieht Männer aus Nord Süd West und Ost in ihren Bann

In Tempeln suhlen sich Nackte geräuchert wird
Orgien Feste Feiern Rituale einzig sexuellem Exzess gewidmet

Heilig magisch Spiel Geheimnis der Liebe göttlicher Weisheit Kraft
verkommen zu simplem Swingerclub
Menschheit verfangen in purer Fleischeslust
und immer wenn sies sieht lacht Semiramis grell spricht:

„So waren einst Götter auf die Erde niedergestiegen
um sich mit den Töchtern der Menschen zu vergnügen"

Sitzt die große Hure schweigend ehemals schönes Gesicht
verfettet Lippen schmal häßlich die Haut
sitzt abgrundtief Boshaftes raffiniert verbergend hinter Würde
Strom vermeintlicher Herzlichkeit nichts als Lüge
maßlose Herrschsucht gärt in ihr wie junger Wein
Nur sie ist Zentrum alles hat sich zu unterwerfen
mit jedem Laut jedem Wort jeder Geste

Ersinnt sie immer neue Greueltaten
die sie Verehrung der rächenden Göttin nennt
argumentiert: Göttin wills hat ihrs in Träumen offenbart
bricht männliche Kraft schon im Keime
giert nach Entmannung

Ihre Augen glitzern glänzen ... würdevoll sitzt sie dabei
als seis Huldigung göttlicher Weiblichkeit
wenn ein Knabe in Blut seines Körpers sinkt
weinend doch willig sich opfernd wahres Leben gibt

Wo auch immer sie geht
sät sie düstere Frequenz Grausamkeit Vergewaltigung
Sie befiehlt sie herrscht sie ist die Königin

Es ist überhaupt so daß sie nur noch
schnauzend schnarrend Befehle erteilt
Alle sollen ihre üble Laune spüren
denn sie hat gestern zuviel Blut gesoffen
Knaben getötet
hat gefühlt daß es Heiliges gibt Helles weit weit über ihr ...
Haß gärt ... nichts darf über ihr sein Sie ist die Königin ...

Fühlt sie sich schlecht hat sich das ganze Reich schlecht zu fühlen
alles und alle jede und jeder hat ihr zu Füßen zu liegen
sie darf treten und strafen
Freundlichkeit wie eine Maske tragend
Unvorstellbar ihre Selbstherrlichkeit meint alles sei ihr erlaubt

Immer wilder immer furchtbarer wird ihr Gelüst
man versammelt sich in höchster Stufenpyramidenspitze
Sonne flutet über himmlischem Lager ...
Semiramis geht schnell
denn inzwischen kann sie helles Licht nicht ertragen
ihre Augen sind blutunterlaufen ihr Körper blockiert

Teufelin Satan in Weibergestalt
dunkle Schwester lichter Aphrodite

ihre Attribute waren Bänder und Schleifen und Lachen
liebeglühende Augen und Flüstern
heiserer Ton voller Verlangen und Hände
sanft schwellende Kissen auf blauem Samt

Nichts ist Semiramis geblieben als maßlose Herrschsucht
alles und jeden verschlingend
Geheimnisse der Magie mißbrauchend um zu töten vernichten
läßt sich nicht umstimmen
gerät immer tiefer in den Sog des Bösen
Tür Tor geöffnet zu Abart

Da sitzt sie verfettet häßlich schmallippig
verseucht vergiftet grausame Rituale ersinnend
kastrierte nackte Sklaven bringen dampfende Speisen

Semiramis schlingt

Hat sich die Tür geöffnet Knabe siebenjährig
ist eingetreten ein schönes kraftvolles Kind
es sieht der Mutter ähnlich ... der Königin

Sorgsam behütet aufgewachsen
im Kreise von Weisen und Priesterinnen
gehegt wie ein Augapfel Garant für Semiramis Macht

Ferngehalten vom düsteren Kult der Mutter ahnungslos
in kindlicher Liebe ihr zugetan
Aug voll innigem Glauben an sie liebt er Semiramis
wie nur ein Sohn die Mutter lieben kann

Sie hat ihn nicht ermuntert war nie zärtlich hingebungsvoll

doch er war umhegt von der Liebe lichter Töchter der Poesie
wuchs auf inmitten von Blumen Bäumen Prunk und Pracht
schlief zwischen hohen Gräsern in Zelten in paradiesischen Gärten

Krieger lehrten ihn das Fechtern Agieren mit Schwertern
Weise und Zauberer das Denken Entscheiden Werten

Er sieht zur Mutter hin die schweigend schlingt und frißt

Ein schöner Knabe ists von unschuldig kindlicher Männlichkeit
die Mutter siehts ... sieht nur das Kind lächelt voller Gier
verdammt - er zu dienen muß mir her!

Da packt es sie mit Dämonengewalt
ihres eigenen Sohnes lieblich unschuldige Seele muß her
Sie muß den Knaben nehmen in kultischem Ritual
denkt sie plötzlich mit Entsetzen Staunen:
einzige Lust die mich noch reizt
sieht den Knaben: klare kraftvolle kindliche Körperform
weiß: er ist ihr ergeben wie sonst kein Mann

Gier packt sie mit solcher Gewalt daß Schweißperlen
ihr auf der Stirne stehn ...

das ist eine neue Idee ja - so soll es sein

Hinter der Maske verlogener Freundlichkeit königlicher Würde
verbirgt sie sorgfältig düstern Plan verbergend vor lichter Kraft

Doch es kommt die Nacht ... da wird das Kind
von kastrierten Sklaven
schlafend
in die schwarzen unterirdischen Marmorsäle getragen

Warum hats keiner gespürt gehört geahnt?

Kerzen brennen flackern harte Gesänge töten sanftes Gefühl
Angst gröhlt Schweiß kreischt
Blutgeruch mischt sich mit Räucherwerk

Als der Knabe schlaftrunken erwacht
weil ihn ein kastrierter Sklave salbt
erschrickt er ... es riecht entsetzlich ... Angst Entsetzen Grauen
wabern stinkend durch den Raum ... er fragt:
„Was geschieht hier? Warum hör ich Knaben weinen?"
Sklave antwortet ihm: „Er wird zu Ehren der Göttin sterben"
„Warum?" „So ist es Brauch Götter wollen Menschenopfer
Blut das zum Himmel schreit Rauch der zum Himmel steigt"

„So werd auch ich geopfert?"

„Nein. Du bist Throhnerbe ... doch die heilige Mutter
fordert von Dir daß Du Ritual der Begattung vollziehst
wies üblich ist " „Bin doch ein Kind" „Wart nur ab
Wir lehren Dich"

Und der Prinz hört Wimmern riecht brennende Haut
und ...welch Entsetzen ... hört die Stimme der Mutter ...
herrisch machtvoll schnarrend schnauzend ... dann ...

wird er in den schwarzen Altarraum geführt nackt gesalbt geölt
sieht Sklaven Priester ... einen Altar
auf dem ein Knabe gemordet wird ... die Mutter sieht zu ...
unbeweglich ungerührt trinkt sie vom warmen Blut

ihr riesiger verfetteter Körper nackt in glänzendem Schweiß
ihr schwerer runder Bauch
wölbt sich über ihrem Geschlecht ... Beine gespreizt

führt sie ein anderer Sklave mit dem Munde zur Lust
ihre Lippen sind geschwollen winkt sie den Sohn zu sich

Der Knabe steht starr vor Entsetzen
ihre geliebte schwere Hand dort wo er nicht hingreifen mag

„Mutter" sagt er „Mutter was tust Du da!"

Doch sie schnarrt schnauzt ihn an ihre Augen drohn

„Leis! Still! Willst Du heilige Handlung störn?"

Das Kind starrt die Mutter ungläubig an Ist sies? Mutter?
Er hat Angst vor ihrem flammenden Blick
hechelndem Atem Schweißperlen auf gewaltiger Brust
das Kind fügt sich während Priester singen Kerzen flackern
Wimmern den schwarzen Altarraum durchzieht ...

Knabe erwacht gegen die Mittagszeit in seinem weißseiden
bezogenen Bett
Kopf Glieder schmerzen als sei Blei im Blut
Alpdruck lastet Er weiß nicht warum
Spürt nur - Schreckliches ist geschehn ... doch was?
Düsterkeit hüllt
Schaut er hoch zur Decke verliert er sich in schwarzem Graun
Schaut er zum Fenster sieht er helle Mittagssonne stehn
sieht ers ja da ist Sonne draußen in der Welt
siehts ... so und so sieht es aus ... und sonst? Nichts
Sieht aus Doch macht keinen Sinn Kann nicht in ihn hinein

Sich freuen an hängenden Gärten? Schlafen in Zelten
zwischen hohen Gräsern?
Kämpfen mit Kriegern die ihn das Fechten lehren?
Lachen in heller Sonne - ihrer backofengleichen Glut?
Sich umsehen im kostbar ausgestatteten Raum
auf seidnen Polstern hüpfen wie ein Clown?
Auf Bäume klettern die Hofmeister necken den Damen
Schmuckstücke verstecken? Nichts nichts hat Sinn nichts Funktion

Des Knaben Lider hängen schwer bleich wie Wachs sein Gesicht
Pracht des Palastes Prunk eines Königssohnes würdig

alles was ein Knabenherz begehrt steht liegt ja hier

fremd ists fern gar nicht mehr nah gestern noch verbunden
mit allem ... griff er danach ach - diese Lust zu greifen!
Lust in der Nachmittagsdämmerung zu tollen ...wie alles schwang
Licht Farbe Dämmerung
wie er eins war mit allem wie schön wars wie schön und nun?

Er liegt nackt ... nackt!

Angst Grauen schleichen sich heran was war nur was war
in dieser Nacht?
Als er aufstehen will sinkt er zurück:

Da hinten dort in jener plötzlich finsteren Eck da steht sie ja
schwarze Fledermausflügel breitet sie aus ... Maul klafft
zwei Vampirzähne stehen drin und darunter?
Er wagt nicht hinzusehn schreit gellend auf in unsäglicher Pein
Da ist sie Sie wars Nicht die Mutter Nein. Doch - was hat sie getan?

Er weiß es nicht liegt schweigt denn die Frauen
die ihn betreun haben sein Schrein gehört stürmen zur Tür herein
sehen das wachsbleiche verstörte Kind in eine Ecke starrn
stürzen zu ihm hin

Doch er wehrt sie vehement ab ... nein nein nein!
Niemals mehr darf ihn ein Weib berührn ... das ist vorbei

Als die Frauen sehn daß er unbekleidet liegt
sehen daß seine Haut eingeölt ... ahnen sie ... fragen das Kind ...
bleich mit merkwürdig grauem Blick ... es schweigt und dann:

„Nichts war" preßts heraus „nichts nichts nichts"

Wie könnt es erzählen von seinem Graun
war ja die Hölle absolutes Entsetzen!

Dem Knaben wird ein Bad bereitet er verweigert jede Begleitung
liegt später starr Stunden vergehn
Alle die ihn betreun stehn erschüttert im Gang was ist zu tun?

Der Knabe ganz offensichtlich krank
zittert am ganzen Körper schüttelt immerzu den Kopf
flüstert Ungeheuerliches man kanns kaum verstehn weigert sich
die Mutter zu sehn Das ganze Kind: wund wie ein zu Tode
erschöpftes erschossenes Tier

kanns nicht vergessen nie verzeihn:
geliebte Mutter ihre vollen Lippen geliebte schwere Hand

Da reißt in dem Knaben etwas entzwei im Kopfe drin
erscheint ihm wie eine Decke die auseinanderfließt
und mittendrin: ein schwarzes Loch Teufelin Hexe Weib sitzt drin
Er schließt die Augen doch die Teufelin will nicht gehn
schwer verfettet
trägt Forke und Speer hat gelbe schmierige Zähn
ein Kind wimmert Blut fließt und die Teufelin kommt immer näher
riesiges fettes Weib

Nie geahnt solche Qual nie gespürt solchen Schmerz
Ohnmacht grausige Ohnmacht sitzt über ihm
kann sich nicht wehren ausgeliefert ist das Kind
Priester halten ihn
stellt es Euch vor: kommt auch immer wieder neuer heller Tag
niemals niemals niemals ... wird diese Nacht ...

Er liegt starr die ganze Nacht schläft träumt nicht
liegt einfach apathisch ... keine Angst mehr kein Grauen
dazu ist er viel zu schwach
Als die Vögel zu zwitschern beginnen
Morgenluft um die Pyramide weht
steht der Knabe auf öffnet das Fenster fühlt:

Wie sehr hab ich Dich geliebt Stadt hängende Gärten
weiten Blick übers Land
Dort hinten - im blauen Dunst - ahn ich das Meer
Wolkenfahnen am Himmel ziehn Tautropfen rieseln
flirrend sich Luftwirbel drehn
er siehts: nur noch fremde unerreichbare Welt
siehts aus der Ferne und ist doch mittendrin kann nicht mehr fühlen.

Was ist Wärme Sonne Knabenspiel? Weiß daß es das alles gibt
Wozu? Zur Freude? Nimmermehr
Ja - was ist denn noch drin in ihm wenn keine Freude
kein heiterer Sinn?

Grauen furchtbares Grauen ewige Nacht Angst Haß
Ein fettes schweres Weib das lacht
Nie nie wird er ihr verzeihn! Geboren ist der Zauberer der Nacht

Tränen hängen an des Knaben rundem Gesicht

646

Er geht im schönen Raume herum faßt dieses an und das
Ach - das Greifen wieviel Spaß hat es immer gemacht

Er greift fühlt nichts wirfts hin greift wieder danach
greift alles heraus aus Regalen Schränken Kisten und Kästen
greift ... ist bestürzt weil er nicht mehr fühlen kann
läßt es wieder fallen richtet Chaos an Berge türmen sich

Und als es nichts mehr zu greifen gibt
nimmt er sein kleines Schwert ... zerschlägt alles schlägt alles tot
.

Tage fliehn Nächte ruhn Wochen sind dahin
der Knabe weigert sich die Mutter zu sehn
weicht jedem Weibe das ihm nahekommt aus
Haß wird so groß daß er nur noch männliche Diener erlaubt

Er weiß: Gleichgültigkeit ists was die Mutter fühlt
er haßt sie ... wird sich rächen ... ihr die Macht entreißen
jetzt und in alle Ewigkeit
Sobald er groß genug sammelt ihre alten Feinde um sich
intrigant verworfen bös
wird ihr ärgster Widersacher Zauberer der Nacht
wird gegen sie kämpfen ... in endloser Zeit endloser Ewigkeit
wird ihr die Macht entreißen ... Zauberer der Nacht

Marguerite verläßt Deutschland wieder

Marguerite kann kaum atmen da steht sie ... Semiramis
verfettet von kastrierten Sklaven begleitet ganz nah vor ihr
Juwelen schmücken langes rotes Haar

Hatte Marguerite das junge Mädchen
sich nach der Heimat sehnend in einen Harem gesperrt
tief berührt ... längst in ihre Arme geschlossen
den Mann gehaßt der sie ...
sich lustvoll an kindlichem Körper labend
herrschsüchtig genommen wie Wild gerissen gejagt gefressen ...

Will sie ... dies blutsaufende Monster Meisterin
schwarzer Magie Kinderschänderin
tausendmal grausamer denn alle Geister die sie erlöst ...
will sie diese ... nicht hinnehmen ... will nicht nein
denn Semiramis hatte nicht Waage zum Ausgleich gebracht
nicht verziehn
sondern sie zur anderen Seite ... nicht geneigt nein gerissen
nicht nur ein wenig nein
sondern verworfener perverser entarteter ...
Waage fast ausgehängt aus kosmischem Gleichgewicht
nein ... diese ... will sie nicht

Es quillt Musik in den Raum
Marguerite beginnt zu jammern wie ein Kind:

„Laßt mich in Ruh ... kann will solche Schande nicht!
Ach Ihr Ihr Ihr gaukelt mir Lügengespinste vor!
So schlimm kann keine Mutter sein! Nein nein nein!"

Immer stärker tönt des neuen Meisters Komposition
und ... es steht die Himmlische Schönste aller Schönen
im kleinen Holzhaus hoch über dem Rhein
steht sie in überirdischem Glanz
beide Frauen ... Marguerite und Semiramis ... murmeln da
fast synchron ja mechanisch irgendwie:

„Wer macht den Fluß fließen Gebieterin
wer hats geschaffen MutterNatur alles das was ich liebte
Gebet will ich sprechen zu Dir
lag an des Himmels Pforten am großen Fluß fühl noch Weichheit
Deiner üppigen Brust

Sie haben mich fortgezerrt von Deinem Schoß

rosenduftendes Dreieck
wie oft hast Du mir erzählt von gehörntem Geliebten
einzigen ihm
geborgen ihr beide in unendlichem Glück
geborgen ich
Fortgerissen haben sie mich Himmel haben sie mir zerstört ...“

Spricht die Himmlische:

„Und verweigerst Du Anteil an Schuld die ...Weiblichkeit ...
die ... Schöpfung auf sich geladen ... im Rad endloser Zeit
so sei noch einmal verflucht so drehe sich weiter das Rad ...
dann ... wirst Du ihn nicht finden ... gehörnten Geliebten ...
einzigen der zu Dir gehört“

Marguerite weiß was es bedeutet hier sich verweigern spricht:

„Gut was bleibt mir übrig doch ich hasse sie
ihre Herrschsucht schwarzmagische Zauberei ...
alles rafft sie nur männlichem Geschlecht zur Qual
Woher weiß ich daß sie ihr königliches Gehab
nicht weiter fortsetzt um Rache zu üben an männlicher Hybris?
Und so in mir ... über mich ... weiterwirkt?

Du hast doch gesehn wie Berthe agiert ... ruiniert hätte sie mich!
Ich trau dieser Hexe nicht
Sie ist Magierin viel gefährlicher als Berthe
wird ihre Macht nicht aufgeben wollen ich spürs
Und was ist mit dem Knaben? Welches Unheil wird er anrichten?“

„Hat er nicht schon verwüstet was zu verwüsten war?“

Marguerite blickt hin zu Louise
denkt an Albert de Beauroyre schüttelt den Kopf

„Nein denn Weiblichkeit vernichten ... ganz privat ...
ist eine Sache Die andere ist ... Semiramis war Königin ...
besaß Insignien weltlicher Macht Glaub des Knaben Seele
wird nicht eher ruhn bis er die Mutter auch in solchem Rahmen
als Königin eines Lands ... vernichtet hat“

„Du hast recht Kind Hast es richtig erkannt
Hätte Dir Erinnerung ... diesen Schmerz gern erspart
Doch wenn Du Dich von Ängsten nicht trennen kannst

dann blicke weiter in des Schicksals Buch
von Schuld und Sühne ... blick noch einmal zurück
auf die Machenschaften des Zauberers der Nacht
und verstehs recht:

Waage schwingt erst wieder im Gleichgewicht
wenn kein Haß keine Rache mehr lebt
So kommt alle Marguerite Dein Koffer ist ja noch gepackt
bring ihn ins Auto Fahr nach Paris und von dort weiter
in den Perigord Letzte Etappe Deiner Reise steht bevor"

Alle erheben recken strecken sich
Louise beide Arme um den zehnjährigen Knaben der Semiramis
gelegt läßt ihn keine Sekunde aus den Augen
streicht ihm über dunkles Haar

Die kleinen Mädchen neidens nicht kennen seine Geschicht
eine greift seine rechte Hand eine seine linke vorsichtig zaghaft zart
er wehrt sich nicht
Alle schieben sich mehr denn sie gehen aus dem kleinen Haus
durch den Garten und es fällt auf:

er gleicht dem siebten der hängenden Gärten nur klein bescheiden
ohne Prunk ohne Pracht nur Hauch der Erinnerung

Buchsbaum zu geheimnisvollen Formen geschnitten

Und zuletzt schreitet mehr denn sie geht
schwer verfettet in magisch-rotem Kleid
Semiramis die Holzstufen des Hauses hinab ... mokiert:

„Bei der Göttin hast Du nicht mehr zustande gebracht
denn dies jämmerlich kleine Haus?
Stufen vertreten Geländer nicht gestrichen
Holz schwarz vom Regen
Es ist Frühling ... ich seh keine Schneeglöckchen Krokusse blühn
Ja ja das ist schon eine Art Magie die Du beherrscht!"

Marguerite dreht sich zu Semiramis
Wut wächst drohend in ihr sieht sie gehn
verfettet in kostbarem seidnen Kleid rot leuchtend rot
weiß jene hat recht: Holz wird schwarz Stufen sind vertreten

Sie hat kein Geld Da packt sie Wut schreit sie schreit:

„Wie hätt ich mehr schaffen sollen Vettel
hab mein Leben damit verbracht
Deine Vergehen zu sühnen zu mehr reichte nicht meine Kraft!"

Semiramis in rotem Kleid flucht stumm denkt
wie kann dieses armselige Weibsbild es wagen
mich reichste Frau ihrer Zeit wie kann sie es wagen
mich Vettel zu nennen mich anzuschreien wie eine Sklavin
will Zauberworte murmeln kastrierte Dämonen rufen
Doch Marguerite hats schon erkannt schreit weiter:

„Habs geahnt wußte daß Du spinnengleich Dich meines Daseins
bemächtigen willst ahnte schon bist nicht bereit
Schuld zu bereun zu sühnen doch wart werd Dich Mores lehren!"

Beginnt Zauberworte zu rufen:

„Aleundam akadei vivikandem mukudei
Geister die ich rief Euch banne ich!
Nur Rede und Antwort habt Ihr mir zu stehn
Eure Kraft mir zu geben
doch Macht steht Euch nicht mehr zu über mich!"

Semiramis flucht und alle aus der Geisterschar sehn
wie kastrierte Dämonen die Semiramis ruft ...
schon im Anflug begriffen ... zurückkehren müssen
Marguerite ist außer sich schreit :

„ Wie kannst Du es wagen nach allem was geschehn
mir Deine erbärmlichen Krüppel aufzuhalsen!"

Semiramis schweigt Teufelin genug
um auf die nächste Gelegenheit zu warten Marguerite zu schaden
zwängt sich durch die Gartentür

da spricht eines der Mädchen
Schmetterlingsflügel bunt bemalt
auf den Rücken geheftet:

„Recht hat sie Marguerite es wär schon schön
wenn Du reicher wärst Dein Auto größer
Wie sollen wir alle Platz finden in Deinem Golf

Unsere Königin ist so fett so voller Gewalt
nimmt ja die ganze Rücksitzbank ein siehst Du
die beiden Meister haben sich schon auf der Ablage quergelegt
und Poesie hat sich in Deinen neuen Mantel gerollt"

Marguerite erkennt: die alte Vettel hat böses Spiel begonnen
Zwiespalt gesät ... wart nur denkt sie ... wart nur ...
krieg Dich schon ... blutsaufende Männermörderin!
Ich hetze Dir den Vicomte de Beauroyre auf den Hals!
Und ... üble Dämonenhorde im Schloß Fleurac!

Irgendwie haben sies geschafft sich in kleines Auto zu zwängen

Berthe hat im Schatten der fetten Semiramis gewagt
sichtbar zu werden ... ist noch einmal ausgestiegen
um die Haustür zu verschließen
Sie sind nicht einmal drei Straßen weit gefahren
alle genießen die Art solcher Fortbewegung
amüsieren sich ... als Semiramis von neuem zu mokieren beginnt:

„Sag einmal Marguerite warum pflegst Du Dich nicht?
Ich seh Deine Locken sind zu dünn ... hättest sie waschen
frisieren lassen sollen von Deinen Dienerinnen ...
Ach ja solche hast Du nicht? Bist Du etwa arm?
Tut mir leid ... Dich daran zu erinnern ... doch ...
Warum setzt Du Deine Zauberkraft nicht ein ...
um es Dir bequemer zu machen?

Kosmetik Reichtum schöne Wäsche Kleider
all dies braucht eine Frau um einen Mann zu betören
Deine Oberschenkel sind nicht straff
Du treibst zu wenig Sport Dein Bauch wölbt sich zu stark ...
Weißt Du ich bin alt ... ich darf fett sein ...
doch als ich jung ... habe ich mich nicht gehen lassen ...
kurzum: Du bist nicht nur arm
sondern Du siehst auch ungepflegt aus"

Marguerite schon seit Monaten zu Tode erschöpft
weiß Semiramis hat recht doch auch wieder nicht
denn von Geistern Dämonen belagert
kann keine Frau an schöne Wäsche Kleider denken straffe Schenkel
Wenns um Leben oder Tod geht
Hölle oder Himmel schwarz oder weiß

Fast blind vor Zorn Ärger Wut bremst sie abrupt
alle stürzen aufeinander man ist empört
Semiramis hat ihr Ziel erreicht Geisterschar ist desorientiert

Marguerite steigt aus stürmt in eine Apotheke
verlangt ein abführendes Mittel zahlt stürmt zurück zum Auto
Semiramis hat sich beim Aufprall das Kinn aufgeschlagen
sitzt glühend vor Zorn Marguerite kniet auf dem Fahrersitz
öffnet die Flasche mit Flüssigkeit befiehlt Semiramis:

„Mund auf!" „Ich denk nicht daran!" knurrt jene zurück
wischt sich mit kostbarem Seidenkleid blutendes Kinn

„Viel zu oft hat man versucht mir Gift einzuträufeln"

„Blöde Kuh!" schreit entnervt Marguerite „glaubst ich lade
wieder Schuld auf mich? Will Dich nicht morden
nur Herrschsucht Dir nehmen
Dich von Unrat Verstopfung schlechter Verdauung
befrein damit Du begreifst:
Du hast mir zu dienen nicht zu befehlen! Deine magischen Kräfte
mir zu geben ... nicht um neues Unheil zu stiften
sondern um Böses zu erlösen
denn das ist mein und nicht Dein Leben!"

„Pah!" antwortet Semiramis voller Haß „ ich denk nicht daran!"

Da halten alle Geister Semiramis fest
öffen ihren Mund
Marguerite schüttet wütend gesamten Inhalt der Flasche hinein
die anderen geben zu bedenken: darfs nicht nur tropfenweise sein?

„Nein!" schreit Marguerite „Nein!"

Geister halten Semiramis Mund geschlossen sie muß schlucken
Marguerite fährt weiter
kaum auf der Autobahn fühlt sie: Semiramis plant neuen Aufruhr
kaum kann sie sich besinnen ... ists schon geschehn
ein Autoreifen hat Luft verloren Semiramis lacht grell:

„Tja! Ich hab im Gegensatz zur Dir ... eben alles gut im Griff!"

Empört steht Marguerite am Rande der Autobahn
kalte Herbstluft weht

viel zu ohnmächtig doch dann nimmt sie ein Zeitung rollt sie
schlägt wild und hemmungslos auf Semiramis ein
die so überrascht ist daß sie sich nicht wehren kann
doch dann findet sie Zauberspruch
und in ihrer Wut fallen Marguerite auch Zaubersprüche ein
die sie Semiramis entgegenstellt es ist ein wütender Schlagabtausch

Semiramis weiß es geht um Macht über diese Frau
Marguerite weiß gewinnt sie nicht Macht über Semiramis
wird Schloß Fleurac nie erlöst
Da zerrt sie das fette Weib aus dem Wagen heraus weiß nicht
woher sie soviel Kraft nimmt stößt sie vor den Autoreifen schreit:

„Zaubere ihn wieder heil!"

Doch solche Kunst beherrscht die Königin nicht
zerstören ja heilen nein ... es ist ein übler Schlagabtausch

Fremde Dämonen Geister rauschen heran
versuchen sich einzumischen doch Marguerite setzt sich durch

Es dauert nicht lang da hält hinter ihr ein Wagen
ein junger Mann hilft ihr den Reservereifen zu montieren
verabschiedet sich freundlich
Marguerite dankt fährt weiter doch neuer Ärger naht
denn die Medizin die Semiramis geschluckt beginnt zu wirken
üble Winde ziehn ... „Es riecht schrecklich!"
beschweren sich Geister allen voran beide Meister

Semiramis bläht stinkt furzt als trieben Höllenmächte aus ihr

„Feststeht" beschließt Marie von Rouffier
die neben Semiramis sitzt ... „Du wirst auf Nulldiät gesetzt
Semiramis ... so begreifst Du am besten
daß Du Deine Macht nicht eigentlich verlierst
wenn Du Marguerite und uns allen zu großem Reichtum verhilfst

Mußt nur begreifen daß wir alle zusammengehörn
Du aber diesmal nicht regierst ... ist das klar?

Wie wärs wenn Du Zauberspruch fändest der uns eine Menge
Geldes brächte
Marguerite könnte sich ein größeres Auto kaufen Holzstufen an
ihrem Haus erneuen

Holzstufen an ihrem Haus erneuen
ein großes Hotelzimmer in Les Eyzies oder Perigueux mieten
oder sonstwo in der Welt
Überhaupt ... ein schönes weiträumiges neues Haus
in dem Platz für uns alle wär

Wenn ich mich recht entsinn ist das Gartenhaus in Bramefond
sehr klein ... wir müßten uns wieder stapeln drängen
und ehrlich gesagt ... diese Enge geht mir auf die Nerven
Vor allem wenn ich mir vorstell
daß Du bei uns sitzt und üble Winde läßt
Du Semiramis bist doch in unserer Runde
zuständig für Reichtum Vermögen
kurz für den materiellen Aspekt der Poesie"

Semiramis gefällt was Marie sagt überhaupt mag sie
gerade diese Marie klein und zart doch stöhnt:

„Wie soll ich bei dieser Qual im Darme meine Kraft bündeln
mir etwas für uns alle einfallen lassen!"

„Ach komm Semiramis!" rufen alle „Wir lechzen nach Freiraum
Platz Licht Großzügigkeit wie sichs für eine große Familie gehört!"

Als Semiramis diese Worte hört wird ihr ganz weh ums Herz
von weit weit her zieht Sehnsucht in entartete Seel

Marguerite fährt von der Autobahn zum breiten Fluß dem Rhein
sie sitzen eine Weile am Ufer
während Semiramis sich von Unrat befreit
doch dann wird auch sie ... wehmütig ... wie die Alte die Schamanin
träumt sie sich in Vergangenheit ...

Ach wie er floß
breit träge wild stark gewaltig gefährlich mild und sanft
als könnt er nie über die Ufer treten nie Verheerung anrichten
hört wieder scharfes Geräusch der Strömung im Frühling
sieht grünlich-gelbe Flut die vorbeischwillt schnell dem Meere zu
Angst schwingt in solcher Zeit
denn dann rast er verschlingt reißt mit Äste Stämme ganze Bäume

und sie sieht ihn wieder den breiten Fluß wie er floß
in schwüler Sommerhitze

657

wie Wellen plätschern sanft in sandiger Bucht
wie Gräser Binsen sich im Winde wiegen
wie sie in der Kühle der Strömung liegen
tropfenschwirrend ans Ufer springen
dämmrige Abende in Wellen die an bloßem Körper fließen
wie sie bis zum Scheitel hineintauchen in Strömung Kühle
Haare schwingen schwere Brüste Schenkel zittern und nun?

Es stinkt hier ... Schiffe rattern donnern rasen
aus Schloten Fabriken sickern fließen Abwässer in den Rhein
Wie soll sie diesen Ort noch lieben sich nach ihm sehnen?
Es ist unmöglich es stinkt hier ... unerträglich

Was hört sie gerade? Was erzählt Marguerite?
Stadttor und Altar aus vergangener Zeit lehmgeschlämmten
Palastes stehe in Berlin der Hauptstadt Deutschlands in einem
Museum? Oder anders gesagt ... eine Reproduktion ...

Scheußlich! Warum gerade in Berlin?
Marie von Rouffier weiß warum ... auch die deutsche Touristin ...
die so schweigend sich in die Schar gefügt ...

Sie fahren weiter ... Stunden vergehn ...
Landschaften ziehn milder Himmel wölbt spricht Marguerite
ins Schweigen hinein:

„Geister die Ihr neu gekommen ... sprecht auch Ihr mir
von Eurer Botschaft ... dem Wesentlichen"

Die Alte hüstelt lächelt klopft Marguerite auf die Schulter sagt:

„Ich bin die Inkarnation ... ich bin der Inbegriff ...
einer Schamanin höherer Ränge ... ich bin Weise und Heilende ...
ins irdische Dasein demütig freudig sich fügend
lebend mit Geistern Deven Himmel und Erde in Frieden
herrliche Seligkeit: eins mit der Natur
ach ich kann viel doch bin begrenzt auf das Reich intakter Natur ...
Störfelder ... irritieren mich ...

Was mir einst verwehrt mich gehindert ... ist nun fast erlöst ...
denn es gibt kein Naturreich ... hier ... mehr ... am breiten Fluß
Was war? Sehnsüchtiger Traum Weise und Heilende zu sein
über jedes Naturreich hinaus Poesie ... in vergehender Hochkultur

Darf soll und muß ich wachsen in diese mir fremde neue Welt
was bedeutets für mich und Dich?

Es heißt: mein Wissen entfaltet sich in und mit Kräften der Natur
und nur um zu helfen schützen heilen

bin eine andere als Semiramis schaffe nicht WeltenReich
gründe keine materielle Herrschaft obwohl dies heut notwendig wär
verstehs recht
hätt Semiramis es dabei belassen ruhmvolles Reich zu schaffen
wär sie nicht abgeglitten

Du siehst wie wichtig Semiramis Part ... ihre Fähigkeit ...
gezielt mit Macht umzugehn
für Dich für uns alle für die heutige Zeit

Ich spiele eine andere Rolle ich konnt mich nur entfalten
weil das Schicksal mir Schutzraum gewiesen
den unberührten Naturvolkes Leben

Meine Einheit mit Magie ist noch die der Hirten
noch nicht überhöht noch nicht kultiviert
noch nicht
mit Verstand Intelligenz weltlicher Macht gestählt begreif ...
daß ich gekommen
um Macht und Weisheit der Natur in die Herzen der Menschen
zu tragen
so sie im Einklang mit ihr das Leben beherrschen lernen
denn ich kenne der Natur Kraft Gesetze Geheimnisse
ihre Struktur ... denn ich bin die ich bin ... natürliche Weisheit ...
in menschlichem Kleid ... weißt Du eigentlich was das heißt?

Hineinhorchen in die Natur sich ihren Geheimnissen öffnen
ihrer Macht Kraft allumfassenden Liebe ...

„Und ich" spricht die Priesterin in weißem Gewand streicht
Marguerite übers ungeordnete Haar

„Ich bin der Inbegriff ... die Inkarnation des freiwilligen Opfers
in Tempeln gehütet geschützt ... denn heile Welt meiner Ahnin
war schon dahin ... es kam wie es kommen mußte ...
fremde Horde fremde Macht fiel ein ... meine Kultur wurde besiegt

Was mir einst verwehrt mich gehindert traumatisiert
ist nun erlöst ... was war?

Blutopfer unerlöste Qual
zum Mahnmahl gewordenes versteinertes Entsetzen
freiwillig habe ich mich geopfert einst
denn ich besaß längst die Macht mich aufzulösen wegzuzaubern
den Schergen zu entkommen doch ich wußte: Zeit des Wandels war

Nur mein Blut konnte eine Magie freisetzen
die über Zeit und Raum existiert ... nur mein Entsetzen

Ich wußte: es mußte sein denn ich bin die ich bin ...
geweihtes Opfer ... in menschlichem Kleid ... begreif ...
daß ich gekommen
um die Magie des Opferns auf diesen Planeten zu bringen
denn ich kenne dieser Kraft Gesetze Geheimnisse ihre Struktur
denn ich bin die ich bin ... die Magie des Opferns selbst

Ich weiß ... bin eine gewaltige Macht
die immer und immer an Himmel bindet nicht an Erdenkraft ...
denn wär ichs nicht ...
hätten solche Dämonen im Dome sich nicht breit gemacht ...
hätten Dich nicht so bedroht ...
oh ... man weiß dort genau ... was man tut!"

Darf soll und muß ich wachsen in diese mir fremde neue Welt
was bedeutets für mich und Dich?

Es heißt: über Zeit und Raum sich erheben können
Wissen aller Zeiten in sich finden
Vergangenheit Gegenwart Zukunft kennen

Es heißt: dankbar und demütig in Deine Vergangenheit sehn
Kette Deiner Ahnen verwandten Seelen Deines Selbst
wie eine kostbare Perlenschnur hüten
jede Perle liebevoll durch Deine Finger gleiten lassen
Perlenkette stolz tragen schimmernde Pracht entfalten lassen
Achtung Ehrfurcht und Dankbarkeit sind Worte die mir gebühren
mir ... Deiner Vergangenheit ... Deinen Opfern

Es heißt: Qual transformieren nicht hadernd brüten
sondern erkennen
wozu jedes Opfer jede jede Vergewaltigung gut ...

„Und ich" führt Semiramis weiter fort „ich bin
der Inbegriff ... ich bin die Inkarnation ...
der Rache an männlicher Hybris ...
grandioser leichtfertiger Überheblichkeit ...doch auch ...
wies unsere Schwester treffend formuliert ...

die Inkarnation des Machtbewußtseins ...
denn nur mit dem Wissen um die Gesetze der Macht
wie man sie erringt erfolgreich in Händen hält
sich nicht abjagen läßt ... hab ich mich rächen können

Vergewaltigt traumatisiert bot mir das Schicksal genug Raum
Furie zu werden Rächerin Meduse Schlangengift

Jene in späteren Zeiten ... Louise oder auch Berthe
und all die anderen ... haben Qual gelebt Leid gelitten
ohne neues Schicksalrad in Gang zu setzen
haben nicht zum Gegenschlag ausgeholt ... so wie ich ...

Meine Rache sollte mußte sein damit meine Seele lernt
für jede ihrer Handlungen Verantwortung zu tragen
denn ich wars ja die den Zauberer der Nacht geboren
er war mein Kind ... mein Kind der Rache ...
doch das ist eine andere Geschicht ... begreif
daß ich gekommen
um die Rache auf diesen Planeten zu bringen
denn ich kenne der Rache Kraft Gesetze Geheimnisse
ihre Struktur ... denn ich bin die ich bin ... die Rache
in menschlichem Kleid

Weißt Du eigentlich was das heißt?

Es heißt: Wissen um die Gesetze der Schöpfung
in denen geschrieben steht ... nichts bleibt ungesühnt
Wer auch immer wie ich einst wie Louvain wie der Abt ...
Albert de Beauroyre ... andere Wesen mißhandelt und quält
wird ... wenn nicht in diesem Leben so in einem anderem ...
dafür zahlen müssen ...
So ist der Dinge Lauf war wird immer sein bis in alle Ewigkeit ...

Darf soll und muß ich nun wachsen in diese mir neue fremde Welt
was bedeutets für Dich und mich?

Magische Kräfte nicht mehr nutzen
um rächend neues Schicksalsrad in Gang zu setzen
sondern weise sich bescheiden
Drehung des Rades ausklingen lassen

Niemanden mißhandeln quälen vernichten demütigen
nicht mehr Zauberin der Nacht sein der großen Hure gleich
Sexualität mißbrauchen um sich an männlicher Hybris zu rächen
keinen Reichtum mehr schaffen mit dem Blute von Männern

Doch reich werden Königin sein weltliche Macht in Händen halten
doch der Poesie gleich:
Menschen lehren daß männlich und weiblich zusammengehören
sie sich erheben müssen aus Verhärtung und Trotz
nicht ... sich rächend mordend sondern ... liebend ...
der himmlischen nicht der höllischen Schöpfung zur Ehr ...

Denn es ist Zeit des Wandels denn es beginnt heilige Zeit

In siebenstufiger Pyramide über hängenden Gärten
den Liebsten einzig Geliebten empfangen
Blick zum Sternenhimmel heiligster Platz
Himmel mit Erde verbinden ... Liebe schaffen ...
Liebe ... begreifst Du? Liebe!
Rote Rosenblätter in Schalen auf goldenen Tischen zwischen
Säulen ... hier ist das Wissen um die Macht zu gebrauchen!

Ich weiß meine Macht ist groß ... es ist der Grund ...
warum Männer Angst haben vor mächtiger Weiblichkeit
Sie kann erheben ... in alle Himmel alles Glück ...
doch auch in alle sieben Höllen ... stürzen
in abgrundtiefe Ohnmacht ... so einfach ists"

„Du sprichst weise und wunderbar" unterbricht Marguerite
„Wie aber verbindest Du alles das ... mit Deiner Herrschsucht?
Deinem königlichen Gehab? Ich trau Dir nicht!"

„Meine liebe Marguerite die Lektionen die ich erteilt
waren Notwendigkeit ...
Waage sollte aushaken damit ich erfahre wozu ich fähig bin ...
dann wieder zurückschwingen ...
denn Louvain anderer Teil meiner Seel
kannte noch nicht dunklen Bruder seinen höllischen Aspekt
den Zauberer der Nacht ...

Und: auch ich kannte ihn nicht!
Hast Dus letztendlich begriffen? Natürlich bin ich entartet
so wie ein Zauberer der Nacht entartet war ...
nur so konnten wir wissen zu welchem Perversionen wir fähig sind
nur so konnten wir erfahren ...
wie entsetzlich es ist ... andere Wesen leiden zu machen ...
er mir ... ich ihm ... und umgekehrt ...

Doch wenn Du mir nicht verzeihst hast Du nichts
aber auch nichts
begriffen von der Schöpfung Gang ... vom Weltenlauf
Du bist ja berufen es besser zu machen Du!
Nur darum bin ich in Dir erwacht!"

Marguerite schüttelt entsetzt den Kopf
doch es bleibt ihr wenig Zeit über Semiramis nachzudenken
denn sie hat die Vororte von Paris erreicht
der Verkehr auf der Autobahn
wird chaotisch unüberschaubar und anstrengend
es gilt ... sich in undisziplinierter Raserei zurechtzufinden
ohne in einen Unfall verwickelt zu werden
ohne die Nerven zu verlieren

Irgendwann ist es geschafft und sie steht an dem Ort
den sie erreichen ... betreten soll ... wo sie jene findet
die gefunden werden muß ... denn sonst wird Fleurac nie erlöst

Und schon geschiehts ... drohend steigen Nebel hoch
Zeiger der Zeit drehn sich zurück ... Erinnerung beginnt ...

Marguerite und die Geister

Marguerite sieht eine Frau
düstre Zelle kein Licht darf entzündet werden
Herbstkälte steigt von nackten Fliesen
neblige Feuchtigkeit dringt Wäsche fällt klamm auf bloße Haut
bis tief in die Knochen kriecht Graun
Marguerite sieht eine Frau
nein wird nicht mehr erschrecken wenn man sie morgen zum Tode ruft
Beil wird fallen doch - was schert es sie:
hier schon hat sie den Tod lebendig erlebt
gern geht sie ... was wär noch zu verlieren? Nichts

Kein Laut dringt und doch wird kleiner Hund unruhig
der neben ihr liegt ... sie sitzt auf wackligem Stuhle
Blut breitet sich auf ihrem Rock Blut immer nur Blut
als würds nicht reichen daß morgen das Beil fallen wird
Blut immer nur Blut

Schneeweiß ihr Haar sie selbst matronenhaft alt:
sie - einst Eleganteste der Eleganten wie hatten jene sie genannt ...
Runde ihrer Feinde Verschwörer? Babylonische Erzhure
denn ... sie sollte mußte Sündenbock sein
für alles Versagen - sie allein
Wars Ihre Schuld? Ihre Dummheit? Ihre Leichtfertigkeit?
Ihre ureigne Überheblichkeit?

Was hats gebracht - die Kerkerhaft?
Nun endlich und immerhin hat sie gelernt in Stille zu horchen
in Dunkelheit zu sehn ... wird schnell gewahr
daß Zeit Raum sich drehn sich verweben austauschen
eins werden ... als säß sie nicht hier
Begehrteste die sich wie eine Göttin feiern ließ
umgeben von verlogen habgieriger Schar

Nun ist ihr als säh sie in andere Zeit sei Zeit nur Illusion
ist ihr daß sie sich austauschen könnt mit so manchen
die zu ihr gehörn
denn sie hat gelernt bevor sie endgültig geht
in Stille zu horchen in Dunkelheit zu sehn
sieht sie
alle Geister Meister Ahnen Nachkommen die zu ihr gehörn
seit urewiger Zeit
und es steht Marguerite vor ihr und alle die uns schon bekannt
begegnen wir ... alle ... jener auf unterster Stufe Einsamkeit
jener die Lachen Lust Licht Liebe Heiterkeit

666

geliebt wie kaum ein Mensch
Doch nun: entzündete Augen in ewiger Stille niederen Raums

Sieht sie die morgen sterben wird
eine Schar von Wesen
die sich an eiskalte Steinquader preßt bedrückt allesamt
sieht staunend unter ihnen
fettes Weib rot gekleidet juwelengeschmückt
Knaben neben sich
Da erhebt sich winziger Hund wedelt mit dem Schwanz
läuft auf den Knaben zu
dieser rührt sich nicht steinern kleines Gesicht
da schaudert sie die morgen sterben wird
von allen verlassen
sie - noch vor kurzem Königin prunkvollen Palasts

Vergessen von jenen zu denen sie einst gehört
den Mächtigen dieser Welt
verschachert wie ein Stück Vieh von ehrgeiziger Mutter
sitzt sie auf faulendem Holz

verkörpertes Sinnbild schöner heiterer Lebenslust
Königin des Rokoko Königin der Verschwendung
sieht sie ... schon eingebunden in NachTodesWelt
alles was darüber und darunter fällt Himmel und Höllen

Erkennt in der verfetteten Alten Semiramis
geschmückt mit kostbarsten Juwelen ... erkennt ... sich selbst
nur ... in anderer Zeit ...
Und ... fast schon gegangen aus irdischer Welt ...
hat sie begriffen in dieser Sekund: sie alle sinds ...

Wie Fäden zu prachtvollem Stoffe gehörn sie zu ihr
erkennt plötzlich fortlaufendes Schicksal
Fäden die weitgesponnen sind um Bildnis zu schaffen
prachtvollen Stoffes Bahn
erkennt mehr denn Marguerite bis dahin je erkannt
im Tumulte der Geschehnisse in und um Schloß Fleurac

erkennt jene die morgen sterben wird
die man Hure von Paris genannt ... erkennt sie:
wir alle waren und sinds sie selbst war ists wirds sein
jener Aspekt von Weiblichkeit
der prächtig sich schmückt Symbol göttlicher Schaffenskraft

wie ein Kunstwerk wohldurchdacht

Gehadert gegrübelt hat sie gestern noch
wissend um ihren Tod auf der Place de la Concorde
ihrem Kinde geflucht? Verraten hat sie der Knabe ...
jetzt begreift sie:
da nutzten habgierige Feinde unschuldiges Kind
diese Schmach ... oder nutzten sie nicht?
Das Kind verriet die Mutter sprach ihr Todesurteil
gab zu Protokoll: „Die Mutter geschändet hat sie mich"

Wahrheit? Oder nichts denn Niedertracht machtgierigen Klüngels?

Erst jetzt begreift Marguerite: um zu verzeihn
muß die Waage erst wieder auf Null eingependelt sein
Aug um Auge so der Seelen Lauf
denn nur so begreift eignes UnSein nur so begreift gefallene Seele

In feucht-dunkler Zelle beginnt sie zu sprechen die Königin
Blick gerichtet auf Semiramis:
„In einer Sache bleiben wir uns treu Schwester
uralter Teil meines Ich: nie geben wir uns mit Halbheiten zufrieden
wenn wir schon leben ... dann
in der Spannbreite höchster Höh tiefster Nacht
stürzen wir dann in tiefste Tiefen aller Triebe und Gier

Nie geben wir uns mit Halbheiten zufrieden ... so sind wir

Verfeinert war schon meine Art gegen die Deine Semiramis
Nicht mehr so archaisch
Will nicht rechten mit Deiner blutrünstigen Macht doch immerhin
das was Du getan ... habe ich nicht getan!
Und doch bin ich es die leiden muß!
Vor aller Zeit aller Menschheit der Schändung bezichtigt!
Ich! Es ist kaum erträglich!

So wird es stehn in Büchern vor Richtern aller Welten
vor allen Müttern ... in aller Ewigkeit
Siehst Du Semiramis so hab ichs endlich gelernt
nie bleibt ein Verbrechen ungesühnt
auch wenn tausende von Jahrn dazwischen stehn
denn längst begreif ich ... doch gehadert hab ich
denn noch ist der Hochmut mein ... verlieren wird ihn erst Louise
Und sie blickt zu jener die zwei kleine Mädchen den Knaben

fest umschlungen hält
Louise de Beauroyre in zarter feiner Vornehmheit

Nie war Louise von gleißender Schönheit
wie die sterbende Königin
nie eitel verspielt leichtfertig verfallen luxuriöser Pracht
wie jene die gerade spricht

Nie - denn das Schicksal hatt ihr den Hochmut abgerungen
als Dienerin herrschsüchtiger Meute überheblicher Schar
die sie selbst einst repräsentiert selbst einst war
gedemütigt erniedrigt am eigenen Leibe erfahren was es heißt
Vasallin zu sein vermeintlich niedere Kreatur
ausgebeutet hirnlos überheblich herumkommandiert

lächelt Louise wehmütig
Nicht weniger denn die Sterbende nicht weniger liebt sie
adligen Luxus des Dixhuitième
Kandelaber und zierlichen Schreibsekretär

schwellende Polster auf Canapés
zart schlagendes Pendule pastellne Pracht
von Künstlern Schreinern Polsterern Schmieden Handwerkern
aus einer Idee ins Leben gebracht

Liebt sie nicht auch konturierte Gärten Statuen Rosenduft?
Ach - mehr denn sie sagen kann
ihr wars versagt solches zu schaffen besitzen
sehen durft sies ... doch nur zusammengestellt
im staubigen Plunder ihrer konturlosen Herrin
ja dienen hatte Louise gelernt

Ists solche Schuld die jene quält
die hier sich schneeweißes Haar vor dem Tode strähnt?
Leichtfertig Macht lässig genommen
um zu versinken im zartzierlich goldweißen Prunk?

Während Semiramis wohlorganisiert Macht an sich gerissen
wissend was sie tat
Volk führend leitend wies Königen gebührt Königinnen

Semiramis weiß was Macht bedeutet
weiß um alles was Macht berührt
hat sie nicht Reichtum in jede Stadt jedes Dorf gebracht

doch dann Krone geschändet
indem sie männliche KraftMacht im Keime erstickt?

Gesoffen gefressen geschändet bis zur Unerträglichkeit
Macht gerissen um der entarteten Lüste willen
weil Rache in ihr nur noch Haß
Macht nicht mehr um Volk zu leiten führen
ihm Wege in Frieden und Reichtum zu bürgen
nein Macht um des Laster willen
geifern schlürfen alle und alles an sich reißen
dennoch: geführt hat sie regiert - ja
genutzt Macht Rang Stellung um sich zu rächen
für Herrschaft der Männer

Ists nicht das auch was jüngere Schwester getrieben
in Eitelkeit zu fallen Putzsucht Spielleidenschaft?
Wie wo soll sie Königin sein eine die leitet und führt
wenn ihr nichts anderes zugestanden denn

„daß ich nur die Frau des Königs war"

So hatt sie ausgesagt vor dem Tribunal ... Rache für Ohnmacht?
Rache für Verletzung entzückender Weiblichkeit
die man mißbraucht?
Verschachert von der Mutter nur um der Macht willen
geboren zur Kindgebärerei Thronfolgern das Leben schenken ...
Nur dafür Weib sein? Nur benutzbare Funktion?
Kein anderer Auftrag aus Himmelshöhn?
Keine Herrscherin die zwischen den Welten webt?

Weiblichkeit um Machtgier Krieg Herrschsucht weiterzuführen?
Warum riß sie nicht Macht an sich wie Semiramis?

Durft es nicht Fluch band sie Fluch bindet sie:
ohnmächtig an das Niedere gefesselt zu sein

Allem Niederen untertan selbst der Schneiderin
die ihr alles aufschwatzt und sie wehrt sich nicht
fallen muß sie Spannung will sie
stürzt in tiefste Tiefen des Triebes der Gier
nicht wie in früherer Zeit in jene mörderischer Exzesse
denn
gewachsen ist ihre Seele an Weisheit und Kenntnis von Liebe
Greift nicht mehr habgierig nach körperlichen Objekten der Lust

rafft nicht mehr Macht
nutzt keine Weisheit des Himmels keine Magie
um voranzutreiben schmutzig Geschäft der Demagogie

Spielt kindlich naiv mit üblen Menschen und schönen Dingen
schon ahnend wissend
daß ihre Lust nur eine einzige wahre große Liebe sei
die sie finden muß
ihn den einzigen Geliebten - doch wie?

Stürzt auch sie in tiefste Tiefen doch nicht in Kinderschändung
stürzt in Tiefen weiblicher Eitelkeit
die ihr zur Sucht werden so wie die Spielleidenschaft

blindes Vertrauen in üble Gesellschaft die eine Königin
nur benutzt um sich selbst zu erhöhn
leichtfertige Freunde um sich scharen die nie Freunde waren
nur berechnende Speichellecker liebedienerisch nur so lang
wie sie Früchte ernten können
vom Baume des Reichtums vom Baume der Macht
nutzt mit beispiellosem Hochmut Rang Stellung einer Königin
um nichts anderes zu tun
denn sich zu amüsieren Geld zu verspielen zu gewähren
habens nicht Tausende vor ihr getan?
Dem hungernden Volke Lustschlösser abgerungen
in Saus und Braus gelebt?
Ein König darf es - eine Königin nicht?
Nein Denn über ihr liegt Fluch

Sitzt auf moderndem Stuhle in unterster Stufe Einsamkeit
sie die Lachen Lust Licht Liebe Heiterkeit
Schönheit kunstvollen Tand geliebt wie kaum ein Mensch

Entzündete Augen in ewiger Stille niederen Raums
eng feucht dunkel wie ein Sarg
War immer schön voller Grazie
leichtherzig kultiviert hirnlos plappernd
Warum Geist schulen und womit?
Zahlen der Kriege nennen können
die über das Schlachtfeld Europa getobt?

Wissen über Verlogenheit der Diplomatie?
Immer den Mächtigen zuarbeiten damit sich Gut Geld erhalte
Nicht solche Macht will sie nein - kein Korsett alberner Regeln

die sie nicht ernst nehmen kann

Leben vertun für leeren Wahn? Welche Chance hätte sie?
Wie käm sie dazu dem Volke zuzuhörn?
Wieviel Kraft kostete das?
Wen interessiert schon das Volk? Etwa herrschende Adligkeit?
Volk - willkommen um Leben zu opfern Gut Ernten Geld
doch - gleichberechtigte Teile eines Ganzen?
Nie gehört nie gedacht kein Lehrer sprachs
immer gings um Macht und Hof und Etikette und
wer was wann welchen Krieg gewinne

So ists wenn Weiber zu Männern werden
die ihre Kinder verschachern wenn Weiber vergessen
was wahre Weiblichkeit weil mans ihnen ausgetrieben hat ...
Worum gings?
Welches Schloß zu kaufen mit welchem Gelde es
zu restaurieren sei
mit welcher Heirat Geld und Macht zu mehren ja das wars

Stand sie in aller Eigenwilligkeit gegen die Sitte ihrer Zeit
ganz allein ... denn sie fühlte in sich andere Weiblichkeit

Solche an die nie jemand zu denken wagte in jener Zeit
Träumte in wenigen Stunden in denen sie allein sein durfte
träumte von etwas das sie niemandem erzählen konnte ...

Königin ja ... doch keine schmutzigen Amouren
keine verderbten Verkommenheiten in Versailler Manier
die sagten boshafte Feinde ihr nur nach
jene die sie stürzen wollten
jene die nach Reichtum und Titel gierten Verräter übelster Art

Nein: sie träumte anderen Traum
wollte sein ... eine ja was nur ... eine der AphroditenArt ...

Solche Albernheiten ringen sich durch ihren PrinzessinnenKopf
will sies in Träumen weiterspinnen reißt man sie aus Träumen
sie aber will träumen will Königin der Liebe sein:

schwellende Kissen und Bänder und Schleifen und Lachen

Was würde die Mutter dazu sagen?
Hure am französischem Hof sei sie dann

Hure nichts Besseres nur Hure

Doch die Tochter schüttelts ab ... Ideal das ihr eingedrillt:
Thronfolger gebären sei einzige Pflicht
und: raffiniert schachern um jedwede Macht

Sie findets bigott frömmelnd verklemmt
sie hat einen Hang zu allem was amourös licht und schön

Träumt sie immer und immer träumt sie träumt
Königin die mit ihrer Liebe machtvoll machen kann
schwellende Polster rotgeschminkte Lippen
leuchtender Körper
Muse Königin der Liebe
nur für den einen König nur für einen einzigen Mann
lebend webend zwischen den Welten

und niemals Königin der Kriege sein

Nicht Brosamen von lüstern gierigen Herrschern auflesen
die ihre Macht nutzen um Geilheit der Triebe zu befrieden

Nein anders träumt sie müsse Weiblichkeit sein
anders ganz anders
hätt sie nur eine Chance hätt sie nur eine!

Vorzustelln wäre: Herrin des Entzückens ... bewundert verehrt
Begehren erfüllen Verlangen stillen
Vieles gewährend Himmelsbotin schimmernder Sternenpracht
schon in Umrissen geschaffen von ihrer Seele
doch nun niedergezerrt
um impotenten feigen Mannes Anhängsel zu sein

Er - der König
liebt die Jagd und das Fressen Küche und Teller vollgefüllt
dampfende Nudeln Rehbraten Pudding Wein und Bier
jagen und fressen welche Lust
Liebesverlangen? Kennt er nicht interessiert ihn nicht

Vorzustelln: Königin der Liebeskunst
opfert Körper des Entzückens einem feig impotenten Knecht
muß es tun ist ihre Pflicht denn: Fluch bindet sie fest

Da wird gefingert lieblos gefaßt

da hilft nicht himmlische Kunst denn er begreift sie nicht
Was will sie von ihm? Was soll diese filigrane Schweinerei?
Hirschbraten wär ihm lieber ja ja sie ist hübsch aber zuletzt

dieser Zirkus dieses Gewälze im Bett interessiert ihn nicht

Sie kam in diese Welt so stehts im Buche der Zeit
Dienerin eines Mannes zu sein solang bis sich WeltenWaage
wieder zur Mondin neigt
Nachkommen gebären schweigen gehorchen
sich einfügen in alles was besteht
nur nichts ändern nur nichts bewegen
nichts Weibliches stärken eher Machtgier schärfen
Welt männlich beherrschen

Doch ihr Reich ist die weibliche Liebe und deren Macht
und gewährt mans ihr nicht das was sie ist
wird sie neue Wege finden
um sich gegen Gebote der Götter selbst zu erheben
gegen den Fluch zu leben

Das ist alles sonst nichts sucht und schon wird Suchen zur Sucht
Doch immerhin besser
denn sich klaglos einfügen in Schwindel der Macht
und so sucht sie nach etwas das sie ist doch nicht leben kann

Liebesverlangen Hingabe Vertraun
himmlische Leichtigkeit verströmt an geliebten Mann
doch kann er an den sie verschachert
um der Macht willen des Reichtums

nur dumpf stumpf hilflos grapschen

ihre endlose Sehnsucht nach lieblicher Welt nicht fassen
da stürzt sie sich in Putzsucht Spielerei
notwendige Zier gebührend jeden himmlischen Weibs
doch
Schönheit wird hier zum Exzess Tagesinhalt Lebensprozeß
Augen schließen vergessen und dann ...
Rüschen und Bänder und Schleifen und Kämme
hineinfallen in die Dinge
herrlich
Rascheln eines Stoffes fein gewebte Spitze Porzellan Taft
welche Pracht Haarlocken aufgetürmt

alle Macht der Phantasie
alles was schön ist zartzierlich verspielt alles wird in die Dinge
gelegt

Immer neue Sehnsucht geweckt
nach Stoffen Kleidern Rüschen Hemden
wie sehr liebt sie den Morgen
wenn die Schneiderin an ihrem Körper hantiert
wie sehr behagt ihr Abstecken eines Kleids zarte Berührung
wie sehr sie in die Dinge sinken kann
Putzsucht wird zum Selbstzweck
manchmal in heimlicher Stund fragt sie sich:
Warum soll ich nicht in die Eitelkeit fallen? Warum eigentlich
nicht?
Macht meiner Mutter herrische Macht die sie lebt
will ich nicht
so fall ich in die Dinge das Vergessen ...
nichts bedrückt
kann mich verschwenden an Kleider und Stoffe
an wen sonst mich verschwenden?

An jagdgeilen Tölpel?
Perlen vor die Säue geworfen weiß ich längst
An Fressen und Saufen? Nein dazu bin ich zu eitel
häßlich machts
nun ... vielleicht das Saufen in einem anderen Leben ... ja
wenn mich die Eitelkeit nicht mehr reizt
doch jetzt muß dieses Hineinfallen in die Dinge her
und sie haben mir zu dienen allesamt
denn dieser Kerl
dem das Schicksal mich verband ist der mächtigste Mann im Land
belieb ich zu herrschen in Eitelkeit höfischer Zier
denn tät ichs nicht was käm?

Angst wird mir dunkles Grauen lauert
furchtbare Angst vor Intrigen höfischem Zwang
Leere nichts denn Leere Nutzlosigkeit
Angst wird mir denn mein ist nicht diese Welt
denn ich kam von der Mondin denn ihre Hand hat mich hergeführt

So hör ich jede Nacht in Träumen
wie sie mir erzählen meine himmlischen Ammen
von meiner wahren Mutter Reich
dort sei kein Krieg keine Kungelei kein Verschachern von Weibern

In meinen Träumen erzählen die Parzen
daß wahre Königin neben wahrem König herrscht
daß ein wahrer König schön sei und sehr stark
daß man ein Schloß bewohne einem Tempel gleich
und
in seiner Liebe zu ihr würde er Kraft schöpfen der König
für sein schweres Amt Menschen zu führen ein Reich zu regieren

Mit Luxus und Schönheit verbunden seien sie beide
von sieben Himmeln in diese Welt reichend
doch Welt erhebend aus dumpf-steinerner Kälte in Sternenhöhn
anbindend mittelnd

Wenn sie erwacht aus solchen Träumen ist sie Königin
doch ohne den Liebsten den sie erhöhen hätte können
ohne die Welt erhebend aus steinerner Kälte
es fror sie fror ... ja sie schuf Luxus und Schönheit
Schuf sie? Ja?
Einer der schönsten Tempel und Gärten auf diesem Planeten
entstand
zartzierlichen Prunk behende Leichtigkeit sanfte Pracht schuf

Und während sie im Pentagramme lebte rund um Paris
war des Königs Werk nichts anderes denn jagen und fressen
Volk aussaugend pressend
Und sie? Hure Sündenpfuhl
denn ihr Garten ihr Leichtsinn ihr Schmuck kostete Geld
Schuld wo ist Schuld? Sie hadert mit ihrem Schicksal
Was wirft man ihr vor?
Volk habe gehungert? Tats das nicht Jahrhunderte zuvor?

Volk geknechtet? Nun müsse Schluß sein? Mit dieser Hauserei?
Recht so! Ja und immer nur ja! Bekenne sie gern ihre Schuld!
Beende Kette der Machtgier des Raubs der Brutalität
adliger Überlegenheit über ein Volk
doch ... wenn dies so sei dann beende sie auch jetzt und sofort
mit dem Fallen ihres Kopfes auf der Place de la Concorde

Ohnmacht jeder Frau

Ohnmächtig einem Manne ausgeliefert sein sich demütigen lassen
Energien Kräfte Phantasien zurückhalten müssen
solang bis sie in unterirdischen schlechten kranken falschen
Kanälen fließen müssen Wucherungen bilden Knoten Abartigkeiten

denn irgendwo muß Kraft ja hin
kann nicht ewig dümpeln in falscher Mütterlichkeit
Bigotterie Sklaventum und maßloser Herrschsucht
nicht ewig irren in Rache Haß Neid
Klatscherei Eitelkeit
oder in weiblicher Männlichkeit Frau sein und doch Mann

keine Kräfte Mächte immer wieder neu verstümmeln
nur weils nicht erlaubt sie zu leben
verwuchert in hoch aufgetürmtem Haar so daß Madame
beim Fahren in der Kutsche nur knien kann
Kleider so breit und steif daß sie nur quer durch die Türe gehn

entartet genauso wie adlige Willkür die ein Volk hungern läßt
sich hochmütig erhebt über jeden der kein blaues Blut
egozentrisch nur mit sich selbst beschäftigt
nur eigene Lüste befriedend nur eigene Wohlfahrt hätschelnd
herrisch ausbeuten und jeden der nicht sklavisch dient auspeitschen
von Hunden davonjagen lassen

Recht so immer gut so das sehe sie ein dafür sterbe sie gern
ja ungerecht seis und auch wies Männliches so weit getrieben
daß ein Weib so werden kann
so habe sie als Königin aller Weiber Anführerin
Weiblichkeit entartet in Prunk Luxus Schleifen ertränkt
da gehörte nichts mehr zusammen nicht Kopf nicht Fuß
nun denn
sterbe sie als weiblicher Anteil adliger Perversion
doch und dieses sei ausdrücklich gesagt
sterbe sie auch als Anteil erbärmlichen Mannseins
die gewaltige Kraft in jedem Weibe gemordet hat
sterbe sie sühnend

Erst so sei der Bogen gespannt von Semiramis zu ihr
erst hier und so sei verständlich des Knaben Verrat

Nur ein Weib dessen Weiblichkeit mißachtet
dessen Macht verdammt
habe so leichtfertig spielen können wie sie selbst
verkommen in Dummheit sturem Stolz
mit ihrem Kopf falle zu Ohnmacht verdammte Weiblichkeit
mit dem Verrat des Knaben
sei letzte Schuld der Semiramis gesühnt

Blut bildet Lache unter wackligem Stuhl

Tritt ihr Marguerite entgegen merkwürdig hier wiederholt sich
Nämliches wie beim ersten Erscheinen der Semiramis:

Marguerite weigert sich die Sterbende aufzunehmen
Königin der Leichtfertigkeit will sie nicht sein

Sieht hört sie in dunklem Raum:
stumme Zwiesprache zwischen beiden Königinnen

Semiramis die von Erscheinens erster Sekunde
machtvoll hineingriff in versammelte Schar
die kein Blatt vor den Mund genommen Macht nicht transponieren
nicht an Marguerite abgeben die Unruhe Zwietracht schüren wollte

und jener die morgen sterben wird.....
Welche Fäden spinnen sich? Kein Laut dringt
Marguerite weiß nicht warum
dieses beredte Schweigen reizt sie bis aufs Blut

Überhaupt ist Semiramis ihr Dorn im Auge
fettes unglaublich machterfülltes Weib
als könnt nichts gegen sie stehn nichts nichts auf der Welt
wie ein Fels in der Brandung der nie zerfällt
sich immer wieder erneuert mit magisch geheimnisvoller Kraft
steht sie stumm in ewiger Stille niederen Raums
eng feucht dunkel wie ein Sarg
steht sie an eiskalte Steinquader gepreßt

Marguerite weiß nicht warum Marguerite ist erbost

Vieh! Möchte sie schrein Vieh! Nichts denn Vieh!
Antworte sprich hilf der Sterbenden!
Der Knabe ists der jene die hier sterben wird
zum ruhelosen Geiste werden ließ
Knabe der sie anklagt der Schändung ... hat sies getan?
Sprach der Knabe recht? „Sags!" fordert Marguerite nun laut

Steht vor jener für die morgen der Schinderkarren fährt

Unbeschreiblicher Hochmut wächst da aus bleicher Sterbenden
richtet sich auf mißt Marguerite von Kopf bis Fuß

Und während sie hoheitsvoll schneeweißes Haar
matronenhaft strähnt
sieht Marguerite schwedischen Edelmann stehn
Geliebten der Königin seit vielen Jahren
stockt Marguerite der Atem Tränen schießen ihr ins Gesicht
denn jener Edelmann ist kein anderer als Louvain

Und wie er fast durchsichtig erscheint Geist
in unterster Stufe Einsamkeit jener
die Lachen Lust Licht Liebe Heiterkeit Schönheit kunstvollen Tand
geliebt wie kaum ein Mensch
beginnt Semiramis sich zu rührn Semiramis wird lebendig
ihr Atem geht heftig
unglaubliche Kraft umfließt plötzlich diese magische Frau
fließt gluten in ewige Stille niederen Raums
flüstert sie in so machtvoller Art daß alle selbst die Meister
ein wenig angstvoll stehn

endlich ist zu begreifen daß man solch Weib
nicht ungestraft erniedrigt nicht ungestraft peinigt
nicht ungestraft schändet
heftig flüstert sie ... ihn sehend ... ihn ... Louvain:

„Dich den ich mehr als alles und alle geliebt!
Dich König aller Märchen
Dich von dem ich geträumt am breiten Fluß
Dich andere Hälfte meiner Seel
noch schlummend Kind war ich wie habe ich Dich geliebt!

Doch Du hattest andere Herrschaft gebaut
keine in der Platz für ein machtvolles Weib
eingesperrt hast Du mich vom breiten Fluss gezerrt
hast mich - Kind - schlummernd dem Sternenglanz entrissen
geschändet geile Gier befriedet Sklavin in Deinem Harem
Herrgott war ich nicht noch ein Kind?
So hab ich mich an Deinem Sohne gerächt
wenn ich Dich so seh
wie Du stehst hochgewachsen schlank
diese machtvolle Art
steigert sich Haß in mir so schwindelerregend gewaltig
daß ich Dich von neuem morden und vergiften könnt!
Alle Männer jeden Knaben!
Und das fette Weib beginnt zu weinen
unglaubliche Heftigkeit fließt von dieser Frau

unglaubliche Verzweiflung Verletzung
aufgestaut seit urewiger Zeit
stürzt lautlos donnernd wie eine unaufhaltsame Flut
in diesen Raum

Die beiden Meister sind die ersten die Gefahr erkennen:
Semiramis hat einen Rückfall ist plötzlich nicht in der Lage
zu verzeihn
zu tief der Schmerz zu stark zu bewußt weibliche Würde verletzt
zu tief getroffen im Lebensnerv
will sie alles zerstören alles vernichten alle so wie einst

Da winken die Meister Louvain
doch wie gebannt sieht der auf das fette Weib
will sich nicht rührn zuwider ist sie ihm

Und noch einmal tritt die Edelste dieser Schar in den Kreis
jene die zu helfen weiß: Louise de Beauroyre

feine Zarte mit großer Nase lieblich in aller Häßlichkeit
steht sie ein wenig angstvoll vor Semiramis doch sie weiß
sie Louischen Louischen ist sies nicht das zart-herzige Ding
mit dünne Locken das in der Hocke sitzt
vor der breiten Treppe Perlen rollen läßt?
Spricht mit aller Kraft allem Mut ihrer Zierlichkeit:

„Du wirst ihm verzeihn! Du mußt! Denn ich bin es leid
als Geist zu wandern in Verzweiflung und Elend
Begreif endlich: Du bist nicht allein Wir alle sind eins
Also Schluß jetzt
Alles soll sich nur um Dein Schicksal drehn?
Glaubst Du mir ist es besser gegangen? Besser als Dir?
Doch ich hab verziehn
Verstehst Du? Ich habe - schlicht und salopp formuliert -
von diesen Rachefeldzügen die Schnauze voll!"

Während Louise Edelste aller Edlen einredet auf Semiramis
woher nimmt sie den Mut?
haben die Meister sich Louvain zugewandt fordern von ihm
daß er tröste fettes Weib
er sperrt sich
das Violente ist ihm zuwider doch er begreift
wenn er nicht mithilft
wird Schloß Fleurac einst heiliger Ort nie erlöst nie nein

Und so geht er langsam und sehr gefaßt auf diese so furchtbar
verletzte Seele zu wäre er weniger stark denn dieses Weib
könnt er nicht tun was er nun tun muß:

nimmt sie in seine Arme sie wehrt sich will um sich schlagen
magische Sprüche tun doch er hält sie einfach fest
Erkennt in ihrer entarteten Form seine Poesie
begreift weiß ... sie ists ... auch sie ...
Machtkampf beginnt Zeit scheint stillzustehn
Liebe fließt von allen zu allen ... wozu sonst gibt es Meister ...
Louvain hält die Mörderin Machtkampf nimmt kein End

Dann endlich - wieviel Zeit ist vergangen? - lehnt Semiramis
verfettetes Gesicht an Louvains Schulter schließt die Augen
Heftigkeit ihres Haßes hat sich zu Liebe gewandelt

Trostlosigkeit stürzt in grandiosem Erschöpfungszustand
Louvain hält sie küßt ihre Mörderinstirn
Louise ists die nun sich zum Knaben beugt fragt: „Und Du?"

Der Knabe blickt zur Sterbenden sein kleines Gesicht
verhärtet sich sieht dann Semiramis wie sie zu Tode erschöpft
an Louvains Schulter lehnt flüstert das Kind:

„Sie hats leiden müssen vor aller Welt
ich habs hinausgeschrien geschrieben stehts:
die Königin muß fallen ihren Kopf verlieren
nicht weil sie eitel leichtsinnig verspielt ihre Macht mißbraucht
sondern weil gesühnt werden muß
Schuld der Semiramis und hab ichs hinausgeschrien
in die ganze Welt
und wird morgen der Karren sie ziehn zur Place de la Concorde
so hab ich mir nicht verziehn
denn ich war bin Büttel herrschsüchtiger Meute
der sie mich zum Fraße vorgeworfen nicht weniger verletzt zerstört
denn - kann ein Kind sich wehren?"

Louise weicht zurück als der Knabe so spricht
und wie auf einen Schlag sehen alle in diesem niedern Raum
eng feucht dunkel wie ein Sarg
sehn alle zu Marguerite zu ihr führen alle Wege
Sie beendet das Spiel
Marguerite steht bleich an eiskalte Steinquader gepreßt
sieht unentwegt hin zur Sterbenden

sieht in Wirrnis Durcheinander Umarmungen
nur eine: die französische Königin
gefesselt an impotenten Vielfraß
der keine Entscheidung treffen kann
weil er feige ist ... Tölpel erbärmlicher Laffe
umgeben von verlogenem Pack
sieht sie WeltenHerrschaft die zu Ende geht erkennt:

Willkür Unterdrückung Tyrannei Mannes Machtgier
Kriegslüsternheit endet schließlich in Impotenz
und Weibes Putzsucht Spielleidenschaft Eitelkeit
ist nur Spiegel solcher Männlichkeit

Zu Ende geht solche Herrschaft
und doch steht noch Schuld ungesühnt
noch schwingt Waage nicht in der Geraden
Wie lang solls weitergehn?
Was hat Marguerite mit dem Knaben zu tun?
Hat die Deutsche sterbend nicht von einem Sohn erzählt?
Wo ist sie? Wo lebt dieser Sohn? In Berlin?
Wann endlich ist der Tumult beendet? Wann kehrt Friede ein?

Marguerite steht an eiskalte Steinquader gepreßt
ihr Herz verkrampft sich
sieht unentwegt hin zur Sterbenden murmelt:

„Greif ins Leere seh ich sie an ... greif ... will greifen
sie fassen Charakter ihre Eigenart
doch nichts ist da Luft in die ich hineingreif verpufft
sobald ich greif faß ich nichts denn dieses Hirnlose ists
das mich quält
alles verpufft veralbert dekant verzerrt
schöne Schleifen und Spangen und Rüschen und geraffte Seide
schön schön schön doch wo ist der Charakter?
Elegant übertrieben die Aufmachung
nicht nachdenken wollen können
Weiber so züchten daß sie sich in Dummheit verliern
doch ich frage hier: ist das schön?
Verstümmelt degradiert zum Püppchen
Herrgott ich kann sie verstehn
lieb ich nicht genau wie sie schöne Dinge Häuser Gärten?
Lieb ich nicht auch adligen Prunk?
Doch könnt ich mich verlieren darin?
Versuch mirs vorzustellen:

mich zurückzuziehn aus allem Irdischen nur dem Prunke leben
nur der Pracht nur Zierlichkeit
mein kleines Privattheater auf der Bühne dieser Welt

Welt schert mich nicht auch wenn man mich ihre Königin nennt
Vergnügen und immer Vergnügen
und wers mir bietet dem schenk ich die Welt
Plappern und genießen und am Spieltische stehn
und es wird eine Gaunerhöhle

schert mich wenig betrügen sie mich
schert mich wenig schmeicheln sie mir belügen sie mich
will verhätschelt sein verwöhnt gelobt nie diszipliniert
unbesonnen bin ich denk nie an das Ende meines Tuns
und weils alle wissen benutzen sie mich

Macht kann ich schon vergeben doch wofür?
Für Nichtigkeiten glitzernde Leichtigkeit
Bin so hübsch und kokett daß ich immer umschmeichelt sein will
nein mags nicht hören daß ich mich bilden soll
schweb in maßloser Vergötterung und begreif nicht:
sie vergöttern mich nur
weil sie an meiner Macht teilhaben wolln
windige Betrüger umleben mich während mir das Volk
ach Volk interessiert mich nicht
Vergnügungsteufel haben mich besetzt
lachen sich ins Fäustchen über mich meine Dummheit

Geld schwebt herbei mach mir keine Gedanken darüber
linde Lüfte locken bin ich nicht Grazie Güte selbst?
Wie ... Louvain ... frage ich Dich:
wie konntest Du solch Püppchen lieben? Nur weil sie Königin?
Herrgott ich begreif Euch nicht!
Rokokokönigin müßige Hände verspielter verzärtelter Geist!

Liebtest Du sie weil sie hübsch anzusehen galant kokett ...
KunsthochDrei?
Versteh Dich nicht Königin Frau Ungepflegt ist mir lieber
denn Frau mit aufgetürmtem Haar
Frau Verzweiflung mir lieber denn Frau Hirnlos
und selbst das machtgierige Weib Semiramis
ist mir lieber denn süß-entspannte Lockerheit
seichter Müßiggang Gipfel weiblicher Machtlosigkeit
dazu noch auf ein Podest gehoben KöniginnenThrons

Wie hast Du ihn geliebt den Liebsten aller Geliebten?
Jenen nach dem sich mein Herz verzehrt?

Du Kokette hast ihn gefunden
doch ich die ich nicht kokett bin
find ihn nicht
also frag ich Euch alle Meister und Kinder und Geister
ists nötig ... verspielt kokett zu sein ... um ihn zu finden
den einzigen den ich lieb einzigen für den ich alles gäb?"

Und es fließt von Marguerite die gleiche machtvolle
Heftigkeit Verzweiflung wie von Semiramis

„Was nehm ich Dir übel - Rokokokönigin?
Daß Du Dich so verlierst in Dummheit
und Dein Kind
Pöbel und Gouvernanten und Deinen Feinden überläßt!
Glitzernd elegante leichtfertige Dämlichkeit

Wie konntest Du so begrenzt sein Dich mit Schmeichlern umgeben
solchen die Dich nur ausnehmen wollten!
Nein ich mag Dich nicht! Und vor allem gönn ihn Dir nicht
gönn Dir nicht Louvain
gönn Dir nicht Deine Gärten und Bauernkaten

Wage langsam zu bezweifeln daß Du wußtest was Du tatest
als Du solche Schönheit schufest ... keine Lunte gerochen?

Immer nur im Theater WeltenSpieles gesessen?
Dich vergnügt abgelenkt mit Kavalieren gespielt?
Deine Kinder vergessen? Oder wie?
Erst Dich zu sehn im Gegenspiel zur fetten Kinderschänderin
kann ich sie endlich aufnehmen in mich Semiramis

Sprachlos vor Staunen stehn Louvain und Semiramis
sprachlos die Sterbende weil Marguerite
so leidenschaftlich und heftig ist
und es spricht nun wieder jene die morgen sterben wird:

„Marguerite bist Du nicht Fortgeführte meines Geschicks?
Sieh grausam muß ich sterben als Strafe für Leichtfertigkeit
verbannt ist mit meinem Tode jede Sinneslust jede Eitelkeit
wenn mein Kopf fällt Blut spritzt fließt versickert
auf der Place de la Concorde ist die Leichtfertige tot Blutopfer

Frag ich Dich lebt sie noch? Frag nicht mich! Frag Dich!
Du lebst!
Mein ist nur geistene Erinnerung Wie lebendig bin ich noch?
Wie lebst Du? In heiterem Prunk?
Liebst teures Kleid? Filigrane Blumenkunst?
Möbel des Dixhuitième? Lebst über Deine Verhältnisse?
Bist rachlüstern in Deiner Untertanenschaft?
Prunk auf Kosten jeden Manns?
Sollen sie zahlen dafür daß sie Dich entmachtet haben?

Es starb die Eitle Leichtfertige die nur Spiel wollte
nur Leichtigkeit lebte ... doch Marguerite ... ich bitte Dich:

es lebe in Dir noch einmal die Königin
diesmal einer wahren Königin gleich
es lebe in Dir jene von denen meine himmlischen Ammen erzählt
jene die ich immer sein wollte nie sein konnte
doch in Dir endlich sein darf
Königin eines Volkes das auf der Suche ist
nach Liebe Frieden Glück
Königin an der Seite meines Deines unseres Louvain
Königin der Weisheit und Güte
doch auch der Strenge Klugheit und Disziplin!

Wie glaubst Du könnt eine Tochter der Aphrodite sein?
Ohne Prunk Glanz Spiel Leichtigkeit?
Frau Ungepflegt?
Siehst Du es geht nicht nein unmöglich!
Er der Geliebte den ich liebte liebe
auch in Dir ... er liebte meinen Prunk"

Und es steht Semiramis sich lösend aus Louvains Armen
vor Marguerite sagt:

„Sie hat recht auch ich will ihn in Dir noch einmal lieben meinen
Louvain also sei ...

die Kokette Verspielte Schöne Reizende lieblich Parlierende
ihren Körper liebende Süße Verwöhnte Umschmeichelte
Also nimm Schleifen und Blumen und Kämme und Seifen
Du hast es verleugnet aus Dir herausgerissen
doch Du bists die Schönheit schaffen und schön sein soll
denn es ist AphroditenArt

nur nicht übertreiben nicht zum Exzeß werden lassen
denn dann muß Waage klaffen dann schwingts zur Niederlage

Was weiß ich inzwischen? Was habe ich gelernt?

Machtvolle Weiblichkeit nutzt Schönheit Glanz Prunk
machtvolle Weiblichkeit ist Liebe und Lust
machtvolle Weiblichkeit ist Spitzen und Schleifen
doch
machtvolle Weiblichkeit läßt sich nicht überwältigen

Also sei schön und ein wenig kokett
ein wenig eitel und ein wenig verschwenderisch
also sei glitzernd und glänzend in Deiner weiblichen Pracht
Deinem Kleide Deinem Haar
machtvolle Weiblichkeit ist Empfangen Gebären
Schaffen und Schöpfen Hegen und Pflegen
machtvolle Weiblichkeit ist Rosengarten

Machtvolle Weiblichkeit heißt auch:

Männlichkeit betören sanft machen Muse sein
Himmelskönigin zwischen den Welten weben
anbinden Männliches an Sternenstaub Weltenklang

So ist der Schöpfung Gang

Also sei schön und ein wenig kokett
ein wenig eitel und ein wenig verschwenderisch
schau mir hat jener den ich so sehr liebte das Herz zerrissen
brach mich in kaum knospender Blüte
nie hatt ich Gelegenheit Himmelskönigin zu sein
nein
wurd SatansBraut Teufels Dienerin Rächerin

Also sei ich in Dir ... das wünsche ich nein will ich ...
sei ich in Dir Muse Sternenglanz denn es war mir nicht gegönnt

glaub ein wenig Leichtigkeit täte Dir gut denn
Du bist zu sehr zur anderen Seite geneigt
zu streng zu traurig zu wenig eitel
Schau da ich sie nun kenn diese französische Königin
da ich nun die Zusammenhänge seh
kann ich Dich begreifen nun mag ich Dir helfen

denn ich weiß daß ich in Dir meinen Traum leben will

Doch Deine Trostlosigkeit Deine völlige Machtlosigkeit
Deine - wie soll ichs nennen - Deine ganz und gar Unweiblichkeit
Abkehr von Siegeln und Schleifen und Locken und Reifen
und schönen Steinen ... das hat mich erschüttert

Denn bei aller MörderinArt aller Bosheit Entartung
wenn es um Macht geht kenn ich mich aus
erkannte sofort Deine weibliche Machtlosigkeit

Nun seh ich: Du mußt es annehmen was zu Dir gehört
Liebreiz Hoheit und Würde Leichtigkeit und Sinn für schöne Dinge
graziösen Charme
verweigere nicht Himmels Geschenke

Und weil ich seh daß Dus kannst weil ich seh erkenn begreif
daß wir alle zusammengehörn
geb ich Dir meine Kunst nun preis und das heißt:

ich will
daß Du machtvolle Weiblichkeit repräsentierst
denn nur dann spiel ich weiter mit in diesem Spiel

machtvolle Weiblichkeit nutzt Schönheit Glanz Prunk
machtvolle Weiblichkeit ist Liebe und Lust
machtvolle Weiblichkeit ist Spitzen und Schleifen

doch machtvolle Weiblichkeit läßt sich von niederen Mächten
nicht überwältigen

ich will
daß Du schön bist also sei schön und ein wenig kokett
ein wenig eitel und ein wenig verschwenderisch
also sei glitzernd und glänzend in Deiner urgeignen Pracht
Deinem Kleide Deinem Haar

machtvolle Weiblichkeit ist Empfangen und Gebären
Schaffen und Schöpfen Hegen und Pflegen
machtvolle Weiblichkeit ist Rosengarten
Himmelskönigin zwischen den Welten weben

und da ich eine machtvolle Zauberin bin
verschaff ich Dir nun alles was Du dazu brauchst"

Marguerite schüttelt den Kopf deutet auf die Sterbende:
Wieder so abtreten nur weil ich eitel war? Wieder so sterben
nur um des Glanzes willen um adliger Pracht?" Ruft Semiramis:

„Du Königin Du bists dies ihr verbietet
weil Schock über Dein Schicksal alles blockiert alles in Dir in ihr
Du hast Angst vor leichtem Tand vor Prunk Pracht
weil Du Angst hast daß Du noch einmal gestraft
Angst weil Du zu grell gestürzt keinen Abschied nehmen konntest
von dem was Du warst zu tief grub sich in Deine Seele ein:
für Eitelkeit und Leichtsinn und Spielleidenschaft
und falsche Freunde wird man bestraft und so zaubere ich

eins zwei drei bronate vakadei

Dein Entsetzen Deinen Schock frei
fließen kann nun Verkrampfung und schon ist alles aufgelöst
fließ wie Wasser des großen Flusses fließ es weg
So sei es! Seis! Du bist nun frei!
Und weh Dir Du läßt Dich von falschen Freunden betören
von Schmeichelei verführen von Rachlust beherrschen
Eitelkeit betören Schwäche des Willens niederwerfen!"

„Was ist mit ihm? Jenem nach dem ich mich sehn
mit jeder Faser meiner Seele?" fragt Marguerite
Alle sehn Louvain an alle in einer und stumm steht die Frage
im Raum: Wo ist er heut? In welchem Körper? In welchem Land?

Schweigen dehnt sich bis in die geheimsten Winkel
jeder Unendlichkeit Schweigen watet Schweigen setzt Grenzen

Und es strömt helles Licht in finstres Verließ Vision schwindet

Müd und erschöpft geht Marguerite durch Paris
Schar in ihr um sie herum stört sich am Lärm
Müd setzt sie sich in ihr Auto fragt: „Seid Ihr alle da?"
Als Louise antwortet: „Ja" fährt sie
denn der Weg in den Perigord der Weg ist noch weit
Was wird aus Schloss Fleurac?

Landschaften ziehn milder Himmel wölbt
spricht Marguerite in neues Schweigen hinein:

„Königin erzähl mir noch mehr von Dir
Dein Schicksal erschüttet mich ... kannst Du mir nicht sagen
wie es mit Deiner Botschaft ... dem Wesentlichen ... ist?“

Die Königin seufzt hebt zu reden an:

„Und weil wir nun uns alle im Rad aller Schicksale gedreht
von gefülltem Becher himmlischer Liebe
bis zur bitteren Neige gegenseitiger Vernichtung
auf allen Skalen menschlichen Seins
Rache gelebt Schlangenkraft geprobt
himmlische Macht verweigert
soll mein Schicksal Dir letzte Lehre sein:
denn ich bin der Inbegriff ... die Inkarnation ... weiblicher Kraft
die zwar nicht gemordet geschändet doch blockiert fehlgeleitet war

sollte mußte so sein sonst hätt ich Aufgabe nicht erfüllen können
denn natürlich wärs unmöglich gewesen ...
nach lodernden Scheiterhaufen auf denen Hexen verbrannt ...
dieses Jahrhundert klang gerade aus ...
mich als Königin zu präsentiern die Magie beherrscht
oder Weisheit der Natur ...

Was aber hätte ich tun können in jener Zeit ...
wie meine Mutter ...
Herrschaft der Männer festigen und etablieren ... was heißt ...
wie ein Zauberer der Nacht regieren ...
Volk knechten demütigen ... um sich selbst zu erhöhn ...
Kriege anzetteln aus Größenwahn? ... Nein ...

Auch Amazone wollt ich nicht sein ... nein ...
weil ich ein Volk so nicht regieren konnte wollte ...
weil ich überhaupt nicht regieren konnte wollte ...
denn ... man hatte in mir gemordet ...
diesen Gedanken schon ... MachtHabenDürfen RegierenKönnen
auf meine eigene weibliche Art ...
denn nur das wollte ich ... in den Tiefen meines Herzens ...
doch es war mir versagt ... es gab keine Identität für mich ...
nichts an dem ich mich orientieren wollte konnte ...
denn das was mich umgab ... widerte mich ...
war Machtrausch und Habgier ... nein wollte ich nicht ...
so gab es für mich ... nur eine Möglichkeit: das System sprengen ...
Revolution anzetteln ...

doch wie war ja Dummchen zu nichts anderem erzogen
denn anmutig zu tanzen sprechen gehen repräsentieren ...
Thronfolger gebären ... das war meine Pflicht sonst nichts

Hätt ich Bauern und arme Leut auf meine Seite ziehen sollen?
Hilfreich helfende Königin sein? AugiasStall ausmisten?
Steuern senken? Brot Getreide an die Hungernden verteilen?
Zu solchen sozialen Höhenflügen hatten mir die Herrschenden
Macht Kompetenz vor allem ... Denkfähigkeit genommen
und meine Liebe hätt ichs getan
gäbs heut keine Demokratie kein freies Land ...

denn das Volk würde heut noch Königen jubeln ... wie gut
daß dieses Pack sich nicht solche Frauen geschaffen hat ...

Dieses Pack sollte mußte mit den Mitteln geschlagen werden
mit denen es mich geschlagen hatte ... seit endloser Zeit ...

Dummchen eitles Püppchen immer hübsch anmutig immer blöd
Wunderbar ... ich wars!
Mit einer Kraft und Macht die seinesgleichen sucht stürzte ich mich
ins DummchenSein PüppchenSein in die Leichtfertigkeit Eitelkeit

Herrlich wunderbar! Schlug diese Idioten mit eigenen Waffen!

Sie wollten ja diese Art von Weiblichkeit Nun!
Mit der mir eigenen Macht und Kraft war ich der Inbegriff ...
die Inkarnation ... verschwenderischer leichtfertiger Eitelkeit
Dummheit die Perfektion ihrer Kultur ... ihr Spitzenprodukt!

Als diese Meute sich an den Ruin herangewirtschaftet
vor den Scherben ihrer Arroganz ... suchten sie Hilfe
riefen zum Himmel
und die Göttliche sandte ihnen ... mich! Wunderbar ... nicht?

Dieser zickige AphroditenVerschnitt
Mit einer Meute habgierigen Klüngels um sich
keine Ahnung von nichts
doch überall herumrühren überall mitreden herumquaken
und dreimal so stark wie ein Mann!

Ich bin die Inkarnation ... ich bin der Inbegriff ... der Revolution ...
Ich bin die Waffe die sich ein Krieger selber schafft richte sie
gegen ihn selbst

denn ich kenne des Umsturzes Gesetze Geheimnisse ihre Struktur
denn ich bin die ich bin ... die Revolution ...
in menschlichem Kleid Ich weiß ... bin eine gewaltige Macht
die immer und immer an Himmel bindet nicht an Erdenkraft ...
denn ich zerstöre Verkantetes Hartes ... löse auf in hellstem Licht ...
denn wär ichs nicht ... hätte dies adlige Pack
mich nicht zum Sündenbock gemacht ... Madame Defizit! Pah!

Was mir einst verwehrt mich gehindert traumatisiert
ist nun erlöst ... Was war?

Blutopfer unerlöste Qual
Absturz aus den Höhen einer RokokoKönigin ins Bodenlose
in den Verrat
vermeintliche Freunde Speichellecker erbärmlicher Klüngel
verraten haben sie mich
mein eigenes Kind ... verraten hat es mich

Nein freiwillig hab ich mich nicht geopfert
besaß auch keine Macht mich aufzulösen wegzuzaubern
den Schergen zu entkommen wollt auch nicht wissen:
Zeit des Wandels war
mußte nur hinnehmen das was mir gebührt:
Rache eines Knaben seines Reiches ... seiner Kultur ...
damit Waage wieder ins Gleichgewicht schwingt ...

Darf soll ich nun wachsen in diese mir fremde neue Welt
was bedeutets für Dich und mich?

Es heißt: Revolution sein ... vive la revolution! ...

Alle Systeme sprengen die wahre Weiblichkeit blockiern
immer die Perfektion sein Hochkultur immer Spitzenprodukt!

Wollen sie AphroditenVerschnitt ... bitte ... gönn ihnen nicht
Schönheit verschwenderische Großzügigkeit Leichtigkeit

Wollen sie das sparsame Muttchen ... bitte ... gönne ihnen nicht
AldiTüten genmanipulierten Tomaten und Erbsensuppe
Wollen sie die Karrierefrau die nun ein Mann sein soll bitte ... gönn
ihnen nicht ... Deinen beruflichen Erfolg
ImmerBesserSeinKönnen und grandiose Überlegenheit ...

Wollen sie die bescheidene doch repräsentative Königin

Schmuck jeden Mannes der sich zum Herrscher erhebt ...
bitte ... gönne ihnen nicht unerotische verklemmte Bourgoisie

Wollen sie Aphroditenverschnitt ... nerve sie ... mit AldiTüten
genmanipulierten Tomaten und Erbsensuppe

Wollen sie das sparsame Muttchen ... nerve sie ... mit Schönheit
Eitelkeit Leichtfertigkeit und Verschwendungssucht

Wollen sie die Karrierefrau ... nerve sie ... mit Schüchternheit

Wollen sie die bescheidene Königin ... nerve sie ... mit Mobbing
großem Maul ImmerBesserSeinKönnen grandioser Überlegenheit

Doch wollen sie wahre Weiblichkeit wollen sie Poesi
NaturMächte
Sternenglanz Liebe Kraft Stärke Kreativität Muse Intuition ...
schenke sie verschwenderisch!
Begreif daß ich gekommen
um Revolution in die Herzen der Frauen zu säen
denn ich kenne des Umsturzes Gesetze Geheimnisse ihre Struktur
denn ich bin die ich bin ... die Revolution in menschlichem Kleid

Es heißt: bereit sein alte Schulden zu begleichen ...
tausend Rufmorde überleben
Opfer zu bringen um das Ziel wahrer Weiblichkeit zu erreichen
ließ einen Ring machen kurz vor meinem Tod
in den ich hineingravieren ließ: alles führt mich zu Dir

Es heißt: nicht jammern und lamentieren
keine Kompromisse schließen
kühn und mutig dem Schicksal ins Auge sehn
geschehen lassen was geschehen muß
und doch das große Ziel nicht aus den Augen verlieren"

„Und das wäre in heutiger Zeit?" fährt Marguerite fort
„Ich resümier: Berliner Dumpfheit preußischer BärenPlumpheit brauchte
zu seiner Zeit französische Zartheit DruidenundFeenKultur
nur sie war hoch edel lichten stark genug ...
extreme Verkantung Verhärtung aufzulösen ...
doch sie bezahlte einst mit dem Tod das war notwendig denn
nun waren beide verbunden
deutscher Dumpfheit preußische HerrenmenschenPlumpheit

mußten nun ... extremen Mächte die Waage halten ...
zwar nur Fragmenten ... gebrochenen Formen
einer einst himmlischen Kultur ... wie die des Perigord ...

wie da sind ... die Alte ... Zauberin des nördlichen Reiches
und die Priesterin in weißem Gewand und ...
ihre Rächerin Semiramis und ... eine Königin wie Marie Antoinette
und eine Berthe und Louise und jede einzelne aus der Geisterschar
das deutsche Mädchen und .....
wie alle sich qualvoll durchringen mußten
um größenwahnsinniger Männlichkeit entgegentreten zu können

Nun also ... ists soweit?
Nun können die Früchte geerntet werden?

Deutsche Dumpfheit preußische HerrenmenschenPlumpheit
wandelt sich zu poetischer Hochkultur?

Muß Poesie einer solchen Nation nicht viel viel machtvoller sein
denn jene des Perigord?

„Wir haben gelernt damit umzugehn! Wir sind gigantisch stark!
Wir haben gelernt etwas durchzustehn!
Wir haben gelernt Opfer zu bringen! Was willst Du mehr?"

rufen alle Geister im Chor und Marguerite sieht im Rückspiegel
die beiden Meister ... auf der Hutablage ... Marguerite begreift und sie ruft:

Kshang! Feuer Erde Wasser Luft! Elemente dieser Erde ...
Euch beherrsche ich ... Saturn ... war mein Lehrer ...
hart und streng ...
wieviele Tode bin ich gestorben wieviele Leben hab ich gelebt?
Doch nun löse ich mich auf ... im Licht
Dualität endet hier befreit von Irrlichtern kindlichen Selbsts
beginn ich zu strahlen
denn ich habe verstanden ... alles kosmische Wissen ...
jedes Symbol denn ich bin ... ich bin die ich bin ... die Poesie ...
meine Wünsche werden Wirklichkeit denn
ich bin die Offenbarung des Göttlichen selbst*

Die Fahrt in den Perigord ist weit
Landschaften ziehn milder Himmel wölbt spricht Marguerite

* Öffnung des sechsten Chakras

ins endlose Schweigen hinein:

„Geister und Meister die Fahrt wird mir lang
erzählt mir eine Geschichte denn zu fragen bin ich zu bang"

Doch niemand möchte sprechen alle scheinen nachzudenken
einzuordnen zu verbinden kombinieren:
wer hat welche Funktion und wo ist das Kind der Deutschen?
Hier gilt es noch ein Rätsel zu lösen
Warum sitzt die Deutsche so still ... als sei sie nicht beteiligt?

Das herrische Weibchen mit staksigem Bein beobachtet
fasziniert die schöne Poesie aus Kastanienhain
Berthe hält die Hand der Fee des Perigord und
der erste Meister sitzt wieder neben Berthe

Marguerite staunt

Allianzen tun sich auf die sie nicht für möglich gehalten hätt
Es spielen die Mädchen mit dem Knaben Gameboy-Spiele
und
Louise achtet darauf daß sie sich nicht streiten ach Louise!
Semiramis denkt konzentriert nach ... Marguerite siehts ...
wie sie ein Vermögen schaffen könnt
denn sie mag nun einmal Juwelen und Gärten und schöne Kleider

Der zweite Meister bewundert Schönheit der Fee des Perigord
streift ihr langes goldenes Haar
Marie von Rouffier flüstert stumm daß Semiramis abnehmen muß
und die Männer ... was ist mit den Männern?

Dieser großen Schar ... dieser ... diesem ... Marguerite seufzt

Plötzlich weht Rosenduft

Marguerite atmet auf ... es können nur die Grazien sein
oder eine denn hier im Golf ist nicht viel Platz
doch dann raschelt Seide es rauscht mild und die Himmlische
beginnt zu erzählen ...

Die Legende von den schönen Dingen

Die Legende von den schönen Dingen

Nun da Ihr zuhört wehn sie herüber jene Zeiten
die dort sind wo Ihr nicht verzeihen könnt
Frieden und Glück gab es nicht einmal mehr in Träumen
alles versunken in wucherndem Haß
seitdem der Zauberer der Nacht
die schönste aller Feen geraubt und in seine Gewalt gebracht

In zeitloser Ewigkeit waren sie aneinandergekettet
sie - in höllische Tiefen gestürzt
ihn fliehend doch gezwungen ihm eigen zu sein
versuchte immer wieder ihm zu entkommen und seis
nur für einen Augenblick winzige Spanne Glücks
jede Stunde zählte
jede Blume jede Schönheit zierlichen Möbels
jeder prachtvolle Raum jede flackernde Kerze
Kristallüster
jede Gesellschaft jedes Spiel jedes Lachen jeder heitere Lärm
alles recht
um nicht seinen üblen Atem zu riechen Plumpheit zu fühlen

Schien ihr daß Fluches Ewigkeit kein Ende nahm
immer und immer wollt sie entkommen
doch er wußte könnt er sie nicht mehr an sich binden
verlör er seine Macht über Weltenspiel weibliche Kraft
sie nutzend wie ein Vampir auspressend saugend alles raffend
nur so war er Herrscher nur so war er stark

Nie hatt sie aufgegeben ihm Geheimnisse wieder zu entreißen
mit denen er im Laufe endloser Zeit
immer grausamer leichtsinniger herrschte Mißwirtschaft trieb
Ach wie oft eilte sie eilte versuchte zu entkommen
doch er folgte wollte mußte ihr schaden damit er Herrscher bleibe

Nun weht jene Zeit herüber in der seine Kraft Macht
zu lahmen begann
Ihr Einfluß hatte ihn wie steter Tropfen auf den Stein
mürbe gemacht

Grausamkeit war dumpfen Trieben gewichen
er soff und fraß
doch immer noch wuchsen in sattem Schlummer

Verschlagenheit Hinterlist Boshaftes Haß
Wehe er wachte dann war er stark
um Fee Schönste aller Schönen zu quälen
ihr jede himmlische Kraft zu nehmen
Magisches gezielt zu dämmen
so sie in Ohnmacht Unheil Verzweiflung gefangen lag

Ja so wars ja so war die Zeit gekommen
da er sie nicht in kindlicher Knospe brechen konnte
sicherster aller sicheren Wege um magische weibliche Macht
zu töten
längst geschehn wieder und wieder
Wars ists nicht liebster Zeitvertreib eines Zauberers der Nacht
schon immer gewesen seit urewiger Zeit?

Doch für dieses Erdenspiel hatte Fee
ihm entkommen können
nur kurz nur für Zeit kindlichen Traumes
viel zu machtvoll stand sie ... als er sie an sich ketten konnte
viel zu machtvoll ... denn sie war kein Kind mehr ... schon zu stark

doch immerhin besaß er soviel Geschick Gemeinheit Tücke
sie zu zähmen drechseln winden ihre Kraft zu dünnen

Rief seine vielen Teufel aller Art
schnell voller Lust machten sie sich ans Werk
zerrten drängten in stinkender Art
da floh die Schöne in leichten Sinn
nur alles vergessen alles verspielen alles
auch Keime magische Kraft
floh doch konnt nicht frei fließen schwingen
alle Kraft verpulvernd suchend nach Wegen aus Zwang
auch wenns Irrwege die Sicht versperrten neue Sklaverei schufen
ja so wars

Kundig der Unterwerfung ... ließen er und seine Vasallenschar
nur solche Wege offen die ins Unheil führen mußten
sah ers sah soff und fraß
stützte sorgsam jeden ihrer kranken Triebe
wucherten sie überwucherten hemmten blockierten
himmlisch-irdisch-weibliche Pracht
die ... seit urewiger Zeit ... rosengleich ... Triebe züchtigt
und zu Dornen staut

Stattdessen sorgsam Krankes stützen
hoffend daß trotz seiner Schwäche Bequemlichkeit
sie wieder einmal in den Abgrund stürze
hoffte es ja
ließ ihr freudig lüstern prunkvolles Kleid
ließ ihr bereitwillig Weg offen in Süchte
sie hießen diesmal: Putzsucht Spielleidenschaft Eitelkeit

Wie sie sich wand drehte Ketten klirrten gefesselt gebunden
genötigt Fee an Zauberer der Nacht
drei Schritte gehn und schon gehemmt
drei Schritte vor drei zurück
manchmal wars nicht zu ertragen Fee litt qualvoll litt
in ihrer Verzweiflung griff sie griff
schnell und gierig nach allem was in diesem Radius lag
griff in ihrer Verzweiflung alles

nicht mehr sehend daß alles Werk des Zauberers war
lächelte höhnisch denn es war klar:
alle Kraft die sie gesammelt um wieder Fee zu werden Fee zu sein
alle Kraft floß in nutzlosen Tand

Griff sie schnell nach jeder Schmeichelei jeder Lüge
die nichts anderes denn teuflische Worte Töne
sie zwingend
gehangen gefangen an sein elendes Schicksal gekettet an ihn
der den Höhepunkt seiner Macht längst überschritten
sollte wollte er wollten sie
die nach Macht lechzten Tag für Tag wollten
daß sie stürze ins Vergehen gleite
Zauberer der Nacht bäumte sich auf glaubte wollte nicht hinnehmen
daß seine Macht dem Ende sich neige

Spielte in aller Erbärmlichkeit
noch einmal Ränkespiel eines Zauberers der Nacht
und alle Teufel in Prunk Glanz Pracht rieben sich die Hände hofften
daß ihre Macht ewig währe hofftens ja

Versuchte Fee zu fliehn zu entkommen
forderte keck Freiheit für sich
nein diesmal würd er ihr nicht die Haare scheren
sie kleiden in sackleinenes Gewand
einsperren in düsteren Raum nur damit sie gefügig sei
forderte keck Freiheit für sich

Wollt einer Fee geziemend wohnen in eigenem Heim
er gabs ihr - winzig klein
wissend: sie würd ins Verderben rennen müssen
denn alles was er ihr bot war nichtig und klein
ziemte einer Fee nicht würde sie quälen
denn eine Fee schlurft nicht mit schweren Ketten
in winzige Kate hinein

Hatten nicht inzwischen Vasallen gelernt sich zu verstellen?
Maske der Eleganz zu tragen? Lichtene Lebenslust Kunst
doch nicht mehr denn Maske ... nur Abbild wahrer Art?

Hatten sie nicht aufgehört zu stinken?
Sie fiel herein Hatte sie andere Wahl?
Entweder seine dumpfe haßerfüllte Gegenwart
oder diese heimlich gierende Meute
lügend betrügend lüstern nach ihrer hellen Art

Vergessen nur vergessen
daß irgendetwas zwischen Himmel und Erde
etwas das ihr zustand
etwas über das sie regieren sollte hatte vergessen was es war

Griff danach immer wieder Tag für Tag griff in Leere
und wie sie griff wurden ihr Dinge gereicht
glitzerten glänzten waren licht und hell schön und blank
hatten eine Art
die sie an jenes erinnerte ja was denn? Was?
Jenes zwischen Himmel und Erde ja was denn was?
Jenes über das sie einst Macht besessen ja was wars?

„Greif nicht ins Leere hieß es da greif das Ding
wir haltens Dir hin ... nimms und vergnüg Dich
glaub uns: das Ding ist ganze Wahrheit bessere Sicht
alles andere Humbug Spuk
lebst auf Erden also leb die Dinge
nicht Himmel nicht Geist ja - sei selber Ding Körper und Sinn

Hör auf nach den Sternen zu greifen Sterne gehören Dir nicht
wär vermessen sich hochzuschwingen denn sie stehn
für ein Weib zu hoch"

Was sollte sie tun? Ketten klirrten Sklaverei hüllte
Schon wenn sie ihn sah: fressenden Kerl Zauberer der Nacht

Ahnung bringend von seinen tausend Morden an ihr
in zeitloser Ewigkeit
dann schauderte sie fühlte wußte alles was geschehn ...

Worte blieben ihr im Halse stecken vor dumpfer Angst
fliehn wollt sie fliehn
diesmal waren Ketten zwar glitzernd doch fester denn je
alles was ihr blieb: stummer Ruf an den Himmel
schweigend schrein
Pentagramm mit jedem ihrer Schritte zeichnen ja so wars

Und er schlurfte schmatzend im Kreise Zauberer der Nacht
Untergang gleich Morgenröte an ehernem Himmel
sah sies sah und: sie mußte mit wehrte sich
da reichten ihr beflissene Hände ihrer Vasallen Lügner Betrüger
devote Unterwerfung Schmeichelei
knisternde Seide Spitzen fein geklöppelt
während er nickte während sie wußte fühlte
hinter seiner großzügigen Gutmütigkeit fressenden Erdenschwere
hinter allem was hier lebt
steckt nichts denn Haß
ließ er sie nach Seide greifen
führte sie an Ketten
grunzte freundlich so als seis Geschenk das er ihr mache:

Grandioser Radius - drei Schritte vor drei zurück
welch Gnade wenn er ihre Schulden zahlte
ja Schulden hatte sie gemacht
für Perlenschnüre geklöppelte Spitze wofür sonst
Anderes gabs nicht nur dies hielt man ihr hin:
Greif! Oder wirst in dunkle Kammer gesperrt erinnerst Dich nicht?
Automat sein gehorchen
eigentlich wollt er nur eines: sie vernichten wie eh und je

Also List her Verführung Ablenkung Klingelspiel
sie wird muß allem verfallen muß
viel zu lang war sie Gefangene in düstere Verliese gesperrt
geschoren bar jeder Schönheit vergewaltigt gequält

reif die Zeit für den Griff nach glitzerndem Tand
zärtlichem Klang
viel zu sehr voller Sehnsucht nach Licht Liebe Helligkeit
viel zu sehr mißhandelt um nicht Trost zu suchen
in allem für alles

viel zu sehr unterdrückt gepeinigt geängstigt gequält
um nicht leichtfertig in rauschender Seide zu gehn

Straußenfedern wippten sie stürzte sich mit solcher Besessenheit
in jedes Vergnügen Schlittenfahrten Promenieren in Gärten Reiterei

Wo konnt er sie morden? Wann? Im überfüllten Spielsalon?
Nein Also dorthin
Muß die Raffinesse her Hinterhalt Tücke
Teufel kichern leis ganz leis
Unmöglich machen soll sie sich: herausgeputzt wie ein Zirkuspferd
je affiger steiler greller verspielter
desto mehr Feinde schafft sie sich
Macht Kraft verpulvert im Galopp an Ketten
drei Schritte vor drei zurück

Wunderbar herrlich sie macht sich lächerlich ...
Das soll Feenmacht sein? Man könnte lachen!
Alle Teufel wippten vornehm mit dem Fächer
amüsierten sich schmeichelten ihr

Dann geschah etwas womit keiner gerechnet

denn die Fee besann sich eines Tages ihrer magischen Kraft
setzte sich nieder prunkvolle Seide knisterte
begann zu träumen wünschen wollen
daß all diese schönen glänzenden klingenden knisternden Dinge
denen sie verfallen
daß sie nach ihren Träumen formbar seien

Hinaus nicht können? Ketten klirren? Flucht nur Trug?
Nun gut! So seien die Dinge ihr Trost
Doch nicht jene die man ihre reichte kantig und plump
nein Dinge wollte sie schaffen
nach Träumen ihrer Seele ihrer ganz eigenen Art

Setzte sich nieder prunkvolle Seide knisterte
begann zu träumen von Formen Farben leicht lieblich fein
und wies geschehn wie sie unaufhörlich geträumt und gesonnen
von schönen Dingen goldsanftenem Trianon himmlischen Gärten
da hatten andere ...
jene die Sternenbahnen ziehn in hohen Himmelshöhn
stummen Ruf an den Himmel Pentagramm gesehn
sandten ihr deren Zeit noch nicht gekommen sich zu befrein

linden Trost
sandten Schreiner und Schneider und Tänzer und Gärtner
Architekten und Künstler
begabt und fein um alles das was sie träumte
in Formen zu fassen Materie werden zu lassen
im Reigen irdischer Gemeinsamkeit

Und Träume gewannen Gestalt Träume wurden Wirklichkeit
Wie sie sich wand drehte Ketten klirrten gefesselt gebunden
genötigt Fee an Zauberer der Nacht
drei Schritte gehn und schon gehemmt
drei Schritte vor drei zurück
griff sie nun nach Dingen die sie erträumt die zu ihr gehörten
ihre Art erhöhten schuf lieblich zarte Schönheit
gehangen gefangen an Zauberers elendes Schicksal gekettet
hörte sie reden Meute der Verführer und Schmeichler

„Nimms und vergnüg Dich glaub uns:
das Ding ist ganze Wahrheit bessere Sicht
alles andere Humbug Spuk
lebst auf Erden also leb die Dinge nicht Himmel nicht Geist
sei selber Ding Körper und Sinn
hör auf nach den Sternen zu greifen denn Sterne gehören Dir nicht"

Da begann sie zu lächeln strich sich über sorgsam frisiertes Haar
denn sie sah: jene in Prunk Glanz Pracht
die sie niederzerren wollten stockten aufs neu jeden Tag
denn Dinge waren neu
fremder Glanz floß fremde Kraft zog
sie haßten plötzlich mochten kaum greifen
irgendetwas in ihnen lehnte sich auf
gegen zart geschwungene Zierlichkeit

Flüsterten sie von Häßlichkeit streuten Empörung unters Volk
zischten erregt von Verschuldung von Madame Defizit
doch es geschah nichts

Und wie immer mehr solcher Möbel und Bilder standen
in schimmerdem Trianon hell lind pastell
da erkannten sie eines Tages: wär besser gewesen
ihr wieder die Haare zu scheren sie einzusperren
wie in früherer Zeit

denn mit den Dingen Formen und Farben

hatt sie sich selbst neu geschaffen
aus sich heraus geträumt eine ganze unsterbliche Spanne
weiblicher Lust und - weibliche Kraft an diesen Ort gebracht

„Das Ding ist die ganze Wahrheit bessere Sicht!"

Was einst als Lüge ersonnen wurde hier Realität
man wippte vornehm mit dem Fächer schmeichelte ihr
doch hinter amüsierter Maske sott Fluch
sie war Geist geworden hatte Dinge geschaffen schaffen lassen

Manchmal blieben Teufeln Lügen Schmeicheleien
im Halse stecken vor dumpfer Angst
denn es war zu erkennen: Macht des Zauberers der Nacht verrann
Als ers hörte und sah da weigerte er sich zu erkennen
was auch immer er ihr getan wie eng er die Ketten gezogen
als Tölpel stand er da
denn welch machtvoller Herrscher könnt er schon sein
der aufgetakeltes Zirkuspferd im Kreise führt
eines das Kunst und Kultur produziert und das auf ganz eigene Art

Immer wilder rannte sie im Kreis immer verrückter der Putz
alle Aufmerksamkeit flog zu ihr hin und nicht nur das:
sie hatte begonnen aus der winzig düsteren Kate
die er ihr zugestanden sich ein Feenschlößchen zu schaffen
paradiesischen Garten
wie sehr sie auch übertrieben das was sie hatte schaffen lassen
war schlicht und ergreifend schön verspielt leicht
und alles: von ihm das Gegenteil

Stand er nicht wie blöd? War welch merkwürdiger Flug der Gedanken
er an sie gekettet viel schlimmer denn sie an ihn?

Gekettet an ihre schönen Dinge die er bezahlen mußte
das war ihre Rache
gekettet an Plapperei SalondamenSpielerei
denn ... bei aller weiblichen Stärke die wuchs in ihr wuchs
es gehört mit zur Disziplin jeder Unterwerfung
Geist nicht zu schulen Dummheit zu fördern Hirnlosigkeit
hier nun gepaart
mit weiblicher Kraft ... wild sprießenden Trieben
vager Erinnrung an himmlische Dinge magische Kraft
naives Spiel entzücktes Versinken maßlose Unfertigkeit
Ihm schiens nun: Grauer Spuk der sich gegen den Urheber kehrt

703

Teufelswerk frißt Teufel auf

Kein Zweifel er war nicht mehr Herr seiner selbst
er - einst machtvollster Zauberer der Welt
Macht neigte sich dem Ende zu wie und was tun
um Zeiger der Zeit zurückzudrehn?

Nein nein nein so leicht würd er nicht aufgeben
kämpfen wollte mußte er
selbst wenn sie sich schon neben ihm prächtig entfaltet
wenn auch nur in ZirkusPferdManier
es war zuviel zuviel ... ach hätt er nur eine Chance
noch ein Leben nur ein einziges Leben noch
in dem er sie vernichten würd schon in frühester Kinderzeit
brechen zertreten ach er weiß ja wies geht weiß es nur zu gut
schwang sich mit letzter Kraft noch einmal in seine Heimat
ins Schattenreich

Weg fiel ihm schwer denn er war nicht minder gefallen
nicht in Spitzen und Schleifen Bordüren
nicht in Seide und Schmuck
doch ins Fressen und Saufen ja das war ihm unentbehrliche Lust

So ists immer auf dem Wege
beginnender herrschender nie endender Lieblosigkeit:
Sucht greift Sucht sucht Sucht sucht Ersatz

Jagen Töten sein Lebenselixier hatt er aufs Tierreich beschränkt
moderat war er geworden
jagte jeden Tag den Hirsch und die Wildsau
ein Tag ohne Jagd war ihm Graus
Sucht greift Sucht sucht

Dennoch schwebte Ahnung daß er einst Fee gejagt getötet
in immer neuer Lust doch nun:
mit schwerem behäbigen Leibe zaubert sichs schlecht
und überhaupt ... Weg ins Schattenreich fiel ihm schwer

Schnaufend stand er vor Töchtern der Nacht
und wenn ers recht bedacht
wollter lieber Hirschbraten mit pommes sautés
denn schmierigen Klüngels Unterwelt

Schlimmer noch: Ketten klirrten denn

704

aufgedonnertes Püppchen von Fee
hatt sich einen Liebhaber genommen
infamste Frechheit die er sich denken konnte
gekettet an ihn

Dieser Fremde wars
der gediegen voller Geduld an den Ketten sägte
kein Gramm Ehrfurcht vor dem Machthaber dieser Welt dieser Zeit
stellt Euchs nur vor
schändete Liebhaber der Fee den Zauberer der Nacht
mit Kettensägerei
erdreistete sich dieser große magere Kerl ihm! Ihm!
Eigentum zu entreißen nicht zu fassen
wälzte sich mit ihr auf dem Bette?!
Nahm das was Zauberer der Nacht einst habgierig an sich gerissen
wissend alles wissend
nicht zu fassen wälzte sich dieser Kerl
womöglich ein Zauberer auch er? Einer von anderer Art?
Einer von jenen die er haßt? Einer von jenen die ihm Fee entreißen
wollen dem er einst Fee entrissen
damit sie ihre MagieMacht zurückerhalte?

Damit er gemeinsam mit ihr neue andre Herrschaft begründe?
Neue Herrschaft in der Zauberer der Nacht nichts zählt?
Gar als Diener fungieren? Bettwäsche bügeln? Wut!

Schnaufend stand er vor Töchtern der Nacht
wütend verlangte er nach seiner Mutter
denn hier war HekatenReich
sehnsüchtig dacht er an Hirschbraten pommes sautés roten Wein

Als sie ihn sah
schlug sie ihm erbost schwarzen Fächer ins Gesicht
sie wars selbst: Rache Lieblosigkeit
schnarrte ihn demütigend nieder damit er wisse:
Zauberer stopft sich nicht voll mit Fraß
all dies sei Ballast
hindere ihn durchlässig genug zu sein für Werke aus ihrem Reich

Wie dumpf trudelnder Fettkloß lebe er in Menschenschar
Wie könne sie da regieren? Sie und alle aus Hölle Haß Neid?

Viel zu friedlich sei er geworden viel zu friedliche Tiere
hab er gefressen Zauberer der Nacht müsse sich

705

geradezu exemplarisch
umgeben mit Wut und Neid mißhandelten gequälten Geschöpfen
aus Menschen ... Tier ... und Pflanzenreich
lieber Blut saufen Kinder Tiere quälen schänden
denn gemütlich in goldnem Sessel sitzen und rülpsen

Welch ein Schwachkopf sei er geworden
dieser Sohn in Menschenreich!
Kein Wunder daß ihn die Fee ausgetrickst ausgereizt

„Dämlich!" schimpfte sie ihn „Blödkopf Schwächling Nichtsnutz!"

Stieß ihn vor schweren Leib so er niederfiel
kaum konnt er sich erheben in schweres Fett gehüllt
fiel sie von Neuem über ihn her
sie Hekate dunkler Gegenpol zur lichten Schwester Aphrodite
erinnere er sich nicht?
Räche sich an jedem Mann dafür
daß sie aus Einheit in Schöpfung gestürzt

Damit er sichs nur merke: rächen werde sie sich
solang diese Erde bestehe
und nichts tät sie lieber denn ihrer hellen Schwester Gang hindern
denn Morgenröte von Aphroditens Macht
sei Hekaten letztes Vergehn
erwache lichte Schwester müsse dunkle gehn

Und damit auch er ... wisse er doch nicht wahr?
Hat ers nicht eingesogen mit Muttermilch der Erynnien?
Habe sie ihn nicht gnadenlos genug aufgezogen?
Nun lasse er diese Göre dort oben eitel geputzt
viel zu mächtig werden! Pfui Teufel!

Dieses Dummchen an seiner Seite habe einen Faible
für schöne Dinge
der sofort unterwandert werden müsse
helle zierliche Schönheit sei immer Gefahr
schwarze Kunst müsse her
überhaupt sei er ihr Sohn ein Versager
schnell müsse gehandelt werden retten was noch zu retten

Noch einmal habe Schattenreich laut zu geigen
immerhin gut daß er komme
sie werde es diesem putzigen Weibe schon zeigen

Neuen Sohn habe sie geschaffen „Schau her sieh ihn Dir an!"
Voller TriebesKraft vor allem ... manipulierbar das reinste Medium
jüngerer Bruder
leicht zu verführen zum Lügner Betrüger grob und gemein
und um all dies herum feiner Prinzenschein

Er dicker Trottel der Zauberer nun sei
habe dafür zu sorgen daß dieser Knabe der Fee Kind werde
denn - sie kenne dieses Weib die sich voller Hoheit
der Menschenwelt präsentiere sie werde Knaben nehmen
weil sie Knaben verdiene Schuld seit urewiger Zeit
oh ja sie kenne sich aus
dieses süße Püppchen sei nicht minder Tochter der Nacht
gewesen ... einst ... einst ...
tief gefallen in tief vergangener Zeit
eben und genau das sei ihrer aller Chance denn:
Püppchens Schulden seien nicht bezahlt

Es solle könne müsse Fee vernichtet werden
damit Hekate lebe es werde müsse gelingen
wenn alle aus ihrem Reich zusammenklingen
Also gelte es nun Fee weiter in den Leichtsinn zu treiben
sie Hekate werde dafür sorgen
daß genügend übles Volk sie umschmeichle
Blick Sinn verstelle Dummheit schüre sie in den Ruin treiben werde

Knabe werde das Seine tun denn:
sei der Lieblosigkeit Frucht ... wenn er Zauberer der Nacht
nur aufhören wolle
zu fressen und saufen dann werde noch alles gut

Er schnaufte gefährlich
seine Mutter reizte ihn immer neu zu abartiger Bösartigkeit
er haßte diese Frau haßte Hekate haßte ihr Reich
Haß loderte gewaltig in ihm wie einst
könnt alles zerstören zerhacken vernichten verbrennen
in sieben Winde streuen

Wie sie ihn nutzte denn ein Werkzeug ... dunkle Mutter
Nur dazu sei er gut? Um getreuer Vasall verlängerter Arm zu sein?

Nicht ein Funken Liebe Rücksicht Nachsicht Toleranz
nicht Güte Weisheit Zärtlichkeit von der er manchmal träumt
nicht er selbst sein darf er nicht ganz und gar Mann sein nie

Nur Sohn Anhängsel Untergebener denn: immer nur sie
denn sie ... immer ist sie die Königin ... sie immer nur sie!

Ihr den Mantel reichen sie umschmeicheln
obwohl sie mager und häßlich
Nur manchmal zaubert sie sich schön
um Opfer in den Hinterhalt zu locken
schwarzer Spinne gleich
dann fällt sie über ihre Opfer her frißt und zerfleischt
Herrgott er ist müde! Diese Weiber!
Eine dunkel und düster andere bunt wie ein Zirkuspferd
plappern und albern und kreischen und fordern
wollen Schönste Beste Reichste sein!
Dieses Vieh von Weibern wer hat sie geschaffen?
Ich hasse hasse hasse sie und müd bin ich jeder Macht
müd bin ich

Möchte gemütlich im goldnen Palaste
Hirschbraten fressen roten Wein saufen
ja so recht eigentlich bräucht er nicht einmal einen Palast
winzige Kate in Nähe dichten Walds irgendwo auf dem Land

Einfach nur saufen und fressen und seine Ruh haben
Hirsch jagen mehr möcht er nicht
und käm ein Weib in seine Näh dann würd ers vernichten quälen
und käm ein Kind dann würd ers schlingen Triebe befrieden
denn Kind ist machtlos Kind läßt sich brechen und biegen
das wär Rache genug

Und er flog zurück schnaufend schon träumend
von Braten und Wein feinsten Pasteten frischem Lamm
flog sah jene an die er gekettet: trotz albern hochgetürmtem Haar
dachte er als er sie sah sie die enge Kreise um ihn ziehn mußte ja
an unsichtbarer KettenFluch wie sie klirrten oh wie sie schürften

mußt er denken: wie hat sies nur geschafft trotz aller Vernichtung
immer und immer aufzustehn
immer und immer wieder ihn auszutricken ihm zu widerstehn

Dacht er an den Knaben Wut Rachelust gärten schwärten hoch
dacht an den Knaben
in dunklen Gemächern der Unterwelt wartend
um Leben in Menschenwelt zu beginnen hohe Zeit wars
Und in verfressen tölpelhafter Art macht er sich

an ihre üppige Schönheit heran macht sich lustlos über sie her
saufend fressend alten Haß von Neuem belebend
alte List Gemeinheit Qual Boshaftigkeit
und Teufel fächelten ihm Kühle zu
und sie wurd schwanger gebar einen Knaben
Wars nicht ihre vornehmste Pflicht? Nachkommen gebären?
Hatt sie andere Wahl? Gefangen an ihn gekettet?
Drei Schritte vor drei zurück?

Und es kam die Zeit
da stürmen alle die vom Zauberer der Nacht seinen Vasallen
seit urewiger Zeit
gequält geschunden ausgebeutet verachtet und mißbraucht
da stürmten all jene zu Zauberers Schloß

Fallen soll sein Kopf fallen seine Macht seine Teufelschar
die sich eitel und in maßloser Herrschsucht
seit Jahrhunderten bereichert unrechtmäßig hochmütig
Menschheit geknechtet
mit solcher Lieblosigkeit Grausamkeit gehaust
daß allein Rückblick in diese Zeit jedem einen Schauer
über den Rücken jagd

Fallen sollt er büßen ... sich rechtfertigen? Konnt er nicht
fallen sollt auch sie: Weiblichkeit die zu ihm gehört
in Ketten gelegt drei Schritte vor und drei zurück

Es interessierte jene die stürmten nicht daß sie in Ketten lag
sie gehört dazu hatte hungerndes Volk verachtet verleugnet
in Pomp und Prunk gelebt
sich mit schönen Dingen umgeben ...
all dies Schand Sünde genug ... doch sie rief:

„Was hätt ich tun sollen?
Man hat mir den Blick zu Euch verwehrt!"

Doch man glaubte ihr nicht wußte hat nur für sich selbst gelebt
Schönheit gehortet für sich allein

Licht Leichtigkeit allen verweigert nur sich selbst gegönnt
nie auf die Idee gekommen Aufgabe erfüllen zu müssen
am Volke wie alle die ein Volk führen - hätt er ihrs je erlaubt?

„Es war nicht die Zeit!" rief sie „Hab ich mehr gefehlt
denn ein männlicher Herrscher? Jeder Mann?
Ists nicht üblich daß Herrschende sich erheben über Armut Not?
Daß Sie Tribut einfordern vom Volk?"

Schrien jene zurück:
„Tribut zahlen wir gern wenn uns denn Schutz wird zuteil
und Hilfe und Weisheit und Führung aus Pein
Doch was Ihr alle getan ist Gnadenlosigkeit
habt gerafft genommen und alles für Euch verbraten
uns nicht einen Bissen übrig gelassen! Und Du gehörst dazu!
Nicht umsonst stehst Du als Weib an seiner Seit"

Da begann ihr der Atem zu stocken es erwachte Fee
in Menschenkleid
schüttelte Kopf mit prunkvoll aufgetürmtem Haar
sah in die Runde erkannte: in welchen bösen Traum bin ich
gefallen? Welch Tändelei?

Wie konnt ich meine Kräfte vertun in Leichtsinn Spielerei?
Prunk Reichtum stehn einer Fee nur dann zu
wenn sie ihr Volk ihren Stamm ihre Sippe in Weisheit führt
warum leb ich als süchtiges hirnloses dummes eitles Püppchen
an unfähigen Herrschers Seit?

Wo war ich? Wo bin ich? Wer bin ich?

Das also war sein Konzept diesmal:
riß meine Energien in Luxus und Eitelkeit doch weils nicht das war
was ich im Grunde gesucht ... rissen sie mich in die Sucht
Warum ließ ichs zu?
Ich suchte und such nach etwas das ich nicht finden kann
solang ich gefangen bin vom Zauberer der Nacht

Wenn ich mich recht erinnre bin ich verflucht
besessen von Teufeln aller Art
kann mich nicht wehrn muß es durchleben bis auf den Grund
daß ich alle entartete Weiblichkeit leben muß Fluch
Ich erinnere mich:

immer weibliches Gegenstück zum männlichen Maß
denn männlich und weiblich gehören zusammen
Wir gehören zusammen? Er dieser Kerl und ich?
Dieser Fettsack? Mein Spiegelbild?

710

Bin an ihn gekettet Strafe er ist nicht mein Spiegelbild
sondern dunkler Bruder meines Liebsten den ich verlor

quält mich wies einem Zauberer der Nacht grad paßt
verengt bleibt mein Blick solang Fluch gilt
doch welch Trost ... ich seh: Macht des Zauberers der Nacht
neigt sich dem Ende zu
trudelnder Kloß und ich muß mit
weiß: geht seine Macht dem Ende zu ist meine Schuld getilgt ...
Fluch gelöst
erst dann beginnt Freiheit für mich also sterbe ich gern

Da schimmerte lichte Feenkraft
es war so daß Zauberer der Nacht fallen mußte sollte
Waage hatte sich geneigt er hatte verspielt Volk tötete ihn

Und die an ihn gebunden? Noch war Fluch nicht gelöst
da stürmen Zauberer der Nacht und alle Teufel und Dämonen
die zu ihm gehörten
mit wütendem Geschrei nieder in Hekaten dunkles Reich
Empörung Aufstand Aufruhr
Er Zauberer der Nacht mußte gehn sie durfte bleiben!
Womöglich gar sich im Bette wälzen mit magerem Kerl
ihrem Geliebten jenem der unentwegt gesägt an den Ketten?

Königin der Nacht winkte herrisch ab: „Keine Sorge!"
beschwichtigte aus Menschenreich verjagte Schar
„Knabe wird unsern Stand retten Knabe ists der festhält die Ketten
gegen Knaben kann auch jener magere Kerl nicht an
denn dieser Knabe ist ihr Sohn

Er wird sie verraten verleumnden vernichten entehren
keinen Schritt wird sie mehr gehen können
alles hervorragend durchdacht geplant eingefädelt
Nur Ruhe! Sie bleibt an düstere Mächte gefesselt!"

Knurrend murrend stand düster dunkle Schar
denn dieses Menschenleben war
von seltener Herrlichkeit Pracht Prunk Glanz
goldenen Säulen ach herrlich wars
Sie würden nicht daran denken Macht abzugeben
alles alles tun um sie zu erhalten für sie selbst nur für sie

Und siehe die Fäden zogen sich zusammen
Knabe gehorsamer Knecht einer Königin der Nacht
nicht anders denn sein Vater
gut gedrillt blendend geführt
wagte nicht zu mucken nicht eigenständig zu denken
vor aller Welt schrie ers hinaus das was Zauberers Spezialität:
Schändung Perversion
angesteckt mit solcher Krankheit habe die Mutter ihn
da sank sie in die Knie Fee
Haar wurde schlohweiß vor Gram flüsterte bebend:

„Nie nie werd ich Dir verzeihn! Was auch immer ich getan
seitdem Fluch mich lähmt doch Fee war blieb ich
trotz aller Düsterkeit Schicksals dunkel qualvoller Nacht"

Da lachte Zauberer der Nacht Mann Sohn zugleich
Aspekte unterschiedlicher MannesLieblosigkeit
riß an den Ketten zerrte sie nieder
wollt ihr schneeweiße Haare scheren
doch zu stark war sie riß sich los stand sie
machtvoll wie eh und je bevor Fluch sie gebunden
sprach laut langsam mit letzter Kraft irdischen Seins:

„ Erinnere mich Fee war ich einst Fee werd ich sein
wenn Waage sich wieder zur Mondin neigt
Hab schweren Gang auf mich genommen
durch endlose Zeit unerträgliche Ewigkeit
an Mannes Herrschsucht Lieblosigkeit
gefesselt gekettet mußte sein damit ich begreif
was es bedeutet was es heißt: Lieblosigkeit

Gerissen in Wirbel der Schöpfung Gang kreiste ich ohnmächtig
war alles und alle um alles was entehrte Weiblichkeit
Torheit Eitelkeit Mutterschaft in ihrer Entartung
GeliebteSein in Perversion
niedergemetzelt gedemütigt außerstande zu begreifen
was Würde und wahre weibliche Macht

Weiß fühls: sie wollens mir entreißen
Erinnerung Aufsteigen himmlischer Kraft
Kenntnis der Schöpfung Wissen um alles was aus Geist
in Materie steigt
und weil ich trotz aller Sucht allem Leichtsinn aller Tändelei
mein Wissen FeenWeisheit schon ahnen kann

begreif ich nun
daß alles Leben alle Dinge was und wie und wo ich leb
nichts anderes denn Symbol verdichtete Information
So zaubere ich
Fee bin ich wieder Fee wenn auch nur für kurze Weil
zaubere ich all mein Wissen um Weiblichkeit
in die Dinge die ich aus meinen Träumen geschaffen
habe schaffen lassen mit guten Geistern
Hüten soll die Form jeden Stuhls die ich erdacht
Form soll hüten soll Form der Möbel und Vasen
Schleifen und Bänder
hüten sollen Formen meine Art von Weiblichkeit
licht verspielt und leicht damit sie einst
genutzt werden können von jenen die der Vollendung entgegengehn
jene sollen Hilfe finden
sobald sie zierliches Gestühl Rosengeschnitztes sehn

Hauch soll sie anwehn von meiner Sehnsucht nach Himmel
und selbst wenn ich gefallen Blick nicht klar
so werden jene die nach mir kommen doch erkennen:
hier geht der Weg
nicht wuchtig kantige Materie wird sie befrein
sondern zierliche Leichtigkeit pastellene Helligkeit
jene die nach mir kommen werden nicht mehr gefesselt sein
werden Verantwortung übernehmen
für ihre Sippe für ihr Volk
werden sich nicht bereichern auf Kosten der andern
werden teilen und helfen Gemeinsamkeit schaffen
ja so soll es sein

Ahnung durchzog mich wollte mehr doch konnts nicht
Fluch band mich nun so mag sich mein Schicksal erfüllen
in anderem Leben anderer Sicht
denn einmal müssen die Ketten fallen
einmal muß ich wieder Fee sein Lieblichste Schönste aller Schönen
einmal muß Aphrodite dieser Welt zeigen
ganze Skala wahrer Weiblichkeit
von Mutterschaft GeliebtenKraft KunstKultur und Phantasie
Würde und Liebe und Achtung ... vor allem
was Erde und Himmel und Wasser und Wind
einmal muß ich es wieder sein einmal bevor ich für immer geh
einmal Ruhm noch einmal Glanz noch einmal Poesie
einmal zum Liebsten Acht windend Hand in Hand

713

einmal Skala der Liebe leben ohne Entartung ohne Perversion
einmal vollkommene heile intakte göttliche Weiblichkeit"

Da begannen sie dröhend zu lachen
alle Dämonen und teufelaufgeblähter VaterSohnZaubererderNacht
kreischte Hekate: „ Nie wird es geschehn! Nie!"

Lachten und plärrten zerhackten feinstes Gestühl des Trianon
verkauften verhökerten versteigerten liebliche Form
Zerstreut in aller Winde vergessen verkommen
so sollte gerade diese Form der Dinge sein
rosengeschnitze Spiegel und Schleifen und Vasen und Körbe
und zierliche Tändelei ...

Doch jene die kommen werden
jene die suchen nach Gleichklang Glück und Heil
nicht nur eines einzigen Menschen sondern eines ganzen Volkes
jene die begreifen
daß für jede Heilung auf diesem Planeten
entmachtete kranke entartete Weiblichkeit befreit werden muß

jene die begreifen
daß Weibliches nicht Männliches unterwerfen darf
Männliches nicht Weibliches ... sonst springt die Waage entzwei
jene die nach neuen Wegen suchen
um ihre Träume verwirklichen zu können

jene werden finden der FeeTrianon FeenTräume
tauchen sie nur ein ... in die Welt schöner Dinge
filigraner Weiblichkeit
die verspielt und leicht und zum Himmel weist

Steht nur zierlicher Stuhl ihrer Art
neben einem Bette rosengeschnitzter Griff geschwungen gerundet
auf den sie abends ihre Kleider werfen

sie werden erwachen erquickt und
in den Reigen genommen von himmlischen Kräften
solang sie nicht in die Dinge fallen
solang sie erkennen wissen fühlen ahnen
daß alles und alle Symbol alles und alle ... Geist

Wenn das erkannt ... dann ist die Fee in ihnen erwacht"

Marguerite erlöst die Seele des Ortes Fleurac

Und wieder ist es die Herbstsonne
strahlend noch voller Kraft die Haut Haar Sinne rührt
Marguerites Herz fiebern läßt
als sie die Anhöhe zum Dorfe Fleurac erreicht
und ihr Blick hängt an dem Schloß
hoch auf höchsten Hügeln des Perigord verwunschen noch
und sie geht den Weg vorbei an beiden Zypressen
Blick weit über die Hügel geht weiß: hier bin ich zu Haus
dazu komm ich her klopft mein Herz
Hier hab ich mich erinnert an das was einst war
das Geheimnis hier an diesem Orte lags
hier – in Stein Luft Erd begraben
von diesem Hügel zog sichs
achteckige Sternenform sah ich – bis hin nach Les Eyzies
Helft mir Ihr die Ihr das Geheimnis gehütet helft weiter
Ihr die ich einst verlor Ihr wißt: die Zeit ist da

Es klopft ihr das Herz
als sie durchs schmiedeiserne Tor schreitet – nicht geht
und sie sieht: es hängt heut wieder das Schild: „Geschlossen"

Wie gut denkt sie kann mich hineinstehlen
ohne daß der Verwalter es bemerkt
und sie tuts mit ihrer großen unsichtbaren Schar
findet schnell eichengetäfelten Saal
Stille
Fensterläden sind nur leicht geöffnet zum Schutz gegen die Sonne
Marguerite atmet auf öffnet ihre Schultertasche
holt vorsichtig langsam ... so als begänne sie ein Ritual
Kugel Ringe Zauberstab Kelch heraus
silberne schmale Schatulle die sie noch nicht geöffnet
Sonnenstrahl fällt auf den Stab und Marguerite staunt noch einmal:

welch grandioses Material
wie kunstvoll geschliffen welche Goldschmiedekunst!
Und sie legt alles heilige Gerät wie ein Kind auf den Boden
vor marmornem Kamin
setzt sich in Louis–XV Gestühl betrachtet lang silberne Schatulle
öffnet sie ... zieht ein Stück Pergament heraus
auf dem eine Formel geschrieben steht Marguerite liest sie laut

Da klirrt klingts plötzlich im Saal rauscht und summt
Marguerite dreht sich um es ist ihr als löse sich Saal auf
flimmernde Helligkeit öffne neue Welt

716

Da treten aus allen vier Ecken des Saales
allen vier Himmelsrichtungen zunächst vier Gestalten heraus

Aus dem Norden kommt ihr Louvain entgegen groß schlank
Hüne von Mann jung mit herrischem Gesicht stolz und schön
Hinter ihn ... treten ... Poesie aus heiligem Hain
Fee des Perigord Schamanin vom großen Fluß Priesterin
Kind dem einst das Rückgrad gebrochen und ein Wesen
das der Poesie ähnlich doch zierlicher kleiner härter

Poesie tritt vor den jungen Louvain richtet ihre Worte
an Marguerite:

„Sieh nur Kette die ich trage ... kostbarster Schmuck ...
jede Perle ... einem Laute gleich ...
Alphabet göttlicher Kraft ... in Laute zusammengefaßt ... Logos

Verbind ich sie zu Worten kann ich Welten gebären
denn am Anfang steht das Wort
Sieh nur ... ich schlang Laut für Laut magische Kette um Louvain
doch er war jung ... wußte nicht
daß Lebensspenderin auch immer Verschlingerin ist
entriß mir die Kette wollt allein herrschen
schuf sich Frau ... mit Genmanipulation ... Klonen ... sonstnochwas
die nichts von Magie wußte
sie nicht beherrschte ... einem Tiere gleich"

Kleines Mädchen dem von solcher MenschenMutter
das Rückgrad gebrochen Beine schmerzen Beine schmerzen so sehr
steht vor dem jungen Louvain klagt ihn an:

„Himmlische Poesie war Deine Vergangenheit
diese kleine neidische Frau meine Mutter Deine Gegenwart"

Und die Schamanin spricht:

„Mühsam hab ich mich aus dem Reich der Natur
die ich geschaffen ... darum versteh ich ja ihre Sprache ...
wieder hochringen müssen zu magischem Wissen ...
Meine Tochter ... war schon weiter als ich ...wußte mehr"
und sie weist auf Priesterin in weißem Gewand
die einst vergewaltigt gemordet ... die neben ihr steht
„meine Tochter ... jene die nach mir kam jene die
höher entwickelt klüger war ... hat Blutopfer bringen müssen ...

damit die Poesie ... wiederkehren kann ... "

Doch der junge Louvain stolz herrisch überheblich sieht sie nicht

Und aus dem Norden tritt Louvain mittleren Alters
klein und schmächtig
nichts an ihm ist mehr stolz überheblich
Semiramis im Gefolge und kleines herrisches Weib mit staksigem Bein
und Hekate ... bleich wie der Tod ...
tritt vor diesen Louvain richtet ihr Wort an Marguerite:

„Fluch und Todesschrecken bringe ich
denn er muß begreifen daß jede Münze zwei Seiten hat
Verleugnet er mich ... bring ich Chaos ... löse alle Elemente auf
trenne Luft und Feuer von Wasser und Erd
zermalme zwischen wilden Zähnen
köpfe und schlachte vernichte männliches Wesen
bade in einem Meer von Blut
hocke auf ihm fresse sein Fleisch
mein Geschlecht verschlingt sein Geschlecht ...

Ein Mann der diese Wahrheit nicht kennt wirkt lächerlich ...
wenn er Macht und Freiheit verlangt
denn ich bin die dunkle Mutter unergründliche Tiefe des Meeres
denn ich bin die Rache!"

Semiramis nickt Juwelen leuchten in ihrem Haar
und das kleine staksige Weib lärmt hustet
hetzt unruhig hin und her ... gönnt diesem Louvain keine Ruh

Und aus dem Osten tritt Albert de Beauroyre und der Abt ...
und der Fremde aus Berlin und die gemordeten Mädchen
und Marie von Rouffier und ... feist und fett ...
Satan selbst ... Zauberer der Nacht ... tritt vor Albert de Beauroyre
richtet das Wort an Marguerite:

„Sie hat mich in den Abgrund gestürzt in unergründliche Tiefe
des Meeres Rache will ich Rache bin ich
Vergewaltigung ist mir eine Lust denn damit zerstöre vernichte ich

Weiblich Begehren heißt: sie verschlingt jeden den sie haben will
also kein Begehren ... sie muß verstümmelt werden ... dort wo
ihre Lüsterheit entsteht und ...

718

ihr Mund ist obzön gefährlich verführerisch
also verschleiere ihn
oder besser noch bring ihn zum Schweigen
auf tausenderlei Art
Nur nie mehr weibliche Lüsternheit von der ich mich verführen laß
doch ... eines steht fest ... ohne Weiblichkeit keine Magie ...
also ... was ist zu tun?
Blutopfer ... morden will ich jungfräuliche magische Macht
die noch nicht schlingen kann
will mich in kindlichweiblichem Blute wälzen
so geht süßes Leben in meines über so göttliche Weiblichkeit
schlachten muß ich ... heiliges Blut saufen
damit ich mich erheben kann aus Höllenfeuer dem Dunkel dem Haß "

Die gemordeten Kinder stehn stumm neben ihm
doch Louise und Berthe und Marie von Rouffier
und Marie Antoinette und die Deutsche ... treten vor düsteren Mann
sprechen zu Marguerite:

„Es war der Poesie Part mit magischer Kraft des Worts
Schöpfung zu schaffen doch auch ...
Kaltes Verkantetes Hartes zurückzuführen in Stofflosigkeit

Sieh nur Kette nach der wir greifen ... kostbarster Schmuck
jede Perle ... einem Laut gleich ... Alphabet göttlicher Kraft
in Laute zusammengefaßt ... Logos ...
verbinden wir sie zu Worten ... können wir Welten gebären
denn am Anfang steht das Wort
doch auch am Ende steht das Wort
göttliche Kraft in Laute zusammengefaßt ... Logos ...
verbinden wir sie zu Worten ... können wir Krankes heilen
Welten auflösen und genau das wollen wir:
Kaltes Verkantetes Hartes wird zurückgeführt
Zwei Seiten der Münze ... lichter Held Hüne Louvain
und sein dunkler Bruder ... Zauberer der Nacht ...
erkannt haben wir daß und warum es beide gibt

Rache Entartung Perversion ... beenden wollen wir sie
weil Qual Leid Unglück auf diesem Planeten übermächtig sind
darum tragen wir unser Schicksal tragen es voller Qual
ohne Rache zu leben ohne Rache zu sein
denn wir wollen zurück zu himmlischer Liebe hellstem Licht ..."

Und aus dem Süden des Raumes tritt Louvain weiß schon sein Haar

groß und schlank ein Hüne von Mann seine Züge seine Haltung ...
gezeichnet von edler Kraft
die stark und überlegen doch nicht herrisch ist
Hinter ihm stehn die beiden Meister und andere hohe Geister
die Marguerite begleitet haben
Dieser ... Louvain geht auf Marguerite zu
sie weicht zurück ihr Herz klopft

schneeweiße Taube flattert

Und genau in dieser Sekund als Louvain
weiß schon sein Haar
Marguerite die Hand reichen will
da stürzen Dämonen und Falbe und Monster und Golem
und eine Heerschar von Teufelsbrut in den Saal
fliegen schwirren stehen gehen stürzen ringen
Tumult beginnt chaotisches Geschrei tönt heran
sie schlagen drücken sich gegenseitig die Kehlen zu
reißen sich an den Haaren reißen sich zu Boden wollen nur eines:
Marguerite die heiligen Gegenstände entreißen

Überrascht überrumpelt verstört verschreckt kniet Marguerite
vor marmornem Kamin

In verrücktem Gedröhn irrem Geschrei Zank Hader
greift sie nach heiligem Gerät wills in ihre Tasche stecken
doch die Höllenbrut reißts ihr aus den Händen
Marguerite reißt wieder zurück und so geht es eine ganze Weil
bis Marguerite Kugel Kelch Ringe Schatulle gerettet hat
Den Stab hält sie in zitternden Händen
nach ihm greifen Falbe kreischende Dämonen rufen:

„Wir wollen uns auf die Triebe reduziern denn
die beherrschen wir ... nur so soll Liebesakt sein nur Trieb ...
nur hechelnder Schaum ... nur so haben wir Macht ...
nur so soll Liebe sein ...
Wir wollen uns auf die Macht reduziern ... denn die beherrschen wir ...
Nur Herrschen soll unser Leben bestimmen
Liebe paßt hier nicht hinein!"

Und sie reißen an Marguerite und neuer Tumult beginnt
und ein mageres häßliches Weib aus der Unterwelt
hängt ... nun an ihrem Arm irr und krank hebt schwarzen Rock
Geschlechtsteil entblößt Blutegel saugen fressen an ihr

720

Monster vergewaltigen sie stöhnen
während diese Irre nach dem Stabe greift tierisch kreischt
und Zwerge mit riesigem Geschlecht hängen sich an Marguerite
Tiermenschen und riesige Köpfe mit Füßen
kriechen wimmernd und jammernd heran ... greifen nach dem Stab
da werden Angst Ekel Abscheu in Marguerite so groß
daß sie den Stab in beide Hände nimmt ihn
hoch über ihrem Kopfe hält ruft:

„Aaaaaaaaaaaaaaauuuuuuuuuuuuuuuuuuummmmmmmmmmmm!
Weicht Natterngezücht! Weicht Ausgeburten der Hölle!
Weicht herrschüchtiges Gesindel weicht!
Denn mein ist das Licht! Mein die Poesie!
Mein der Stab ... mein die Magie ... mein die Perlenschnur
Und mein die himmlische Liebe zu Louvain
Kommt Ihr Abgesandten meiner Heimat den Plejaden!
Kommt Schwestern und Brüder eilt mir zur Hilfe!"

Und mit knisterndem Geräusch funkensprühend glitzernd rauschend
fließt durch den Stab dann durch Marguerite
fremde Energie sickert in die Erde breitet sich aus strömt zurück
in den Raum in die Luft und ... vorbei ist der Spuk

Süß schmeichelt Hyazinthenduft weißes Brokatkleid knistert
und es steht mitten im Raum das uralte greise Kind
die Seele dieses Orts
zerklüftete Haut stumpfe Locken starrend vor Schmutz Erschöpfung Entsetzen
und in gleißend klarer Helligkeit bricht es nieder
das uralte Kind flüstert: „Ich kann nicht mehr!"

Und sie treten an das Kind heran in glanzvollem Licht
Meister Geister und hohen Gestalten von den Plejaden fordern:

„Verzeih!"

Und es steht das zu Tode erschöpfte schmutzstarrende
verrunzelte alte Kind schließt die Augen flüstert:

„Nie!"

„Dann müssen wir gehn denn von Dir fließt zuviel Dunkelheit ins Licht"

Und sie entfernen sich lösen sich auf in hellstem Licht
stürzt Marguerite bleich vor Angst zum Kinde hin

721

kniet nieder fleht:

„Verzeih ihm dem fetten feisten Kerl und dem jungen Louvain
und allen anderen allen ... Idioten ...
und allen die größenwahnsinnig geworden ...
denn wenn Du nicht verzeihst wird Fleurac nicht erlöst ...
nie werd ich dann meinen Liebsten finden
nachdem ich mich so sehr sehne
Tag und Nacht träum ich von ihm

Gekämpft habe ich mich durch die sieben Höllen
Dämonen Monsterscharen Teufel und habgierige herrische Weiber
nur weil ich ihn finden wollte ihn den einzigen der zur mir gehört
meine andere Seelenhälfte ... mein Traum meine Sehnsucht ...
und
weil Du zu uns gehörst kann ich nur erlöst sein mit Dir
Nur mit Dir ...
Sieh ihn da steht er ... grau ist schon sein Haar
sieh er ist groß und schlank Held ein Hüne von Mann ...
ich liebe ihn so sehr ...
daß mein Herz zerspringt wenn ich ihn wieder verlier "

Das greise Kind sieht Louvain an weiß wird schon sein Haar
dann sieht es hin zum Zauberer der Nacht
Tränen rinnen es schweigt
und Dunkelheit fließt in das Schweigen hinein

Geht Louvain auf das greise Kind zu weiß wird schon sein Haar
kniet nieder kniet vor dem schmutzstarrenden Ding
schließt es in seine Arme streicht über stumpfes Haar
küßt müde verweinte Augen harten Mund
seine Tränen rinnen in des Kindes Gesicht da sagt es:

„Ja ... ich verzeih!"

Und in dieser Sekunde ists kein Kind mehr
sondern eine schöne Frau
und Louvain hält Marguerite in seinem Arm
und sie weiß: hier ist ihr Glück und hier genau hier wirds geschehn:

irdische Spiegelung göttlicher Liebe und Kraft
gewaltig wie die ganze Welt so wars gedacht so wird es sein

Und Vergangenheit bindet sich mit Gegenwart schmilzt

wird Zukunft ... doch die ist nicht von dieser Welt

Aus dem Quadrate des Raumes
haben sich vier Dreiecke hochgeschlossen zu einer Pyramide
und auf den Ort Fleurac
beginnt nun in dünnem Strahl etwas zu fließen
für das wir heute noch keinen Namen kennen
wird sich immer mehr mit diesem Ort verbinden
achteckige Sternenform bilden durch die Lichtbahnen fluten

Und es wird hier ein Ort entstehen an dem Kranke geheilt
düster dunkle Mächte in lichte gewandelt werden

Und folgen alle Berufenen ihrer himmlischen Führung
wird sich bald achteckige Sternenform an Sternenform reihn
in deren Mitten sich jeweils Pyramiden türmen

Und bald wird der Planet Erde davon überzogen sein
und in allen die solche Orte betreten
wird süße Sehnsucht geweckt nach dem was die Menschen Liebe nennen

Und jene für die in Raum und Zeit dreimal schon die 7 geflossen
werden an solchen Orten
ihren Code ihre chemische Formel ändern können:
das was sich einst gierig voller Haß loslöste verdrehte
nicht mehr mitspielen wollte in der stimmigen Formel
wird sich wieder zurecht rücken lassen
Zeit des Unheils der Mißgeburt Verkrüppelung ist dann vorbei

Und wieder ist es die Herbstsonne strahlend noch
die Haut Haar Sinne rührt als Marguerite zu sich kommt
Sie steht allein im Schloß Fleurac
blickt sich um ...
keine Geisterschar ... keine Meister ... kein Louvain ...
kein Zauberstab ... keine Kugel keine Ringe ... kein Kelch ...
Sie lächelt geht verläßt Fleurac

Noch einmal hängt ihr Blick am Schloß
hoch auf höchsten Hügeln des Perigord
und sie geht den Weg vorbei an beiden Zypressen
weiß: das Werk ist getan sie hat den Schatz entrissen
Geheimnis gelüftet Fluch gelöst

723

Weiß: alles ist sie ... Erde und Luft Wasser und Feuer
Baum Strauch und Wind Wolken und Sehnsucht nach Liebe

War jene die das Netzwerk hat bersten lassen
war Trauer und Hoffnung Freund und Feind
kindliches Opfer eines Despoten selbst Despotin
Täter und Opfer
alles und alle war und ist sie wird sie sein
vom Schicksal geformt für kurze Zeit

Weiß: welch grausames Spiel die Schöpfung spielt
hat man einmal ihre Formel verletzt versetzt

dann müssen Täter und Opfer in endloser Ewigkeit
sich quälen töten hassen bis eine einer von beiden begreift:
sie alle gehören zusammen sind Teil jenes kosmischen Spiels
das wogt schäumt brandet
doch erlaubst Du daß Dich ein Mitspieler mordet
oder mordest Du selbst seid ihr aneinandergekettet
solang bis dreimal die 7 in Raum und Zeit geflossen ...
erst dann ... ist Erlösung möglich und nur wenn ihr verzeiht "

Marguerite verläßt Fleurac
Blick weit über perigordinischen Hügeln
genießt das Neue in sich: pulvrig glänzendes Glück
grüßt weiße Wolkenfahnen
zarte durchsichtige die vom Meer heranziehn
grüßt Nußbäume die an der Straße stehn
einen Hund der in die Sonne blinzelt sich hinterm Ohr kratzt gähnt
erreicht Rouffignac
das einst von deutschen Soldatenhorden
niedergebrannt worden ist
beschließt ihr Auto zu parken sich eine Cola zu kaufen
im Gemischtwarenladen
er hat noch den Charme einer einst großen Epoche

da beginnt es in ihrem Kopf zu hämmern sie denkt: Louvain!

Wo ist er? Nicht in irdischer Wirklichkeit?
Alles nur in BewußtseinsGlückseligkeit?

Marguerite möchte schlucken doch ihre Kehle scheint nur
aus Staub zu bestehn Tränen treten in ihre Augen da sagt die Verkäuferin:

„Madame Sie schauen so drein wie eine Frau deren Geliebter
sie nicht heiraten will"

Da muß Marguerite lachen und sie beschließt:
mit dieser Sehnsucht nach Wirklichkeit wird nicht weitergelebt
Nie mehr Phantome jagen ... nur von Träumen mich nähren ...
denn ich leb ja mit neuer Formel ...

Wie oft hat sie ihn in irdischer Wirklichkeit gesucht
in endloser Einsamkeit der letzten Jahre
zwischen Gerümpel und Mauerwerk in schlaflosen Nächten
im Supermarkt in Sälen Palästen Kirchen
nichts und niemanden wollt sie sehn als Louvain
Wie oft hat sie ihn schütteln wollen schrein:

„Warum gibt es Dich nur in Visionen
nur in unsichtbarer Einheit nicht in irdischer Wirklichkeit?

Diese Leere in die sie gerannt auf der Suche Sehnsucht nach ihm
dieser Nebel kein Widerstand diese furchtbare Einsamkeit
und doch wußte sie ... Louvain gibt es in irdischer Wirklichkeit
denn Sprossen darf man nicht überspringen
auch nicht in kosmischem Spiel
sonst zieht das was man glaubte nicht zu brauchen
unweigerlich zurück
Einmal will muß sie mit Louvain irdische Liebe leben
nicht von Leichtsinn Haß Eifersucht geprägt
sondern vom Glück himmlischer Liebe
Nicht nur in Visionen sondern in zwei Körpern
ineinander verflochten Bogen formend in himmlische Welten

Erst dann kann sie Menschsein endgültig verlassen

Doch sie findet ihn nicht und sie beschließt in Rouffignac
im Gemischtwarenladen eine Cola-Dose in der Hand:

Schluß mit der Quälerei
nicht mein Wille sondern Dein Wille geschehe Himmelskönigin
und wenn Du es nicht willst daß ich ihn in diesem Leben finde ...
wenn Du willst daß ich noch einmal Form bilden soll ...
schönere klarere Form
noch einmal Metamorphosen durchlaufen
vom Kinde zur Frau
wenn Du es willst ... füg ich mich und meine Magie nutze ich nicht

um ihn herzuzaubern oder nicht gelebte Wirklichkeit zu vergeistigen ...
aufzulösen wie man mit einem Schwamm über die Tafel wischt
Könnte ichs? Ja! ...
Doch ich hab nicht vergessen Himmlische daß ich
Dein kostbarstes Geschenk die Magie einst genutzt
um mich zu rächen Starke zu stürzen und Schwache zu quälen
Konkurrenten zu schaden mich selbst zu bereichern
ohne zu fragen ob ich damit jemandem schade ...
nicht vergessen daß ich ... der gefallene Engel ... bin

Vorbei der Kampf ... werde meine Bahn ziehn ...
wie Dus wünscht wies vom Schicksal geschrieben
und sie setzt sich ins Auto
verläßt Rouffignac fährt durch lichte Bauernwälder erreicht Fossemagne
heut steht niemand am Straßenrand
sie biegt links ab sieht zwei Löwen vor einem Hause stehn
die Straße wird schlecht warum läßt die Gemeindeverwaltung
nicht die Schlaglöcher auffüllen?

Die Schafe von Madame Escoffier weiden friedlich
morgen wird sie Madame besuchen gehn denn sie ist alt allein
und seitdem Monsieur gestorben
wird sie langsam aber sicher verrückt stapelt Abfall im Haus
trägt kein Gebiß Haare stehn ihr zu Berge sie kämmt sich nicht
der Hof verkommt ... ach liebe alte Madame ...

Marguerite weiß noch wie sie mit Madame ins Krankenhaus kam
Monsieur war schon nicht mehr bei Bewußtsein
nur noch dumpf röchelndes Tier sieht Madame weinen
ihn zum Leben erwecken wollen ... mit Brei füttern
doch er kann nicht mehr schlucken Brei fließt über seine Brust
und immer wieder zwingt sie ihm einen Löffel Brei in den Mund
bis er zu ersticken droht ...

Es ist viel Wasser im Dorfteich Fische schnellen nach Mücken
der Maurer neben Madame hat auf seinem Grundstück
Baumaterial gestapelt ... ein Auto steht ohne Räder
ein Mädchen spielt mit Steinen ein Kätzchen miaut
Schwalben ziehn mit langgezogenem Zwitscherton
sie fährt
hält an um einer Kuh über die Nüstern zu streichen
pflückt einen Blumenstrauß fährt weiter
erreicht das Dorf Bramefond
das erste Haus ist ein wenig verfallen denn im Perigord ist man arm

zwei Mädchen stehn vor dem Haus lachen sehen aus wie kleine Engel
Monsieur Lareynie sitzt auf seinem Rasenmäher
Lärm und Erschütterung behagen ihm nicht
er zieht ein unmutiges Gesicht
Madame Lareynie pflanzt Lavendel und dann sieht Marguerite
auch schon ihr eigenes Grundstück Ruine Steinhaufen
schwere Eichenbalken faulen vor sich hin

Doch Robert hat die Wiese gemäht und heute regnet es nicht
weiße Wolkenfahnen zart durchsichtig fast
ziehen vom Meer heran und dann sieht sie ein Auto
erkennts sofort ...
ein Mann groß schlank Hüne fast lehnt an einer der Wagentüren
trägt eine Brille
Beine lässig übereinandergeschlagen Hände in Hosentaschen
Marguerites Herz klopft bis zum Hals
Knie Hände zittern sie muß die Finger ans Lenkrad pressen
hält an steigt aus sie kann kein Wort sprechen er lächelt
Sie kann kein Wort sprechen

„Wenn ich schon einmal hier bin" beginnt er „dann könnten Sie
mir einen Kaffee anbieten"

Sie kann kein Wort sprechen
geht ihm voraus ins winzige Haus
schließt Tür auf kleiner Hund stürzt heraus
er tritt in den winzigen Raum Hund bellt laut
sieht sich um ... sieht die Risse an den Wänden
Fußleiste die nicht richtig befestigt
sie schiebt ihm einen Plastikstuhl hin
kann kein Wort sprechen

beginnt zu hantieren holt Wasser von draußen
gießt es in einen Topf stellt ihn auf winzige Kochplatte
holt den Blumenstrauß aus dem Auto
sucht eine Tasse findet nur eine ... blaue mit weißen Punkten ...

drückt sie ihm in seine schönen Hände denkt er sieht fabelhaft aus
dann kocht das Wasser sie löffelt Pulver gießt Wasser fragt:

„Milch? Zucker?" Er schüttelt den Kopf und sie sagt:
„Hätt ich ohnehin nicht gehabt."

Und er blickt sie unentwegt an denkt: wie schön sie ist

727

trotz ihres Alters trotz weiß werdenen Haares
Gesicht eines Engels nur hin und wieder wirkts morbid
als sei sie des Lebens überdrüssig
als sei sie uralt

Sie schweigt kann nicht erzählen parlieren
Verlegenheit überbrücken und so schweigen sie beide
er sieht sie an ... sie sieht hinaus ...
sieht den Nußbaum ... seine Blätter wiegen sich sanft im Wind
sieht Ruine Steinhaufen Eichenbalken
und irgendwo Monsieur Lareynie auf dem Rasenmäher
sieht Schwalben ziehn die Esche stehn ...
denkt: einmal nur sollt er mich in seine Arme nehmen
mich auf die Stirn küssen auf den Mund ...

„Meine Lippen brennen" würd ich sagen „brennen von Deinem Kuß"

Einmal nur sollten ihre Körper sich aneinander schmiegen
Lichtbahnen sich auftun auf denen ihre Seelen fliegen
einmal nur sollt er ihre Brüste Schenkel fassen
einmal nur sollten sie in wilder Kraft ihre Stärke Energie vereinen
Ekstase leben gewaltige Flut der Leidenschaft
bis in Urtiefen ihres Seins abtauchen und dann wieder hoch hinauf
sich ansehen wissen:
wir haben uns gefunden nach Tausenden von Jahren

Nie wieder werden wir uns verraten vernichten
auseinandergehn
denn unsere Liebe ist geläutert gewandelt fließt in neuer Bahn

Einmal nur?

Faß meine Schulter laß mich Deine Träume
Dein Blut pulsieren hören
Haut fühlen alles was Dich irdisch macht
knisternder Stoff des Hemdes an das sich meine Wange schmiegt

Laß Deine Liebe zu mir fließen so wie meine zu Dir fließt
halt mich so wie ich Dich halte ... gleich stehn wir da

Komm laß uns am Meeresufer gehn dem Winde trotzen
nach glatten Kieseln suchen lachen
bewundere mich so wie ich Dich bewundere
achte mich so wie ich Dich achte

Sag: hab mich gesehnt nach Dir war krank vor Schmerz
es war kein Leben ohne Dich
Sag: brauch Deine Nähe Dein Gefühl das Schrille
doch auch das Sanfte in Dir das Starke und Schwache
sags sags sags

Da spricht er in das Schweigen hinein:

„Man hat mir ein Schloß hier im Perigord zum Kauf angeboten
Wollen Sie ... willst Du ... wollen Sie ... mit mir gehn ...
sich das Schloß ansehn?
Sie kennen sich so gut aus ... hier ... könnten mich beraten ...
mir Ihre Meinung sagen ...“

„Wo steht das Schloß?“

„Nun“ er schaut auf seine Fingerspitzen
kleiner Hund schnuppert an seinen Schuhen

„Nun“ spricht er in ihr atemloses Schweigen hinein

„Es steht im Dorf Fleurac Ist Ihnen ... das ein Begriff?“

Die erste Grazie

Komm Geliebter schließ Deine Augen
hör
von der höchsten aller Künste
von der Poesie

schwing Dich hinauf
hör den Klang meiner Worte
fühl meinen Rhythmus in Deinem Blut
streif mit mir durch himmlische Zelte
Sternenbahnen und Götterglut

sieh ich reiche Dir silbernen Becher
gefüllt mit berauschender Sehnsucht
nur für Dich

Komm schließ Deine Augen
trink
vergiß für eine Weile
Elend und Enge irdischen Seins
leg Dich in meine Arme – komm ...

Die zweite Grazie

Komm süße Tochter schließ Deine Augen
wie lang hast Du ihn nicht gehört
diesen Kosenamen
mit dem ich Dich gerufen einst
oft ach so oft
aus heiligen Hainen
wie lang hast Du vergessen
Süße der Liebe zwischen uns beiden?
Lang viel zu lang

Komm Kind komm und vergiß Deine Angst
sprenge die Ketten
löse die Fesseln
mit dem Klang meiner Worte
und dann
wirst Du Dich an mich erinnern
die ich Du bin seit urewiger Zeit
nur hattest Du es vergessen

Die dritte Grazie

Kommt beide schließt Eure Augen
hört
schwingt Euch hinauf
gemeinsam

hört
den Klang unserer Worte
fühlt unseren Rhythmus in Eurem Blut

bindet Euch

an Sternenbahnen – nur so lernt Ihr
sie wieder zu finden
jene die immer da war immer sein wird
jene die seit urewiger Zeit in Euch lebt

Kommt schließt Eure Augen
hört
schwingt Euch hinauf
denn sie hat beschlossen
sie – eine in allen
wieder bei Euch zu sein

obwohl Ihr sie geschändet ihre Tempel zerstört

Kommt schließt Eure Augen
hört
rauschende Seide
ihren schwingenden Gang
riecht Ihr nicht Duft von tausend Rosen?
Fühlt Ihr nicht blendenden Glanz?

Die Göttin

Alohe

ein Spiel ists – Spiel um die schöne Marguerite
Herrin der Perlen Herrin der Tränen nannte man mich

meerschaumgeborene Göttin den Wellen entstiegen
bring ich Euch Menschen Licht Schönheit und Liebe

wißt

ein Spiel ists – Spiel um Geister Magier Hexen
Engel Dämonen Himmel und Höll
Kräutersud Höhlen Trancezustände
Visionen Pflanzendevas der Seele eines Flusses
heilige Quellen
eine Schamanin einen Gott ein Schloß im Perigord
Berlin und – dem Kölner Dom

Warum? fragt Ihr
weil ich Euch an den Reichtum der Schöpfung erinnern will
daran
daß es zu männlich Erleuchtung weiblichen Poles bedarf
wie silbermondene Göttin sonnenumkränzten Gottes Liebeskraft

wißt

ein Spiel ists – Spiel um die schöne Marguerite
Herrin der Perlen Herrin der Tränen nannte man mich
gefallener Engel entehrte Göttin
bin ich gekommen an meines Liebsten Hand
um zu erzählen von meiner Schand

Ihr müßt wieder lernen Hexagramm um Leiber und Seelen
zu winden
darum bin ich gekommen darum hab ich gelitten

So sag ich jenen die mühselig und beladen sind:
was ich Euch künd: ein Gleichnis ists

Könnt mich auch Ischtar nennen
die in die Unterwelt gestiegen um ihren Liebsten zu erlösen
und dort – in der tiefsten Tiefe der siebten Höll –
sich gezwungen sah die Zukunft zu leben

Manchmal trag ich auch das Kleid der Isis Aphrodite
Venus im Rosenhain oder jenes der Fee des Perigord

Der Liebste mit dem ich gekommen wird Hermes genannt
könnt ihn Louvain nennen Zauberer von St Cirque oder Gott

wißt

den ein oder andren – doch nicht vielen
geb ich mich mit wahrem Namen zu erkennen
werd ihnen künden vom großen Versteck
Hort der Weisheit der verloren ging den Menschen
Schatz allen Wissens Welten des Geistes
ihnen werden sie wieder erstehn
Andre werden Fehler in ihrer DNS–Kette finden
ihre gesamte Formel verändern können – ich verrat ihnen wie

Ihr versteht nicht? Fremd sind Euch Bilder Gleichnis Legenden
alles bleibt vor Euch stehn wie Rätsel? So hört was ich Euch künd:

Zu göttlicher Einheit gehören zwei Pole – männlich und weiblich
Urgrund allen Seins
beide gleichwertig gleichstark gleichschön
in aller Unterschiedlichkeit
trennen sie sich wird weiblicher Pol aus der Einheit geschleudert
denn Weiblichkeit ists die Schöpfung gebiert
trennen sie sich beginnt Spiel aller Spiele im kosmischen Licht

Nicht jedes gelingt nicht jedes wird gut

Manche müssen wollen lernen selbst erkennen fühlen spüren:
Was ist böse? Was heißt dunkel?
Manche werden gezwungen vom Baum der Erkenntnis zu essen
manche rächen sich für solche Pein
manche gehn als gefallene Engel weil sie mitmischen wollten
zu ihren Gunsten im unguten Spiel schwarzer Magie
Bei ihnen allen ist Harmonie gestört muß so sein
Sie experimentieren geraten ins Ungleichgewicht
quälen hassen rächen sich in Vielzahl von Körpern Seelen Geist
in der Spirale unendlicher Zeit

Nur so scheinen sie zu begreifen
was es bedeutet: tiefste Gespaltenheit

Irgendwann wissen sie was böse was gut
was sie quält was sie lieben
irgendwann wollen alle in die Einheit zurück
doch finden den Weg nicht haben sich verstrickt

Versteht Ihr nun mehr? Nein? Dann schaut in Euch hinein:
Eßt Ihr noch vom Baum der Erkenntnis?
Dreht Euch verzweifelt im Schicksalsrad?

Auch ich habs getan ach – fühls Euch nach

Seid Ihr auf dem Weg in die Einheit?
Sucht Ihr Hilfe? Ihr die Ihr mühselig und beladen seid?
So hört was ich sag denn
mit jedem Worte Bild Gleichnis jeder Legende
wird Euch Hilfe zuteil denn

wißt

Poesie ist himmlischer Rhythmus in Worte gefaßt
himmlische Liebe himmlisches Licht und

wißt

mit jedem Bild Gleichnis jeder Legende werden
Urgründe Eurer Seelen berührt Hexagramm kann sich formen
denn ich bin die schöne Marguerite ich bin die Poesie
Herrin der Perlen Herrin der Tränen nannte man mich
meerschaumgeborene Göttin den Wellen entstiegen
bring ich Euch Menschen Licht Schönheit und Liebe

gefallener Engel entehrte Göttin
in Vergangenheit Zukunft Gegenwart
bin ich gekommen an meines Liebsten Hand
um Euch zu erzählen von meiner Schand
damit Ihr lernt
Hexagramm um Leiber und Seelen zu winden
darum bin ich gekommen darum hab ich gelitten
Alohe
So wars einst wird es wieder sein:
Liebe regiert die Welt Liebe besiegt jeden Haß

So sei es bis in alle Ewigkeit
bis in kleinste Geflecht des Sternenzelts So sei es seis ...

740